BESTSELLER

J. R. Ward es una autora de novela romántica que ha recibido espléndidas críticas y ha sido nominada a varios de los más prestigiosos premios del género. Sus libros han ocupado los puestos más altos en las listas de best sellers del *New York Times* y *USA Today*. Bajo el pseudónimo de J. R. Ward sumerge a los lectores en un mundo de vampiros, romanticismo y fuerzas sobrenaturales. Con su verdadero nombre, Jessica Bird, escribe novela romántica contemporánea.

Biblioteca

J. R. WARD

Amante confeso
La Hermandad de la Daga Negra IV

Traducción de
Santiago Ochoa

DEBOLS!LLO

Título original: *Lover Revealed*
Primera edición en Debolsillo: septiembre, 2015

© 2007, Jessica Bird
© 2015, de la presente edición en castellano:
Penguin Random House Grupo Editorial, S.A.U.
Travessera de Gràcia, 47-49. 08021 Barcelona
© 2008, Santiago Ochoa, por la traducción

Printed in Spain – Impreso en España

ISBN: 978-84-9062-906-2 (vol.1101/4)
Depósito legal: B-15.713-2015

Impreso en Novoprint, Sant Andreu de la Barca (Barcelona)

P629062

Penguin
Random House
Grupo Editorial

Dedicado a Ti
Hombre, realmente me tenías agarrada.
Y luego estaba tu «aquí estoy, mirándote, chica...».
Un amor loco por ti.

AGRADECIMIENTOS

Muchísimas gracias a los lectores de la Hermandad de la Daga Negra y mi gratitud para con las compañías de telefonía móvil.

Con inmensa gratitud a los lectores de la Hermandad de la Daga Negra y un desafío a los Cellies: ¿dónde estamos sentados ahora?

Muchas gracias a: Karen Solem, Kara Cesare, Claire Zion, Kara Welsh.

Gracias a ti, capi Bunny, también conocido como la Bestia Rosada y PythAngie, el Mod Pitbull: Realmente, Dorine y Angie, vosotras me cuidáis muy bien.

Gracias al Grupo de los Cuatro: M-F-N abrazos...
M-F-N abrazos. No sé qué haría sin ustedes.

A DLB: recuerda que tu mami te ama. Siempre.
A NTM: Lo que más amo sobre ya sabes qué es... a ti. Soy muy afortunada de conocerte.

Como siempre, gracias a mi Comité Ejecutivo: Sue Grafton, Doctora Jessica Andersen y Betsy Vaughan. Y con mucho respeto a la incomparable Suzanne Brockmann.

Con amor a mi Boat, a mi familia, y a mis amigos escritores.

GLOSARIO DE TÉRMINOS Y NOMBRES PROPIOS

ahvenge (v.). Actos de retribución mortal, típicamente ejecutados por machos enamorados.

cohntehst (n.). Conflicto entre dos machos que compiten por el derecho a ser la pareja de una hembra.

Dhunhd (n. pr.). Infierno.

doggen (n.). Miembro de la clase servil del mundo de los vampiros. Los doggen conservan antiguas tradiciones para el servicio a sus superiores. Tienen vestimentas y comportamientos muy formales. Pueden salir durante el día, pero envejecen relativamente rápido. Su expectativa de vida es de aproximadamente quinientos años.

Elegidas, las (n.). Vampiresas criadas para servir a la Virgen Escribana. Se consideran una suerte de aristocracia, aunque de una manera más espiritual que material. Tienen poca o ninguna relación con los machos, pero pueden aparearse con guerreros, si así lo dictamina la Virgen Escribana, con el fin de perpetuar su clase. Tienen el poder de adivinar el futuro. En el pasado se usaban para satisfacer las necesidades de sangre de miembros solteros de la hermandad, pero dicha práctica ha sido abandonada por los hermanos.

esclavo de sangre (n.). Vampiro, hembra o macho, destinado a satisfacer las necesidades de sangre de otros vampiros. La práctica de mantener esclavos de sangre ha caído parcialmente en desuso, pero no está prohibida.

ghardian (n.). Escolta de un individuo. Hay varios grados de ghardians, el más poderoso de los cuales es el de las hembras aisladas, conocidas como whard.

glymera (n.). El núcleo social de la aristocracia.

hellren (n.). Vampiro que ha tomado una sola hembra como compañera. Los machos pueden aparearse con más de una hembra.

Hermandad de la Daga Negra (n. pr.). Guerreros vampiros muy bien entrenados que protegen a su especie contra la Sociedad Restrictiva. Como resultado de una cría selectiva en el interior de la raza, los hermanos poseen inmensa fuerza física y mental, así como la facultad de curarse rápidamente. En su mayor parte no son hermanos de sangre, y son iniciados en la hermandad por nominación de los hermanos. Agresivos, autosuficientes y reservados por naturaleza, viven apartados de los humanos. Tienen poco contacto con miembros de otras clases de seres, excepto cuando necesitan alimentarse. Son protagonistas de leyendas y objeto de reverencia dentro del mundo de los vampiros. Sólo se les puede matar infligiéndoles heridas graves, como disparos o puñaladas en el corazón y lesiones similares.

leahdyre (n.). Persona de poder e influencia.

leelan (n.). Término afectuoso que puede traducirse como «el más querido».

lheage (n.). Término de respeto utilizado por un sometido sexual para referirse a su dominante.

mahmen (n.). Madre. Utilizado para efectos de identificación y también como término afectivo.

mhis (n.) El ocultamiento de un entorno físico determinado; la creación de un campo de ilusión.

nalla (f.) o **nallum** (m.) (n.). Amada o amado.

newlin (n.). Virgen.

Ocaso, el (n. pr.). Ámbito atemporal donde los muertos se reúnen con sus seres queridos y pasan a la eternidad.

Omega, el (n. pr.). Figura malévola y mística, orientada a la extinción de los vampiros, debido a su resentimiento hacia la Virgen Escribana. Existe en un ámbito atemporal y tiene grandes poderes, aunque no el de la creación.

periodo de necesidad (n.). Periodos de fertilidad de una vampiresa, que generalmente duran dos días y que cursan con un intenso deseo sexual. Se presentan aproximadamente cinco años después de la transición de una vampiresa y cada diez años a partir de ese momento. Todos los machos responden en algún grado si están cerca de una hembra durante este periodo. Puede ser un tiempo peligroso, en el que se presentan conflictos y peleas entre machos competidores, particularmente si la hembra no se ha apareado.

phearsom (ad.). Término que alude a la potencia de los órganos sexuales masculinos. Es la traducción literal de algo parecido a «digno de entrar en una hembra».

Primera Familia (n. pr.). El Rey y la Reina de los vampiros y los hijos que puedan tener.

princeps (n.). El más alto nivel de la aristocracia de los vampiros, sólo inferior a los miembros de la Primera Familia o a las Elegidas por la Virgen Escribana. Es un título hereditario que se adquiere sólo por nacimiento y no puede conferirse.

pyrocant (n.). Se refiere a una debilidad extrema en un individuo, la cual puede ser interna (como una adicción), o externa (como un amante).

restrictor (n.). Humano desprovisto de alma y perteneciente a la Sociedad Restrictiva que se dedica a exterminar vampiros. Los restrictores sólo mueren si reciben una puñalada en el pecho; de lo contrario son inmortales. No comen ni beben y son impotentes. Con el paso del tiempo, su cabello, piel e iris pierden pigmentación y se vuelven rubios, pálidos y de ojos apagados. Huelen a talco para bebés. Integrados a la Sociedad por el Omega, conservan su corazón extirpado en un jarrón de cerámica.

rythe (n.). Fórmula ritual de honrar a un individuo al que se ha ofendido. Si es aceptada, el ofendido elige un arma y ataca con ella al ofensor u ofensora, quien no opone resistencia.

sehclusion (m.). Estatus conferido por el rey a una hembra de la aristocracia. Coloca a la hembra bajo la dirección exclusiva de su ghardian, que por lo general es el macho más viejo de la familia y tiene el derecho de determinar todos los aspectos de la vida de la hembra, pudiendo restringir a voluntad sus relaciones con el mundo.

shellan (n.). Vampiresa que se ha apareado con un macho. Generalmente las hembras no toman más de un compañero debido a la naturaleza altamente territorial de los machos.

Sociedad Restrictiva (n. pr.). Orden de asesinos o verdugos convocados por el Omega con el propósito de erradicar la especie de los vampiros.

symphath (n.). Subespecie dentro del mundo de los vampiros, caracterizada por la capacidad y el deseo de manipular las emociones de los demás (para efectos de intercambio de energía), entre otros rasgos. En términos históricos han sido discriminados por los vampiros y perseguidos por éstos en ciertas épocas. Están al borde de la extinción.

trahyner (n.). Palabra utilizada entre los machos en señal de respeto mutuo y de afecto. Puede traducirse como «querido amigo».

transición (n.). Etapa crítica en la vida de un vampiro en la que éste o ésta se transforma en adulto. A partir de entonces, deben beber sangre del sexo opuesto para poder sobrevivir; no son resistentes a la luz solar. Esta etapa se presenta generalmente alrededor de los veinticinco años. Algunos vampiros no sobreviven a su transición, especialmente los machos. Antes de la transición, los vampiros son físicamente débiles, no tienen conciencia ni respuesta sexual, y son incapaces de desmaterializarse.

Tumba, la (n. pr.). Cripta sagrada de la Hermandad de la Daga Negra. Es utilizada como lugar ceremonial y también para guardar las jarras de los restrictores. Allí se realizan, entre otras ceremonias, inducciones, funerales y acciones disciplinarias contra los hermanos. Nadie puede entrar, excepto los miembros de la Hermandad, la Virgen Escribana o los candidatos a la inducción.

vampiro (n.). Miembro de una especie separada del Homo sapiens. Los vampiros tienen que beber sangre del sexo opuesto para sobrevivir. La sangre humana los mantiene vivos, pero la fuerza así adquirida no dura mucho tiempo. Tras la transición, que ocurre a los veinticinco años, son incapaces de salir a la luz del día y deben alimentarse regularmente. Los vampiros no pueden «convertir» a los humanos por medio de un mordisco o una transfusión sanguínea, aunque en algunos casos son capaces de procrear con la otra especie. Pueden desmaterializarse a su voluntad, aunque deben ser capaces de calmarse y concentrarse para hacerlo, y no pueden llevar consigo nada pesado. Son capaces de borrar los recuerdos de las personas, pero sólo los de corto plazo. Algunos vampiros son capaces de leer la mente. Su esperanza de vida es superior a mil años, y en algunos casos, incluso más.

Virgen Escribana, la (n. pr.). Fuerza mística consejera del Rey en calidad de depositaria de los archivos vampirescos y dispensadora de privilegios. Existe en un ámbito atemporal y tiene grandes poderes. Puede ejecutar actos de creación mediante los cuales les otorga la vida a los vampiros.

wahlker (n.). Individuo que ha muerto y regresado a la vida desde el Fade. Se les respeta mucho y son venerados por sus tribulaciones.

whard (n.). Guardián de una hembra recluida.

Qué pensarías si te digo que he tenido una fantasía?
Butch O'Neal soltó su whisky y miró a la rubia
que le había hablado. Vista contra el fondo de la zona vip del ZeroSum, era un espectáculo digno de observar, vestida con tiras de
cuero blanco, un híbrido entre Barbie y Barbarella. Resultaba difícil saber si era una de las profesionales del club. El Reverendo
sólo traficaba con lo mejor, pero quizá era una modelo de *FHM*
o de *Maxim*.

La chica puso las manos sobre la mesa de mármol y se inclinó hacia él. Sus senos eran perfectos; lo mejor que el dinero podía comprar. Y su sonrisa era radiante, una promesa de actos de
lo más estimulante. Pagada o no, era una mujer con mucha vita-
mina D, y le gustaba.

—¿Qué me dices, cariño? —le dijo mientras sonaba la música tecno—. ¿Quieres hacer realidad mis sueños?

Él le lanzó una sonrisa dura, seguro como que existía el
infierno de que ella iba a hacer feliz a alguien esa noche. Probablemente a todos los pasajeros de un autobús de dos pisos. Pero
él no se iba a montar en él.

—Lo siento. Tendrás que ir a otro sitio si quieres ver el arco iris.

La total falta de reacción reveló su condición profesional. Con una sonrisa vacía, ella pasó a la mesa siguiente y exhibió
la misma actitud.

Butch echó la cabeza hacia atrás y apuró su vaso. Llamó a una camarera, que no se acercó a preguntarle qué quería; simplemente asintió y fue a la barra a conseguirle otra copa.

Eran casi las tres de la mañana y el resto de la troika llegaría dentro de media hora. Vishous y Rhage habían salido a cazar restrictores, esos desgraciados sin alma que mataban a su especie, pero probablemente los dos vampiros se iban a llevar una gran decepción. La guerra secreta entre su especie y la Sociedad Restrictiva se había apaciguado durante los meses de enero y febrero, con algunos asesinatos esporádicos en los suburbios. Buenas noticias para la población civil y motivo de preocupación para la Hermandad de la Daga Negra.

—Hola, poli.

La voz baja y masculina procedía de detrás de la cabeza de Butch. Sonrió. Ese sonido siempre le hacía pensar en la niebla nocturna, aquella que oculta lo que puede matarte. Lo bueno es que a él le gustaba el lado oscuro.

—Buenas noches, Reverendo —dijo sin darse la vuelta.

—Sabía que ibas a rechazarla.

—¿Acaso lees la mente?

—Algunas veces.

Butch lo miró por encima del hombro. El Reverendo estaba suspendido en las sombras. Sus ojos de amatista resplandecían. Su traje negro era elegante e impecable: Valentino. Butch tenía uno igual.

Aunque en el caso del Reverendo, el traje había sido comprado con su propio dinero. El Reverendo, también conocido como Rehvenge, y hermano de Bella, la shellan de Z, era el propietario de ZeroSum y recibía un porcentaje de todo lo que se movía allí dentro. Diablos, con toda la depravación que se vendía en el club, al final de cada noche debía reunir una buena cantidad de billetes para engordar la cuenta del cochino banco.

—No; ella no era para ti. —El Reverendo se deslizó en la cabina, arreglándose su corbata Versace, perfectamente anudada—. Y sé por qué le dijiste que no.

—¿Ah, sí?

—No te gustan las rubias.

—Simplemente puede que no estuviera interesado en ella.

—Yo sé lo que te gusta.

Otro whisky llegó y Butch lo vació con un rápido movimiento.

—¿En serio?

—Es mi trabajo. Confía en mí.

—No te molestes, hoy no estoy para eso.

—Te diré algo, poli. —El Reverendo se inclinó; olía muy bien: se había echado Cool Water, de Davidoff, una loción clásica pero buena—. De todos modos te ayudaré.

Butch le dio una palmadita en sus fuertes hombros.

—Sólo me interesan las camareras que atienden la barra, compañero. Las buenas samaritanas me producen escalofríos.

—A veces provocan la reacción contraria.

—Entonces estamos jodidos. —Butch asintió y miró a la multitud semidesnuda que inhalaba X y cocaína—. Aquí todos parecen iguales.

Qué curioso, durante sus años en el Departamento de Policía de Caldwell, el ZeroSum había sido un enigma para él. Todos sabían que era un antro lleno de drogas y de tráfico sexual. Pero nadie del DPC había sido capaz de encontrar indicios suficientes para obtener una orden de registro, aunque casi cada noche había decenas de infracciones legales, por lo general una tras otra.

Pero ahora Butch estaba con la Hermandad, y sabía por qué. El Reverendo guardaba muchos pequeños trucos en la manga cuando se trataba de alterar la percepción que las personas tenían sobre los hechos y sus circunstancias. Como era un vampiro, podía interferir en la memoria de cualquier humano, manipular cámaras de seguridad y desmaterializarse, si así lo deseaba. Este tío y su negocio eran un blanco móvil que nunca se movía.

—Dime algo —dijo Butch—. ¿Qué has hecho para que tu aristocrática familia no se haya enterado del trabajito nocturno en el que andas metido?

El Reverendo sonrió, mostrando tan sólo las puntas de sus colmillos.

—Dime algo tú: ¿cómo pudo un humano involucrarse tanto con la Hermandad?

Butch le dio un golpecito al vaso en señal de deferencia.

—Algunas veces el destino te lleva por direcciones muy jodidas.

—Es cierto, humano; muy cierto. —El Reverendo se levantó cuando el móvil de Butch empezó a sonar—. Te enviaré algo.

—A menos que sea un whisky, no quiero nada.

—Retirarás lo que acabas de decir.

—Lo dudo. —Butch abrió su teléfono móvil—. ¿Qué pasa, V? ¿Dónde estás?

Vishous jadeaba como un caballo de carreras entre el bramido sordo de la distorsión del viento.

—Mierda, poli. Tenemos problemas.

La adrenalina de Butch se disparó, iluminándolo como un árbol de Navidad.

—¿Dónde estás?

—En las afueras, con un asunto. Los malditos verdugos han comenzado a cazar civiles en sus hogares.

Butch se levantó de un salto.

—Voy para allá...

—Por supuesto que no. Quédate donde estás. No te preocupes. Sólo te llamo para que no vayas a creer que estamos muertos. Nos vemos más tarde.

La comunicación se cortó.

Butch se arrellanó en el asiento. El grupo que estaba en la mesa de al lado hacía un ruido alegre, con bromas compartidas, sus risas como cantos de pájaros irrumpiendo en el aire.

Butch miró su vaso. Seis meses atrás no tenía nada en la vida. Ninguna mujer. Ni familia. Por no hablar de un hogar. Y su trabajo como detective de homicidios lo estaba devorando vivo. Después lo habían despedido, acusado de brutalidad policial. Cayó en la Hermandad gracias a una extraña serie de acontecimientos. Y había conocido a la primera y única mujer que lo había embobado. También había renovado por completo su guardarropa.

Por lo menos esto último era de buena calidad.

Al principio, la novedad de su cambio de vida le hizo ignorar la realidad. Pero últimamente era más consciente de ella, aunque sabía que, a pesar de todas las diferencias que lo separaban de sus actuales compañeros, él no había cambiado tanto: se sentía como siempre, tan muerto como cuando se pudría en su vida pasada.

Pensó en Marissa y se imaginó su cabello rubio, que le llegaba a las caderas. Su tez pálida. Sus ojos azules y claros. Sus colmillos.

No, normalmente las rubias no eran para él. No se excitaba ni lo más mínimo con las de cabello claro.

¡Al diablo con todas! No había ninguna mujer en ese club, ni sobre la faz del planeta, que le llegara a Marissa ni a la suela de los zapatos. Ella era pura como un cristal, toda la luz se reflejaba en su ser, y la vida de los que la rodeaban era mejor, más viva y colorida debido a su gracia.

¡Mierda! Era un idiota redomado, un pobre diablo sin agallas.

Claro, ella había sido completamente adorable. Durante el corto tiempo en que parecía haber sentido atracción por él, Butch albergó la esperanza de que algo pudiera suceder. Pero de repente desapareció. Lo que obviamente demostraba que era lista. Él no tenía mucho que ofrecerle a una hembra como ella, y no sólo porque fuera simplemente un humano. Se sentía como un paria, nadando entre dos aguas, sin pertenecer a ningún sitio. No podía integrarse en el mundo de los vampiros y tampoco podía retornar al mundo de los humanos, porque sabía demasiado. Y la única forma de salir de este terrenal desierto y movedizo era con un empujón.

¿Era acaso un verdadero luchador, como sus amigos, o qué?

El grupo de la mesa de al lado se sumergió en una nueva explosión de alegría. Hubo una descarga de gritos y risas. Butch los miró. En el centro del grupo había un tío rubio y bajito, con un traje elegante. Aparentaba unos quince años, pero llevaba más de un mes frecuentando la sección vip, derrochando dinero como quien lanza confeti.

Obviamente, el tipo compensaba sus deficiencias físicas con el poder de su billetera. Otro ejemplo del dinero transformándolo todo.

Butch terminó su whisky, llamó a la camarera con una seña y miró el fondo de su vaso. ¡Mierda! Después de cuatro whiskies dobles no se sentía mareado en absoluto, lo que hablaba muy bien de su tolerancia al alcohol. Sin ninguna duda, ya era un alcohólico avanzado. Sus días de borracho *amateur* ya eran cosa del pasado.

Ya no estaba nadando entre dos aguas. Ahora se estaba ahogando.

Pero ¿por qué tenía esos pensamientos tan siniestros? ¿Acaso no andaba de juerga esa noche?

—El Reverendo dice que necesitas una amiga.

Butch no se molestó en echar un vistazo a la mujer.

—No, gracias.

—¿Por qué no me miras primero?

—Dile a tu jefe que agradezco su... —Butch la miró y cerró la boca de golpe y porrazo.

Era la jefa de seguridad de ZeroSum, una mujer increíble. Medía más de un metro ochenta, y su pelo, muy corto, tenía un asombroso color azabache. Ojos grises y oscuros como los cañones de una escopeta. Su camiseta dejaba ver el torso de una atleta, completamente fibrosa, nada de grasa. La sensación que daba era la de que podía romper huesos y disfrutar haciéndolo. Le miró las manos distraídamente. Dedos largos. Fuertes. Sin duda, de los que podían hacer daño.

¡Diablos! Le gustaría que ella lo lastimara. Esta noche deseaba que alguien le hiciera daño, para variar un poco.

La mujer sonrió ligeramente, como si supiera en qué estaba pensando él, y Butch alcanzó a distinguir sus colmillos. Ah... así que no era una mujer. Era una hembra. Una vampiresa.

El Reverendo tenía razón, maldito bastardo. Con esta tía bastaría, pues era todo lo que no era Marissa. Y también porque podía brindarle el tipo de sexo anónimo al que Butch se había acostumbrado durante toda su vida adulta. Y porque le aportaría justamente el dolor que él andaba buscando.

La vampiresa meneó la cabeza mientras Butch deslizaba una mano en su traje Black Label de Ralph Lauren.

—No lo hago por dinero. Nunca. Considéralo como un favor a un amigo.

—No te conozco.

—No eres el amigo del que estoy hablando.

Butch miró por encima de su hombro y vio que Rehvenge observaba la sección vip. El macho le lanzó una sonrisa llena de autosatisfacción y luego desapareció en su oficina privada.

—Es un gran amigo mío —murmuró la vampiresa.

—¿De verdad? ¿Cómo te llamas?

—No tiene importancia. —Ella le tendió la mano—. Vamos, Butch, también conocido como Brian, de apellido O'Neal. Ven conmigo. Olvídate por un momento de lo que te hace dar constantemente esos tragos de alcohol. Te prometo que toda esa autodestrucción te esperará hasta que regreses.

Butch no entendía de dónde le venía la desmesurada atracción que sentía por ella.

—¿Por qué no me dices tu nombre primero?

—Esta noche puedes llamarme Simpatía. ¿Qué te parece?

La miró de la cabeza a los pies. Llevaba pantalones de cuero, lo cual no era ninguna sorpresa. Le miró el pecho.

—¿Llevas coraza, Simpatía?

Ella soltó una risa grave y sonora.

—No, y tampoco soy un travesti. Tu sexo no es el único que puede ser fuerte.

Él miró fijamente sus ojos de acero y luego dirigió la vista a los servicios. ¡Cielos! Aquello le era muy familiar. Un polvo rápido con una desconocida, una colisión absurda entre dos cuerpos. Esa basura había sido lo habitual en su vida sexual desde que tenía memoria, pero no recordaba haber sentido antes aquella enfermiza desesperación, aquel deseo bestial.

Pues bien, ¿acaso iba a mantener la castidad hasta que el hígado se le estropeara de tanto beber y lloriquear? ¿Pensaba seguir haciendo eso, sólo porque una hembra no lo deseaba?

Butch notó que se empalmaba. Su cuerpo estaba ansioso de poseer a la vampiresa. Por lo menos, no estaba muerto del todo.

Butch se puso en pie, tomó aire y se decidió:

—Vamos.

* * *

Con un encantador sonido de violines, la orquesta de cámara interpretó un vals y Marissa observó a la multitud reluciente, que se agrupaba en la pista de baile. A su alrededor, machos y hembras se unían con las manos entrelazadas, sus cuerpos se tocaban y se conectaban con las miradas. Infinidad de diferentes aromas llenaban el aire con un dulzor penetrante.

Ella lo aspiró con cuidado, tratando de inhalar tan sólo un poco.

Sin embargo, el intento fue infructuoso; así eran las cosas. Aunque la aristocracia se enorgullecía de su estilo y modales, la glymera aún seguía sujeta a las realidades biológicas de la raza, después de todo: cuando los machos se apareaban, su excitación despedía una fragancia típica, y si las hembras aceptaban a sus compañeros, su piel despedía con orgullo aquella fragancia oscura.

O por lo menos Marissa creía que era con orgullo.

De los ciento veinticinco vampiros que había en la pista de baile de su hermano, ella era la única hembra que no se había apareado. Había varios machos que tampoco lo habían hecho, pero no le iban a pedir que bailara. Era preferible que esos Princeps permanecieran sentados o sacaran a bailar a sus madres o hermanas antes que acercarse a ella.

No, ella permanecería indeseada para siempre. Una pareja que daba vueltas a su alrededor bajó la mirada instintivamente. Se desesperó otra vez. Lo último que necesitaba era que tropezaran entre sí mientras trataban de no mirarla a los ojos.

No sabía por qué esa noche, precisamente esa noche, su estatus de espectadora rechazada le resultaba tan odioso. ¡Por Dios! Ningún miembro de la glymera le había sostenido la mirada desde hacía cuatrocientos años, y ella se había acostumbrado a eso: primero había sido la shellan indeseada del Rey Ciego. Ahora era su ex shellan indeseada, que había sido desechada por Su Alteza en favor de la amada Reina mestiza.

Quizá lo que le pasaba era que se había cansado de sentirse siempre al margen.

Con las manos temblorosas y los labios apretados se recogió la pesada falda y salió a través del fastuoso arco de entrada a la pista de baile. La salvación tenía que estar fuera. Empujó la puerta del aseo femenino con una plegaria. El aire que la recibió como un abrazo olía a fresa y perfume, pero en esa invisible caricia tan sólo había... silencio.

Gracias a la Virgen Escribana.

Se relajó un poco cuando entró y miró a su alrededor. Ese cuarto de baño siempre le había parecido un lujoso camerino para debutantes. Decorado con el vívido rojo sangre de la Rusia zarista, las zonas para sentarse y arreglarse estaban equipadas con diez tocadores, y cada mesa de maquillaje tenía todo lo que una hembra podía desear para mejorar su apariencia. En la parte posterior del salón estaban los váteres, construidos en forma de huevos de Fabergé, de los cuales su hermano tenía una gran colección.

Un lugar perfectamente femenino. Perfectamente encantador.

Frente a todo aquello, quiso gritar.

Y sin embargo se mordió el labio y se inclinó para mirarse el pelo en uno de los espejos. El cabello rubio, que le llegaba hasta la parte baja de la espalda, estaba arreglado con la precisión de una obra de arte, en lo alto de su cabeza, y el moño estaba firmemente sujeto. Incluso después de varias horas, todo seguía en su sitio: las perlas no se habían soltado del punto en que su doggen las había trenzado antes de la fiesta.

Vivir al margen no había sido para ella un trabajo tan duro como el de María Antonieta.

Pero el collar sí estaba descolocado. Se acomodó la gargantilla plagada de perlas, de modo que la más inferior, una perla tahitiana de veintitrés milímetros, apuntara directamente hacia el pequeño escote.

El traje de noche gris era de Balmain, y lo había comprado en Manhattan en los años cuarenta del siglo XX. Los zapatos Stuart Weitzman eran completamente nuevos, aunque nadie podía verlos, pues la falda le llegaba al suelo. El collar, los aretes y los brazaletes eran de Tiffany, como siempre: cuando su padre había descubierto al gran Louis Comfort a finales del siglo XIX, la familia se había convertido en cliente leal de la compañía, y aún lo era.

Otro rasgo distintivo de la aristocracia, ¿verdad? Constancia, perfección y buen gusto en todas las cosas: el cambio y los defectos eran recibidos con desaprobación mayúscula.

Se enderezó y retrocedió hasta que pudo ver toda su figura desde el otro lado del cuarto. La imagen que la miraba era irónica: su reflejo era el de la perfección femenina, una belleza improbable, que parecía esculpida, no nacida. Alta y delgada, el cuerpo estaba formado por ángulos delicados y el rostro era absolutamente sublime, una impecable combinación de labios, ojos, mejillas y nariz. La piel era toda de alabastro. Los ojos eran de color azul plateado. La sangre que corría por sus venas era una de las más puras de la especie.

Y sin embargo, allí estaba, una hembra abandonada. Dejada. Virgen solterona, indeseada y defectuosa, a la que ni siquiera un guerrero de pura raza como Wrath había sido capaz de soportar sexualmente ni siquiera una sola vez, así hubiera sido tan sólo para que dejara de ser una newlin. Y gracias al rechazo de él, ella nunca se había apareado, aunque había estado con Wrath por un tiempo que le había parecido eterno. Había que ser poseída para ser considerada como la shellan de alguien.

El final había sido una sorpresa, aunque no total. A pesar de que Wrath había dicho que ella lo había abandonado, la glymera sabía la verdad. No la había tocado en siglos, nunca había llevado consigo el aroma de su unión con él, nunca había pasado un día a solas con él. Además, ninguna hembra habría abandonado voluntariamente a Wrath. Era el Rey Ciego, el último vampiro de pura sangre en el planeta, un gran guerrero y miembro de la Hermandad de la Daga Negra. No había nadie superior a él.

¿Cuál era, pues, la conclusión que sacaba la aristocracia? Ella debía tener algún problema, seguramente oculto bajo sus ropas, y la deficiencia probablemente era de carácter sexual. ¿Por qué otra razón un guerrero de pura sangre no habría de sentirse atraído sexualmente por ella?

Respiró profundo. Volvió a respirar. Y otra vez.

El perfume de las flores recién cortadas le invadió la nariz. La dulzura fue aumentando, propagándose y reemplazando el aire, hasta que sus pulmones estuvieron llenos de... fragancia. La garganta pareció cerrársele. El collar se le pegó al cuello, sintió que le apretaba... sintió como si unas manos la estuvieran estrangulando. Abrió la boca para respirar, pero no sirvió de nada. Sus pulmones estaban obstruidos, saturados por el hedor de las flores... se estaba sofocando y ahogando, aunque no estaba en el agua...

Se dirigió, tambaleante, hacia la puerta y no pudo mirar a las parejas que bailaban, todas esas lindas personitas que habían decidido marginarla. No; no permitiría que la vieran en ese estado... pues así sabrían cuánto le afectaba su desprecio. Verían lo difícil que esa situación era para ella. Y entonces la despreciarían aún más.

Recorrió el tocador con la mirada, brincando entre los objetos, su imagen reflejándose en todos los espejos. Intentó desesperadamente... ¿Qué estaba haciendo? ¿Adónde podía ir: al dormitorio, escaleras arriba? Tenía que... ¡cielos! No podía respirar. Iba a morir allí, en ese mismo instante... se estaba asfixiando.

Havers... su hermano... necesitaba encontrarlo. Era médico... La ayudaría, pero así le arruinaría el cumpleaños. Su fiesta sería un fracaso... por culpa de ella. Todo echado a perder por su culpa. Era culpable... de todo. La desgracia que la rodeaba era culpa suya... Gracias a Dios que sus padres habían muerto hacía siglos y no habían visto... lo que ella era realmente.

Iba a vomitar. Definitivamente. Iba a vomitar.

Con las manos temblorosas y las piernas como de mantequilla, logró meterse en uno de los váteres y encerrarse dentro. De camino al retrete, buscó a tientas el sanitario y lo vació para que el ruido del agua ahogara su respiración. Después cayó de rodillas y se agachó sobre la taza de porcelana.

Se atragantó y se sintió muy desgraciada. De su garganta seca sólo salían arcadas de puro aire. El sudor le cubrió la frente, las axilas y los pechos. Jadeando, y con la cabeza dándole vueltas, se esforzó en respirar. Pensamientos de muerte y soledad, la idea de no tener a nadie que la ayudara, de arruinar la fiesta de su hermano, de ser un objeto aborrecido, revolotearon por su mente como abejas... zumbando, aguijoneando... causándole la muerte... pensamientos como abejas...

Marissa comenzó a llorar, no porque creyera que iba a morir, sino porque supo que no lo haría.

¡Dios! Sus ataques de pánico habían sido terribles durante los últimos meses, y la ansiedad la acechaba sin ningún motivo, con una persistencia que no conocía el agotamiento. Y cada vez que experimentaba un colapso, la experiencia era más horrible.

Se agarró la cabeza con las manos y lloró con voz quebrada. Las lágrimas resbalaron por sus mejillas hasta quedar atrapadas en las perlas y diamantes de su garganta. Estaba completamente sola, enjaulada en una pesadilla hermosa, opulenta y fascinante, en la que los fantasmas usaban esmóquines y batines y los buitres descendían con alas de satén y seda para sacarle los ojos a picotazos.

Respiró profundamente e intentó controlar la respiración. «Calma... cálmate ya. Estás bien. Ya has pasado por esto antes».

Al cabo de un rato, le echó un vistazo al retrete. La taza era de oro macizo y sus lágrimas hacían que la superficie del agua se ondulara como si la luz del sol resplandeciera en su interior. Súbitamente fue consciente de que las baldosas que ahora estaban debajo de sus rodillas eran duras, que el corsé le estaba lastimando el tórax, y que su piel estaba empapada de sudor.

Alzó la cabeza y miró alrededor. Nunca se sabía. Había escogido su recámara favorita para estar a solas, la inspirada en el huevo del Valle de las Lilas. Cuando se sentó, se vio rodeada por paredes rosadas pintadas a mano con parras de un verde vivo y pequeñas flores blancas. El suelo y el lavabo eran de mármol rosa, con vetas blancas y de color crema. Los apliques eran dorados.

Muy bien. El escenario perfecto para un ataque de ansiedad.

Marissa se levantó del suelo, cerró la llave y se sentó en una pequeña silla tapizada en seda que había en un rincón. El traje se expandió a su alrededor como si fuera un animal, estirándose ahora que el drama había quedado atrás.

Se miró en el espejo. Tenía el rostro lleno de manchas y la nariz roja. El maquillaje se le había arruinado. Su pelo era una maraña, ya no quedaba nada del impecable moño.

Ése era su aspecto, y por eso no era de extrañar que la glymera la despreciara. De algún modo sabían que aquélla era su auténtica realidad.

Cielos... tal vez era ésa la razón de que Butch no la deseara.

Oh, no. Lo último que necesitaba en ese momento era pensar en él. Lo que debía hacer era recobrarse lo mejor que pudiera y largarse a su dormitorio. Esconderse era poco interesante, claro, pero ella era en sí poco interesante.

Se llevó las manos al pelo cuando escuchó que alguien abría la puerta. La música de cámara se escuchó con fuerza y luego se desvaneció cuando la puerta se cerró de nuevo.

Grandioso. Ahora estaba atrapada. Tal vez fuese una hembra sola, y no tendría que preocuparse de que pensaran que estaba espiando las conversaciones y actos de los demás, allí encerrada.

—Sanima, no puedo creer que haya ensuciado mi chal.

Bueno, ahora estaba escuchando a escondidas y también era una cobarde.

—Casi no se nota —dijo Sanima—. Aunque gracias a la Virgen nadie se ha dado cuenta, así que venga, vamos a lavarlo con agua y ni se notará.

Marissa trató de concentrarse. «No te preocupes por ellas, limítate a arreglarte el cabello. Y por el amor de la Virgen, haz algo con el maquillaje: pareces un mapache».

Cogió una toalla y la humedeció con rapidez, mientras las dos hembras entraban al pequeño salón que había junto al de ella. Obviamente, habían dejado la puerta abierta, pues sus voces se escuchaban con claridad.

—¿Y si alguien se ha dado cuenta?

—Shh... quítate el chal. ¡Dios mío! —Se escuchó una risa breve—. Tu cuello.

La voz de la hembra más joven se redujo a un susurro extático.

—Es Marlus. Desde que nos apareamos el mes pasado, ha estado...

Ambas compartieron la risa.

—¿Te busca durante el día? —El tono secreto de Sanima fue exquisito.

—Oh, sí. Cuando dijo que quería que nuestros dormitorios fueran anexos, no entendí por qué. Ahora, sí. Es... insaciable. Y no sólo quiere que lo alimente.

Marissa detuvo la toalla justo debajo del ojo. Solamente una vez había conocido un macho con hambre de ella. Un beso, una sola vez... y lo recordaba todo con detalle. Iba a irse a la tumba siendo virgen, y ese breve encuentro de hacía meses era el único recuerdo sexual que tenía.

Butch O'Neal. Butch la había besado.

Comenzó a arreglarse el otro lado de la cara.

—Para estar recién apareados, es maravilloso. Aunque no debes dejar que nadie te vea esas marcas.

—Claro, por eso me preocupaba tanto esa mancha. ¿Qué habría pasado si alguien me hubiera dicho que me quitara el chal porque se me había derramado el vino encima? —Hablaban como lo harían de un accidente horrible.

Aunque, conociendo a la glymera, Marissa era capaz de comprender esos esfuerzos por evitar llamar su atención.

Arrojó la toalla y trató de arreglarse el cabello... y de dejar de pensar en Butch.

¡Qué pena! A ella le habría encantado tener que ocultarle a la glymera las marcas de dientes en su cuello. Le habría encantado tener que esconder ese delicioso secreto bajo los serios trajes que usaba; sí, le habría gustado ocultar que su cuerpo había conocido el crudo sexo con él. Y le habría encantado sentir sobre ella y sobre su piel el aroma de Butch, para luego despedirlo a su alrededor, como hacían las hembras apareadas, con un perfume complementario perfecto.

Pero nada de eso iba a suceder. Por una razón: los humanos no emitían aromas aglutinantes, por lo que siempre había oído. Y aunque lo hicieran, Butch O'Neal se había alejado de ella la última vez que lo había visto, pues ya no estaba interesado en su compañía. Seguramente a causa de lo que habría oído sobre sus deficiencias. Y como se había unido a la Hermandad, no tenía ninguna duda de que ahora él ya sabría toda clase de disparates sobre ella.

—¿Hay alguien ahí? —dijo Sanima.

Marissa blasfemó por lo bajo y se dio cuenta de que había suspirado demasiado alto. Dejando el cabello y el rostro como estaban, abrió la puerta. Las dos hembras apartaron la mirada, lo cual en esas circunstancias era una buena señal.

—No os preocupéis. No diré nada —murmuró.

Porque de sexo jamás se habla en sitios públicos. Ni tampoco en privado, de hecho.

Las dos vampiresas le hicieron la debida reverencia y no contestaron nada.

Cuando Marissa caminó hacia el salón, sintió muchas más miradas que se apartaban de ella, todos los ojos desviándose hacia otro lado... especialmente los de aquellos machos no emparejados que estaban fumando cigarros en un rincón.

Un momento antes de que ella les diera la espalda, captó la mirada de Havers entre el gentío. Él asintió y sonrió con tristeza, como si supiera que ella no podía permanecer allí un instante más.

«Queridísimo hermano», pensó Marissa. Siempre la había apoyado y nunca se había sentido avergonzado por su comportamiento. Lo quería porque eran hermanos, claro, pero sobre todo por su lealtad.

Con una última ojeada a la glymera en todo su esplendor, se encaminó hacia su habitación. Después de una rápida ducha, cambió el traje de noche por un vestido más sencillo, largo hasta el suelo, y por unos zapatos de tacón bajo. Luego descendió por las escaleras traseras de la mansión.

Intocada e indeseada: nada con lo que no pudiera convivir. Si ése era el destino que la Virgen Escribana le había asignado, pues estaba dispuesta a afrontarlo. Había vidas peores, y quejarse de lo que carecía, considerando todo lo que tenía, era aburrido y egoísta.

Lo que no podía aguantar era vivir sin sentido. Gracias a Dios tenía su posición en el Concilio de los Princeps y el sitial asegurado en virtud de su linaje de sangre. Pero también había otras formas de dejar una huella positiva en el mundo.

Cerró y aseguró la puerta de acero con un código. Sintió envidia de las parejas que danzaban al otro lado de la mansión. Ése no era su destino.

Ella tenía otros caminos por recorrer.

B utch salió del ZeroSum a las 3.45 a.m. y, aunque el Escalade estaba aparcado en la parte de atrás, se encaminó en sentido contrario. Necesitaba aire. ¡Dios! Aire.

Era mediados de marzo y el invierno aún estaba lejos de acabar, por lo menos en Nueva York. La noche era gélida. Cuando comenzó a caminar por Trade Street, el aliento brotaba de su boca en nubes blancas y aleteaba sobre sus hombros empujado por el viento. El frío y la soledad le convenían: se sentía demasiado caliente y rodeado de cuerpos, a pesar de que había dejado atrás la aglomeración del club con todo ese gentío sudoroso a su alrededor.

A medida que avanzaba, sus Ferragamo resonaban sobre la acera, las suelas triturando la sal y la arena de la pequeña franja de cemento que asomaba entre los montículos de nieve sucia. A sus espaldas, una música sorda y apagada latía con fuerza desde los otros bares de Trade Street, aunque hacía rato que había pasado la hora de permiso de apertura de los locales, y a esas alturas ya deberían estar cerrados.

Cuando llegó a McGrider's, se soltó el cuello de la camisa y acortó el paso. Evitó el bar donde tocaban *blues,* porque había unos cuantos muchachos en la puerta, perdiendo el tiempo, y no quería que lo vieran. Aparte de sus antiguos colegas del DPC, no mantenía contacto con nadie: él había desaparecido y quería conservar ese estado.

Screamer's era el siguiente local, éste de música rap; ahora sonaba una canción tan alto, que Butch sintió pena de los vecinos. Cuando estuvo lejos de ese club, se detuvo y miró hacia un callejón.

Aquí había comenzado todo. Su extraño viaje al mundo de los vampiros había empezado exactamente en ese sitio, el mes de julio anterior, con la investigación de un coche-bomba, un BMW que resultó destrozado. Un hombre había quedado reducido a cenizas. No hallaron ninguna evidencia material, a excepción de un par de estrellas voladoras de las que se usan en artes marciales. El golpe había sido muy profesional, el tipo de trabajo con el que su autor pretende transmitir un mensaje. No mucho después, cadáveres de prostitutas comenzaron a aparecer en los callejones. Con los cuellos cortados. La sangre con niveles de heroína tan altos como el cielo. Con más juguetes de artes marciales alrededor.

Él y su compañero, José de la Cruz, supusieron que la explosión había sido consecuencia de una reyerta entre chulos por el control del territorio y que las mujeres muertas eran parte del ajuste de cuentas. Muy pronto supieron la verdadera historia. Darius, un miembro de la Hermandad de la Daga Negra, había sido secuestrado por los enemigos de su raza, los restrictores. La muerte de esas prostitutas era parte de una estrategia de la Sociedad Restrictiva para capturar a vampiros civiles e interrogarlos.

Él jamás se había imaginado que existieran los vampiros. Mucho menos que condujeran coches de noventa mil dólares. Ni que tuvieran enemigos tan sofisticados.

Butch se adentró en el callejón, hasta el punto en el que el automóvil había sido lanzado hacia las alturas. Aún había un boquete cubierto de hollín en el edificio donde la bomba había estallado, imprimiendo sus huellas en los ladrillos fríos.

Todo había comenzado allí.

Una ráfaga de viento revoloteó bajo su abrigo, levantó el excelente cachemir del cuello y azotó el elegante traje que había debajo. Alisándolas con la mano, se miró las ropas. El gabán era Missoni, aproximadamente de cinco de los grandes. La chaqueta, RL Black Label, de cerca de tres de los grandes. Los zapatos eran para una noche de aficionados, de apenas setecientos dólares. Los gemelos eran Cartier, de la categoría de los cinco dígitos. El reloj era Patek Philippe: veinticinco de los grandes.

Las dos pistolas Glock de cuarenta milímetros, bajo sus axilas, por lo menos valían dos de los grandes cada una.

Iba vestido... ¡Joder!... en ese momento llevaba encima cerca de cuarenta y cuatro mil dólares, precios de Saks Fift y Army/Navy. Y esto no era más que la punta del iceberg de su vestuario. En la residencia, el complejo donde vivía con los hermanos, tenía dos armarios repletos de ropa del mismo valor... que, por supuesto, no había comprado con su propio dinero. Todo había sido adquirido con la pasta de la Hermandad.

¡Mierda! Se vestía con ropa que no era suya. Vivía en una mansión y comía y veía la televisión con pantalla de plasma... y nada de eso era de él. Bebía whisky por el que no pagaba. Conducía un coche estupendo que tampoco le pertenecía. ¿Y qué daba él a cambio? Nada de nada, ¡diablos! Cada vez que había acción, los hermanos lo mantenían apartado.

Unos pasos resonaron al fondo del callejón, retumbando, anunciándose, acercándose. Y eran los pasos de varios.

Butch se movió con cuidado entre las sombras, soltándose los botones del abrigo y de la chaqueta del traje por si llegaba a necesitar sus armas. No tenía intención de mezclarse en asuntos de otros, pero era incapaz de contenerse si un inocente estaba siendo apaleado.

El poli que había dentro de él aún no había muerto del todo.

Como el callejón no tenía salida, los tíos tendrían que pasar por delante de él. Esperando no involucrarse en un tiroteo, se apretó contra el muro y esperó a ver qué sucedía.

Un tipo joven pasó volando por su lado, con el terror marcado en el rostro, el cuerpo todo agitado por el pánico. Y luego... bueno, lo de siempre, dos matones del tamaño de un camión, con el pelo rubio. Grandes como casas. Oliendo a talco para bebés.

Restrictores. A la caza de un civil.

Butch sujetó una de las Glock en una mano, mientras con la otra marcaba en el móvil el número de V, y salió en persecución de los restrictores. En plena carrera, oyó que saltaba el contestador de V, así que se echó el móvil al bolsillo.

La situación era, por decirlo de una manera suave, bastante complicada. Al fondo del callejón, los dos verdugos habían acorralado al civil y se movían a su alrededor perezosamente, encerrándolo, empujándolo hacia atrás, sonriendo, jugando con él. El civil temblaba; el blanco de sus ojos brillaba en la oscuridad.

Butch apuntó con su arma.

—Eh, rubios, ¿qué tal si me enseñáis las manos?

Los restrictores se detuvieron y lo miraron. Butch se sintió como un ciervo al que se le viene encima un camión. Esos bastardos sin alma eran pura fuerza, estaban guiados por una lógica implacable y fría, una combinación bastante repugnante, pensó, especialmente si viene por duplicado.

—No es asunto suyo —dijo el que estaba a la izquierda.

—Sí, es lo mismo que me dice mi compañero de habitación. Pero, nunca le hago caso, ¿a que tiene gracia?

Los restrictores eran listos, no podía menospreciarlos. Uno se concentró en Butch. El otro se acercó al civil, que parecía demasiado aterrorizado como para relajarse y ser capaz de desmaterializarse.

«Esto se va a convertir en un secuestro», pensó Butch.

—¿Por qué no se larga? —dijo el bastardo que estaba a la derecha—. Sería mejor para usted.

—Probablemente, pero peor para él. —Butch señaló al civil.

Una brisa tan fría como un cubo de hielo se coló en el callejón, arrastrando los periódicos abandonados y las bolsas de plástico vacías. La nariz de Butch sintió un hormigueo. Meneó la cabeza: odiaba ese olor.

—Vosotros veréis lo que hacéis —dijo—. Por cierto, el hedor ese a talco para bebés... ¿cómo logran soportarlo los restrictores?

Los desvaídos ojos de los verdugos lo recorrieron de arriba abajo, incapaces de imaginarse cómo conocía él esa palabra, restrictor. Enseguida entraron en acción. El restrictor más cercano al civil se abalanzó sobre el vampiro y lo agarró por el pecho, convirtiendo en realidad el secuestro potencial que preveía el humano. Al mismo tiempo, el otro arremetió contra Butch, avanzando como un rayo.

Pero Butch no se asustó. Con calma, apuntó el cañón de la Glock hacia el restrictor, un individuo enorme como una apisonadora, y le disparó directo al pecho. Una especie de aullido de alma en pena brotó de la garganta del verdugo, que cayó al suelo como un saco de arena, inmovilizado.

Lo cual no era la reacción normal de un restrictor al ser alcanzado por un proyectil. Si el proyectil era normal, claro, de los que venden en el mercado; pero el cargador de Butch tenía balas especiales, gracias a la Hermandad.

—¿Qué ha sido esa mierda? —se asombró el otro verdugo.

—Sorpresa, sorpresa, cabrón.

El restrictor reaccionó rápidamente y agarró al civil por la cintura, poniéndolo como escudo.

Butch los apuntó a ambos. «Maldita sea. No dispares. No se te ocurra disparar», pensó.

—Suéltalo —le dijo al restrictor.

El cañón de un arma apareció de repente por debajo de la axila del civil.

Butch tuvo buenos reflejos y se apartó de un salto. La primera bala rebotó en el asfalto. Apenas acababa de resguardarse cuando un segundo balazo le rasgó el muslo.

¡Demonios! Bienvenido a la vida real. Fue como si un hierro candente le hubiera taladrado la pierna. El nicho al que había ido a esconderse protegía tanto como un poste del alumbrado público. El restrictor se movió en busca de una mejor posición de tiro.

Butch cogió una botella vacía que había en el suelo y la lanzó a través del callejón. El restrictor asomó la cabeza por encima del hombro del civil para rastrear el ruido y entonces Butch descargó en semicírculo cuatro disparos, todos muy certeros, alrededor de los dos tíos. El vampiro sintió pánico, lo que se suponía que debía pasar, y se movió. Cuando vio que el civil se había apartado unos centímetros de su captor, Butch le pegó un tiro al restrictor en el hombro. El bastardo giró sobre sí mismo y rodó de bruces sobre el suelo.

Excelente disparo, pero el restrictor aún se movía, y Butch pensó que no tardaría más de un minuto en volver a ponerse de pie. Las balas especiales eran buenas, pero si el tiro no era mortal, esos cerdos se recuperaban enseguida. Resultaban más útiles si el impacto era en el pecho y no en el brazo.

Y, además, los problemas siempre traen más problemas.

En cuanto el vampiro civil estuvo libre, tomó aire y comenzó a gritar.

Butch cojeó, blasfemando por el dolor. ¡Por Dios! Este macho estaba armando suficiente jaleo como para atraer a toda la fuerza de policía de la zona, incluso a la del maldito Manhattan. Butch se acercó a la cara del tipo y lo fulminó con sus duros ojos.

—Necesito que pare de chillar, ¿de acuerdo? Escúcheme. Pare. No chille más. Ya.

El vampiro farfulló cualquier cosa y luego se calló, como si el motor de la voz se le hubiera quedado sin combustible.

—Bien. Necesito que haga dos cosas. Primero, quiero que se calme para que pueda desmaterializarse. ¿Entiende lo que le estoy diciendo? Respire despacio y profundo... así... así es. Muy bien. Y también quiero que se cubra los ojos. Ya. Vamos, cúbraselos.

—¿Cómo sabe...?

—Hablar no está en la lista de las cosas que le he pedido que haga. Cierre los ojos y cúbraselos. Y siga respirando. Ya verá, conseguirá salir por sí mismo de este callejón.

El macho se cubrió los ojos con sus manos temblorosas. Butch fue hasta donde estaba el segundo verdugo, que yacía boca abajo en el pavimento. A la cosa esa le salía sangre negra por la herida del hombro y desde su boca se escapaban pequeños gemidos.

Butch le agarró un mechón del cabello al restrictor y le ladeó la cabeza sobre el asfalto. Puso el cañón de la Glock contra la base del cráneo y apretó el gatillo. La mitad superior del rostro del bastardo se pulverizó. Los brazos y las piernas siguieron sacudiéndose. Todavía sentía.

El trabajo no estaba completo del todo. Tenía que apuñalar en el pecho a esos dos para que murieran de verdad. Y Butch no tenía nada puntiagudo ni cortante a su alcance.

Sacó el teléfono móvil y volvió a marcar, en tanto hacía rodar al verdugo con el pie. Mientras el móvil de V empezaba a sonar, Butch buscó en los bolsillos del restrictor. Encontró una BlackBerry y una cartera...

—¡Mierda! —exclamó. El verdugo había activado su móvil, obviamente para pedir ayuda. Y a través de la línea abierta, los pesados resuellos de una respiración y el ruido de ropas ondeando en el viento eran señal clara y contundente de que la brigada de apoyo estaba en camino.

El móvil de V continuaba sonando. Butch miró al vampiro.

—¿Cómo lo hace? —dijo el civil—. Tiene usted buen aspecto. Parece calmado y controlado.

«V contesta el maldito teléfono, responde de una puta vez», pensó Butch.

El vampiro se apartó las manos de los ojos y los bajó para ver al verdugo, cuya materia gris estaba esparcida sobre la pared de ladrillos, a la derecha.

—Oh... Dios mío...

Butch se interpuso entre el verdugo y el civil.

—No piense en eso —le dijo.

Con una mano, el civil señaló hacia abajo.

—Y a usted... le han dado. Está herido...

—Sí, no se preocupe por mí. Necesito que se calme y se vaya, por favor. Váyase de una puta vez. ¡Desaparezca ya!

La voz de V en el buzón de voz le golpeó como una patada. En ese mismo momento retumbó en el callejón el taconeo de unas botas sobre el pavimento. Butch metió el móvil en el bolsillo, quitó el cargador vacío de la Glock y puso uno nuevo.

—Desmaterialícese. Desmaterialícese ya...

—Pero... pero...

—¡Ya! Por Dios, saque el culo de este callejón o volverá a su casa en un ataúd.

—¿Por qué hace esto? Usted es humano...

—Estoy muy cansado de oír eso. ¡Lárguese!

El vampiro cerró los ojos, murmuró unas palabras en Lenguaje Antiguo y desapareció.

Cuando el infernal ruido de los verdugos se hizo más intenso, Butch miró a su alrededor en busca de algún refugio, consciente de que tenía el zapato izquierdo empapado con su propia sangre. El poco profundo resquicio en la pared era su mejor apuesta, la única. Maldiciendo, se pegó bien al muro y esperó a ver qué venía.

—Mierda.

Dios santo... ¡Eran seis!

* * *

Vishous sabía lo que iba a suceder: algo en lo que él no necesitaba participar. Cuando un rayo de brillante luz blanca iluminó la noche como si fuera el mediodía, giró sobre sí mismo y movió sus jodidos zapatones a lo largo del terreno. No había razón para mirar atrás cuando el ronquido de la bestia retumbara a través de la noche. V conocía el procedimiento: Rhage se había transformado, la criatura andaba suelta y los restrictores con los que había peleado iban a ser su almuerzo. Lo habitual en estos casos... excepto por el lugar en el que se encontraban: el campo de fútbol del Caldwell High School.

«¡Vamos, Bulldogs! ¡Vamos! ¡Rah, rah, rah!».

V correteó por las tribunas, yendo hacia lo más alto, a la zona de animadoras del CHS. Debajo de él, en la línea de la yarda cincuenta, la bestia agarró al restrictor, lo lanzó hacia arriba y capturó al inmortal entre sus dientes.

Vishous miró a su alrededor. Había por lo menos unas veinticinco malditas casas alrededor de la escuela. Y los humanos que vivían en ellas se habían despertado con el resplandor, tan brillante como el de una explosión nuclear.

V renegó y se quitó abruptamente el guante de estrías de plomo de su mano derecha. En cuanto sacó la mano, el brillo del centro de su bendita palma iluminó los tatuajes que la recubrían por ambos lados, desde la yema de los dedos hasta los puños. Mirando fijamente al campo, se concentró en el latido de su corazón, sintiendo el bombeo en las venas y captando el pulso, el pulso, el pulso...

Ondas invisibles brotaron de la palma de su mano, algo así como olas calientes elevándose desde el asfalto. En el instante en que las luces de un par de porches iluminaron las puertas de la calle y los padres de familia asomaron la cabeza fuera de sus castillos, la mhis comenzó a funcionar. Las imágenes y los ruidos de la lucha en el campo fueron reemplazadas por la ilusión de que todo marchaba bien y como debía ser.

Desde las tribunas, V usó su visión nocturna para observar a los hombres que miraban a su alrededor y a los otros. Cuando uno de ellos sonrió y se encogió de hombros, V se imaginó la conversación.

Oye, Bob, ¿has visto eso?

Sí, Gary. Tremenda luz. Inmensa.

¿Llamamos a la policía?

Todo parece estar bien.

Sí. Qué raro. Oye, ¿Marilyn, tú y los niños vais a hacer algo este domingo? Podríamos dar un paseo por un centro comercial, y después comer pizza...

Excelente idea. Se lo preguntaré a Sue. Que tengas buena noche.

Buenas noches, vecino.

Vishous conservó el enmascaramiento hasta estar seguro de que los hombres habían cerrado sus puertas y habían arrastrado los pies hasta la nevera para consumir un bocadillo nocturno.

La bestia no tardó y tampoco dejó mucho por comer. En cuanto finalizó, el dragón miró alrededor hasta dar con V, lanzó un gruñido hacia las tribunas y después soltó un bufido.

—¿Has acabado ya, muchacho? —le dijo V—. Para tu información, el palo de esa portería podría servirte como mondadientes.

Un nuevo bufido. Luego la criatura se acostó en el suelo y, en su lugar, apareció Rhage, desnudo, de pie sobre el suelo empapado de sangre. Tan pronto se completó el cambio, V saltó de las tribunas y trotó por el campo.

—¿Hermano? —Rhage tiritaba como si estuviera en la nieve.

—Sí, Hollywood, soy yo. Voy a llevarte a casa con Mary.

—No ha estado tan mal como otras veces.

—Bien.

V se despojó de su chaqueta de cuero y la extendió sobre el pecho de Rhage. Luego sacó el teléfono móvil de un bolsillo. Había dos llamadas perdidas de Butch. Las devolvió, rogando que contestara rápido. Cuando no obtuvo ninguna respuesta, V se comunicó con el Hueco: la llamada también entró al buzón de mensajes.

¡Diablos! Phury había ido a ver a Havers para reajustarse la prótesis. Wrath no podía conducir a causa de su ceguera. Nadie había visto a Tohrment en meses. El único que quedaba era... Zsadist.

Aunque hacía más de cien años que trabajaba con él, no le apetecía nada recurrir a Z. Era violento y nunca sabías por dónde iba a salir. Pero ¿qué otra opción le quedaba? Bueno, por lo menos el hermano estaba mejorando bastante desde que se había emparejado.

—Diga —fue la brusca respuesta.

—Hollywood ha sacado de nuevo el Godzilla que tiene en su interior... —dijo V—. Necesito un coche.

—¿Dónde estás?

—En la carretera a Weston. En el campo de fútbol del Caldwell High School.

—Llegaré ahí en diez minutos. ¿Hacen falta primeros auxilios?

—No, los dos estamos intactos.

—Ya voy.

La conexión finalizó y V miró el móvil con incredulidad. La idea de confiar en este atroz bastardo era una novedad. Nunca se había visto que fuera en ayuda de alguien...

V puso su mano buena sobre el hombro de Rhage y alzó la mirada al cielo. Un universo infinito y desconocido surgió sobre él, sobre ellos. Por primera vez, la inmensidad le aterrorizó. También por primera vez en la vida estaba volando sin red de protección.

Sus visiones se habían ido. Esas instantáneas del futuro, todas esas gilipocelles, esas transmisiones de lo que estaba por venir, esas imágenes sin fecha que lo mantenían con los nervios de punta desde que podía recordar, simplemente se habían ido. Y lo mismo ocurría con la intrusión de los pensamientos de otras personas.

Siempre había deseado que no hubiera nadie dentro de su cabeza. Era irónico que el silencio le pareciera ensordecedor.

—¿Qué tal V? ¿Estamos bien?

Miró a Rhage. La perfecta belleza rubia de su hermano lo cegó, pese a que todavía tenía sangre del restrictor sobre el rostro.

—Pronto vendrá el transporte. Te llevaremos a casa con tu Mary.

Rhage empezó a hablar entre dientes y V lo dejó hacer. Pobre miserable. Las maldiciones nunca serían una fiesta.

Diez minutos más tarde, Zsadist irrumpió en el campo de fútbol en el BMW de su hermano gemelo, derrapando entre la nieve y trazando una senda de fango. V pensó que iban a arruinar el cuero del asiento trasero. Por fortuna, Fritz, mayordomo extraordinario, lo limpiaría de tal modo que nadie notaría nada.

Zsadist salió del coche y rodeó el capó. Después de un siglo de padecimientos, de autocastigarse casi hasta la inanición, ahora pesaba cerca de cien kilos, los cual no estaba nada mal para su metro noventa y cinco de estatura. Gracias a su shellan, Bella, sus ojos ya no eran los negros orificios de odio de otras épocas. Por lo menos, casi nunca.

Sin hablar, los dos hermanos cargaron con Rhage hasta el automóvil y acomodaron su macizo cuerpo en el asiento trasero.

—¿A casa? —preguntó Z mientras se sentaba al volante.

—Sí, pero antes tengo que despejar la escena —dijo V, lo que significaba que usaría su mano para limpiar en seco la sangre del restrictor, que había salpicado por todas partes.

—¿Quieres que te espere?

—No, llévate al muchacho. Mary estará preocupada por él.

Zsadist escudriñó la vecindad con un veloz giro de cabeza.

—Esperaré.

—No hace falta. No tardaré mucho.

—Si no estás en la residencia cuando yo haya llegado, volveré a buscarte.

El automóvil arrancó, los neumáticos patinando entre el fango y la nieve.

Dios mío, Z realmente era un buen compañero.

Diez minutos después, V se materializó en la residencia, justo cuando Zsadist estaba entrando con Rhage. En cuanto Z llevó a Hollywood al interior, Vishous miró los coches aparcados en el patio. ¿Dónde diablos estaba el Escalade? Butch ya debería haber regresado.

Como estaban acostumbrados a comunicarse permanentemente el uno con el otro, sabía que Butch comprobaba las llamadas con frecuencia. ¡Diablos! A lo mejor estaba ocupado. Ya iba siendo hora de que el hijo de puta archivara su obsesión por Marissa y se buscara algún desahogo sexual.

Y a propósito de desahogo... V observó el resplandor del cielo. Imaginaba que aún quedaría aproximadamente una hora y media de oscuridad. Estaba nervioso, esa noche sentía algo especial, había algo malo en el aire, pero no sabía de qué se trataba.

Cogió el móvil nuevamente y marcó un número. Cuando le contestaron, no esperó un «hola», habló sin más:

—Prepárate para mí, ¡ya! Ponte la ropa que te compré.

Sólo quería escuchar las tres únicas palabras que le interesaban, y le llegaron casi de inmediato cuando la voz femenina al otro lado dijo:

—Sí, mi lheage.

V colgó y se desmaterializó.

Últimamente el ZeroSum estaba dando excelentes resultados, pensó Rehvenge mientras revisaba las cuentas. El flujo de caja era constante. Habían crecido los ingresos por reservas deportivas. Los otros servicios también subían. ¿Cuánto hacía que era dueño del club? ¿Cinco? ¿Seis años? Por fin cosechaba suficientes beneficios como para tomarse un respiro.

Desde luego, era una despreciable manera de hacer dinero: sexo, drogas, alcohol y apuestas. Pero necesitaba pasta para sostener a su mahmen y, hasta hacía poco, a su hermana, Bella. Además tenía que pagar el chantaje que pesaba sobre su cabeza.

Los secretos, a veces, suelen salir caros.

Rehv miró hacia la puerta abierta de la oficina. Cuando su jefe de seguridad entró, pudo olfatear la fragancia de O'Neal que aún perduraba en ella, y sonrió un poco. Le gustaba comportarse correctamente con el poli.

—Gracias por atender a Butch.

Xhex fue sincera y directa, como siempre.

—No lo habría hecho si no hubiera querido.

—Y yo no te lo habría pedido si no supiera que es así. Bueno, ¿y qué ha pasado en el club?

Ella se sentó al otro lado del escritorio; su cuerpo era tan fuerte y resistente como el mármol sobre el que descansaba los codos.

—Sexo no consentido en el salón de hombres. Ya me he encargado del asunto. La mujer quiere denunciar al hombre.

—¿El tío te ha estado buscando después de que lo pillaras?

—Sí, pero no tiene nada que hacer si piensa que va a ablandarme contándome su triste historia. También sorprendí a dos menores de edad en la zona autorizada para venta de licores y los eché a patadas. Y uno de los gorilas estaba cobrando en mordiscos a la gente que hace cola en la puerta para entrar: lo despedí.

—¿Algo más?

—Ha habido otro caso de sobredosis.

—Mierda. ¿Con nuestro producto?

—No. Un camello de fuera. —Del bolsillo trasero de sus pantalones de cuero sacó una pequeña bolsa de celofán y la tiró sobre el escritorio—. Resolví el problema antes de que llegaran los de emergencias. Tuve que contratar algunos extras para manejar la situación.

—Bien. Cuando encuentres al camello, me traes su culo hasta aquí. Quiero encargarme de él personalmente.

—Lo haré.

—¿Algo más?

En el silencio que siguió, Xhex se inclinó hacia delante y juntó las manos. Su cuerpo era todo músculos, fuertes y sin muchos ángulos, excepto en sus altos y pequeños senos. Era deliciosamente hermafrodítica, aunque muy mujer por lo que él sabía.

«Ese poli debería sentirse afortunado», pensó. Xhex no tenía sexo con regularidad, sólo cuando encontraba un macho fuera de lo común.

Tampoco le gustaba perder el tiempo. Normalmente.

—Habla, Xhex —dijo él.

—Quiero saber algo.

Rehv se recostó en la silla.

—¿Es algo con lo que me voy a cabrear?

—Sí. ¿Estás buscando pareja?

Los ojos de él se tornaron púrpura. La miró fijamente.

—¿Quién te ha contado eso? Dame su nombre.

—Pura deducción, nada de cotilleos. Según los registros del GPS, tu Bentley ha estado últimamente donde Havers. Y ocurre que he sabido que su hermanita, Marissa, está disponible. Es hermosa. Algo complicada. Pero a ti nunca te ha importado lo que diga, piense o haga la glymera. ¿Piensas emparejarte con ella?

—No del todo —mintió él.

—Bien. —Los ojos de Xhex cayeron sobre él y fue obvio que sabían la verdad—. Porque sería una locura que te insinuaras. Ella averiguaría todo sobre ti, y no me estoy refiriendo a lo que tienes aquí abajo, en el ZeroSum. Ella es miembro del Concilio de Princeps, ¡por Dios! Si se llega a enterar de que eres un symphath, ambos nos veríamos comprometidos.

Rehv ocultó su bastón.

—La Hermandad lo sabe casi todo sobre mí.

—¿Cómo? —exclamó Xhex.

Pensó en el pequeño enredo de labios y colmillos que él y Phury habían tenido y decidió callárselo.

—Simplemente lo saben. Y ahora que mi hermana está emparejada con un hermano, yo soy de la maldita familia. Así que si el Concilio de los Princeps se decidiera a molestarme, los guerreros lo mantendrían a raya.

Demasiado malo era que sus poderes no afectaran al chantajista, como ocurría con los Normales. Estaba aprendiendo que los symphaths conseguían enemigos muy malos. No era de asombrarse que lo odiaran.

—¿Estás seguro? —preguntó Xhex.

—Bella se moriría si yo fuera enviado a una de esas colonias. ¿Piensas que una hellren de ellos soportaría algo parecido, especialmente si está preñada? Z es un jodido hijo de puta y muy protector con ella. Así que, sí, estoy seguro.

—¿Ella sospecha algo?

—No —dijo Rehv.

Y aunque Zsadist lo supiera, no iba a contárselo a su pareja. De ningún modo pondría a Bella en esa posición. Las leyes establecían que si alguien conocía a un symphath tenía la obligación de denunciarlo, de lo contrario sería perseguido y sometido a severas acciones judiciales.

Rehv rodeó el escritorio, apoyándose en su bastón, ya que Xhex era la única presente. La dopamina que se inyectaba con regularidad mantenía a raya lo peor de los impulsos del symphath, haciéndolo parecer Normal. No estaba seguro de cómo llevaba Xhex su condición. Tampoco estaba seguro de querer saberlo. La cuestión era que, como no tenía sentido del tacto, tenía que usar un bastón para no caerse. Después de todo, sólo tenía profundas percepciones cuando dejaba de sentir los pies o las piernas.

—No te preocupes —dijo él—. Nadie sabe lo que somos. Y así se va a quedar la cosa.

Los ojos grises lo contemplaron con fijeza.

—¿Estás alimentándola, Rehv? —No fue una pregunta. Fue una exigencia—. ¿Estás alimentando a Marissa?

—Eso es asunto mío, no tuyo.

Ella miró a sus pies.

—Maldito seas... lo teníamos acordado. Hace veinticinco años, cuando tuve mi pequeño problema, tú y yo nos pusimos de acuerdo. Nada de compañeros ni de alimentación con Normales. ¿Qué diablos estás haciendo?

—Yo mando aquí... y esta conversación se acabó. —Consultó su reloj—. Y como sabes, ya es hora de cerrar, y necesitas un descanso.

Ella lo observó por un momento.

—No me voy a ir hasta acabar el trabajo...

—Te estoy diciendo que te vayas a casa. Te veré mañana por la noche.

—No te ofendas, Rehvenge, pero ¡púdrete!

Ella caminó hacia la puerta, moviéndose como la asesina que era. Al mirarla, él se acordó de que toda esa mierda de la seguridad no era nada ante lo que ella era capaz de hacer.

—Xhex —dijo él—. A lo mejor estamos equivocados respecto a lo del apareamiento.

Lo miró por encima del hombro con cara de pocos amigos, como diciéndole «¿eres idiota?».

—La abordaste dos veces en un día. ¿Piensas que Marissa no se dio cuenta? ¿Y qué me dices sobre el hecho de que tienes que ir con demasiada frecuencia a ver a su hermano, el buen doctor, para que te consiga un neuromodulador? Además, piensa lo que diría una aristócrata como ella sobre... esto. —Extendió el brazo para abarcar con el gesto todo lo que había en la oficina—. No estamos equivocados. Sólo que te estás olvidando de los porqués.

Cuando la puerta se cerró tras ella, Rehv miró su entumecido cuerpo. Se imaginó a Marissa, tan pura y hermosa, tan diferente a las otras hembras, tan diferente a Xhex... de quien él se alimentaba.

Quería a Marissa y estaba medio enamorado de ella. Y el macho que había dentro de sí quería proclamar lo que sentía por ella, aunque las drogas que consumía lo hicieran impotente. Sólo había una pregunta: ¿la heriría si su parte oscura saliera a flote? ¿Sería así?

Pensó amorosamente en ella, con sus vestidos de alta costura, tan apropiadamente diseñados, siempre tan elegante, tan... limpia. La glymera estaba equivocada: ella no era defectuosa. Era perfecta.

Sonrió, ruborizándose con una pasión que sólo unos orgasmos radicales podrían sofocar. Se acercaba aquella época del mes... así que lo llamaría muy rápido. Sí, lo buscaría otra vez... muy pronto. Cuando su sangre estuviera diluida tendría que alimentarse con gratificante frecuencia: la última vez había sido hacía ya casi tres semanas.

Ella lo llamaría dentro de pocos días. Y él esperaba con ansia la hora de poder servirla.

* * *

V volvió a la residencia de la Hermandad con tiempo de sobra, materializándose al lado de la garita del guarda, enfrente de la puerta. Después de practicar sexo, aún se sentía en el jodido limbo, maldita mierda.

Atravesó el vestíbulo del Hueco mientras se despojaba del armamento, tenso, y ansioso por ducharse para librarse del olor de la hembra. Pensó que debería tener hambre, pero lo único que le apetecía era un buen trago de Grey Goose.

—¡Butch! —gritó.

Silencio.

V fue hasta la entrada de la alcoba del poli.

—¿Te has quedado dormido?

Empujó la puerta. La enorme cama estaba vacía. ¿Se habría ido el poli para la mansión principal?

V trotó a través del Hueco y asomó la cabeza por la puerta del vestíbulo. Echó una rápida mirada a los coches aparcados en el patio y el corazón estuvo a punto de estallarle con atronadores latidos. No vio ningún Escalade. Butch no estaba en el complejo.

Con el cielo empezando a clarear por el este, el brillo del día golpeó a V en los ojos. Se escabulló hacia la casa y se sentó frente a su ordenador. Buscó las coordenadas del Escalade y descubrió que la camioneta estaba aparcada detrás de Screamer's.

Lo cual era bueno. Por lo menos Butch no estaba incrustado en un árbol...

De pronto, V se quedó helado. Mientras se llevaba la mano al bolsillo posterior de sus pantalones de cuero, un horrible presentimiento le fue sobrecogiendo lentamente, ardiente y agudo como un sarpullido. Abrió el móvil y accedió a su buzón de voz. El primer mensaje era una llamada cortada, hecha desde el móvil de Butch.

Cuando oyó el segundo mensaje, las columnas de acero de la casa se le vinieron encima.

Sintió pánico. Sólo se oía un sonido silbante. Después un traqueteo le hizo apartar el móvil de su oído.

Era la voz de Butch, áspera, dura:

—*Desmaterialícese. Desmaterialícese ya.*

Un macho aterrorizado:

—*Pero... pero...*

—*¡Ya! Por Dios, saque el culo de aquí...* Rumores apagados... vibraciones.

—*¿Por qué hace esto? Usted es humano...*

—*Estoy tan cansado de oír eso. ¡Lárguese!*

Enseguida un ajetreo metálico: un arma siendo recargada. La voz de Butch:

—*¡Mierda!*

Después, todos los demonios sueltos: disparos, resoplidos, golpes, ruidos sordos.

V brincó por encima de su escritorio tan rápido que tumbó la silla. Y entonces se dio cuenta de que estaba atrapado dentro de la mansión por culpa de la luz del día.

4

Lo primero que Butch pensó cuando volvió en sí fue que alguien debía cerrar el grifo. El goteo... el goteo... el goteo era irritante.

Entreabrió un párpado y entonces se dio cuenta de que era su propia sangre la que goteaba. Ningún problema, se dijo. Lo habían machacado y molido. Y ahora se estaba desangrando. Bien.

Había sido un largo día, demasiado largo, y malo, muy malo. ¿Cuántas horas lo habían interrogado? ¿Doce? Se sentía como si hubieran sido mil.

Trató de respirar profundamente y sintió algo en las costillas... las tenía rotas, así que, además del dolor tuvo hipoxia. Hombre, gracias a las atenciones de sus captores, todo le dolía. Por lo menos el restrictor había recibido su merecido: un maldito balazo. Hecho que, entre otras cosas, sólo había servido para que el interrogatorio se prolongara más.

Lo único rescatable de la pesadilla era que ni una sola palabra sobre la Hermandad había salido de sus labios. Ninguna. Ni cuando el verdugo empezó a pulverizarle las uñas y a golpearle entre las piernas. Butch iba a morir pronto, pero por lo menos, cuando llegara a los cielos, podría mirar a los ojos a san Pedro y saber que no era un chivato.

¿O moriría y se iría directo al infierno? ¿Qué importaba eso? Teniendo en cuenta toda la mierda que se había comido en la tierra, no le sería difícil aceptar vivir en la casa de huéspedes del diablo. ¿Pero sus torturadores acaso no debían tener cuernos, como los demonios?

¿O estaría coqueteando con los Looney Tunes?*

Abrió los ojos un poco más, pensando que ya iba siendo hora de ignorar los chasquidos de su dolorida cabeza y volver a la realidad. Probablemente éste sería su último destello de conciencia: debía sacarle el máximo provecho.

La visión era borrosa. Manos... pies... sí, encadenado. Y tirado sobre algo duro, una mesa. La habitación era... oscura. El olor a mugre le hizo pensar que posiblemente estaba en un sótano. La exigua luz de una bombilla le reveló... Dios santo... la caja de las herramientas de tortura. Apartó su vista de todos esos objetos puntiagudos esparcidos a su alrededor y se estremeció.

¿Qué era ese estrépito? Un ruido nada prometedor. Cada vez más fuerte. Más alto.

Una puerta se abrió en la planta de arriba y Butch oyó a un hombre que con voz apagada decía: «Amo».

Hubo una blanda réplica. Indefinida. Después una conversación y unos pasos que rondaban por ahí, haciendo que el polvo se filtrara entre los maderos. Entonces oyó el chirrido de otra puerta que se abría y las escaleras junto a él empezaron a crujir.

Butch se sintió bañado en un sudor frío y bajó los párpados. A través de una rendija entre sus pestañas, espió a ver qué se le acercaba.

El primer tío era el restrictor que lo había estado torturando, el mismo fulano del verano pasado, el de la Academia de Artes Marciales de Caldwell, Joseph Xavier se llamaba, si Butch recordaba correctamente. El otro estaba cubierto de pies a cabeza por una brillante túnica blanca, cara y manos completamente tapadas. Parecía una especie de monje o de sacerdote.

Pero Dios no estaba debajo de esa vestidura. Cuando Butch absorbió su vibración personal, respiró con repulsión. Lo que hubiera bajo la túnica exhalaba perversidad, pura maldad de la que incita a los criminales en serie, a los violadores, a los asesinos

---

* Serie de dibujos animados de la Warner.

y a las personas que gozan golpeando a los niños: odio, rencor y malevolencia al máximo, en estado sólido.

Butch estaba aterrorizado. Podía soportar que le hubieran dado una paliza: el dolor era una mierda y tendría punto final cuando su corazón dejara de latir. Pero lo que se escondía debajo de esa túnica abarcaba misterios de sufrimiento parecidos a algunos de los que se narraban en la *Biblia*. ¿Cómo lo sabía? Todo su cuerpo se revolvía, sus instintos le gritaban que corriera, que se salvara, que... rezara.

La plegaria se repitió en su mente.

El Señor es mi Pastor, nada me faltará...

La capucha en lo alto de la túnica giró sobre sí misma, como el cuello deshuesado de una lechuza.

Butch entornó violentamente los párpados y se apresuró con el Salmo XXIII. Cada vez más rápido... urgido por la necesidad de que los versículos sosegaran su mente, siempre más rápido. *Él me ha emplazado en verdes pastos; me ha conducido junto a unas aguas que restauran... Reconcilió mi alma; me ha conducido por los senderos de la justicia, para gloria de su Nombre...*

—¿Este hombre es el único? —La voz que reverberó en el sótano hizo perder el ritmo a Butch: era atronadora y ennegrecida por un eco, algo desenterrado de una película de ciencia-ficción con extrañas e inquietantes distorsiones.

—Su arma estaba cargada con balas de la Hermandad.

Volver al Salmo. Y hacerlo más rápido.

De esta suerte, aunque caminase por entre las tinieblas de la muerte, no temeré ningún desastre...

—Yo sé que estás despierto, humano.

El eco de la voz penetró con crudeza dentro del oído de Butch.

—Mírame y conoce al Amo de tu captor.

Butch abrió los ojos, volvió la cabeza y tragó saliva compulsivamente. El rostro que lo acechaba desde arriba atraía la oscuridad, como una sombra viva.

El Omega.

El Maligno sonrió un poco.

—¿Así que sabes quién soy? —Se enderezó—. ¿Le has sacado algo, Capataz?

—Aún no he terminado con él.

—¿Ah, no? Lo has aporreado bastante, está casi al borde de la muerte. Sí, lo puedo sentir. Muy cerca. —El Omega se agachó y aspiró el aire sobre el cuerpo de Butch—. Sí, dentro de una hora, como mucho. Tal vez menos.

—Aguantará hasta cuando yo quiera —dijo el Capataz.

—No, él no. —El Omega comenzó a dar vueltas alrededor de la mesa: Butch alcanzó a percibir el movimiento. Su terror aumentó y aumentó, oprimiéndolo con fuerza a cada paso del Maligno. Vueltas y vueltas y más vueltas en torno a Butch, que temblaba. Los dientes le castañeteaban sin parar.

El tembloroso espanto se redujo momentáneamente cuando el Omega se detuvo al borde de la mesa. Sus manos se movieron hacia arriba, entre sombras, y se echó la capucha hacia atrás. La cadavérica bombilla parpadeó como si su luz fuera absorbida por la tenebrosa cabeza del Maligno.

—Vas a dejarlo libre —dijo el Omega, la voz depurada y fortalecida por el aire—. Vas a abandonarlo en el bosque. Y les dirás a los demás que se alejen de él.

«¿Qué?», pensó Butch.

—¿Qué? —dijo el Capataz.

—La Hermandad cuenta, entre sus muchos defectos, con uno que los caracteriza: una lealtad inquebrantable, ¿no es así? Una lealtad que los entumece. Proclaman que es una característica única. Dicen que es su parte animal. —El Omega sacó una mano—. Un cuchillo, por favor. Tengo una idea para que este humano nos sea útil.

—Usted dijo que iba a morir.

—Voy a darle un respiro, un poco más de vida. Como un regalo. El cuchillo.

Alguien esgrimió un cuchillo de caza, de unos veinte centímetros de largo. Los ojos de Butch se abrieron totalmente.

El Omega colocó una mano sobre la mesa, acercó el cuchillo a la punta de su dedo índice y, de un tajo, se la rebanó. Sonó un golpe seco, como cuando se corta una zanahoria.

El Omega se inclinó sobre Butch.

—¿Dónde lo escondemos, dónde lo escondemos...?

El cuchillo revoloteó por encima del abdomen de Butch mientras él daba alaridos. Y todavía estaba gritando cuando le hicieron un corte en el vientre. El Omega agarró su pequeño pedazo, con un dedo negro.

Butch luchó, dándole un buen tirón a las ataduras. Abrió los ojos, horrorizado, hasta que se le oscureció la visión.

El Omega insertó el pedazo de carne que le había cortado a Butch en el vientre. Después se agachó y sopló sobre la herida. La piel se selló y la carne se soldó al mismo tiempo. Inmediatamente, Butch sintió que se pudría por dentro. El gusano de la maldad se removía en círculos. Agachó la cabeza para poder contemplarse el bajo vientre. La piel alrededor de la herida se estaba volviendo gris.

Las lágrimas saltaron de sus ojos y le chorrearon por las mejillas.

—Libérenlo —ordenó el Omega.

El Capataz le soltó las cadenas. Butch, una vez sin ligaduras, descubrió que no podía moverse. Estaba paralizado.

—Está en mi poder —dijo el Omega—. Sobrevivirá y volverá a la Hermandad.

—Pero lo sentirán a usted.

—Quizá. De todos modos lo recogerán.

—Él se lo contará.

—No, porque no recordará nada de mí. —El rostro del Omega se inclinó sobre Butch—. No recordarás nada.

Cuando sus miradas se encontraron, Butch sintió cierta afinidad entre ellos, el vínculo, la identidad. Lloró por lo que le habían hecho y sobre todo por la Hermandad. Vendrían a por él. Tratarían de ayudarlo como fuera.

Y, tan seguro como la existencia del diablo que tenía dentro de sí, él acabaría traicionándolos.

A menos que Vishous y los hermanos no pudieran encontrarlo. ¿Cómo iban a encontrarlo? Sin ropa, a la intemperie, seguramente moriría muy pronto.

El Omega alargó la mano y secó las lágrimas de las mejillas de Butch. La humedad brillaba, iridiscente, entre aquellos dedos negros y translúcidos, y Butch deseó no haber derramado sus lágrimas, prefería habérselas tragado. Pero no había sido así. Moviendo la mano hacia su boca, el Maligno saboreó el dolor y el miedo de Butch, los lamió... los chupó.

A pesar de que Butch ya no tenía esperanzas de recuperar la memoria, la fe que lo sostenía le permitió recordar el último versículo del Salmo XXIII: *Y me seguirá tu misericordia todos los días de mi vida; a fin de que yo more en la casa del Señor por largo tiempo.*

Pero eso sería imposible. Tenía al Maligno dentro, bajo su piel.

El Omega sonrió, aunque Butch no sabía cómo era su sonrisa.

—Lástima que no tengamos más tiempo, dado tu frágil estado. Pero habrá otras oportunidades para ti y para mí en el futuro, no lo dudes. Lo que yo declaro como mío, siempre será mío. Ahora, duerme.

Y como una lámpara que se apaga, Butch se durmió.

* * *

—Contesta la maldita pregunta, Vishous.

V apartó la vista de su Rey en el mismo momento en que el antiguo reloj que había en una esquina del estudio empezó a sonar. Se detuvo después de cuatro campanadas: las cuatro de la tarde. La Hermandad había estado en el puesto central de Wrath todo el día, yendo de aquí para allá por el salón Luis XIV, ridículo y elegante, saturando el frágil aire con toda su furia acumulada.

—Vishous —gruñó Wrath—. Estoy esperando. ¿Cómo conoces la forma de encontrar al poli? ¿Y por qué no lo has dicho antes?

Porque sabía que le iba a traer problemas.

Mientras V pensaba alguna respuesta, miró a sus hermanos. Phury se había echado en el sofá de seda azul enfrente de la chimenea; su enorme cuerpo hacía que el mueble pareciera muy pequeño, el largo pelo multicolor alisado junto a la mandíbula. Z, detrás de su hermano gemelo, se apoyaba sobre el mantel, con los ojos oscurecidos por culpa de la furia que sentía. Rhage estaba junto a la puerta, su hermoso rostro desfigurado por una expresión de asco, los hombros temblorosos como si su bestia interior estuviera a punto de saltar, de encabronarse hasta más allá de lo imaginable.

Y Wrath. Detrás de su pulcro escritorio, el Rey Ciego era un pesado bloque de irritación, el semblante cruelmente endurecido por la cólera, sus patéticos ojos totalmente ocultos por unas anchas gafas negras. Los sólidos antebrazos, marcados con los tatuajes de su linaje de pura sangre, descansaban sobre un cartapacio estampado en oro.

Que Tohr no estuviera allí con el grupo era una herida abierta para todos ellos.

—Óyeme, V, responde a la pregunta o te juro por Dios que voy a sacarte la verdad como sea.

—Yo simplemente sé cómo encontrarlo.

—¿Qué nos estás ocultando?

V fue hasta el bar, se sirvió un par de dedos de Grey Goose y se bebió el vodka de un solo trago. Tragó saliva varias veces y luego dejó que sus palabras volaran libremente.

—Yo lo alimento a él.

Un coro de exclamaciones flotó en la habitación. Mientras la incredulidad de Wrath se expandía, V aprovechó para servirse otra copa de Goose.

—¿Tú qué? —Y la última palabra fue un grito a voz en cuello.

—Ha bebido mi sangre.

—¡Vishous! —Wrath rodeó el escritorio, sus zapatos aporreando el suelo como si fueran rocas—. Él es un macho. Y humano, además. ¿En qué estabas pensando?

Más vodka. Definitivo, hora de más Goose.

V se lo bebió de un trago y luego se sirvió el número cuatro.

—Sí, él tiene mi sangre dentro, por eso puedo encontrarlo. Ésta es la razón por la que le di de beber de mí. Yo supe... lo que se supone que debía saber. Así que lo hice y volvería a hacerlo.

Wrath se apartó del escritorio y empezó a dar vueltas por la habitación. Mientras el jefe se libraba de su frustración, el resto de la Hermandad lo observaba con curiosidad.

—Hice lo que había que hacer —dijo V bruscamente, bebiendo de un solo trago lo que quedaba en el vaso.

Wrath se detuvo junto a una alta ventana, que llegaba del suelo al techo. Permanecía cerrada durante el día para que no entrara ninguna luz a la habitación.

—¿Él... él... tomó tu vena?

—¡No!

Dos de los hermanos aclararon su garganta, para urgirlo a que hablara con honestidad.

V blasfemó y se sirvió más vodka.

—Oh, por amor de Dios, ¿cómo iba a decirle que bebiera de mi vena? Le di un poco en un vaso. No supo qué estaba bebiendo.

—Mierda, V —refunfuñó Wrath—. Pudiste haberlo matado.

—Eso fue hace tres meses. Y no pasó nada, no le hizo ningún daño...

La voz de Wrath estalló tan veloz y dura como cuando un bateador lanza una bola de *strike*.

—¡Violaste la ley! ¿Alimentar a un humano? ¡Dios! ¿Qué se supone que debo hacer contigo?

—Debes entregarme a la Virgen Escribana. Iré con gusto, por mi propia voluntad, si así lo deseas. Pero quiero aclarar una cosa: primero voy a encontrar a Butch y a traerlo de vuelta a casa, vivo o muerto.

Wrath se quitó las gafas y se frotó los ojos, un hábito que había desarrollado en los últimos tiempos, cuando se sentía cansado de la responsabilidad de ser rey.

—Si es interrogado, puede que el poli hable. Nos veríamos muy comprometidos.

V miró dentro de su vaso y negó lentamente con la cabeza.

—Morirá antes que entregarnos. Lo garantizo. —Tragó y sintió cómo la bebida se deslizaba garganta abajo—. Mi hombre es tan fuerte como este vodka.

Rehvenge no se sorprendió para nada cuando lo llamé»,
pensó Marissa. Siempre parecía tener esa extraña y
asombrosa manera de leer en su mente.

Recogió su capa negra y salió a la parte de atrás de la mansión de su hermano. La noche había caído y ella tiritaba, aunque no a causa del frío. Era por un horrible sueño que había tenido durante el día. En el sueño ella volaba, volaba, volaba por encima del horizonte, volaba sobre una laguna congelada, con pinos en las orillas, e iba hasta más allá del contorno de árboles que rodeaban el estanque. Se detuvo y miró hacia abajo. Sobre el suelo cubierto de nieve, vio a Butch, acurrucado y sangrante.

Su urgencia de buscar a la Hermandad estaba relacionada, sin duda, con las imágenes de la pesadilla. Cuando los guerreros la llamaran preocupados para averiguar qué sucedía, se iba a sentir muy estúpida al tener que contestarles que todo iba bien. Probablemente pensarían que ella lo estaba acechando. Sólo que, Dios mío... esa visión de él sangrando sobre la tierra tapizada de blanco, esa imagen de él, indefenso y en posición fetal, la obsesionaba y la angustiaba.

Sólo había sido un sueño, pensó. Simplemente... un sueño.

Cerró los ojos y se obligó a sí misma a calmarse. Se desmaterializó y apareció en la terraza de un ático, en lo alto de un edificio de treinta pisos. Apenas tomó forma, Rehvenge deslizó el batiente de una de las seis puertas de vidrio.

Inmediatamente frunció el ceño.

—¿Qué te pasa? Pareces preocupada.

Forzó una sonrisa mientras avanzaba hacia él.

—Tú lo sabes, yo soy así, siempre un poco inquieta.

Él la señaló con su bastón grabado en oro.

—No, esto es diferente.

Dios santo, nunca había aprendido a ocultar sus emociones.

—Estoy bien.

La agarró del codo y con cortesía la llevo dentro. Un calor tropical los envolvió. Rehv mantenía siempre la calefacción a esa temperatura y sólo se quitaba su abrigo de marta cuando se sentaba en el sofá. ¿Cómo hacía para aguantar tanto calor?, se preguntó la joven.

—Marissa, quiero saber qué te pasa.

—Nada, en serio.

Con un aristocrático movimiento, se quitó la capa y la abandonó encima de una silla cromada en negro. Tres costados del ático estaban hechos de paneles de vidrio, que dejaban ver una desordenada panorámica de Caldwell, dividida por mitades, las brillantes luces del centro, la oscura curva del río Hudson, las estrellas sobre las aguas.

En otras circunstancias, le habría encantado el piso.

En otras circunstancias, le habría encantado él.

Los ojos violetas de Rehv se achicaron mientras se acercaba a ella, apoyándose en el bastón. Era un macho enorme, cincelado como un hermano. Inclinó hacia ella su magnífico rostro.

—No me mientas.

Ella sonrió sutilmente. Los machos como él tendían a sobreprotegerla, y aunque ellos dos no se hubieran apareado, no se sorprendía de que Rehv estuviera siempre dispuesto a salir en su defensa.

—He tenido un sueño perturbador esta mañana y no me he podido librar de él. Eso es todo.

La calibró con la mirada. Ella tuvo la extraña sensación de que estaba interpretando sus emociones.

—Dame la mano —dijo él.

Se la dio, sin dudarlo. Rehv siempre respetaba las formalidades de la glymera y aún no la había saludado como le correspondía a una clienta como ella. Cuando sus palmas se juntaron, él rozó sus nudillos con los labios. Descansó el pulgar sobre su muñeca y lo apretó un poco. Y a continuación otro poco más. Repentinamente, como si se hubiera abierto algún tipo de drenaje, sus sentimientos de miedo y preocupación salieron a la superficie, ante el solo contacto de ese dedo.

—¿Rehvenge? —murmuró Marissa débilmente.

En cuanto le soltó la muñeca, las emociones volvieron a ella, se adueñaron nuevamente de su pobre corazón.

—Esta noche no vas a poder estar conmigo.

Ella se ruborizó y se frotó la piel en el punto donde él la había tocado.

—Por supuesto que sí. Es... hora.

Se detuvo detrás del sofá de cuero negro donde solían sentarse. Al cabo de un momento, Rehvenge se le acercó. Se despojó de su abrigo de piel, hasta dejarlo caer a sus pies. Luego se desabrochó la chaqueta y también se la quitó. La delicada camisa de seda, blanquísima, se abrió hasta la mitad: toda la fuerte y lampiña contextura de su pecho apareció ante ella, con tatuajes en los pectorales, un par de estrellas de cinco puntas en tinta roja. También había otros dibujos en su estómago, recio y elástico a la vez.

Rehv se sentó y se acomodó entre los brazos del sofá, sacando músculos. Su resplandeciente mirada del color de la amatista la impresionó, y lo mismo ocurrió cuando extendió el brazo hacia ella.

—Ven aquí, tahlly. Voy a darte lo que necesitas.

Ella se levantó la falda y subió las piernas sobre el sofá. Rehv siempre insistía en que ella se le subiera encima y lo tomara por la garganta. Ninguna de las tres veces que lo habían hecho así se había excitado. Lo cual, al mismo tiempo, era un alivio y un recordatorio. Wrath tampoco se excitaba, ni tenía erecciones cuando estaban en contacto.

Marissa contempló la tersa piel del macho, y el hambre que había venido sintiendo durante los últimos días la acometió con fuerza. Apoyó las palmas en sus pectorales y se arqueó sobre él, viendo cómo cerraba los ojos, ladeaba el cuello y elevaba las manos hasta sus brazos. Un suave gruñido brotó de los labios de él, algo que se repetía siempre que ella se alimentaba. En otra situación, habría jurado que se trataba de una exquisita anticipación de lo que vendría enseguida. Pero sabía que no era así. Su cuerpo siempre estaba flácido, jamás se excitaba.

Marissa abrió la boca. Los colmillos se dilataron y extendieron hacia abajo, desde su maxilar superior. Se inclinó sobre Rehv. Ella...

La imagen de Butch acurrucado sobre la nieve la paralizó. Tuvo que sacudir la cabeza para concentrarse nuevamente en la garganta de Rehv y satisfacer el hambre que la asaltaba.

«Aliméntate», se dijo a sí misma. «Toma lo que te ofrecen».

Lo intentó de nuevo, pero se detuvo con la boca sobre el cuello de él. Entrecerró los ojos con frustración. Rehv le cogió el mentón y le echó la cabeza hacia atrás, con delicadeza.

—¿Quién es él, *tahlly*? —Rehv le acarició el labio inferior con el pulgar—. ¿Quién es el macho al que amas tanto que no te deja alimentarte? Voy a sentirme totalmente insultado si no me lo cuentas.

—Oh, Rehvenge... es alguien que no conoces.

—Es un loco.

—No, la loca soy yo.

Con un inesperado arrebato, Rehv la atrajo hacia su boca. Ella se quedó atónita y respiró entrecortadamente cuando, en una avalancha erótica, la lengua de él entró en su boca. La besó con habilidad, con movimientos suaves y delicadas penetraciones. No sintió que él se excitara, pero sí se dio cuenta del tipo de amante que podría ser: dominante, potente... concienzudo.

Se apoyó en su pecho y él permitió que interrumpiera el contacto.

Rehv se reacomodó. Sus ojos amatista brillaron: una hermosa luz púrpura brotó de él y se vertió dentro de ella. Aunque no tenía ninguna erección, el temblor que recorría todo su musculoso cuerpo daba fe de que se trataba de un macho con sexo en su mente y en su sangre, y que quería penetrarla.

—Pareces sorprendida —arrastraba las palabras.

¡Cómo no iba a estarlo, teniendo en cuenta el modo en que la mayoría de los hombres la juzgaban!

—Es que no me esperaba esto. Sobre todo porque no pensé que podrías...

—Soy capaz de aparearme con una hembra... —parpadeó y por un momento se congeló—. Bajo ciertas condiciones.

Entonces, una imagen impactante estalló en su cerebro: ella desnuda en una cama con mantas de marta cebellina, Rehv desnudo y plenamente excitado, metiéndosele entre las piernas. En la parte interna del muslo de él, vio la marca de un mordisco, como si ella le hubiera cogido la vena ahí.

Marissa respiró profundamente y se tapó los ojos. La visión desapareció. Él murmuró:

—Mis disculpas, tahlly. Me avergüenza que mis fantasías hayan podido llegar tan lejos. Pero no te preocupes, a partir de ahora las mantendré archivadas en mi cabeza.

—Dios mío, Rehvenge, jamás lo habría sospechado. Tal vez si las cosas fueran diferentes...

—Es suficiente por hoy.

Miró fijamente el rostro de Marissa y luego meneó la cabeza.

—En serio, quiero conocer a ese macho, tu macho.

—Ése es el problema. Que no es mío.

—Te repito lo que dije: es un loco. —Revh rozó el pelo de Marissa—. Y aun con lo hambrienta que estás, vamos a tener que dejar esto para otro día, tahlly. Tu corazón no te lo permitirá esta noche.

Ella se apartó y se levantó; dirigió la vista hacia las ventanas, a la deslumbrante ciudad. Se preguntó dónde estaría Butch y qué estaría haciendo. Después volvió a mirar a Rehv y quiso saber por qué diablos no se sentía atraída por él. En su estilo guerrero, era perfecto: poderoso, de buena cepa sanguínea, fuerte... especialmente ahora, indolentemente tirado en el sofá de marta cebellina, las piernas abiertas en una descarada invitación sexual.

—Me gustaría desearte, Rehv.

El rió con sequedad.

—Qué gracioso. Me parece que sé exactamente lo que quieres decir.

* * *

V salió al vestíbulo de la mansión y se detuvo frente al patio. Al abrigo de la vecina casa de un pastor protestante, le echó una ojeada mental a la noche, con su radar interno funcionando, en busca de alguna señal.

—No vas a ir solo —gruñó Rhage a su oído—. Encontrarás el lugar donde lo tienen y nos llamarás.

Cuando no contestó, V sintió que lo agarraban por la nuca y lo sacudían como a una muñeca de trapo, a pesar de que medía más de uno noventa y cinco.

Rhage acercó su rostro al de V, con cara de pocos amigos.

—Vishous, ¿me has oído?

—Sí, lo que quieras.

Rechazó al macho, sólo para darse cuenta de que no estaban solos. El resto de la Hermandad esperaba, armados y furiosos, como un cañón listo para ser disparado. Bajo su aparente agresividad, sin embargo, lo observaban con preocupación. Recuperó su autocontrol y les dio la espalda.

V programó su mente y empezó a tamizar la noche, tratando de encontrar el pequeño eco de él que había dentro de Butch. Penetró la oscuridad y buscó a través de campos, montañas, tierras congeladas y raudos torrentes... afuera... afuera... afuera...

Oh, Dios...

Butch estaba vivo. Y estaba al... nordeste. A unos veinte o veinticinco kilómetros.

V cogió su Glock. Una mano de acero lo agarró por el brazo. Rhage estaba detrás, implacable.

—No vas a atacar tú solo a esos restrictores, ¿entendido?

—Claro.

—Júralo —dijo Rhage bruscamente. Lo conocía demasiado bien, por lo que sabía que V estaba pensando en acabar con quienquiera que tuviera a Butch y que sólo llamaría a la Hermandad para las tareas de limpieza.

Era un asunto personal, sin ninguna relación con la guerra entre vampiros y la Sociedad Restrictiva. Los inmortales habían capturado a su... bueno, cómo decir, V no sabía cabalmente qué era Butch para él. Se parecía, en todo caso, a lo más fuerte que había sentido en muchísimo tiempo.

—Vishous...

—Llamaré cuando esté preparado para joder a esos bastardos.

V se desmaterializó, para librarse de la compañía de su hermano. Viajó a través de un caótico barullo de moléculas hasta corporizarse en una zona rural de Caldwell, junto a una arboleda detrás de un campo que aún permanecía congelado. Consultó su localizador: estaba a unos cien metros de la señal que había recibido de Butch. Avanzó en cuclillas, dispuesto a luchar.

Un buen plan, dado que podía sentir restrictores por todas partes.

Se encogió y contuvo la respiración. Avanzó lentamente, en semicírculo, ojos y oídos alerta, rebuscando no sólo con el instinto. No había verdugos alrededor. No había nada alrededor. Ni una casucha ni un refugio de caza.

De pronto se estremeció. ¡Mierda! Acababa de sentir algo entre los árboles, algo grande, un espeso indicio de malevolencia, una maldad que hizo que se tambaleara.

El Omega.

Giró la cabeza hacia esa horripilante señal y una ráfaga de viento se le clavó en el rostro, como si la Madre Naturaleza lo acosara para que se marchara en dirección contraria.

Aunque, mierda... primero tenía que sacar de ahí a su compañero.

V corrió hacia lo que él sentía de Butch, sus zapatones golpeando en la nieve crujiente. Muy arriba, la luna llena brillaba, radiante, al borde de un cielo sin nubes. La presencia del mal era tan vívida que V podría haber seguido la pista con los ojos vendados. Y, maldición, Butch estaba muy cerca de esa oscuridad.

A unos cincuenta metros, V vio a los coyotes. Daban vueltas alrededor de algo en el campo, gruñendo, no como si tuvieran hambre, sino como si la manada se sintiera amenazada.

Y lo que había captado su atención era de tal magnitud que no notaron la aparición de V. Para ahuyentarlos, apuntó por encima de sus cabezas y soltó un par de descargas. Los coyotes se dispersaron y...

V se escurrió en la nieve. Cuando vio lo que había en el campo, se quedó sin respiración por unos segundos, paralizado.

Butch yacía de costado sobre la nieve, desnudo, vapuleado, ensangrentado por todas partes, el rostro hinchado y lleno de moretones. Tenía un vendaje en un muslo. La herida debajo de la gasa había sangrado abundantemente. Sin embargo, nada de eso producía el horror. La maldad estaba concentrada alrededor del poli... alrededor... mierda, la opaca y nauseabunda señal que V había sentido era de Butch.

Oh, dulce Virgen en el Ocaso...

Vishous echó un rápido vistazo a su alrededor. Después se arrodilló y, con delicadeza, posó la mano enguantada sobre su amigo. Sintió un latigazo de dolor en el brazo. Sus instintos le dijeron que se enderezara: le estaba absolutamente prohibido colocar la palma de la mano encima de lo que había allí. El mal.

—Butch, soy yo. ¡Butch!

Con un gemido, el poli se agitó, un aleteo de esperanza flameó en su rostro abotagado y maltratado, como si hubiera sentido el sol sobre su piel. Pero enseguida la expresión se desvaneció.

¡Dios santo! Los ojos del hombre estaban cerrados, casi congelados. Había llorado y las lágrimas se habían helado al brotar.

—No te preocupes, poli. Voy a...

¿A hacer qué? El macho estaba a punto de morir. ¿Qué diablos le habían hecho? Estaba atiborrado de oscuridad.

La boca de Butch se abrió. Roncos sonidos salieron de sus labios, parecían palabras pero no significaban nada.

—Poli, no digas nada. Voy a encargarme de ti...

Butch meneó la cabeza y empezó a moverse. Con patética debilidad, extendió sus brazos y se agarró al suelo, tratando de deslizar su cuerpo roto sobre la nieve. Para alejarlo de V.

—Butch, soy yo...

—No... —El poli se volvió hacia V, frenético, arañando el suelo, arrastrándose—. Infectado... no sé cómo... infectado... no puedes... llevarme contigo. No sé por qué...

V usó su voz como una bofetada, haciéndola sonar aguda y fuerte.

—¡Butch! ¡Detente!

El poli se aferró a la tierra, aunque no estaba claro si lo hacía por seguir la orden de su amigo o porque había perdido las fuerzas.

—¿Qué diablos te hicieron? —De su chaqueta, V extrajo una manta para emergencias, y con ella envolvió a su compañero.

—Infectado. —Con torpeza, Butch viró sobre la espalda e hizo a un lado la vaina plateada. Dejó caer una mano rota sobre su vientre—. In... fectado.

—¿Y esto qué diablos es?

Había un círculo negro, del tamaño de un puño, en el estómago del poli, un moretón con bordes claramente definidos. En el centro, se veía algo así como la... cicatriz de una operación.

—Mierda. —Le habían metido algo por dentro.

—Mátame. —La voz de Butch chilló con aspereza—. Mátame ya. Infectado. Tengo una cosa... dentro. Crece...

V se llevó las manos a la cabeza. Tenía que pensar algo, y rezó para que su sobredosis de materia gris le sirviera en este momento. Unos instantes después, llegó a una conclusión radical pero lógica. Se concentró en esa idea hasta calmarse. Desenvainó con mano firme una de sus dagas negras y se inclinó sobre Butch.

Necesitaba retirarle lo que tuviera dentro. Y teniendo en cuenta lo diabólico del asunto, la extracción tendría que hacerse allí, en un territorio neutral, y no en casa o en la clínica de Havers. La muerte rondaba al poli en la nuca: cuanto antes hiciera la descontaminación, mejor para todos.

—Butch, compañero, quiero que respires muy hondo y que luego contengas el aliento. Voy a...

—Ten cuidado, guerrero.

V giró sobre sus talones y miró hacia arriba. Encima de él, flotando sobre el campo, estaba la Virgen Escribana: puro poder, sus negras vestimentas zarandeadas por el viento, el rostro oculto, la voz nítida como el aire nocturno.

Vishous abrió la boca para decir algo, pero ella lo atajó con severidad.

—Antes de que sobrepases tus límites y empieces a hacer averiguaciones que no te incumben, te diré algo: no, no puedo ayudarte directamente. No puedo comprometerme y, por tanto, debo hacerme a un lado. Sin embargo, te diré esto: debes ser muy prudente para desterrar la maldición que tanto detestas. Manipular lo que él tiene dentro, te aproximará a la muerte más que cualquier otra cosa que hayas hecho antes. Y si te contaminas, nadie podrá salvarte. —Sonrió un poco, como si le leyera los pensamientos—. Sí, el momento que estás viviendo es parte de la razón por la cual soñaste con él al principio. Y hay otro porqué que entenderás con el tiempo.

—Pero, dime, ¿él vivirá? —preguntó V.

—Ponte a trabajar, guerrero —respondió ella con tono fuerte—. Harás más por su salvación si actúas de una vez, en lugar de dedicarte a ofenderme.

V se inclinó hacia Butch y trabajó con rapidez, oprimiendo el cuchillo sobre el vientre del poli. Le abrió un enorme boquete, y un gemido brotó de los labios del moribundo.

—Oh, por Dios. —Había algo negro dentro en la carne de Butch.

La voz de la Virgen Escribana se oyó más cerca, como si estuviera justo encima del hombro de Vishous.

—Actúa rápido, guerrero. Se expande muy deprisa.

V enfundó la daga negra dentro de la vaina que llevaba en el pecho, se quitó el guante, se agachó sobre el cuerpo de Butch y le acercó la mano. De repente, se detuvo.

—Espera, no puedo tocar a nadie con esto... —se miró la mano.

—Date prisa. Hazlo ya, guerrero, y cuando lo toques imagina que llevas la mano protegida por un guante blanco... como una brillante luz.

Vishous adelantó la mano y se imaginó a sí mismo completamente rodeado por una incandescencia pura y maravillosa. Apenas hizo contacto con la cosa negra incrustada bajo el vientre de Butch, V se estremeció, todo su cuerpo se revolvía con súbitas sacudidas. La cosa, fuera lo que fuese, se desintegró con un silbido y un pequeño estallido. ¡Bien! Pero... Dios... V se sintió mal.

—Respira —dijo la Virgen Escribana—. Simplemente respira.

Vishous se balanceó y cayó al suelo, la cabeza colgando entre sus hombros, la garganta empezando a contraérsele.

—Creo que voy a...

Sí, estaba enfermo. Arcada tras arcada, se sentía desfallecer. La Virgen Escribana no lo abandonó mientras vomitaba. Cuando terminó, lo arropó con su presencia. Por un momento, V llegó a pensar que le estaba acariciando el pelo.

Después, como salido de la nada, su teléfono móvil apareció en su mano buena. La voz de ella sonó fuerte en su oído.

—Ahora ve, llévate al humano, y ten presente que el mal está en su alma, no en su cuerpo. Y debes conseguir el jarrón de uno de sus enemigos. Tráelo a este lugar y pon tu mano sobre él. Hazlo rápido.

V asintió con la cabeza. Un consejo gratis de la Virgen Escribana no era para echarlo por la borda.

—Y, escucha guerrero, mantén tu escudo de luz alrededor del humano. Es más, usa tu mano para curarlo. Puede morir a menos que entre suficiente luz en su cuerpo y en su corazón.

V sintió el poder del Ocaso, como otra náusea. Los efectos de haber tocado la cosa negra persistían todavía. ¡Jesucristo! Si él se sentía mal, pensó, cómo se sentiría el pobre Butch. No podía ni imaginárselo.

Cuando el teléfono sonó en su mano, se sorprendió al darse cuenta de que llevaba mucho rato tirado sobre la nieve.

—¿Sí? —dijo, completamente grogui.

—¿Dónde estás? ¿Qué ha pasado? —La voz debajo de Rhage le llegó a través del móvil como un verdadero alivio.

—Lo tengo. Tengo a... —V le echó un vistazo al revoltijo sanguinolento en que se había convertido su compañero—. ¡Santa Virgen! Necesito transporte. Oh, mierda, Rhage... —V se pasó las manos por los ojos y empezó a temblar—. Rhage... ¿qué le han hecho, Dios mío? ¿Qué le han hecho?

El tono de la voz de su hermano lo tranquilizó instantáneamente.

—Está bien. Relájate. Dime, ¿dónde estás?

—En un bosque... No sé... —Dios santo, ni siquiera sabía dónde estaba—. ¿Puedes localizarme con el GPS?

Una voz al fondo, probablemente la de Phury, gritó:

—¡Lo tengo!

—Bien, V, ya sabemos dónde estás y vamos a por ti.

—No, no, el lugar está contaminado.

Alarmado, Rhage comenzó a hacerle una interminable serie de preguntas, hasta que V lo interrumpió.

—Un coche. Necesitamos un coche. Voy a sacarlo de este apestoso sitio. No quiero que vengáis aquí ninguno de vosotros.

Se produjo una larga pausa.

—De acuerdo. Muévete hacia el norte, hermano. Camina casi un kilómetro hasta toparte con la Ruta 22. Allí te esperaremos.

—Llama a... —V tuvo que aclararse la voz y limpiarse los ojos—. Llama a Havers. Dile que tenemos una emergencia, un caso grave. Y también dile que necesitamos una cuarentena.

—Dios santo... ¿qué le han hecho?

—Date prisa, Rhage... ¡Espera! Trae el jarrón de un restrictor.

—¿Por qué?

—No tengo tiempo para explicaciones. Sólo asegúrate de traer uno.

V se metió el móvil en el bolsillo, se puso el guante en su mano brillante y se arrimó a Butch. Después de comprobar que la manta seguía en su lugar, recogió al poli con mucho cuidado y levantó del suelo todo su peso muerto. Butch siseó, dolorido.

—Va a ser un paseo bastante brusco, poli —dijo V—. Pero tengo que sacarte de aquí.

V frunció el ceño y miró al suelo. Butch ya no sangraba. ¡Joder! ¿Qué hacer con las huellas que dejaban en la nieve? Si un restrictor volvía a buscarlos, los encontraría con tan sólo seguirlas.

Surgidas de la nada, nubes de borrasca encapotaron el cielo y empezó a nevar.

Bendita sea, la Virgen Escribana se portaba muy bien.

V avanzó a través de lo que ya era casi una tormenta de nieve, imaginándose una luz blanca de protección alrededor de él y del hombre que llevaba en sus brazos.

* * *

—¡Has vuelto!

Marissa sonrió al cerrar la puerta de la acogedora habitación sin ventanas. En la cama de hospital, pequeña y frágil, estaba una hembra de siete años. A su lado, con la mirada perdida y con apariencia aún más débil, estaba la madre de la niña.

—Anoche te prometí que volvería a visitarte, ¿no es cierto?

La niña sonrió. En el lugar donde debían estar los incisivos había una grieta oscura.

—Sí, has vuelto. Y estás muy guapa.

—Tú también. —Marissa se sentó en la cama y cogió entre las suyas las manos de la niña—. ¿Cómo estás?

—Mahmen y yo hemos estado viendo *Dora, la exploradora.*

La madre sonrió un poco, pero la expresión no alcanzó a iluminar su rostro serio. Desde que la niña había sido hospitalizada hacía ya tres días, la madre parecía sonámbula y actuaba como con piloto automático. Bueno, excepto cuando saltaba asustada cada vez que alguien entraba a la habitación.

—Mahmen dice que sólo podremos quedarnos aquí por poco tiempo. ¿Es cierto?

La madre abrió la boca, pero fue Marissa la que habló.

—No te preocupes ni pienses en eso. Primero debemos encargarnos de tu pierna.

No parecían civiles ricos y probablemente no tendrían con qué pagar el hospital ni los tratamientos. Pero Havers nunca había echado a nadie. Y no creía que fuera a empezar con ellas.

—Mahmen dice que mi pierna está mal. ¿Es cierto?

—No por mucho tiempo. —Marissa miró bajo las mantas. Havers tenía que operar la fractura. Afortunadamente se curaría bien.

—Mahmen dice que estaré en el cuarto verde una hora. ¿No puede ser menos?

—Mi hermano te tendrá en el quirófano el tiempo que haga falta.

Havers iba a reemplazar la tibia con una varilla de titanio, lo cual era mejor que perder la extremidad. La niña necesitaría más operaciones a lo largo de su vida, sobre todo en la etapa del crecimiento. Por los exhaustos ojos de la madre, se notaba que ella sabía que esa operación sólo era el principio.

—No estoy asustada. —La niña aproximó a su cuello un destrozado tigre de peluche—. Mastimon estará conmigo. La enfermera dijo que podía entrar conmigo al cuarto verde.

—Mastimon te protegerá. Es un tigre feroz.

—Le he dicho que no debe comerse a nadie.

—Muy inteligente por tu parte. —Marissa rebuscó en el bolsillo de su vestido y sacó una caja de cuero—. Tengo algo para ti.

—¿Un regalo?

—Sí. —Marissa colocó la caja frente al rostro de la niña y la abrió. Dentro había un disco de oro del tamaño de un plato de té. El precioso objeto brillaba como un reluciente espejo dorado, deslumbrante como la luz del sol.

—Qué bonito —exclamó la niña.

—Es el disco de mis deseos. —Marissa lo sacó de la caja—. ¿Ves mis iniciales?

La niña entornó los ojos.

—Sí. ¡Y mira! Hay unas letras... ¡mi nombre!

—Yo lo añadí. Quiero que conserves el disco.

Desde su rincón, la madre dio un leve respingo. Obviamente sabía lo valioso que era todo ese oro.

—¿De verdad? —dijo la niña.

—Sostenlo en tus manos. —Marissa puso el disco de oro en las palmas de la niña.

—Oh, es muy pesado.

—¿Sabes cómo funcionan los discos del deseo? —Cuando la niña negó con la cabeza, Marissa cogió un pequeño pedazo de pergamino y una pluma—. Piensa en un deseo y yo lo escribiré. Mientras duermes, la Virgen Escribana vendrá y lo leerá.

—Y si ella no te da lo que deseas, ¿quiere decir que eres mala?

—Oh, no. Eso sólo significa que tiene planeado algo mejor para ti. Entonces, piensa, ¿qué te gustaría? Puede ser cualquier cosa. Que te ofrezcan helado en el desayuno, por ejemplo.

La pequeña hembra frunció el ceño, muy concentrada.

—Quiero que mi mahmen deje de llorar. Ella finge que no lo hace, pero cuando... me caí por las escaleras ella estaba triste y llorosa.

Marissa tragó saliva. Sabía muy bien que la niña no se había roto la pierna de ese modo.

—Muy bien. Lo escribiré aquí abajo.

Con los enredados caracteres del Lenguaje Antiguo, escribió con tinta roja: *Si no es ofensa, me sentiría muy agradecida si mi mahmen estuviera contenta.*

—Mira. ¿Qué te parece?

—¡Perfecto!

—Ahora lo guardaremos y lo dejaremos aquí. Tal vez la Virgen Escribana te responda mientras estás en el quirófano... el cuarto verde, como tú lo llamas.

La niña abrazó con fuerza a su tigre de peluche.

—Me gustaría mucho.

Entró una enfermera y Marissa se levantó. En un arranque de excitación, sintió el impulso casi violento de proteger a la niña, de resguardarla de cuanto le había ocurrido en su casa y de lo que iba a suceder en el quirófano.

Marissa miró a la madre.

—Todo irá bien. —Le puso la mano en su delgado hombro. La madre se estremeció y agarró con fuerza la mano de Marissa.

—Dígame que él no nos va a encontrar —suplicó la hembra en voz baja—. Si nos encuentra, nos matará.

Marissa habló en susurros:

—Nadie puede entrar al ascensor sin identificarse previamente ante una cámara. Las dos están seguras aquí. Se lo juro.

La madre asintió con la cabeza. Marissa salió para que la niña pudiera ser sedada por la enfermera.

Una vez fuera de la habitación, se apoyó contra la pared del pasillo y sintió la furia que le crecía dentro del pecho. El hecho de que esos dos seres sufrieran por culpa del temperamento violento de un macho era suficiente para que Marissa quisiera aprender a disparar un arma.

Y por el amor de Dios, ella no podía permitir que la hembra y su niña se perdieran en el mundo. Con toda seguridad, ese hellren las encontraría cuando abandonaran la clínica. Aunque la mayoría de los machos respetaban y tenían en alta estima y consideración a sus hembras, siempre había entre la raza una minoría de maltratadores. Las realidades de la violencia doméstica eran espantosas y de profunda trascendencia.

Una puerta se cerró a su izquierda. Marissa se volvió y vio a Havers, que caminaba por el vestíbulo, ensimismado en la historia clínica de un paciente. Qué raro... sus zapatos estaban cubiertos con unas pequeñas fundas de plástico amarillo...

—¿Vienes del laboratorio, hermano mío? —preguntó ella.

Los ojos de Havers se levantaron del historial clínico. Se empujó las gafas con montura de carey hacia lo alto de la nariz. El vistoso lazo de su corbata roja estaba torcido, en mal ángulo.

—¿O vas?

Ella señaló sus pies con una sonrisa.

—El laboratorio...

—Ah... sí. Tengo que ir. —Él se agachó, se quitó los forros amarillos que cubrían sus mocasines y los arrugó entre los dedos—. Marissa, ¿me harías el favor de regresar a casa? El próximo lunes cenará con nosotros el leahdyre del Concilio de Princeps. El menú tiene que ser perfecto. Yo mismo hablaría con Karolyn pero tengo compromisos en el quirófano.

—Por supuesto. —Marissa frunció el ceño, pues se había percatado de que su hermano estaba absorto, rígido como una estatua—. ¿Todo va bien?

—Sí, gracias. Vete... vete ya... Por favor... vete ya.

Sintió la tentación de entrometerse, pero no quiso distraerlo de la cirugía de la niña. Lo besó en una mejilla, le enderezó el nudo de la corbata y se marchó. Cuando llegó a las puertas dobles que conducían a la recepción, sin embargo, algo hizo que volviera la mirada atrás.

Havers estaba metiendo en un cubo para desechos biológicos las fundas que había usado sobre los zapatos. En su rostro se veían las huellas del cansancio, y parecía muy preocupado. Con un profundo suspiro, pareció animarse a sí mismo. Después empujó la puerta de la antesala del quirófano.

Ah, pensó, de eso se trataba. Estaba preocupado por la operación de la niña. ¿Y quién podría culparlo?

Marissa se volvió hacia la salida... entonces oyó ruido de botas.

Se quedó paralizada. Sólo los machos de la Hermandad hacían ese estruendo al caminar.

Se volvió y vio a Vishous, que caminaba a grandes zancadas por el vestíbulo, la oscura cabeza agachada. Detrás, con los semblantes igualmente pensativos, venían Phury y Rhage. Los tres saturados de armamentos y... fatiga. Vishous tenía sangre seca en los pantalones de cuero y en la chaqueta. ¿Por qué habían estado en el laboratorio de Havers? Sólo podían venir de ese lugar.

Los hermanos no notaron su presencia hasta que prácticamente tropezaron con ella. Al detenerse, el grupo apartó sus ojos de la hembra con rapidez, conscientes de que Marissa estaba en desgracia con Wrath, el Rey Ciego.

«Virgen, qué espantoso aspecto tienen», pensó ella. Parecían sentirse mal, muy mal.

—¿Puedo hacer algo por vosotros? —preguntó ella.

—Todo está bien —respondió Vishous en voz alta.

El sueño... Butch tirado en la nieve...

—Alguien está herido, ¿verdad? Es... Butch.

Vishous se encogió de hombros y la esquivó, abriendo las puertas de la recepción. Los otros dos sonrieron con rigidez e imitaron al hermano.

Ella los siguió a distancia y vio que franqueaban el puesto de enfermeras, rumbo al ascensor. Mientras esperaban que las puertas se abrieran, Rhage reposó su mano en el hombro de Vishous, y éste pareció estremecerse.

La campanilla sonó. Cuando las puertas del ascensor se cerraron, Marissa se encaminó hacia el ala de la clínica de donde ellos habían venido. Moviéndose velozmente, pasó a lo largo del brillante e iluminado laboratorio y luego asomó su cabeza en las habitaciones de los pacientes. Había seis en esa zona. Y todas estaban vacías.

¿Por qué estaban allí los hermanos? ¿Habían ido, quizá, a hablar con Havers?

Dejándose llevar por su instinto, fue hasta al mostrador de ingresos, se sentó ante el ordenador y pulsó la carpeta de las admisiones. No apareció nada sobre los hermanos o sobre Butch, lo cual sólo significaba una cosa. Los guerreros no habían sido registrados en el sistema y algo similar debía haber ocurrido con Butch, si estaba en la clínica. Ella lo sabría después de revisar todas y cada una de las treinta y cinco camas que figuraban como ocupadas.

Memorizó el número y se movió con velocidad, buscando en cada habitación. Las revisó todas, nada fuera de lo normal. Butch no había sido admitido... a menos que estuviera en una de las habitaciones de la casa principal. A algunos pacientes muy importantes los instalaban allí.

Marissa se alzó la falda y corrió a la casa.

* * *

Butch se encogió y adoptó una posición fetal, aunque no tenía frío. Pensó que subir las rodillas lo más que pudiera le aliviaría un poco el dolor del estómago.

Bueno, más o menos. En sus tripas había como un atizador al rojo vivo, y el dolor no se calmó con su nueva postura.

Sintió la hinchazón de sus párpados. Después de muchos pestañeos y de profundas inspiraciones, llegó a una conclusión que lo reconfortó: aún no había muerto. Estaba en un hospital. Y no había ninguna duda de que lo que lo mantenía con vida le estaba siendo bombeado a través del brazo.

Llegó a otra conclusión. Su cuerpo había sido usado como un saco de boxeo. Oh... y dentro del vientre sintió algo repugnante, como si su última cena hubiera sido un filete podrido.

¿Qué le había sucedido?

Sólo una vaga sucesión de instantáneas acudió a su mente. Vishous encontrándolo en el bosque. La sobresaltada intuición de que el hermano debía abandonarlo y dejarlo morir. Después un cuchillo... y algo relacionado con la mano de V, esa cosa resplandeciente que le extrajo un vil pedazo de...

Butch se removió y se enfrentó con valor a su memoria. Había tenido el mal en su vientre. Auténtica maldad sin diluir, y el horror negro se había esparcido.

Con manos temblorosas, se apartó la bata de hospital para dejar al descubierto su abdomen.

—Oh... Dios...

La piel del estómago estaba manchada, como si la hubieran chamuscado con un hierro de marcar ganado. Desesperado, empezó a rebuscar en su cerebro, tratando de recordar cómo le habían hecho semejante estrago. ¿Qué diablos era esa costra? No recordaba nada: a su memoria sólo acudió la imagen de un grasiento cero.

El detective que aún había dentro de él examinó la escena del crimen. En este caso, su cuerpo era el cuerpo del delito. Levantó una mano y vio que las uñas eran un amasijo, como si alguien las hubiera limado innumerables veces. Respiró profunda y penosamente: tenía rotas las costillas. Y por la hinchazón de los ojos, asumió que su rostro había sido machacado a fuerza de golpes.

Torturado. Hacía muy poco.

Buscó dentro de su mente. Exploró sus recuerdos, uno a uno, tratando de determinar cuál había sido el último lugar donde había estado. ZeroSum. ZeroSum con... Dios santo, y con esa hembra. En el váter. Teniendo sexo insano, sin ninguna protección. Después había salido y... restrictores. Había luchado con esos restrictores. Había resultado herido y después...

Recorrió hasta el final la línea del tren de sus recuerdos y cayó en un insondable abismo de preguntas...

¿Había delatado a la Hermandad? ¿Los había traicionado? ¿Había contado sus secretos más profundos y queridos?

¿Y qué diablos le habían hecho a su barriga? Por el amor de Dios. Sentía como si por sus venas corriera fango en vez de sangre, gracias a la porquería que le habían incrustado.

Trató de relajarse y respiró por la boca durante un rato, hasta que se dio cuenta de que no tendría paz.

Y como su cerebro no se detenía, tal vez a causa del esfuerzo, empezó a tener visiones esporádicas de su lejano pasado. Un cumpleaños con su padre mirándolo fijamente y su madre tensa y fumando como una chimenea. Unas Navidades en las que sus hermanos y sus hermanas recibían regalos y él no.

Noches calientes de julio. Su padre bebiendo cerveza fría por culpa del calor. Las fuertes sacudidas con las que su padre lo despertaba, reservadas sólo para él, Butch.

Recuerdos que no había tenido desde hacía años volvieron todos juntos, como visitantes inesperados. Vio a sus hermanas y a sus hermanos, felices, retozando en el césped verde. Y recordó cómo siempre deseaba estar con ellos, sin quedarse atrás, sin ser el bicho raro que nunca había encajado en la familia.

Y después... oh, Dios mío, no... por favor, ese recuerdo no.

Demasiado tarde. Se vio a sí mismo a la edad de doce años, escuálido y con el pelo enmarañado, de pie frente a la casa de la familia O'Neal en South Boston. Era una clara y hermosa tarde de otoño y él miraba a su hermana Janie, que estaba subiendo a un Chevy Chevette rojo, con rayas de arco iris a los lados. Con precisión, recordó haber visto cómo ella le decía adiós a través de la ventanilla trasera, mientras el coche se alejaba por la calle.

Ahora que la puerta de esta pesadilla estaba abierta, no podía parar de horrorizarse con lo sucedido. Recordó a la policía llamando a la puerta de su casa esa misma noche y a su madre cayendo de rodillas cuando los agentes terminaron de hablar con ella. Se acordó también de los polis interrogándolo a él por haber sido la última persona que vio a Janie con vida. Oyó al joven que había ido diciéndole a la pasma que no conocía ni reconocía a ninguno de los tipos del coche y que había querido decirle a su hermana que no se fuera con ellos.

Y sobre todo, volvió a ver los ojos de su madre calcinándose con un dolor tan grande que no tenía lágrimas.

Después, en un relámpago, transcurrieron veinte años. Por el amor de Dios... ¿Cuándo había sido la última vez que había hablado o había visto a sus padres? ¿O a sus hermanos y hermanas? ¿Cinco años? Tal vez. Hombre... la familia se había sentido tan aliviada cuando él se marchó y no volvió a aparecer en las reuniones de los días de fiesta.

Sí, en Navidad, cada uno era una ficha clave en la estructura de la familia O'Neal. Sólo él era la mancha. Por eso había dejado de asistir a las fiestas familiares. Les había dado algunos números telefónicos para que lo localizaran, números a los que ellos jamás llamaron.

Así que no se enterarían si él moría. Vishous, sin duda, lo sabría todo acerca del clan O'Neal, mediante los números de la seguridad social y las cuentas bancarias, pero Butch nunca le había hablado de ellos. ¿Los llamaría la Hermandad? ¿Qué dirían?

Butch se examinó a sí mismo rigurosamente. Tenía pocas oportunidades de abandonar esa habitación por sus propios medios. Su cuerpo se parecía un poco a los que había visto en la división de homicidios, en la época en que investigaba crímenes en los bosques. Bien, era su caso. En un bosque lo habían encontrado. Abandonado. Usado. Tirado como un muerto.

Casi como Janie.

Exactamente como Janie.

Cerró los ojos y dejó que el dolor saliera de su cuerpo. En medio de las enormes bocanadas de esa agonía, tuvo la visión de la noche en que había conocido a Marissa. La imagen era tan vívida que podía casi oler su aroma y repasar al detalle cómo había sido el encuentro: el vaporoso traje amarillo de ella... la forma en que el pelo le caía sobre los hombros... el salón color limón donde habían estado juntos.

Para él, Marissa era la mujer inalcanzable, la única que nunca había tenido y que nunca tendría, pero que, sin embargo, siempre estaba en su corazón.

Qué cansado se sentía...

Abrió los ojos y se puso en acción antes de entender qué estaba haciendo realmente. Se sujetó el brazo y se quitó el vendaje alrededor del punto de inserción de la intravenosa. Sacarse la aguja fue más fácil de lo que había pensado, sólo que enseguida se sintió mal, la cabeza le daba vueltas y él caminaba como borracho por la habitación, con la aguja en la mano, sin saber qué hacer con ella, hasta que logró dejarla caer en un cubo.

Cerró los ojos y, poco a poco, se desentendió de todo, con la vaga conciencia de que se habían disparado las alarmas del aparato que estaba detrás de la cama. Para un luchador por naturaleza como él, fue una sorpresa sentir el alivio de aquellos instantes. Pero casi de inmediato una pesada cortina de extenuación descendió sobre él y lo aplastó. Supo que no era el cansancio del sueño, sino más bien el de la muerte, y se alegró de que las cosas sucedieran tan rápido.

Despidiéndose de todo, se imaginó que estaba en un largo y brillante pasillo, al final del cual había una puerta. Marissa estaba en el umbral y le sonreía mientras le franqueaba el paso a una habitación blanca, totalmente iluminada, resplandeciente.

Su alma se aligeró. Respiró profundamente y empezó a avanzar por el pasillo. Se imaginó que se encaminaba hacia el cielo, a pesar de la cantidad de pecados que había cometido en esta vida.

No hay paraíso sin ella, pensó.

Marissa.

Vishous se detuvo delante del aparcamiento de la clínica mientras Rhage y Phury sacaban el Mercedes negro. Iban a recuperar el móvil de Butch, en el callejón de detrás de Screamer's, a retirar el Escalade del aparcamiento del ZeroSum y a regresar a casa.

Caminaban sin hablar, sin aceptar el hecho de que V no había vuelto en sí del todo desde la noche anterior. Los restos de la carroña del demonio que había manipulado seguían en su cuerpo, debilitándolo. Y sobre todo, haber visto a Butch fuera de combate y casi muerto le había causado cierto daño interior. Tenía la sensación de que una parte de él había salido herida del trance. Alguna herida en su interior permanecía abierta y el mal reventaba en su corazón.

En realidad, había tenido ese sentimiento hacía un rato, cuando las visiones se habían esfumado. Pero el horror de la película de la noche pasada era un martirio mucho peor.

Privacidad. Necesitaba estar solo. Pero era incapaz de retornar al Hueco. El silencio que había allí, el sillón vacío en el que siempre se sentaba Butch, la aplastante conciencia de que algo se había perdido, todo aquello le resultaba insoportable.

Así que se marchó a su escondite, su sitio oculto. Se materializó en la terraza del ático, en el Commodore, a treinta pisos de altura. El viento parecía huracanado y él se sintió bien, las ropas sacudidas por la fresca corriente, olvidándose del vacío que sentía en el pecho.

Caminó hasta el borde de la terraza. Apoyó los brazos en el alféizar y miró hacia abajo, hacia las calles atestadas de gente. Había coches. Personas entrando y saliendo del vestíbulo del rascacielos. Alguien cogiendo un taxi o pagándole al conductor. Todo normal. Todo tan normal...

Mientras tanto, él estaba muriéndose.

Butch iba a morir. El Omega había estado dentro de él: era la única explicación de lo que le habían hecho. Y aunque el demonio había sido expulsado, la infección se había extendido fatalmente y el daño estaba hecho.

V se restregó el rostro. ¿Qué iba a hacer él sin aquel hijo de puta, sagaz, hablador, tragador incansable de whisky? De algún modo, ese tosco bastardo limaba las asperezas de la vida, tal vez porque era como un papel de lija, áspero, un permanente raspa y raspa capaz de sobrevivir a cualquier adversidad.

Apartó la vista del pavimento, cien metros por debajo de él. Fue hasta una puerta, sacó una llave de oro de su bolsillo y la metió en el cerrojo. El ático era su espacio más íntimo, para sus... actividades más íntimas. El perfume de la hembra que había estado con él la noche anterior aún flotaba en la oscuridad.

Dio una orden mental: unas bujías negras se encendieron y chisporrotearon con fuerza. Las paredes, el techo y el suelo eran negros, y este vacío cromático absorbía la luz, succionándola, consumiéndola. El único mueble era una cama enorme, extra larga y extra ancha, cubierta con sábanas de satén negro. No se fijó mucho en el colchón, pues para él lo más importante era aquel armarito, con su alto tablero de madera y sus distintos soportes.

Le agradaba usar todos los utensilios que reposaban allí: las correas de cuero, las largas férulas, los correajes para testículos, los collares y las púas y los pinchos, los látigos y las fustas, y las máscaras, sobre todo las máscaras. Le excitaba mantener anónimas a las hembras con las que estaba: tapar sus rostros y amarrar sus cuerpos con las herramientas de su placer aberrado y anormal.

Mierda, era un depravado sexual, y le tenía sin cuidado. Después de experimentar una enorme variedad de vicios, finalmente había encontrado el que mejor le funcionaba. Y afortunadamente había hembras que gozaban con lo que él les hacía, ansiosas e implorantes cuando las subyugaba, solas o en pareja.

Pero... esa noche, al observar aquellos aparatos obscenos, sus perversiones le hicieron sentirse sucio. Tal vez porque únicamente iba al apartamento cuando estaba predispuesto a usarlo. Jamás le había echado un vistazo a ese lugar con la cabeza despejada.

El repiqueteo de su teléfono móvil lo sobresaltó. Miró el número y sintió miedo. Era Havers.

—¿Está muerto?

La voz de Havers sonó con toda la sensibilidad profesional de la que era capaz un médico cuando anunciaba a alguien que la vida de un ser querido pendía de un hilo.

—Se desconectó él mismo. Se arrancó la vía intravenosa. Hemos logrado recuperarlo, pero no sé por cuánto tiempo lo podremos mantener con nosotros.

—¿Lo han podido controlar?

—Sí. Pero quiero que esté usted preparado. Él es humano...

—Mierda. Mire, voy para allá. Quiero estar con él.

—Preferiría que no viniera. Se pone muy nervioso cuando alguien entra a la habitación y eso es perjudicial en su estado. En este momento está tranquilo, descansando.

—No quiero que muera solo.

Hubo una pausa.

—Señor, todos morimos solos. Aunque esté en la habitación con él, se marchará solo a su encuentro con el Ocaso. Necesita estar en calma para que su cuerpo decida reanimarse. Hacemos todo lo que podemos por él, señor.

V se pasó la mano por los ojos. Con una vocecita que no se conocía, dijo:

—Yo no... no quiero perderlo. Yo, ah... sí, no sé qué haría si él... —V tosió un poco—. Maldita sea...

—Cuidaré de él como si fuera yo mismo. Démosle un día para que se estabilice.

—Hasta mañana por la noche, entonces. Llámeme si empeora.

V colgó el teléfono y se encontró a sí mismo mirando una de las velas de la estancia. Sobre el negro tronco de cera, observó con atención la cabeza de luz que ondeaba en el aire de la habitación.

La llama lo dejó pensativo. El amarillo brillante era... bueno, como el color del pelo rubio.

Sacó rápidamente su móvil y resolvió que Havers se equivocaba con respecto a las visitas. Depende del visitante, pensó.

Marcó un número: era la única opción que tenía. Comprendió que lo que estaba haciendo tal vez no era lo más correcto. Probablemente le traería una cantidad infernal de problemas. Pero cuando tu mejor amigo está a unos pasos de la lápida y de encontrarse con la Parca, todo lo demás importa una mierda.

* * *

—¿Ama?

Marissa observó lo que había encima del escritorio de su hermano. La lista de invitados para la cena con el Concilio de Princeps, así como la distribución protocolaria de lugares en la mesa, estaban frente a ella. No les prestó atención. Imposible concentrarse en esa insignificancia. La búsqueda en la clínica y en la casa no había servido para nada. Sus instintos le gritaban que algo no andaba bien, que había algo que se le escapaba...

Sonrió forzadamente a la doggen, de pie en el umbral de la puerta.

—¿Sí, Karolyn?

La sirviente hizo una venia.

—Una llamada para usted. Por la línea uno.

—Gracias. —La doggen inclinó la cabeza y salió, mientras Marissa cogía el auricular—. Dígame...

—Está en la habitación que hay debajo del laboratorio de tu hermano.

—¿Vishous? ¿Qué...?

—Entra por la puerta de administración. A la derecha hay un panel que debes empujar para poder abrirla. Asegúrate de ponerte un traje de protección, un hazmat, antes de entrar a verlo...

«Butch... santo Dios, Butch».

—¿Qué...?

—¿No me has oído? Ponte un hazmat y quédate con él.

—¿Qué pasó?

—Un accidente de coche. Ve. Ya. Se está muriendo.

Marissa dejó caer el teléfono y atravesó a la carrera el estudio de Havers. Estuvo a punto de atropellar a Karolyn en la antesala.

—¡Ama! ¿Qué sucede?

Marissa corrió disparada por el comedor, empujó la puerta del mayordomo y por poco da un traspiés en la cocina. Al llegar al borde de las escaleras, perdió uno de sus zapatos de tacón. Se quitó el otro y siguió corriendo, los pies enfundados en sus elegantes medias. Al llegar a la entrada posterior a la clínica, introdujo el código de seguridad y entró en la sala de espera de urgencias.

Las enfermeras la llamaron a gritos por su nombre. Ella las ignoró y corrió por el pasillo. Irrumpió en el laboratorio de Havers, encontró la puerta marcada con el letrero de «administración» y la abrió de golpe.

Jadeó mientras recuperaba el aliento. Miró a su alrededor... nada. Sólo fregonas, cubos vacíos y batas. Vishous había dicho que...

Un momento. En el suelo vio unas marcas apenas perceptibles, una leve huella que insinuaba el abrir y cerrar de una puerta oculta. Apartó las batas y descubrió un delgado panel. Arañándolo con las uñas, lo obligó a abrirse y a deslizarse. Una luz muy suave llenaba la habitación, repleta de instrumentales de alta tecnología, ordenadores y lectores electrónicos de signos vitales. En una de las pantallas, vio una cama de hospital y encima de ella un macho, con brazos y piernas extendidos, sus movimientos restringidos y controlados por tubos y cables que le salían y le entraban por todas partes. «Butch».

Apartó con los hombros los hazmat amarillos y las mascarillas que colgaban cerca de la puerta y entró a la habitación sellada. El aire escapó con un silbido.

—Virgen en el Ocaso... —Marissa se llevó la mano al cuello.

Era seguro: se estaba muriendo. Podía sentirlo. Pero había otra cosa, algo que paralizaba sus reflejos de supervivencia, como si un asaltante la atacara con un arma. Su cuerpo le gritaba que saliera de allí, que escapara, que se salvara.

Su corazón, sin embargo, la guiaba hacia la cama.

—Oh... Dios mío.

El pijama del hospital dejaba al descubierto los brazos y las piernas de Butch, llenos de moretones. Y el rostro... buen Dios, salvajemente aporreado.

Él dejó escapar un gruñido ronco desde el fondo de la garganta. Ella se acercó y le cogió la mano... oh, no, era demasiado. Tenía los dedos brutalmente hinchados en los extremos, la piel púrpura, y algunos sin uñas.

Quiso tocarlo pero no supo dónde: no había un lugar donde posar sus manos sin lastimarlo.

—¿Butch?

El herido se movió bruscamente al oír la voz de ella y sus ojos se abrieron. Bueno, por lo menos uno de ellos.

Cuando pudo enfocarla, una sonrisa fantasmal afloró en sus labios.

—Has vuelto. Yo... te vi en la puerta. —La voz era débil, un tenue eco muy por debajo de su tono normal—. Te vi... después... te... perdiste. Pero aquí estás.

Marissa se sentó con cuidado al borde de la cama, tratando de imaginarse con cuál de las enfermeras la estaría confundiendo.

—Butch.

—¿Adónde fue a parar... tu vestido amarillo? —Las palabras le salieron embrolladas, la boca apenas se movía, como si tuviera rota la mandíbula—. Estabas tan hermosa... con ese vestido amarillo...

Definitivamente la estaba confundiendo con una enfermera. Los trajes que ella había visto colgados junto a la puerta eran amari... ¡alto! ¿Se había puesto uno o no? Por todos los demonios, V le había dicho que se pusiera uno de esos trajes, necesitaba protección.

—Butch, voy a salir a por un...

—No... no me dejes... no te vayas. —Sus manos empezaron a retorcerse bajo las ataduras: las correas de cuero que lo controlaban chirriaron—. Por favor... Dios mío... no me abandones...

—Tranquilo. Volveré.

—No... mujer... yo amo... tu vestido amarillo... no me dejes...

Sin saber qué hacer, ella se inclinó y, suavemente, le rozó el rostro con la palma de la mano.

—No voy a dejarte.

Butch movió la golpeada mejilla hasta sentir la caricia y sus labios llenos de heridas se deslizaron por la piel de ella, mientras susurraba:

—Prométemelo.

—Yo...

El aire sellado de la habitación vibró con un silbido y Marissa miró por encima del hombro.

Havers entró en la habitación como un torpedo. La miró horrorizado.

—¡Marissa! Dulce Virgen en el Ocaso... ¿qué estás haciendo? ¡Deberías haberte puesto un hazmat!

Butch comenzó a removerse en la cama y ella lo tocó ligeramente en el antebrazo.

—Shh... tranquilo. Yo estoy aquí. —Cuando Butch se calmó un poco, ella dijo—: Voy a ponerme el hazmat...

—No tienes ide... ¡Dios mío! —gritó Havers y todo su cuerpo se sacudió—. Estás contaminada...

—¿Contaminada?

—¡Claro! Te has contaminado por entrar sin protección. —Havers lanzó una serie de improperios, ninguno de los cuales se alcanzó a oír.

Cuando su hermano se calló, Marissa había asimilado las noticias y entendía perfectamente la situación. Le tenía sin cuidado que Butch no supiera de quién se trataba. Si la confundía con una enfermera y esa desorientación servía para mantenerlo vivo y en pie, nada más importaba.

—Marissa, ¿estás oyéndome? Tú estás contamin...

Volvió a mirar a su hermano por encima del hombro.

—Bueno, si estoy contaminada eso quiere decir que debo quedarme aquí, con él, ¿verdad?

J ohn Matthew se cuadró y apretó con fuerza su espada. Al otro lado del gimnasio, entre un mar de esteras azules, había tres sacos de boxeo colgados del techo. Se concentró: una de las bolsas se convirtió en su mente en un restrictor. Se imaginó el pelo blanco, los ojos pálidos y la demacrada piel, todo lo que atormentaba sus sueños, y empezó a correr con los pies descalzos sobre la gruesa cinta de plástico.

A su pequeño cuerpo no le hacían falta ni velocidad ni fuerza. Ya era muy fuerte. Y el próximo año, más o menos, sería aún más poderoso.

Él. No podría. ¡Joder! Tenía que esperar... a que llegara su transición.

Alzó la espada por encima de la cabeza y abrió la boca para lanzar un alarido de guerra. No salió nada de su garganta: era mudo. Pero de todos modos él se imaginó que gritaba como un gran guerrero.

Por lo que sabía, los restrictores habían matado a sus padres. Tohr y Wellsie lo habían recogido, contándole la verdad sobre su auténtica naturaleza y brindándole el único amor que había tenido en la vida. Cuando esos verdugos habían asesinado a Wellsie y Tohr había desaparecido, John se quedó desamparado en este mundo, solo con su venganza, su desquite por ellos y por las vidas de otros inocentes.

John corrió con la lengua fuera hacia el saco de boxeo, con el brazo por encima del hombro. En el último momento decidió esconderse detrás de un balón, abandonado sobre las esteras, movió la espada hacia arriba y hacia los lados y después golpeó el saco por la parte de abajo. Si hubiera sido un combate real, el acero habría penetrado en las tripas del restrictor. Hasta la empuñadura.

Se pasó la espada a la otra mano.

Se levantó y giró alrededor, imaginando que el inmortal caía de rodillas y se doblegaba a sus pies, tapándose el boquete que le había abierto en el abdomen. Apuñaló el saco de boxeo otra vez y se vio a sí mismo mientras clavaba su espalda en la nuca del...

—¿John?

Se dio la vuelta con rapidez, resollando.

La hembra que se aproximaba lo hizo temblar, y no precisamente porque hubiera adivinado lo que él estaba fantaseando. Era Beth Randall, la Reina mestiza, y también su hermana, o por lo menos así lo aseguraban los análisis de sangre. Extrañamente, dondequiera que ella apareciera, la cabeza de John se vaciaba y su cerebro se paralizaba. Al menos, no desfallecía del todo. Desde que la conoció, siempre reaccionaba así al verla.

Beth avanzó entre las esteras, alta y delgada, vestida con vaqueros y con cuello de tortuga blanco, el pelo oscuro del mismo color de su piel. Cuando estuvo más cerca, pudo percibir restos del aroma aglutinante de Wrath, el sombrío perfume específico de su hellren. John sospechaba que ese olor quedaba sobre ella por el sexo, pues siempre era más fuerte en la Primera Cena, cuando descendían de su dormitorio.

—John, ¿vas a venir a cenar con nosotros a casa?

—Tengo que quedarme y practicar —contestó él, con las manos, en el lenguaje de los sordomudos. Todos en la mansión habían aprendido y dominaban este lenguaje. Sin embargo, esa gentil concesión a una debilidad suya, la falta de voz, lo irritaba sobremanera. No deseaba para sí ningún privilegio especial. Quería ser normal.

—Nos gustaría verte. Pasas mucho tiempo aquí.

—Practicar es importante.

Ella reparó en la espada que él tenía en la mano.

—También hay otras cosas.

La contempló con fijeza. Ella miró a su alrededor, en busca de argumentos más sugestivos.

—Por favor, John, nosotros... yo estoy preocupada por ti.

Tres meses atrás, se habría sentido encantado de escuchar esas palabras. De ella o de cualquiera. Pero basta, ¡no más! Ahora no quería su preocupación. Quería que se apartara de su camino.

Meneó la cabeza. Ella respiró con resignación.

—Está bien. Voy a dejarte más comida en la oficina, ¿de acuerdo? Por favor... come.

John inclinó la cabeza una vez y se echó para atrás cuando Beth adelantó la mano como si fuera a tocarlo. Sin más palabras, ella se volvió y se alejó entre las esterillas azules.

Cuando la puerta se cerró, John trotó hasta el otro lado del gimnasio y se puso en cuclillas, preparado para una nueva carrera. Al partir, alzó la espada: un odio intenso endureció sus brazos y sus piernas.

* * *

El Señor X entró en acción al mediodía. Fue hasta el garaje de la casa en la que se albergaba y se metió en la insignificante camioneta con la que disfrazaba su presencia entre el tráfico humano de Caldwell.

No se sentía particularmente interesado por su labor, pero hay que actuar de inmediato cuando se reciben órdenes del Amo, sobre todo si se es el Capataz. Una de dos: o hacía eso o lo enlataban. En alguna ocasión ya le había sucedido, y no era nada divertido, a decir verdad era como comer una ensalada de alambre de púas.

El hecho de que el Señor X hubiera regresado a este condenado planeta a asumir otra vez el papel que ya había desempeñado en el pasado fue muy impactante para él. El Amo había terminado por cansarse de tantos Capataces entrando y saliendo. Ahora quería algo más definitivo. Como evidentemente el Señor X había sido el mejor entre muchos durante los últimos cincuenta o sesenta años, había sido convocado a servir otra vez.

Lo habían reenganchado. ¡Maldita sea!

Por eso tenía que trabajar hoy. Metió la llave en el contacto, y el anémico motor de la Town & Country estornudó. Se sentía completamente falto de estímulo, una actitud poco congruente con la clase de líder que había sido en otras épocas. Era muy difícil mantenerse motivado en este negocio. El Omega iba a cabrearse otra vez y le montaría su numerito. Era inevitable.

Bajo el brillante sol del mediodía, el Señor X transitó por la animada y fresca barriada construida a finales de los años noventa del siglo XX. Todas las casas compartían una arquitectura común, una genética urbana muy similar, lo que hacía que parecieran un adorable y barato conjunto de onzas de chocolate coloreadas. Decenas de pórticos con molduras insustanciales. Decenas de persianas plásticas. Decenas de decoraciones de temporada, pasadas de moda al llegar la Pascua.

El escondite perfecto para un restrictor, entre mamás agobiadas por los hijos y papás jodidos en sus trabajos mediocres.

El Señor X enfiló por Lily Lane hasta salir a la Ruta 22, deteniéndose en la señal de stop a la entrada de esa carretera. Con el rastreador del GPS localizó el campo de fútbol, en el bosque, que el Omega le había pedido que visitara. Tardó doce minutos en llegar, cosa buena. El Amo estaba impaciente, ansioso por ver si su plan con el troyano humano había funcionado, deseoso de saber si la Hermandad había regresado a rescatar a su compinche.

El Señor X pensó en ese tío, seguro de que lo había conocido antes. Pero aunque lograra acordarse de dónde y cuándo, eso ya no importaba, como tampoco había importado cuando había estado trabajando sobre el pobre bastardo.

¡Demonios! ¡Qué hijo de puta tan resistente! Ni una palabra sobre la Hermandad había salido de los labios del hombre, a pesar de todo lo que él le había hecho. El Señor X seguía impresionado. Tíos así serían un activo de valor incalculable si pudieran ser captados para la causa de la Sociedad Restrictiva.

A lo mejor eso ya había sucedido. Quizá ahora el humano era uno de ellos.

Un poco más tarde, el Señor X aparcó el Town & Country, a la vera de la Ruta 22, y anduvo hasta el bosque. Había nevado toda la noche, una extraña tormenta de marzo, y la nieve había acolchado las ramas de los pinos, como si los árboles estuvieran preparándose para disputar un partido de fútbol americano unos contra otros. ¡Qué belleza! En caso de que uno se interesara por la mierda esa de la ecología.

Cuanto más se adentraba en la arboleda, menos necesitaba el rastreador del GPS. Podía sentir el aroma del Amo, tan real como si el Omega mismo estuviera delante de sus narices. Tal vez los hermanos no habían recuperado ni recogido al humano...

El Señor X emergió en un claro del bosque y vio un círculo chamuscado en el suelo. El calor que se había producido allí había sido lo suficientemente fuerte como para derretir la nieve y enfangar el terreno. La tierra mostraba las señales del fuego. Y todo alrededor estaba impregnado de residuos de la presencia del Omega, como el hedor de la basura de verano mucho después de que el cubo ha sido vaciado.

Olfateó el ambiente. Sí, sintió también algo humano en el aire.

¡Mierda! ¡Habían matado al tío ese! La Hermandad lo había liquidado. Increíble. Pero... ¿por qué no había sabido el Omega que estaba muerto? ¿Por qué el hombre no había llamado al que ahora era su Amo? ¿Acaso no había suficiente dosis del Omega dentro del cuerpo del humano?

Se iba a encabronar con esta información. El Omega era alérgico al fracaso: le irritaba hasta la locura. Y su irritación era mal asunto para los Capataces.

El Señor X se arrodilló sobre la tierra marchita y envidió a los humanos. Bastardos afortunados. Se morían, y ya estaba. A ellos, por el contrario, lo que les esperaba en el más allá era una miseria líquida sin fin, un horror a la enésima potencia, mil veces superior a las antiguas visiones infernales de los cristianos. Cuando un verdugo restrictor moría, retornaba a las venas del cuerpo del Omega, circulando y recirculando en una diabólica mezcolanza de otros restrictores muertos para descontaminar la sangre y restaurar la pureza del Amo que le había sido inyectada a cada uno en el momento de su ingreso en la Sociedad. Para los verdugos resucitados no había escapatoria al frío quemante ni a la devastación continua ni a la presión aplastante que sentían a lo largo del proceso, pues siempre permanecían conscientes. Por los siglos de los siglos.

El Señor X se estremeció. Un ateo en vida, como era él, había pensado en la muerte muy de vez en cuando y la había visualizado como una siesta más, una sucia siesta eterna. Pero ahora, como restrictor, sabía exactamente lo que le esperaba si el Amo perdía la paciencia y lo «despedía» otra vez.

Aún había esperanzas. El Señor X había descubierto una pequeña fisura, bajo el supuesto de que todas las piezas debían encajar a la perfección.

Por un golpe de suerte, creía haber hallado una tronera por donde escapar del mundo del Omega.

CAPÍTULO

8

B utch se tomó tres largos y confusos días para despertar y resurgir del coma. Por fin, transcurrido ese tiempo, emergió de las profundidades de la nada y pataleó hasta la superficie del lago de la realidad, en una interminable sucesión de imágenes y sonidos. Por pura casualidad, los indicios de esa nueva conciencia alcanzaron a juntarse en su cabeza hasta que fue capaz de comprender que frente a él había una pared blanca y que a sus espaldas vibraba un suave pitido electrónico.

Estaba en la habitación de un hospital. Claro. Sin ataduras en brazos y piernas.

Apoyándose y empujándose con los talones y, entre risitas tontas, logró incorporarse. La habitación daba vueltas a su alrededor.

Joder, había tenido sueños insólitos y maravillosos. Marissa al pie de la cama, cuidando de él. Acariciando sus brazos, su pelo, su rostro. Pidiéndole en murmullos que no se marchara y que se quedara con ella. Esa voz había salvado su cuerpo, lo había apartado de esa luz blanca que cualquier idiota que hubiera visto *Poltergeist* sabía que era el túnel al más allá. Por ella, de algún modo, había esperado. Y gracias a los latidos fuertes y firmes de su corazón, sabía que iba a sobrevivir.

Sólo que los sueños, por supuesto, habían sido una completa estafa. Ella no estaba allí y él estaba atrapado dentro de esa bolsa de piel hasta que la próxima cagada lo tumbara otra vez.

¡Maldita sea!

Analizó con detenimiento el soporte de la bolsa de suero y el catéter intravenoso. Lo contempló con el ceño fruncido. Después estudió lo que parecía ser un cuarto de baño. Una ducha. ¡Caramba! Daría lo que le quedaba de vida por ducharse.

Colgó las piernas al borde de la cama: mala idea. Se hundía el mundo. En cuanto cogió la bolsa de suero y el catéter, la habitación dejó de girar. Por lo menos. Respiró un par de veces y se apoyó bien en el soporte del suero, como si se tratara de un bastón. Tocó el suelo frío con los pies. Descargó todo el peso del cuerpo en las piernas y las rodillas se le doblaron al instante.

Descansó sobre la cama. Se dio cuenta de que no sería capaz de ir hasta el baño. ¡Adiós, agua caliente! Sin mayor esperanza, volvió la cabeza y miró la ducha con cruda lujuria...

Butch se mareó, como si le hubieran dado con un bate en la base del cráneo.

Tomó aire y se recuperó un poco.

Marissa dormía en un rincón de la habitación, enroscada sobre sí misma, en el suelo. Su cabeza descansaba sobre una almohada y un hermoso vestido de chiffon azul pálido cubría sus piernas. El pelo, aquella increíble catarata rubia como de novela medieval, la embellecía a más no poder.

¡Santo Dios! Ella sí había estado con él. De verdad lo había salvado. Se sintió fortalecido, se enderezó y empezó a zigzaguear sobre el linóleo. Quería arrodillarse junto a ella, pero sabía que, de hacerlo, probablemente se quedaría en el suelo sin poder levantarse. Tomó el impulso necesario para acercarse y quedarse a su lado.

¿Por qué estaba Marissa allí? Lo último que había sabido de ella era que no quería tener nada que ver con él. Demonios, se había negado a verlo en septiembre, cuando fue a buscarla con la esperanza de... con toda la esperanza del mundo.

—¿Marissa? —No hubo reacción. Tragó saliva con dificultad e insistió—: Marissa, despierta.

Marissa parpadeó y abrió los ojos con lentitud. Después se movió y de pronto se levantó de un salto. Los ojos azul claro, del color del mar, se posaron en él con asombro.

—¡Vas a caerte!

Butch se tambaleó y se inclinó hacia atrás. Marissa reaccionó velozmente y logró atraparlo antes de que cayera al suelo. A pesar de su esbelto cuerpo, soportó el peso de Butch con facilidad, haciéndole recordar que no era humana y que con total seguridad era mucho más fuerte que él. Lo ayudó a recostarse en la cama y lo cubrió con las sábanas. Estaba tan débil como un niño y, de hecho, ella lo trataba como tal, como a una criatura desprovista de orgullo y de autoestima.

—¿Por qué estás aquí? —preguntó él, con un tono de voz tan agudo como su turbación.

Al ver que Marissa no lo miraba a los ojos, Butch comprendió que ella también se sentía incómoda con la situación.

—Vishous me dijo que estabas herido.

Ah, de modo que V era el promotor de aquella situación melodramática. El bastardo sabía que Butch vivía idiotizado por Marissa y que el sonido de su voz produciría precisamente lo que había producido. Pero estar allí dentro implicaba una actitud muy comprometedora para ella: era como tenderle una horca en vez de un bote salvavidas. Butch gruñó mientras le acondicionaba las sábanas.

—¿Cómo te sientes? —preguntó ella.

—Mejor. En comparación con... —En realidad se sentía como si un autobús lo hubiera arrastrado varios kilómetros. Pero claro, de todos modos se sentía mejor—. No tienes que quedarte aquí.

Marissa volvió a acomodar las sábanas con la mano y suspiró: sus pechos se elevaron bajo el costoso corpiño del vestido. Se cruzó de brazos y el cuerpo adquirió la elegante figura de una S.

Butch retiró la mirada, avergonzado, pues una parte de él quería aprovecharse de su lástima para que ella permaneciera en aquella habitación.

—Marissa, sabes muy bien que puedes marcharte cuando quieras.

—Bueno, realmente... no puedo.

Él frunció el ceño y le sostuvo la mirada.

—¿Por qué no?

Ella palideció, pero al cabo de un instante alzó la cabeza.

—Estás bajo...

En ese momento se oyó un silbido y alguien entró a la habitación, con un traje amarillo y con una mascarilla de protección. Las facciones de detrás del plástico eran femeninas, pero no se distinguían con claridad.

Butch volvió a mirar a Marissa con horror.

—¿Por qué diablos no llevas puesta una mierda de ésas? —No sabía qué clase de infección tenía, pero si era tan peligrosa que el personal médico necesitaba trajes de plástico, tenía que ser muy contagioso, y muy grave, tal vez mortal.

Marissa se encogió de hombros y le hizo sentirse como un auténtico matón.

—Yo... simplemente, no...

—¿Señor? —La enfermera los interrumpió cortésmente—. Me gustaría tomarle una muestra de sangre, si no es problema.

Él adelantó un antebrazo mientras seguía contemplando a Marissa.

—Se supone que debías llevar un traje protector cuando entraste, ¿no es cierto? ¿No es verdad?

—Sí.

—¡Joder! —dijo bruscamente él. —¿Y entonces por qué no...?

La enfermera le clavó la aguja con fuerza en el brazo y Butch sintió que se desvanecía, como si con la aguja hubiera pinchado el globo en el que guardara su energía.

Un mareo le sobrevino violentamente y lo obligó a echar la cabeza sobre la almohada. Seguía cabreado.

—Deberías haberte puesto uno de esos trajes, maldita sea.

Marissa no respondió, limitándose a pasear alrededor de la cama.

En el silencio que se produjo, él echó un vistazo a la pequeña vía insertada dentro de su vena. Cuando la enfermera la cambió por una nueva, vio que su sangre era mucho más oscura de lo normal. Muchísimo más.

—¡Por Dios! ¿Qué diablos es esto?

—Está mejor que antes. Mucho mejor.

La enfermera le sonrió a través de la mascarilla.

—Entonces, ¿de qué color era antes? —refunfuñó Butch, pensando que esa mierda parecía fango marrón.

La enfermera le metió un termómetro debajo de la lengua y revisó los aparatos médicos que había detrás de la cama.

—Le traeré algo de comer.

—Ella es la que tiene que comer —farfulló él.

—Cállese. —Se oyó un pitido y la enfermera le sacó el termómetro de la boca—. Muy bien, mucho mejor. Ahora, dígame, ¿hay algo que le apetezca especialmente?

Pensó en Marissa, que arriesgaba la vida por su culpa.

—Sí, quiero que ella se marche.

* * *

Marissa oyó estas palabras y lo miró. Se recostó contra la pared, miró hacia abajo y se sorprendió al ver que el vestido todavía le quedaba perfectamente. Le extrañó, porque sentía que había adelgazado. Se sentía pequeña. Insustancial.

Cuando la enfermera salió, los ojos color avellana de Butch relampaguearon.

—¿Cuánto tiempo te vas a quedar aquí?

—Hasta que Havers me diga que puedo marcharme.

—¿Estás enferma?

Marissa negó con la cabeza.

—¿De qué me están tratando?

—De tus heridas en el accidente automovilístico, que fueron bastantes.

—¿Accidente automovilístico? —La miró confundido y enseguida se agachó para examinar el catéter, como si quisiera cambiar de tema—. ¿Qué me están administrando?

Ella cruzó los brazos sobre el pecho y recitó los antibióticos, las vitaminas, los analgésicos y los anticoagulantes que le estaban inyectando.

—Vishous acudió en tu ayuda en cuanto se enteró del accidente.

Pensó en el hermano, en sus demoledores ojos en forma de diamante y en sus tatuajes en la sien... y en su evidente desprecio del peligro. Era el único que entraba a la habitación sin traje de protección, dos veces al día, al principio y al final de la noche.

—¿V ha venido a visitarme?

—Pone su mano encima de tu vientre. Y eso te alivia.

La primera vez que el guerrero había retirado las sábanas que cubrían el cuerpo de Butch y le había apartado el pijama de hospital, Marissa había enmudecido tanto por aquella visión íntima como por la autoridad desplegada por el hermano. Y enseguida su estupefacción se había incrementado por otra razón: la herida en el vientre de Butch parecía congelada. Además, Vishous la había asustado. Se había quitado el guante que siempre le había visto usar. La mano que apareció resplandecía, tatuada por delante y por detrás.

Se sintió aterrorizada al pensar en lo que sucedería a continuación. Vishous se limitó a sostener la palma de la mano a unos siete centímetros por encima del vientre de Butch. Incluso en su estado de coma, Butch había suspirado con alivio.

Después, Vishous había colocado las sábanas y le puso el pijama. Se volvió hacia ella y le dijo que cerrara los ojos. Le hizo algo parecido. Marissa creyó que se iba a desmayar, lo que casi ocurrió de verdad. En cambio, una profunda paz la inundó por completo, como si estuviera bañada por una luz balsámica y blanca. Cada vez que visitaba a Butch, repetía ese tratamiento y ella intuyó que era su manera de protegerla. Aunque no podía entender por qué lo hacía, dado el desprecio que mostraba por ella.

Volvió a pensar en Butch y en sus heridas.

—No tuviste un accidente automovilístico, ¿verdad?

Él cerró los ojos.

—Estoy muy cansado.

Marissa sintió que debía callar. Se sentó en el suelo desnudo y se rodeó las rodillas con los brazos. Havers quería llevarle algunas cosas, un catre o una silla confortable, pero ella se había negado. Le preocupaba que si los signos vitales de Butch se deterioraban otra vez el personal médico no tuviera suficiente espacio para trasladar los equipos necesarios junto a la cama. Su hermano había estado de acuerdo.

Al cabo de no sabía cuántos días, aunque su espalda estaba rígida y sus párpados parecían papel de lija, Marissa no se sentía cansada de haber estado luchando por mantener vivo a Butch. ¡Demonios! No había notado el paso del tiempo: siempre se sorprendía cuando le llevaban la cena o cuando las enfermeras de Havers entraban a la habitación. O cuando Vishous llegaba.

De hecho, no estaba enferma. Bueno, lo había estado antes de que Vishous se plantara la primera vez junto a ella con su mano resplandeciente. Pero desde que él había empezado a hacer eso, se sentía mejor.

Marissa alzó la mirada hacia la cama. Aún tenía curiosidad por adivinar las razones por las cuales Vishous la había atraído a esa habitación. Con seguridad la mano del guerrero habría sido más útil que su presencia.

Los aparatos que había detrás de la cama zumbaron suavemente y el aparato de aire acondicionado del techo comenzó a funcionar. Sus ojos vagaron a lo largo del cuerpo de Butch. El rostro de Marissa se sonrojó mientras pensaba en lo que había debajo de aquellas mantas.

Ella sabía cómo era cada centímetro de él.

La piel de Butch era muy tersa. Estaba tatuado en la parte baja de la espalda con tinta negra, una serie de líneas agrupadas en cuatro columnas, enlazadas una con otra mediante una barra que las cruzaba en diagonal. Algunas ya estaban deslucidas, como si hubieran sido hechas años atrás. No le fue difícil imaginar qué significaban.

Por delante, la sombra de pelo oscuro en los pectorales había sido una sorpresa, pues todos los humanos que había conocido eran lampiños como ella. De todas formas, Butch no tenía mucho pelo en el pecho, pensó, y se reducía aún más hacia abajo, hasta esbozar una delgada línea debajo del ombligo.

Bueno... se avergonzaba de haberlo hecho, pero había observado su sexo con detenimiento. El vello púbico era oscuro y muy denso, y en medio vio una gruesa estaca de carne casi tan ancha como su muñeca. Y debajo, una bolsa pesada y potente.

Era el primer macho que había visto sin ropa, y se parecía a los desnudos de los libros de arte. Butch era hermoso. Fascinante.

Marissa echó su cabeza hacia atrás y contempló el techo de la habitación. ¿Qué pensaría él si se enterara de que había invadido su intimidad, de que lo había mirado aprovechándose de que estaba enfermo e indefenso? ¿Qué pensaría de ella? Estaba hecha una pena, con el mismo vestido desde hacía varios días. Debía estar espantosa. ¿Cuánto tiempo más debería pasar allí?

Distraídamente deslizó sus dedos por el fino tejido del vestido y bajó la cabeza para apreciar bien la caída de la falda. En principio, la hermosa creación de Narciso Rodríguez debería ser muy cómoda, pero el corpiño estaba empezando a incomodarla. La cosa era, pensó, que quería estar guapa para Butch, incluso aunque él no lo notara por culpa de su enfermedad. De todos modos, ella no le atraía. Y, por si fuera poco, tampoco la quería cerca.

Aun así, se vestiría con elegancia cuando le llevaran ropas limpias.

Lástima que lo que ahora llevaba fuera a parar al incinerador. Qué pena, tener que quemar semejantes obras de arte.

CAPÍTULO
9

«Ahí está otra vez ese fulano, con su jodido pelo desteñido», pensó Van Dean cuando alcanzó a vislumbrarlo a través de los gruesos alambres que cercaban el cuadrilátero.

Era la tercera semana consecutiva que el tío acudía a participar en las peleas clandestinas de Caldwell. Entre la multitud rugiente alrededor de la jaula de lucha, permanecía de pie como una señal de neón, aunque Van no tenía claro por qué.

Su rodilla rozó el cerco. Volvió a concentrarse en lo que estaba haciendo. Echó atrás su puño desnudo y lanzó el brazo hasta estrellarlo contra el rostro del oponente. La sangre manó de la nariz del otro, un borbotón rojo que aterrizó en la lona un segundo antes de que lo hiciera el rival.

Van colocó sus pies y miró hacia abajo. No había árbitro para impedir que continuara golpeándolo en la cabeza. Ninguna regla le obligaba a dejar de machacarlo en los riñones hasta que el bastardo necesitara diálisis por el resto de su vida. Y si aún había algún temblor que sacudiera a esa piltrafa humana, no estaba dispuesto a dejar pasar la oportunidad de sacudirle más puñetazos.

Matar con sus manos desnudas era lo que deseaba su ser interior, lo que más ansiaba. Van siempre había sido distinto, no sólo respecto a sus contrincantes, sino a todos los que había conocido en su vida: su alma no era la de un simple púgil, sino la de un gladiador romano. Deseaba viajar en el tiempo hasta aquellas épocas en las que se podía destripar al enemigo cuando caía delante de uno... y luego ir a su casa, violar a su esposa y hacer una carnicería con sus hijos. Y después saquear toda aquella mierda, incendiar y echar abajo lo que se atravesara en su camino.

Pero vivía aquí y ahora. Y debía lidiar con una complicación más reciente. El cuerpo que amparaba su ser interior estaba empezando a envejecer. El hombro lo estaba matando, así como las rodillas, aunque estaba seguro de que nadie lo sabía, dentro o fuera de la jaula de combate.

Extendió los brazos, oyó un crujido y ocultó una mueca de dolor. Mientras tanto, la multitud rugía y sacudía el cerco de tres metros de altura. Por el amor de Dios, los fanáticos lo adoraban. Lo aclamaban. Querían verlo.

Aunque para él, ninguno de ellos era relevante.

En medio de la tribuna, se topó con la mirada del hombre de pelo desteñido. Maldita sea. Esos ojos lo amedrentaban. Rudos. Inexpresivos. Sin ningún brillo de vida. Y, para acabar de fastidiarlo, el fulano no coreaba su nombre, ¡joder!

El sujeto no hacía nada en absoluto.

Van empujó a su oponente con el pie desnudo. El tipo gruñó, pero no abrió los ojos. Terminó el juego.

Los cincuenta y tantos fulanos que rodeaban la jaula aplaudieron hechos unas fieras.

Van levantó el borde del cerco y movió sus cien kilos de peso hacia arriba. Luego salió de la jaula. La multitud rugió más fuerte y retrocedió para no interponerse en su camino. La última semana uno de los espectadores se había atravesado indebidamente: terminó escupiendo un diente roto.

La «arena», por llamarla de algún modo, estaba ubicada en un aparcamiento abandonado y el dueño de aquel terreno era el organizador de los encuentros. El asunto era sórdido: Van y los otros púgiles no eran más que el equivalente humano de gallos de pelea. Sin embargo, la paga era buena, y no había redadas, aunque siempre se oían rumores. A pesar de tanta sangre y tantas apuestas, los policías de Caldwell no se inmiscuían, y dado que se trataba de una especie de club privado, si alguien se excitaba demasiado, lo expulsaban. Literalmente. El dueño tenía seis matones encargados de mantener el orden en todo el tinglado.

Van fue hasta donde estaba el pagador, cogió sus quinientos dólares y su chaqueta, y se dirigió a su camión. Sus pantaloncillos estaban manchados de sangre, pero a él no le importó. Más bien se preocupó por sus doloridas articulaciones. Y por el hombro izquierdo.

¡Joder! Cada semana tenía que exigirse más y más para satisfacer a su ser interior y poner fuera de combate a esos individuos. Y, gracias a Dios, aún seguía en pie. Treinta y nueve años en el mundo de la lucha era tiempo suficiente para precisar una prótesis.

—¿Por qué dejó de pegarle?

Van estaba a punto de montar en su camión. Miró a través del parabrisas del conductor. No se sorprendió de que el fulano con el pelo desteñido lo hubiera seguido.

—No hablo con admiradores, compañero.

—Yo no soy un fan tuyo.

Sus ojos no se apartaron de la lisa superficie del vidrio.

—Entonces, ¿por qué viene tanto a mis peleas?

—Porque tengo una propuesta para ti.

—No necesito un apoderado.

—Tampoco soy uno de ésos.

Van le echó un vistazo por encima del hombro. El fulano era grande, tenía complexión de luchador, hombros y brazos fornidos. Las manos parecían cacerolas de hierro, capaces de convertirse en puños del tamaño de una bola de bolos.

Así que de eso se trataba, claro...

—Si quiere meterse al cuadrilátero conmigo, arregle el asunto allá. —Señaló el sitio del pagador.

—Tampoco se trata de eso.

Van hizo un gesto de impaciencia, cansado de aquella mierda de preguntas, tipo concurso de televisión.

—Entonces, ¿qué quiere?

—Primero tengo que saber por qué se detuvo, por qué dejo de pegarle.

—El tipo ya estaba en la lona.

El enfado iluminó el rostro del fulano.

—¿Y qué?

—¿Sabe una cosa? Está empezando a cabrearme.

—Bien, eso es. Busco a un hombre que encaje con su estilo.

Oh, eso reducía el campo de acción. Al fin y al cabo, él era un tío cualquiera con un rostro cualquiera, nariz rota, corte de pelo militar. Alerta.

—Hay muchos hombres parecidos a mí.

Excepto por su mano derecha.

—Dígame una cosa —pidió el fulano—. ¿Le extirparon el apéndice?

Van entrecerró los ojos y metió las llaves del camión en el bolsillo trasero de su pantalón.

—Tiene que escoger entre estas dos cosas: o se marcha y se aparta de mi camino... o sigue hablando y suelta todo lo que tiene dentro. Decida.

El pálido se acercó. Jesucristo, qué olor tan curioso. Como... ¿a talco para bebés?

—No me amenace, muchacho. —Habló en voz baja; su cuerpo estaba tenso, presto para entrar en batalla.

Bien, bien, bien... ¿quién lo diría? Un contrincante de verdad.

Van le arrimó todavía más la cara.

—Diga lo que tenga que decir.

—¿Le quitaron el apéndice?

—Sí.

El hombre sonrió. Se relajó.

—¿Le interesaría un trabajo?

—Tengo dos.

—En la construcción y noqueando a desconocidos. Ya lo sé.

—Trabajos honestos, ambos. ¿Cuánto tiempo lleva husmeando en mis negocios?

—Más que suficiente —dijo el fulano y alargó la mano—. Joseph Xavier.

Van lo dejó con la mano tendida.

—No estoy interesado en conocerlo, Joe.

—Señor Xavier para ti, hijo. Y seguramente no va a pasarte nada malo por escuchar mi propuesta.

Van ladeó la cabeza.

—Sabe algo, soy como las putas. Me gusta que me paguen por hacer la paja. Así que ponga algo en la palma de su mano, Joe, y después, a lo mejor, escuchamos su propuesta.

Cuando el hombre lo escrutó con fijeza, Van sintió un imprevisto pálpito de miedo. Aquel fulano no era normal.

El bastardo bajó la voz un poco más.

—Primero di mi nombre como es, hijo.

¡Qué diantres! Por cien dólares, se dejaría restregar las encías, incluso por un chiflado como ése.

—Xavier.

—Señor Xavier. —El fulano sonrió como un depredador, todo dientes, nada jovial ni alegre ni de buen talante—. Dilo, hijo.

Un impulso desconocido hizo que Van abriera la boca.

Segundos antes de que las palabras brotaran de sus labios, tuvo un vívido recuerdo de un día, cuando tenía dieciséis años, en que se lanzó de cabeza en el río Hudson. Ya en el aire, había avistado una enorme roca subacuática contra la que iba a estrellarse y supo que no había nada que hacer. Su cabeza iba a chocar con la piedra, como si la colisión estuviera predestinada, como si una cuerda invisible alrededor de su cuello lo atrajera hacia la roca. Pero no había sucedido nada malo, por lo menos en ese momento. Inmediatamente después del impacto, había flotado en medio de una calma placentera y dulce, como si el destino se hubiera cumplido. Y había sabido instintivamente que esa sensación era un anticipo de la muerte.

¡Joder! Ahora sentía la misma desorientación espacial. Y también la misma impresión de que ese hombre con la piel pálida era como la muerte: una presencia inevitable y predestinada, especialmente reservada para él.

—Señor Xavier —murmuró Van.

Un billete de cien dólares apareció frente a él. Alargó su mano de cuatro dedos y lo cogió con fuerza.

Pero sabía que habría escuchado la propuesta sin necesidad de tomar el dinero.

* * *

Horas más tarde, Butch giró sobre sí mismo en la cama y lo primero que hizo fue buscar a Marissa.

La encontró sentada en un rincón de la habitación, con un libro abierto a su lado. Sin embargo, sus ojos no estaban puestos en las páginas. Miraba fijamente las baldosas del linóleo y seguía sus hendiduras con un dedo largo y perfecto.

Se veía tan dolorosamente triste y tan hermosa que los ojos de Butch comenzaron a encharcarse. Dios, la sola idea de que pudiera haberla infectado o amenazado de cualquier modo le habría obligado a abrirse la garganta.

—Desearía que no hubieras entrado aquí —dijo él con voz ronca. Marissa hizo una mueca de disgusto, y él pensó en sus próximas palabras—. Lo que quiero decir es que...

—Ya sé lo que quieres decir. —El tono de su voz se endureció—. ¿Tienes hambre?

—Sí. —Intentó enderezarse—. Pero lo que más deseo es ducharme.

Ella se puso en pie, levantándose tan sutilmente como la neblina de la mañana. La respiración de Butch se entrecortó a medida que ella se le acercaba. Dios, ese vestido azul pálido tenía el mismo color de sus ojos.

—Déjame ayudarte con el baño.

—No, yo puedo hacerlo.

Ella cruzó los brazos sobre el pecho.

—Si tratas de ir al baño por tus propios medios, lo único que lograrás será caerte y hacerte daño.

—Llama a una enfermera, entonces. No quiero que me toques.

Marissa lo examinó con impertinencia durante un instante. Luego pestañeó una vez. Dos.

—¿Me excusas un momento, por favor? —dijo en tono más bajo—. Necesito ir al lavabo. Puedes llamar a la enfermera apretando ese botón rojo de ahí.

Fue hasta el cuarto de baño y cerró la puerta. El agua comenzó a correr.

Butch buscó el pequeño botón, pero se detuvo al sentir que el rumor de la corriente de agua se oía sin parar a través de la puerta. Sonaba sin interrupciones, no como si alguien estuviera lavándose las manos o la cara o llenando un vaso.

Y continuaba y continuaba...

Con un gruñido, arrastró los pies fuera de la cama y se levantó, apoyándose en el soporte del suero intravenoso hasta que el tubo se sacudió a causa de su esfuerzo por conservar el equilibrio. Puso penosamente un pie delante del otro hasta llegar a la puerta del cuarto de baño. Puso la oreja contra la madera. Todo lo que pudo oír fue el ruido del agua.

Instintivamente, llamó a la puerta suavemente. Otra vez. Llamó una vez más y giró el pomo, pensando que el bochorno de ambos sería infernal en caso de que ella estuviera usando el váter...

Marissa estaba sentada en la taza del inodoro. Pero la tapa del asiento estaba bajada. Además, estaba llorando. Temblando y llorando.

—Oh, por Dios, Marissa.

Ella lanzó un chillido, como si él fuera la última cosa del planeta que quisiera ver.

—¡Fuera de aquí! ¡Vete!

Butch se tambaleó y se hincó de rodillas delante de ella.

—Marissa...

Ocultando su rostro entre las manos, ella dijo bruscamente:

—Me gustaría tener algo de intimidad, si no te importa.

Él se inclinó. La apagada respiración de la hembra se impuso al ruido que el agua producía al correr.

—Todo está bien —dijo él—. Saldrás pronto. Te marcharás...

—¡Cállate! —Separó los dedos de la mano lo suficiente para mirarlo con un resplandor de hostilidad—. Sólo regresa a la cama y llama a la enfermera, si todavía no lo has hecho.

Butch se sentó en los talones, mareado, pero decidido.

—Siento mucho que te hayas quedado atrapada conmigo.

—Estoy segura de que sí.

Él frunció el ceño.

—Marissa...

El sonido del pestillo de la puerta al girar lo interrumpió.

—¿Poli? —La voz de V, al contrario que las demás, se oyó sin la amortiguación de una mascarilla protectora.

—Espera —dijo Butch, sin pensarlo. A Marissa no le hacía falta más público.

—¿Dónde estás, poli? ¿Hay algún problema?

Butch quiso levantarse. Y realmente lo hizo. Pero agarró el soporte del suero intravenoso y lo empujó sin darse cuenta, y se inclinó hacia delante. Marissa intentó asirlo, pero no pudo, y el enfermo se deslizó laxamente y terminó despatarrado sobre los azulejos del cuarto de baño, con las mejillas pegadas a la base del váter. Débilmente, oyó a Marissa hablando en urgentes ráfagas. Y a continuación la perilla de V entró en su campo de visión.

Miró a su compañero de cuarto... y mierda, se sintió feliz de volver a ver a aquel bastardo. El rostro de Vishous era el mismo, la oscura barba, los tatuajes en la sien, sin cambios. Allí estaban los iris como diamantes, que relumbraban como siempre. Todo familiar, muy familiar. Hogar y familia en forma de vampiro.

A pesar de la emoción que sintió al verlo, no se le escapó ni una lágrima. Se sentía absolutamente inútil, desesperanzado, tirado al pie de un inodoro, con una vergüenza sin fondo, ¡por el amor de Dios!

Parpadeó fieramente y dijo:

—¿Dónde diablos está el jodido hazmat ese? Ya sabes, el traje amarillo.

V sonrió. Sus ojos centellearon como si se sintiera incapaz de hablar.

—No te preocupes, yo estoy bien cubierto. Veo que ya estás en plena forma.

—Sí, señor. Y capaz de bailar rocanrol.

—¿De verdad?

—Seguro. Por ahora estoy analizando la posibilidad de convertirme en contratista de la construcción. Quería ver cómo habían hecho este baño. Han hecho una labor excelente con los azulejos, de veras. Te recomiendo que lo compruebes por ti mismo cuando tengas un momento.

—Bien, pero ¿qué tal si mientras tanto te llevo hasta la cama?

—Un momento. Primero quiero inspeccionar las tuberías del lavabo.

La sonrisita de complicidad de V estaba cargada de respeto y cariño.

—Por lo menos déjame ayudarte un poco.

—No, yo puedo hacerlo. —Con un gruñido, Butch apoyó las manos en el suelo para levantarse, pero enseguida tuvo que recostarse en la taza del inodoro. Mover la cabeza le resultó un esfuerzo casi insoportable. Sólo necesitaba un momento para recobrarse, digamos, una semana, o tal vez diez días...

—Vamos, poli. Llora en el hombro de este amigo y déjate ayudar.

Repentinamente, Butch se sintió demasiado cansado para responder, muy flácido y acabado. Marissa lo miraba con preocupación y él pensó con cierta extrañeza en lo debilucho que parecía en comparación con ella. Mierda, al menos no se le había abierto la bata al caer. Hubiera sido horrible que su trasero hubiera quedado expuesto ante los ojos de Marissa.

V metió sus gruesos brazos por debajo de las axilas de Butch y lo levantó con facilidad. Avanzaron por la habitación. No quiso descansar la cabeza sobre los hombros de su amigo, aunque estuvo tentado a hacerlo. De vuelta en la cama, continuos temblores sacudieron su cuerpo y todo empezó a girar.

Después de que V lo acomodara entre las sábanas, Butch lo agarró por el brazo y susurró:

—Necesito hablar contigo. A solas.

—¿Qué pasa? —dijo V también susurrando.

Butch miró hacia donde estaba Marissa, que seguía en un rincón.

Ruborizada, ella le echó una ojeada al cuarto de baño y cogió dos grandes bolsas de papel.

—Creo que voy a darme una ducha. ¿Me disculpáis? —No esperó una respuesta y entró al baño.

En cuanto la puerta se cerró, V se sentó al borde de la cama.

—Dime.

—¿En qué situación está ella? ¿Está contaminada?

—La he vigilado durante tres días... parece estar bien. Creo que pronto se podrá ir. Por ahora todos estamos firmemente convencidos de que no hubo contagio.

—¿A qué se ha expuesto ella? ¿A qué estuve expuesto yo?

—Por lo menos sabes que estuviste con los restrictores, ¿no?

Butch alzó uno de sus magullados brazos.

—Yo pensaba que había ido a un salón de belleza con Elizabeth Arden.

—Muy listo. Estuviste más de un día...

Abruptamente, Butch cogió el brazo de V.

—No me desmoroné. A pesar de todo lo que me hicieron no les dije nada de la Hermandad. Te lo juro.

V le apretó la mano.

—Ya sé que no hablaste. Sé que no lo harías.

—Bien.

La mirada de V fue hasta la punta de los dedos de Butch, preguntándose qué le habrían hecho.

—¿Qué recuerdas?

—Sólo sentimientos. Dolor y... terror. Miedo. Orgullo... orgullo de saber que no chillé ni cedí ni me dejé derrotar.

V asintió y sacó un habano. Antes de encenderlo, miró el alimentador de oxígeno, maldijo y guardó el puro.

—Escúchame, compañero, tengo que preguntarte algo. ¿Cómo tienes la cabeza? Quiero decir, tras resistir a lo que te hicieron, ¿cómo estás de ánimo?

—Estoy bien. No es fácil sufrir un trastorno postraumático o alguna mierda por el estilo, y al mismo tiempo no recordar nada de lo que te ha sucedido. En cuanto Marissa salga de aquí me pondré bien del todo. —Se restregó la cara, sintiendo la aspereza de la barba. Cuando descansó la mano sobre su abdomen, pensó en la herida negra—. ¿Tienes alguna idea de lo que me hicieron?

V negó con la cabeza y Butch maldijo.

—Pero, tranquilo, poli, que voy a averiguarlo. Tendré la respuesta a tu pregunta, te lo prometo. —El hermano cabeceó y miró el estómago de Butch—. ¿Qué aspecto tiene?

—No sé. Estaba demasiado enfrascado en mi estado de coma como para preocuparme por el aspecto de las heridas.

—¿Te importa si miro?

Butch se encogió de hombros y bajó las sábanas. V le levantó la bata y ambos miraron su vientre. La piel no tenía buen aspecto alrededor de la herida, toda gris y arrugada.

—¿Duele? —preguntó V.

—Como un diablo. Lo siento... frío. Como si tuviera hielo seco en las tripas.

—¿Me permites que te haga algo?

—¿Qué?

—Una pequeña cura que te he estado aplicando.

—Claro.

Pero Butch reculó cuando V levantó su mano y empezó a quitarse el guante:

—¿Qué me vas a hacer?

—Confía en mí.

La risa nerviosa de Butch sonó como un ladrido.

—La última vez que me dijiste eso terminé bebiéndome un cóctel para vampiros, ¿ya lo has olvidado?

—Ese cóctel te salvó el culo, compañero. Gracias a él te pude localizar.

Butch comprendió entonces por qué le había dado V aquella bebida.

—Está bien, venga, cúrame.

V acercó la mano resplandeciente. Butch hizo una mueca de disgusto.

—Relájate, poli. No te va a doler.

—Te he visto carbonizar una casa con esa puta mano.

—Prueba de que es una mano mágica. Serénate, mis actividades de pirómano son asunto del pasado.

V sostuvo su mano tatuada y luminosa sobre la herida y Butch dejó escapar un gruñido de satisfacción. Era como si le vertieran agua a la vez caliente y fresca dentro de la herida, y ésta fluyese benéficamente sobre él, a través de él. Limpiándolo.

Los ojos de Butch se pusieron en blanco.

—Dios... Dios... qué bien...

Se sintió relajado, liviano, libre de dolor, deslizándose en algún tipo de sueño. Dejó ir el cuerpo, se dejó ir él mismo.

Sentía toda la fuerza de la curación, el proceso regenerativo de su cuerpo funcionando a toda máquina. Los segundos pasaban, los minutos se escapaban, el tiempo navegaba hacia el infinito. Le pareció que días de descanso y buena alimentación y bienestar iban y venían, como si peregrinara desde la devastación en que estaba hasta el milagro de la salud.

* * *

Marissa echó la cabeza hacia atrás, se quedó erguida bajo la ducha y dejó que el agua le corriera por todo el cuerpo. Se sentía triste y demacrada, sobre todo después de haber visto a Vishous llevando a Butch hasta la cama. Eran unos amigos tan íntimos: un cariño claro y mutuo brillaba en los ojos de ambos.

Salió después de un largo rato, se restregó con la toalla y se secó el pelo. Buscó prendas interiores limpias. Miró el corpiño y se dijo «al diablo con ese chisme». Lo metió en una bolsa, incapaz de tolerar más tiempo los ganchos rígidos alrededor de sus costillas.

Sintió con extrañeza el roce de sus senos desnudos contra la tela del traje color melocotón, pero se había decidido a estar cómoda. Por lo menos por un rato. Además, ¿quién sabría que no llevaba sostén?

Dobló el traje azul claro y lo metió, junto con las prendas interiores ya usadas, en una bolsa para materiales biológicos. Luego se animó a sí misma, abrió la puerta y entró a la habitación del paciente.

Butch estaba en la cama, desmadejado, con la bata hasta el pecho, las sábanas enrolladas alrededor de sus caderas. La mano brillante de Vishous oscilaba a unos siete centímetros por encima de la herida ennegrecida.

En el silencio reinante entre los dos machos, se sintió intrusa, y sin tener adónde ir.

—Está dormido —musitó V.

Marissa asintió con la cabeza, pero no supo qué decir. Después de un largo silencio, finalmente murmuró:

—Cuéntame... ¿su familia está enterada de lo que le ocurrió?

—Sí. Toda la Hermandad lo sabe.

—No, quiero decir... su familia humana.

—Son irrelevantes.

—Pero ellos deberían...

V la observó con impaciencia, con ojos fríos, duros e intransigentes, y ella se sintió algo amilanada. Además, V llevaba las dagas negras colgadas sobre el pecho. Su afilado semblante hacía juego con el armamento.

—La familia de Butch no lo quiere. —La voz de V sonó estridente, como si la explicación no fuera asunto suyo y la hubiera dado sólo para callarle la boca—. Son irrelevantes. Ahora aproxímate. Butch necesita que estés cerca de él.

El contraste entre la expresión del rostro del hermano y su orden la confundió. ¿Qué era más útil para Butch, ella o la mano de V?

—Estoy casi segura de que él no me necesita ni me quiere aquí —susurró ella. Y volvió a preguntarse por qué diablos V la había llamado hacía tres noches.

—Está muy preocupado por ti. Por eso quiere que te marches.

Marissa enrojeció.

—Te equivocas, guerrero.

—Yo nunca me equivoco.

—Con un rápido fulgor, sus inquietantes ojos se posaron en su rostro. Eran tan glaciales que ella se echó para atrás. Vishous movió la cabeza.

—Ven, tócalo. Déjalo que te sienta. Necesita saber que estás aquí.

Ella frunció el ceño y pensó que el hermano estaba loco. Se arrimó a la cabecera de la cama para acariciar el pelo de Butch. En el instante en que ella lo rozó, él giró su rostro hacia ella.

—¿Ves? —Vishous volvió a examinar la herida—. Él te ansía.

«Ojalá fuera cierto», pensó ella.

—¿De verdad?

Se puso tensa.

—Por favor, no me leas la mente. Es una grosería.

—No lo he hecho. Has hablado en voz alta.

La mano de ella estrujó el pelo de Butch.

—Ay, lo siento.

Se quedaron callados, concentrados en Butch. Luego Vishous dijo en un tono recio:

—¿Por qué lo echaste, Marissa? Cuando fue a verte el otoño pasado, ¿por qué le diste la espalda?

Ella se turbó.

—No fue a verme.

—Sí, claro que fue.

—¿Cómo?

—Has oído muy bien lo que he dicho.

Lo miró a los ojos y se le ocurrió que aunque Vishous era un fulano que infundía terror, no era un mentiroso.

—¿Cuándo? ¿Cuándo fue a verme?

—Esperó a que pasaran un par de semanas después de que dispararan a Wrath. Luego fue a tu casa. Cuando regresó me dijo que ni siquiera habías querido recibirlo en persona. Hombre, eso fue una grosería. Estuvo muy mal por tu parte. Sabías lo que sentía por ti y mandaste a un sirviente para que lo echara. Muy bonito, hembra, muy bonito.

—No... nunca hice eso... Él nunca fue, él... Nadie me dijo...

—Oh... por favor.

—No me hables en ese tono, guerrero. —V la miró con desprecio, pero Marissa estaba tan enfadada que esta vez no le importó nada—. A finales del último verano yo caí enferma con gripe, debido a que alimenté en exceso a Wrath. Cuando me recuperé fui a trabajar a la clínica. No volví a saber nada de Butch y asumí que se había replanteado su relación conmigo. Siempre... he tenido muy mala suerte con los machos. Por eso me costó tanto acercarme a él. Cuando lo hice, hace tres meses, aquí en la clínica, me dijo que no quería verme. Así que haz el favor de no acusarme de algo que no hice.

Se produjo un tenso y largo silencio. En seguida Vishous la sorprendió. Soltó una carcajada.

—Bueno, quién sabe.

Nerviosa, ella bajó la mirada hacia Butch y siguió acariciándole el pelo.

—Te juro que si hubiera sabido que era él, me habría arrastrado fuera de la cama para abrirle la puerta yo misma.

En voz baja, Vishous murmuró:

—Menuda historia, hembra. Menuda historia.

En la pausa que siguió, Marissa rememoró los sucesos del verano anterior. Su convalecencia no había sido por una simple gripe. Se había quedado abrumada porque su propio hermano había atentado contra la vida de Wrath: sí, Havers, siempre calmado, templado y prudente, le había revelado a un restrictor dónde se encontraba el Rey. Claro, Havers lo había hecho por ahvenge, por vengarla a ella debido a la forma en que él la había tratado, pero eso no excusaba su pésima conducta.

¡Santa Virgen en el Ocaso!, Butch había querido verla. ¿Por qué nadie se lo había dicho?

—Yo no sabía que él había ido a visitarme —murmuró y acarició el pelo oscuro al enfermo.

Vishous retiró la mano y lo cubrió con las sábanas.

—Cierra los ojos, Marissa. Es tu turno.

Lo miró sorprendida.

—No sé.

—No te resistas. Déjame hacer.

V le hizo la sanación y después caminó hacia la puerta, la ancha espalda tiesa por su peculiar modo de andar.

Verificó el funcionamiento del aire acondicionado y la miró por encima del hombro.

—No pienses que soy el único que tengo que ver con la curación de Butch. Tú eres su luz, Marissa. No olvides eso. —El hermano entrecerró los ojos—. Te diré algo para que lo recuerdes siempre: si llegas a lastimarlo a propósito, te trataré como a una enemiga.

* * *

John Matthew estaba sentado en un salón del Caldwell High School. Había siete amplias mesas frente a la pizarra, y en todas, menos en una, había un par de aprendices.

John era el único ocupante de la de atrás, como un alumno más del CHS.

Lo que diferenciaba a esta clase de las demás de la escuela, era que en esta asignatura él anotaba todo con cuidado y no apartaba la vista de la pizarra, como si estuvieran proyectando un maratón de películas de *Duro de matar*.

Por otra parte, el tema no era la geometría.

Esta tarde, Zsadist, paseándose delante de la clase, hablaba de la composición química del explosivo plástico C4. El hermano vestía uno de sus famosos cuellos de tortuga negros y unos holgados leotardos de nailon. Con la cicatriz que le cruzaba la cara, se parecía fielmente a lo que la gente decía que era: un asesino de hembras, un torturador de restrictores, que atacaba incluso a sus propios hermanos sin que mediara provocación alguna.

Pero también era un profesor magnífico.

—Ahora analicemos los detonadores —dijo—. Personalmente, prefiero los de control remoto.

Mientras John pasaba la página de su cuaderno, Z bosquejó en el tablero un mecanismo en tres dimensiones, una especie de caja con circuitos de alambres. Cualquier objeto que el hermano dibujaba era tan detallado y realista que uno sentía que podía tocarlo.

John miró el reloj. Quince minutos más y sería hora de tomar un refrigerio y de volver al gimnasio. Le costaba esperar.

Cuando ingresó en la escuela, el entrenamiento de artes marciales combinadas le había resultado odioso. Ahora lo adoraba. Aún era el último de la clase en términos de habilidad física, pero en las últimas sesiones había mejorado notablemente dentro de su categoría. Y con ello había logrado encauzar su agresividad hacia objetivos más valiosos, de modo que sus dinámicas sociales eran mejores.

Tres meses atrás, sus condiscípulos se burlaban de él. Lo acusaban de lamer el culo a los hermanos. Ridiculizaban su marca de nacimiento, pues les parecía una falsa estrella de la Hermandad. Ahora, en cambio, se fijaban en él. Todos menos Lash, que se la tenía jurada, criticándolo, rebajándolo.

A John no le importaba. Lo decisivo para él eran otros asuntos: estar en clase con los aprendices, vivir en el complejo con los hermanos y estar ligado a la Hermandad por la sangre de su padre, aunque sólo fuera supuestamente. Sin embargo, desde que había perdido a Tohr y a Wellsie, en cuanto a lo que a él le incumbía, prefería verse a sí mismo como un ser libre. Sin vínculos, ligado a nadie.

En consecuencia, los otros no significaban nada para él.

Volvió su mirada a la nuca de Lash. Su larga coleta rubia reposaba suavemente sobre una chaqueta muy cara, diseñada por un extravagante modisto. ¿Cómo sabía John lo del diseñador? Porque Lash se pasaba la vida jactándose de la ropa que usaba para venir a clase.

Por ejemplo, esa noche había mencionado que su nuevo reloj había sido chapado en oro por Jacob, el joyero.

Entrecerró los ojos, embriagándose con la fantasía de tener a Lash como antagonista en el gimnasio. El fulano pareció sentir el calor y se volvió hacia él con curiosidad. Sus aretes de diamantes brillaron y los labios se le torcieron en una sucia sonrisa. Luego frunció la boca y le lanzó un beso a John.

—¿John? —La voz de Zsadist sonó recia como un martillo—. ¿Me prestas algo de atención?

John enrojeció y miró al frente. Zsadist prosiguió con la explicación, golpeando la pizarra con su largo dedo índice.

—Una mecha como ésta se puede hacer detonar con una amplia diversidad de elementos, siendo el más común la frecuencia de sonido. Se activa con un teléfono móvil, un ordenador o una señal de radio.

Zsadist comenzó a dibujar otra vez y el chirrido de la tiza resonó fortísimo en el salón.

—Esta es otra variedad de detonador. —Zsadist retrocedió un paso—. Es característico de los coches-bomba. Se conecta al sistema eléctrico del automóvil. Una vez que la bomba se arma, cualquier intento de poner en marcha el vehículo... «tick, tick, boom».

De repente la mano de John apretó el lápiz y él empezó a pestañear con prisa, sintiéndose mareado.

Un aprendiz pelirrojo, de nombre Blaylock, preguntó:

—¿Cuánto tiempo queda después de la ignición?

—Por lo general, un par de segundos, una pequeñísima ventaja. Me gustaría que os fijárais también en que como los cables del coche han sido redireccionados, el motor no funciona. El conductor girará la llave y sólo oirá una serie de ruiditos y chasquidos.

El cerebro de John comenzó a incendiarse en rápidas y parpadeantes secuencias.

Lluvia... lluvia negra sobre el parabrisas de un coche.

Una mano con una llave, buscando dónde insertarla en la base del volante del automóvil.

Un motor encendiéndose y apagándose, una y otra vez. Una sensación de terror, de que alguien está perdido. Después un brillante fulgor...

La silla de John volcó y se cayó al suelo. No se dio cuenta de que estaba sufriendo un ataque: había tal griterío dentro de su cabeza que no tuvo forma de sentir que algo físico le ocurría.

¡Alguien estaba perdido! Alguien... había sido abandonado. Él había abandonado a alguien...

10

Amanecía y las cortinas de acero alrededor del salón de billares de la mansión ya habían sido bajadas. Vishous probó un sándwich de rosbif de Arby's: sabía como una guía telefónica, aunque no le faltaban ingredientes.

Oyó el chasquido de las bolas y levantó la mirada. Beth, la Reina, acababa de hacer su jugada. Agarrando el taco con elegancia, se enderezó sobre el tapete.

—No está mal —exclamó Rhage mientras se recostaba contra la pared de seda.

—Es por el entrenamiento. —Beth rodeó la mesa y calculó la siguiente jugada. Al inclinarse y apoyar el taco sobre su mano izquierda, el rubí Saturnine relampagueó en el dedo corazón.

V se limpió la boca con una servilleta de papel.

—Te va a doler otra vez, Hollywood.

—Es probable.

Pero la Reina no tuvo oportunidad de lucirse. En ese momento Wrath atravesó la puerta, visiblemente preocupado. Su largo pelo negro, que le llegaba casi hasta el trasero cubierto por unos pantalones de cuero, flotó detrás de él y luego cayó sobre su espalda corpulenta.

Beth bajó el taco.

—¿Cómo está John?

—Quién diablos sabe. —Wrath fue hasta donde estaba Beth y la besó en los labios y a ambos lados del cuello, sobre sus venas—. No quiere que Havers lo examine. Se niega a ir a la clínica. Ahora está dormido en la oficina de Tohr, exhausto.

—¿Qué desencadenó el ataque esta vez?

—Z estaba dando una clase sobre explosivos. El chaval simplemente estalló y rodó al suelo. Lo mismo que antes, como la primera vez.

Beth abrazó a Wrath por la cintura y se recostó en el cuerpo de su hellren. Sus cabellos negros se mezclaron, liso el de él, ondulante el de ella. Dios, Wrath tenía el pelo excesivamente largo. Tenía mucho que ver que a Beth le gustara, ya que se lo había dejado largo por ella.

V se limpió la boca otra vez. Qué raro, la de cosas que hacían los machos con tal de darles gusto a las hembras.

Beth meneó la cabeza.

—Desearía que John volviera con nosotros a la casa. Dormir en esa silla, quedarse en la oficina... Pasa mucho tiempo solo y no come lo suficiente. Es más, Mary dice que no quiere hablar sobre lo que les sucedió a Tohr y a Wellsie. Simplemente se niega a abrirse.

—No me importa que no diga nada, siempre y cuando visite al maldito doctor. —Las gafas de sol de Wrath se movieron hacia V—. ¿Y cómo está nuestro otro paciente? Jesús, a veces creo que deberíamos tener un médico aquí en la mansión.

V cogió la bolsa de Arby's y atacó el segundo sándwich.

—El poli se está recuperando. Creo que podrá salir en un día o dos.

—Quiero saber qué diablos le hicieron. La Virgen Escribana no me ha dado ninguna pista esta vez. Está muda como una piedra.

—Ayer comencé a investigar. Empecé por las *Crónicas*. —Las *Crónicas* eran los dieciocho volúmenes de la historia de los vampiros en Lenguaje Antiguo. Los jodidos textos eran tan aburridos como el inventario de una tienda de ordenadores—. Si no encuentro nada, tendré que buscar en otra parte. Compendios de tradición oral, transcripciones culturales, mierdas así. Es altamente improbable que en los veinticuatro mil años que llevamos en este planeta no haya sucedido antes algo parecido. Voy a pasarme todo el día de hoy trabajando en ello.

Como era habitual, se pasaría otro día sin dormir. Hacía más de una semana que se le había quitado el sueño y no había razón para pensar que las cosas fueran a mejorar o a ser diferentes esa tarde.

¡Qué infierno! Estar despierto durante ocho días no era nada bueno para la actividad de sus ondas cerebrales. Si no dormía, podría volverse psicótico o fundir sus circuitos. Era asombroso que algo semejante no hubiera acontecido nunca.

—¿Qué pasa, V? —dijo Wrath.

—¿Cómo? ¿Qué?

—¿Estás bien?

Vishous mordió el rosbif y lo masticó con deleite.

—Sí, bien. Muy bien.

* * *

Al caer la noche, Van aparcó su camión bajo un arce en una calle encantadora y elegante.

No le gustó la situación.

La casa que había al otro lado del césped no parecía un lugar peligroso: era otra residencia tipo colonial en un vecindario cualquiera. El problema eran los coches que estaban aparcados en la avenida, frente a la casa. Cuatro.

Iba a reunirse con Xavier cara a cara, ellos dos solos. Van inspeccionó el terreno sin bajarse del camión. Todas las cortinas estaban echadas. Parecía que dentro sólo había dos lámparas encendidas. La del porche estaba apagada.

Además había que analizar otros asuntos. Decirle sí a esa propuesta significaba darle una patada a la construcción, librándose de tener que ganarse el pan con el sudor de su frente. Conseguiría hasta el doble de lo que ahora ganaba y ahorraría algo de pasta para sobrevivir cuando ya no quisiera o no pudiera pelear más.

Descendió del camión y caminó hasta la fachada de la casa. Plantó sus botas en el felpudo de bienvenida, con el dibujo de una hiedra entramada, y sintió escalofríos.

La puerta se abrió antes de que pulsara el timbre. Xavier estaba al otro lado, enorme y completamente vestido de blanco.

—Llegas tarde.

—Y usted dijo que íbamos a estar solos.

—¿Te preocupan mis acompañantes?

—Depende de quiénes sean.

Xavier se hizo a un lado.

—¿Por qué no entras y lo averiguas tú mismo?

Van no se movió.

—Para que lo sepa: le dije a mi hermano que iba a venir aquí. Le di la dirección y todo.

—¿A cuál de tus hermanos? ¿El mayor o el menor? —Xavier sonrió mientras Van entrecerraba los ojos—. Sí, nosotros los conocemos. Como tú dices, con direcciones y todo.

Van metió la mano en el bolsillo de su cazadora. La nueve milímetros se deslizó en la palma de su mano con toda naturalidad.

«Dinero, piensa en el dinero».

Al cabo de un momento, dijo:

—¿Vamos a entrar o nos vamos a quedar en la puerta como un par de idiotas?

—Yo no soy el que está en el lado equivocado de la puerta, hijo.

Van entró, sin apartar la vista de Xavier. Dentro, el lugar estaba frío, como si la calefacción estuviera en su punto más bajo o como si la casa estuviera abandonada. La falta de muebles parecía indicar que allí no vivía nadie.

Cuando Xavier se llevó la mano al bolsillo trasero, Van se puso tenso. El otro sacó un arma de gran calibre: diez crujientes billetes de cien dólares.

—¿Entonces? —preguntó Xavier—. ¿Hacemos el trato? ¿Sí o no?

Van cogió la pasta y se la guardó.

—Sí.

—Bien. Comenzarás a trabajar esta noche.

—Xavier caminó hacia el fondo de la vivienda.

Van lo siguió, alerta. Especialmente cuando descendieron al sótano y vio a otros seis Xavieres al pie de las escaleras. Todos eran altos, con el pelo desteñido y olían a abuelita.

—Veo que ha traído a algunos de sus hermanos —dijo Van en tono bajo.

—No son hermanos. Y jamás uses esa palabra delante de nosotros. —Xavier señaló a los maleantes—: Son tus aprendices.

Moviéndose por sus propios medios pero vigilado por una enfermera con traje hazmat, Butch regresó a la cama después de su primera ducha y de su primer afeitado. Le habían quitado el catéter y la vía intravenosa. Y había hecho una buena comida. Y también había dormido once de las últimas doce horas.

Mejoraba. Estaba comenzando a sentirse humano otra vez y lo único que podía decir era que la velocidad con la que se estaba recuperando era una auténtica bendición del cielo.

—Lo ha hecho muy bien, señor —le dijo la enfermera.

—El siguiente paso: los Juegos Olímpicos —dijo él, y se cubrió con las sábanas.

Después de que la enfermera se retirase, Butch miró a Marissa. Estaba sentada en un catre que él había insistido en que le llevaran y su cabeza se inclinaba sobre la labor que bordaba con aplicación. Desde que él se había despertado, ya hacía casi una hora, se había comportado como una pequeña extraña, como si estuviera al borde de decir algo de lo que después se arrepentiría.

La mirada de Butch vacilaba: de la brillante corona de su cabeza a sus finas manos, del vestido color melocotón que se esparcía sobre la cama provisional hasta detenerse en el pecho. Tenía unos delicados botones de perlas. Muchos. Cien, por lo menos.

Cambió la posición de sus piernas, para relajarse. Trató de calcular cuánto tiempo le tendría que dedicar a cada una de aquellas grandes perlas.

Se le agitó el cuerpo, la sangre circuló como un torrente entre sus piernas, haciendo que el miembro se le hinchara.

Bueno, realmente se sentía mejor.

Ciertamente, era un hijo de puta.

Le dio la espalda a Marissa y cerró los ojos.

Con los ojos cerrados, se vio besándola en el porche de la segunda planta de Darius, el verano anterior. Se sintió inquieto. Lo evocó con tanta claridad como si fuera una fotografía. Ella se había sentado sobre sus piernas y su lengua había estado dentro de su boca. Habían acabado en el suelo cuando, de pronto, la silla se rompió...

—¿Butch?

Él abrió los ojos y meneó la cabeza. Marissa estaba justo enfrente de él, su rostro al mismo nivel. Con pánico, miró hacia abajo, para asegurarse de que las sábanas ocultaran lo que había estado ocurriendo entre sus muslos.

—¿Sí? —dijo, con la voz tan cascada que tuvo que repetirlo para hacerse oír. Por el amor de Dios, ¿es que no era capaz de hablar cuando la tenía delante? Con todo, lo más grave era saberse desnudo bajo el pijama. Especialmente junto a ella.

Marissa examinó su rostro y Butch temió que lo viera y lo supiera todo, incluso lo que acaecía en su interior, su obsesión por ella.

—Marissa, creo que debería dormir. Ya sabes, descansar y todo eso.

—Vishous me dijo que fuiste a verme. Después de que Wrath resultara herido.

Butch entornó los párpados despacio, hasta cerrar los ojos del todo. El primer pensamiento que se le ocurrió fue que podía arrastrarse fuera de la cama, buscar a su compañero de cuarto y darle una paliza. Maldito V...

—Yo no lo sabía —dijo Marissa. Él la miró con asombro. La joven meneó la cabeza—. Me enteré de que habías estado allí cuando Vishous me lo contó anoche. ¿Con quién hablaste cuando fuiste a visitarme? ¿Qué pasó?

¿Ella no lo sabía?

—Yo... Pues, una doggen abrió la puerta y después se marchó escaleras arriba. Regresó y me dijo que no recibías a nadie y que me llamarías. Como no lo hiciste... en fin, no quería que pensaras que te estaba acosando o algo por el estilo.

Bueno, la verdad es que la había acechado un poco. Gracias a Dios, ella no había notado nada.

—Butch, aquel día estaba enferma y necesitaba tiempo para recuperarme. Pero yo quería verte. Por eso te pedí que me llamaras cuando fui a verte en diciembre. Dijiste que no y yo pensé... bueno, que habías perdido tu interés por mí.

¿Ella había querido verlo? ¿Había dicho eso?

—Butch, yo quería verte —repitió.

Sí, lo había dicho. Y dos veces.

Bueno, entonces...

—Mierda —suspiró y la miró a los ojos—. ¿Tienes idea de cuántas veces pasé por delante de tu casa?

—¿Lo hiciste?

—Prácticamente todas las noches. Fue patético. —Por todos los infiernos, aún lo era.

—Pero dijiste que querías que me marchara de este cuarto. Estabas disgustado por verme aquí.

—Estaba cabreado... es decir, molesto porque no tenías un traje hazmat. Y asumí que por culpa de eso tenías que quedarte aquí. —Con mano temblorosa, la buscó. Dios mío, era tan suave—. Vishous es realmente muy persuasivo. Y yo no quería ni tu compasión ni tu lástima, y mucho menos ponerte en una situación en la que no querías estar.

—Quería estar aquí. Quiero estar aquí. —Marissa tomó la mano de Butch y se la apretó con fuerza.

En el silencio que siguió, él lucho por reorganizar mentalmente los últimos seis meses de su vida, por ponerse al día, recuperar la realidad que de alguna manera habían dejado escapar. Él la quería a ella. Ella lo quería a él. Se querían. ¿Podía ser cierto?

Sintió que era verdad. Sintió que era bueno. Sintió...

Palabras impacientes y desesperadas volaron de sus labios.

—Estoy loco por ti, Marissa. Sí, jodido, loco por ti. ¡Qué patético!

Los ojos azul claro de ella rompieron en llanto.

—Yo... también. Por ti.

Butch no fue consciente de haber dado el paso siguiente. Pero un momento después flotaban en el aire. Y un instante más tarde, él posaba sus labios sobre los de ella. Cuando Marissa respiró entrecortadamente, él se echó para atrás.

—Lo siento...

—No... yo... yo simplemente estaba sorprendida —musitó ella, mirándole los labios—. Quiero que tú...

—Está bien. —Él movió su cabeza hacia un lado y rozó su boca—. Acércate más.

De un tirón, la subió a la cama y la guió para que quedara encima de él. Su peso era liviano como el aire caliente y tembló de amor cuando su pelo rubio cayó sobre él. Puso ambas manos en su rostro y la miró fijamente.

Los labios de Marissa le regalaron una sonrisa feliz y Butch alcanzó a ver las puntas de sus colmillos. Oh, Dios, tenía que meterse dentro de ella, penetrarla de algún modo. Se inclinó y la guió con la lengua. Ella gimió mientras él le lamía la boca. Después se besaron profundamente, sus manos enredadas entre el pelo de ella y acunándose detrás de su cabeza. Butch abrió las piernas y el cuerpo de Marissa reposó sobre ellas, acrecentando la presión donde él ya estaba duro, grueso y caliente.

Sin saber de dónde salía, una pregunta agitó la mente de Butch, una que no se atrevió a hacer, una que lo distrajo y le hizo perder el ritmo. Se apartó de ella.

—¿Butch, qué pasa?

Le acarició la boca con el dedo pulgar, preguntándose si ella tendría o habría tenido desde entonces relaciones con otro hombre. En los nueve meses transcurridos desde que se habían besado por primera vez, ¿habría conseguido ella un amante? ¿O más de uno?

—¿Butch?

—No es nada —dijo él, aunque un ataque de celos le arañó el pecho.

Volvió a tomar su boca, y esta vez la besó con una codicia a la que no tenía derecho. Sus manos descendieron por la espalda de ella, incrementando su excitación. Sintió la urgente necesidad de enfrentarse a cualquier macho que osara reclamar la propiedad de aquella mujer. Estaba loco por ella.

De pronto, Marissa se detuvo y olisqueó el aire. Parecía confusa.

—¿Los humanos sueltan aroma?

—Cuando estamos emocionados... creo que sí.

—No... aroma, aroma aglutinante.

Enterró su rostro en el cuello de él, aspiró y luego comenzó a restregar la nariz contra la piel de Butch.

Él le agarró las caderas, preguntándose hasta dónde iban a llegar las cosas. No se sentía con la energía necesaria para tener sexo, aunque su miembro estaba totalmente erecto... Oh, no estaba seguro de nada, salvo de una cosa... ¡La deseaba con todas sus fuerzas!

—Me domina tu aroma, Butch.

—Debe ser por el jabón que uso —dijo él. Ella arrastró sus colmillos por el cuello de su macho y él gruñó—: Oh, mierda... no... te detengas...

Vishous llegó a la clínica y se dirigió directamente a la habitación de cuarentena. Nadie le cuestionó su derecho a abrirse paso. Mientras descendía por el vestíbulo, el personal médico tropezaba con sus propios pies para retirarse de su camino.

Una acción inteligente, pues llevaba armamento pesado y tenía los nervios de punta.

¡Qué fiasco de día! No había encontrado nada en las *Crónicas*, nada que se aproximara siquiera a lo que le habían hecho a Butch. Nada tampoco en las *Historias Orales*. Y peor todavía, había comenzado a presentir cosas del futuro, realineaciones parciales en el destino de algunas personas, aunque no podía ver con suficiente claridad lo que su instinto le dictaba que iba a sobrevenir. Era como asistir a una obra de teatro con el telón bajado: en cada momento podía observar cómo se movía el terciopelo morado cuando un cuerpo rozaba el otro lado de la tela o escuchaba voces indistintas o apreciaba luces que se insinuaban por debajo del dobladillo adornado con borlas. Pero nada preciso: sus neuronas seguían vacías.

A zancadas, atravesó el laboratorio de Havers y se metió en el despacho de administración. Al cruzar por la puerta disimulada, encontró vacía la antesala. Los ordenadores y monitores ejecutaban solos sus sigilosas labores de vigilancia.

De repente V se quedó paralizado, casi muerto.

En una de las pantallas, vio a Marissa subida a la cama y tendida encima de Butch. Los brazos del poli la rodeaban, sus desnudas rodillas abiertas generosamente para que el cuerpo de ella se pudiera acomodar sin problemas sobre él. Se restregaban el uno contra el otro en interminables oleadas de pasión. V no podía ver sus rostros, pero comprendió que sus labios tenían que estar fundidos en un beso y que sus lenguas se acariciaban, entreveradas, dentro de las bocas.

V se sobó la mandíbula, débilmente consciente de que bajo sus armas y sus cueros, la piel se le estaba calentando. Dios... maldita sea... la palma de la mano de Butch se deslizaba por el lomo de Marissa, colándose entre su pelo rubio, buscando, manoseando su nuca.

El poli estaba totalmente excitado, pero era muy cariñoso con ella. Muy tierno.

V pensó en el sexo que él había tenido la noche en que Butch había sido capturado. ¡Qué diferencia! Esa vez no había habido nada de gentilezas, nada satisfactorio para las partes involucradas.

Butch cambió de posición y tumbó de espaldas a Marissa para subírsele encima. Al hacerlo su pijama se abrió, los tirantes se aflojaron y quedaron al aire su espalda musculosa y su potente trasero. El tatuaje en la base de la columna vertebral se desfiguraba con cada movimiento. Apretujó sus caderas entre la falda de ella, con una erección dura como una piedra. Las largas y elegantes manos de la hembra serpentearon alrededor de las nalgas de él hasta engarzarse en los glúteos desnudos y redondeados.

Ella lo arañó y Butch ladeó la cabeza, sin duda para exhalar un gemido.

¡Por Dios santo! V podía oír los jadeos... sí... podía oírlos. Y sin saber de dónde surgió, un extraño y anhelante sentimiento lo traspasó. Mierda. ¿Exactamente qué papel desempeñaba él en aquel escenario?

La cabeza de Butch se entretuvo en el cuello de Marissa y sus caderas comenzaron a avanzar y a replegarse en un movimiento sinuoso, avance y retroceso, avance y retroceso. Su espalda se ondulaba y sus hombros se contraían y se relajaban a medida que se amoldaba a un ritmo delicioso, que hizo pestañear ávidamente a V.

Marissa se arqueó, alzó el mentón, abrió la boca. Cristo, qué figura dibujaba ella debajo de su macho, el cabello desparramado sobre las almohadas, algunos mechones pegados a los fibrosos bíceps de Butch. En su pasión, con su vibrante vestido melocotón, ella era una sonrisa, un amanecer, una promesa de eterna calidez. Y Butch, por su parte, estaba gozando al máximo de todo aquello que su suerte le permitía disfrutar.

La puerta de la antesala se abrió de repente. V giró sobre los talones y bloqueó el monitor con su cuerpo.

Havers puso la historia médica de Butch en una estantería y buscó un traje hazmat. —Buenas tardes, señor. Ha venido a hacerle otra cura, ¿verdad?

—Sí... —La voz era casi un gruñido y tuvo que aclararse la garganta—. Pero no creo que sea el mejor momento

Havers se detuvo, con el traje en las manos.

—¿Está descansando?

No exactamente, pensó V.

—Sí. Así que usted y yo vamos a dejarlo tranquilo.

Las cejas del doctor se levantaron detrás de sus monturas de carey.

—¿Cómo dice?

V cogió el historial médico de Butch, se lo pasó al doctor, agarró el traje y lo colgó en su sitio.

—Más tarde, doctor.

—Yo... yo necesito examinarlo. Me parece que ya casi está listo para marcharse a casa...

—Magnífico. Pero ahora nos vamos.

Havers abrió la boca para argumentar algo, pero V no le dio la oportunidad de hacerlo. Descargó una mano sobre los hombros del doctor y lo miró a los ojos en busca de un acuerdo de buena voluntad.

—Sí... —murmuró Havers—. Más tarde. ¿Ma... mañana?

—Mañana, puede ser.

Después de echar a la fuerza al hermano de Marissa, V pensó en las imágenes que había visto en la pantalla. Qué error, por su parte, haber mirado.

Qué error, haber... querido.

Marissa ardía de excitación.

«Butch... Butch». Él estaba encima de ella, cada vez más corpulento, tan corpulento que sus piernas, aunque estaban abiertas debajo de la falda, aún parecían estrechas para acomodárselo. Y la forma en que él se movía... el ritmo de sus caderas la estaba enloqueciendo.

Cuando el beso acabó, el hombre respiraba agitadamente y sus ojos color avellana brillaban de deseo sexual, con una glotonería muy masculina. Marissa pensó que debería sentirse cohibida, pues no sabía muy bien lo que estaba haciendo. Pero en vez de dejarse abrumar, se sintió irresistible.

El silencio se prolongó unos momentos. Ella, aunque no estaba muy segura de qué iba a decir, exclamó:

—¡Butch!

—Dios mío, nena —suspiró él, y con un ligero roce, bajó su mano desde el cuello hasta la fina clavícula de la hembra. Se detuvo al llegar al vestido, en clara señal de que pedía permiso para quitárselo.

Ella pareció enfriarse. Pensó que sus senos eran vulgares, como tantos otros: eso creía, aunque no tenía punto de comparación, pues jamás había visto los de otras hembras. Sintió que su alma se desmoronaría si llegaba a notar en Butch la misma apatía con que los machos de su especie la miraban. No quería ver eso en el rostro de él, y mucho menos si estaba desnuda. Sólo era capaz de soportar semejante desagrado si estuviera completamente vestida delante de un macho que no le interesara.

—Está bien —dijo Butch y retiró la mano—. No quiero presionarte.

La besó tiernamente, cogió una sábana, se tapó la cadera y se echó sobre la espalda. Luego se cubrió los ojos con el antebrazo. El pecho subía y bajaba como si hubiera corrido diez kilómetros.

Marissa lo miró y tuvo la impresión de que también ella había estado forzando la máquina.

—¿Butch?

Él deslizó el brazo a una orilla y ladeó la cabeza en la almohada. Su rostro todavía estaba inflamado en algunas partes y uno de sus ojos seguía amoratado. Y tenía rota la nariz, aunque no era una lesión reciente. Y, aun así, a la hembra le pareció hermoso.

—¿Qué, nena?

—¿Tienes... tienes muchas amantes?

El se puso rígido. Tomó aire. Ella pensó que no quería responderle.

—Sí. Sí tengo —dijo por fin.

Los pulmones de Marissa se volvieron de hormigón armado al imaginárselo besando a otras hembras, desvistiéndolas, apareándose con ellas. Apostaría lo que fuera a que la mayoría no eran vírgenes despistadas.

Dios santo. Iba a vomitar.

—Otra buena razón para que interrumpamos lo que estamos haciendo —dijo él.

—¿Por qué?

—No estoy diciendo que hayamos llegado demasiado lejos, sino que yo necesito un condón.

Bueno, por lo menos ella sabía qué era eso.

—Pero ¿por qué? Yo no soy fértil.

La larga pausa no le inspiraba confianza. Y mucho menos cuando él maldijo entrecortadamente.

—No siempre me he cuidado.

—¿De qué?

—Del sexo. He tenido... mucho sexo con personas que a lo mejor no estaban limpias, sanas. Y lo hice sin protección. —Se sonrojó como si se avergonzara de sí mismo: el rubor trepó violentamente desde el cuello hasta la cara—. O sea que sí, necesito usar un preservativo contigo. No tengo ni idea de lo que llevo por dentro.

—¿Por qué no fuiste más cuidadoso contigo mismo?

—Simplemente me importaba un c..., sí... —La buscó para besarla con delicadeza. Habló entre dientes—: En este momento, quisiera ser virgen, maldita sea.

—A mí no me afectan los virus humanos.

—No he estado sólo con humanas, Marissa.

Ella se enfrió por completo. Si hubiera tenido sexo con hembras de su propia especie, con mujeres, la impresión habría sido distinta. ¿Pero con otra vampiresa?

—¿Quién es? —preguntó con seriedad.

—Alguien que no creo que tú conozcas. —Expulsó todo el aire que había contenido y volvió a cubrirse los ojos con los brazos—. Dios, quisiera volver atrás en el tiempo y deshacer eso. Deshacer una gran cantidad de cosas.

—Entonces, ha sido hace poco tiempo...

—Sí.

—¿Tú la... amas?

El frunció el ceño y se volvió para mirarla.

—No, por Dios. Ni siquiera la conocía... oh, mierda, eso ha sonado aún peor, ¿verdad?

—¿La llevaste a tu cama? ¿Dormiste con ella después de hacerle el amor? —¿Por qué diablos estaba haciendo esas preguntas? Era como incitarlo a cortarse con un cuchillo de cocina.

—No, fue en un club. —El impacto oscureció el semblante de ella. Butch volvió a renegar—. Marissa, mi vida no es como te la imaginas. La forma en que me conociste, con la Hermandad, vestido con ropas caras... ése no soy yo. Ni lo era antes ni lo soy ahora.

—Entonces, ¿quién eres tú?

—No me parezco a nadie que hayas conocido. Aunque si yo fuera un vampiro, nuestros caminos no se habrían cruzado. Soy como un jornalero. —Al ver su confusión, él se explicó—: Un tipo de clase baja.

El tono fue objetivo, como si recitara un número telefónico.

—No creo que seas de clase baja, Butch.

—Como ya te he dicho, no sabes realmente quién soy.

—Al acostarme aquí contigo, al respirar tu esencia, tu aroma, al oír tu voz, lo sé todo acerca de ti. —Lo miró de arriba abajo—. Tú eres el macho con el que quiero aparearme. Ése eres tú.

Una fragancia oscura y picante colmó el ambiente: si Butch fuera un vampiro, ella habría dicho que eso era su aroma. Marissa lo aspiró y se sintió incendiada, poderosa. Con dedos temblorosos, apoyó la mano en el primero de los pequeños botones de su blusa.

Con una de sus manos, él abarcó las dos de ella.

—No te fuerces a ti misma, nena. Hay muchas cosas que quiero de ti... sin pedir nada a cambio.

—Pero yo quiero estar contigo. —Marissa se libró de las manos de él y comenzó a desabrocharse los botones, pero no adelantó mucho, porque temblaba demasiado—. Creo que vas a tener que hacerlo tú mismo.

La respiración de Butch brotó como un silbido erótico.

—¿Estás segura?

—Sí. —Él dudó un instante, pero ella asintió y se miró el pecho—. Por favor. Quítame esto.

Con mucha calma, él comenzó a desabotonar cada una de las perlas. Sus magullados dedos lo hacían con seguridad. El vestido se abrió poco a poco y, sin sostén, el busto desnudo de Marissa surgió paulatinamente. Cuando soltó el último botón, todo el cuerpo de ella palpitaba con agitación.

—Marissa, no sé si seguir... estás muy nerviosa.

—Es que... ningún macho me había visto así antes.

Butch se quedó helado.

—Tú todavía eres...

—Intocada —dijo ella, usando una palabra que odiaba con toda su alma.

Ahora él también temblaba y el oscuro y picante aroma se percibía con más intensidad.

—No me habría importado que no fueras virgen. Es importante que sepas eso.

Ella sonrió un poco y se le ofreció.

—Cuando quieras... —Butch estiró las manos para tocarla y ella le susurró con tibieza—: Simplemente sé amable conmigo, ¿de acuerdo?

Butch la miró con ternura.

—Me vas a encantar, no lo dudes, porque eres tú. —Como ella no encontró sus ojos, él se desplazó hacia delante—. Marissa, para mí tú eres la más hermosa.

Impaciente, ella desnudó sus senos. Cerró los ojos: no podía respirar.

—Marissa. ¡Qué hermosa!

Ella abrió los párpados, animándose a sí misma. Butch había desviado la mirada.

—Pero aún no me has mirado.

—No necesito hacerlo.

Tiernas lágrimas brotaron de sus ojos.

—Por favor... mírame.

Él bajó sus ojos mientras tomaba aire entre sus dientes, con un silbido que cortó el aire de la habitación. Marissa estaba temblando, sentía que lo que hacía no era totalmente correcto...

—Jesucristo. Eres perfecta. —Butch se relamió el labio inferior—. ¿Puedo tocarte?

Turbada, asintió con un súbito movimiento del mentón. Él deslizó la mano bajo la blusa, recorrió suavemente su torso y le acarició un seno, infinitamente suave y cálido. Marissa se electrizó y después pareció apaciguarse, por lo menos hasta que Butch le rozó el pezón con el dedo pulgar. Se retorció involuntariamente.

—Eres... perfecta —dijo él con voz ronca—. Tu belleza me maravilla.

Bajó la cabeza y sus labios le acariciaron la piel sobre el esternón. Un instante más tarde, la besó entre los senos. Sus pezones se endurecieron con ansias de su... sí, de su boca. Oh... Dios, sí... su boca.

Los ojos de Butch se elevaron hacia los de ella mientras le chupaba la parte superior del seno, cogiéndolo suavemente con los labios. Entre las piernas, Marissa sintió como un fulgor.

—¿Estás bien? —preguntó él.

—No sé... no sabía que existieran estas sensaciones.

—¿No? —Él volvió a rozarle los pezones con los labios—. Seguramente alguna vez te habrás tocado los senos. ¿No lo has hecho? ¿Jamás?

—Las hembras de mi clase... pensamos que no se deben... hacer ciertas cosas. A menos que estemos con nuestro compañero e incluso entonces... —Dios, ¿de qué estaba hablando?

—Ya... bueno, pues aquí estoy, ¿verdad? —exclamó Butch. Su lengua volvió a lamerle el pezón—. Sí, aquí estoy. Dame tu mano, amor. —Cuando Marissa lo hizo, se la besó en la palma—. Déjame mostrarte lo bien que puedes llegar a sentirte.

Le cogió el dedo índice, se lo metió a la boca y lo chupó. Después se lo llevó hasta el pezón. Dibujó círculos alrededor de su cumbre, acariciándola también con su propia mano.

Ella echó la cabeza hacia atrás, con los ojos fijos en él.

—Es tan...

—Blando y duro al mismo tiempo, ¿verdad? —Butch se inclinó y le lamió el pezón y el dedo, con cálidos y suaves lengüetazos que le erizaron la piel—. ¿Te gusta?

—Sí... dulce Virgen en el Ocaso, sí.

Butch llevó su mano hasta el otro seno y rodeó el pezón, y lo acarició hasta que se hinchó entre sus dedos. Estaba casi dentro de ella. El pijama se le había plegado alrededor de los hombros, con los sólidos brazos alargados al máximo para sustentar su cuerpo sobre el de ella. Al cambiar de seno y empezar a sobarle el otro pezón, su oscuro cabello cayó sobre la pálida, blanda y sedosa piel de Marissa.

Asfixiada por su propio ardor, sacudida por una creciente turbación y enardecida de placer, no se dio cuenta de que la falda se había enrollado... hasta quedar enredada alrededor de sus muslos.

Butch dejó momentáneamente sus senos para preguntarle:

—¿Me dejas ir un poco más rápido? Si te juro que me detendré cuando digas, ¿me dejarás ir más rápido?

—Claro —aceptó ella.

Le deslizó la mano hasta su desnuda rodilla. Marissa se sobresaltó, pero cuando Butch siguió chupándole los senos, se olvidó del miedo. En suaves y perezosas espirales él fue avanzando hasta llegar a su entrepierna...

Inesperadamente, ella sintió como si algo se le derramara entre los muslos. Con pánico, cerró las piernas y empujó a Butch.

—¿Qué pasa, nena?

Ruborizándose intensamente, ella farfulló:

—Siento algo... raro.

—¿Dónde? ¿Aquí abajo? —acarició la parte interior de sus muslos.

Cuando Marissa asintió, Butch esbozó una sonrisa muy masculina, muy sexy.

—¿Oh, de verdad? —La besó, incansable. Sus bocas se apretaban con pasión.

—¿Quieres explicarme qué ha sido eso? —dijo ella, más ruborizada todavía.

Él paró de acariciarla.

—¿Hasta qué punto es raro lo que sientes?

—Yo... —Marissa no supo qué contestar.

La boca de Butch cambió de posición y se acercó a su oído.

—¿Estás mojada? —Ella asintió. Él gimió profundamente—. Estar mojada es buena señal... quiero que estés muy húmeda.

—¿Sí? ¿Por qué?

Con un movimiento veloz y cariñoso, Butch le tocó los pantis entre los muslos. Ambos saltaron al tiempo.

—Oh... por Dios —gimió él otra vez, la cabeza hundida entre los hombros—. Estás así por mí. Tú estás así para mí.

La erección de Butch aumentaba a medida que frotaba la mano sobre el cálido y húmedo satén que cubría el sexo de ella. Sabía que si echaba los pantis hacia un lado, encontraría un pozo de dicha y de miel, pero no quería estropear el momento. Así que curvó los dedos y restregó la base de la palma de su mano contra el sexo de Marissa, en el punto en que calculó que sentiría más la caricia. Respiraron entrecortadamente. Butch se movió, la atrapó contra el colchón y empezó a mecerse progresivamente sobre su vientre, para que percibiera su total excitación. Con naturalidad y destreza de experto la hizo subir al séptimo cielo.

—Butch, necesito... algo... yo...

—Cariño, ¿nunca te has...? —Por todos los infiernos, era increíble que ella jamás se hubiera masturbado. Claro que, si se había desconcertado por lo que sintió en los pezones, no era para sorprenderse.

—¿Qué?

—No, nada, no importa. —Dejó de oprimirle el sexo y amorosamente paseó sus dedos por encima de los pantis—. Yo me encargo, será maravilloso. Confía en mí, Marissa.

Besó su boca, le chupó los labios, dejándola loca de deseo. Luego metió la mano debajo del panti de satén y llegó hasta su sexo...

—Oh... joder —exclamó, confiando en que estuviera tan aturdida como para no oír su maldición.

Ella vaciló.

—Pero ¿cuál es mi problema?

—Tranquila, tranquila. —La sujetó dulcemente, y respiró hondo, intentando dominarse. Le preocupaba la posibilidad de tener un orgasmo antes de tiempo. No podía permitirse un gatillazo en el momento más importante de su vida—. Nena, no sucede nada malo. Sólo que estás... oh... estás afeitada. —Sus dedos se deslizaron entre los pliegues de la entrepierna... santo cielo, ella era tan suave, tan tierna, tan caliente.

—¿Y eso es malo?

El rió.

—Por el contrario, nena, es delicioso. Me excita.

¿Excitante? Más bien era un descubrimiento explosivo. Quiso gatear entre su falda y lamerla y comérsela... Devorar su intimidad entera.

La idea de que él era el primero en poner la mano en su sexo le pareció infernalmente erótica. Jamás soñó con un placer semejante.

—¿Cómo te sientes? —le dijo, acariciándola con suavidad.

—Dios... Butch. —Se arqueó salvajemente, la cabeza hacia atrás, de modo que el cuello se elevó en una amorosa curva.

La mirada de él se clavó en su cuello. Sintió de nuevo la insólita tentación de morderla. Abrió la boca como si lo fuera a hacer.

Maldiciendo, evitó este extraño impulso.

—Butch... me duele —dijo Marissa.

—Sí, cariño, lo sé. Yo me encargo de eso. —Pegó los labios a sus senos y se concentró en acariciarle el sexo, sin prisa, pero sin pausa, con los dedos siempre por fuera, sin internarse en la vagina, pues no quería desconcertarla demasiado.

Sin embargo, estuvo a punto de perder el dominio de su propia excitación, que crecía como una bola de nieve, estimulada por la constante fricción de los cuerpos y por el aroma de Marissa, que lo enardecía aún más. Se meneaba adelante y atrás, apretándole la cadera contra el colchón al tiempo que no paraba de sobarle el sexo con la mano. Se desmadejó entre sus senos. De repente, sintió que debía suspender el masaje que se estaba dando a sí mismo para prestarle atención a ella.

La miró. Tenía los ojos abiertos y como paralizados, al borde del clímax.

—Todo va bien, nena, todo va muy bien —dijo, e intensificó las caricias entre sus piernas.

—¿Qué tengo? —susurró ella—. ¿Qué me pasa?

Le arrimó la boca al oído.

—Estás a punto de tener un orgasmo. Sólo déjate llevar. Estoy contigo, aquí estoy. Aférrate a mí.

Marissa se aferró a los brazos de Butch y sus uñas lo arañaron hasta hacerle sangre. Perfecto, pensó él, y sonrió satisfecho. Ella alzó las caderas impulsivamente.

—Butch...

—Eso es. Ven a mí.

—No puedo... no puedo —dijo ella y meneó la cabeza, atrapada entre lo que su cuerpo deseaba con fogosidad y lo que su mente se negaba a asimilar. Si seguía así iba a perder la excitación. A menos que él procediera con rapidez y sensibilidad.

Sin pensarlo dos veces, Butch hincó su rostro en la garganta de Marissa y la mordió, justo encima de la yugular. Eso hizo: la mordió con pasión. Ella gritó su nombre y comenzó a estremecerse, las caderas arriba y abajo, una y otra vez, todo el cuerpo sacudido por tenaces espasmos. Con profunda alegría, él guió sus impulsos y la ayudó a alcanzar el orgasmo, hablándole apasionadamente todo el tiempo, aunque sólo Dios sabe qué le dijo.

Mientras Marissa se movía con el placer del orgasmo, Butch se apartó de su cuello y la miró a la cara. Los colmillos le sobresalían entre los labios. Lo acometió un impulso incontrolable: le metió la lengua en la boca y le lamió las puntiagudas puntas de los dientes, sintiendo que se le desgarraba la carne. Quiso sentir ese mismo placer en toda su piel... quiso que ella lo chupara, que se atiborrara de él, que se alimentara de él.

Se obligó a detenerse. Sintió un vacío insondable. Añoraba necesidades desconocidas, no sexuales. Precisaba... más cosas de Marissa, cosas que no comprendía.

Ella abrió los ojos.

—Yo no sabía... que sería así.

—¿Te ha gustado?

Su sonrisa fue suficiente para hacerle olvidar a Butch dudas, angustias y fatalidades, hasta su propio nombre.

—Claro, Dios... mucho.

La besó tiernamente, le estiró la falda y abotonó las perlas del corpiño, como si embalara en un lindo envoltorio el regalo que era su cuerpo. Marissa recostó la cabeza en la parte interior del codo de él, somnolienta. Se sintió condenadamente dichoso de tenerla a su lado. Era lo que quería hacer: permanecer despierto mientras ella reposaba, vigilarla y defenderla.

Por alguna razón ignorada, deseó tener un arma.

—No puedo mantener los ojos abiertos —dijo ella.

—Ni lo intentes.

Butch acarició su pelo y pensó que, salvo por el hecho de que dentro de diez minutos tendría el mayor dolor de testículos conocido en la historia de la humanidad, todo iba muy bien en su mundo.

«Butch O'Neal», pensó, «has encontrado a la mujer de tu vida».

S e parece a su abuelo.

Joyce O'Neal Rafferty se inclinó sobre la cuna y arregló la manta alrededor de su bebé de tres meses. El crío intentó apartarla pero ella se la reacomodó con suavidad: un debate que venía desde el nacimiento y que ya comenzaba a agotarla. El hijo claramente había heredado esa costumbre de su padre.

—No, más bien se parece a ti.

Al sentir los brazos de su esposo alrededor de la cintura, Joyce luchó contra el impulso de quitárselo de encima. A él le tenía sin cuidado el peso del niño: a ella, en cambio, eso la ponía nerviosa.

Buscando que se distrajera con cualquier cosa, Joyce dijo:

—El próximo domingo tendrás que elegir. O te encargas tú de Sean o traes a mamá. ¿Qué te gustaría más?

Se apoyó en ella.

—¿Por qué no puede tu padre ir a buscar a tu madre a la residencia?

—Ya conoces a mi padre. No se entiende muy bien con ella, especialmente cuando van en coche. Mamá se pondrá nerviosa y él se enfadará. Y no quiero que nos fastidien el bautizo de nuestro hijo.

Mike suspiró con resignación.

—Creo que será mejor que tú te encargues de tu madre. Sean y yo estaremos bien. ¿Podría venir alguna de tus hermanas?

—Sí, Colleen, tal vez.

Se quedaron en silencio un rato mientras veían respirar a Sean. Luego Mike dijo:

—¿Vas a invitarlo a él?

Joyce quería, desde luego. En la familia O'Neal había un solo «él». Brian. Butch. «Él». De los seis hijos que Eddie y Odell O'Neal habían tenido, dos se habían perdido. Janie había sido asesinada y Butch había desaparecido después de secundaria. Lo último había sido una bendición; lo primero, una maldición.

—No vendrá.

—Debes invitarlo de todos modos.

—Si aparece, a mi madre le dará un ataque.

La progresiva demencia senil de Odell hacía que a veces pensara que Butch estaba muerto y que por eso no estaba a su lado. Otras veces se inventaba locas historias para explicar la pérdida del hijo. Como, por ejemplo, que se había presentado como candidato a la alcaldía de Nueva York. O que asistía a la facultad de Medicina. O que no era hijo de su padre, razón por la cual Eddie no lo aguantaba. Todo lo cual no eran más que simples chifladuras. Las dos primeras por obvias razones y la tercera porque, aunque era cierto que a Eddie nunca le había gustado Butch, eso no se debía a que fuera un hijo bastardo. A Eddie le disgustaban todos sus hijos, sin excepciones.

—Deberías invitarlo de todas maneras, Joyce. Ésta es su familia...

—En realidad no.

La última vez que había hablado con su hermano había sido... Dios santo, ¿cuando se casó, hacía ya cinco años? Y desde entonces nadie lo había vuelto a ver ni a oír. Se rumoreaba en la familia que su padre había recibido un mensaje de Butch en... ¿agosto? Sí, al final del verano. Le había dado un número en el que lo podrían encontrar, y eso había sido todo.

Sean hizo un pucherito.

—¿Joyce?

—Oh, vamos, no vendrá aunque se lo pida.

—Bueno, pero nunca podrá decir que nadie lo avisó. O tal vez te sorprenda.

—Mike, no lo voy a llamar. ¿Para qué queremos más dramas en esta familia?

Con su madre volviéndose cada vez más loca y con la enfermedad de Alzheimer, ¿no era suficiente?

Fingió que consultaba su reloj.

—Oye, ¿no es la hora de *CSI*?

Con determinación, sacó a su esposo de la habitación de los niños, apartándolo de asuntos que no eran de su incumbencia.

* * *

Marissa no estaba segura de cuánto hacía que se había despertado, pero sí sabía que había dormido mucho rato. Cuando abrió los ojos, sonrió. Butch estaba apretado contra su espalda, con un muslo entre sus piernas, una mano alrededor de uno de los senos, la cabeza en su cuello.

Se volvió lentamente hasta quedar frente a él. Desvió los ojos hacia abajo. La sábana se había deslizado y, bajo el pijama, una cosa gruesa le abultaba la ingle. Buen Dios... una erección. Butch seguía excitado.

—¿Qué estás mirando, preciosa?

La voz de bajo de Butch sonó más grave que nunca. Ella se sobresaltó.

—No sabía que estabas despierto.

—No he llegado a dormirme. Llevo horas mirándote. —Tiró de la sábana hasta volverla a poner en su sitio y sonrió—. ¿Cómo estás?

—Bien.

—¿Quieres que pidamos algo para desay...?

—Butch... —¿Cómo iba a decir lo que necesitaba preguntarle?—. Los machos hacen lo que tú me hiciste, ¿verdad? Quiero decir, lo de anoche, cuando me tocaste.

Él se ruborizó.

—Sí, claro. Pero no tienes que preocuparte por eso.

—¿Por qué?

—Simplemente no necesitas preocuparte.

—¿Me dejarías mirarte? —Le señaló el bulto en la ingle—. ¿Ahí abajo?

Él tosió un poco.

—¿Quieres mirarme?

—Sí. Dios, sí... quiero tocarte ahí abajo.

Butch refunfuñó.

—A lo mejor te llevas una sorpresa.

—Anoche me sorprendí bastante con tu mano entre mis muslos. ¿Será una sorpresa igual de buena o mejor?

—Creo que será similar, sí... o puede que mejor.

—Te quiero desnudo. —Se incorporó y le cogió el pijama—. Y quiero desnudarte yo misma.

Él le aferró las manos con fuerza.

—Yo... Marissa, ¿sabes lo que pasa cuando un hombre se corre? Porque, con toda seguridad, eso es lo que va a ocurrir si sigues así. Y no tardará mucho en pasar.

—Quiero descubrirlo. Contigo.

Butch cerró los ojos y respiró profundamente.

—Oh, por Dios...

Enderezó la parte superior del cuerpo y se inclinó hacia delante para que ella pudiera sacarle el pijama por hombros y brazos. Después se echó de espaldas sobre el colchón y su cuerpo quedó destapado: el recio cuello anclado en sus anchos hombros... los fornidos pectorales que se movían al ritmo de su respiración... la elástica contextura de su vientre... y...

Marissa tiró de la sábana. Buen Dios, su sexo era...

—Es... enorme.

Butch soltó una carcajada.

—Qué cosas tan bonitas me dices, nena.

—Lo vi cuando estaba... no sabía que se ponía...

No podía apartar los ojos de la erección. El duro miembro tenía el mismo color de los labios de él y era insultantemente hermoso, la cabeza rematada con una graciosa cresta, el tallo perfectamente redondeado y potente en la raíz. Y las dos bolsas gemelas debajo eran pesadas, descaradas, viriles. Las de los humanos, ¿serían más grandes que las de los vampiros?

—¿Cómo te gusta que te toquen?

—Si eres tú, como quieras.

—No, enséñame.

Butch entornó los ojos un momento. Cuando alzó los párpados, sus labios estaban entreabiertos. Lentamente tocó sus pectorales y su vientre con la mano. Echó una de las piernas hacia un lado, aprisionó el miembro entre los dedos y empuñó su carne rosada con placer. Con movimientos pausados y suaves, avivó su excitación, desde la base hasta la punta.

—Así —dijo roncamente, sin dejar de acariciarse—. Por favor, eres maravillosa... podría correrme ahora mismo.

—No. —Marissa le retiró la mano y el soberbio miembro erecto rebotó gallardamente en su estómago—. Quiero hacerlo yo misma.

Cuando se lo cogió, él gimió, todo el cuerpo en lujuriosa convulsión. Su sexo era caliente. Duro y suave a la vez, tan grueso que ella no podía abarcarlo con la palma de su mano. Dudó un poco al principio, pero luego siguió su ejemplo, recorriendo la satinada piel del miembro de arriba abajo.

Butch rechinó los dientes y Marissa se detuvo.

—¿Va todo bien?

—Sí... maldita... sigue... —Alzó el mentón, las venas en su cuello a punto de reventar—. Más.

Le puso la otra mano encima, las palmas juntas, subiendo y bajando por su tallo con regularidad. Él abrió la boca del todo, los ojos se le quedaron en blanco, el sudor le brotaba y le brillaba por todo el cuerpo.

—¿Cómo te sientes, Butch?

—Estoy a punto. —Apretó las mandíbulas y respiró a través de los dientes, sólidamente comprimidos. De repente cogió las manos de Marissa, aquietándolas—. ¡Espera! Todavía no...

Su miembro latía entre los dedos de ella. Una gota de cristal asomó en la punta. Él respiró con desgarrado aliento.

—Espérame. Mientras más me calientes, mejor será el final.

Guiándose por sus exclamaciones y por sus espasmos, ella aprendió a reconocer los picos y los valles de la respuesta erótica de Butch, adivinando cuándo estaba muy cerca y conteniéndose al borde mismo del precipicio sexual.

Dios, había tanto poder en el sexo, y ahora Marissa lo controlaba. Él estaba indefenso, expuesto... tal y como ella había estado la noche anterior. Le encantaba eso.

—Por favor... nena... —balbuceó Butch. A Marissa le encantaba su respiración ronca, la tirantez de su cuello, el dominio que ejercía sobre él. Deslizó su mano bajo los testículos y la ahuecó para cogerlos con delicadeza. Con una maldición, él apretó las sábanas hasta que sus nudillos se pusieron blancos.

Ella siguió adelante. Butch se agitaba y se retorcía, cubierto de sudor. Marissa le acercó la boca. Él se la engulló. La agarró por el cuello y la apretó contra sus labios, mascullando palabras tiernas, besándola, empujándola con su lengua.

—¿Ya? —preguntó ella en medio del beso.

—¡Ya!

Marissa movió sus manos cada vez más rápido hasta que el rostro de Butch se contrajo en una hermosa máscara de agonía y su cuerpo se endureció como un cable de acero.

—Marissa... —Marissa sintió que Butch se estremecía súbitamente y que algo caliente y denso salía de su miembro con impulso y caía en su mano. Instintivamente supo que debía mantener el ritmo hasta que él acabara.

Finalmente, Butch abrió sus ojos: todo se veía borroso. Se sentía saciado, lleno de adorable calor.

—No quiero separarme de ti —exclamó ella.

—Pues no lo hagas. Nunca —dijo y comenzó a relajarse, después de la maravillosa labor que había llevado a cabo. Marissa lo beso y luego sacó la mano de entre las piernas de Butch y se la miró con curiosidad para ver qué había salido de él.

—No sabía que era negro —murmuró con una pequeña sonrisa.

El horror se reflejó en el rostro de Butch.

—¡Por Dios!

* * *

Havers atravesó el corredor de la habitación en cuarentena.

Por el camino, examinó a la pequeña hembra que había operado hacía unos días. Mejoraba de forma evidente. Pero él estaba preocupado, y no se decidía a enviarlas a ella y a su madre de vuelta al mundo exterior. Ese hellren era violento y podría maltratarlas de nuevo y mandarlas a la clínica otra vez. ¿Qué podía hacer? No podía dejar que se quedaran indefinidamente allí. Necesitaba la cama.

Avanzó en su recorrido. Pasó por el laboratorio y reconvino a una enfermera que procesaba varias muestras. Al llegar a la puerta de administración, dudó unos instantes.

No soportaba que Marissa estuviera encerrada con ese humano.

Sin embargo, lo importante era que ella no se había contaminado. Le habían hecho todas las pruebas y estaba perfectamente, de manera que el tremendo error que había cometido, al menos, no iba a costarle la vida.

Y en cuanto al humano, ya podía marcharse a casa. Su último examen de sangre había salido casi normal. Sanaba a un ritmo asombroso: hora de mandarlo al infierno, lejos de Marissa. Havers ya había llamado a la Hermandad para pedirles que lo recogieran.

Butch O'Neal era peligroso, y no sólo por el asunto de la contaminación. Ese humano quería a Marissa, se le veía en los ojos. Y eso era inaceptable desde cualquier punto de vista.

Havers meneó la cabeza y recordó que había tratado de separarlos el otoño pasado. Al principio, había calculado que Marissa lo iba a abandonar paulatinamente y que todo se resolvería bien. Pero cuando fue obvio, durante su enfermedad, que ella estaba sufriendo por él, Havers supo que tenía que intervenir.

Esperaba que su hermana encontrara un verdadero compañero, el que fuera, pero no precisamente un inferior, un matón humano. Necesitaba a alguien digno, aunque era improbable que eso sucediera pronto, dada la pésima reputación que tenía ante la glymera.

Pero tal vez... bueno, era consciente de la forma en que Rehvenge la miraba. A lo mejor eso podría funcionar. Rehv era de buena familia, con buen pedigrí por ambas líneas. Un poco... rudo, quizá, pero adecuado ante los ojos de la comunidad.

¿Sería factible estimular ese apareamiento? Después de todo, Marissa aún estaba intocada, casta y pura como el día de su nacimiento. Y Rehvenge tenía dinero, muchísimo, aunque nadie sabía cómo ni por qué. Y lo más importante, era impermeable a las opiniones de la glymera.

Sí, pensó. Sería un buen apareamiento. El mejor que se podría esperar, dadas las circunstancias.

Empujó la puerta secreta para abrirla, sintiéndose un poco mejor. Ese humano estaba a punto de salir de la clínica y nadie se enteraría de que ellos dos habían estado encerrados juntos por unos días. Su equipo era religiosamente discreto.

Dios, podía imaginarse lo que la glymera haría si se enteraba de que ella había estado en estrecho contacto con un macho humano. Su maltrecha reputación no resistiría más controversias y, francamente, Havers sería incapaz de enfrentarse a eso.

Quería mucho a su hermana, pero todo en este mundo tiene un límite.

* * *

Marissa no entendía por qué Butch la arrastraba al baño en una carrera mortal.

—¡Butch! ¿Qué estás haciendo?

La llevó hasta el lavabo, metió sus manos bajo el agua y cogió una barra de jabón. Al lavarla, el pánico le hizo entornar los ojos. Estaba pálido como un muerto.

—¿Qué diablos pasa aquí?

Marissa y Butch se volvieron hacia el umbral de la puerta. Havers estaba en pie allí, sin un hazmat de protección, más furioso de lo que ella jamás lo había visto.

—Havers...

Su hermano no la dejó concluir. Con un tirón la sacó fuera del baño.

—Espera... ¡ay! Havers, eso duele.

Lo que sucedió a continuación fue demasiado rápido.

Repentinamente Havers había... desaparecido. Un segundo antes él tiraba de Marissa y ambos luchaban, y al instante siguiente Butch había aplastado el rostro de Havers contra la pared.

La voz de Butch sonó muy cansada.

—No me importa que seas su hermano. No la vuelvas a tratar así. Jamás. —Empujó su antebrazo contra la nuca de Havers para dejarlo bien claro.

—Butch, déjalo...

—¿Te ha quedado claro? —Cuando el hermano de Marissa jadeó y asintió, lo liberó, regresó a la cama y con calma se envolvió una sábana alrededor de la cadera. Como si no acabara de vérselas con un vampiro.

Mientras tanto, Havers tropezó con el borde de la cama, los ojos enloquecidos de furor. Se arregló las gafas y la miró con fiereza.

—Quiero que te largues de esta habitación. Ya.

—No.

Havers no podía creerlo. ¡Su hermana se estaba enfrentando a él!

—¿Qué has dicho?

—Me quedo con Butch.

—¡Por supuesto que no!

En Lenguaje Antiguo ella dijo:

—*Si me ha tenido, debo permanecer a su lado como su shellan.*

Havers la miró como si hubiera recibido una bofetada: impresionado y muy disgustado.

—*Y yo te lo prohíbo. ¿Acaso no tienes nobleza?*

Butch, aunque no les entendía, se anticipó a cualquier respuesta.

—Realmente deberías marcharte, Marissa.

Havers y ella se volvieron hacia él.

—¿Butch? —dijo Marissa.

El áspero rostro que ella amaba se suavizó por un momento, pero enseguida se tornó severo.

—Si él te deja salir, deberías marcharte.

Y la expresión de su semblante quería decir: «Y no regreses».

Marissa le echó un vistazo a su hermano. El corazón le empezó a latir aceleradamente.

—Déjanos. —Havers negó con la cabeza. Ella gritó, iracunda—: ¡Fuera de aquí!

Hay momentos en que la histeria femenina consigue atraer la atención de todos, y ése fue uno de ellos. Butch y Havers permanecieron callados y perplejos.

Los ojos de Havers buscaron a Butch.

—La Hermandad viene a buscarle, humano. Yo los llamé y les conté que usted ya podía marcharse. —Le tiró la historia médica encima de la cama, como desentendiéndose de toda la situación—. No se le ocurra regresar. Nunca.

Al salir su hermano, Marissa miró fijamente a Butch, pero antes de que pudiera modular palabra, él dijo:

—Nena, por favor, tienes que entenderlo. No estoy bien. Todavía tengo algo por dentro.

—No me asusta.

—Soy yo el que tiene miedo.

Ella le puso los brazos en el estómago.

—¿Qué va a pasar si te dejo ahora? ¿Entre tú y yo?

«Pésima pregunta», pensó en el silencio que hubo a continuación.

—Butch...

—Necesito descubrir qué me hicieron. —Miró hacia abajo y señaló con el dedo la herida negra y arrugada, cerca de su ombligo—. Necesito saber qué hay dentro de mí. Quiero estar contigo, pero no así. No en esta situación.

—He estado junto a ti durante cuatro días y nada me ha pasado. Estoy bien. Entonces, ¿por qué desistir...?

—Vete, Marissa. —Su voz sonó preocupada y triste. La pena brillaba en sus ojos—. Tan pronto como pueda, te iré a buscar.

«Sí, claro», pensó ella.

Virgen en el Ocaso... Se sintió como cuando lo de Wrath. Ella esperando, siempre esperando, mientras algún macho con mejores cosas que hacer se largaba a recorrer el mundo.

Tuvo el infundado presentimiento de que eso iba a durar trescientos años.

—No voy a hacerlo —murmuró. Y con más fuerza, agregó—: No voy a esperar más. Ni siquiera por ti. Ha pasado casi la mitad de mi vida y la he desperdiciado sentada en casa, aguardando a que un macho viniera a por mí. No voy a hacerlo nunca más... no importa cuánto me preocupe por ti.

—También yo me preocupo por ti. Por eso te pido que te marches. Estoy protegiéndote.

—Tú estás... protegiéndome a mí... —Marissa lo miró de arriba abajo, sabiendo, maldita sea, que él había podido golpear a Havers porque lo había sorprendido y porque su hermano era un civil. Si hubiera sido un guerrero, Butch habría quedado tendido en el suelo, fulminado—. ¿Tú me estás protegiendo a mí? Por el amor de Dios. Podría tirarte por encima de mi cabeza con una sola mano, Butch. No hay nada físico que puedas hacer que yo no sea capaz de hacer mejor. Así que, por favor, no me protejas, ¿vale?

Fue lo peor que pudo haber dicho.

Él desvió la mirada y cruzó los brazos sobre el pecho, con los labios apretados firmemente.

—Butch, no he querido decir que seas débil...

—Gracias por recordármelo, de verdad, te lo agradezco.

—¿Qué te he recordado?

Butch sonrió con cansancio.

—Que estoy por debajo de ti en dos aspectos. Social y evolutivamente. —Señaló la puerta—. Así que... por favor, lárgate, ya. Y tienes toda la razón. No me esperes.

Ella comenzó a aproximarse a la cama, pero los ojos fríos y vacíos de él la hicieron vacilar. ¡Maldición! Lo había estropeado todo.

No, se dijo Marissa, en realidad no había nada que estropear. Nada en absoluto, si lo que Butch quería era sacarla a patadas de su vida masculina. Nada si iba a tomarla y a dejarla para volver a sus brazos en algún momento indefinido del tiempo, a lo mejor nunca.

Ella se encaminó a la puerta. Lo miró una vez más. La imagen de él con la sábana envuelta alrededor de la cadera, el pecho desnudo, las contusiones... ¡qué visión! Una imagen que, sin duda, iba a querer olvidar en el futuro.

Salió y la pena la acompañaba, y también quedaba tras ella.

* * *

«¿Qué me está pasando?», pensó Butch mientras su cuerpo caía al suelo. Así que eso era sentirse vivo.

Se sentó y miró al vacío. A duras penas supo dónde estaba. Estaba solo. Solo con sus demonios.

—Butch, hombre.

Levantó la cabeza. Vishous estaba de pie, dentro de la habitación, vestido como para la guerra con su pesada chaqueta de cuero, una auténtica máquina para apuñalar. La bolsa de viaje Valentino colgaba de su mano enguantada y parecía fuera de lugar, tan inapropiado como un mayordomo armado con un AK-47.

—Joder. Havers tiene que estar en las nubes para dejarte marchar. Pareces una ruina.

—He tenido un mal día, eso es todo.

Y vendrían mucho más: tenía que acostumbrarse.

—¿Dónde está Marissa?

—Se marchó.

—¿Se fue?

—No me hagas repetirlo.

—Diablos. —Vishous respiró profundamente y arrojó la bolsa sobre la cama—. Bueno, búscate algunos trapos nuevos y otro teléfono móvil...

—Todavía tengo algo dentro de mí, V. Puedo sentirlo. Puedo... saborearlo.

Los ojos diamantinos de V lo revisaron velozmente de arriba abajo. Después buscaron su propia mano.

—Fuera de eso, estás evolucionando bien. Curándote rápido.

Butch cogió la palma de la mano de su compañero y lo atrajo hacia la cama.

—Tal vez si salgo de aquí podamos averiguar juntos qué me hicieron esos bastardos. A menos que ya hayas descubierto...

—Nada todavía. Pero aún conservo la esperanza.

—Somos dos.

Butch abrió la bolsa, metió la sábana y algunas prendas. Luego se embutió las piernas dentro de unos pantalones negros y acomodó los brazos dentro de una camiseta de seda.

Vestir ropa de calle le hizo sentirse un fraude, pues en realidad era un enfermo, un monstruo, una pesadilla. ¿Qué era esa porquería que había eyaculado? Y Marissa... por lo menos la había lavado enseguida.

—Tus signos vitales están bien —dijo V, mientras leía la historia clínica que Havers había arrojado sobre la cama—. Parece que todo vuelve a la normalidad.

—Hace unos diez minutos eyaculé y el semen era negro. Así que no todo es normal.

Un silencio agorero saludó ese feliz anuncio. Si hubieran tirado a V a la lona y lo hubieran noqueado no habría reaccionado peor.

—Es terrible —rezongó Butch. Deslizó los pies dentro de sus mocasines Gucci y cogió su abrigo de cachemir negro—. Vámonos.

Al llegar a la puerta, lanzó una ojeada a la cama. Las sábanas estaban aún revueltas por lo que Marissa y él habían estado haciendo allí.

Soltó una palabrota y caminó a través de la sala de monitoreo. Después V lo condujo por el pequeño trastero atestado con elementos de limpieza. Una vez fuera, rebasaron el laboratorio y entraron a la clínica propiamente dicha, cruzando por las habitaciones de los pacientes. A medida que avanzaban, Butch miraba dentro de cada uno de los cuartos. De pronto, se detuvo.

A través del umbral vio a Marissa, sentada al borde de una cama, con su vestido color melocotón. Tenía de la mano a una niña y le hablaba suavemente, mientras una hembra mayor, probablemente la madre de la pequeña, las observaba desde un rincón.

La madre fue la primera en notar su presencia. Cuando Marissa los vio, se contrajo sobre sí misma, se abrigó con un suéter y dirigió su mirada hacia el suelo.

Butch tragó saliva y siguió adelante.

En el vestíbulo, se sentaron en un banco a esperar a que llegara el ascensor.

—Oye, V.

—¿Sí?

—Aunque no sea nada concreto, tú tienes alguna idea de lo que me hicieron, ¿verdad? —No miró a su compañero y V tampoco lo miró a él.

—Tal vez. Pero no hablemos aquí... no estamos solos... las paredes oyen.

Sonó un timbrazo y las puertas del ascensor se abrieron. Subieron en silencio.

Al llegar a la mansión, en medio de la noche, Butch dijo:

—Mi sangre no era normal, era un líquido negro, ya lo sabes.

—En tu historial clínico pone que la sangre ha vuelto a ser roja. Los análisis sanguíneos son normales.

Enganchó el brazo de V.

—En cierta forma ahora soy un restrictor. Al menos parcialmente, ¿no?

La mente se le iluminó. Se vio tirado sobre una mesa. Ésa era su peor pesadilla, la razón por la cual había huido de Marissa; su vida iba a convertirse en un infierno.

V lo miró fijamente a los ojos.

—No.

—¿Cómo lo sabes?

—Me niego a aceptar esa conclusión.

Butch se desahogó:

—Es peligroso que pongas la mano en el fuego por mí, vampiro. Yo podría ser tu enemigo.

—Pura mierda.

—Vishous, yo podría...

V le agarró por las solapas. Temblaba de los pies a la cabeza y sus ojos refulgían como cristales en la noche.

—Tú no eres mi enemigo.

Por fortuna, casi de inmediato se le disipó la rabia. Butch cogió los poderosos hombros de V, arrugándole la chaqueta de cuero con los puños.

—¿Cómo puedes estar tan seguro?

Vishous descubrió sus colmillos y silbó con ira, las cejas negras encrespadas de cólera. Butch agradeció la agresión, anhelando, rezando, preparado para lo que fuera. Estaba ansioso de golpear y ser golpeado. Quería sangre derramada, de ambos.

Estuvieron así durante un rato que pareció interminable, enganchados con sus fieras miradas, los músculos tensos, el sudor brotando por todos sus poros, al borde del abismo.

Entonces la voz de Vishous sacudió a Butch en el rostro.

—Tú eres mi único amigo. Jamás serás mi enemigo.

No se supo quién abrazó primero a quién. Sólo querían olvidar todas las cosas desagradables que se habían dicho. Se estrecharon con fuerza y permanecieron así por mucho tiempo, pese al viento frío de la noche. Cuando se separaron, se sintieron torpes y avergonzados.

Después de mutuos carraspeos, V sacó un habano y lo encendió. Mientras lo inhalaba, dijo:

—No eres un restrictor, poli. Te habrían removido el corazón; es lo que hacen. Y el tuyo todavía está latiendo con brío.

—¿No será que no pudieron terminar el trabajo?

—No te puedo responder a eso. Escudriñé en los archivos de la raza, buscando algo... Como no encontré nada, volví a leerme todas las *Crónicas*. ¡Qué locura! También he estado indagando en el mundo de los humanos, rebuscando en toda esa mierda que tienen en Internet. —Vishous exhaló otra nube de humo turco—. Lo descubriré. De alguna manera, por algún camino, lo encontraré.

—¿Has tratado de ver qué se avecina?

—¿Quieres decir... el futuro?

—Sí.

—Por supuesto que lo he hecho. —V tiró el habano, lo aplastó con su zapatón, se agachó y recogió la colilla. Se la metió al bolsillo trasero del pantalón y dijo—: Pero todavía no tengo nada. Mierda... necesito un trago.

—Yo también. ¿ZeroSum?

—¿Seguro que ya estás preparado para eso?

—Ni lo más mínimo.

—Muy bien, entonces que sea el ZeroSum.

Fueron hacia el Escalade y se subieron a él. Después de ajustarse el cinturón de seguridad, Butch se llevó la mano al estómago. El abdomen le dolía muchísimo, tal vez porque había estado caminando. El dolor no le importó. De hecho, nada parecía importarle.

De pronto, Vishous dijo:

—A propósito, recibiste una llamada telefónica por la línea general. Anoche, muy tarde. Un sujeto llamado Mikey Rafferty.

Butch frunció el ceño. ¿Por qué lo llamaba uno de sus cuñados, en particular ése? De todos sus hermanos y hermanas, Joyce era la que menos le disgustaba, lo cual era decir mucho teniendo en cuenta lo que sentía por los demás. ¿Por fin su padre habría tenido el infarto que llevaba años anunciando?

—¿Qué dijo?

—Algo sobre el bautizo de un niño. Quería saber si podrías asistir. Es este domingo.

Butch miró por la ventanilla. Otro bebé. Bueno, el primero de Joyce. ¿Cuántos nietos eran? ¿Siete? No... ocho.

A medida que circulaban en silencio hacia el centro de la ciudad, los faros de los coches que se cruzaban con ellos los iluminaban brevemente y después se difuminaban, con la misma velocidad con que habían aparecido. Atrás quedaron decenas de casas, tiendas y garajes. Después pasaron junto a edificios de oficinas de finales de siglo. Pensó en toda la gente que vivía y respiraba en Caldwell.

—¿Nunca has pensado en tener hijos, V?

—No. No estoy interesado.

—Yo me acostumbré a ellos.

—¿Sólo eso? Acostumbrarse...

—Tranquilo, este mundo ya está repleto de O'Neals. Repleto.

Quince minutos más tarde llegaron al centro y aparcaron detrás del ZeroSum. Le costó bajarse del Escalade. Todo a su alrededor lo desestabilizaba... el coche, su compañero de cuarto, el agujero en el vientre. Aunque creyera que era el mismo, había cambiado.

Algo frustrado, se dispuso a salir del coche con cautela. De la guantera sacó una gorra de los Red Sox. Se la puso, abrió la puerta y se dijo que estaba siendo demasiado melodramático: ésa era la vida normal.

Al pisar el suelo, se quedó como petrificado.

—¿Butch? ¿Qué pasa, hermano?

Bueno, no era propiamente la pregunta del millón de dólares. Su cuerpo pareció convertirse en una especie de conexión eléctrica. La energía vibraba a través de él... revolviéndose en su interior...

Giró y comenzó a caminar rápidamente por la calle. Simplemente tenía que descubrir qué era aquello, ese imán, esa señal.

—¿Butch? ¿Adónde vas, poli?

V lo agarró del brazo. Butch se deshizo de él y se puso a correr, como si tuviera una soga al cuello y alguien estuviera tirando de ella.

Tuvo la débil conciencia de que Vishous corría a su lado y hablaba por el móvil.

—¿Rhage? Esta es mi ubicación. Calle Décima. No, es Butch.

Butch comenzó a correr, el cuello del abrigo de cachemir flotando a sus espaldas. Cuando el fornido cuerpo de Rhage se materializó delante de él, surgiendo de ninguna parte, lo esquivó con facilidad.

Rhage corrió detrás de él.

—Butch, ¿adónde vas?

El hermano lo agarró. Butch lo empujó tan fuerte que Rhage fue a parar contra una pared de ladrillos.

—¡No me toques!

Al cabo de doscientos metros, descubrió lo que lo atraía con tanto ímpetu: tres restrictores salieron de un callejón.

Se detuvo en seco. Los verdugos también. Hubo un espantoso momento de comunión entre ellos, un instante que hizo saltar lágrimas de sus ojos, que le hizo reconocer lo que había dentro de sí.

—¿Eres el nuevo recluta? —preguntó uno de ellos.

—Por supuesto que lo es —dijo otro—. Olvidaste registrarte esta noche, novato.

«No... no... por Dios, no...».

En un movimiento sincronizado, los tres verdugos miraron por encima de sus hombros y vieron asomar por la esquina a V y a Rhage. Los restrictores se prepararon para la lucha, adoptando posturas de combate, alzando los puños.

Butch dio un paso hacia el trío. Y luego otro.

—Butch... —Era la dolorida voz de Vishous—. Dios... no.

J ohn arrastró los pies a su alrededor y cerró los ojos otra vez. Acurrucado sobre el cojín de una deteriorada y fea butaca de color verde aguacate, olió a Tohr en cada bocanada de aire. Ese sillón había sido la posesión favorita del hermano y un *seatus non grata,* un sitio no grato, para Wellsie. Desterrado a esa oficina del centro de entrenamiento, Tohr había pasado horas y horas haciendo trabajo administrativo mientras John estudiaba.

Ahora esa butaca le servía como cama a John desde los asesinatos. Recogía sus piernas y descansaba los brazos mientras su cabeza y sus hombros se le iban hacia atrás sobre la mitad más alta de la silla. Apretaba sus ojos cerrados y suplicaba poder tener algún descanso. La sangre le zumbaba por las venas y la cabeza le retumbaba con una enorme cantidad de gilipolleces urgentes e indefinidas.

Dios, la clase había concluido hacía dos horas y había hecho ejercicio incluso después de que los demás aprendices se marchasen. Llevaba una semana sin dormir bien y se sentía fatal.

Además, otra vez, Lash se había encarnizado con él. Ayer, ese hijo de puta lo había mortificado todo el tiempo, delante de la clase. Ciertamente, John odiaba a ese chico. Le parecía altanero, malcriado, cargante...

—Abre los ojos, muchacho. Sé que estás despierto.

Alguien lo empujó y lo tiró al suelo. Cuando logró levantarse, vio a Zsadist, con su vestimenta tradicional: cuellos de tortuga muy ajustados y jerséis holgados. Se sentó otra vez y se abrazó nuevamente al cojín.

La expresión del semblante del guerrero era tan recia como su cuerpo.

—Escúchame, porque no voy a decirte esto otra vez.

John sintió una especie de escalofrío. Tuvo un mal presentimiento.

—¿Conque no quieres ir a ver a Havers? Ningún problema. Pero detén esta mierda. Te estás saltando las comidas y parece que llevaras días sin dormir. Tu actitud está comenzando a sacar lo peor que hay en mí.

Jamás un padre o un profesor le había hablado en ese tono. Y las críticas no le sentaron bien: la frustración le revoloteó en el pecho.

Con el dedo índice, Z señaló lo que había en la habitación.

—Deja de pensar en Lash, ¿está claro? Olvídate de ese hijo de puta. Y de ahora en adelante, vendrás a comer con nosotros en la casa.

John frunció el ceño y se enderezó, de modo que Zsadist entendiera que tenía algo que decirle.

—Olvídate de una respuesta, muchacho. No me interesa. —John se cabreó de verdad. Z sonrió, revelando sus monstruosos colmillos—. Sabes mejor que yo cómo sacarme de quicio, ¿no es cierto?

Él desvió la mirada. Era verdad: el hermano podía partirlo por la mitad sin ningún esfuerzo.

—Vas a olvidarte de Lash. ¿Entiendes lo que te digo? No quiero verme obligado a intervenir en vuestros asuntos. Los dos saldríais perdiendo. Mueve la cabeza en señal de que lo has entendido.

John cabeceó, con vergüenza y enfado. Se sintió exhausto.

Estaba hecho una furia, y al ser consciente de ello se enfureció aún más. Siempre había sido muy tranquilo, incluso tímido. ¿Por qué últimamente todo lo irritaba?

—Estás muy cerca del cambio. Eso lo explica todo.

Movió lentamente la cabeza. ¿Le había escuchado? ¿O no?

—¿Yo? —se señaló.

—Sí. Por eso es imperativo que aprendas cómo controlarte. Cuando pases la transición, tu cuerpo se habrá transformado, serás capaz de hacer cosas que te dejarán boquiabierto. Hablo de fuerza bruta, pura resistencia física. Brutal. Mortal. ¿Crees que ahora tienes problemas? Espera a que tengas que vértelas con esa carga. Necesitas aprender a controlarte.

Zsadist le dio la espalda pero luego se detuvo y lo miró por encima del hombro. La luz cayó sobre la cicatriz que le cruzaba la cara y le distorsionaba el labio superior.

—Una última cosa. ¿Necesitas hablar con alguien?

Tendrían que pasar sobre su cadáver antes de hacerlo volver a la clínica de Havers, con ese terapeuta de mierda.

No quería hacerse más chequeos con él. La última vez que se había entrevistado con el médico de la raza, el sujeto lo había chantajeado con una terapia que no había pedido, y en este momento no tenía intención de repetir las sesiones de una hora con el tal doctor Phil.

—¿John? ¿Quieres hablar con alguien? —Cuando meneó la cabeza, Z entornó los ojos—. Bien. ¿Pero has entendido lo que te he dicho de Lash? Ignóralo, ¿vale?

Bajó la mirada y asintió.

—Bien. Ahora mueve tu culo hasta la casa. Fritz te ha preparado la cena y voy a vigilar que te la comas. Y te lo comerás todo. Necesitas estar fuerte para el cambio.

* * *

Butch avanzó hacia los verdugos, que no se sintieron amenazados, de ningún modo. Como mucho, parecían enfadados, como si él no estuviera haciendo bien su trabajo.

—Detrás de ti, bobo —exclamó uno de ellos—. Tu objetivo está detrás de ti. Dos hermanos.

Dio vueltas alrededor de los restrictores, leyendo sus impresiones y sensaciones instintivamente. Sintió que el más alto había sido reclutado durante el último año: aún conservaba algunos rasgos de humanidad, aunque Butch no estaba seguro de cómo sabía esas cosas. Los otros dos eran veteranos de la Sociedad y tuvo esta certeza no sólo por la palidez de su piel y de su pelo, sino por algo más que tampoco supo explicarse.

Paró cuando estuvo detrás de los tres y miró por encima de sus grandes cuerpos hacia donde estaban V y Rhage, que a su vez lo miraban como si estuvieran viendo morir a un amigo en sus brazos.

Supo cabalmente cuándo los restrictores iban a atacar a los hermanos y avanzó con ellos. Cuando Rhage y V adoptaron posturas de combate, agarró al verdugo del centro por el cuello y lo tiró al suelo.

El restrictor gritó y Butch saltó contra él, aunque sabía que aún no estaba en forma física para combatir. Como era de esperar, lo tumbaron y el inmortal se le montó encima, se le sentó en el pecho como si estuviera en el puesto del conductor de un automóvil, y empezó a estrangularlo. El bastardo era brutalmente fuerte, la diferencia entre ambos era algo así como si un luchador de sumo peleara con un niño pequeño.

Mientras bregaba por que no le arrancaran la cabeza, tuvo la débil conciencia de haber visto un rayo de luz y de haber escuchado una explosión. Y después otra. Rhage y V hacían limpieza y él oyó sus golpes por todas partes. Gracias a Dios.

Pero el espectáculo apenas acababa de empezar.

Miró a los ojos del restrictor y sintió que algo se removía en su interior. El verdugo parecía completamente ido y Butch tuvo la abrumadora urgencia de... bueno, ¿urgencia de qué? No lo sabía. El instinto lo obligó a abrir los labios y a respirar con fuerza.

Y comenzó a chupar. Sin que supiera lo que estaba haciendo, sus pulmones empezaron a llenarse con una larga y firme inhalación.

—No... —susurró el verdugo temblorosamente.

Algo circuló entre sus bocas, una nube de negrura salió del restrictor y se albergó en el pecho de Butch...

El vínculo entre ambos se rompió abruptamente por un brutal ataque que llegó desde arriba. Vishous agarró al verdugo y lo tiró de cabeza contra un edificio. Antes de que el bastardo se pudiera recuperar, V se tiró encima de él y le clavó la daga negra en el pecho.

Los golpes y el ruido de la lucha cesaron. Los brazos de Butch rodaron blandamente sobre el asfalto. Se encorvó y se apretó el estómago con las manos. Las tripas querían perforarlo. Más que eso, sintió nauseas. Y un repugnante eco: había luchado contra el mismo mal que sintió cuando estuvo enfermo.

Un par de zapatones entraron en su línea de visión, pero fue incapaz de mirar a los hermanos. No sabía qué diablos había hecho o qué había sucedido. Todo lo que tenía claro era que él y los restrictores eran parientes.

La voz de V fue tan tenue como la tez de Butch.

—¿Estás bien?

Apretó los ojos hasta cerrarlos y meneó la cabeza.

—Creo que es mejor que me saquéis de aquí. Y no se os ocurra llevarme a casa.

* * *

Vishous abrió su apartamento y cargó a Butch mientras Rhage mantenía abierta la puerta. Los tres habían cogido el montacargas, en la parte trasera del edificio, lo cual tenía mucho sentido, dada la situación. El poli era un peso muerto, más denso de lo que parecía, como si la fuerza de la gravedad lo hubiera seleccionado para prestarle una atención especial.

Lo tendieron sobre la cama, de lado. Luego le empujaron las rodillas contra el pecho.

Siguió un largo periodo de silencio, durante el cual Butch pareció pasar al más allá.

Como si caminar lo liberara de la ansiedad, Rhage empezó a pasear por el apartamento. Qué mierda, después de semejante enfrentamiento, V tenía todo presente en su cabeza. Encendió un habano y lo aspiró con fuerza.

Hollywood se aclaró la garganta.

—¿Así que aquí es donde traes a tus hembras, V? —El hermano señaló un par de cadenas atornilladas a la pared negra—. Hemos oído historias, claro. Y parece que todas son verdad.

—Lo que tú digas. —Vishous se dirigió al bar y se sirvió un trago enorme de Grey Goose—. Tenemos que atacar esta misma noche las casas de esos restrictores.

Rhage señaló hacia la cama.

—¿Y qué hacemos con él?

Milagro de milagros, el poli alzó la cabeza.

—No voy ir a ninguna parte. Confiad en mí.

V entornó los ojos sobre su compañero. El rostro de Butch, normalmente con la rubicundez de su sangre irlandesa, estaba sin color. Y de él emanaba un olor... dulce, como a talco de bebé.

Era como si al haber estado con esos verdugos le hubieran transmitido algo de ellos, algo del Omega.

—¿Vishous? —La voz de Rhage sonó blanda—. ¿Quieres que lo dejemos aquí? ¿No será mejor que lo llevemos a la clínica de Havers?

—Estoy bien —intervino Butch.

«Una mentira de mucho calibre», pensó V. Vació el vodka y miró a Rhage.

—Poli, regresaremos con algo de comer.

—No. Nada de comida. Y no volváis esta noche. Encerradme, para que no pueda marcharme.

—Joder, poli. Si te ahorcas en el baño, te juro que vengo y te mato otra vez. ¿Me has oído?

Los ojos color avellana se abrieron con desesperación.

—Lo único que quiero es averiguar qué me hicieron. Así que no te preocupes.

Butch apretó los labios y los dejó cerrados. Después de un momento, Vishous y Rhage se dirigieron al balcón. V echó los cerrojos de seguridad a todas las puertas y se dio cuenta de que estaba más interesado en encerrar al poli que en protegerlo.

—¿Adónde vamos? —le preguntó a Rhage, aunque por lo general el que hacía los planes era él.

—En la primera cartera hay una dirección, 459 de la calle Wichita, apartamento C-4.

—Vamos a darles lo suyo, entonces.

⸸

Cuando Marissa abrió la puerta del dormitorio, se sintió como una intrusa en su propio espacio: derrotada, angustiada, perdida... extraña.

Dejó vagar la mirada alrededor y pensó: Dios, qué habitación tan blanca. Con su gran cama con dosel, y su diván y sus antiguos vestidores y sus mesitas... Todo tan femenino, menos las obras de arte colgadas en las paredes. Su colección de xilografías de Durero no encajaba con el resto de la decoración: esos trazos rígidos y los severos ribetes eran más apropiados para los ojos y los gustos de los machos.

Sin embargo, esas imágenes le hablaban al corazón, era como si le hicieran confidencias.

Se acercó a una de ellas y recordó que a Havers nunca le habían gustado. Pensaba que las escenas románticas y ensoñadoras de Maxfield Parrish eran más adecuadas para una Princeps.

No tenían los mismos gustos artísticos. A ella las xilografías le encantaban.

Se apresuró a cerrar la puerta y a meterse a la ducha. Tenía poco tiempo antes de la reunión del Concilio de Princeps programada para esa noche. Y a su hermano siempre le gustaba llegar temprano.

Bajo el suave chorro de agua, pensó en lo extraña que era la vida. Cuando estuvo encerrada con Butch en la cuarentena, se había olvidado del Concilio y de la glymera y... de lo demás. Ahora todo había vuelto a la normalidad, un retorno que la sacudió como una tragedia.

Después de secarse el cabello, se vistió con un traje de Yves Saint Laurent de los sesenta. Fue al gabinete de joyería y escogió un importante conjunto de diamantes. Las piedras eran sólidas y frías alrededor de su cuello, los aretes le pesaban en los lóbulos, el brazalete se ajustaba con precisión a su muñeca. Al contemplar todas esas gemas flameantes, pensó que las hembras de la aristocracia eran simples maniquíes para la exhibición de las riquezas de sus familias, sin importar quiénes fueran ellas.

Especialmente en las reuniones del Concilio de Princeps.

Mientras bajaba las escaleras se dio cuenta de que le daba miedo encontrarse con su hermano, pero luego se dijo que lo mejor sería verlo cuanto antes y acabar con esa situación de una vez por todas. Él no estaba en su estudio, así que se encaminó a la cocina, pensando que podría tomar algún bocado antes de salir. Justo en el momento en que estaba entrando a la despensa del mayordomo, vio a Karolyn, que salía por la puerta del sótano con una montaña de cajas de cartón.

—Oye, deja que te ayude —dijo Marissa impulsivamente, y se apresuró hacia ella.

—No, gracias... —La criada apartó la mirada, al mejor estilo de las doggen. Odiaban tener que aceptar ayuda de aquellos a los que servían.

Marissa sonrió suavemente.

—Debes estar retirando los libros de la biblioteca, según tengo entendido van a pintarla... ¡Oh! Por cierto, casi lo olvido, en este momento no tengo tiempo, pero tenemos que hablar sobre el menú de la cena de mañana.

Karolyn se inclinó con respeto.

—Perdóneme, pero el amo me indicó que la fiesta de los Princeps leahdyre ha sido cancelada.

—¿Cuándo te dijo eso?

—Hace un momento, antes de salir para el Concilio.

—¿Ya se ha ido? —Quizá Havers había supuesto que ella quería descansar—. Lo mejor será que me apresure. Karolyn, ¿estás bien? No tienes buen aspecto.

La doggen se inclinó tan profundamente que las cajas rozaron el suelo.

—Estoy bien, de verdad, querida. Gracias.

Marissa salió y se desmaterializó para llegar a la casa de estilo Tudor donde se iba a realizar el Concilio. Esperaba que su hermano se hubiera calmado. No comprendía su angustia, no tenía por qué preocuparse por ella... Butch la había dejado...

Cada vez que pensaba en eso sentía ganas de vomitar.

Una doggen la condujo hasta la biblioteca. Al entrar a la reunión, ninguno de los diecinueve que estaban sentados a la refinada mesa advirtió ni reconoció su presencia. Esto no era inusual. Lo nuevo fue que Havers no alzó los ojos para saludarla. Ni tampoco le había reservado una silla a su derecha. Ni se levantó para cederle el puesto.

Su hermano no se había tranquilizado aún. Ni lo más mínimo.

Bueno, no importaba, hablarían después de la reunión. Tenía que hablar con él, hacerle entender. Porque, y debía reconocerlo a pesar de que no le hacía ninguna gracia que fuera así, en ese momento necesitaba su apoyo.

Se sentó al fondo de la mesa, en medio de tres sillas vacías. Cuando el último macho entró a la reunión, Havers se puso rígido al ver que todos los asientos habían sido ocupados, menos los que estaban al lado de ella. Después de una torpe pausa, una doggen llevó más sillas y los Princeps se instalaron en cualquier parte.

El leahdyre, un distinguido macho de pelo canoso y de alto linaje, barajó algunos papeles, golpeó sobre la mesa con la punta de una pluma de oro y se aclaró la garganta.

—Por este medio llamo al orden de esta reunión y propongo alterar el orden del día debido a un acontecimiento de última hora. Uno de los miembros del Concilio ha enviado una elocuente petición al Rey, que creo debemos considerar con prontitud. —Cogió una hoja de papel y leyó—: A la luz del brutal asesinato de la Princeps Wellesandra, compañera del guerrero de la Daga Negra Tohrment, hijo de Hharm, e hija consanguínea de la Princeps Relix, y a la luz del secuestro de la Princeps Bella, compañera del guerrero de la Daga Negra Zsadist, hijo de Ahgony, e hija consanguínea de la Princeps Rempoon y hermana consanguínea del Princeps Rehvenge, y a la luz de las numerosas muertes de machos de la glymera que han sido tomados en su juventud por la Sociedad Restrictiva, se ha hecho patente que el peligro claro e inminente que afronta la especie ha crecido hasta extremos pavorosos e insoportables. Por lo tanto, este miembro del Concilio respetuosamente solicita la restauración de la práctica de la sehclusion obligatoria para todas las hembras no apareadas de la aristocracia, de modo que el linaje de la raza pueda ser preservado. Aún más, como es deber de este Concilio salvaguardar a todos los miembros de la especie, este miembro solicita respetuosamente la extensión de la práctica de la sehclusion a todas las clases y a todos los niveles. —El leahdyre alzó la vista—. Ahora, como es costumbre de este Concilio de Princeps, debemos someter la moción a discusión.

Múltiples señales de alarma sonaron en la cabeza de Marissa al echarle un vistazo a la sala. De los veintiún miembros del Concilio presentes en la reunión, seis eran hembras, pero ella era la única a la que se le aplicaría el edicto. Aunque había sido la shellan de Wrath, la relación nunca se había consumado, por lo que estaba calificada como no apareada.

Los gestos de beneplácito de los miembros eran evidentes, estaba claro que todos estaban de acuerdo en aprobar la moción. Marissa miró fijamente a su hermano. Havers ejercería ahora un total control sobre ella. Bien pensado por su parte.

Si él era su ghardian, Marissa no podría salir de la casa sin su permiso. No podría permanecer en el Concilio a menos que Havers lo decidiera. No podría ir a ninguna parte ni hacer nada, porque ella pasaría a ser propiedad de su hermano.

Y no cabía ninguna esperanza de que Wrath rechazara la recomendación del Concilio de Princeps si éste votaba a favor de la moción. Dada la situación con los restrictores, no tendría una argumentación racional para un veto, y aunque nadie podía destronar a Wrath por disposiciones legales, una falta de confianza en su liderazgo conduciría al malestar civil, lo último que necesitaba la raza.

Como Rehvenge no estaba en la sala, el Concilio no podría hacer nada por esa noche. Los venerables códigos de procedimiento del Concilio de Princeps establecían que solamente los representantes de las seis familias originales podían votar, pero todo el Concilio tenía que estar presente para que una moción pudiera ser aprobada. Así, aunque los seis linajes estuvieran sentados a la mesa, con la ausencia de Rehv, no habría edicto por el momento.

Mientras todos discutían la propuesta con entusiasmo, Marissa meneó la cabeza. ¿Cómo se había atrevido Havers a abrir esta caja de Pandora? Y todo por nada, porque ella y Butch O'Neal eran... nada. Maldita sea, tenía que hablar con su hermano y lograr que hiciera fracasar esa ridícula propuesta. Sí, Wellesandra había sido asesinada, una auténtica tragedia en verdad, pero encerrar a todas las hembras significaba, sin duda, un retroceso.

Sería un regreso a las épocas oscuras en las que las hembras eran totalmente invisibles, simples posesiones de los machos.

Con fría claridad, se imaginó a esa madre y a su joven hija con la pierna rota otra vez en la clínica. Sí, no sólo era una moción retrógrada. Era peligroso que un hellren equivocado quedara a cargo de una casa. Legalmente, no procedía ningún recurso contra el ghardian encargado de la sehclusion de una hembra. Podía hacer lo que creyera conveniente con ella, sin darle cuentas a nadie.

* * *

Van Dean estaba en otro sótano de otra casa, en otra parte de Caldwell, con un silbato entre los labios, mientras sus ojos seguían el movimiento de los hombres de pelo desteñido. Los seis «estudiantes» estaban en fila delante de él, rodillas en tierra, puños en alto. Golpeaban al aire con dudosa velocidad, alternaban derecha e izquierda y cambiaban la posición de sus hombros en consonancia con los puñetazos que lanzaban. El ambiente estaba cargado con su dulce olor, pero Van ya no lo notaba.

Sopló dos veces el silbato. Al unísono, los seis levantaron las manos: simulaban que agarraban la cabeza de un hombre como si fuera un balón de baloncesto. Después echaron las rodillas derechas hacia delante repetidamente. Van Dean volvió a tocar el silbato y ellos cambiaron de pierna.

Odiaba admitirlo, pero entrenar hombres para el combate era mucho más fácil que darse de puñetazos en un cuadrilátero. Le gustaba el cambio.

Además, era un buen profesor, evidentemente. Si bien estos pandilleros aprendían rápido y golpeaban fuerte, había tenido que trabajarlos.

¿Pandilleros? Vestían igual. Se teñían el pelo igual. Portaban las mismas armas. Y, sobre todo, tenían una disciplina militar de la que carecían los desaliñados matones de mierda que ocupaban las calles con fanfarronadas y balas. Por todos los diablos, si no supiera que eran delincuentes de altos vuelos, habría supuesto que eran agentes secretos o algo así. Tenían vehículos de primera categoría. Y había montones de ellos. Apenas llevaba una semana trabajando con ellos y ya había tenido cinco grupos por día, cada uno con tipos distintos. Desde luego, los federales nunca buscarían a un profesor como él.

Dio un largo silbatazo y todos se detuvieron.

—Es suficiente por esta noche.

Los hombres rompieron filas y fueron en busca de sus bolsas. No dijeron nada. No parecían relacionarse entre sí. No se gastaban bromas ni se iban a tomar unas copas después del entrenamiento.

Cuando salieron del parque, Van fue hasta su bolsa y cogió una botella de agua. Bebió unos tragos y pensó en cómo haría para llegar a la ciudad. Tenía una pelea programada para dentro de una hora. No le quedaba tiempo para comer, aunque, de todas maneras, no tenía hambre.

Se puso la cazadora, subió al trote por las escaleras del sótano e hizo un rápido recorrido por la casa. Vacía. Sin muebles. Sin comida. Nada. Igual que todos y cada uno de los demás lugares a donde había ido. Caparazones de casa que desde fuera parecían alegres y normales.

¡Qué cosa tan rara! ¡Joder!

Salió, comprobó la cerradura de la puerta y se dirigió al camión. Nunca iban a los mismos lugares, y tenía la impresión de que siempre sería así. Todas las mañanas, a las siete en punto, recibía una llamada: le daban una dirección. Y él permanecía allí el resto del día, los hombres rotando a su alrededor, en clases de artes marciales de dos horas cada una. Todo funcionaba con precisión cronométrica.

—Buenas noches, hijo.

Van se quedó paralizado. Había una furgoneta aparcada junto a su camión, en medio de la calle. Xavier estaba recostado contra el vehículo, como si nada, como si en vez de un fulano desteñido fuera la vendedora más sexy de una tienda de ordenadores.

—¿Qué hay? —dijo Van.

—Lo estás haciendo muy bien con estos tíos. —La sonrisa de Xavier encajaba perfectamente con sus ojos chatos y pálidos.

—Gracias. Ya me iba.

—No, todavía no.

El tipo se separó de la camioneta y cruzó la calle.

—Hijo, he estado pensando si te gustaría colaborar más estrechamente con nosotros.

—¿Colaborar más estrechamente? No estoy interesado en el crimen. Lo siento.

—¿Qué te hace pensar que nuestro trabajo es de ese tipo?

—Vamos, Xavier. Yo he estado al margen de la ley. Tanto delinquir como perseguir el delito, básicamente, es aburrido.

—Ah, claro, te refieres a aquel asalto en el que te atraparon. Seguro que tu hermano tendría mucho que decir acerca de eso, ¿no te parece? Oh, no hablo del que llevó a cabo el robo contigo, hijo. Estoy hablando del que acata la ley y el orden en tu familia. El que está limpio. Richard se llama, ¿no es cierto?

Van se arrugó por dentro.

—Le diré algo. No meta a mi familia en esto. No tendría ningún problema en ir a la comisaria y contarles a los polis que tienen ustedes unas cuantas casas muy raras. Me imagino que a los polis les encantará venir a cenar el domingo por la noche, se lo aseguro. Y no habrá que invitarlos dos veces.

El rostro de Xavier se tornó ausente y Van pensó: «Lo tengo pillado».

Pero enseguida el hombre sonrió.

—Y yo te diré algo, hijo. Puedo darte algo que nadie más te puede dar.

—¿Sí?

—Indudablemente.

Van meneó la cabeza, sin dejarse impresionar.

—¿Y si no soy digno de confianza?

—Lo serás.

—Su fe en mí es conmovedora. La respuesta sigue siendo no. Lo siento.

Esperaba que el sujeto discutiera su decisión. Pero no fue así; el hombre sólo cabeceó, asintiendo.

—Como quieras. —Xavier regresó a la camioneta.

«¡Qué raro!», pensó Van al subir al camión. Definitivamente, esos tíos eran muy raros.

Por lo menos pagaban a tiempo. Y muy bien.

* * *

Vishous se materializó en el césped lateral de un edificio de apartamentos. Rhage surgió de detrás de él, de entre las sombras.

V se sintió mal. Le habría gustado fumar para tranquilizarse. Necesitaba un cigarrillo. Necesitaba... algo.

—V, hermano, ¿estás bien?

—Sí, perfectamente. Vamos a hacerlo.

Después de echarle una ojeada al sistema de seguridad de la cerradura, anduvieron hasta la puerta principal. El interior olía a ambientador, un falso aroma a naranja cosquilleó en sus narices.

Evitaron el ascensor y se colaron por las escaleras. Al llegar a la segunda planta, pasaron de largo frente a los apartamentos C1, C2 y C3. Vishous mantuvo su mano en el bolsillo de la chaqueta, empuñando la Glock, pues tenía la sensación de que lo peor que les podía suceder era que hubiese un monitor en el vestíbulo. El lugar era tan pulcro y ordenado que resultaba cursi: ramilletes de flores artificiales colgaban de las puertas. A la entrada de cada apartamento había felpudos de bienvenida con corazones o con motivos en forma de hiedra. Imágenes y cuadros inspirados en atardeceres color rosa y melocotón se alternaban con los de difusos perritos y gatitos desorientados.

—Hombre —refunfuñó Rhage—, en este sitio alguien está enamorado de Hallmark.

V se detuvo delante de la puerta C4. Trataron de abrir la cerradura.

—Jóvenes, ¿qué están haciendo?

Se volvieron.

Vaya, era una de las *Chicas de oro* en persona. La ancianita medía menos de un metro y medio de estatura y llevaba una bata que parecía un edredón.

Y los miraba como un pitbull.

—Les acabo de hacer una pregunta, jovencitos.

Rhage se encargó del asunto: la simpatía era una de sus armas secretas.

—*Madame,* venimos a visitar a un amigo.

—Ah... ¿conocen al nieto de Dottie?

—Claro que sí, *madame.* Lo conocemos muy bien.

—Pero ustedes parecen decentes, jovencitos —dijo la ancianita, lo cual evidentemente no era un cumplido—. A propósito, creo que ese muchacho debería mudarse. Dottie murió hace cuatro meses y me parece que él no encaja aquí.

«Ni ustedes tampoco», parecía decirles con la mirada.

—Oh, se va a mudar, yo se lo aseguro. —Rhage sonrió plácidamente sin separar los labios—. Se mudará esta misma noche.

Vishous lo interrumpió.

—Excúsenos, *madame.* Volveremos más tarde.

Rhage lo fulminó con una mirada que quería decir: «No te atrevas a hacer eso que estás pensando». Pero V lo hizo. Retrocedió un paso y tumbó la puerta en las narices de su hermano. Si Rhage era incapaz de manejar a la viejecita, él podría sustraerle sus recuerdos y cambiarle la memoria, aunque sería un caso perdido. Los humanos viejos no soportaban muy bien las operaciones de borrado, sus pobres cerebros no tenían suficiente elasticidad para convivir con la invasión.

Sí, sí, el viejo Rhage y la vecina de Dottie iban a ser testigos de cómo Vishous revolvía el lugar.

Con desprecio, miró alrededor. Qué casualidad, el cuchitril tenía el desagradable olor dulce de los restrictores. Como Butch.

«Mierda. No pienses en eso».

Se obligó a sí mismo a concentrarse en el apartamento. A diferencia de la mayoría de los nidos de los restrictores, éste estaba amueblado, aunque obviamente por su antiguo ocupante. Y el gusto de Dottie coincidía con los cuadros de amaneceres, las flores y las figurillas de gatos. Ella sí encajaba perfectamente con el edificio.

Era probable que los restrictores se hubieran enterado de su muerte. Quizá habrían cambiado su identidad. Diablos, a lo mejor su nieto había acampado aquí después de su captura por la Sociedad.

V caminó por la cocina, sin sorprenderse de que no hubiera comida ni en los armarios ni en la nevera. Mientras se dirigía al otro lado del apartamento, pensó que era curioso que los verdugos no se ocultaran ni se camuflaran. La mayoría moría con los documentos de identidad en regla. Tendrían que cambiar su estilo de combate...

«Hola, hola... ¿pero qué es esto?».

Vishous fue hasta un escritorio rosa y blanco en el que un ordenador estaba abierto y en funcionamiento. Cogió el ratón y dio una rápida vuelta por el escritorio del portátil. Archivos encriptados. Toda la información protegida con contraseñas. Bla, bla, bla.

Aunque los restrictores eran muy descuidados con sus escondites, otra cosa eran sus ordenadores. Casi todos los verdugos tenían un ordenador en casa y la Sociedad Restrictiva manejaba códigos de seguridad tan complicados como los que V tenía en el complejo. Aquella mierda de portátil sería impenetrable.

Afortunadamente él no conocía el significado de la palabra «impenetrable».

Apagó el Dell y desconectó el cable de la unidad central y de la pared. Guardó el cable en el bolsillo, se subió el cierre de la chaqueta y apretó el portátil contra su pecho. Luego siguió explorando dentro del apartamento. En el dormitorio parecía que hubiera acabado de estallar una bomba. Pétalos de flores y adornos y objetos diversos estaban esparcidos por todas partes.

Entonces lo vio. En una consola al lado de la cama, junto a un teléfono, un ejemplar de hacía cuatro meses del *Reader's Digest* y un montón de frascos que contenían unas pastillas de color naranja; también había un jarrón de cerámica del tamaño de un cartón de leche.

Sacó su móvil y marcó el número de Rhage. Cuando el hermano contestó, Vishous dijo:

—Ya salgo. He encontrado un ordenador y el jarrón.

Colgó, palmeó el jarrón de cerámica y lo sostuvo fuertemente contra la tapa del portátil. Luego se desmaterializó y se fue al Hueco, pensando en lo práctico que resultaba que los humanos no forraran las paredes de sus casas con láminas de acero.

E l Señor X vio que Van se alejaba en su camión, pensando que había cometido un error al presentarle su propuesta tan pronto. Debería haber esperado a que el sujeto se sintiera más enganchado a la espiral de poder en que estaba metiéndose al entrenar a los verdugos.

Y el tiempo seguía pasando.

No temía que el camino de su escapatoria se estuviera cerrando. La profecía no decía nada acerca de este tipo de cosas. Pero el Omega se había cabreado bastante cuando el Señor X se había reunido con él la última vez. No le había sentado bien la noticia de que el contaminado hubiera sido rescatado por los hermanos del claro del bosque donde lo abandonaron. Las apuestas subían, y no precisamente a favor de X.

De repente, el centro de su pecho empezó a calentarse y al momento sintió un latido en el sitio donde había estado su corazón. El rítmico pulso lo hizo maldecir. Hablando del diablo, el Amo lo estaba llamando.

Subió a la camioneta, encendió el motor y condujo durante siete minutos hasta un rancho en un terreno andrajoso, en un mal vecindario. El lugar todavía hedía al laboratorio de metanfetamina que había sido en otra época, hasta que el antiguo propietario había sido abatido por un socio. Gracias a la toxicidad que persistía en el ambiente, la Sociedad había conseguido una rebaja en el precio.

Aparcó en el garaje y, antes de descender, esperó hasta que la puerta chirriara al cerrarse. Después de apagar la alarma, se dirigió al dormitorio de la parte trasera.

A medida que avanzaba, sintió que la piel se le irritaba y le picaba, como si tuviera un sarpullido por todo el cuerpo. Cuanto más tardaba en atender la llamada del Amo, más le picaba. Como no parara el picor, iba a volverse loco.

Se asentó bien y bajó la cabeza. No quería acercarse al Omega. El Amo era como un radar, y los objetivos del Señor X no eran ahora los de la Sociedad, sino los suyos propios. Pero cuando el Capataz era requerido, tenía que presentarse enseguida. Ése era el trato.

* * *

En cuanto llegó al Hueco, Vishous se puso manos a la obra. Llevaba quince minutos frente al ordenador, sin haber conseguido nada, cuando alguien llamó a la puerta, y como no quería perder tiempo levantándose, abrió con su mente. Rhage avanzó masticando algo.

—¿Has tenido suerte con ese primoroso producto del señor Dell?

—¿Qué estás comiendo?

—El último bizcocho de los que preparó la señorita Woolly. Está delicioso, ¿quieres un poco?

V apartó los ojos y volvió al ordenador.

—No, pero podrías traerme de la cocina una botella de Goose y un vaso.

—Ningún problema.

Rhage volvió a los pocos minutos con lo que le había pedido el hermano. Lo dejó sobre la mesita y se recostó en la pared.

—¿Has descubierto algo?

—Aún no.

El silencio se hizo más denso. Vishous sabía que la presencia de Rhage era más que una simple visita de cortesía para averiguar cómo le iba con el portátil.

Cuando se sintió lo suficientemente seguro, Rhage dijo:

—Oye, hermano...

—No estoy para charlas en este momento.

—Lo sé. Por eso ellos me pidieron que viniera.

V lo miró por encima del portátil.

—¿Y quiénes son ellos? —Lo preguntó pese a saberlo perfectamente.

—La Hermandad está preocupada por ti. Cada vez eres más reservado, V. Y estás nervioso, no lo niegues. Todos lo hemos notado.

—Ah, ¿así que Wrath te ha pedido que vengas a jugar a los psiquiatras conmigo?

—Orden directa.

Vishous se frotó los ojos.

—Estoy bien.

—No pasa nada si no lo estás.

No, en realidad no estaba bien.

—Si no te importa, me gustaría seguir con este aparato.

—¿Nos veremos en la cena?

—Sí, claro.

V jugueteó con el ratón y escudriñó dentro del sistema de archivos del ordenador. Cuando miró fijamente en la pantalla, advirtió distraídamente que su ojo derecho, el que tenía los tatuajes a un lado, se movía de una forma muy rara, como si el párpado se le hubiera encogido.

En ese momento, Rhage dio dos puñetazos sobre el escritorio, furioso.

—Si no vienes a cenar, vendré a buscarte.

Vishous se volvió hacia su hermano; le estaba poniendo nervioso su insistencia y a punto estuvo de mandarlo a paseo. Pero no lo hizo, porque después de todo, aunque no le apeteciera nada en ese momento su compañía, sólo quería ayudarlo.

Miró nuevamente el portátil, fingiendo que comprobaba algo.

—Déjalo, Rhage, esto no es cosa tuya. Butch es mi compañero de cuarto y, desde luego, sangraré por él si es necesario. No hay ningún problema...

—Phury nos lo ha contado todo, dice que se están acabando tus visiones...

Vishous saltó de la silla hecho una furia, apartó a Rhage fuera de su camino y se puso a dar vueltas por la habitación.

—Ese entrometido hijo de puta...

—Si te sirve de consuelo, Wrath realmente no le dejó ninguna opción.

—¿Así que el Rey se está poniendo pesado?

—Vamos, V. Cuando he tenido problemas, has estado a mi lado. Esto no es distinto.

—Sí, lo es.

—Porque se trata de ti.

—Bingo. —Vishous era incapaz de hablar de los problemas que lo abrumaban. Él, que dominaba dieciséis idiomas, simplemente no tenía palabras para el endiablado miedo que le producía el futuro: el de Butch y el suyo propio. El de la raza entera. Sus premoniciones siempre lo habían cabreado, pese a la extraña seguridad que le brindaban en ciertos casos. Aunque no le gustara con lo que se toparía después de la curva, por lo menos jamás se había dejado sorprender.

La mano de Rhage aterrizó sobre su hombro y V saltó.

—La cena, Vishous. Aparecerás o te iré a recoger como si fueras un paquete.

—Sí. Está bien. Ahora, largo, ¡fuera de aquí!

Tan pronto como Rhage salió, Vishous retornó al portátil y se sentó a analizarlo, pero al momento llamó al nuevo móvil de Butch.

La voz del poli era pura grava.

—Sí, V.

—Hola. —V sostuvo el teléfono entre la oreja y el hombro mientras se servía un poco de vodka. Cuando el líquido llenó el vaso, alcanzó a oír el sonido de algo removiéndose al otro lado de la línea, como si Butch estuviera acomodándose en la cama o quitándose la chaqueta.

Estuvieron en silencio por un largo rato. Se oían sólo los ruiditos de la conexión.

Y después Vishous tuvo que preguntar:

—¿Quieres estar con ellos? ¿Sientes que deberías estar con los restrictores?

—No lo sé. —Un largo, lento y profundo suspiro—. No me enfrenté a ellos. Los reconocí. Los sentí. Me rebelé. Pero cuando vi los ojos de ese verdugo, no quise destruirlo.

V agitó el vaso. Al tragarlo, el vodka incendió su garganta.

—¿Cómo te sientes?

—Sin fiebre. Mareado. Como si hubiera corrido cien millas. —Más silencio—. ¿Fue esto lo que soñaste? Al principio, cuando dijiste que yo estaba predestinado a estar con la Hermandad... ¿soñaste conmigo y el Omega?

—No, vi algo más.

La visión había sido confusa. Vishous desnudo y Butch junto a él, arriba en el cielo, entrelazados en medio de un viento helado.

Dios santo, estaba trastornado. Era un depravado y un pervertido.

—Mira, cuando anochezca iré a visitarte y a darte algo de sanación con la mano.

—Bueno. Eso siempre ayuda. —Butch suspiró—. Pero no puedo quedarme sentado aquí y esperar tranquilamente a que pase todo esto. Quiero pasar a la ofensiva. Coger a unos cuantos restrictores, pegarles una paliza y hacerlos hablar.

—Eso es demasiado, poli.

—¿Quieres ver lo que ellos me hicieron? ¿Piensas que me preocupa algo la jodida Convención de Ginebra?

—Déjame hablar primero con Wrath.

—Hazlo pronto.

—Hoy.

—Así me gusta. —Hubo otro largo silencio—. Así que... ¿tienes tele?

—Una pantalla plana en la pared, en el dormitorio, a la izquierda de la cama. El mando está... no sé dónde está. Normalmente no... bueno, como comprenderás no voy a esa casa a ver la televisión.

—V, hombre, ¿qué tinglado tienes montado ahí?

—No es muy difícil de imaginar, ¿no crees?

Se oyó una risita.

—Me imagino que era a esto a lo que Phury se refería, ¿no?

—¿Cuándo? ¿Qué te ha dicho Phury?

—Que andabas metido en algo muy feo.

Vishous tuvo una repentina visión de Butch encima de Marissa, mientras ella se le aferraba a las nalgas con sus hermosas manos. Y enseguida lo vio levantando la cabeza y oyó en su mente el gemido ronco y erótico que brotó de los labios de su compañero.

Descartó esa visión y bebió un trago de vodka; luego se sirvió otro rápidamente.

—Mi vida sexual es privada, Butch. Aunque esté fuera de lo convencional.

—Ya lo sé. Son cosas tuyas, y punto. Sólo una pregunta...

—¿Qué?

—Cuando las hembras te atan, ¿te pintan las uñas de los pies y toda esa mierda? ¿O sólo te maquillan? —V rió. El poli agregó—: Espera, deja que lo adivine... ¿te hacen cosquillas con una pluma?

—Gilipollas.

—Oye, sólo es curiosidad. —Las risotadas de Butch se desvanecieron—. ¿Las golpeas, entonces? Quiero decir...

Más vodka.

—Todo lo que les hago es con su consentimiento. Y sin sobrepasarme nunca.

—Bueno. Algo jodido para mi católico culo, lo admito... o sea que... obtienes lo que deseas.

Vishous revolvió el vodka.

—Oye, poli, ¿te molestarías si te pregunto algo?

—Lo justo es lo justo.

—¿La amas?

Después de un rato, Butch refunfuñó:

—Sí. Es jodido, pero sí.

Cuando el salvapantallas del ordenador empezó a funcionar, V puso su dedo sobre el cuadro del ratón e interrumpió la metamorfosis metálica que se producía en la pantalla.

—¿Qué se siente?

Hubo un gruñido, como si el poli se estuviera reacomodando y repentinamente se hubiera puesto tieso como una tabla. Vishous jugó con la flecha, como si fuera un látigo.

—Ya sabes... yo quiero que te vayan bien las cosas con ella. Me parece muy bien que salgáis.

—Si no fuera porque soy un pobre humano que podría tener algo de restrictor dentro de mí, diría que estoy de acuerdo contigo.

—No te estás volviendo un...

—Anoche absorbí algo de ese verdugo. Cuando inhalé. Creo que por eso después olía como uno de ellos. No por la lucha, sino porque parte del mal estaba... *está*... dentro de mí otra vez.

V maldijo, rogando que ése no fuera el caso.

—Vamos a pensar que ya salió, poli. No voy a dejar que caigas en la oscuridad.

Colgaron un poco más tarde y Vishous miró la pantalla mientras movía el cursor por todo el escritorio. Mantuvo el índice sobre el ratón, tonteando, hasta que se dijo que ya había desperdiciado demasiado tiempo.

Estiró los brazos y se los llevó a la cabeza. De pronto, vio que el cursor había aterrizado sobre la papelera de reciclaje... reciclaje... «procesar para usar de nuevo».

Sin saber por qué, eso le hizo pensar en la pelea con los restrictores; recordó que cuando apartó al restrictor del poli, había sentido que rompía algún tipo de conexión entre ellos.

Inquieto, cogió la botella de vodka y el vaso y fue hasta los sofás. Se sentó y bebió un trago. Luego, vio la botella de whisky y la abrió; se la llevó a los labios y bebió un largo trago, tras lo cual vertió whisky en el vaso donde tenía el vodka y los mezcló. Con los ojos entrecerrados, observó el remolino de la combinación, vodka y whisky diluyendo sus esencias puras y haciéndose más fuertes al mezclarse. Acercó el combinado a sus labios, echó la cabeza atrás y se tragó de una vez la maldita cosa. Después se recostó en el sofá.

Estaba cansado... jodidamente cansado... can...

El sueño lo atrapó tan rápido como si le hubieran dado con una cachiporra en la cabeza. Pero no duró mucho tiempo. La Pesadilla, como había empezado a llamarla, lo despertó unos minutos más tarde, con su característica violencia: un grito que le partía los sentimientos en el pecho, un hacha que le cortaba las costillas. El corazón saltó y el sudor le brotó por todas partes.

Logró abrir los ojos. Se miró el cuerpo. Estaba como debía estar. No se veía ninguna herida. Sólo que los efectos de la pesadilla perduraban, la horrible sensación de sentir que le disparaban, la aplastante impresión de que la muerte lo había atrapado. Respiró desordenadamente. Le echó toda la culpa al sueño.

Dejó el vodka. Regresó a su mesa de trabajo, decidido a dedicarse al portátil hasta invadir y burlar su intimidad.

***

Cuando el Concilio de Princeps terminó, Marissa se sintió muy cansada, lo cual tenía sentido ya que el amanecer estaba cercano. Había habido múltiples discusiones acerca de la moción de sehclusion, ninguna en contra, todas centradas en la amenaza de los restrictores. Cuando llegó el momento de la votación quedó claro que no sólo sería aprobada, sino que si Wrath no formulaba una declaración a favor, el Concilio percibiría el asunto como una evidencia de que al Rey le faltaba compromiso con la raza.

Y esto era lo que algunos detractores de Wrath querían traer a colación. Trescientos años en el trono habían dejado un amargo sabor en las bocas de varios miembros de la aristocracia.

Desesperada por marcharse, esperó y esperó junto a la puerta de la biblioteca, pero Havers se quedó hablando con los otros. Finalmente, salió y se desmaterializó de regreso a casa.

Al aparecer en la puerta principal de la mansión, no llamó a Karolyn como generalmente hacía sino que subió por las escaleras a su dormitorio. Empujó la puerta abierta...

—Oh... Dios mío... —Su cuarto era un caos.

El vestidor estaba abierto y vacío, ni una percha. La cama estaba deshecha, las almohadas habían desaparecido, al igual que las sábanas y las mantas. Todos los cuadros, descolgados. Y había cajas de cartón apiladas a lo largo de la pared exterior, junto a sus maletas Louis Vuitton.

—Qué... —La voz se le secó cuando entró al baño. Los armarios del baño también estaban vacíos.

Al salir del baño, vio a su hermano de pie junto a la cama.

—¿Qué es esto? —Extendió su brazo.

—Tienes que marcharte de esta casa.

Lo único que pudo hacer fue parpadear.

—¡Pero yo vivo aquí!

Él cogió su cartera, sacó un grueso fajo de billetes y lo arrojó sobre una mesa.

—Toma. Y vete.

—¿Todo por Butch? —preguntó ella—. ¿Y esto cómo va a funcionar con la propuesta de sehclusion que llevaste al Concilio? Los ghardians tienen que cuidar y estar con sus...

—Yo no propuse la moción. Y en cuanto a ese humano...
—Meneó la cabeza—. Tu vida es tu vida. Y verte con un macho
humano desnudo después de un acto sexual... —La voz de Havers se quebró y tuvo que aclararse la garganta—. Vete ya. Vive
como quieras. Pero no voy a quedarme cruzado de brazos viendo cómo te destruyes.

—Havers, esto es ridículo...

—No puedo protegerte de ti misma.

—Havers, Butch no es...

—¡Yo atenté contra la vida del Rey para tomar ahvenge por
tu honor! —El sonido de su voz rebotó entre las paredes—. ¡Y todo para que después te vayas a la cama con un macho humano! Yo...
yo no puedo tenerte junto a mí de ningún modo. Desconfío mucho de la ira que haces despertar en mí. Me impulsa a cometer actos de violencia. Es... —Se estremeció y le dio la espalda—. Le dije
a los doggen que llevaran tus cosas a donde quieras ir, pero después de eso, ellos regresarán aquí. Tendrás que buscarte una casa.

Marissa no salía de su asombro. Jamás habría creído a su
hermano capaz de echarla de su propia casa.

—Aún soy miembro del Concilio de los Princeps.

—No por mucho tiempo. Wrath no tiene motivos para rechazar la moción de sehclusion. Estarás sin compañero y yo
renunciaré a ser tu ghardian, así que no tendrás a nadie que autorice tu presencia en lugares públicos. Ni siquiera tu linaje puede hacer caso omiso de la ley.

Santo cielo... sería una paria social. Una... nada.

—¿Cómo puedes hacerme esto?

Su hermano la miró por encima del hombro.

—Estoy cansado de mí mismo. Cansado de luchar contra el impulso de defenderte de las decisiones que tomas...

—¡Decisiones! ¡Soy una hembra de la aristocracia! ¡Yo no
puedo decidir!

—Falso. Pudiste haber sido la compañera de Wrath.

—¡Él no me quería! ¡Tú lo sabes, lo viste en sus propios
ojos! ¡Por eso quisiste matarlo!

—Ahora que lo pienso, me pregunto por qué no sentía nada por ti. Quizá porque no te esforzaste en seducirlo.

Marissa sintió una furia loca. Y su furia creció aún más
cuando Havers dijo:

—Y hablando de decisiones: tú solita decidiste entrar en la habitación de cuarentena, y tú solita decidiste... acostarte con él.

—Ah... ¿ése es el maldito problema? Por el amor de Dios, aún sigo siendo virgen.

—Eres una mentirosa.

En lugar de irritarla, esas palabras la calmaron; y, al desaparecer la agitación, le llegó la claridad. Por primera vez vio a su hermano como era realmente: inteligente, dedicado a sus pacientes, enamorado de su shellan muerta... y completamente inflexible. Un macho de ciencia y de orden que amaba las reglas, lo predecible, satisfecho de su visión de la vida.

Y claramente decidido a proteger esa forma de vida, aunque el precio que tuviera que pagar fuera la felicidad de su propia hermana.

—Tienes toda la razón —le dijo con extraña tranquilidad—. Tengo que marcharme.

Les echó un vistazo a las cajas repletas con la ropa que había usado y con las cosas que había comprado. Luego sus ojos se encontraron con los de Havers. Su hermano lo miraba todo como si reflexionara acerca de la vida que Marissa se aprestaba a abandonar.

—Te guardaré los Dureros, por supuesto —dijo él.

—Por supuesto —murmuró Marissa—. Adiós, hermano.

—De ahora en adelante yo soy Havers para ti. No tu hermano. Nunca más.

Bajó la cabeza y salió del cuarto.

Cuando él salió, Marissa tuvo la tentación de tirarse sobre el desnudo colchón y ponerse a llorar. Pero no había tiempo. Tenía, tal vez, una hora antes del amanecer.

Virgen querida, ¿adónde iría?

C uando el Señor X volvió de la reunión con el Omega, se sintió con acidez de estómago, lo cual le pareció lógico, ya que se había estado tragando su propia mierda.

El Amo había mezclado una amplia variedad de temas. Quería más restrictores, más vampiros sangrando, más avances, más... más... Hicieran lo que hicieran, siempre estaría insatisfecho. Tal vez ésa era su maldición.

Los cálculos de los fracasos del Señor X estaban en el tablero, la ecuación matemática de su destrucción trazada con tiza blanca. La incógnita algebraica era el tiempo. ¿Cuánto tiempo tenía antes de que el Omega se decepcionara y lo reenviara a la eternidad?

Debería moverse más rápido con Van Dean. Ese hombre tenía que estar preparado y dispuesto lo antes posible.

Buscó su portátil y lo encendió. Debajo de un icono en forma de mancha seca de una piscina de sangre, estaba el archivo de «Los Pergaminos». Pinchó en él y buscó el pasaje pertinente. Las líneas de la profecía lo calmaron:

> *Vendrá uno que traerá el fin antes del Amo,*
> *un luchador del tiempo moderno hallado en el*
> *   séptimo del veintiuno,*
> *y será conocido por los números que lleva:*

uno más que la brújula percibe,
aunque sólo cuatro puntos por hacer con su
derecha,
tres existencias tiene,
dos marcas por delante
y con un ojo amoratado, en un pozo nacerá y
morirá.

El Señor X se recostó contra la pared, hizo restallar los huesos del cuello y miró alrededor. Los hediondos despojos del laboratorio de metanfetaminas, la suciedad del lugar, ese conjunto de maldades hechas sin remordimiento, eran como una fiesta a la que no quería asistir, pero de la que no se podía marchar. Igual que la Sociedad Restrictiva.

Pero todo iba a salir bien.

Dios, ¡qué rara era la forma en que había descubierto a Van Dean! Había ido a las peleas en busca de nuevos reclutas. Casi de inmediato Van le llamó la atención, pues sobresalía entre los otros. Tenía algo especial, algo que lo distanciaba de sus contrincantes. Al verlo moverse en el cuadrilátero esa primera noche, el Señor X había pensado que había hallado un valioso candidato para la Sociedad... hasta que se dio cuenta de que le faltaba un dedo.

¿Para qué reclutar a alguien con un defecto físico?

Vio otras peleas de Van Dean y le quedó claro que la falta del meñique no era ninguna desventaja para él a la hora de luchar. Un par de noches más tarde, le vio el tatuaje. Van siempre boxeaba con camiseta, pero en una ocasión el trapo se le enrolló en los pectorales. En la espalda, con tinta negra, un ojo miraba fijamente entre los omóplatos.

Eso lo empujó a rebuscar en *Los Pergaminos*. La profecía estaba hondamente sepultada en el texto del manual de la Sociedad Restrictiva, un párrafo olvidado en medio de las normas de inducción. Afortunadamente, cuando el Señor X alcanzó el rango de Capataz por primera vez, había leído los pasajes con suficiente atención como para acordarse de los malditos versículos.

Como el resto de *Los Pergaminos,* traducidos al inglés en los años treinta del siglo XX, la profecía era un texto que había que interpretar. Pero si habías perdido un dedo de tu mano derecha, entonces *sólo te quedaban cuatro puntos por hacer. Tres existencias* eran la niñez, la madurez y después la vida en la Sociedad. Y de acuerdo con lo que dice el público aficionado a sus peleas, Van nació en la ciudad de Caldwell, también conocida como «the Well», el pozo.

Además, su sensibilidad era casi demoniaca. Bastaba con verlo pelear en ese cuadrilátero para darse cuenta de que norte, sur, este y oeste eran sólo una parte de lo que sentía: tenía un raro talento para anticiparse a lo que el oponente iba a hacer. Un don extraordinario.

La clave, sin embargo, radicaba en la extirpación del apéndice. La palabra «marca» podía asumir distintos significados, pero con mucha probabilidad uno de ellos tenía que ver con cicatrices. Y como todos tenemos ombligo, si le habían extirpado el apéndice, entonces tendría *dos marcas por delante,* ¿cierto?

Otra cosa: éste era el año preciso para encontrarlo.

El Señor X cogió su móvil y llamó a uno de sus subalternos.

Cuando la línea sonó, fue consciente de que necesitaba a Van Dean, el luchador moderno, el bastardo con cuatro dedos en una mano, más que a nadie en la vida. O después de su muerte.

* * *

Cuando Marissa se materializó delante de la austera mansión gris, se llevó la mano a la garganta y levantó la cabeza. Dios mío, tanta cantidad de piedra subiendo hacia el cielo, tantas canteras saqueadas para conseguir estos volúmenes. Y tantas ventanas con cristales blindados brillando como diamantes. Y además la muralla de contención de seis metros de altura alrededor del patio y del complejo. Y las cámaras de seguridad. Y los portones.

Todo tan seguro. Tan frío.

El sitio era precisamente como se lo había imaginado, una fortaleza, no una casa. Y con un potente sistema informático de seguridad que hacía imposible que nadie pudiera jamás descubrir esa ubicación si no le habían dado antes los datos. Ella había sido capaz, porque su relación con Wrath aún le daba cierto poder. Claro que de eso hacía trescientos años, y habían cambiado muchas cosas, pero todavía había mucho de él dentro de ella como para poder encontrarlo en cualquier parte. Incluso a pesar de la mhis.

Contempló la compacta masa. Sintió un hormigueo en la nuca, como si la estuvieran acechando, y miró por encima del hombro. Al este, la luz del día crecía a raudales. El resplandor hizo que le ardieran los ojos. Casi no le quedaba tiempo.

Aún con la mano en la garganta, avanzó hacia un par de macizas puertas de metal. No había campanilla, ni aldaba, así que golpeó uno de los batientes. Se abrió de inmediato, lo que la sobresaltó en un primer momento. Entró al vestíbulo. Aquí era donde comprobaban la identidad de los visitantes.

Puso su rostro frente a una cámara y esperó. Sin duda una alarma se habría encendido cuando se coló por la primera puerta, así que alguien acudiría a recibirla o a... echarla, en cuyo caso tenía una segunda opción. Una carrera a muerte.

Rehvenge era la otra persona a la que habría podido acudir pero era complicado. Su mahmen era una especie de consejera espiritual de la glymera, y sin duda se habría ofendido profundamente con la presencia de Marissa.

Con una oración a la Virgen Escribana, se alisó el pelo con la palma de su mano. Quizá se había equivocado en la apuesta, pero suponía que Wrath no la echaría en un momento tan próximo al amanecer. Por todo el tiempo que Marissa lo había alimentado, se imaginaba que le permitiría refugiarse por lo menos un día bajo su techo. Y el Rey era un macho de honor.

Por lo menos Butch no vivía con la Hermandad hasta donde ella sabía. Desde el verano se alojaba en algún lugar de la ciudad y supuso que seguiría allí. Esperaba que siguiera allí.

Las pesadas puertas de madera se abrieron y Fritz, el mayordomo, pareció muy sorprendido al verla.

—¿*Madame*? —El viejo doggen se inclinó en una profunda reverencia—. ¿La están... esperando?

—No. —Estaba bien lejos de ser esperada—. Yo, esto...

—Fritz, ¿quién es? —sonó una voz femenina.

Cuando los pasos se acercaron, Marissa juntó las manos y agachó la cabeza.

Oh, Dios santo. Beth, la Reina. Habría sido mucho mejor ver primero a Wrath. Esto no iba a funcionar.

¿Le permitiría Su Majestad telefonear a Rehvenge? Oh, pero ya era muy tarde... ¿Tendría tiempo de llamar?

Las puertas crujieron al abrirse un poco más.

—¿Quién es...? ¡Marissa!

Mantuvo los ojos en el suelo e hizo una reverencia, como era costumbre.

—Mi Reina.

—Fritz, ¿nos excusas? —Un momento después Beth dijo—: ¿Quieres entrar?

Marissa dudó y luego cruzó la puerta. Tenía un increíble sentido periférico del color y del calor, pero no podía levantar la cabeza frente a la Reina.

—¿Cómo nos has encontrado? —preguntó Beth.

—Su... los vínculos de sangre de su hellren aún están dentro de mí. Yo... yo he venido a pedirle un favor. ¿Podría hablar con Wrath, con su venia?

Se quedó asombrada cuando la Reina le tomó las manos.

—¿Qué ha pasado?

Cuando alzó los ojos, estuvo a punto de jadear. Beth parecía realmente impresionada y preocupada. ¡Qué calidez! Sobre todo si provenía de una hembra que tenía todo el derecho de pegarle una patada en el trasero para echarla de su casa.

—Marissa, cuéntame... ¿qué te ha pasado?

¿Por dónde comenzar?

—Yo... eh, necesito un sitio para quedarme hoy. No tengo adónde ir. He sido expulsada de mi casa. Yo soy...

—Espera, más despacio. ¿Qué ocurrió?

Respiró profundamente y le brindó una versión condensada de la historia, sin mencionar a Butch. Las palabras le brotaron como agua sucia, ensuciando el reluciente suelo de mosaicos, manchando toda aquella belleza debajo de sus pies. La vergüenza le raspó la garganta.

—Te quedarás con nosotros —sentenció Beth cuando Marissa terminó de contar la historia.

—Es sólo por una noche.

—Por el tiempo que quieras. —La Reina le apretó la mano—. Todo el tiempo que sea.

Cerró los ojos y trató de no desmoronarse. Y enseguida sintió las pisadas de unas botas que parecían triturar la alfombrada escalera.

La profunda voz de Wrath llenó los tres pisos del cavernoso vestíbulo.

—¿Qué diablos está pasando?

—Marissa se viene a vivir con nosotros.

Al inclinarse con una nueva reverencia, se sintió despojada de su orgullo, tan vulnerable como si estuviera desnuda. No tener nada y depender de la misericordia de otros era una clase de terror totalmente desconocido para ella.

—Marissa, mírame.

Su áspero tono le era supremamente familiar, era el mismo con el que siempre la había tratado, el mismo con el que la había amedrentado durante tres siglos. Desesperada, miró hacia la calle y sintió que se le había acabado el tiempo.

Los pesados paneles de madera se cerraron con un chasquido como si el Rey lo hubiera hecho a propósito.

—Marissa, habla.

—Basta, Wrath —protestó la Reina—. Ya ha sufrido bastante. Havers la ha echado de su casa.

—¿Qué? ¿Por qué?

Beth contó la historia rápidamente. Oírla de boca de un tercero sólo sirvió para aumentar su humillación. La visión se le volvió borrosa. Luchó por no desmayarse.

Wrath dijo:

—¡Qué barbaridad! Por supuesto, te quedarás aquí con nosotros.

Con mano temblorosa, Marissa se limpió los ojos, quitándose las lágrimas y restregándoselas entre las yemas de los dedos.

—¿Marissa? Mírame.

Ella alzó la cabeza. Dios, Wrath estaba exactamente igual: los crueles rasgos de su rostro le impedían parecer apuesto y las gafas de sol hacían que pareciera aún más terrible. Distraída, notó que tenía el pelo mucho más largo que cuando lo había conocido: le llegaba casi hasta la parte baja de la espalda.

—Me alegra que hayas acudido a nosotros.

Marissa se aclaró la garganta.

—Os agradecería que me permitierais quedarme unos días...

—¿Dónde están tus cosas?

—Embaladas en mi casa... en la de mi hermano, quiero decir, la casa de Havers. Cuando volví del Concilio de los Princeps me encontré con todas mis cosas guardadas en cajas de cartón. Se quedarán allí quién sabe hasta cuándo...

—¡Fritz! —Cuando el doggen apareció corriendo, Wrath ordenó—: Ve a la casa de Havers y trae todas las cosas de Marissa. Llévate la camioneta y que alguien te ayude.

Fritz se inclinó y salió, moviéndose tan rápido que no parecía un doggen.

Ella trató de encontrar las palabras adecuadas.

—Yo... yo...

—Voy a llevarte a tu habitación —dijo Beth—. Pareces al borde de un colapso.

La Reina la condujo hacia las grandes escaleras, por donde ambas subieron. Marissa echó un vistazo atrás. Wrath tenía una expresión radicalmente despiadada en su rostro.

Se detuvo en mitad de las escaleras.

—¿Estás seguro? —le preguntó al Rey.

El semblante de Wrath empeoró.

—Ese hermano tuyo tiene una capacidad extraordinaria para sacarme de quicio.

—No quiero causaros problemas...

Wrath la interrumpió:

—Todo es por Butch, ¿no? V me contó que estuviste con el poli y que lo ayudaste a salir adelante. Déjame adivinarlo... A Havers no le gusta que estés tan cerca de nuestro humano, ¿verdad?

Marissa no pudo decir ni una palabra.

—Como ya te he dicho, tu hermano realmente me cabrea. Butch es nuestro muchacho, aunque no pertenezca a la Hermandad. Lo que le afecta a él, nos afecta a todos nosotros. Así que puedes quedarte a vivir aquí por el resto de tu maldita vida en cuanto a lo que a mí respecta. —Wrath se paseó frente a la base de las escaleras—. ¡Que se pudra Havers! ¡Que se joda ese pobre idiota! Voy a buscar a V y a decirle que estás aquí. Butch no está aquí pero él sabe dónde encontrarlo.

—Oh... no, no tienes que...

Wrath no se detuvo ni dudó. ¿Quién era ella para decirle qué hacer a un rey?

—Bueno —murmuró Beth al oído de Marissa—, vamos, que no se enfade más, déjalo por el momento.

—Me sorprende que este asunto le importe tanto.

—¿Por qué te sorprende? Se preocupa por ti. ¿Creías que iba a echarte de aquí antes del amanecer? Ven, vamos a instalarte.

Marissa se resistió un poco al afectuoso tirón de la hembra.

—Me habéis recibido tan amablemente. ¿Cómo puedo...?

—Marissa. —Los ojos azul marino de Beth estaban claros y limpios—. Tú salvaste al macho que yo amo. Cuando lo hirieron y mi sangre no era suficientemente fuerte, lo mantuviste vivo brindándole la tuya. Así que hablemos con franqueza. No hay absolutamente nada que yo no haría por ti.

* * *

Llegó el amanecer y la luz del día iluminó el ático. Butch se despertó en el momento en que sus caderas se agitaban bajo las sábanas de satén. Estaba bañado en sudor, la piel hipersensible, con una erección.

Grogui, confundido entre la realidad y lo que esperaba que fuera real, se palpó abajo. Se bajó los pantalones y los calzoncillos.

Imágenes de Marissa revolotearon en su cabeza, mitad gloriosas fantasías, mitad recuerdos de lo que sentía por ella. Cogió cierto ritmo con la mano, inseguro de si era él quien se acariciaba... Quizá fuera Marissa... Dios, deseó que fuera ella.

Cerró los ojos y arqueó la espalda. Oh, sí. ¡Qué bien! Sólo que enseguida se despertó.

Todo era un sueño. Encolerizado consigo mismo, manipuló su sexo ásperamente hasta que ladró una maldición y eyaculó. No fue realmente un orgasmo. Fue más como si su polla hubiera blasfemado en voz alta.

Con un terror nauseabundo, se animó a mirarse la mano. El alivio lo sosegó. Por lo menos algo había vuelto a la normalidad.

Se quitó los pantalones, limpió las sábanas, entró al cuarto de baño y abrió la ducha. Bajo el chorro, sólo pensó en Marissa. La deseó con un hambre ardiente, un opresivo dolor que le hizo acordarse de cuando había dejado de fumar un año antes.

Y mierda, no había chicles de nicotina para esto.

Al salir del baño, con una toalla alrededor de las caderas, su nuevo móvil comenzó a sonar. Rebuscó entre las almohadas y finalmente encontró el aparato.

—¿Qué pasa, V? —roncó. En realidad, su voz siempre parecía como una detonación por las mañanas y en esa ocasión no fue distinto. Sonó como el motor de un coche que no quiere arrancar.

Muy bien, otra cosa normal a su favor. Ya eran dos.

—Marissa se ha mudado de casa.

—¿Qué? —Se hundió en el colchón—. ¿De qué diablos estás hablando?

—Havers la echó.

—¿Por mí?

—Ajá.

—Bastardo...

—Ella está aquí, en el complejo, así que no te preocupes por su seguridad. Eso sí, está nerviosa como un demonio. —Hubo un largo silencio—. ¿Poli? ¿Estás ahí?

—Sí. —Butch se recostó en la cama. Sus músculos temblaban de ganas de estar con ella en ese momento.

—Entonces me complace decirte que está bien. ¿Quieres que te la lleve esta noche?

Butch se puso las manos en los ojos. La idea de que alguien la hubiera lastimado de cualquier forma lo ponía enfermo. Hasta extremos violentos.

—¿Butch? ¿Butch?

* * *

Marissa se acomodó en la cama con dosel. Se tapó hasta el cuello y deseó no estar desnuda. El problema era que no tenía ropa.

Dios, aunque a nadie le molestara que ella estuviera allí, el simple hecho de estar desnuda le pareció... incorrecto. Escandaloso, aunque nadie lo supiera.

Miró a su alrededor. El dormitorio que le habían asignado era un poco cursi, pintado de azul, con una escena de una dama y de un pretendiente arrodillado ante ella, repetida en las paredes, en las cortinas, en los cobertores de las camas, en la silla.

No era precisamente lo que más le apetecía ver. Los dos amantes franceses la hostigaban, la fastidiaban porque le mostraban todo lo que podría haber disfrutado con Butch y nunca disfrutaría.

Para resolver el problema, apagó la luz y cerró los ojos.

Estaba en un buen lío. Y le asustaba pensar que su situación aún podía empeorar. Fritz y otros dos doggen habían salido para la casa de su hermano... la casa de Havers, porque ella ya no tenía nada. Ni siquiera estaba segura de poder recuperar sus cosas. Quizá su hermano había tirado todas sus pertenencias, igual que había hecho con ella.

Marissa trató de ser positiva. Debía pensar en su futuro, en lo que debía ser su vida ahora que todo había cambiado para ella. Y tras mucho meditar no encontró ninguna solución; sólo sabía que estaba totalmente perdida y que no tenía a nadie, que a nadie le preocupaba; ni siquiera tenía recuerdos felices, sólo la triste sensación de no haber encajado jamás en su mundo. No tenía ni idea de qué quería hacer o adónde ir.

Y eso no tenía sentido. Llevaba siglos esperando que un macho se fijara en ella. Tres siglos tratando de encajar dentro de la glymera. Tres siglos luchando desesperadamente por ser la hermana de alguno, la hija de alguno, la compañera de alguno. Todas esas expectativas habían sido las leyes que gobernaban su vida, más omnipresentes y poderosas que la ley de la gravedad.

¿Y cómo había terminado esa búsqueda? Huérfana, sin compañero y rechazada.

Pues bien, la primera regla para el resto de sus días sería «no más búsquedas». No tenía ninguna pista de quién era, pero mejor estar perdida que metida en un mundo que no la admitía tal y como era.

El teléfono colocado junto a la cama sonó y Marissa se sobresaltó. No tenía ganas de hablar, pero lo cogió sólo para que dejara de sonar.

—¿Sí?

—¿*Madame*? —Era una doggen—. Tiene una llamada de nuestro amo Butch. ¿La acepta?

Oh, maravilloso. Así que se había enterado.

—¿*Madame*?

—Ah... sí, la acepto.

—Muy bien. Le paso la comunicación. Por favor, espere.

Hubo un clic y después aquella inconfundible voz pastosa.

—¿Marissa? ¿Estás bien?

No muy bien, se dijo, pero eso no era asunto de él.

—Sí, gracias. Beth y Wrath han sido muy generosos conmigo.

—Escucha, quiero verte.

—¿Tú? ¿Entonces supongo que todos tus problemas han desaparecido mágicamente? Debes estar encantado de regresar a la normalidad. Felicidades.

Él maldijo.

—Estoy preocupado por ti.

—Eres muy amable, pero...

—Marissa...

—Tranquilo, no estoy en peligro. ¿Recuerdas lo que me dijiste? Que no querías ponerme en peligro: pues bien, no estoy en peligro. Supongo que eso te alegrará.

—Escucha, yo sólo...

—Déjalo ya, Butch, no insistas.

—Maldita sea, Marissa. ¡Maldita sea!

Cerró los ojos, cansada del mundo, de Butch, de Havers y de ella misma. Contó hasta tres y se calmó un poco, o al menos lo suficiente para poder hablar. En voz baja, le dijo:

—Te agradezco tu interés por mí, pero no es necesario que te preocupes, de verdad, estoy bien.

—Mierda...

—Sí, creo que eso resume muy bien la situación. Hasta luego, Butch.

Al colgar el teléfono, se dio cuenta de que temblaba.

El teléfono volvió a sonar casi inmediatamente y ella miró angustiosamente a la mesilla. Con un rápido movimiento arrancó el cordón de la pared.

Se acostó de lado. No creía que pudiera dormir, pero cerró los ojos de todos modos.

Al sumirse en la oscuridad, sacó una conclusión. Aunque todo podía ser... bueno, una mierda, para usar la elocuente síntesis de Butch, podía afirmar, por lo menos, que estar muerta de miedo era mejor que tener un ataque de pánico. Y, por fortuna, aunque estaba muy asustada aún podía pensar con claridad.

* * *

Veinte minutos más tarde, con su gorra de los Red Sox echada hacia delante y con unas gafas oscuras, Butch se acercó a un Honda Accord verde oscuro, modelo 2003. Miró a derecha e izquierda. Nadie en el callejón. Nadie en las ventanas de los edificios. Ningún automóvil.

Se agachó, recogió del suelo un trozo de piedra y, de un golpe, rompió la ventanilla del conductor. La alarma sonó con estridencia. Se alejó del sedán y se ocultó entre las sombras. Nadie acudió corriendo. El ruido se apagó.

No había robado un coche desde que tenía dieciséis años, cuando era un delincuente juvenil en South Boston. Se sintió de nuevo un chiquillo enfadado con el mundo. Caminó con calma, abrió la puerta y se metió al coche. Lo que siguió fue rápido y eficiente, prueba de que la práctica del delito era como montar en bicicleta: nunca se olvida. Tampoco había olvidado cómo hacer un puente para poner en marcha un coche sin necesidad de tener llaves de contacto.

El coche arrancó con un zumbido y Butch echó el asiento hacia atrás y rompió con el codo el resto del vidrio dañado de la ventanilla. Descansó el brazo sobre ésta, como si estuviera tomando el aire de la primavera, y se recostó de manera relajada.

Al llegar a la señal de stop al fondo del callejón, frenó con cuidado. Cuando se va en un vehículo robado y sin identificación, y con una misión crucial, se deben respetar al máximo las normas de circulación.

Bajó por la Novena. Se sintió mal por lo que había hecho. Perder el coche no era divertido. En el primer semáforo en rojo, abrió la guantera. El vehículo estaba registrado a nombre de una tal Sally Forrester, 1247 de la calle Barnstable.

Prometió devolver el Honda tan pronto como pudiera y dejarle a Sally un par de los grandes para cubrir los desperfectos, como la rotura del cristal de la ventanilla.

Y hablando de cosas rotas... miró por el espejo retrovisor y se vio a sí mismo. Estaba hecho un desastre. Necesitaba un afeitado y su rostro aún estaba lleno de cardenales. Ya se ocuparía de sí mismo cuando tuviera tiempo. Lo primero era lo primero. Volvió a colocar el retrovisor en su sitio para no ver a su mapa de carreteras de la fealdad.

Desgraciadamente todavía tenía una imagen bastante clara de lo que estaba haciendo.

Salió de la ciudad. De repente, oyó una vocecita en su interior, la voz de la conciencia, y no le gustó lo que le decía. Siempre había vivido a caballo entre el bien y el mal, siempre dispuesto a romper las reglas para satisfacer sus propósitos. Demonios, había aporreado a sospechosos hasta lograr que se derrumbaran. Había hecho la vista gorda cuando la tortura le había sido útil para conseguir información sobre sus casos. Había tomado drogas incluso después de haberse unido a la fuerza de policía, por lo menos hasta que logró desengancharse de la cocaína.

En el cumplimiento del deber, lo único que no había hecho había sido aceptar sobornos o favores sexuales. Del resto, ninguna complicación. Por lo que se supone que esto lo convierte en un héroe.

¿Y qué estaba haciendo? Ir detrás de una hembra cuya vida ya era un caos. Así que podía unirse al desfile de desastres que giraba a su alrededor.

No podía refrenarse. Después de haber llamado a Marissa una y otra vez, había sido incapaz de quedarse en casa sin hacer nada. Si antes estaba obsesionado, ahora se encontraba poseído por ella. Tenía que ver con sus propios ojos si estaba bien y... bueno, demonios, aprovechar tal vez para explicarse un poco mejor.

Había una cosa buena, sin embargo. Se sentía normal por dentro. En la guarida de V se había hecho un corte en un brazo con un cuchillo, para ver cómo era su sangre. A Dios gracias, había salido roja.

Respiró profundamente y luego frunció el ceño. Acercó la nariz a sus bíceps y olió de nuevo. ¿Qué diablos era aquello? Incluso con el viento entrando a raudales por la ventana rota del coche e incluso a través de su ropa, podía oler algo, no esa empalagosa mierda de talco de bebé, que por fortuna ya se había evaporado. Ahora sentía algo que venía de fuera.

No sabía qué le pasaba. Últimamente su cuerpo parecía una perfumería, cada vez con un olor distinto. Por lo menos el de ahora le gustaba...

¿Sería? No podía ser... No, no era. Simplemente no era. ¿Verdad?

Absolutamente, no. Sacó su móvil y marcó un número. Tan pronto escuchó la voz de V, dijo:

—Preparaos, voy de camino.

Vishous soltó un taco, como si se hubiera asombrado profundamente.

—No me sorprende. Pero ¿cómo vas a llegar hasta aquí?

—En el Honda de Sally Forrester.

—¿Y quién es?

—Ni idea, lo robé en la calle. Mira, no estoy haciendo nada extraño, bueno, nada al estilo de los restrictores. Es que necesito ver a Marissa.

Hubo un largo silencio.

—Te dejaré entrar por los portones. Demonios, la mhis ha mantenido a esos verdugos fuera de esta propiedad durante setenta años, así que no me gustaría que te rastrearan. Y, por supuesto, no creo que vengas tras nosotros.

Butch se arregló la gorra de los Red Sox y al pasarse la muñeca por la nariz, sintió otra vez el olorcillo.

—Oye, V... escucha... no estoy del todo bien, maldita sea. Huelo raro.

—¿A qué?

—Como a colonia de hombre.

—Bien por ti. Las hembras se mueren por ese tipo de cosas.

—Vishous, huelo como a Obsession for Men, aunque yo no uso esa colonia, ¿entiendes?

Silencio al otro lado de la línea.

—Los humanos no segregan aromas de ese tipo.

—Sí, claro. ¿Quieres explicarle eso a mi sistema nervioso central y a mis glándulas sudoríparas? Se alegrarán con tus noticias.

—¿Notaste el olor después de hacer el amor con Marissa en el cuarto del hospital?

—Ha sido más intenso desde entonces, tengo la sensación de haber olido de forma parecida en otro momento.

—¿Cuándo?

—Cuando la vi entrar a ella en un coche con un macho.

—¿Cuánto hace de eso?

—Como tres meses. Incluso cogí la Glock cuando los vi.

Silencio. Luego V insistió.

—Butch, los humanos no segregan aroma como nosotros.

—Lo sé.

Más silencio. Después:

—¿Hay alguna posibilidad de que seas adoptado?

—No. Y no hay colmillos en mi familia, si es lo que estás pensando. V, muchacho, acuérdate de que bebí una cosa que me diste. ¿Estás seguro de que no he sido transformado en...?

—Es cuestión de genética, poli. La tontería esa del mordisco que te vuelve vampiro, es puro folclore, no es cierto. Mira, voy a dejarte abiertos los portones y hablaremos después de que la veas. Y otra cosa: Wrath no tiene problemas en machacar a los restrictores para descubrir qué te pasó. Pero no quiere que te involucres.

La mano de Butch golpeó el volante.

—Joder, macho. He pasado horas y horas ganándome el derecho a hacerlo, V. He derramado mi sangre por el derecho a pegarles a esos gilipollas y hacerles mis propias preguntas.

—Wrath...

—Es un buen tipo pero no es mi rey.

—Sólo quiere protegerte.

—Dile que no necesito el favor.

V soltó un par de embrolladas frases en Lenguaje Antiguo y luego farfulló:

—Bien.

—Gracias.

—Un último detallito, poli. Marissa es una invitada de la Hermandad. Si no te quiere ver, te largarás sin montar ningún escándalo, ¿de acuerdo?

—Si ella no quiere verme, me iré. Lo juro.

CAPÍTULO
17

Cuando Marissa oyó que llamaban a la puerta, despegó los ojos y miró el reloj. Diez de la mañana y no había dormido lo suficiente. Dios santo, estaba exhausta.

Tal vez fuera Fritz, con sus cosas.

La puerta se abrió: entró una gran sombra oscura con una gorra de béisbol.

Se sentó de golpe, cubriéndose con la sábana los senos desnudos.

—¿Butch?

—Hola. —Se quitó la gorra, nervioso.

Ella cogió una vela y la encendió.

—¿Qué haces aquí?

—Pues... quería asegurarme personalmente de que estás bien. Además, tu teléfono... —Alzó las cejas. Acababa de ver el cordón telefónico, desconectado y arrancado de la pared—. Um, ya veo... tu teléfono no funciona. ¿Hay algún problema si entro un minuto?

Marissa respiró profundamente y todo le olió a él, su aroma le entró por la nariz y le floreció por todo el cuerpo.

«Bastardo», pensó. «Bastardo irresistible».

—Marissa, no voy a abrumarte con mis cosas, te lo prometo. Sé que estás enojada. Pero ¿podemos hablar? ¿Simplemente hablar?

—Está bien —dijo ella y meneó la cabeza—. Pero no creas que la cosa se va a solucionar.

Cuando Butch dio un paso adelante, Marissa comprendió que había sido una mala idea dejarlo entrar. Si quería hablar, debería haberlo recibido abajo. Después de todo, era un macho. Y ella estaba totalmente desnuda. Y ahora, para acabar de arreglarlo, estaban encerrados en una alcoba.

Bien planeado, excelente trabajo. Tal vez debería saltar por la ventana más cercana.

Él se recostó contra la puerta que había cerrado.

—Lo primero de todo: ¿te sientes bien aquí?

—Sí, muy bien. Butch...

—Lo siento si parezco todo un Humphrey Bogart. No es que piense que no puedas cuidarte a ti misma. Es que estoy absolutamente asustado, sobre todo de mí mismo, y me niego a aceptar la idea de haberte herido.

Marissa lo miró fijamente. Verlo, tan sólo verlo, le resultaba doloroso. Con sus humildes disculpas estaba a punto de convencerla, si era lo que quería.

—Butch...

—Espera, por favor... sólo escúchame. Escúchame y después me voy. —Respiró lentamente, su enorme pecho expandiéndose debajo del elegante abrigo negro—. Apartarte de mí parece el único camino seguro para que nada malo te suceda. No porque seas débil, sino porque yo soy peligroso. Sé muy bien que no necesitas que nadie te defienda, ni tener guardaespaldas.

Se produjo un silencio. Al fin, Marissa dijo:

—Venga, Butch, dime lo que te pasó realmente. No fue un accidente de automóvil, ¿verdad?

Butch se restregó los ojos.

—Fui secuestrado por unos restrictores. —Al ver que Marissa se ponía pálida, agregó velozmente—: Pero no fue gran cosa. Honestamente...

Marissa lo interrumpió con la mano.

—Alto, Butch. Cuéntamelo todo o no me cuentes nada. No quiero verdades a medias. Eso nos degrada a ambos.

Él maldijo. Se volvió a frotar los ojos.

—Butch, habla o vete.

—Está bien... está bien. —Sus ojos color avellana la miraron fijamente—. Hasta donde me acuerdo, fui interrogado durante doce horas.

Ella agarró las sábanas con tanta fuerza que los dedos se le entumecieron.

—Interrogado... ¿cómo?

—No recuerdo mucho, pero por los daños que sufrí, diría que utilizaron conmigo el procedimiento habitual.

—¿El procedimiento habitual?

—Corrientes eléctricas, puñetazos a nudillo limpio, alfileres entre las uñas. —Aunque se detuvo, Marissa estuvo segura de que la lista continuaba. Un reflujo de bilis le irritó la garganta.

—Oh... Dios...

—No pienses en eso. Ya pasó. Lo hecho, hecho está.

¿Cómo podía decir eso?

—¿Por qué? —Ella se aclaró la garganta. Y pensó que quería toda la verdad para poderle demostrar que era capaz de manejar la maldita situación—. ¿Por qué te tuvieron en cuarentena?

—Los restrictores me metieron algo. —Se abrió los botones y le mostró rápidamente la cicatriz del abdomen—. V me encontró al borde de la muerte, tirado en medio de un bosque, y me sacó de allí. Pero ahora sigo como... conectado a los restrictores. —Marissa lo miró horrorizada—. Sí, los verdugos, Marissa. Los que tratan de exterminar a tu especie. Así que créeme cuando te digo que mi necesidad de saber qué fue lo que me hicieron no es ninguna mierda ñoña para encontrar a mi yo interior. Tus enemigos manipularon mi cuerpo. Me pusieron algo dentro...

—Entonces, ¿te has convertido... en uno de ellos?

—No lo sé. Yo no quiero ser uno de ellos, pero no sé qué me hicieron. Lo único que sé es que no quiero hacerte daño, ¿lo entiendes? Por eso te dije que te apartaras de mí hasta que todo se solucionara... de una u otra forma.

—Butch, déjame ayudarte.

Volvió a maldecir.

—Y si...

—Los «y si...» me importan un carajo. —Marissa parecía verdaderamente enfadada. Butch nunca la había visto tan furiosa—. No quiero mentirte. También estoy aterrorizada. Pero no quiero darte la espalda y eres un tonto si quieres que lo haga.

Butch meneó la cabeza, con respeto en sus ojos.

—¿Siempre has sido tan valiente?

—No. Pero si te parezco valiente, será porque lo soy. ¿Vas a dejar que te ayude?

—Yo quiero. Siento que lo necesito. —Se quedaron callados mientras él cruzaba el cuarto—. ¿Puedo sentarme aquí?

Marissa asintió y le hizo sitio. Butch se recostó en la cama y el colchón se hundió por su peso. El cuerpo de ella se deslizó a un lado. La miró durante un largo rato antes de cogerle la mano. Dios, su palma era tan cálida y tan grande. Él se agachó y le rozó los nudillos con sus labios.

—Quiero acostarme contigo. No para tener sexo ni nada parecido. Sólo para...

—Sí.

Cuando se levantó, Marissa movió las sábanas, pero Butch negó con la cabeza.

—Me quedaré encima de la colcha.

Se quitó el abrigó y se tendió a su lado. La atrajo hacia él y la besó en la frente.

—Pareces realmente cansada —le dijo a la luz de la vela.

—Me siento realmente cansada.

—Duerme y déjame mirarte.

Marissa se acurrucó firmemente contra su cuerpo grande y suspiró. Era tan agradable reclinar la cabeza en su pecho y sentir su calor y olerlo tan cerca. Él le acarició lentamente la espalda, y ella se durmió al instante.

Se despertó al sentir que la cama se movía.

—¿Butch?

—Tengo que hablar con Vishous. —La besó en la palma de la mano—. Sigue descansando. No me gusta lo pálida que estás.

Marissa sonrió un poco.

—No te preocupes por mí.

—Vale, vale —sonrió—. ¿Nos vemos en la comida? Te esperaré abajo, en la biblioteca.

Ella asintió. Él se agachó y le pasó el dedo índice por la mejilla. Después le echó una rápida mirada a sus labios y el aroma de Marissa se tornó más fuerte inesperadamente.

Los ojos de ella se cerraron. Pasó menos de un segundo antes de que una tea se incendiara dentro de sus venas, una necesidad abrasadora y apremiante. Desvió los ojos desde su cara hasta su garganta. Los colmillos comenzaron a palpitarle por instinto: deseó perforar su vena. Deseó alimentarse de Butch. Y deseó tener sexo con su cuerpo mientras se alimentaba de él.

Sed y lujuria de sangre.

Oh, Dios. Por eso estaba tan cansada. No había sido capaz de alimentarse de Rehvenge, a lo que había que sumar el estrés por la enfermedad de Butch, más la noticia de su secuestro, más la pelea con Havers...

Los porqués no le importaban por el momento. Todo lo que sabía era que tenía hambre.

Los labios de él se separaron y Marissa empezó a buscárselos...

¿Qué pasaría si bebía de él?

Bueno, eso era fácil de saber. Simplemente lo vaciaría hasta secarlo, pues su sangre humana era demasiado débil. Lo mataría, sin duda.

Pero, Dios santo, Butch debía tener buen sabor.

Ella cortó la voz de la sed y lujuria de sangre y, con voluntad de hierro, metió los brazos debajo de las sábanas.

—Te veré esta noche.

Él se enderezó, con los ojos vidriosos. Puso sus manos frente a su vientre, como si ocultara una erección, lo que naturalmente le provocó a Marissa más ganas de poseerlo.

—Cuídate, Marissa —dijo Butch con tono bajo y triste.

Estaba en la puerta, cuando ella lo llamó:

—¿Butch?

—¿Sí?

—No pienso que seas débil.

Marissa frunció el entrecejo como preguntándose por qué había dicho eso.

—No importa. Duerme bien, preciosa. Te veré pronto.

Cuando estuvo sola, esperó a que el hambre se le pasara, lo cual le dio alguna esperanza. Con todo lo que estaba pasando en esos momentos, le encantaría dejar un poco de lado la necesidad de alimentarse. Pero le pareció incorrecto llamar a Rehvenge.

V an abandonó el centro de la ciudad mientras la noche caía sobre Caldwell. Después de dejar la autopista, cogió una carretera poco iluminada, de acceso al río, y condujo luego su camión por una vía plagada de baches que corría por debajo del gran puente. Se detuvo bajo un mojón marcado como F-8, con pintura naranja; se bajó y miró a su alrededor.

El tráfico circulaba apresurado por encima de su cabeza, con una mezcla de traqueteos de vehículos, y el resonar de truenos distantes. Los conductores hacían sonar ocasionalmente los cláxones de sus coches, lo que incrementaba el ruido. Abajo, al nivel del río, el Hudson hacía casi tanto ruido como los automóviles arriba. Era el primer día en que la primavera prodigaba un poco de calor. La corriente del río fluía vertiginosa debido al deshielo de las cercanas montañas.

El atardecer gris oscuro parecía asfalto líquido. Olía a tierra.

Escudriñó la zona, sus instintos, agudizados, estaban en máxima alerta. Hombre, estar solo bajo el puente nunca era bueno. Especialmente a medida que la luz del día se esfumaba.

Maldita sea. No debía haber venido. Regresó a su camión.

Xavier surgió de entre las sombras.

—Me alegra que hayas venido, hijo.

Van se tragó su sorpresa. Mierda, ese tío era como una especie de fantasma.

—¿Por qué no ha querido hablar por teléfono? Es absurdo que me haya hecho venir hasta aquí, tengo cosas que hacer, joder.

—Necesito que me ayudes con algo.

—Ya le dije que no estoy interesado.

Xavier sonrió un poco.

—Sí, es verdad, ya me lo dijiste.

El sonido de unas llantas sobre grava suelta se infiltró en los oídos de Van. Miró a su izquierda. La Chrysler Town & Country, la camioneta dorada, avanzaba hacia él por su lado derecho.

Sin apartar los ojos de Xavier, se metió la mano al bolsillo y deslizó el dedo en el gatillo de su nueve milímetros. Si iban a atacarlo, les plantaría cara.

—Tengo algo para ti en la camioneta, hijo mío. Ve a ver. Abre la puerta trasera. —Hizo una pausa—. ¿Acaso te da miedo, Van?

—A la mierda con el miedo. —Caminó hacia la camioneta, listo para luchar. Pero cuando abrió la portezuela todo lo que pudo hacer fue recular. Su hermano, Richard, estaba atado con una soga de nailon, y tiras de cinta adhesiva le cubrían los ojos y la boca.

—Dios mío, Richard... —Cuando intentó acercársele, oyó cómo amartillaban una pistola y tuvo que mirar al conductor de la camioneta. El bastardo peliblanco que había detrás del volante le apuntaba directamente a la cara con lo que parecía ser una 40 Smith & Wesson.

—Me gustaría que reconsideraras tu decisión y volvieras a pensar en mi invitación —le rogó Xavier.

* * *

Detrás del volante del Honda de Sally Forrester, Butch maldijo cuando, al cruzar una esquina, vio a su izquierda a una patrulla de la policía de Caldwell aparcada frente a Stewart's, en la esquina de Framingham y Hollis. ¡Qué mala suerte! Andar en un coche robado con dos de los grandes en efectivo no era como para relajarse.

Afortunadamente, tenía refuerzos. V lo seguía de cerca en el Escalade. Se dirigían a la dirección de Barnstable Road.

Nueve minutos y medio más tarde, Butch encontró la casa de Sally en Cape Cod. Después de apagar los faros delanteros y dejar que el coche rodara hasta detenerse del todo junto a la puerta de su propietaria, desconectó el motor. La casa estaba oscura, así que caminó derecho hasta la puerta principal, metió el sobre con el dinero en el buzón y corrió a la esquina, donde V lo esperaba. No le preocupaba que lo cogieran en esa silenciosa calle. Si alguien le hiciera preguntas, V le haría una limpieza mental y listo.

Estaba subiendo al automóvil cuando lo congeló un sentimiento excepcional.

Sin ninguna razón aparente, empezaron a sonar miles de alarmas en su interior, al menos eso fue lo que a él le pareció. Como si tuviera un teléfono en el centro del pecho.

Calle abajo... calle abajo. Tenía que ir calle abajo.

Oh, Dios... los restrictores estaban allí.

—¿Qué pasa, poli?

—Los siento. Están cerca.

—Juguemos con ellos, entonces. —Vishous soltó el volante y ambos abrieron sus puertas—. Vamos a buscarlos, poli. Veamos adónde nos lleva esto.

Butch empezó a caminar. Luego se puso a trotar.

Juntos corrieron entre las sombras del pacífico barrio, evitando los charcos de luz de los porches y de los postes del alumbrado. Atravesaron el patio de alguien. Rodearon una piscina. Pasaron furtivamente junto a un garaje.

El vecindario se alborotó de repente. Los perros ladraron, alarmados. Un coche pasó con los faros apagados y con un rap a todo volumen. Como si hubiera salido de nada, se toparon con un caserón abandonado, al pie de un terreno vacío. Y por último tropezaron con una decrépita casa de dos plantas, rodeada por una valla de madera de casi tres metros de alto.

—Aquí es —dijo Butch, y miró alrededor en busca de una entrada—. Ayúdame.

Butch se agarró a la valla, y V lo lanzó por encima como si fuera el periódico. Aterrizó y se agachó.

Allí estaban. Tres restrictores. Dos de ellos arrastraban a un macho fuera de la casa.

Butch sintió que se le revolvía el estómago. Estaba rabioso por lo que le habían hecho, y eso, unido a la frustración por los temores de Marissa y por su naturaleza humana, hizo que el solo hecho de ver a los verdugos desatara toda su agresividad.

V se materializó junto a él y lo cogió por un hombro. Butch se volvió hacia él para decirle que se jodiera. Vishous siseó:

—Ya los tendrás. Silencio mientras tanto. Hemos llamado la atención por todos lados y sin Rhage seremos nosotros dos solos contra todos ellos. No podré mantener la mhis, así que pronto nos descubrirán.

Butch miró fijamente a su compañero y se dio cuenta de que era la primera vez que le daba rienda suelta.

—¿Por qué me dejas luchar en este momento?

—Tenemos que estar seguros de en qué lado estás —dijo V, desenvainando una daga—. Y así es como lo sabremos. Yo atacaré a los dos que van con el civil y tú al otro.

Él asintió una vez y luego saltó hacia delante, sintiendo un gran rugido en los oídos y dentro del cuerpo. Cuando se lanzó hacia el restrictor que estaba a punto de salir de la casa, el bastardo giró al oír que se le aproximaba.

Miró iracundo a Butch, que corría hacia él.

—Ya iba siendo hora de que llegaran los refuerzos —gritó el verdugo—. Hay dos hembras dentro. La rubia es realmente rápida, así que me gustaría...

Butch agarró al restrictor por detrás y lo hizo rodar por el suelo, sujetándole la cabeza y los hombros. Fue como montar un caballo en un rodeo. El verdugo se revolvió y asió a Butch por las piernas, pero cuando vio que esa técnica no le funcionaba, lo soltó e intentó deslizarse para soltarse del abrazo de Butch.

Pero no lo logró, porque el poli estaba aferrado al verdugo como una lapa, su antebrazo contra el esófago del restrictor, la otra mano apretándole la muñeca y tirando de él hacia atrás. Para asirlo mejor, sus piernas, como dos pinzas de acero, rodearon las caderas del verdugo. Apretó con fuerza.

Le llevó un rato, pero la asfixia y el esfuerzo tumbaron finalmente al inmortal.

Sólo que, al tiempo que las rodillas del restrictor empezaban a temblar, Butch se dio cuenta de que él también estaba bastante magullado y no sabía si tendría fuerzas para aguantar hasta el final. Lo habían vapuleado contra el muro exterior de la casa, contra la puerta, y luego, en el vestíbulo, había sido zarandeado de aquí para allá en el estrecho espacio disponible. El cerebro le silbaba como si tuviera una bala en el interior del cráneo y sus órganos internos parecían huevos revueltos, pero, maldita sea, no soltaría al restrictor. Al menos, hasta que la hembra a la que tenían prisionera tuviera oportunidad de escapar...

El mundo daba vueltas a su alrededor. Butch cayó al suelo y el restrictor quedó encima.

Mal sitio para estar. El que no podía respirar ahora era él.

Intentó apartarlo, pero en ese momento el bastardo se movió y ambos volvieron a revolcarse sobre la alfombra. Bucht luchó para apartarlo, pero estaba agotado. Aún no se había recuperado del todo y le fallaban las fuerzas, así que se quedó inmóvil, sin poder moverse.

El verdugo, sin embargo, había logrado recuperarse bastante y, con un pequeño esfuerzo, se echó sobre él hasta que quedaron cara a cara. Entonces hizo presión sobre Butch, sometiéndolo e inmovilizándolo.

Muy bien... ése era el momento preciso para que V apareciera e hiciera su show.

El restrictor miró hacia abajo y se encontró con los ojos de Butch. El mundo dejó de girar, como si el mundo se hubiera detenido. Como si estuviera muerto.

Otro esfuerzo del bastardo. Pero aquellos preciosos segundos le habían permitido recuperarse y ahora era Butch el que tenía el control, aunque estaba debajo. El restrictor se transfiguró y sus instintos dominaron al poli.

Abrió la boca y empezó a inhalar lentamente.

Pero no tomaba aire. Absorbía al verdugo. Lo consumía. Fue como la otra noche, en el callejón, sólo que ahora nadie abortó el proceso. Butch simplemente siguió aspirando, interminablemente, una sombría corriente negra pasando desde ojos, nariz y boca del restrictor hasta el interior de Butch.

¿Quién se sentía como un balón que se llena con niebla espesa? ¿Quién sentía que se apoderaba del manto del enemigo?

Cuándo todo acabó, el cuerpo del verdugo se había desintegrado, estaba convertido en cenizas, una fina niebla de partículas grises cayendo en el rostro, en el pecho y en las piernas de Butch.

—¡Qué horror!

Butch miró horrorizado a su alrededor. V lo estaba mirando con los ojos muy abiertos, como si esperara que de un momento a otro la casa fuera a derrumbarse también.

—Oh, Dios. —Butch se revolvió en el suelo. Se sentía terriblemente enfermo y la garganta le ardía como si hubiera estado bebiendo whisky durante horas. El mal estaba de regreso dentro de él, circulando por sus venas.

Respiró por la nariz y sintió que olía a talco de bebé. Y supo lo que era ese perfume.

—V —dijo con desesperación—. ¿Qué acabo de hacer?

—No lo sé, poli. No tengo ni idea.

* * *

Veinte minutos más tarde, Vishous y su compañero se metieron al Escalade. V cerró todos los seguros. Mientras marcaba un número en el móvil, miró a Butch. En el asiento del pasajero, parecía que el poli acabara de sufrir un accidente y tuviera una terrible enfermedad, todo al mismo tiempo. Y hedía a talco de bebé, como si exudara ese olor por cada uno de sus poros.

Vishous arrancó la camioneta. Bien pensado, esa nueva cualidad de Butch era un arma de destrucción masiva. Acababa con los restrictores en un abrir y cerrar de ojos. Lo malo era que no sabía cuáles podían ser las consecuencias de todo aquello, y que las complicaciones podían ser una legión.

Vishous le echó otro vistazo a su amigo. Tuvo que convencerse a sí mismo de que Butch no lo miraba como un restrictor.

V conducía con una mano, mientras con la otra llevaba el móvil pegado a la oreja. Al fin, contestaron a su llamada.

—¿Wrath? —dijo V cuando oyó la voz del Rey al otro lado—. Escucha, yo... mierda... nuestro muchacho acaba de tragarse a un restrictor. No... Rhage no. Butch. Sí, Butch. ¿Qué? No, yo he sido testigo... he visto cómo se tragaba al bastardo ése. No sé cómo, pero el restrictor desapareció entre el polvo. No, no hubo cuchillos ni dagas. Butch inhaló la maldita cosa. Mira, voy a llevarlo a mi casa y a dejarlo dormir. Después voy para allá, ¿te parece? Correcto... No, no tengo ninguna pista de cómo lo hizo, pero te daré un informe pormenorizado en cuanto llegue al complejo. Sí. Bien. Ajá. Oh, por el amor de Dios... sí, estoy bien, deja ya de preguntármelo. Hablamos luego.

Colgó y se guardó el móvil. La voz de Butch llegó hasta él, débil y ronca.

—Por favor, no me lleves al complejo.

—Me gustaría hacerlo, la verdad, pero te voy a llevar a mi casa. —Vishous sacó un habano y lo encendió, chupando duramente. Cuando expulsó el humo, abrió una de las ventanillas—. Por todos los diablos, poli, ¿cómo sabías que podrías hacer eso?

—No sé. —Butch tosió un poco, como si la garganta le estuviera molestando—. Déjame una de tus dagas.

V frunció el ceño y miró a su compañero.

—¿Por qué?

—Sólo dámela. —Como Vishous dudaba, Butch movió la cabeza con tristeza—. No te voy a atacar con ella. Lo juro por mi madre.

Al llegar a un semáforo en rojo, V se soltó el cinturón de seguridad para desenvainar uno de sus aceros de la funda que llevaba atravesada sobre el pecho. Le entregó el arma a Butch por la empuñadura y luego se concentró en la carretera. Miró atrás. Butch se subió la manga y se cortó el antebrazo por la parte interior. Ambos se fijaron en lo que salió.

—Tengo sangre negra otra vez.

—Bueno... no es una sorpresa.

—También huelo como uno de ellos.

—Sí. —A Vishous no le gustaba nada que el poli tuviera una daga—. ¿Qué tal si me devuelves mi espada, compañero?

Butch se la entregó y V secó el acero negro en su ropa de cuero antes de volverlo a envainar.

Butch se bajó la manga.

—No quiero estar con Marissa en estas condiciones, ¿entiendes?

—No hay problema. Me encargaré de todo.

—Oye.

—¿Qué?

—Prefiero morir antes que hacerte daño.

La mirada de Vishous atravesó el espacio entre ellos. El rostro del poli estaba demacrado y sus ojos color avellana parecían muertos. Aquellas palabras no eran la simple expresión de un pensamiento, sino una promesa: Butch O'Neal estaba preparado para salirse del juego si la cosa se ponía verdaderamente fea y la situación se hacía insostenible.

V aspiró el cigarro y trató de no afligir al humano.

—Pensemos con optimismo, poli. Eso no volverá a pasar.

«Por favor, que no vuelva a pasar», se repitió V en silencio con todas sus fuerzas.

CAPÍTULO

19

Marissa dio vueltas dentro de la biblioteca de la Hermandad y, al rato, se detuvo frente a las ventanas que miraban a la terraza y a la piscina.

El día iba a ser soleado, pensó. La nieve estaba derritiéndose, la primavera estaba cambiando el paisaje...

¿A quién diablos le interesaba el maldito paisaje?

Butch se marchó después del desayuno. Dijo que iba a dar una vuelta, sin más explicaciones. Excelente. Eso había sido hacía dos horas.

Volvió al sentir que alguien entraba a la habitación.

—Butch... ah... eres... tú.

Vishous estaba de pie en el umbral. Su expresión era completamente vacía, la que se pone en la cara cuando toca dar malas noticias.

—Dime que está vivo —exclamó ella—. Salva mi vida aquí y ahora y dime que está vivo.

—Sí, está vivo.

Las rodillas de Marissa se doblaron y tuvo que apoyarse en una de las estanterías que iban de pared a pared.

—Pero, no ha regresado, ¿cierto?

—No.

Al mirarlo, notó que lucía una elegante camisa blanca debajo de su traje de cuero negro: un cuello cuyas puntas se abotonaban a la camisa, marca Thurnbull & Asser. Reconoció el corte. El mismo de Butch.

Se rodeó la cintura con un brazo, observada por V desde el otro lado del salón. Era un macho peligroso, pero no sólo por los tatuajes en las sienes o por su enorme cuerpo. Sobre todo, porque era frío hasta la médula y capaz de hacer lo que fuera.

—¿Dónde está él? —preguntó ella.

—Está bien.

—Entonces, ¿por qué no está aquí?

—Tuvo una pequeña pelea.

—Una... pequeña... pelea.

Sintió que se mareaba al acordarse de Butch en la cama del hospital. Lo vio tendido con su pijama, aporreado, casi moribundo. Y contaminado por algún mal.

—Quiero verlo.

—No está aquí.

—¿Está en la clínica de mi hermano?

—No.

—Y no vas a decirme dónde está, ¿verdad?

—Te va a llamar dentro de un momento.

—¿Está con los restrictores?

Vishous se quedó mirándola en silencio. El corazón de Marissa aceleró el ritmo dentro de su pecho. No soportaría que Butch se hubiera convertido en uno de ellos, que ahora fuese su enemigo.

—Dime si está con los verdugos, maldito engreído.

Más silencio fue la respuesta a su pregunta. Y algo le sugirió que a V le tenía sin cuidado si ella se irritaba o no.

Marissa descruzó los brazos y avanzó hacia el guerrero. Ya más cerca, tuvo que estirar el cuello para poder mirarlo a la cara. Dios, qué ojos, transparentes, diamantinos, y con líneas azules como la medianoche alrededor de los iris. Fríos. Muy fríos.

Hizo un gran esfuerzo para ocultar el temblor que la sacudía, pero V se dio cuenta.

—¿Asustada de mí, Marissa? —dijo él—. ¿Qué crees que voy a hacerte?

No supo cómo contestarle.

—Es que no quiero que Butch pelee.

Vishous sonrió. Una sonrisa irónica, llena de rencor.

—Eso no te toca decidirlo a ti.

—Es demasiado peligroso para él.

—Después de lo de anoche, no estoy tan seguro de eso.

La dura sonrisa del hermano hizo que ella retrocediera un paso. Sin embargo la angustia la salvó de una retirada completa.

—¿Te acuerdas de esa cama de hospital? Viste lo que ellos le hicieron la última vez. Pienso que deberías estar más pendiente de tu amigo.

—Si Butch se convierte en una ventaja para los hermanos, y si él así lo desea, lo utilizaremos como tal.

—En este momento no me gusta la Hermandad —soltó Marissa—. Ni tú tampoco.

Intentó pasar por delante de él para marcharse, pero V la atajó, la cogió del brazo y le dio un tirón, aunque agarrándola sin hacerle daño. Su mirada resbaló sobre la cara de ella, sobre el cuello, por todo el cuerpo.

Ella vio el fuego. Su calor volcánico. El infierno interior que ocultaba bajo ese autocontrol glacial.

—Suéltame —murmuró Marissa, el corazón latiéndole con fuerza.

—No me gustas. —Su réplica fue serena... serena como el filo de un cuchillo de cocina.

—¿Qué?

—Que no me gustas. Eres una hembra muy bella, pero no me gustas. —Los ojos en forma de diamante se entornaron—. Tú lo sabes, y harás todo lo posible para aprovecharte de esa situación, ¿verdad?

—No... no, yo no soy...

—Sí, tú sí eres. —La voz de Vishous se volvió cada vez más baja y más baja, hasta que ella no estuvo segura de si la estaba oyendo o tan sólo la tenía en su mente—. Butch es una sabia opción para ti, hembra. Te cuidará, si se lo permites. ¿Le dejarás, Marissa? ¿Dejarás que él... cuide de ti?

Sus ojos la hipnotizaron. Sintió que el pulgar de V se movía por su muñeca, en círculos. Se relajó gradualmente hasta que los latidos de su corazón alcanzaron un ritmo casi perezoso.

—Contesta a mi pregunta, Marissa.

—¿Qué... qué me has preguntado?

—¿Dejarás que Butch te tome? —Vishous se inclinó hacia delante y acercó su boca al oído de ella—. Quiero decir, ¿lo tomarás dentro de ti?

—Sí... —Marissa suspiró, consciente de que estaban hablando de sexo, demasiado embebidos por el tema como para no responder—. Sí, yo lo tendré dentro de mí.

La mano de V se aflojó y luego le acarició el brazo, recorriendo su piel tibiamente, totalmente. Él miró hacia abajo, hacia donde la tocaba, con expresión de profunda concentración en su cara.

—Bueno. Eso es bueno. Formáis una pareja maravillosa.

Vishous giró sobre sus talones y salió de la habitación.

Desorientada, conmovida, Marissa se dirigió a tropezones hacia la entrada de la biblioteca y vio a V mientras subía por las escaleras, sus fuertes muslos acortando la distancia sin mayor esfuerzo.

Él se detuvo sin previo aviso y volvió la cabeza hacia donde estaba la joven. La mano de ella revoloteó a su garganta.

La sonrisa de Vishous fue tan oscura como pálidos eran los ojos de Marissa.

—Vamos, hembra. ¿En serio pensaste que iba a besarte?

Ella jadeó. Eso fue exactamente lo que le había pasado por la...

V meneó la cabeza.

—Eres la hembra de Butch y, sin que importe si lo vuestro acaba bien o no, siempre lo serás para mí. —Empezó a andar—. Además, no eres mi tipo. Tu piel es demasiado suave.

V entró al estudio de Wrath y cerró la puerta doble. La charla con Marissa le había afectado mucho. Hacía varias semanas que no se metía en los pensamientos de nadie, pero ahora había leído los de ella con claridad. O tal vez simplemente se había arriesgado a adivinarlos. Qué infierno, mejor lo último. Al sondear sus hermosos ojos había percibido que ella estaba convencida de que iba a besarla.

Pero Marissa estaba en un error. La razón por la que la había mirado de esa forma no era que quisiera besarla; Marissa no le atraía, simplemente le fascinaba. Quería saber qué tenía ella para hacer que Butch la deseara con tanta calidez y con tanto amor. ¿Algo en la piel? ¿En los huesos? ¿En su belleza? ¿O en cómo lo hacía? ¿Cómo había hecho para que él asumiera el sexo como una comunión?

V se frotó el centro del pecho, consciente de su deprimente soledad.

—¿Oye? ¿Hermano? —Wrath se inclinó sobre su aristocrático escritorio—. ¿Vienes a darme el informe o a quedarte ahí parado como una estatua?

—Disculpa. Estaba distraído.

Vishous reconstruyó la escena y refirió la lucha, especialmente la parte final cuando vio desaparecer al restrictor en el aire sutil de la noche, gracias a su compañero de cuarto.

—Increíble... —dijo Wrath cuando V acabó su relato.

V fue a la chimenea y arrojó a las llamas la colilla de su cigarro.

—Sí, increíble. Yo nunca había visto algo parecido.

—¿Butch está bien?

—No sé. Lo habría llevado a la consulta de Havers, pero el poli no quiere volver a la clínica ni muerto. En este momento está en mi casa, pegado al móvil. Me llamará si nota algo raro o siente que enferma... como todo es tan raro ni siquiera sabemos qué podemos esperar... No sé, a ver si se me ocurre algo.

Wrath alzó las cejas en un gesto de duda.

—¿Estás seguro de que los restrictores no lo han rastreado?

—No, no puedo estar seguro. Butch los siente, se da cuenta de su presencia antes que yo. Es como si los oliera o algo por el estilo. Cuando se les acercó, ellos parecieron reconocerlo, pero él los atacó.

Wrath echó una ojeada al montón de papeles que había sobre su escritorio.

—No me gusta que esté solo. No me gusta nada.

Hubo una larga pausa y luego Vishous dijo:

—Podría traerlo de vuelta a casa.

Wrath se quitó las gafas. Al frotarse los ojos, el anillo del Rey, un pesado diamante negro, brilló en su dedo.

—Tenemos hembras aquí. Una de ellas está embarazada.

—Yo podría hacerme cargo de él y asegurarme de que permanezca en el Hueco. Aislaría el acceso al túnel, si fuera necesario.

—Demonios... —Las gafas de sol volvieron a su lugar—. Ve a por él. Trae a nuestro muchacho a casa.

＊ ＊ ＊

Para Van, la parte más aterradora de su inducción a la Sociedad Restrictiva no había sido la conversión física, el Omega o la naturaleza involuntaria de todo el asunto. A pesar de que todo eso había sido espantoso. Jesús... saber que el mal realmente existía y que estaba por ahí haciéndole cosas a la gente. ¡Horrendo despertar!

Pero eso no había sido la parte más pavorosa.

Con un gruñido, Van se tiró sobre el desnudo colchón en el que sólo Dios sabía cuánto tiempo llevaba echado. Se miró el cuerpo, apartó su brazo del extremo del hombro y después lo estiró vigorosamente.

No, la parte más espeluznante había sido el hecho de que cuando finalmente paró de vomitar y recuperó el aliento, no pudo recordar por qué no había querido ingresar antes en la Sociedad. El poder y la fuerza latían otra vez en su cuerpo con el brío de sus veinte años. Gracias al Omega había vuelto a ser él mismo, sin la más remota sombra de lo que había sido alguna vez. Claro, los medios para lograrlo habían sido una mezcolanza mental de terror e incredulidad. Pero los fines... eran gloriosos. Flexionó sus bíceps otra vez, para sentir y adorar los músculos y los huesos.

—Estás sonriendo —dijo Xavier en cuanto entró al cuarto.

Van lo miró.

—Me siento muy bien. De verdad... ¡joder!... muy bien.

Los ojos de Xavier parecieron distantes.

—No dejes que se te suba a la cabeza. Escúchame bien: quiero que siempre estés cerca de mí. Jamás irás a ninguna parte sin mí. ¿Está claro?

—Sí, seguro. —Van apoyó las piernas en el suelo. No aguantaba las ganas de largarse a correr y experimentar cómo se sentía.

Apenas se levantó, la expresión de Xavier fue singular. ¿Frustración?

—¿Qué hay? —preguntó Van.

—Tu inducción fue... como tantas.

¿Como tantas? Que te saquen el corazón y que tu sangre sea reemplazada por algo parecido a alquitrán no podía ser un promedio. Y por los clavos de Cristo, Van no estaba interesado en ese chismorreo. El mundo era fresco y nuevo para él. Había renacido.

—Lástima; siento haberlo decepcionado —murmuró.

—Tú no me has decepcionado. Aún no. —Xavier miró su reloj—. Vístete. Salimos a las cinco.

Van entró al baño y se paró frente al inodoro, sólo para darse cuenta de que no lo necesitaba. Tampoco tenía hambre ni sed.

Se sintió extraño y le pareció anormal seguir su rutina de todas las mañanas. Se inclinó hacia delante y miró su reflejo en el espejo. Sus facciones eran las mismas, pero los ojos se veían distintos. Algo molesto le serpenteó por dentro. Se frotó la cara para asegurarse de que todavía era de carne y hueso. Al palparse el cráneo a través de su delgada piel, pensó en Richard, que ahora estaba en casa con su esposa y sus dos niños. Seguro y tranquilo.

Van no volvería a tener más contacto con su familia. Nunca. Pero haber preservado la vida de su hermano le parecía un trato justo. Los padres eran importantes para los hijos.

Además, pensó en todo lo que había ganado con su sacrificio, su participación especial en el negocio.

—¿Estás listo para salir? —Xavier lo llamó desde el vestíbulo.

Van tragó saliva. Hombre, cualquier cosa en la que se hubiera metido no era más sórdida que la vida criminal. Ahora era un agente del mal, ¿y qué? ¿Acaso debía molestarse por eso? Por el contrario, estaba eufórico con su nuevo poder, preparado para esgrimirlo cuando hiciera falta.

—Sí, lo estoy.

Sus reflexiones lo hicieron sonreír. Sintió como si al fin su destino se hubiera realizado. Él era lo que necesitaba ser.

E sa misma tarde, Marissa salía de la ducha cuando oyó que subían las persianas, lo cual le indicó que ya era de noche. Estaba cansada: había sido un día ocupado. Mucho.

Lo mejor había sido que, al menos, había conseguido mantener a raya su obsesión por Butch. La mayor parte del tiempo había logrado mantenerlo fuera de sus pensamientos. Aunque algunas veces se había puesto a pensar en él.

Que otra vez hubiera sido herido por un restrictor era apenas una de sus preocupaciones. Se preguntaba dónde estaría y quién lo estaría cuidando. No su hermano Havers, obviamente. ¿Habría alguien con Butch? ¿Habría pasado el día con otra hembra? ¿Lo habría atendido?

Claro, ella había hablado con él la última noche y se habían dicho las cosas correctas. Butch quería asegurarse de que ella estuviera bien. No había mentido acerca de su pelea con un restrictor. Explícitamente le dijo que no quería verla hasta que se sintiera mejor. Y había agregado que se verían en la cena de esa noche.

Supuso que si lo habían obligado a marcharse debía ser porque le habían dado una paliza. No quiso reprocharle nada. Sólo cuando colgó el teléfono se dio cuenta de que le hubiera gustado seguir hablando con él. Tenía aún tantas preguntas que hacerle...

Disgustada con sus inseguridades, fue hasta el cesto de la ropa sucia y echó la toalla. Cuando se enderezó, se sintió tan mareada que tuvo que agachar la cabeza. Su debilidad se debía a eso o a haber pasado frío fuera.

Por favor, que se vaya esta necesidad de alimentarme, por favor.

Respiró profundamente hasta que la cabeza se le aclaró. Después se levantó y se dirigió al lavabo. Al enjuagarse las manos en agua fría y salpicarse la cara, se percató de que iba a tener que ir donde Rehvenge. No esa noche. Hoy necesitaba estar con Butch. Necesitaba estar cerca de él y comprobar que estaba bien. Además, tenía que hablarle. Lo más importante era Butch, no su cuerpo de hembra.

Cuando sintió que estaba lista, se vistió con el mismo traje que llevaba el día anterior. Odiaba ese traje porque le recordaba la escena que había tenido lugar en su cuarto, su hermano echándola de su propia casa...

A las seis en punto llamaron a la puerta, como esperaba. Fritz estaba al otro lado del dormitorio, el viejo macho sonriéndole mientras se inclinaba en una reverencia.

—Buenas tardes, Ama.

—Buenas tardes. ¿Tienes los papeles?

—Como usted pidió.

Marissa cogió la carpeta, la sostuvo consigo y se acercó al escritorio, donde hojeó los documentos y firmó en varias páginas.

Ordenó los papeles firmados y revolvió en un sobre, de donde sacó más papeles. Cogió el poder legal y los documentos del alquiler, los miró y volvió a meterlos en el sobre. Luego fue hasta la mesilla que había junto a la cama y cogió el brazalete de diamantes que dejó allí cuando arribó al complejo de la Hermandad. Alargó la brillante cadena al doggen y tuvo el fugaz pensamiento de que su padre se lo había regalado, junto con el resto de los diamantes, hacía más de cien años.

Él jamás habría imaginado el uso que ella iba a darle. Gracias a la Virgen Escribana.

El mayordomo frunció el ceño.

—El Amo no aprueba esto.

—Ya lo sé, pero Wrath ha sido demasiado amable conmigo. —Los diamantes brillaron entre sus dedos—. Fritz, coge el brazalete.

—Ciertamente el Amo no aprueba esto.

—Él no es mi ghardian. Así que esto no es asunto suyo.

—Es el Rey. Todo es asunto suyo. —Sin embargo, Fritz cogió la joya, pensativo.

Cuando se volvió, el doggen la miró tan apenado, que Marissa dijo:

—Gracias por haberme traído algunas de mis prendas y por haber hecho lavar este vestido.

Se miró el Saint Laurent y meneó la cabeza.

—No quiero quedarme aquí por mucho tiempo. No es necesario que saques mi ropa de las cajas.

—Como quiera, Ama.

—Gracias, Fritz.

Él hizo una pausa.

—Debe saber que hice poner rosas frescas en la biblioteca para su cita de esta tarde con el amo Butch. Él me pidió que le consiguiera algo que a usted le complaciera. Me pidió que me asegurara de que fueran tan dulces y pálidas como su cabello.

Ella cerró los ojos.

—Gracias, Fritz.

* * *

Butch lavó la maquinilla de afeitar y luego la golpeó ligeramente contra el borde del lavabo. Se miró en el espejo. Desde luego, el afeitado no le había servido de mucho; en lugar de mejorar su aspecto, casi lo había empeorado, porque ahora, recién afeitado, las contusiones de su rostro resaltaban con mayor crudeza. Mierda. No quería que Marissa lo viera con esa cara. La última noche había ido a verla hecho un desastre. Eso no podía ser... si quería tener el aspecto que ella se merecía iba a tener que hacerse la cirugía estética.

«Déjate de chorradas», se dijo, «y date prisa». Quedaban diez minutos para su cita con Marissa y estaba deseando verla. Había sacado muy mala impresión de su última conversación telefónica; le había parecido distante, como si estuviera decidida a alejarse de él de nuevo. No podía consentirlo, no podría vivir lejos de ella, aunque...

Volvió a pensar en su gran preocupación. Sobre el borde del lavabo blanco había un cuchillo. Extendió su antebrazo y...

—Poli, vas a acabar lleno de agujeros si sigues haciendo eso.

Miró a través del espejo. Detrás de él, V estaba recostado en la jamba de la puerta, con un vaso de whisky en una mano y un cigarrillo en la otra. El tabaco turco perfumó el aire, corrosivo, masculino.

—Vamos, V. Necesito estar seguro. Sé que tus manos hacen maravillas, pero...

Se cortó la piel con la hoja de metal y cerró los ojos, temeroso de lo que iba a aparecer.

—Es roja, Butch. Estás bien.

Miró por el rabillo del ojo la húmeda corriente carmesí.

—¿Cómo puedo estar seguro de que ya estoy bien?

—Ya no hueles como un restrictor y anoche sí olías. —Vishous entró al cuarto de baño—. Y en segundo lugar...

Antes de que Butch se diera cuenta de lo que hacía su amigo, V le agarró el antebrazo, se agachó y lamió el corte. La herida se cerró en un segundo, como si nunca hubiera estado allí.

Butch pegó un tirón y se soltó.

—¡Estás loco, V! ¿Y si la sangre está contaminada?

—Está exquisita. Sólo que... ¡joder!

Vishous se tambaleó jadeó y se derrumbó contra la pared, retorciéndose.

—¡Oh, Dios! —Butch iba a gritar para llamar a todo el mundo, aterrorizado, cuando vio que, de pronto, a V se le pasaba el ataque. El vampiro le dedicó a su amigo una inocente sonrisa y se tomó un trago de whisky como si nada.

—Estás bien, poli. Tu sangre sabe a lo que sabe la sangre. Perfectamente. Está bien para un ser humano, que, sinceramente, no está en mi lista de preferencias, ¿me entiendes?

Le pegó un amistoso puñetazo en el brazo. Butch blasfemó y le devolvió el golpe.

Asombrado, Vishous se sobó el punto donde había recibido el golpe.

—Joder, poli.

—Te lo mereces.

Butch se dirigió al armario. No sabía qué ropa ponerse y sacudió las perchas con desgana.

Dejó de rebuscar y cerró los ojos.

—Qué diablos, V. Anoche sangraba líquido negro. Ahora, no. ¿Es que mi cuerpo se ha convertido en una especie de planta procesadora de restrictores?

V se acomodó en la cama, se recostó contra la cabecera y posó su vaso sobre la pernera de su pantalón de cuero.

—Tal vez. No sé.

Estaba tan cansado de sentirse perdido...

—Yo creí que lo sabías todo.

—No me parece justo que digas eso, Butch.

—Mierda... es verdad. Perdona.

—¿Podemos saltarnos la parte de «perdona»? Te prefiero cuando te disculpas menos y golpeas más.

Ambos rieron. Butch se obligó a escoger un traje y terminó eligiendo un Zegna azul y negro, que tiró sobre la cama cerca de Vishous. Luego buscó entre las corbatas.

—Vi al Omega, ¿verdad? Esa cosa dentro de mí es parte de él. Metió algo dentro de mí.

—Sí. Eso es lo mismo que yo pienso.

Butch sintió una repentina necesidad de ir a la iglesia a rezar por su salvación.

—No volveré a ser normal, ¿verdad?

—Probablemente, no.

Examinó con cuidado su colección de corbatas, dejándose atrapar por los colores de los distintos modelos. No se decidió por ninguna. Por alguna razón pensó en su familia, hacía tantos años que no los veía...

Hablando de normalidad... ellos habían permanecido inmutables, implacablemente iguales. Para el clan O'Neal había habido un solo acontecimiento esencial, y esa tragedia había lanzado por los aires el tablero de ajedrez de sus vidas. Cuando las piezas cayeron, aterrizaron en firme: después de que Janie fuera violada y asesinada a los quince años, todos se habían quedado en sus puestos. Él era el intruso al que jamás habían perdonado.

Para librarse de estos pensamientos, Butch decidió emprenderla con su amigo. Si le recordaba sus problemas a V, él olvidaría los suyos.

—Así que vas a quedarte en tierra esta noche, ¿eh, vampiro?

—Sí, hoy no me dejan salir. Dicen que tengo que descansar.

—Bien.

—No, mal. Sabes que odio estar inactivo.

—Me parece que estás algo estresado. Tú también necesitas descansar.

—Tonterías.

Butch lo miró por encima del hombro.

—¿Tengo que recordarte lo de esta tarde?

Los ojos de V cayeron sobre su vaso.

—Sabes que es una tontería.

—No es ninguna tontería. Te despertaste gritando, pegabas unos gritos tan horribles que creí que te habían disparado. ¿Con qué diablos estabas soñando?

—No le des tanta importancia, no la tiene.

—No te hagas el loco. Eso me molesta.

Vishous revolvió el vodka. Lo apuró.

—Sólo fue un sueño.

—Gilipolleces. Llevo nueve meses viviendo contigo, compañero. Cuando estás dormido te quedas quieto como una piedra.

—Ajá.

Butch dejó caer la toalla, cogió unos calzoncillos negros y seleccionó una almidonada camisa blanca.

—Deberías contarle a Wrath lo que estás haciendo. Tus investigaciones pueden ser peligrosas...

—Cállate ya. No pienso decirle nada a Wrath. Si se lo digo, me prohibirá seguir adelante con mis investigaciones, y es necesario que llegue al fondo de todo esto, si no, nunca sabremos lo que te ocurre, ni si puedes o no volver a ser el de antes...

Butch se puso la camisa, se la abotonó y luego descolgó unos pantalones del armario.

—Bueno, y yo te lo agradezco, pero no quiero que te arriesgues por mí y...

V decidió que ya era hora de cambiar de conversación.

—A propósito, esta noche voy a ponerme una de tus camisas.

—Ningún problema.

—Veo que no quieres ver a tu chica en traje de combate. Que es todo lo que yo tengo.

—Me dijo que conversaste con ella. Me parece que la pones nerviosa.

Vishous dijo algo que sonó como «debería estar nerviosa».

—¿Qué dices?

—Nada. —V saltó de la cama y se dirigió a la puerta—. Oye, me voy a mi casa. No me gusta nada quedarme aquí mientras todos están trabajando. Si me necesitas, estaré en el apartamento.

—V... —Cuando su compañero se detuvo y miró atrás, él dijo—: Gracias. —Butch le mostró el antebrazo—. Ya sabes...

Vishous se encogió de hombros.

—Supongo que así te sentirás mejor con ella.

* * *

John caminó por el túnel. Sus pasos resonaban y él sintió que estaba más solo que nadie en este mundo.

Lo único que lo acompañaba era la ira. Siempre estaba con él, pegada a su piel, abrigándolo. No veía la hora de que comenzara la clase de esa noche, para darle salida a la rabia. Estaba nervioso, excitado, inquieto.

Tal vez todo se debía a que no podía acordarse de la primera vez que había ido con Tohr a la Hermandad. ¡Qué nervioso estaba ese día! Pero tener a ese macho junto a él había sido alentador, reconfortante.

«Feliz efeméride de mierda», pensó John.

Esta noche se cumplían tres meses de su desaparición. Hacía tres meses, el asesinato de Wellsie, el asesinato de Sarelle y la desaparición de Tohr habían sido repartidos como malas cartas de tarot. Bang. Bang. Bang.

La pesadilla había sido especialmente infernal. Durante un par de semanas después de las tragedias, John había supuesto que Tohr volvería y esperaba verlo aparecer en cualquier momento. Había esperado, confiado, rezado. Pero... nada. Ninguna comunicación, ninguna llamada telefónica, ninguna señal... nada.

Thor estaba muerto. Tenía que ser así.

Al llegar a las escaleras que conducían al interior de la mansión, no fue capaz de atravesar la entrada oculta al salón. No tenía ganas de comer. No quería ver a nadie. No quería sentarse a la mesa. Pero Zsadist iría a buscarlo, de eso no había duda alguna. Los dos últimos días, el hermano lo había arrastrado a la casa para que comiera, algo embarazoso y molesto para ambos.

John se obligó a entrar a la mansión. Para él, la cegadora salpicadura de colores del salón era una afrenta a los sentidos, cualquier cosa menos una fiesta para los ojos. Anduvo por el comedor con la mirada clavada en el suelo. Al pasar bajo el gran arco, vio que la mesa estaba servida pero que aún nadie la ocupaba. Y olía a cordero asado, la comida favorita de Wrath.

El estómago de John retumbó con hambre, pero no quiso caer en la tentación. Sin embargo, a pesar de lo hambriento que estaba últimamente, en el instante mismo en que ponía algo de comida en sus tripas, incluso la comida hecha especialmente para un pretransicionista como él, le daban calambres. Y se suponía que debía comer más para ayudar al cambio. Sí, claro, cómo no.

Oyó unos pasos ligeros y precipitados. Volvió la cabeza. Alguien corría a lo largo del balcón de la segunda planta.

Una risa llegó desde arriba. Una gloriosa risa femenina.

Él atravesó el arco y miró a las escaleras.

Bella apareció en la parte de arriba, sin aliento, sonriente, vestida con una bata de satén negro. Caminaba a saltitos, confiada y feliz. John no podía dejar de mirarla.

Luego oyó una especie de estruendo, lejano al principio, unos pasos fuertes que cada vez se oían más cercanos, resonando en el suelo de madera. Obviamente, era lo que ella esperaba. Soltó una risa, se recogió la bata hacia arriba, un poco más arriba, y comenzó a bajar la escalera, los pies desnudos bordeando sus pasos como si flotara. Al fondo, anduvo sobre el suelo de mosaico del vestíbulo y se volvió al ver que Zsadist aparecía en el pasillo de la segunda planta.

El hermano le apuntó con un dedo y fue directo hasta el balcón. Hincó sus manos en la baranda, columpió las piernas hacia arriba y se arrojó al aire tenue. Voló hacia afuera, el cuerpo en una perfecta zambullida de cisne, sólo que no estaba sobre el agua, sino a dos plantas de altura sobre el suelo de piedra.

El silencioso grito de auxilio de John enmudeció en su garganta, la urgencia desvaída en el aire... Zsadist se desmaterializó en mitad de la zambullida. Tomó forma seis metros delante de Bella, que gozó con el espectáculo, resplandeciente de felicidad.

John se repuso del susto pero... entonces su corazón empezó a bombear apresuradamente por otra razón.

Bella le sonrió a su compañero, la respiración siempre anhelante, las manos prendidas a la bata, los ojos henchidos con la invitación de él. Zsadist se adelantó a su llamada. Al abalanzarse sobre ella pareció más grande de lo que era. Su aroma llenó el salón mientras rugía como un león. En ese momento el macho era todo un animal... un animal muy sexual.

—Quieres que te persiga, nalla —exclamó Z, con voz grave.

La sonrisa de Bella se volvió aún más ancha y provocadora. Retrocedió hasta un rincón.

—Tal vez.

—Entonces, ¿por qué no corres un poco más? —Las palabras eran ambiguas, pero incluso John captó la provocación erótica.

Bella escapó. Rodeó a su compañero y corrió hacia la sala de billar. Z la persiguió como si fuera una presa de caza, contoneándose en derredor, los ojos enfocados en el pelo flotante y en el cuerpo elegante de la hembra. Sacó los colmillos, sus caninos blancos se alargaron y emergieron de la boca. Y no fue la única señal que le envió a su shellan.

En el vientre, presionando contra sus pantalones de cuero, tenía una erección de la magnitud del tronco de un árbol.

Z le lanzó una rápida ojeada a John y luego avanzó en su cacería, desapareciendo en el cuarto, con gruñidos cada vez más escandalosos. Desde dentro, a través de las puertas abiertas, llegó un rumor encantado, ruidos caóticos, grititos de embeleso de hembra, y después... nada.

Zsadist había capturado a Bella. Por fin.

John apoyó una mano en la pared, medio mareado. Al pensar en lo que estaban haciendo, sintió un hormigueo por todo el cuerpo. Como si algo parecido estuviera avivándose dentro de él.

Cuando Zsadist reapareció un momento después, llevaba a Bella en sus brazos y su oscuro pelo colgaba por encima de su hombro. La mano de la hembra le acariciaba el pecho a su hellren, los labios curvos en una sonrisa íntima. Había una pequeña marca en su cuello, señal que, definitivamente, no estaba antes, y la satisfacción de Bella por el hambre que mostraba el macho era íntegra y urgente. Instintivamente, John supo que, al llegar arriba, Zsadist concluiría dos cosas: el apareamiento y la alimentación. El hermano iba a estar en la garganta de ella y entre sus piernas. Seguramente al mismo tiempo.

Dios, John quería esa clase de conexión.

Pero ¿qué hacer con su pasado? Aunque sobreviviera a la transición, ¿cómo iba a sentirse tan descansado y tranquilo con una hembra? Pocos machos de verdad habían tenido que pasar por lo que él había sufrido, pocos habían sido violentados y forzados a punta de cuchillo a una horrible sumisión.

Zsadist era tan fuerte, tan poderoso. Las hembras buscaban esa clase de machos, no unos debiluchos como John. No podía equivocarse en eso. Aunque llegara a ser grande y fuerte como los hermanos, él siempre sería un debilucho, marcado para siempre por lo que le habían hecho.

Se volvió y se dirigió a la mesa del comedor. Se sentó solo en medio de toda esa porcelana, y plata y cristal y velas.

Decidió que le gustaba estar solo.

Porque «solo» quería decir seguro.

21

Mientras Fritz subía a buscar a Marissa, Butch la esperó en la biblioteca y pensó en lo buena persona que era el doggen. Le había pedido un favor y el viejo se había mostrado encantado de encargarse del asunto. Y eso que le había solicitado algo inusual.

Cuando el perfume de una brisa oceánica inundó la habitación, él reaccionó enseguida. Al volverse hacia ella, tuvo la precaución de fijarse en que la chaqueta del traje estuviera en su sitio.

Oh, Cristo, estaba bellísima.

—Hola, nena.

—Hola, Butch. —La voz de Marissa sonó tranquila, su mano algo indecisa al alisarse el pelo—. Tienes muy buen aspecto.

—Sí, me encuentro muy bien, gracias a la mano sanadora de V.

Hubo un largo silencio. Luego Butch dijo:

—¿Habría algún problema si te saludara apropiadamente?

Ella asintió y él se adelantó para cogerle la mano. Al agacharse para besarla, la sintió fría como el hielo. ¿Estaba nerviosa? ¿O quizá enferma?

Butch frunció el ceño.

—Marissa, ¿quieres sentarte conmigo un minuto antes de que cenemos?

—Por favor.

La condujo a un sofá cubierto de seda y notó que vacilaba al recogerse la falda del vestido.

Él se inclinó hacia su cabeza.

—Dime... —Marissa permaneció en silencio. Butch insistió—. Nena... ¿en qué estás pensando?

Hubo una torpe pausa.

—No quiero que luches con la Hermandad —dijo al fin.

Era eso.

—Marissa, lo que pasó la última noche fue muy extraño. En realidad, yo no peleé.

—Pero V dijo que si tú querías, ellos iban a utilizarte.

¡Vale! Novedad para él. Hasta donde sabía, lo de la noche anterior había sido una prueba a su lealtad, nada más.

—Escúchame, los hermanos se han pasado los últimos nueve meses manteniéndome al margen de sus luchas. Yo no voy a unirme a los restrictores. Ni a luchar con ellos.

La tensión de Marissa disminuyó.

—No podría soportar que te volvieran a herir.

—No te preocupes por eso. La Hermandad tiene sus propias reglas, y yo no formo parte de sus planes. —Butch le acomodó un mechón detrás de la oreja—. ¿Hay algo más que quieras decirme, nena?

—Tengo una pregunta.

—Pídeme lo que sea.

—No sé dónde vives.

—Aquí. Yo vivo aquí. —En su confusión, él señaló hacia las puertas abiertas de la biblioteca—. Al otro lado del patio, en el chalé. Vivo con V.

—Oh... ¿y dónde estabas anoche?

—En casa de V.

Marissa frunció el ceño. Luego preguntó:

—¿Tienes otras hembras?

¡Como si alguna se pudiera comparar con ella!

—¡No! ¿Por qué me preguntas eso?

—No nos hemos acostado y tú eres un macho con obvias... necesidades. Incluso en este momento, tu cuerpo ha cambiado, se ha endurecido, se ha vuelto más grande.

Mierda. Había tratado de ocultar la erección: de verdad lo había intentado.

—Marissa...

—Seguramente necesitas aliviarte regularmente. Tu cuerpo es phearsom.

Eso no le sonó bien.

—¿Qué?

—Potente y poderoso. Digno de entrar en una hembra.

Butch cerró los ojos y pensó que el Señor Digno había crecido sustancialmente para esta ocasión.

—Marissa, no hay ninguna como tú. Ninguna. ¿Cómo podría ser de otra manera?

—Los machos de mi raza pueden tener más de una compañera. No sé si los humanos...

—Yo no. No me puedo imaginar con otra mujer. Quiero decir, ¿te ves tú con otro hombre?

En la vacilación que siguió, una descarga de frío le recorrió la espina dorsal. Y mientras él se asustaba, Marissa jugueteaba con su estrambótica falda. Mierda, además se había ruborizado.

—No quiero estar con nadie más —dijo ella.

—¿Qué me estás diciendo Marissa?

—Hay alguien... a mi alrededor.

Butch no entendía nada. ¿Qué estaba pasando?

—¿A tu alrededor? ¿Qué quieres decir?

—No es algo romántico, Butch. Te lo juro. Es un amigo, pero es un macho, y por eso te lo estoy contando. —Se llevó la mano a la cara—. Yo sólo te quiero a ti.

Él miró fijamente sus ojos solemnes y no tuvo ninguna duda sobre la verdad de lo que Marissa decía. Pero se sintió mal, muy mal... Era ridículo, lo sabía, pero no podía soportar que estuviera con otro...

«Vamos, cálmate, O'Neal», se dijo.

—Bueno —dijo, procurando que su voz sonara normal—. Yo también quiero ser el único para ti. El único.

Dejó a un lado sus celos machistas y la besó en la mano... Se alarmó por el frío temblor que sintió.

Le calentó los dedos entre sus manos.

—¿Qué te pasa? ¿Por qué estás temblando? ¿Estás enferma? ¿Necesitas un médico?

Ella lo despachó sin ninguna elegancia.

—Yo sé cuidarme sola. No te preocupes.

Sí, claro, que no se preocupara... Marissa estaba absurdamente débil, los ojos dilatados, sin coordinación en sus movimientos. Enferma, muy enferma.

—¿Por qué no subes a tu habitación, nena? Me dolerá no estar contigo, pero me parece que no estás bien. Puedo llevarte algo de comer.

Ella se encogió de hombros.

—Tenía tantas ganas de verte... Pero tienes razón, creo que será mejor que te haga caso.

Se levantó. Él la tomó del brazo y maldijo a Havers. Si necesitaba ayuda médica, ¿a quién acudirían?

—Vamos, nena. Apóyate en mí.

Despacio, la acompañó a la segunda planta. Pasaron delante del dormitorio de Rhage y Mary, del de Phury, y anduvieron hasta el fondo, a la suite que le habían asignado.

Ella puso su mano en el pomo de cobre de la puerta.

—Lo siento, Butch. Quería estar contigo esta noche. Creía que tenía más fuerzas.

—¿Quieres que llame a un médico?

Marissa sonrió para sus adentros. ¿A qué médico? ¿A su hermano? Pero no dijo nada. Butch estaba tan preocupado que le daba pena.

—No, de verdad, no te preocupes, no es nada que no pueda manejar por mi cuenta. Enseguida me pondré bien.

—Bueno... yo mismo puedo encargarme de cuidarte como es debido.

Marissa sonrió.

—No es necesario. Me da la impresión de que no descansaría mucho si tú me cuidaras.

—Hago esto para tranquilizarme a mí mismo.

Se miraron un rato largo y un ruidoso pensamiento traspasó como un rayo su cerebro: amaba a aquella mujer. La amaba hasta la muerte.

Y quería que ella lo supiera.

Acarició su mejilla con el dedo pulgar y decidió que sería una vergüenza que no le diera el regalo de sus palabras. Quería decirle algo inteligente y tierno, brindarle una introducción adecuada a la palabra amor. Pero estaba mudo. No se le ocurría nada.

Con su típica falta de refinamiento y diplomacia, exclamó:

—Te amo.

Los ojos de Marissa se humedecieron.

Oh, mierda. Se había adelantado, aún no era el momento...

Ella le lanzó los brazos alrededor del cuello y apoyó la cabeza en su pecho. Butch la abrazó. Unas voces llegaron del vestíbulo. Abrió la puerta. Entraron al dormitorio, en busca de intimidad. La acompañó hasta la cama y la ayudó a tenderse en ella. Preparó toda clase de palabras de amor en su cabeza, apropiadas para un romance. Pero antes de que pudiera decir algo, Marissa le cogió la mano y se la apretó con tanta fuerza que sus huesos crujieron.

—Yo también te amo, Butch.

A él se le olvidó cómo respirar.

Totalmente noqueado, cayó de rodillas cerca de la cama y sonrió.

—Había imaginado que eras una hembra inteligente.

Ella rió tiernamente.

—¿Me tienes lástima? —preguntó Butch.

—Eres un macho muy valioso.

Él se aclaró la garganta.

—No, no lo soy.

—¿Cómo puedes decir eso?

Bueno, veamos. Lo habían expulsado de Homicidios por hincharle la nariz a un sospechoso. Había jodido casi exclusivamente con putas y mujeres de los bajos fondos. Había herido y matado a varios hombres. Además, estaba ese antiguo gusto por la cocaína y su actual y persistente afición por el whisky. Ah, ¿había mencionado que durante años había querido suicidarse porque se sentía culpable del asesinato de su hermana?

Sí, claro. Valía mucho. Lo mismo que un vertedero de basuras.

Butch abrió la boca, con la intención de contárselo todo, pero se contuvo a tiempo.

«Cállate, O'Neal. Esta mujer te dice que te ama: es más de lo que te mereces. No lo arruines con tu feo historial. Empieza con ella desde cero, comienza de nuevo tu vida con ella, aquí y ahora».

Le acarició la mejilla.

—Quiero besarte. ¿Me dejas?

Marissa vaciló y él no pudo menos que maldecirla. La última vez que habían estado juntos había sido todo un enredo, su cuerpo despidiendo esa repugnante fragancia y el hermano de ella entrando de repente. Para acabar de arreglarlo, ella parecía realmente agotada.

Lo empujó hacia atrás.

—Lo siento... No es que no quiera estar contigo. Sí que quiero, pero...

—Sin explicaciones, ¿vale? Soy feliz con estar a tu lado, incluso si no puedo... —Estar dentro de ella—. Incluso si no podemos... ya sabes, hacer el amor.

—Me da miedo herirte —dijo Marissa.

Butch sonrió, pensando que si ella lo tirara de espaldas en ese preciso momento y le hiciera el amor no se sentiría herido.

—La verdad, no me importa que me hagas daño.

—A mí sí me importa.

Él empezó a salir.

—Eres muy considerada. Ahora, escúchame, voy a darte...

—Espera. —Los ojos de Marissa brillaron en la penumbra—. Oh... Dios... Butch... Bésame.

Butch se quedó paralizado. Luego, las rodillas se le doblaron.

—Me lo tomaré con calma. Te lo prometo.

Se inclinó y puso su boca en la de ella y rozó sus labios. Era tan suave. Tan cálida. Mierda... la deseaba. Pero no quería acosarla. Sólo que Marissa se le anticipó, lo agarró por los hombros y dijo:

—Más.

Él rogó por algo de autocontrol. La besó otra vez y después intentó separarse. Ella siguió, manteniéndose pegada... y antes de que Butch pudiera detenerse, le metió la lengua por detrás del labio inferior. Con un suspiro erótico, se abrió a sí misma y él tuvo que deslizarse dentro, sin poder evitar la oportunidad de penetrar en su boca.

Marissa trató de acercársele más. Butch se movió sobre la cama y presionó su pecho contra el de ella. Mala idea. El modo en que sus senos absorbieron su peso disparó una alarma de incendios en el cuerpo de él, recordándole lo desesperado que un hombre puede volverse cuando tiene a su mujer en posición horizontal.

—Nena, debo parar.

Porque si no, un minuto más tarde la iba a tener debajo con el vestido subido hasta las caderas.

—No. —Marissa deslizó las manos bajo su chaqueta para quitársela—. Todavía no.

—Marissa, me estoy excitando mucho... muy rápido. Y tú no te encuentras muy bien...

—Bésame. —Ella le clavó las uñas en los hombros.

Butch gruñó y le asaltó la boca, sin ninguna delicadeza.

De nuevo, mala idea. Cuanto más fuerte la besaba, más fuerte le devolvía Marissa los besos, hasta que sus lenguas se encontraron batallando una contra otra, y cada músculo de él se retorcía por poseerla.

—Tengo que tocarte —rezongó Butch, subió todo el cuerpo a la cama y superpuso sus piernas sobre las de ella. Se aferró a sus caderas y subió la mano por su costado, justo debajo de la provocadora turgencia de los senos.

Mierda. Ése era el punto donde quería estar.

—Hazlo —suplicó Marissa dentro de su boca—. Tócame.

Ella arqueó la espalda y él cogió lo que le ofrecían, le acarició los senos por encima del corpiño de seda del vestido. Con un suspiro ahogado, Marissa puso las manos sobre Butch y lo incitó a estrecharse contra ella.

—Butch...

—Oh, déjame verte, preciosa. ¿Puedo verte? —Antes de que Marissa pudiera contestarle, aprisionó su boca. Ella respondió y le metió la lengua hasta el fondo. Él la sentó y empezó a desabrocharle los botones de la espalda del vestido. Sus dedos se movían con torpeza, pero gracias a algún milagro el satén se abrió.

Había más capas que atravesar. Maldición, su piel... tenía que llegar a su piel.

Impaciente, excitado, obsesionado, Butch destapó la parte delantera del vestido y luego apartó los tirantes de la combinación. El sostén blanco que apareció fue una deliciosa sorpresa erótica. Pasó las manos sobre él, sintiendo la estructura y la calidez de su cuerpo debajo. Pero después no pudo aguantarse más tiempo y le quitó la prenda.

Al liberar sus senos, la cabeza de Marissa se echó hacia atrás y las largas y elegantes líneas de su cuello se dibujaron delante de él. Sin quitarle los ojos de encima, Butch se inclinó sobre ella, le cogió uno de los pezones con su boca y se lo chupó delicadamente. Oh, santo Dios, iba a correrse. Jadeó como un perro, casi trastornado por el sexo.

Marissa se portó bien con él, excitada, caliente, urgida, moviendo las piernas bajo la falda. La situación estaba saliéndose de control, un motor cada vez más y más acelerado. Y Butch era incapaz de detenerse.

—¿Puedo quitarte esto? Este vestido... todo.

—Sí... —Ella gruñó, lanzó un graznido frenético.

Desgraciadamente, el vestido era un auténtico proyecto arquitectónico y, maldita sea, él no tuvo paciencia para desabrocharle los botones de la espalda. Terminó por recogerle la interminable falda alrededor de las caderas y por bajarle los pantis, minúsculos como un susurro. Luego metió sus manos arriba, entre los muslos, y se los separó con cuidado.

Marissa se tensó y Butch se detuvo.

—Si quieres que no siga, me detendré. Ya mismo. Pero quiero tocarte otra vez. Y tal vez... verte. —Ella frunció el ceño y él comenzó a despojarla del vestido.

—No estoy diciendo que no. Es sólo que... oh, Dios... ¿y si te resulto repelente ahí abajo?

Jesús, Butch no entendería jamás por qué Marissa se preocupaba por eso.

—Eso es imposible, nena. Ya sé cuán perfecta eres. Yo lo presentí, ¿te acuerdas?

Ella tomó un profundo respiro.

—Marissa, me encanta tu manera de sentir, de ser, de amar. En serio. Y tengo una hermosa imagen de ti en mi mente. Sólo quiero compararla con la realidad.

Después de un momento, Marissa asintió.

—Está bien... sigue.

Él le hundió la mano entre los muslos y entonces... oh, llegó a ese lugar secreto y suave, terso y caliente. Butch quiso persuadirla y llevó la boca hasta su oído.

—Eres tan hermosa ahí. —Sus caderas fueron surgiendo a medida que la acariciaba, los dedos de él mojados y resbaladizos por la miel de ella—. Mmm... quiero estar dentro de ti. Quiero meter mi... —La palabra verga resultaba muy vulgar, pero era lo que estaba pensando— quiero meterme yo mismo dentro de ti, nena. Ahora. Quiero mantenerte excitada. ¿Me crees cuando te digo que eres hermosa? ¿Marissa? Dime lo que quiero oír.

—Sí... —La tocó un poco más profundamente y Marissa tembló—. Dios... sí.

—¿Algún día me querrás dentro de ti?

—Sí...

—¿Querrás que te llene?

—Sí.

—Porque eso es lo que quiero. —Butch le mordió con suavidad el lóbulo de la oreja—. Quiero perderme en tus profundidades y abrazarte cuando tengas un orgasmo. Mmm... frótate contra mi mano, déjame sentir que te mueves para mí. Oh... eso es... ¡qué placer! Eso es... muévete para mí... oh, así...

Tenía que parar de hablar. Si le hacía caso, él iba a estallar.

—Marissa, abre las piernas más... para mí. Ábrelas del todo, nena. Y no pares de hacer lo que estás haciendo.

Ella aceptó y Butch, lenta y diestramente, se movió hacia atrás y le miró el cuerpo. Sus cremosos muslos estaban totalmente abiertos. La mano de él desapareció entre ellos, las caderas de Marissa se ondularon con un ritmo que hizo que su miembro casi le descosiera los pantalones.

Se aferró al seno más cercano y, delicadamente, la abrió un poco más con una de las piernas. Después echó a un lado toda la falda, alzó la cabeza para mirarla a los ojos y movió su mano. Bajó por el estómago, besó el hoyuelo de su ombligo y, entre su pálido nido pélvico, vio la pequeña y graciosa hendidura de su sexo.

Todo su cuerpo se estremeció.

—¡Qué perfecta! —murmuró—. ¡Qué exquisita!

Fascinado, reptó por la cama hacia abajo hasta colmarse con la espléndida visión. Sonrosada, húmeda, primorosa. Comenzó a percibir un torbellino del aroma de ella: el cerebro se le bloqueó en una deslumbrante serie de cortocircuitos—. Oh... Jesús...

—¿Qué pasa? —Las rodillas de Marissa se juntaron repentinamente.

—Nada —susurró Butch. Presionó sus labios contra la parte más alta de los muslos y acarició sus piernas, separándolas cariñosamente—. Es que jamás había visto tanta hermosura.

Demonios, hermosura no era palabra justa. Él lamió su boca, su lengua enardecida por la lujuria. Con voz ausente, dijo:

—Dios, nena, quiero bajar ahora mismo.

—¿Bajar?

Butch se sonrojó a causa de su confusión.

—Yo..., quiero besarte.

Ella sonrió y se sentó. Tomó el rostro de él entre sus manos. Pero Butch meneó la cabeza.

—No en la boca no, nena, esta vez no. —Marissa frunció el ceño y él descansó la mano entre sus muslos—. Aquí.

Los ojos de ella llamearon con incredulidad, tanto que Butch se maldijo. «Qué manera de relajarla, O'Neal, pedazo de idiota».

—¿Por qué? —Marissa se aclaró la garganta—. ¿Para qué querrías hacerme eso?

Buen Dios, ella no había oído hablar de... bueno, por supuesto que no. Con mucha probabilidad, las relaciones sexuales de los aristócratas serían muy formales, al estilo misionero, y en caso de saber algo sobre sexo oral, ciertamente jamás se lo contarían a sus hijas. No era, pues, para asombrarse que Marissa se sintiera escandalizada.

—¿Para qué, Butch?

—Ah... para... bueno... disfrutarás. Y... sí, así lo quiero yo.

Él la miró otra vez. Oh, Dios, claro que disfrutaría. Jamás había hecho eso con ninguna mujer, pero con ella... Butch lo deseaba como nunca había deseado nada en la vida. Al pensar en hacerle el amor con la boca, cada centímetro cuadrado de su cuerpo se le endureció.

—Simplemente quiero saborearte.

Los muslos de Marissa se relajaron un poco.

—¿Vas a hacerlo... lentamente, verdad?

Butch comenzó a temblar.

—Sí, nena. Y te vas a sentir muy bien. Te lo prometo.

Se acomodó más abajo en el colchón y permaneció a su lado sin atosigarla. Cuando estuvo más cerca de su pubis, se estremeció y mantuvo apretada la parte baja de su espalda, como lo hacía antes de tener un orgasmo.

Iba a tener que ir más despacio. Por el bien de ambos.

—Amo tu olor, Marissa. —Le besó el ombligo, luego las caderas, y descendió centímetro a centímetro. Cada vez más abajo... más abajo... hasta que finalmente presionó la boca cerrada en la cima de su sexo.

Excelente. Ella se encogió con rigidez. Y brincó cuando Butch posó la mano en la parte exterior del muslo.

Retrocedió un poco y le frotó los labios arriba y abajo sobre el estómago.

—Soy muy afortunado.

—¿Por qué?

—Por estar así contigo. —Sopló sobre su ombligo y Marissa rió un poco: el aire cálido la excitaba—. Me honras con tu confianza, ¿lo sabías? En serio.

La serenó con palabras y besos relajantes, cada vez más largos y más abajo. Cuando sintió que estaba lista, le hundió la mano entre las piernas, cogió la rodilla y delicadamente la empujó unos centímetros hacia atrás. La besó con suavidad, una y otra vez. Hasta que la tensión se deshizo.

Luego bajó más su mentón, abrió la boca y la lamió. Ella ahogó un grito y se sentó de repente.

—¿Butch...? —Como si quisiera asegurarse de que él sabía lo que estaba haciendo.

—¿No te lo había dicho? —Butch se agachó y suavemente repasó con la lengua su carne rosada—. Esto es un beso francés, nena.

A medida que repetía sus parsimoniosos lengüetazos, Marissa se echaba hacia atrás. Las puntas de sus senos y toda su espina dorsal se curvaron en un arco perfecto. Allí era adonde la quería llevar, sin preocuparse por la modestia ni nada parecido, sólo quería que disfrutara el sentimiento de alguien amándola como se lo merecía.

Con una sonrisa, chupó cada vez más profundo y más profundo, el íntimo sabor de ella atiborrándole la lengua. Tragó y los ojos se le pusieron en blanco. Sabía a algo que nunca había saboreado. Océano, melón maduro, miel, todo junto, un cóctel de exquisita perfección que por poco lo hace llorar. Necesitaba más... más, maldita sea. Sin embargo, ahogó las ganas para evitar correrse: quería darse un festín y ella aún no estaba lista para esa clase de glotonería.

Se dio un pequeño respiro y Marissa levantó la cabeza.

—¿Ya has terminado?

—Aún no. —Amaba esa mirada vidriosa y erótica—. ¿Por qué no te recuestas y me dejas seguir? Apenas acabamos de empezar.

Cuando ella se relajó un poco, examinó sus detalles más secretos y tiernos, vio su brillo y pensó en lo que sentiría cuando estuviera dentro. La volvió a besar y después la chupeteó, con lengua placentera y sosegada, en rítmica succión, de lado a lado, acariciándola con la nariz y oyendo sus gemidos. Le abrió los muslos un poco más y se aferró a sus nalgas mientras se aproximaba delicadamente al centro.

Marissa empezó a retorcerse, con una luz y un zumbido en su cabeza, como si sonara una estridente alarma que le anunciaba el vértigo supremo.

Pero no pudo detenerse. Se agarró a las sábanas y se arqueó aún más, como si fuera a correrse en un segundo.

—¿Te sientes bien? —Le hizo cosquillas con la lengua—. ¿Te gusta así? ¿Te gusta cómo te lamo? O quizá prefieras esto... —La chupó y ella gritó—. Oh, sí... por Dios, siente mis labios... siéntelos...

Luego le cogió la mano, la llevó a su boca, los dedos dentro y fuera. Se los lamió uno por uno. Marissa lo miró con los ojos muy abiertos, jadeante, los pezones duros. En ese momento ella estaba plenamente con él. La mordió en la palma.

—Dime que me deseas. Dime que me deseas...

—Yo... —Marissa se retorció.

—Dime que me deseas. —Apretó los dientes. No sabía para qué necesitaba oírselo decir, pero le hacía falta—. Dilo.

—Te deseo —exclamó Marissa.

Una peligrosa y codiciosa lujuria lo invadió, su dominio de sí mismo se hizo añicos y un rumor oscuro brotó de sus entrañas. Ciñó sus manos a los muslos de ella, la abrió por la mitad y literalmente se zambulló entre sus piernas. Al penetrarla con la lengua, le pareció sentir un ruido en la habitación, un bramido.

¿De él? No podía ser. Porque era el aullido de... un animal.

* * *

Al principio Marissa se había sentido espantada por el acto. Por su carnalidad. Por su pecaminosa cercanía, por la peligrosa vulnerabilidad en que la había sumido. Pronto, nada de eso le importó. La ardorosa lengua de Butch era tan erótica que difícilmente podía resistirse a esa resbaladiza sensación ni soportar que dejara de hacer lo que estaba haciendo. Después, él comenzó a chuparla y a decir cosas que hicieron que su sexo se inflamara hasta que el placer casi la quemaba.

Pero eso no fue nada comparado con lo que sintió cuando Butch se descontroló. En un arrebato de deseo masculino, sus manos la sujetaron con fuerza: su boca, su lengua, su cara la recorrieron por todas partes... Dios Todopoderoso. La poseyó el rumor que brotó de él, aquel ronroneo gutural.

Ella tuvo un orgasmo desenfrenado, la cosa más hermosa y pasmosa que había sentido jamás: su cuerpo vibró en hirvientes olas de placer...

En el clímax, la borboteante energía cambió, se transformó, estalló en una lujuria de sangre que los arrojó a una espiral de apetitos desenfrenados. El hambre desgarró su naturaleza civilizada y lo destrozó todo, menos sus ansias por devorar el cuello de Butch. Marissa sacó sus colmillos, lista para cogerle la yugular y beber sin parar...

Sin querer, iba a matarlo...

Gritó y luchó contra la mortal pasión.

—Oh, Dios... ¡no!

—¿Qué?

Lo empujó por los hombros, se apartó de él, lo tiró a un lado de la cama y, por último, lo echó al suelo. Él, confundido, la buscó con desesperación. Pero ella se encogió en el rincón más distante de la alfombra, el vestido medio quitado, el top caído sobre su cintura. Cuando no tuvo dónde esconderse, se enroscó como una pelota y se quedó quieta en ese lugar. Su cuerpo se sacudía sin control y un tremendo dolor la azotaba en oleadas cada vez más fuertes.

Butch fue tras ella, sin comprender.

—¿Marissa?

—¡No!

Él palideció al oír su grito.

—Lo siento... Lo siento tanto...

—Tienes que marcharte —exclamó ella. Las lágrimas rodaban por su garganta y su voz era gutural.

—Oh, Dios, lo siento... lo siento. No quería asustarte...

Marissa trató de controlar su respiración, pero no pudo: comenzó a gritar. Sus colmillos vibraron amenazantes. La garganta se le resecó. Sólo pensó en lanzarse contra el pecho del hombre, empujarlo contra el suelo y arrimarle los dientes al cuello. Dios, estaría delicioso. Tanto que no se cansaría de devorarlo nunca.

Butch intentó acercarse otra vez.

—No quería que las cosas llegaran tan lejos, nena.

Ella se enderezó, abrió la boca y le increpó con fuerza.

—¡Fuera! Por el amor de Dios, ¡márchate! ¡O acabaré haciéndote daño!

Corrió al cuarto de baño y se encerró. En el espejo se reflejó una horrible visión: el pelo enredado, el vestido deshecho, los dientes blancos y largos en la boca abierta.

Fuera de control. Sin dignidad.

Defectuosa.

Cogió lo primero que vio, un pesado candelabro, y lo arrojó contra el espejo. Amargas lágrimas brotaron de sus ojos.

CAPÍTULO
22

B utch fue hasta el cuarto de baño y dio tirones al pomo de la puerta hasta casi romperse la mano. Al otro lado se oía llorar a Marissa.

Al no conseguir su propósito, Butch empujó los paneles de madera con los hombros.

—¡Marissa!

Volvió a empujar la puerta. Luego se detuvo y escuchó. Un miedo salvaje lo acometió cuando se dio cuenta de que lo único que oía era el silencio.

—¿Marissa?

—Vete. —La calmada desesperación de su voz hizo que los ojos le ardieran—. Por favor, vete.

Él apoyó las manos sobre la madera que los separaba.

—Lo siento mucho.

—Vete... sólo vete. Oh, por Dios, tienes que marcharte.

—Marissa...

—No voy a salir hasta que te hayas ido. ¡Vete!

Sintió como si estuviera en una pesadilla. Cogió su chaqueta y salió dando tropezones del dormitorio, desaliñado, desfallecido, con las rodillas débiles. Fuera, en el vestíbulo, se recostó en la pared y golpeó la cabeza contra el estuco.

Entornó los ojos hasta cerrarlos. Todo lo que pudo ver fue a Marissa agachada en un rincón, el cuerpo tembloroso en posición defensiva, el vestido colgando flojamente desde sus senos desnudos como si hubiera sido violada.

Joder. Era una virgen adorable y la había tratado como a una puta, sobándola demasiado y muy fuerte, simplemente porque había sido incapaz de controlarse. Cristo, no importaba lo excitada que estuviera, no estaba acostumbrada a lo que un hombre hacía durante el acto sexual. O a lo que sucedía cuando los instintos masculinos se apoderaban de todo. Y él la había atrapado en esa cama, la había follado con la lengua... ¡por los clavos de Cristo!

Volvió a golpearse contra la pared. Se había asustado tanto que había sacado sus colmillos como si tuviera que protegerse de él.

Con una inmunda blasfemia, se precipitó por las escaleras, tratando de librarse del desprecio que sentía por sí mismo, a sabiendas de que no podría hacerlo.

Cuando llegó al salón, alguien le gritó:

—¿Butch? Oye, Butch. ¿Estás bien?

No contestó, corrió hacia afuera, subió al coche y encendió el motor. Lo único que quería hacer era disculparse con ella hasta quedar ronco. Claro que él sería la última persona en el planeta que Marissa querría ver en este momento. Y no la culpaba.

Condujo la camioneta hasta el centro de la ciudad y se encaminó al apartamento de V. Al rato se dio cuenta de que se había equivocado y había tomado el camino más largo: si hubiera ido por el puente, en vez de meterse a la autopista, habría llegado más rápido. En fin, lo importante era que ya estaba allí. La puerta de Vishous se encontraba abierta.

¡Mierda!

Bajo el resplandor de unas velas negras, V estaba agachado, con la cabeza hacia abajo. Sus caderas semicubiertas de cuero se movían adelante y atrás, los hombros estaban desnudos y los sólidos brazos extendidos hacia arriba. Debajo de él, había una hembra atada por las muñecas y los tobillos a una mesa, con el cuerpo recubierto de cuero, menos las puntas de los senos y el pubis, Vishous se la estaba metiendo. Pese a que tenía una máscara sobre la cara y una mordaza en la boca, Butch estaba segurísimo de que ella iba a tener un orgasmo: chillaba y hacía ruiditos como un bebé, suplicando más y más, mientras las lágrimas le corrían por las mejillas también tapadas con cuero.

V levantó un momento la cabeza del cuello de la hembra. Sus ojos resplandecían y sus colmillos eran tan protuberantes que... bueno, la hembra iba a necesitar unas buenas suturas cuando él acabara con ella.

—Chico malo —dijo Butch y salió del apartamento sin hacer ruido.

Regresó al Escalade, atolondrado, sin saber adónde ir. Se sentó en el asiento del conductor, con la llave en el contacto, la mano en la palanca de cambios... y se imaginó a Vishous en su proceso de alimentación. Los ojos resplandecientes. Sus largos colmillos. El sexo.

Butch pensó en Marissa y su imprevista enfermedad. Y su voz reventó dentro de su cabeza. «Yo puedo cuidarme sola». Luego... «no quiero hacerte daño».

¿Y si ella necesitara alimentarse? ¿Y si ésa fuera la razón por la cual lo había hecho salir? Era una maldita vampiresa, por los clavos de Cristo. ¿O tenía esos hermosos colmillos sólo para su adorno personal?

Apoyó la cabeza sobre el volante. Oh, sí, eso era lo que había sucedido. Pero no entendía el porqué. Butch le habría permitido tomar todo lo que quisiera de él, ¿por qué no se lo había preguntado? Eso le dolió. El hecho de que Marissa quisiera clavar sus colmillos en su cuello y chupárselo explicaba por qué ella no había querido relacionarse con él. Se la imaginó desnuda, reclinada a su pecho, la boca en su garganta...

Ella se había excitado, eso era algo que había quedado muy claro. De hecho, al ser extremadamente explícito con ella, le había parecido que su aroma fluía mucho más. Pero entonces, ¿por qué, simplemente, no se lo había dicho?

A lo mejor por eso no había querido coger su vena. Tal vez creía que no lo podía hacer porque él era un humano.

Y quizá realmente estaba en lo cierto. Él no podía alimentarla porque era un humano.

Sí, joder. Preferiría morirse alimentándola antes que dejar que otro se encargara de ella. ¿Marissa pegada al cuello de otro? ¿Sus senos apretados contra el pecho de otro? ¿Su aroma absorbido por otro? ¿Ella tragando la sangre de otro?

Mía.

La palabra traspasó su cabeza. Y notó que había metido la mano en el abrigo hasta encontrar el gatillo de la Glock.

Aceleró y salió rumbo al ZeroSum. Tenía que calmarse y aplacar sus pensamientos. Los celos homicidas contra un vampiro no estaban en su lista de cosas por hacer.

El móvil sonó en su bolsillo.

—¿Sí?

V hablaba en voz baja.

—Siento mucho que te hayas tenido que marchar. No esperaba que vinieras...

—V, ¿qué pasa cuando un vampiro no se alimenta?

Hubo una pausa.

—Nada bueno. Te sientes cansado, verdaderamente muy cansado. Y el hambre te acosa. Imagínate una intoxicación alimenticia. Oleadas de dolor retuercen tus tripas. Si no atajas rápidamente el problema, te vuelves un animal. Es muy peligroso.

—Oí algunas historias sobre Zsadist, antes de que encontrara a Bella. Se alimentaba de humanas, ¿verdad? Y sé con certeza que esas mujeres no morían. Yo las veía regresar al club después de que él las hubiera chupado.

—¿Estás pensando en tu chica?

—Sí.

—Mira, ¿quedamos a tomar algo y hablamos?

—Voy hacia el ZeroSum.

Cuando Butch entró en el aparcamiento del ZeroSum, V lo esperaba al lado del club, fumando un puro. Se bajó y conectó la alarma del Escalade.

—Poli.

—V. —Carraspeó y trató de no acordarse de cómo había visto a su compañero mientras se alimentaba y copulaba. Imposible. Vio de todas formas a Vishous sobre la hembra, subyugándola, moviéndose dentro de ella, con su cuerpo preciso y firme como un pistón.

Gracias a lo que había visto, iba a tener que actualizar su definición de porno duro.

V aspiró con fuerza el habano, lo apagó contra la suela de su zapato y guardó el cabo sobrante dentro del bolsillo del pantalón.

—¿Estás preparado?

—Claro que sí.

Los gorilas los dejaron colarse. Dentro había una multitud frenética, sudada e hipersexuada. Se abrieron paso hasta la sección vip. Unos momentos después, sin que lo hubieran pedido, una camarera les sirvió un Lagavulin doble y unos dedos de Grey Goose.

El teléfono de Vishous sonó y se puso a hablar. Butch echó un vistazo a su alrededor, sólo para ponerse rígido. Soltó una maldición. En un rincón, al frágil amparo de unas sombras, vio a aquella hembra alta y musculosa, la jefa de seguridad de Rehvenge, que lo miraba con ojos ardientes, como si quisiera una repetición de lo que habían hecho en el cuarto de baño.

Pero eso no podía repetirse.

Miró dentro de su vaso en el momento en que terminaba su conversación.

—Era Fritz. Un mensaje de Marissa para ti.

Alzó la cabeza con brusquedad.

—¿Qué te ha dicho?

—Quiere que sepas que está bien. Que necesitaba descansar esta noche, pero que mañana estará mejor, que no quiere que te preocupes por ella y que... ah, que te ama y que no te sientas culpable pues tú no hiciste nada malo. —Vishous tosió—. ¿Qué hiciste? ¿O es información confidencial?

—Joder —dijo Butch, se tomó la bebida de un trago y luego alzó el vaso vacío. La camarera acudió inmediatamente.

Cuando le repuso la bebida, se miró las manos. Y sintió que V lo miraba con fijeza.

—Butch, ella va a necesitar más de lo que puedes darle.

—Zsadist sobrevivió... y no mató a nadie.

—Z se alimentaba de muchas humanas diferentes. En este caso, tú eres la única fuente. Debido a que tu sangre es más débil que la nuestra, Marissa te consumirá en poco tiempo, pues tendrá que chuparte muy a menudo. —Vishous respiró profundamente—. Mira, ella puede usarme si tú quieres. Incluso puedes estar presente para que sepas lo que pasa. No es nada sexual.

Butch irguió aún más la cabeza y miró la yugular de su compañero. Enseguida se imaginó a Marissa pegada a ese cuello macizo, los dos juntos. Entrelazados.

—V, tú sabes que yo te quiero como a un hermano, ¿verdad?

—Sí.

—Si la alimentas, te corto la jodida garganta.

V se quejó burlonamente, pero, instantes después, la sonrisa fue franca y abierta, tanto que tuvo que taparse los colmillos con el dorso de su mano enguantada.

—Suficiente. Y justo también. Además, nunca he dejado que nadie me coja la vena.

Butch frunció el ceño.

—¿Nunca?

—No. Soy un virgen vascular. Personalmente, detesto la idea de que alguna hembra se alimente de mí.

—¿Por qué?

—No lo sé ni quiero saberlo. —Butch abrió la boca y Vishous alzó su mano—. Ya es suficiente. Simplemente quiero que sepas que aquí estoy por si cambias de opinión y deseas utilizarme.

«Eso no va a pasar», pensó Butch. «Jamás».

Suspiró. El mensaje de Marissa lo había tranquilizado mucho. Ahora sabía que lo había echado porque tenía necesidad de alimentarse y no quería hacerle daño. Se sintió ridículamente tentado de volver a casa, sólo que quería respetar sus deseos y no comportarse como un acosador. Además, en la noche siguiente, suponiendo que fuera lo de la sangre... bueno, entonces tendría algo que darle.

Marissa iba a beber de él.

Cuando la camarera regresó con más whisky, Rehvenge apareció con su jefa de seguridad. La corpulencia del macho bloqueaba por completo la vista, razón por la cual Butch no podía ver a la hembra. Respiró tranquilo.

—¿Mi gente os mantiene suficientemente húmedos? —preguntó Rehv.

Butch asintió.

—Muy húmedos.

—Así me gusta, es lo que quería oír. —El Reverendo se deslizó a la cabina y sus ojos amatista inspeccionaron la sección vip. Tenía buen aspecto: traje negro y camisa de seda; su corte de pelo al estilo mohawk era una oscura franja desde la frente a la base del cráneo—. Tengo noticias para compartir.

—¿Te vas a casar? —preguntó Butch mientras ingería la mitad de su nuevo whisky.

—No me jodas, Butch. —El Reverendo se abrió la chaqueta y, en un relámpago, mostró la forma de un arma.

—Qué caniche disparador tan bonito tienes ahí, vampiro.

—Vete al infierno...

V los interrumpió.

—Parece que estáis en un partido de tenis, y los deportes con raqueta me aburren sobremanera. ¿Cuáles son las noticias?

Rehv miró a Butch.

—Este hombre destaca por sus fenomenales habilidades personales, ¿verdad?

—Si te parece, vete a vivir con él.

El Reverendo sonrió irónicamente y luego se puso serio. A medida que hablaba, la boca apenas se movía y sus palabras no llegaban muy lejos.

—El Consejo de Princeps se reunió anoche. El tema fue una sehclusion obligatoria para todas las hembras sin compañero. Los leahdyre quieren recomendarla y enviársela a Wrath lo más pronto posible.

Vishous silbó por lo bajo.

—Un confinamiento.

—Precisamente. Están aprovechando el secuestro de mi hermana y la muerte de Wellesandra como pretexto para la sehclusion. Lo cual es una cagada enorme, ¿o no? —Rehv fijó sus ojos en V—. Un cotilleo para tu jefe. La glymera está molesta porque hay demasiadas pérdidas de civiles. Esta moción es una campanada de alerta para Wrath. Están seriamente decididos a aprobarla. Todos los leahdyre han venido a visitarme porque no pueden lograr la aprobación de la moción a menos que todos los miembros del Concilio estén presentes en la reunión, de manera que he decidido faltar; pero no puedo pasarme la vida faltando a las reuniones... —En ese momento sonó el móvil del Reverendo y él lo cogió para contestar—. Es Bella. Hola, hermanita. —Los ojos del macho relampaguearon y su cuerpo cambió de posición—. ¿Tahlly?

Butch frunció el ceño. Tuvo la clara impresión de que la mujer que estaba hablando con Rehv no era precisamente su hermana: al cuerpo de Rehvenge se le escapaba el calor como a un leño que se apaga.

Era difícil imaginarse la clase de mujer que se liaría con un ejemplar como el Reverendo. Por su parte, a Vishous le estaban entrando ganas de nuevo de acostarse con alguien, con lo que estaba claro que ese tipo de mujeres existían.

—Espera, tahlly. —Rehv se puso en pie—. Nos vemos más tarde, caballeros.

—Gracias por los chismes —dijo V.

—Soy un jodido ciudadano modelo, ¿no es así? —Rehv se dirigió a su oficina y cerró la puerta detrás de él.

Butch movió la cabeza.

—Conque el Reverendo tiene una fulana, ¿eh?

Vishous gruñó:

—Pobrecilla.

—Pues sí, la verdad. —Cuando la mirada de Butch cambió de dirección, se tensó. A través de las sombras, esa maldita hembra con corte de pelo masculino aún tenía sus ojos clavados en él.

—¿Se lo hiciste, poli? —le preguntó V amistosamente.

—¿A quién?

—Tú sabes perfectamente por quién te estoy preguntando.

—No es asunto tuyo, compañero.

* * *

Mientras Marissa esperaba volver a oír la voz de Rehvenge, se preguntó dónde estaría. Se oía mucho jaleo... música, voces. ¿Estaría en una fiesta?

El ruido se cortó bruscamente, como si hubieran cerrado una puerta.

—Tahlly, ¿dónde estás? ¿Estás en casa?

—No, no estoy en casa.

Silencio. Después:

—¿Estás donde yo creo que estás? ¿Con la Hermandad?

—¿Cómo te has enterado?

Murmuró algo y después agregó:

—Sólo hay un número en el planeta que mi teléfono no puede rastrear y es el móvil desde el que me llama mi hermana. Y tú estás usando el mismo aparato, no puedo ver su número de identificación. ¿Qué diablos pasa?

Lo informó a medias sobre su situación. Le contó que ella y Havers habían discutido y que necesitaba un lugar para quedarse.

Rehv blasfemó.

—Debiste haberme llamado a mí. Yo me habría encargado de cuidarte.

—Es complicado. Tu madre...

—No te preocupes por ella. Vente conmigo, tahlly. Lo único que tienes que hacer es materializarte en el apartamento y yo te recogeré.

—Gracias, pero no. Sólo voy a estar aquí hasta que me establezca en algún sitio.

—¿Establecerte en algún sitio? ¿Qué diablos? ¿Es que tu hermano y tú habéis roto definitivamente? ¿No crees que las cosas acabarán arreglándose?

—No te preocupes, saldré adelante. Escucha, Rehvenge, en realidad te llamaba para otra cosa: yo... te necesito. Necesito intentar otra vez... —Apoyó la cabeza en su mano. Detestaba tener que acudir a él, pero ¿a quién más podía recurrir? Y Butch... Dios, Butch... se sintió como si estuviera traicionándolo. Pero ¿qué otra alternativa tenía?

Rehvenge rezongó.

—¿Cuándo, tahlly? ¿Cuándo me necesitas?

—Ya.

—Sólo ve a... demonios... tengo que reunirme con los leahdyre de los Princeps. Y después debo atender algunos asuntos relacionados con mi trabajo.

Marissa apretó el teléfono. Esperar era malo.

—¿Mañana entonces?

—Al anochecer. A menos que quieras venir y quedarte en mi casa. Después podríamos pasar... todo el día juntos.

—Te veré a primera hora de la noche de mañana.

—Estoy impaciente por verte de nuevo, tahlly.

Después de colgar, se estiró en la cama y se derrumbó, completamente exhausta, su cuerpo se quedó como un objeto inanimado encima del colchón.

Esperar hasta mañana quizá fuera lo mejor. Podría descansar, hablar con Butch y contarle lo que iba a hacer. Siempre y cuando no se sintiera excitada sexualmente, sería capaz de controlarse en su presencia y era una conversación que bien valía la pena tener en persona: si los humanos enamorados eran como los machos vampiros cuando estaban vinculados, él no iba a tolerar el hecho de que ella necesitara estar con otra persona.

Con un suspiro, pensó en Rehv. Y enseguida en el Concilio de Princeps. Y en el género femenino.

Por Dios, aunque la moción de sehclusion llegara a ser derrotada por algún milagro, seguiría sin haber un lugar seguro para las hembras que sufrieran malos tratos en su casa. Debido a la guerra contra los restrictores, todas las fuerzas estaban concentradas en combatir a los enemigos y no había policía interna. Ni redes internas de seguridad. Nadie ayudaría a las hembras y a sus hijos si los hellren en sus hogares eran violentos. O si la familia las echaba a la calle.

¿Qué habría sido de ella si Beth y Wrath no la hubieran recibido? ¿O si no tuviera a Rehvenge?

Tal vez habría muerto.

* * *

John fue el primero en llegar al vestuario después de clase. Abrió su armario, se cambió rápidamente y se vistió, impaciente por empezar la práctica de lucha.

—¡Qué rápido! Se ve que estás deseando empezar la clase de lucha... claro, te gusta que te den por el culo.

John miró por encima del hombro. Lash estaba parado enfrente de un armario abierto, sacando una extravagante camiseta de seda. Su pecho no era más grande que el de John ni sus brazos más fuertes que los de él, pero cuando le devolvió la mirada, sus ojos quemaban como si tuviera la complexión de un toro.

Le sostuvo la mirada mientras sentía que su cuerpo se calentaba. Estaba deseando que Lash volviera a abrir la boca y dijera algo. Una sola cosa.

—¿O crees que vas a derrotarnos, John? ¿Con el pensamiento tal vez?

Bingo.

Se abalanzó sobre el chico. Pero no llegó lejos. Blaylock, el pelirrojo, lo cogió y lo abrazó por detrás para retenerlo y tratar de impedir la lucha. Pero Lash no tenía ningún impedimento.

El bastardo echó su puño atrás y lanzó un gancho de derecha tan fuerte que John escapó del abrazo de Blaylock y fue a golpearse contra los armarios.

Aturdido y sin aliento, John se le tiró ciegamente.

Blaylock lo agarró otra vez.

—Por favor, Lash...

—¿Qué? Él me atacó.

—Porque tú lo provocaste.

Los ojos de Lash se achicaron.

—¿Cómo? ¿Qué has dicho?

—No tienes que actuar como un cretino.

Lash levantó un dedo y lo movió delante de la cara de Blaylock.

—Cuidado, Blay. Jugar en su equipo no es una idea muy inteligente. —Lash se sacudió las manos y se alisó los pantalones—. Ahora me siento mejor, ¿cómo te sientes tú, John?

John no se molestó en contestar, pese a que se sentía libre. El rostro le latió al ritmo del corazón. Por alguna absurda razón, pensó en las luces direccionales de un coche.

Oh, Dios... Le había dado un buen puñetazo. Se tambaleó entre la fila de lavabos y, en el espejo que corría a lo largo de la pared, echó una mirada a su jeta. Impresionante. Simplemente impresionante. La barbilla y el labio se le estaban hinchando a gran velocidad.

Blaylock apareció detrás de él con una botella de agua fría.

—Ponte esto.

John cogió la botella helada y se la puso sobre la cara. Después cerró los ojos para evitar ver al pelirrojo o verse a sí mismo en el espejo.

—¿Quieres que le cuente a Zsadist que esta noche no vas a entrenar con nosotros?

John negó con la cabeza.

—¿Seguro?

John ignoró la pregunta, le devolvió el agua y se dirigió al gimnasio. Los otros fulanos lo siguieron en un tenso grupo, pisando con rudeza sobre las alfombras azules.

Zsadist salió de la estancia, le echó una mirada a la cara de John y al instante se cabreó.

—Mostradme todos las manos, palmas abajo. —Examinó las manos de todos. Se detuvo frente a Lash—. Bonitos nudillos. Contra la pared.

Lash paseó su mirada por el gimnasio, satisfecho de no tener que hacer los ejercicios.

Zsadist se plantó delante de las manos de John.

—Vuélvelas.

John lo hizo. Hubo un momento de silencio. Luego Z cogió el mentón de John y le echó la cabeza hacia atrás.

—¿Ves doble?

John dijo que no con la cabeza.

—¿Náuseas?

John volvió a menear la cabeza.

—¿Duele?

Zsadist le tocó la barbilla y John pegó un respingo. Meneó la cabeza.

—Mentiroso. Pero es lo que quería oír. —Z anduvo unos pasos y se dirigió a los muchachos—. Vueltas. Veinte. Y luego flexiones, también veinte. Vamos, moveos.

Los improperios sonaron por todas partes.

—¿Tengo cara de que me importen algo vuestras putas protestas? —Zsadist silbó entre dientes—. Moveos.

John empezó a moverse con los otros compañeros y pensó que iba ser una noche realmente larga. Por lo menos Lash no parecía complacido consigo mismo...

Cuatro horas más tarde, resultó que John tenía razón.

Al final de la sesión, todos estaban exhaustos. Z no sólo los molió en las colchonetas sino que los hizo trabajar más de lo normal. Muchísimo más de la cuenta. El maldito entrenamiento fue tan duro que ni John tuvo energía para quedarse practicando después de que rompieran filas. En vez de eso, se fue directamente, sin ducharse, a la oficina de Tohr, y se sentó, agotado.

Apretó las piernas hacia arriba, se imaginó que acababa de descansar un minuto y trató de aclarar sus ideas.

La puerta se columpió al abrirse.

—¿Estás bien? —inquirió Zsadist.

John asintió sin mirarlo.

—Voy a recomendar que Lash sea expulsado del programa.

John pegó un salto y comenzó a menear la cabeza.

—Lo que sea, John. Es la segunda vez que te ha importunado. ¿O tengo que recordarte lo de los golpes con los nunchakus hace unos meses?

No, John se acordaba perfectamente. Mierda, pensó.

Tenía mucho que decir. Se sintió incapaz de hacerlo con el lenguaje de los signos, así que cogió su cuaderno y escribió con sobresaliente pulcritud:

—*Si haces eso, los demás me culparán; les pareceré débil. Algún día, quiero entrar en combate junto a estos tipos. ¿Cómo podrían confiar en mí si piensan que soy un peso ligero?*

Le pasó el cuaderno a Zsadist, que lo sostuvo con cuidado entre sus grandes manos. La cabeza del hermano se inclinó sobre las notas y leyó con atención. Cuando concluyó la lectura, tiró el cuaderno sobre el escritorio.

—No pienso consentir que ese mierda esté pegándote todo el tiempo, John. Simplemente, no. Tienes razón en una cosa. Castigaré a Lash de algún otro modo y de momento me olvidaré de la expulsión. Pero si vuelve a pegarte, lo echaré.

Zsadist caminó hasta una puerta que había en la pared, tras la cual se encontraba el túnel de acceso. Volvió la cabeza y miró a John por encima del hombro:

—Escúchame, John. No quiero que te pelees con él durante la instrucción. Así que no le vas a pegar, aunque se lo merezca. Simplemente agacharás la cabeza y mantendrás las manos junto a tu cuerpo. Phury y yo lo vigilaremos por ti.

John apartó la mirada.

—¿John? ¿Está claro? No más peleas.

Después de un momento, John asintió lentamente.

Y esperó ser capaz de cumplir su palabra.

CAPÍTULO

23

H oras y horas y horas más tarde, Butch estaba tan entumecido que no hubiera podido decir dónde terminaba el suelo y dónde comenzaba su cuerpo. Había estado sentado todo el día en el pasillo frente a la puerta del dormitorio de
Marissa. Como el perro que era.

No sabía si era tiempo perdido. Había pensado mucho.

Hizo una llamada telefónica, algo que tenía que hacer, una
prueba que tenía que pasar: había cogido al toro por los cuernos y había llamado a su hermana Joyce.

Nada había cambiado en casa. Evidentemente la familia
que aún le quedaba en South Boston no estaba interesada en él.
Y eso no le molestaba, pues ésa era la situación desde hacía mucho tiempo. Se sintió mal por Marissa. Su hermana y ella se habrían
entendido.

—¿Amo?

Butch levantó la mirada.

—Hola, Fritz.

—Tengo lo que me pidió. —El doggen le entregó una cartera de terciopelo negro—. Creo que cumple sus especificacio-
nes, pero si no, puedo buscar otra.

—Estoy seguro de que es perfecta. —Butch cogió la pesada
cartera, la abrió y vació el contenido. La sólida cruz de oro tenía
unos ocho centímetros de largo y cinco de ancho, gruesa como

un dedo. Iba colgada en una cadena dorada, exactamente lo que él necesitaba. Se la colgó del cuello con satisfacción.

Pesaba mucho, justo como él quería.

—Amo, ¿qué tal?

Butch sonrió cumplidamente a la arrugada cara del doggen mientras se desabotonaba la camisa y se colgaba la cadena. Sintió que la cruz se deslizaba por su piel hasta descansar sobre su corazón.

—Perfecta.

Fritz emitió un agradecimiento, hizo una reverencia y salió, en el momento en que el reloj de pie comenzó a repicar al fondo del corredor. Una vez, dos... seis veces.

La puerta del dormitorio pareció columpiarse y luego se abrió.

Marissa surgió como una aparición. Después de muchas horas de pensar en ella, se sobresaltó, viéndola no como algo real sino como una ficción de su desesperación, el vestido de éter, no de tela, el cabello como una gloriosa aura dorada, su rostro como un modelo de belleza. Alzó la mirada y en su corazón Marissa se transformó en un icono de su niñez católica, la Madonna de la salvación y el amor... y él, en su indigno sirviente.

Se arrastró por el suelo.

—Marissa.

En su voz se traslucían todas sus emociones: el dolor, la tristeza, sus miedos...

Ella le tendió la mano.

—Quiero que sepas que es cierto todo lo que te decía en el mensaje de ayer... Adoro estar contigo. Cada momento que pasamos juntos. Siento que te marcharas pensando otra cosa distinta, fue culpa mía, debería habértelo explicado, no debí permitir que te marcharas disgustado, sin saber la verdad. Butch, necesitamos hablar.

—Sí, lo sé. ¿Quieres que vayamos al vestíbulo? —Se imaginó que ella preferiría no estar a solas con él en el dormitorio. Parecía muy tensa.

Marissa asintió. Se encaminaron al salón al final del corredor. Le impresionó comprobar lo débil que parecía estar. Andaba muy despacio, como si no sintiera las piernas, terriblemente pálida, casi transparente por la falta de energía.

Al llegar al salón, se arrimó a las ventanas, lejos de él.

Sus palabras fueron tan tenues como el aliento con que hablaba.

—Butch, no sé cómo decirte esto...

—Sé de qué se trata.

—¿Lo sabes?

—Sí. —Butch comenzó a acercársele, con los brazos abiertos—. ¿No te acuerdas que te dije que yo...?

—No te me acerques. —Ella retrocedió un paso—. Tienes que mantenerte lejos de mí.

Él bajó las manos.

—Tú necesitas alimentarte, ¿no es así?

Los ojos de Marissa se abrieron.

—¿Cómo...?

—Todo está bien, nena. —Butch sonrió un poco—. Todo está muy bien. Hablé con V.

—¿Entonces ya sabes lo que tengo que hacer? ¿Y no te... importa?

Él meneó la cabeza.

—Ningún problema con eso. Me parece más que bien.

—Oh, gracias a la Virgen Escribana. —Marissa avanzó a tumbos hasta un sofá y se sentó como si las rodillas se le hubieran descoyuntado—. Tenía mucho miedo de que te fueras a ofender. Será duro para mí pero es el único camino seguro. Y no puedo esperar más. Tiene que ser esta noche.

Marissa tocó el asiento del sofá y Butch se le aproximó con alivio, se sentó a su lado y le cogió las manos. Dios mío, estaba fría.

—Estoy listo para eso —dijo él, con anticipación. Se moría de ganas de llevarla al dormitorio—. Vamos.

Una expresión de curiosidad atravesó la cara de ella.

—¿Quieres verlo?

De pronto, Butch sintió que le faltaba la respiración.

—¿Verlo?

—Yo, ah... no creo que sea buena idea.

Sus palabras lo golpearon. Empezó a tener conciencia de un sentimiento de naufragio, de pérdida.

—¿De qué estás hablando? ¿Ver?

—Cuando yo esté con el macho que me dará su vena.

Bruscamente, Marissa retrocedió, y él comprendió entonces lo que la expresión de su cara quería decir.

Sí, o tal vez ella estaba reaccionando al hecho de que Butch había empezado a gruñir.

—Ah, el otro macho —dijo él lentamente—. El que me dijiste que has estado viendo. Del que te has alimentado.

Marissa asintió lentamente.

—Sí.

—¿A menudo? —preguntó Butch.

—Cuatro... o cinco veces.

—¿Y es un aristócrata, por supuesto?

—Bueno, sí.

—Y ha sido un compañero socialmente aceptable para ti, ¿no es así? —A menos que eso incumbiera a los humanos—. ¿No es así?

—Butch, no se trata de un asunto romántico. Te lo juro.

Sí, tal vez no lo fuera desde su punto de vista. Pero era muy complicado, jodidamente complicado, aceptar que hubiera un solo macho que no quisiera tener sexo con ella. El bastardo tendría que ser impotente o alguna mierda por el estilo.

—Él se meterá dentro de ti, ¿o no? Responde la pregunta, Marissa. Él te quiere a ti, ¿no es así? ¿No es así?

Dios, ¿de dónde diablos salían esos celos salvajes?

—Sí, pero él sabe que no siento por él lo que siento por ti.

—¿Te ha besado?

Cuando ella no contestó, lamentó no saber el nombre y la dirección del tipo.

—No vas a utilizarlo más. Para eso estoy yo.

—Butch, no puedo alimentarme de ti. Te consumiría... ¿adónde vas?

Butch atravesó el salón y trancó la puerta doble. Regresó a donde estaba Marissa, tiró la chaqueta negra al suelo y se rasgó la camisa, los botones saltaron y volaron por todas partes. Cayó de rodillas delante de ella, echó hacia atrás la cabeza y le ofreció la garganta, él mismo, todo, completo.

—Me usarás a mí.

Se hizo un largo silencio. Luego su aroma, esa magnífica y limpia fragancia, se incrementó hasta inundar el salón. Marissa empezó a temblar y su boca se abrió.

Cuando sacó los colmillos, al instante Butch tuvo una erección.

—Oh... sí —dijo con voz densa—. Tómame. Necesito alimentarte.

—No —gimió ella y las lágrimas brotaron de sus ojos azul aciano.

Hizo un movimiento para apartarse pero él se le abalanzó, la cogió por los hombros y la empujó hacia el sofá. Se acomodó entre sus piernas, sus cuerpos se juntaron y Butch quedó encima. Mientras temblaban y se empujaban, él la acarició con la nariz, le pellizcó la oreja, le chupó la barbilla. Después de un rato, Marissa dejó de luchar y agarró las dos mitades de la camisa de Butch para quitársela.

—Eso es, nena —gruñó él—. Aférrate a mí. Déjame sentir tus colmillos dentro de mí. A fondo. Yo quiero.

Butch inmovilizó la cabeza de ella por detrás y le atrajo la boca a su garganta. Un arco de pura potencia sexual explotó entre los dos. Comenzaron a jadear, el aliento y las lágrimas de Marissa en su piel.

Pero luego ella recuperó el sentido común. Luchó con fuerza aunque él hizo todo lo que pudo por mantenerla en su lugar, a sabiendas de que si seguían corrían el riesgo de hacerse daño el uno al otro. Y Butch sabía que llevaba las de perder. Era sólo un ser humano. Marissa era más fuerte y más potente, aunque él la sobrepasara en casi cincuenta kilos.

—Marissa, por favor, tómame —gruñó Butch, su voz gangosa por la lucha y ahora por la súplica.

—No...

Su corazón se rompió cuando Marissa sollozó, pero no la dejó ir. No podía.

—Toma lo que hay dentro de mí. Yo sé que no soy todo lo bueno que tú te mereces, pero úsame de cualquier modo...

—No me hagas hacer esto...

—Tienes que hacerlo. —Dios, él sintió que lloraba con ella.

—Butch... —Marissa apretó su cuerpo contra el de Butch—. No puedo resistir... ya no creo que pueda resistir mucho más tiempo... por favor, déjame ir... antes de que te haga daño.

—Jamás.

Sucedió muy rápido. Su nombre brotó de la boca de ella con un alarido y luego él sintió una ardiente sensación a un lado de la garganta.

Los colmillos de Marissa se hundían en su yugular.

—¡Oh... joder... sí...! Butch aflojó los puños y la mantuvo pegada a su cuello. A la primera succión en la vena, al primer sorbo de su sangre, él ladró su nombre en un remolino de atracción erótica. Ella se reubicó en un mejor ángulo y el placer los inundó, fluyeron chispas a través de su cuerpo como si tuvieran un orgasmo. Fue como tenía que ser. Para poder vivir, Butch necesitaba que Marissa le chupara la sangre...

De repente, ella rompió el contacto y se desmaterializó, desapareciendo de entre los brazos de él.

Butch sintió que la cabeza caía en el aire vacío donde Marissa había estado antes, yéndose de cara contra los cojines del sofá. Se levantó desesperado.

—¡Marissa! ¡Marissa!

Se abalanzó a las puertas y descorrió el cerrojo, pero no pudo salir.

Después oyó la desesperada y rota de voz de ella al otro lado de la puerta.

—Te mataré si sigo... Dios, ayúdame, te mataré... Te deseo mucho.

Él le dio puñetazos a la puerta.

—¡Déjame salir!

—Lo siento... Lo siento mucho. Volveré dentro de un rato, cuando haya hecho lo que tengo que hacer.

—Marissa, no, por favor...

—Te amo.

Butch golpeó la madera inútilmente.

—¡No me importa si muero! ¡No vayas con él!

Cuando el cerrojo finalmente cedió, se escurrió en el vestíbulo y bajó por las escaleras a todo correr.

Pero ella ya se había ido.

* * *

Al otro lado del pueblo, en el garaje donde las peleas clandestinas tenían lugar, Van saltaba dentro del cuadrilátero y rebotaba en las puntas de los pies. Sus brincos de calentamiento resonaban por todas partes.

Esta noche no había multitudes: sólo tres personas. Pero él se la jugaba como si el salón estuviera abarrotado.

Van le había sugerido el escenario al Señor X y les había mostrado cómo llegar al lugar. Conocía el programa de peleas y se había asegurado de que esa noche no hubiera ninguna. Quería sentir su gloria, gozar su resurrección en este cuadrilátero, no en un sótano anónimo en un barrio cualquiera.

Lanzó algunos golpes, muy satisfecho con la potencia de sus puños, y luego observó a su contrincante. El otro restrictor estaba tan entusiasmado como él por el mano a mano que iban a tener.

Desde el otro lado de la jaula, Xavier ladró:

—Llegarás hasta el final. Y el Señor D peleará también hasta el final. ¿Está claro? Bien.

Xavier dio una palmada y la pelea comenzó.

Van y el otro restrictor se estudiaron mutuamente, pero Van no tenía intenciones de dejar que esa mierda de danza lenta se prolongara. Se movió primero, dando golpes, forzando a su oponente contra el cerco de la jaula. El fulano recibió los golpes a puño limpio como si fueran gotas de lluvia de primavera en sus mejillas y luego lanzó un poderosísimo gancho de derecha. La maldita cosa le dio a Van de refilón, le cortó un labio y se lo abrió como un sobre de papel.

Le hizo daño pero el dolor era bueno, un tonificante, algo que lo estimulaba a moverse más y a no detenerse. Van giró alrededor y proyectó un pie hacia afuera, volando, una bomba corporal al final de una cadena de acero. Potente, la patada tiró al restrictor a la lona. Van saltó sobre él y se le apuntaló encima en una postura de sumisión, tirándole del brazo hacia atrás. Si lo apretaba un poco más, iba a reventar a ese gilipollas...

Pero el restrictor no estaba vencido: de la peor manera, le clavó un rodillazo en las pelotas a Van. Hubo un veloz cambio de posiciones y Van quedó debajo. Una voltereta más y ambos quedaron de pie.

La pelea prosiguió y prosiguió, sin pausas ni descansos, castigándose el uno al otro con todas las fuerzas del sagrado infierno. Parecía un milagro. Van sintió que podría pelear durante horas, sin importarle los puñetazos, cabezazos o patadas. Era como si tuviera un motor, una energía conductora, era como si no conociera ni el dolor ni la extenuación.

La lucha, sin embargo, se aproximaba a su final. El factor clave que inclinó la balanza a favor de Van fue su especial... lo que fuera. Aunque estaban equiparados en fuerza, Van era el profesor y supo anticipar el camino a la victoria. Le hizo estallar las tripas al otro verdugo, con un directo al hígado que de haber alcanzado a un oponente humano lo habría hecho cagarse en los pantalones. Alzó al adversario y lo dejó caer al suelo del cuadrilátero. La sangre le brotaba a su oponente alrededor de los ojos y goteaba sobre la cara del fulano como lágrimas... lágrimas negras.

El color hizo alucinar momentáneamente a Van. El otro restrictor aprovechó el descuido y lo zarandeó hasta ponerlo sobre su espalda.

Van lanzó una veloz andanada y luego le propinó un puñetazo de acero que acertó al restrictor en la sien y lo noqueó sin sutilezas. Para rematarlo, lo golpeó con el pie, se montó a horcajadas en su pecho y le repitió una combinación de puñetazos, una y otra vez, estropeándole el cráneo hasta que el casco de hueso se tornó blando. No se detuvo, pegó y pegó. La estructura facial del restrictor desapareció y su cabeza se convirtió en una bolsa floja, el adversario muerto y algo más.

—¡Acaba con él! —exclamó Xavier desde fuera del cuadrilátero.

Van lo miró, jadeando fuertemente.

—Ya lo he hecho.

—No... ¡acaba con él!

—¿Pero cómo?

—¡Deberías saberlo! —Los pálidos ojos de Xavier brillaron con una misteriosa desesperación—. ¡Tienes que saberlo! ¡Maldita sea!

¿Cómo matar a un muerto? Van no lo sabía. De todos modos agarró al restrictor por las orejas y le retorció la cabeza. El cuello chasqueó con un fatal crujido de huesos y cartílagos. Entonces descansó. Aunque ya no tenía corazón que latiera, los pulmones le ardieron y sintió todos sus músculos exquisitamente cansados por el esfuerzo...

Se echó a reír. Ya el vigor volvía, entrándole a raudales como si hubiera comido, dormido y descansado.

Xavier aterrizó en el cuadrilátero, furioso:

—Te ordené que acabaras con él, maldita sea.

—Correcto. —El Capataz quería empañarle el triunfo—. ¿Cree que esta piltrafa va a levantarse y a salir caminando?

Xavier anduvo a zancadas por el cuadrilátero, se agitó con rabia y sacó un cuchillo.

—Te dije que acabaras con él.

Van se tensó y brincó sobre sus pies. Xavier se agachó sobre la macilenta masa del restrictor y lo apuñaló en el pecho. Se produjo un relámpago y entonces... ahora sí, un borrón de asfalto negro alrededor del ring.

Van se recostó en las cuerdas del cuadrilátero.

—¿Qué diablos...?

Xavier le apuntó al pecho con el cuchillo.

—Tenía expectativas contigo.

—¿Como... cuáles?

—Deberías haber sido capaz de hacer esto por ti mismo.

—Para la próxima pelea déme un cuchillo.

Xavier meneó la cabeza, un extraño pavor iluminó su rostro. ¡Joder! Merodeó unos momentos alrededor de las cenizas del desintegrado.

—Va a llevarnos algún tiempo. Vamos.

—¿Qué hacemos con la sangre? —Esa oleaginosa materia negra repentinamente lo mareó.

—A mí qué me importa esa mierda. —Xavier recogió el bolso de lona del muerto y salió.

Van lo siguió hasta el aparcamiento. Estaba enfadado con el Señor X. La pelea había sido buena y Van había ganado. X no tenía derecho a jugar con sus sentimientos.

En un silencio incómodo, se encaminaron a la camioneta, aparcada unas manzanas más adelante. A medida que avanzaban, Van restregó su rostro con una toalla. Intentaba no blasfemar. Al llegar al coche, Xavier se instaló detrás del volante.

—¿Adónde vamos? —preguntó Van.

Xavier no contestó, simplemente empezó a conducir. Van se dedicó a mirar por la ventanilla, preguntándose cómo se podría librar del Capataz. Nada fácil, sospechó.

Al pasar junto a un rascacielos en construcción, observó a los hombres que trabajaban. Bajo luces eléctricas, cuadrillas de trabajadores subían y bajaban por el edificio, como hormigas. Los envidió, aunque intuía que ellos odiaban lo que hacían.

Si fuera uno de ellos no tendría que aguantar al Señor X.

En un capricho, Van alzó la mano derecha y se miró el lugar donde debería haber tenido el meñique, recordando cómo lo había perdido. ¡Qué gilipollas! Trabajaba en una construcción, cortando tablas con una sierra, y había decidido quitarle las guardas a la máquina para hacer el proceso más rápido. Un momento de descuido y el dedo había acabado volando por el aire. La pérdida de sangre le pareció tremenda, lo manchaba todo, el respaldo de la sierra, el suelo, los zapatos. Roja, no negra.

Van se llevó la mano al pecho. Nada latía debajo de su esternón. La ansiedad se le escurrió hacia abajo, como arañas por entre el cuello de la camisa. Miró a Xavier: su única fuente de información.

—Nosotros estamos vivos, ¿verdad?

—No.

—Pero yo maté a ese tipo, ¿verdad? Así que deberíamos estar vivos.

Los ojos de Xavier se volvieron en su busca.

—No estamos vivos. Confía en mí.

—Entonces, ¿qué le pasó a él?

Xavier lo miró. Van pensó que ese tipo debía tener al menos un millón de años.

—¿Qué le pasó a él, Señor X?

El Capataz no respondió. Simplemente siguió conduciendo.

24

M arissa se materializó en la terraza del ático de Rehvenge, al borde del colapso. Avanzó a tumbos hacia la puerta corredera mientras él la abría del todo.

—Marissa... —La cogió en sus brazos y la metió en el piso.

Vencida por la lujuria de sangre, le agarró el bíceps, con
una sed vehemente. Para evitar desgarrarle la garganta, trató de
zafarse pero Rehv la agarró y la hizo girar.

—¡Ven aquí inmediatamente! —La tiró sobre el sofá—.
Estás a punto de desmayarte.

Ella juntó los cojines en un montón y supo que él tenía razón. Su cuerpo estaba salvajemente flojo, la cabeza le daba vueltas y tenía las manos y los pies entumecidos. Su estómago era un
hueco vacío y molido, sus colmillos latían sin parar, la garganta
seca como el invierno, caliente como agosto.

Pero cuando Rehvenge se quitó la corbata y se soltó los
botones de la camisa, Marissa dijo entre dientes:

—No, en tu garganta no. No puedo soportar ese... no
tu...

—Estás muy desfallecida como para pegarte a la muñeca.
No tendrás suficiente y no tenemos mucho tiempo.

La visión le empezó a fallar y comenzó a desvanecerse. Lo
oyó renegar y a continuación Rehv la colocó encima de él, le atrajo el rostro hacia el cuello y...

La biología se impuso. Lo mordió con tanto ímpetu que Marissa sintió que su gran cuerpo pegaba un salto. Chupó de él por puro instinto, sin ninguna inteligencia. Con un gran ronquido, la fuerza de Rehvenge se introdujo en sus entrañas y se expandió por sus miembros. Su cuerpo retornó a la vida.

Tragó con impaciencia y sus lágrimas fluyeron tan tenues como su sangre.

* * *

Rehvenge sostuvo a Marissa, con odio hacia el hambre que la había devastado tan despiadadamente. Ella era delicada y frágil. Nunca debió haber llegado a ese estado de desesperación. Le pasó las manos por su esbelta espalda, tratando de calmarla. Mientras ella lloraba en silencio, él se enfureció. ¿Qué le pasaba al macho con el que Marissa andaba? ¿Cómo podía forzarla a ir con otro?

Diez minutos más tarde, ella movió la cabeza. Había un pequeño rastro de sangre en su labio inferior y Rehv tuvo que agarrarse al brazo del sofá para resistir la tentación de echarse hacia arriba y lamérselo.

Saciada, pero con el rostro surcado por las lágrimas, Marissa se recostó sobre los cojines de cuero en la otra punta del sofá y se acunó a sí misma con sus delgados brazos. Cerró los ojos y él vio cómo el color volvía a sus húmedas mejillas.

Le miró el cabello y estuvo a punto de suspirar. Tan elegante. Tan exuberante. Tan perfecto. Quería estar desnudo, no medicado, y sentir esas blandas olas de pelo sobre su cuerpo. Por lo menos quería besarla. En ese mismo instante.

Pero en vez de eso, alcanzó su abrigo, cogió su pañuelo y se inclinó sobre ella. Marissa saltó cuando Rehv secó sus lágrimas. Le arrebató el pañuelo.

Él regresó a su esquina del sofá.

—Marissa, quédate conmigo. Quiero cuidarte.

En el silencio que siguió, pensó en dónde se alojaría y supuso que el macho con el que ella quería estar tenía que ser uno del complejo de la Hermandad.

—Todavía estás enamorada de Wrath, ¿verdad?

Sus ojos se abrieron desmesuradamente.

—¿Qué?

—Dices que no puedes alimentarte del macho que amas. Ahora Wrath está apareado...

—No es él.

—Entonces, ¿Phury? Como célibe...

—No, y yo... simplemente no te puedo hablar de eso, si no te importa. —Miró el pañuelo—. Rehvenge, realmente me gustaría estar sola un rato. ¿Será posible?

Aunque Rehv no estaba acostumbrado a ser despachado así, especialmente en su propio territorio, aguantó con elegancia.

—Quédate todo lo que quieras, tahlly. Cierra la persiana cuando salgas. Instalaré la alarma con el control remoto después de que te hayas ido.

Se puso el abrigo, se dejó suelto el nudo de la corbata y el cuello de la camisa abierto porque Marissa prácticamente lo había masticado y porque las marcas del mordisco estaban aún muy frescas.

—Eres muy amable conmigo —dijo ella, mirándole los mocasines.

—En realidad, no lo soy.

—¿Cómo puedes decir eso? Jamás me has pedido nada a cambio...

—Marissa, mírame. Mírame. —Estaba bellísima. Especialmente con la sangre de él en sus venas—. No juegues conmigo. Aún te deseo como mi shellan. Te quiero desnuda en mi cama. Te quiero con mi juguetito dentro de tu cuerpo. Yo quiero... sí, todo contigo. No hago esto por ser simpático, lo hago para poder estar bajo tu piel. Lo hago porque espero que algún día podré tenerte donde quiero que estés.

Marissa se sorprendió al oírlo. Rehv se guardó el resto para sí. Ninguna razón para ventilar el hecho de que era un symphath. Ni para confesarle que el sexo con ella sería... muy complicado.

Ah, las alegrías de su naturaleza. Y su anomalía.

—No obstante quiero que estés segura de algo, Marissa. Nunca cruzaré la línea si tú no me quieres a mí.

No sabía por qué decía esas cosas. A los mestizos como Rehvenge les iba mejor estando solos. Aunque los symphaths no fueran discriminados y pudieran aparearse y vivir con normales, jamás deberían estar con alguien que no tuviera defensas contra su lado oscuro.

Se puso su abrigo de marta cibelina.

—A ese macho tuyo... le iría mejor con el programa. Es una pena que una hembra de tanto valor como tú se desperdicie así. —Rehv cogió su bastón y se dirigió a la puerta—. Si me necesitas, llámame.

* * *

Butch entró al ZeroSum, se sentó a la mesa de la Hermandad y se quitó el impermeable. Iba a pasar un rato, lo cual no era ninguna novedad, lo había hecho muchas veces.

Cuando la camarera le sirvió un vaso de whisky, él dijo:

—¿Podrías traerme una botella?

—Lo siento, imposible.

—Está bien. Ven aquí. —Ella se agachó y Butch le metió un billete de cien dólares en el bosillo—. Esto es para ti. Quiero que me trates bien y me tengas abastecido.

—Absolutamente.

Solo en la mesa, se sobó el cuello y pasó sus dedos por las costras de las heridas. Al tocarse donde había sido lastimado, trató de no imaginarse lo que Marissa le estaba haciendo en este momento a alguien. A un aristócrata. A un bastardo de linaje, mejor que él, platino contra níquel. Oh, Dios.

Como un mantra, se repitió lo que V le había dicho. No es un asunto sexual. Es un imperativo biológico. Eso no... es un asunto sexual. Esperaba que de tanto repetir la letanía, las emociones se calmarían. Después de todo, Marissa no estaba siendo cruel. Se había turbado tanto como él...

En un vívido relámpago, Butch se imaginó su cuerpo desnudo. Y las manos de otro hombre acariciando sus senos. Los labios de otro hombre sobre su piel. Otro hombre tomando su virginidad mientras la alimentaba, su cuerpo moviéndose encima de ella, dentro de ella.

Y todo mientras Marissa lo chupaba... hasta estar llena, saciada, repleta.

Cuidada por alguno.

Butch apuró el Lagavulin doble.

Joder. Iba a morirse, a caer partido por la mitad allí mismo, en este instante, sus signos vitales al mínimo, sus crudas entrañas tiradas a los pies de extraños, junto con sucias servilletas de cóctel y recibos de tarjetas de crédito.

La camarera, bendito sea el corazón de las mujeres, apareció con más whisky.

Cogió el segundo vaso y se dijo a sí mismo: «O'Neal, ten un poco de orgullo. Ten fe en ella, aunque sea sólo un poco. Marissa nunca se acostaría con otro hombre. Simplemente no lo haría».

Pero el sexo era sólo una parte de la cuestión.

Vació el whisky y comprendió que la pesadilla tenía otra dimensión. Ella tenía que ser alimentada regularmente... Esa situación se repetiría una y otra vez.

Le habría gustado pensar que él era lo suficientemente hombre, un individuo seguro, como para manejar esto, pero era posesivo y egoísta. Y la próxima vez que Marissa se alimentara, volverían a estar donde estaban ahora, ella en los brazos de otro, él bebiendo solitario en un club al borde del suicidio. Sólo que sería peor. Y la siguiente vez, aún peor. La amaba tanto, tan profundamente, que esa situación los destruiría a ambos en poco tiempo.

Además, ¿qué futuro podrían tener? Al ritmo con que tragaba whisky, a su hígado le quedarían unos diez años de vida, como mucho, mientras que ella aún tenía siglos de vida por delante. Butch sería sólo una nota a pie de página en su larga vida, un bache en el sendero en el que Marissa finalmente encontraría a un compañero apropiado, que le daría lo que necesitara.

La camarera le sirvió el tercer doble de whisky. Butch levantó el índice y le pidió que se quedara a su lado. Apuró la bebida mientras ella esperaba, le entregó el vaso vacío y ella regresó junto al otro camarero.

Al volver con el número cuatro, un rubio enclenque, acompañado por un trío de matones, empezó a llamar la atención de las mesas.

Por los clavos de Cristo, parecía que ese chaval vivía allí. ¿Acaso nunca salía de ese bar? Daba igual.

—¡Oye, camarera! —gritó el chaval—. Necesitamos servicio aquí.

—Voy para allá.

—¡Es para hoy! —El gilipollas chasqueó los dedos como si llamara a un perro—. No para después.

—Ahora vuelvo —le murmuró la camarera a Butch.

La joven fue hacia el punk. Butch vio cómo la acosaban sin tregua. Malditos bocazas, todos ellos. Iban a empeorar a medida que la noche avanzara.

—Te veo un poco agresivo, Butch O'Neal.

Entornó los ojos. La hembra con cuerpo y corte de pelo masculinos estaba frente a él.

—¿Vamos a tener problemas contigo esta noche, Butch O'Neal?

Ojalá dejara de repetir su nombre.

—No, yo estoy bien. ¿Y tú?

Los ojos de ella brillaron con fulgor erótico.

—Seamos realistas, ¿vas a ponerte problemático esta noche?

—No.

Ella lo miró y luego sonrió un poco.

—Bien... te estaré vigilando. Tenlo presente, Butch O'Neal.

Joyce O'Neal Rafferty encontró a su esposo en la puerta, con el bebé en brazos, y su rostro resplandeció. Mike la aguardaba a la intemperie, de pie sobre la alfombra de bienvenida. Se veía cansado después todo un día solo con su hijo. Ella no lo habría cuidado mejor.

—He recibido una llamada telefónica de mi hermano Butch. Tú le contaste lo del bautizo, ¿cierto?

—Vamos, dulzura...

—¡No es asunto tuyo!

Mike cerró la puerta.

—¿Por qué todos lo odiáis tanto?

Joyce se apartó. Él dijo:

—No mató a tu hermana, Jo. Tenía doce años. ¿Qué podía hacer?

Ella cogió a su hijo en brazos.

—Esto no tiene nada que ver con Janie. Butch le dio la espalda a la familia hace años. Su decisión no tiene que ver con lo que sucedió.

—Tal vez fuisteis vosotros los que le disteis la espalda.

Lo miró por encima del hombro.

—¿Por qué lo defiendes?

—Él era mi amigo. Antes de que yo te conociera y me casara contigo, él era mi amigo.

—¡Qué amigo! ¿Cuándo fue la última vez que supiste algo de él?

—Eso no importa. Fue bueno conmigo cuando lo conocí.

—Tienes un corazón de oro. —Joyce se dirigió a las escaleras—. Voy a dar de mamar a Sean.

Al llegar a la segunda planta, ella miró el crucifijo que colgaba en la pared. Alejándose de la cruz, entró al cuarto de Sean y se sentó en la mecedora al lado de la cuna. Desnudó el seno, atrajo a su hijo y el bebé se le pegó, la manita apretando la carne que estaba cerca de su cara. Mientras se alimentaba, su pequeño cuerpo estaba caliente, gordito y saludable, las pestañas cerradas y las mejillas sonrosadas.

Joyce suspiró varias veces.

Mierda. Se sintió mal por haberle gritado a su marido. Y por abandonar la cruz del Salvador. Rezó un *Ave María* y a continuación, para calmarse, se puso a contar los perfectos deditos de Sean.

Dios... si algo le llegara a suceder a su hijo ella se moriría, su corazón nunca volvería a latir del mismo modo, literalmente hablando. ¿Cómo había hecho su madre? ¿Cómo había podido sobrevivir a la pérdida de su hijo?

Y Odell había perdido dos hijos. Primero Janie. Después Butch. Gracias a Dios, empezaba a estar senil y a olvidarse de las cosas. Librarse de malos recuerdos debe ser una bendición.

Joyce acarició el pelo oscuro y delicado de Sean. En ese momento se dio cuenta de que su madre no había tenido oportunidad de decirle adiós a Janie. El cuerpo había quedado demasiado estropeado como para exponerlo en un ataúd abierto y Eddie O'Neal, como su padre, había hecho el reconocimiento de su identidad en la morgue.

Dios, esa horrible tarde de otoño, si tan sólo Butch hubiera corrido dentro de la casa y gritado a todo pulmón que Janie acababa de irse... a lo mejor la hubieran podido salvar. Janie tenía prohibido subirse a los coches con muchachos, y todos conocían las normas. Butch las conocía. Si solamente...

Ah, qué más daba. Su esposo tenía razón. Toda la familia odiaba a Butch. No era de extrañar que se hubiera marchado y desaparecido del todo.

Con un eructo, la boca de Sean se aflojó y sus manitas se relajaron. Enseguida dio un tirón y reanudó su tarea.

Hablando de desapariciones... Su madre tampoco le había dicho adiós a Butch. Sus momentos de lucidez cada vez eran más escasos, y lo más seguro era que, aunque Butch apareciera en la iglesia el domingo, no lo reconociera.

Joyce oyó que su marido subía las escaleras, sus pasos lentos.

—¿Mike? —lo llamó.

El hombre que ella amaba y con el que se había casado, apareció en la entrada. Estaba echando una barriga de mediana edad y perdiendo el pelo en la coronilla, aunque apenas tenía treinta y siete años. Pero al mirarlo, lo vio cuando era joven. El deportista de secundaria. El amigo de su hermano Butch. El futbolista al que había dado calabazas durante años.

—¿Sí? —dijo él.

—Lo siento. Haberme enfadado, quiero decir.

Él sonrió un poco.

—Es un asunto espinoso. Lo entiendo.

—Y tienes razón. Butch debería haber sido invitado. Yo sólo... quería que el día del bautizo fuera perfecto, ¿entiendes? Es el principio de Sean y no quiero sombras. Butch... lleva consigo esa sombra y todo mundo se pone nervioso, y con mi madre enferma, no quiero meterme en eso...

—¿Dijo si vendría?

—No. Él... —Joyce pensó en la conversación. Había sonado como siempre. Su hermano tenía esa voz extraña, fuerte y ronca. Como si su garganta fuera deforme o no tuviera mucho que decir—. Dijo que se alegraba mucho por nosotros. Agradeció la llamada. Dijo que esperaba que mamá y papá estuvieran bien.

Su marido miró a Sean, que se había vuelto a dormir.

—Butch no sabe que tu madre está enferma. No se lo has dicho, ¿verdad?

—No. —Al principio, cuando Odell había empezado a perder la memoria, Joyce y su hermana habían decidido esperar hasta saber qué tenía antes de contárselo a Butch. Pero habían pasado dos años y no habían hablado con él. Sabían que eso no era correcto. Su madre tenía mal de Alzheimer.

Sólo Dios sabía cuánto tiempo más viviría. La enfermedad avanzaba incansablemente.

—Me siento como una ladrona por no habérselo contado a Butch —dijo ella suavemente.

—Te amo —murmuró Mike.

Los ojos de Joyce se aguaron cuando vio el rostro de su hijo mirando a su papá. Michael Rafferty era un buen hombre. Un hombre sólido. Nunca sería tan apuesto como Hugh Jackman, ni tan rico como Bill Gates, ni tan poderoso como el rey de Inglaterra. Pero era de ella y de Sean, y eso era más que suficiente. Especialmente en noches como ésa, con conversaciones como ésa.

—Yo también te amo —dijo Joyce.

* * *

Vishous se materializó detrás del ZeroSum y anduvo por el callejón hasta la fachada del club. Descansó cuando vio el Escalade aparcado en la calle Décima. Phury le había dicho que Butch había salido de la mansión a la velocidad del corredor de coches Jeff Gordon, y no precisamente porque se sintiera un hombre feliz.

V entró al club y se encaminó directamente a la sección vip. Butch no estaba.

La jefa de seguridad se paró delante de él, su fornido cuerpo bloqueándole el paso. Le echó un veloz vistazo y se imaginó si a ella le gustaría que la ataran con correas. Con seguridad, le dejaría cicatrices en el proceso y no sería una manera divertida de pasar una o dos horas.

—Tu muchacho necesita airearse —dijo ella.

—¿Está en nuestra mesa?

—Sí, y será mejor que te lo lleves de aquí. Ya.

—¿Qué ha hecho de malo?

—Nada todavía. —Ambos se encaminaron al área vip—. Pero no quiero que las cosas vayan más lejos y estamos justo al límite.

Mientras se escurrían entre el gentío, Vishous contempló los músculos de ella y pensó en el trabajo que tenía en el club. Exigente labor para cualquiera, especialmente para una hembra. Difícil imaginar por qué lo hacía.

—¿Tienes que pegarte con machos? —dijo él.

—A veces pero con O'Neal prefiero el sexo.

V frenó en seco.

La hembra lo miró por encima del hombro.

—¿Algún problema?

—¿Cuándo se lo hiciste a él? —De algún modo sabía que había sido recientemente.

—La cuestión es cuándo volveré a estar otra vez con él. Con seguridad no será esta noche. Ahora tengo que cogerlo y echarlo de aquí.

—Disculpa mi crudeza, pero Butch está temporalmente fuera de servicio.

—¿En serio? Entonces será por eso por lo que viene por aquí casi todas las noches... Su compañera debe ser un encanto.

—No te le acerques.

La expresión de la hembra se endureció.

—Hermano o no, no me digas lo que tengo que hacer.

V se inclinó hacia ella y le sacó los colmillos.

—Como te he dicho, mantente lejos de él.

Por un instante, creyó que llegarían a las manos. Jamás se había liado a puñetazos con una hembra, pero esta... bueno, realmente no parecía una hembra.

—¿Queréis una habitación o un ring de boxeo?

Vishous se volvió para ver a Rehvenge parado detrás de ellos, a menos de un metro, sus ojos amatista brillando en la penumbra. Bajo los focos, su pelo tan oscuro como su largo abrigo de marta cibelina.

—¿Algún problema? —Rehvenge miró a su alrededor mientras se quitaba la piel y se la pasaba a un guardia de seguridad.

—Ninguno —dijo V. Miró a la hembra—. Nada, ¿cierto?

—Cierto —ella arrastró las palabras y cruzó los brazos sobre el pecho—. Todo está bien.

V apartó a los hombres de seguridad para que lo dejaran cruzar la cuerda de terciopelo y fue a la mesa de la Hermandad... Allí estaba el humano.

Butch estaba hecho un desastre, y no sólo porque estuviera borracho. Su cara estaba marcada por líneas severas, los ojos medio cerrados. La corbata estaba fuera de su sitio, la camisa parcialmente desabrochada... y la marca de un mordisco había sangrado un poco hasta manchar el cuello de la camisa.

Y sí, buscaba pelea, mirando a la extravagante mesa de los camorristas, dos bancos más allá.

—Oye, hombre. —Vishous se sentó lentamente y pensó que cualquier movimiento súbito sería mala idea—. ¿Qué pasa?

Butch se bebió el whisky sin quitar la vista de los asnos de primera clase de la mesa de al lado.

—¿Cómo estás, V?

—Bien, bien. ¿Cuántos de esos te has trajinado?

—No los suficientes. Aún estoy vertical.

—¿Quieres decirme qué té pasa, hombre?

—Nada en particular.

—Te mordieron, compañero.

Cuando la camarera volvió y llenó la copa vacía, Butch se tocó las heridas del mordisco en su garganta.

—Sólo porque yo la forcé. Y ella se contuvo. No quería tomarme. Así que ahora está con alguno. En este momento.

—Mierda.

—Ése es el quid del asunto. Mientras nosotros estamos sentados aquí, mi mujer está con otro hombre. Es un aristócrata, a propósito. ¿Ya te lo había mencionado? Un macho de culo extravagante la está tocando... sí, como sea... Quienquiera que sea es más fuerte que yo. Le está dando lo que ella necesita. La está alimentando. Él es...

Butch cortó en seco su caída en barrena.

—¿Y tú cómo andas?

—Ya te lo dije, la alimentación no es un asunto sexual.

—Claro, ya me sé eso de memoria. —El poli se echó atrás cuando llegó la siguiente bebida—. ¿Quieres? ¿No? Está bien... me lo tomaré por los dos. —Se aplicó medio whisky antes de que la camarera se retirara—. No es sólo por el sexo. No puedo soportar la idea de que la sangre de otro circule por sus venas. Yo quiero alimentarla. Yo quiero mantenerla viva.

—Eso no es lógico.

—Que se joda la lógica. —Miró el vaso—. Jesús... ¿no acabamos de hacer esto?

—¿Qué?

—Quiero decir... ¿no estábamos aquí anoche? La misma bebida. La misma mesa. Todo... lo mismo. Es como si estuviera amarrado a este patrón. Estoy enfermo de esto. Estoy enfermo de mí mismo.

—¿Qué tal si te llevo a tu casa?

—No quiero volver al... —La voz de Butch se cortó y se puso rígido en su silla. El vaso vacío rodó lentamente por la mesa.

Vishous vibró en alerta roja. La última vez que el poli había lucido esta expresión de fijeza había habido restrictores en los alrededores. V miró a su alrededor y no vio nada especial, sólo al Reverendo que entraba al área vip y se dirigía a su oficina.

—¿Butch? ¿Hombre?

Butch se levantó de la mesa.

Después se movió tan rápido que Vishous no tuvo tiempo de cogerlo.

B utch estaba fuera de control y su cuerpo actuaba independientemente mientras avanzaba por la sección vip hacia Rehvenge. Había sentido el aroma de Marissa y lo había rastreado sobre el corte de pelo estilo mohawk del macho. Su siguiente movimiento fue abalanzarse sobre él como si fuera un criminal.

Tumbó al Reverendo, con el factor sorpresa a su favor. Cuando cayeron al suelo, el macho gritó: «¿Qué diablos?» y los hombres de seguridad surgieron de todas direcciones. Antes de que lo pudieran separar, había logrado abrirle el cuello de la camisa a Rehvenge.

Allí estaban. Los aguijonazos en su garganta.

—No... mierda, no...

Butch luchó contra las manos que lo atenazaban, luchó y pataleó hasta que alguien se puso delante de él, alzó un puño y le aplicó un derechazo en la cara. Una bomba de dolor estalló en su ojo izquierdo y se dio cuenta de que la jefa de seguridad lo había golpeado.

Rehvenge asentó el bastón en el suelo y se levantó, con los ojos de un violento color púrpura.

—A mi oficina. Ya.

Allí hubo algunas conversaciones, sólo que Butch no las siguió al pie de la letra. Lo único en lo que podía pensar era en el macho que tenía enfrente y en la evidencia de la alimentación. Se imaginó el macizo cuerpo de Rehv debajo del de Marissa, el rostro de ella bajando hasta su cuello, sus colmillos perforándole la piel.

No había duda de que Rehvenge la había satisfecho. Ninguna duda.

—¿Por qué tenías que ser tú? —gritó Butch, hecho una furia—. Tú me gustas, joder. ¿Por qué tenías que ser tú?

—Hora de irse —V agarró a Butch por los hombros—. Te llevaré a casa.

—No lo harás en este momento —se entrometió Rehvenge—. Me ha pegado en mi casa. Quiero saber qué mierda está pasando por su cabeza. Y entonces me darás una maldita razón de por qué no debería poner límite a vuestras gilipolleces.

Butch habló claro y fuerte.

—Tú la alimentas a ella.

Rehvenge parpadeó y se llevó una mano al cuello.

—¿Perdón?

Butch gruñó a las marcas del mordisco y trató de soltarse. Dios, era como si hubiera dos personalidades en él. Una, con algo de sentido. La otra, completamente fuera de órbita. ¿Cuál iba ganando?

—Marissa —increpó él—. Tú la alimentas.

Rehv abrió los ojos.

—¿Eres tú? ¿Tú eres el que ella ama?

—Sí.

Rehvenge respiró con dificultad. Luego se frotó la cara y se tapó el cuello con la camisa para ocultar las heridas.

—Oh... demonios. Oh... por el jodido infierno. —Se volvió—. Vishous sácalo de aquí y cálmalo arriba. Esta noche el mundo me parece un pañuelo, de verdad, un pañuelo.

A esas alturas, las rodillas de Butch parecían de caucho y el club le daba vueltas como un trompo. Había bebido más de la cuenta y estaba pagando las consecuencias.

Antes de perder el sentido, gruñó:

—Debería haber sido yo. Ella debería haberme utilizado a mí...

* * *

El Señor X aparcó la camioneta en el callejón aledaño a la calle Trade y se bajó. La ciudad se preparaba para la noche, los bares escogían su música y se amoldaban al gusto de la gente por beber y drogarse.

Tiempo de cazar hermanos.

X cerró la puerta y se ajustó sus armamentos. Luego, miró a Van.

Aún estaba desilusionado por su forma de pelear en el cuadrilátero. También asustado, pues se había dado cuenta de que la fusión iba a ser más lenta de lo que había pensado. Ningún restrictor tornaba de su iniciación con todas sus facultades intactas, y no había razón para pensar que Van fuera distinto únicamente porque era el profetizado.

Mierda.

—¿Cómo sabré quién es un vampiro? —preguntó Van.

Ah, sí. El trabajo en marcha. El Señor X se aclaró la garganta.

—Los civiles te reconocerán porque pueden olerte y tú los notarás cuando ellos se asusten. En cuanto a los hermanos, no hay modo de equivocarse. Son más grandes y más agresivos que cualquiera que hayas conocido y son los primeros en atacar. Te seguirán si te ven.

Caminaron por la calle Trade. La noche era negra, con esa combinación de frío y humedad que antes vigorizaba a X para luchar. Ahora, pensó, ya no era lo mismo. Tenía que estar en el campo de batalla porque era el Capataz. Sin embargo, lo único que le interesaba era que Van y él mismo se mantuvieran a ese lado de la realidad mientras el tipo maduraba.

Estaban a punto de entrar a un callejón cuando el Señor X se detuvo. Giró la cabeza y miró delante de ellos. Luego cruzaron la calle.

—¿Qué es...?

—Cállate. —El señor X cerró los ojos y dejó salir sus instintos. Calmándose, concentrándose, alargó sus antenas mentales hacia la oscuridad de la noche.

El Omega andaba cerca.

Lo cual indicaba que tramaba algo, pues nunca se arriesgaría por aquellos barrios sin que él le acompañara. Y no le había llamado para decirle que iba a estar por allí.

El Mal estaba muy cerca.

El Señor X pivotó sobre sus botas de combate. Un coche pasó calle abajo por Trade y él miró por encima de su techo hacia el ZeroSum. El Amo estaba ahí. Sin ninguna duda.

Oh, mierda, ¿habría cambiado de Capataz?

No, al Señor X lo habrían llamado en ese caso. ¿O tal vez el Omega había decidido no llamarlo? ¿Podía hacer eso?

Al trote, X atravesó la calle hasta el club, con Van pegado a sus talones, despistado pero preparado para lo que fuera.

La fila para entrar a ZeroSum estaba llena de humanos, con ropas chillonas, tiritando y fumando y hablando por el móvil. Se detuvo. Al fondo... el Amo estaba al fondo.

* * *

Vishous empujó con la cadera la salida de incendios del ZeroSum y cargó a Butch hasta el Escalade. Cuando montó al poli en el asiento trasero, como si fuera un pesado paquete, rezó para que el bastardo no se despertara dando puñetazos.

V estaba al volante cuando sintió que alguien iba hacia él. Sus instintos se pusieron alerta, estimulando su adrenalina. Aunque la Hermandad no huía por naturaleza o por entrenamiento, su sexto sentido le dijo que cogiera a Butch y se largara del jodido club. Ya.

Encendió el motor y arrancó. Justo al llegar a la boca del callejón, vio a un par de hombres que avanzaban hacia la camioneta, uno de ellos pelidesteñido. Restrictores. ¿Cómo habían hecho esos dos para saber que ellos estaban ahí?

Vishous pisó el acelerador.

En cuanto comprobó que nadie los seguía, le echó una mirada al poli. Estaba fuera de combate. Frío. Hombre, esa jefa de seguridad era un monstruo con los puños.

Butch no se movió durante el viaje al complejo. De hecho, sólo abrió los ojos cuando ya estaba tendido en su cama.

—El cuarto está dando vueltas.

—Apuesto a que sí.

—Me duele la cara.

—Espera a que te veas y sabrás por qué.

—Gracias por traerme a casa.

Vishous estaba a punto de ayudarle a quitarse el traje, cuando sonó la campanilla de la entrada.

Con una maldición, fue hasta la entrada y miró los monitores de seguridad en el escritorio. No se sorprendió al ver quién era.

V cerró detrás de él la puerta del vestíbulo antes de abrir la puerta de la calle. Cuando Marissa lo miró, pudo olfatear la tristeza y la preocupación que brotaban de ella, un perfume como a rosas secas.

Su voz sonó baja.

—Vi el Escalade aparcado fuera, así que él está en casa. Necesito verlo.

—Esta noche, no. Vuelve mañana.

El rostro de ella se endureció hasta que fue una copia en mármol de su belleza.

—No me iré hasta que él mismo me diga que me vaya.

—Marissa...

Sus ojos relampaguearon.

—No hasta que él me lo diga a la cara, guerrero.

Vishous pensó que ella tampoco tenía nada que perder, igual que la musculosa jefa de seguridad del club, sólo que sin tantos nudillos.

Bueno, no era noche para llevar la contraria a las malditas mujeres.

V meneó la cabeza.

—Por lo menos, déjame que lo lave un poco, ¿vale?

Marissa lo miró horrorizada.

—¿Qué le ha pasado?

—Por favor, Marissa. ¿Qué creías que haría cuando te fuiste a alimentarte de Rehvenge?

Ella se quedó boquiabierta.

—¿Cómo sabes...?

—Butch se fue para el club.

—¿Qué? Él... oh, Dios... Déjame entrar, por favor. En este mismo instante.

Vishous alzó las manos y murmuró «hay que joderse» mientras abría la puerta.

CAPÍTULO
27

Marissa pasó por delante de V y el hermano se apartó de su camino. Lo que demostraba que era tan astuto como sugería su reputación.

Al llegar a la puerta del dormitorio de Butch, ella se detuvo y miró por la rendija de la puerta. Estaba tendido en la cama, con el traje completamente desarreglado. Y con sangre en la camisa. Y en el rostro.

Se acercó y tuvo que taparse la boca con su mano.

—Virgen querida en el Ocaso...

Uno de sus ojos estaba hinchado y se estaba poniendo negro y azul; también tenía una herida en el puente de la nariz, de la cual había manado sangre. Y olía a whisky.

Desde el umbral, Vishous habló con una voz inusitadamente apacible:

—De verdad creo que deberías volver mañana. Se va a enfadar muchísimo cuando sepa que lo viste así.

—¿Quién le hizo esto? Y que Dios te ayude si me dices que fue sólo una riña callejera. Voy a gritar.

—Como dije, fue en el local de Rehvenge. Y Rehv tiene un montón de guardaespaldas.

—Deben ser muy machos —dijo Marissa con rabia.

—En realidad, la única que le pegó fue una hembra.

—¿Una hembra? —¿Por qué diablos le importaban los malditos detalles?—. ¿Puedes traerme un par de toallas y algo de agua caliente con jabón? —Fue hasta los pies de Butch y le quitó los zapatos.

Luego le quitó los pantalones y lo dejó en calzoncillos. Se sentó a su lado. La sorprendió la pesada cruz de oro que le colgaba del cuello, y se preguntó dónde la habría conseguido.

Miró más abajo, a la cicatriz negra en el vientre. Ni mejor, ni peor.

Cuando Vishous apareció con una palangana llena de agua y un montón de toallas, ella dijo:

—Ponlo todo en esa mesa donde pueda cogerlo y después vete, por favor. Y cierra la puerta al salir.

Hubo una pausa. Nadie le da órdenes a un miembro de la Hermandad de la Daga Negra y mucho menos en su propia casa. Pero los nervios de Marissa estaban deshechos y su corazón roto; y con todos sus problemas, lo que menos le importaba era lo que V pensara de ella.

Tras un breve silencio, V dejó las cosas donde ella le había pedido y cerró la puerta al salir del dormitorio. Con un profundo suspiro, Marissa mojó una de las toallas. Al tocarle el rostro, Butch dio un respingo y murmuró algo.

—Lo siento tanto, Butch... ya pasó todo. —Volvió a meter la toalla en la palangana, la sumergió y escurrió el exceso de agua—. No pasó nada, te lo juro. Sólo me alimenté, tengo que hacerlo.

Le quitó la sangre de la cara y le acarició el pelo. En respuesta, él giró la cara en su hermosa mano, aunque era obvio que estaba totalmente borracho y no era consciente de nada de lo que ocurría.

—¿Me crees? —susurró Marissa.

—Puedo olerlo en ti.

Marissa dio un salto, sorprendida al oír su voz.

Los ojos de él se abrieron con dificultad: parecían negros, no color avellana.

—Puedo olerlo por todas partes. No fue en la muñeca, ¿verdad?

No supo cómo responderle. Butch miró su boca y dijo:

—Vi tus marcas en su garganta. Y tu aroma estaba en él.

Cuando la cogió, Marissa se estremeció. Pero todo lo que él hizo fue acariciarle la mejilla con su dedo índice, leve como un suspiro.

—¿Cuánto tardaste? —preguntó Butch.

Se quedó callada; su instinto le decía que, cuanto menos supiera Butch, mejor.

Butch le cogió la mano y su rostro se tornó duro y fatigado. Sin emoción.

—Yo te creo. Lo del sexo.

—No lo parece.

—Lo siento, es que estoy un poco distraído. Intento convencerme a mí mismo de que llevo bien lo de esta noche.

Ella se miró las manos.

—Ha sido complicado. Lloré todo el tiempo.

Él aspiró torpemente y luego toda la tensión que había entre ellos se desvaneció por completo. Butch se sentó y puso sus manos en los hombros de Marissa.

—Oh, Dios mío... nena. Lo siento, lo siento tanto...

—No, yo sí que lo siento. Estoy avergonzada...

—Shh, no es culpa tuya, Marissa, nada de esto es culpa tuya...

—Pero yo me siento culpable...

—Es mi deficiencia, no la tuya. —Sus brazos, esos maravillosos y fornidos brazos, se deslizaron alrededor de ella y la arrimaron a su pecho desnudo.

La besó en la sien y susurró:

—No es culpa tuya. Nunca. Y quiero llevar esta situación de la mejor manera posible, de verdad. No sé por qué me afecta tanto, pero intentaré que no sea así.

Marissa súbitamente lo empujó hacia atrás, impulsada por una urgencia incuestionable.

—Butch, acuéstate conmigo. Aparéate conmigo. Ya.

—Oh... Marissa... me encantaría, de verdad. —Le acarició el pelo con ternura—. Pero no así. Estoy borracho y tu primera vez debería ser...

Ella lo interrumpió con su boca, saboreando el whisky y el macho que había en él, mientras se metía en la cama a su lado. Cuando Marissa deslizó la mano entre las piernas de Butch, él gruñó y la apretó con las suyas.

—Te necesito dentro de mí —dijo ella ásperamente—. Si no es tu sangre, entonces tu sexo. Dentro de mí. Ya.

Lo besó otra vez y Butch le metió la lengua, con lo que Marissa supo que se había decidido y que lo tendría. Él se portó muy bien. La colocó encima de él y la acarició del cuello a los senos, y después hasta los labios. Cuando llegó al corpiño, paró y su cara se endureció otra vez. Con un movimiento salvaje, agarró la seda y el vestido. Y no paró en la cintura ni se contuvo. Sus manos grandes y sus brazos veteados prosiguieron: rompió el raso por la mitad, hasta el dobladillo de la falda.

—Quítatelo —le ordenó.

Ella se quitó lo que aún le quedaba sobre los hombros. Alzó la cadera y Butch le quitó el vestido, estrujándolo hacia arriba, y lo tiró en cualquier parte.

Con la mirada enardecida, le arrancó las bragas y le abrió los muslos. Le miró el cuerpo y, con voz brutal, dijo:

—Jamás vuelvas a usar esto.

Marissa asintió. Él empujó las bragas a un lado y le plantó la boca en el clítoris. El orgasmo de ella fue un hito, una marca de macho, que la hizo correrse hasta quedar desmadejada y temblorosa.

Luego Butch le acarició las piernas con ternura. Aún aturdida por lo que había sentido, ella estaba débil y sin resistencias mientras Butch terminaba de desnudarla y se quitaba los calzoncillos.

Marissa vio el tamaño de su miembro y entendió lo que vendría a continuación. El miedo cosquilleó los márgenes de su conciencia. Pero estaba sumamente extasiada como para preocuparse por ello.

Él estaba hecho todo un animal, un macho, cuando volvió a la cama, su sexo duro y grueso, listo para penetrarla. Ella le abrió las piernas, sólo que Butch yacía a su lado, no encima.

Ahora él se movió perezosamente. La besó larga y dulcemente, su palma abierta sobando sus senos, tocándola con cuidado. Sin aliento, Marissa rizó sus manos en los hombros de Butch y sintió sus músculos bajo la cálida y suave piel, mientras él le acariciaba las caderas, los muslos.

Cuando la tocó entre las piernas, fue tierno y parsimonioso, y estuvo un rato así antes de meterle un dedo. Se detuvo cuando ella frunció el ceño y echó las caderas atrás.

—¿Sabes qué te espera? —preguntó Butch contra su pecho, en voz baja y suave.

—Um... sí. Lo supongo. —Pero enseguida pensó en el tamaño de su miembro—. En el nombre de Dios ¿va a caber?

—Seré tan delicado como pueda, pero esto... va a dolerte. Yo había esperado tal vez...

—Ya sé que la primera vez duele. —Marissa había oído que se sentía una punzada leve y luego un éxtasis maravilloso—. Estoy preparada.

Él cogió sus manos y lo montó, su cuerpo entre las piernas.

Súbitamente, todo se condensó: la sensación de su piel caliente, la presión de su peso y el poder de sus músculos... y la almohada debajo de su cabeza y el colchón donde estaban y el ángulo extremo en que se abrían sus piernas. Ella miró al techo. Un columpio de luces se movió alrededor de ambos, como si un coche hubiera entrado en el patio.

Marissa estaba tensa: no podía ayudarse. Aunque era Butch y ella lo amaba, la amenaza de la inexperiencia, la naturaleza agobiante de todo, la inundaron por momentos. Repentinamente le caían encima trescientos años.

Por alguna estúpida razón, las lágrimas manaron.

—Nena, no tenemos que hacer esto. —Le enjugó las mejillas con los pulgares y echó hacia atrás las caderas, como si fuera a retirarse.

—No quiero que pares. —Ella se agarró a la parte baja de su espalda—. No... Butch, espera. Yo lo quiero. De verdad, lo quiero.

Él cerró los ojos. Luego inclinó la cabeza hacia el cuello de Marissa, se echó a un lado y la abrazó contra su cuerpo firme. Se quedaron así durante un largo rato, su peso aligerado de tal modo que ella pudiera respirar, su excitación muy ardiente, siguiendo el ritmo, sus muslos. Marissa empezó a preguntarse si esto era todo lo que Butch iba a hacer.

Justo en el momento en que iba a preguntárselo, él movió las caderas y se asentó sólidamente entre sus piernas de nuevo.

La besó, una profunda y embriagadora seducción de boca. Ardió hasta ondularse encima de él, frotándose contra sus caderas, tratando de apretársele más.

Y entonces todo sucedió. Butch se movió un poco a la izquierda y ella sintió su erección en su ser, todo fuerte y suave a la vez. Sintió una cornada vasta y satinada y después alguna presión.

Él tragó saliva. El sudor le brotó sobre los hombros y corrió hacia abajo por la columna. La presión entre las piernas de Marissa se intensificó y la respiración de Butch se hizo más intensa, un gruñido con cada aspiración. Ella dio un respingo en serio y él súbitamente se retiró.

—¿Qué pasa? —preguntó Marissa.

—Eres muy estrecha.

—Bueno, tú eres muy grande.

Butch rió.

—Cosas tan bellas... siempre dices las cosas más bellas.

—¿Vas a parar?

—No, a menos que me lo pidas.

Cuando no hubo ningún «no» por parte de Marissa, él se tensó aún más y la cabeza de su miembro encontró la entrada. Su mano fue hasta la cara de ella y Butch le acomodó el pelo detrás de la oreja.

—Si puedes, trata de relajarte, Marissa. Será más fácil para ti. —Él empezó a mecerse, su cadera entrando y saliendo, un constante avance y retroceso. Sin embargo, cada vez que trataba de apuntalarse, Marissa se resistía.

—¿Estás bien? —le preguntó a través de sus dientes rechinantes.

Ella asintió aunque sintió que temblaba. Todo le parecía muy extraño: era como si no hicieran ningún progreso real...

Con un repentino empujón él estuvo dentro. Marissa se puso rígida y Butch gruñó y hundió su cara contra la almohada al lado de su rostro. Ella sonrió, inquieta, con la plenitud de su inexperiencia.

—Yo... ah, siento como si debiera preguntar si todo va bien.

—¿Estás bromeando? Creo que voy a explotar. —Él tragó de nuevo, un desesperado sorbo—. Pero odio la idea de hacerte daño.

—Superemos esa parte, ¿vale?

Marissa se sintió mucho mejor cuando vio que Butch asentía.

—Yo te amo.

Con un veloz impulso, él se echó hacia delante y la penetró por completo.

El dolor fue crudo y fresco, y ella jadeó, apretándose contra sus hombros. Por instinto, su cuerpo luchaba bajo el de Butch, tratando de quitárselo de encima o al menos de imponerle alguna distancia.

Él apartó su torso y sus vientres se rozaron mientras ambos jadeaban fuertemente. Con la pesada cruz colgando entre ellos, Marissa dejó escapar una ruda maldición. Antes la presión había sido molesta. Ésta era peor. Ésta dolía.

Y se sintió invadida, cogida por entero. Dios, todas esas charlas femeninas que había oído a medias sobre lo maravilloso de la llave que encaja en la cerradura, y sobre cómo la primera vez era mágica, y cómo era fácil y delicioso... nada de eso era verdad.

El pánico la atacó. ¿Y si ella no fuera normal? ¿Y si fuera incapaz de sentir placer? ¿Era ese el defecto que los machos de la glymera habían presentido en ella? ¿Qué tal si...

—¿Marissa?

...era incapaz de pasar por todo esto? ¿Y si cada vez le dolía igual que esta? Oh, Jesús... Butch era muy macho y muy sexual. ¿Y si optaba por salir con otras...?

—Marissa, mírame.

Arrastró sus ojos hasta la cara de él, pero sólo podía prestar atención a la voz que rondaba en su cabeza. Oh, Jesús... no se suponía que esto doliera tanto, ¿o sí? Oh, Dios mío... ella no era como las otras, tenía algún defecto, alguna tara...

—¿Qué estás haciendo? —dijo Butch rudamente—. Háblame. No te guardes lo que estás pensando.

—¿Y si no puedo soportar esto? —le contestó Marissa.

La expresión de él fue completamente mansa, una deliberada máscara de docilidad.

—Claro que podrás, olvida las ideas preconcebidas. Esa romántica versión de perder la virginidad es pura mentira.

O tal vez no lo era. Quizá ella era el problema.

La palabra defecto se paseó por su cabeza cada vez más rápido, cada vez con más insistencia.

—¿Marissa?

—Quiero que esto sea bonito —le respondió con desolación.

Hubo un horrible silencio... durante el cual supo lo que era el poder de su erección. Luego Butch dijo:

—Lo siento si estás desilusionada.

Empezó a salirse. Algo cambió. Marisa experimentó una agradable sensación por todo el cuerpo.

—Espera. —Marissa se aferró a sus nalgas—. No es todo lo que hay, ¿cierto?

—No.

—Oh... ¿por qué sales? No has terminado...

—Por el momento no necesito más.

Cuando su miembro resbaló fuera de ella, se sintió curiosamente vacía y luego, casi al instante, fría. Él le echó encima un edredón y por un instante Marissa sintió que la excitación de Butch perduraba contra su muslo. El armamento estaba mojado y se ablandaba a gran velocidad.

Él se asentó en su espalda cerca a ella y descansó ambos antebrazos sobre su frente.

Dios... qué embrollo. Y ahora que Marissa había recuperado el aliento, quería pedirle que siguiera. Pero sabía lo que Butch diría. El «no» se palpaba en la rigidez de su cuerpo.

Estuvieron unos minutos acostados en silencio. Marissa se sentía mal, quería decirle algo...

—Butch...

—Realmente estoy agotado. Vamos a dormir.

Él se apartó, arregló una almohada y exhaló un largo y desigual suspiro.

28

Marissa se despertó más tarde, sorprendida de haber dormido. Eso era lo que hacía la alimentación. No importaba lo que fuera, siempre había que descansar después.

En la penumbra, chequeó el resplandor rojo del reloj-despertador. Cuatro horas para el alba y tenía tantas cosas para hacer que necesitaría la noche entera.

Se dio la vuelta. Butch estaba acostado sobre su espalda, una mano en el pecho desnudo, los ojos agitándose bajo los párpados como si estuviera profundamente dormido. La barba le había crecido y el pelo se mantenía en su sitio. Parecía mucho más joven. Muy apuesto.

¿Por qué las cosas no les habían funcionado bien? Si tan sólo hubiera aguantado un poco más, dándole a él más tiempo. Y ahora tenía que marcharse.

Salió de debajo del edredón y sintió el aire fresco en la piel. Se movió lentamente y recogió la falda, el sostén... las bragas... ¿dónde estaban las bragas?

Frenó en seco y se miró abajo con sorpresa. En el interior de uno de sus muslos, había un pequeño y caliente chorrito de sangre. De cuando Butch la había penetrado.

—Ven aquí —dijo él, de repente.

Ella dejó caer las ropas.

—Yo... ah, no sabía que estabas despierto.

Butch extendió la mano y Marissa fue hasta él. Cuando estuvo cerca, Butch enlazó su brazo alrededor de la pierna de ella y la tiró sobre el colchón.

Entonces él se inclinó. Marissa jadeó cuando sintió la lengua de Butch en la parte interior de su muslo. Con una apasionada caricia, él llegó hasta su más profundo ser y le besó los restos de su virginidad.

Ella se preguntó dónde se habría enterado de la tradición. No se imaginaba a los machos humanos practicando eso con las hembras después de su primera vez. Para las de su especie, este era un momento sagrado entre compañeros.

Maldita sea, otra vez quería llorar.

Él la soltó y se recostó en la cama, mirándola con ojos de no haber notado nada. Por alguna razón, Marissa se sintió muy desnuda, incluso con el sostén pegado a sus senos.

—Coge mi bata —le propuso Butch—. Póntela.

—¿Dónde está?

—En el armario. Detrás de la puerta.

Ella dio una vuelta. La bata era color rojo oscuro e impregnada de su perfume. Se la puso con torpeza. La pesada seda colgó hasta el suelo y cubrió sus pies, el lazo era tan largo que habría podido envolver su cintura cuatro veces, por lo menos.

Miró su arruinado vestido en el suelo.

—Déjalo —dijo él—. Yo lo tiraré.

Marissa asintió. Fue hasta la puerta. Agarró el pomo.

¿Qué podía decir para aliviar la tensión? Primero, los separaba la biología, recordándoles que eran completamente distintos. Ahora, su deficiencia sexual.

—Está bien, Marissa. Puedes irte. No tienes que decir nada.

Ella dejó caer su cabeza.

—¿Te veré en la comida?

—Sí... claro.

Aturdida, con todos los miembros entumecidos, Marissa caminó hasta la entrada de la mansión. Una doggen abrió la puerta interna del vestíbulo. Ella se recogió la parte de arriba de la bata de Butch para que la sirviente no... y entonces recordó que no tenía nada para cambiarse.

Hora de hablar con Fritz.

Encontró al mayordomo en la cocina y le preguntó por dónde se iba al garaje.

—¿Está buscando su ropa, Ama? ¿Quiere que le traiga algo?

—Me gustaría ir y escoger unas cuantas cosas por mí misma. —Como él miró ansiosamente una puerta a la derecha, caminó en esa dirección—. Prometo que te llamaré si te necesito.

El doggen asintió, sin apaciguarse del todo.

Cuando estuvo en el garaje, se paró en seco y se preguntó qué diablos estaba haciendo allí. No había coches en ese garaje. Sólo había cajones y cajones y cajones. No... cajones no. ¿Ataúdes? ¿Qué era esto?

—Ama, sus cosas están por allí. —La voz de Fritz era respetuosa pero firme, como si todas esas cajas de pino no fueran de su incumbencia—. Sígame, por favor.

La llevó donde estaban los cuatro baúles de su guardarropa, el equipaje y las cajas.

—¿Está segura de que no quiere que le traiga algunos vestidos?

—Sí, tranquilo. —Tocó el seguro de cobre de uno de sus baúles—. ¿Podría... dejarme sola?

—Desde luego, Ama.

Esperó hasta que oyó que se cerraba la puerta y luego liberó el candado del baúl que tenía delante. En cuanto separó las dos mitades, las faldas chorrearon libres, coloridas, exuberantes, hermosas. Recordó cuando usaba esos vestidos en los bailes y en las reuniones del Concilio de Princeps y en las cenas de su hermano y...

Fue hasta el siguiente baúl. Y al siguiente. Y al último. Luego volvió a empezar con todos y cada uno, otra vez. Y otra.

Ridículo. ¿Qué importaba lo que usara? Sólo tenía que ponerse algo, cualquier cosa. Buscó y cogió... No, ése se lo había puesto la primera vez que se alimentó de Rehvenge. ¿Y ése? No... era el vestido que había usado cuando la fiesta de cumpleaños de su hermano. Entonces qué tal...

Sintió que la ira la traspasaba como un fuego. La furia sopló dentro de ella, la sobrecalentó, la quemó a través de su sangre. Cogió trajes y vestidos al azar, buscando alguno que no le evocara su fragilidad, su sumisión. ¿Alguna vez había sido libre?

No. Siempre había sido una prisionera, envuelta en ropa elegante. Fue a otro baúl y más vestidos salieron volando, sus manos desenterrando y rasgando todo tipo de material.

Las lágrimas empezaron a brotar y se las secó con desasosiego, hasta que no pudo ver nada y tuvo que parar. Se restregó el rostro con las manos y dejó caer los brazos.

Fue entonces cuando descubrió una puerta en el rincón más lejano.

Y más allá de la puerta, a través de los paneles de vidrio, vio... el césped trasero.

Miró la nieve dispareja. A la izquierda, junto a la puerta, el cortacésped... y un cilindro rojo en el suelo. Sus ojos siguieron explorando entre los distintos utensilios de jardinería hasta que, por fin, se detuvieron en un cuadrado de hierba donde había una pequeña caja.

Luego miró sus vestidos: cientos y cientos de miles de dólares en alta costura.

Le llevó sus buenos veinte minutos arrastrar cada uno de sus trajes y vestidos hasta el patio. Tuvo mucho cuidado en incluir los corsés y los chales. Cuando terminó, los montones de ropa parecían fantasmas a la luz de la luna, mudas sombras de una vida a la que nunca volvería, una vida de privilegios... prohibiciones... y doradas degradaciones.

De entre el enredo, sacó una bufanda. Regresó al garaje con la tira de satén color rosa pálido. Cogió una lata de gasolina y una caja de cerillas... Y no dudó. Caminó entre el valioso remolino de rasos y sedas, empapado con el transparente y dulce carburante, y se situó contra el viento mientras buscaba una cerilla.

Prendió la tira de seda y luego la tiró sobre el montón de telas.

La explosión fue superior a lo que había esperado: una gran bola de fuego que la tiró hacia atrás y le achicharró la cara.

Cuando las llamas anaranjadas y el humo negro se elevaron hacia el cielo oscuro, ella se puso a gritar como si estuviera a las puertas del infierno.

Butch estaba tumbado en la cama, mirando al techo, cuando las alarmas comenzaron a sonar. Saltó de la cama, se puso unos calzoncillos y corrió en busca de Vishous. El hermano salió de su dormitorio al pasillo. Juntos se dirigieron a inspeccionar los monitores.

—¡Hay fuego en el jardín trasero! —gritó V.

Algún sexto sentido hizo que Butch abriera la puerta inmediatamente. Corrió descalzo a través del patio, no sin sentir el aire frío en los guijarros bajo sus pies, atajó por la fachada de la mansión principal y corrió al garaje. Al otro lado de las ventanas vio una enorme furia anaranjada.

Y enseguida oyó los chillidos.

Fue vencido por el calor y la mezcla de olores a gasolina y a ropa quemada. Sólo cuando estuvo casi encima de la figura, en medio de aquel infierno, se dio cuenta de quién era.

¡Marissa!

Su cuerpo estaba casi desmadejado delante de las llamaradas; tenía la boca abierta y sus gritos eran tan estridentes como las llamas mismas. Estaba enloquecida, deambulando por la periferia del incendio... y ahora corriendo.

¡No! ¡La bata! Estaba a punto de...

Con horror, vio lo que pasaba. Su larga bata de baño se enredó en una de las piernas de Marissa. Tropezó y se fue de bruces al fuego.

Cuando la expresión de pánico de Marissa y sus brazos se agitaron en el aire de la noche, todo comenzó a moverse a cámara lenta: Butch corrió lo más rápido que pudo, pero aún así parecía que no andaba.

—¡No! —gritó.

Antes de que Marissa cayera en las llamas, Wrath se materializó detrás de ella y la cogió entre sus brazos, salvándola.

Butch patinó al frenar, con una debilidad que le paralizó las piernas, flojas como jalea. Sin aire en los pulmones, cayó al piso, de rodillas...

Wrath sostuvo a Marissa en sus brazos.

—Gracias a Dios que llegó a tiempo —murmuró V, detrás de Butch.

Él se levantó con esfuerzo, tambaleándose como si bailara en un concierto de *rock*.

—¿Estás bien? —le preguntó Vishous cuando lo alcanzó.

—Sí, bien. —Butch tropezó de vuelta al garaje y avanzó, trastabillando a través de puertas abiertas al azar, golpeándose con tra las paredes. ¿Dónde estaba? Ah, en la cocina. Enceguecido, miró en derredor... y vio la despensa del mayordomo. Se metió al pequeño cuarto, se recostó contra las estanterías, repletas de alimentos enlatados, harina y azúcar.

Su cuerpo temblaba, los dientes le crujían y los brazos zumbaban como golondrinas. Dios, sólo podía pensar en Marissa quemándose. Indefensa. En agonía. Si Wrath no hubiera visto quién sabe cómo lo que estaba ocurriendo y no se hubiera materializado junto a ella, Marissa estaría muerta.

Butch había sido incapaz de salvarla.

Ese pensamiento lo llevó al pasado. Con horrible precisión, destellos de su hermana subiéndose a ese coche hacía dos décadas y media revolotearon dentro de su cabeza. Mierda, tampoco había sido capaz de salvar a Janie. No había sido capaz de sacarla a tiempo de ese Chevy Chevette.

Maldita sea, tal vez si Wrath hubiera rondado detrás de ellos, el Rey también habría podido rescatar a su hermanita.

Butch se frotó los ojos, diciéndose a sí mismo que tenía la vista borrosa a causa del humo, no de las lágrimas.

* * *

Media hora después, Marissa estaba sentada en la cama en el cuarto azul marino, en una nube de mortificación. Maldición, había llevado su regla número uno muy lejos.

—Estoy tan avergonzada.

Wrath, de pie en el umbral, meneó la cabeza.

—No deberías.

—Pero lo estoy. —Trató de sonreírle y escapar a un millón de kilómetros de distancia. Dios santo, su rostro todo rígido, la piel endurecida a causa del calor. Y el pelo... olía a gasolina y a humo. Igual que la bata.

Buscó a Butch con los ojos. Estaba fuera en el vestíbulo, recostado contra la pared. No había dicho ni una palabra desde su aparición hacía unos minutos y tampoco parecía con intenciones de entrar a la habitación. Probablemente creía que ella estaba loca. Demonios, ella creía lo mismo: loca de remate.

—No sé por qué hice eso.

—Estás bajo mucha presión —dijo Wrath.

—Eso no es excusa.

—Marissa, no cojas el camino equivocado, a nadie le importa lo que pasó. Sólo nos interesa que tú estés bien. El jardín nos trae sin cuidado.

Cuando miró fijamente a Butch por encima de Wrath, el Rey se volvió sobre su hombro.

—Sí, claro, os dejaré solos. Tratad de dormir algo, ¿de acuerdo?

Al salir Wrath, Butch le dijo algo que ella no alcanzó a oír. En respuesta, el Rey le puso una mano en la nuca a su hombre. Intercambiaron más palabras silenciosas.

Después de que Wrath se fuera, Butch entró, pero se detuvo en el umbral.

—¿Estás bien?

—Ah, por supuesto. Pero estaré mejor cuando tome una ducha. —«Y me haga una lobotomía».

—Voy a volver al Hueco.

—Butch... siento mucho haber hecho lo que hice. Es que... no podía encontrar un vestido que no estuviera contaminado con malos recuerdos.

—Comprendo. —Se notaba que no entendía nada. La miraba completamente entumecido, como si se hubiera desconectado de todo. Especialmente de ella—. Bueno, pues... cuídate, Marissa.

En cuanto le dio la espalda, ella sintió pánico:

—¿Butch?

—No te preocupes por nada.

¿Qué quería decir con eso?

Ella empezó a ir tras él, pero en ese momento Beth apareció en la puerta, con un paquete en las manos.

—Um, hola, muchachos... Marissa, ¿tienes un minuto?

—Butch, no te vayas.

Él saludó a Beth con un movimiento de cabeza y luego salió al vestíbulo.

—Necesito despejarme.

—Butch —dijo Marissa con aflicción—, ¿te estás despidiendo?

Él la deslumbró con una perturbadora sonrisa.

—Siempre voy a estar contigo, nena.

Se marchó lentamente, como si el suelo fuera resbaladizo y tuviera que andar con mucho cuidado.

Beth carraspeó.

—Bueno, he rebuscado en mi armario y te he traído algo de ropa, a ver qué tal te sienta.

Marissa quería correr detrás de Butch. Pero ya había dado bastante espectáculo esa noche. Tenía que acabar de una vez con tanto drama. No podía seguir sí, aunque no sabía cómo acabar con todo eso... para ella no había escapatoria.

Miró a Beth y pensó que quizá éstas habían sido las peores veinticuatro horas de su vida.

—¿Te ha dicho Wrath que quemé todo mi guardarropa?

—Um... sí, ya me he enterado.

—También hice un cráter en el césped. Parece como si hubiera aterrizado un ovni. No puedo creer que no esté enfadado conmigo.

La sonrisa de la Reina fue apacible.

—Lo único que no le ha gustado es que le dieras tu brazalete a Fritz para que lo vendiera.

—No puedo permitir que me paguéis el alquiler.

—De hecho, nos gustaría que te quedaras aquí.

—Oh... no, habéis sido excesivamente amables conmigo. Esta noche, había planeado... bueno, antes de volverme loca y una pirómana peligrosa... Iba a empezar a buscar muebles para mi nueva casa...

Beth frunció el ceño.

—Por cierto, en cuanto a ese asunto de tu nueva casa... Wrath quiere que Vishous chequee el sistema de seguridad antes de que te mudes.

—¿Será necesario?

—No es negociable, Marissa. Ni lo intentes. Wrath quiere que te quedes aquí por lo menos hasta que eso haya sido hecho, ¿de acuerdo?

Ella pensó en el secuestro de Bella. Por mucho que deseara su independencia, no había razón para ser estúpida.

—Sí... correcto. Muchas gracias.

—¿Entonces te gustaría probarte algunos de estos vestidos? —Beth señaló los que tenía en los brazos—. No tengo muchos pero Fritz puede conseguirte más.

—¿Sabes una cosa? —Marissa ojeó los vaqueros que la Reina llevaba—. Nunca he usado pantalones.

—Tengo unos aquí por si quieres probártelos.

¿Sería esa la noche para su primer par de vaqueros? ¿Por qué no? Sexo. Piromanía. Pantalones.

—Creo que me gustaría...

De pronto, Marissa rompió en llanto. Totalmente perdida. Se sentó en la cama a llorar y sollozar.

Cuando Beth cerró la puerta y se arrodilló enfrente de ella, Marissa se secó las lágrimas rápidamente. Qué pesadilla.

—Tú eres la Reina. No deberías estar así ante mí.

—Soy la Reina, y puedo hacer lo que quiera. —Beth apartó las ropas—. ¿Qué pasa? ¿Marissa?

—Creo... que necesito a alguien con quien hablar.

—Bueno, aquí estoy yo. Intentémoslo. ¿Te parece?

Por Dios, eran tantas cosas, pero sólo una era importante.

—Debo advertirle, mi Reina, que se trata de un tema impropio. Sexo, en realidad. Se trata de... sexo.

Beth se recostó y acomodó sus largas piernas al estilo yoga.

—Vamos, sorpréndeme.

Marissa abrió la boca. La cerró. La abrió.

—No tenía pensado hablar de esta clase de cosas.

Beth sonrió.

—Sólo estamos tú y yo en esta habitación. Nadie se va a enterar.

Está bien... hora de respirar.

—Ah... yo era virgen. Hasta esta noche.

—Oh. —Después de una pausa, la Reina dijo—: ¿Y entonces?

—A mí no...

—¿No te gustó? —Cuando Marissa no contestó, Beth dijo—: A mí tampoco me gustó mi primera vez.

Marissa la miró.

—¿De verdad?

—Me dolió mucho.

—¿También te dolió? —Beth asintió y Marissa se quedó muy sorprendida. Después se sintió un poco aliviada—. No fue doloroso del todo. Quiero decir, fue... *es asombroso*. Butch me hizo... es tan... la forma en que me toca, yo creo... Oh, Dios santo, no puedo creer que esté hablando de estas cosas con Su Majestad. Y, además, no puedo explicar qué es lo que me gusta de él.

Beth rió entre dientes.

—Esto está bien. Sé lo que quieres decir.

—¿De verdad?

—Oh, sí. —Los ojos azul oscuro de la Reina brillaron—. Sé exactamente lo que quieres decir.

Marissa sonrió y luego siguió hablando.

—Cuando llegó el momento de... ya sabes, cuando pasó, Butch realmente fue amable y todo. Y yo quería que me gustara, honestamente. Sólo que me sentí agobiada y fue muy doloroso. Creo que tengo algo malo. Por dentro.

—No tienes nada malo, Marissa.

—Pero de verdad... me dolió. —Cruzó los brazos—. Butch dijo que la mayoría de las hembras pasan dificultades con sus inicios, pero yo sólo no... No es lo que la glymera dice.

—Sin querer ofender a nadie, pues eres de la aristocracia, yo no haría caso a la glymera.

La Reina probablemente tenía razón.

—¿Cómo te fue a ti con Wrath cuando...?

—Mi primera vez no fue con él.

—Ah. —Marissa se ruborizó—. Perdóname.

—No hay problema. En realidad no me gustó el sexo hasta que estuve con Wrath. Yo había estado antes con dos machos y sólo... bueno, da lo mismo. Quiero decir, no entendía por qué todo el mundo hablaba tanto de sexo, como si fuera maravilloso. Francamente, creo que aunque Wrath hubiera sido mi primer macho, probablemente no habría sido nada fácil dado el tamaño de su... —Ahora la que se ruborizó fue la Reina—. De cualquier modo... el sexo es una invasión para la mujer. Erótica y maravillosa, pero una invasión en todo caso, y lleva tiempo acostumbrarse. Para algunas, la primera vez es muy dolorosa. Butch será paciente contigo.

—Él no acabó. Tengo la impresión de que... no pudo terminar.

Marissa descruzó los brazos.

—Dios mío, me siento tan avergonzada. Cuando pasó, yo estaba hecha un lío, la cabeza me daba vueltas y no podía dejar de pensar que algo malo me ocurría. Y antes de marcharme, quise hablar con él, pero no encontré palabras. Quiero decir, yo lo amo.

—Eso es bueno. —Beth cogió las manos de Marissa—. Todo va a salir bien, te lo prometo. Tenéis que volver a intentarlo. Ahora que el dolor ha pasado, no tendréis ningún problema.

Marissa miró dentro de los ojos azules de la Reina y se dio cuenta de que en toda su vida nadie le había hablado con tanta franqueza como ella. De hecho... jamás había tenido una amiga. Y en ese momento sentía que la Reina era su amiga.

—¿Sabes una cosa? —murmuró Marissa.

—¿Qué?

—Eres muy buena. Ahora sé por qué Wrath se enamoró de ti.

—Como te he dicho, haría cualquiera cosa por ayudarte.

—Ya lo has hecho. Esta noche... realmente lo has hecho. —Marissa se aclaró la garganta—. ¿Puedo... puedo probarme los pantalones?

—Claro.

Marissa cogió las prendas y fue al cuarto de baño.

Cuando salió, llevaba unos pantalones negros y una blusa de cuello de tortuga. Y no podía dejar de mirarse. Su cuerpo parecía mucho más pequeño sin tantas faldas.

—¿Cómo te sientes? —preguntó Beth.

—Bien. Muy cómoda. —Marissa anduvo con los pies descalzos—. Me siento como si estuviera desnuda.

—Eres más delgada que yo, por lo que te quedan un poco anchos. Pero te sientan muy bien.

Marissa regresó al cuarto de baño y se miró al espejo.

—Creo que me gustan.

* * *

Cuando Butch regresó al Hueco, fue dando tumbos hasta su cuarto y se metió a la ducha. No encendió las luces pues no tenía ningún interés en verse en el espejo, y abrió el chorro con la esperanza de que una ducha fría lo ayudara a calmarse.

Se enjabonó con sus ásperas manos. No quiso mirarse las partes íntimas. No lo soportaría. Sabía lo que se estaba lavando y su pecho ardió al pensar en la sangre que había en la parte interna de los muslos de Marissa.

Se sentía mal, como si acabara de cometer un asesinato. No entendía por qué se había comportado de esa forma, por qué había lamido con su lengua la sangre de ella, y tampoco sabía de dónde le había venido esa idea. Simplemente le pareció que eso era lo que tenía que hacer.

Oh... No quería pensar en eso.

Un rápido enjabonado. Un rápido aclarado. Y luego, fuera. No se molestó en secarse con una toalla, se fue goteando hasta la cama y se sentó en ella. El aire se erizaba sobre su piel mojada y el frío parecía el estímulo apropiado. Apoyó la barbilla en el puño y miró alrededor de la habitación. Bajo el escaso brillo que se filtraba por debajo de la puerta, vio en el suelo la ropa que Marissa le había quitado. Y después el montón de la de ella.

Miró lo que había estado usando. Ese traje realmente no era suyo; tampoco la camisa ni las medias ni los mocasines. Nada de lo que vestía era suyo.

Le echó una ojeada al reloj en su muñeca. Se lo quitó. Lo dejó caer sobre la alfombra.

No tenía casa propia, ni vivía en ella. No gastaba su propio dinero. No tenía trabajo, no tenía futuro. Era una mascota bien mantenida, no un hombre. Y por mucho que amara a Marissa, después de lo que había pasado en ese jardín, tenía claro que las cosas no funcionarían entre ellos. La relación era destructiva, en particular para ella: estaba turbada y se culpaba por cosas que no eran culpa suya, sufriendo a causa de él. Marissa se merecía a alguien mejor. Se merecía... oh, mierda, se merecía a Rehvenge, por ejemplo, ese aristócrata con pedigrí. Rehv sería capaz de cuidarla, de darle lo que necesitaba, de hacerla socialmente aceptada, de ser su compañero durante siglos.

Butch fue hasta el armario y sacó una trenca de Gucci... pero no quiso tomar nada de esa vida, mucho menos ahora que se sentía bajo fianza. Sacó un par de vaqueros y una sudadera, metió los pies dentro de unas zapatillas y buscó su cartera vieja. Cogió un conjunto de llaves que había llevado cuando se había mudado a vivir con Vishous. Al ver ese enredo metálico en la sencilla argolla de plata, se acordó de que en septiembre pasado no se había preocupado con lo que pasaría con su apartamento. Después de todo ese tiempo, el propietario debía haber pensado que Butch estaba en bancarrota y seguramente habría sacado todas sus cosas, toda su basura. Lo cual estaba bien. No quería volver allí.

Dejó las llaves y salió del cuarto. Recordó que no tenía coche.

No tenía un plan coherente sobre lo que iba a hacer o adónde ir. Sólo sabía que estaba abandonando a los hermanos y a Marissa, eso era todo. También sabía que para hacerlo tendría que marcharse de Caldwell. Podría dirigirse quizá al oeste o algo así.

Entró a la sala y se relajó al ver que Vishous no estaba por ahí. Decirle adiós a su compañero de habitación sería tan atroz como dejar a su mujer. No quería una despedida múltiple.

Mierda. ¿Qué iba a hacer la Hermandad cuando se enterara de su partida? Conocía muchos secretos de ellos... ¿Cómo reaccionarían?

Lo que más le preocupaba era que aún no sabía qué le había hecho exactamente el Omega. ¿Y si se convertía en restrictor? Bueno, en ese caso no podría hacer daño ni a los hermanos ni a Marissa, porque pensaba marcharse muy lejos. No volvería a verlos jamás.

Tenía la mano en el pomo de la puerta del vestíbulo cuando V dijo:

—¿Adónde vas, poli?

Butch giró la cabeza y vio a Vishous que salía desde las sombras de la cocina.

—V... me marcho. —Antes de recibir una respuesta, Butch meneó la cabeza—. Si tienes que matarme, hazlo de una vez y entiérrame rápido. Y no dejes que Marissa se entere.

—¿Por qué te largas?

—Es mejor así, aunque eso implique mi muerte. Demonios, me harías un gran favor si me liquidaras. Estoy enamorado de una mujer con la que no puedo estar. La Hermandad y tú sois lo único que tengo y también os voy a dejar. ¿Y qué diablos me espera en el mundo real? Nada. No tengo trabajo. Mi familia piensa que soy una ruina. Lo único bueno es que seré yo mismo con mis propios medios.

Vishous se aproximó, una sombra alta y amenazante. Mierda, tal vez así acabaría esta noche. Aquí mismo. Ahora mismo.

—Butch, hombre, no puedes irte. Te lo dije desde el principio. Nadie se marcha de aquí.

—Entonces... liquídame. Coge una daga y hazlo. Pero óyeme claramente. No voy a estar ni un minuto más en este mundo.

Cuando sus ojos se encontraron, Butch sintió una extraña calma. No iba a luchar. Iba a entrar apaciblemente a la noche eterna, de la mano de su mejor amigo, en una muerte hermosa y dulce.

Había maneras peores, pensó. Muchas, muchas maneras peores.

V achicó los ojos.

—Puede haber otro modo.

—Otro... V, compañero, unos colmillos de plástico no mejorarían el asunto.

—¿Confías en mí? —Sólo hubo silencio y Vishous repitió—: Butch, ¿confías en mí?

—Sí.

—Dame una hora, poli. Déjame ver qué puedo hacer.

E l tiempo se deslizó con lentitud y Butch merodeó alrededor del Hueco mientras esperaba a que V regresara. Finalmente, incapaz de sacudirse la neblina del whisky y todavía confundido por los acontecimientos de la noche, fue y se acostó en su cama. Al cerrar los ojos se dio cuenta de que no tenía ninguna esperanza de dormir.

Rodeado por una densa quietud, pensó en su hermana Joyce y en su nuevo bebé. Sabía dónde sería el bautizo: el mismo sitio donde él había sido sumergido. El mismo templo donde todos los O'Neal habían sido sumergidos en las aguas de la salvación, donde el pecado original les había sido lavado.

Se puso la mano en el estómago, en la cicatriz negra, y pensó que ciertamente el mal se había reinstalado dentro de él. Había ido a parar dentro de él.

Palmeó la cruz y apretó el oro hasta que le cortó la piel. Necesitaba volver a la iglesia. Regularmente.

Todavía seguía agarrado al crucifijo cuando la extenuación lo tomó por sorpresa, sustrayendo sus pensamientos y reemplazándolos por una nada que lo habría reconfortado si hubiera estado consciente.

Un poco más tarde, se despertó y miró el reloj. Había dormido dos horas, y ahora tenía resaca, la cabeza grande, embotada por el malestar, los ojos supersensibles a la luz que se filtraba por debajo de la puerta. Se dio la vuelta y se estiró: tenía la columna dolorida.

Un misterioso gruñido llegó desde el vestíbulo.

—¿V? —dijo.

Otro gruñido.

—¿Estás bien, V?

De cualquier parte, entró el ruido chocante, como si algo pesado se hubiera caído. Seguidamente sonidos estrangulados, el tipo de ruidos que se oyen cuando alguien está muy enfermo y grita y aúlla hasta la muerte. Butch saltó de la cama y corrió hacia a la sala de estar.

—¡Dios mío!

Vishous se había caído del sofá y había aterrizado de cara sobre la mesa del café, dispersando botellas y vasos. Butch se agachó y lo observó: tenía los ojos apretados con fuerza y la boca entreabierta por los sordos alaridos que le brotaban con desesperación.

—¡V! ¡Despierta! —Butch cogió sus fuertes brazos y se dio cuenta de que se había quitado el guante: su mano bendita brillaba y quemaba como el sol, haciendo orificios en la madera de la mesa y en el cuero del sofá.

—¡Joder! —Butch se apartó para evitar quemarse.

Lo llamó por su nombre mientras el hermano luchaba por liberarse del monstruo que lo había enganchado. Finalmente, comenzó a reaccionar. Tal vez por el sonido de la voz de Butch. O quizá el golpe había sido tan fuerte que lo había despertado.

Vishous abrió los ojos: jadeaba y tiritaba, cubierto de sudor frío.

—¿Mi hombre? —Cuando Butch se arrodilló y tocó a su amigo en el hombro, V se echó hacia atrás, encogiéndose, en un escalofriante gesto de terror—. Tranquilo, estás en casa. Estás seguro.

La mirada de Vishous, normalmente fría y serena, era vidriosa.

—Butch... oh... Butch... la muerte. La muerte... La sangre chorreaba por mi camisa...

—Tranquilízate. Vamos a refrescarnos, muchachote. —Butch pasó una mano bajo la axila derecha de V y acomodó al hermano sobre el sofá. El pobre bastardo se dejó descargar pesadamente contra los cojines de cuero como una muñeca de trapo—. Te traeré algo de beber.

Butch fue a la cocina, cogió un vaso limpio, lo puso sobre el mostrador y lo lavó. Después lo llenó con agua fría, aunque Vishous creería que se trataba de un Goose.

Cuando regresó, V encendía un cigarrillo con manos que parecían banderas ondeando en el viento.

Vishous cogió el vaso y Butch dijo:

—¿Quieres algo más fuerte?

—No. Esto está bien. Gracias, hombre.

Butch se sentó en el otro extremo del sofá.

—V, creo que ya va siendo hora de que hagamos algo con tus pesadillas.

—No hay nada que hacer. —Vishous respiró profundamente y dejó salir una columna de humo por entre los labios—. Además, tengo buenas noticias.

Butch habría querido que V siguiera hablando de sus sueños, pero no fue así.

—Habla entonces. Y deberías haberme despertado en cuanto llegaste...

—Lo intenté. Dormías como un tronco. De cualquier manera... —Otro suspiro. Éste más normal—. Sabes que estuve explorando en tu pasado, ¿cierto?

—Me lo imaginé.

—Tenía que saber qué habías hecho, si ibas a vivir conmigo... con nosotros. Escudriñé tu sangre hasta Irlanda. Un montón de gente blanca como una ciénaga pastosa en tus venas, poli.

Butch aún tenía esperanzas.

—¿No encontraste... nada?

—Hace nueve meses, no. Ni cuando te volví a rastrear hace una hora.

Oh. Butch iba a morirse. Aunque, Cristo, ¿qué se había creído? No era un vampiro.

—Entonces, ¿por qué estamos hablando de esto?

—¿Estás seguro de que no hay ninguna historia rara en tu familia? ¿Especialmente en Europa? Ya sabes, ¿algunas hembras que hayan sido mordidas una noche por los murciélagos? ¿Un embarazo fuera de lo común? ¿Alguna chica que desapareció y volvió a casa con un niño de padre desconocido?

En realidad, la ciencia había pasado por alto a los O'Neal. Durante sus primeros doce años, su madre había estado ocupada criando a seis niños y trabajando como enfermera. Después del asesinato de Janie, Odell había quedado muy afectada. ¿Y su padre? Sí, claro. Trabajaba de nueve a cinco para la compañía de teléfonos y por la noche era guardia de seguridad; no tenía tiempo para charlar con sus chiquillos. Cuando Eddie O'Neal estaba en casa, o bebía o dormía.

—No sé nada.

—Bueno, éste es el trato, Butch. —V aspiró el cigarrillo y habló a través del humo mientras lo expulsaba—: Quiero ver si tienes algo de nosotros dentro de ti.

Joder.

—Pero tú ya conoces mi árbol genealógico. Además, los análisis de sangre que me hicieron la última vez en la clínica habrían mostrado algo.

—No necesariamente. Yo tengo una forma muy precisa de averiguarlo. Se llama regresión ancestral. —Vishous alzó su mano enguantada y la crispó como un puño—. Maldita sea, odio esta cosa. Pero así es como nosotros lo hacemos.

Butch ojeó la mesa de café chamuscada.

—Vas a encenderme como leña seca.

—Creo que seré capaz de leer en ti. La regresión es un poco fuerte, pero no queda otro remedio. Todo ese asunto de Marissa y su alimentación, tu forma de reaccionar... Y también está el hecho de que aromas cuando estás con ella. Y Dios sabe por qué lo digo, eres muy agresivo. Quién sabe qué encontraremos.

Algo caliente hormigueó en el pecho de Butch. Algo parecido a la esperanza.

—¿Y qué pasa si tengo parientes vampiros?

—Entonces podríamos... —V le dio una buena calada al cigarrillo—. Nosotros quizá podamos hacerte cambiar.

Por Dios.

—No sabía que pudierais hacer eso.

Vishous señaló con la cabeza hacia unos volúmenes encuadernados en cuero que había junto a los ordenadores.

—Hay algo en las *Crónicas.* Si tienes algo de nuestra sangre, podemos darte un empujón. Es muy arriesgado, pero se puede intentar.

Hombre, a Butch le gustaba el plan.

—Hagamos la regresión. Ya.

—Imposible. Aunque tengamos tu ADN, necesitamos claridad por parte de la Virgen Escribana antes de pensar siquiera en intentar cualquier tipo de salto o cualquier cambio. Esta clase de cosas no se hacen a la ligera, y además tenemos la complicación de lo que los restrictores te hicieron. Si ella nos impide proceder, no importará cuántos parientes con colmillos tengas, y no quiero hacerte pasar por una regresión ancestral si no hay posibilidades de que funcione.

—¿Cuánto tardaremos en conocer la opinión de la Virgen Escribana?

—Wrath dijo que hablaría con ella esta noche.

—Jesús, V. Espero...

—Quiero que te tomes algún tiempo y lo pienses con calma. La regresión es muy peligrosa, mucho. Creo que debes hablar con Marissa sobre todo esto.

Butch pensó en ella.

—Oh, se lo contaré. No te preocupes...

—No seas tan engreído.

—¿Lo soy? Esto tiene que funcionar.

—Tal vez no funcione. —Vishous miró la punta del cigarrillo—. Supongamos que vuelves bien del otro lado de la regresión y que nosotros podemos encontrar un pariente vivo para usar como impulsor del cambio... podrías morir en medio de la transición. Sólo tienes una pequeña oportunidad de sobrevivir.

—Lo haré.

V rió.

—No sé si tienes muchos cojones o unas ganas espantosas de morir.

—Nunca sobreestimes el poder del odio a uno mismo, V. Es un motivador infernal. Por lo demás, ambos sabemos que es mi única opción.

Sus miradas se encontraron. Butch supo que Vishous estaba pensando lo mismo que él: no importaba cuáles fueran los riesgos, cualquier cosa era preferible a morir a manos de su mejor amigo. Y si Butch insistía en marcharse, V tendría que matarlo. Eso lo sabían los dos.

—Voy a ver a Marissa.

Butch se detuvo, camino del túnel.

—¿Estás seguro de que no hay nada que podamos hacer con esos sueños tuyos?

—Ve con tu hembra, poli. Y no sufras por mí.

—Eres como una patada en el culo.

—Un burro llamando asno a otro burro.

Butch blasfemó y se metió en el túnel, tratando de no sentirse demasiado esperanzado. Al llegar a la gran casa, subió a la segunda planta y pasó junto al estudio de Wrath. Por impulso, llamó a la puerta. Después de que el Rey le dijera que entrase, Butch estuvo allí quizá unos diez minutos antes de ir al dormitorio de Marissa.

Iba a llamar a la puerta, cuando alguien dijo:

—Ella no está.

Se volvió y vio a Beth que salía del cuarto al final del vestíbulo, con un jarrón de flores en las manos.

—¿Dónde está? —preguntó.

—Se fue con Rhage a ver su nueva casa.

—¿Qué dices?

—Rhage ha alquilado una casa para ella. A unos diez kilómetros de aquí.

Mierda. Se iba a mudar. Y no le había dicho nada.

—¿Exactamente dónde es?

Después de que Beth le diera la dirección, su primera reacción fue correr hacia allí pero se contuvo. Wrath debía estar hablando con la Virgen Escribana en ese momento. Quizá podrían hacer la regresión y entonces tendría buenas noticias para darle a Marissa.

—¿Va a volver esta noche?

Estaba molesto. No le parecía bien que ella no le hubiera comentado que pensaba mudarse.

—Sin duda. Wrath va a pedirle a Vishous que revise el sistema de seguridad de su nueva casa. Lo más seguro es que se quede aquí con nosotros hasta que terminen la inspección. —Beth frunció el ceño—. Oye... no tienes buen aspecto. ¿Por qué no bajas y comes algo conmigo?

Él asintió.

—Tú sabes que yo la amo, ¿verdad? —Se le escapó, no muy seguro de por qué lo estaba diciendo.

—Sí, lo sé. Y ella te ama a ti.

¿Entonces por qué Marissa no quería hablar con él? ¿Tendría la oportunidad de hacerlo más tarde? Estaba muy avergonzado por cómo había reaccionado cuando se dio cuenta de que era Rhev quien alimentaba a Marissa. Pero estaba aún más avergonzado por haberle quitado la virginidad mientras estaba borracho. Eso era imperdonable.

—No tengo hambre —dijo él—. Pero te acompañaré a cenar.

* * *

Vishous estaba dolorido. Se sentía fatal. Fue al cuarto de baño y se recostó contra la pared de mármol. Wrath apareció en ese momento ante él, un enorme macho vestido de cuero.

—Mi *lord*... ¡Vaya susto que me has dado! ¿Quieres matar a un hermano?

—Estás un poco nervioso, V, ¿no? —Wrath le pasó una toalla—. He ido a ver a la Virgen Escribana.

V hizo una pausa con el pedazo de felpa bajo el brazo.

—¿Qué te ha dicho?

—No me ha permitido verla.

—Maldita sea, ¿por qué? —Se envolvió las caderas con la toalla.

—No lo sé, no me dio ninguna explicación. Me encontré con uno de los Elegidos... En fin, no pasa nada. Volveré mañana por la noche, no pienso abandonar.

Vishous sintió que su párpado empezaba a moverse en un molesto tic, debido quizá a la frustración.

—Mierda.

—Sí. —Se hizo una pausa—. Y ya que hablamos de mierda, hablemos de ti.

—¿De mí?

—Estás más tenso que un cable y tu ojo se retuerce constantemente.

—Sí, porque tú me traes malas noticias. —V esquivó al Rey y se marchó a su dormitorio.

Cuando se puso el guante en la mano, Wrath se recostó en la jamba de la puerta.

—Mira, Vishous...

Oh, no podían hacerle esto.

—Estoy bien.

—Claro que lo estás. Te propongo un trato. Te voy a dar hasta el fin de semana. Si no has mejorado para ese momento, te voy a sacar de la rotación.

—¿Qué?

—Vacaciones. ¿Puedes repetir las palabras *descanso* y *reposo*, hermano? No son tan trabajosas de decir...

—¿Estás en tus cabales? Te has dado cuenta de que en este momento apenas somos cuatro desde que Tohr desapareció. No puedes permitirte...

—Tú pierdes, hermano. Así que no te van a matar por lo que ronda por tu cabeza. Mejor dicho, no te van a matar, como es el caso.

—Mira, estamos todos al límite, con...

—He hablado con Butch hace un rato. Me ha contado que tienes muchas pesadillas.

—Mamón de mierda. —Iba a golpear a su compañero hasta dejarlo clavado en el suelo.

—Él tenía derecho a contármelo. Debiste habérmelo contado tú.

V fue hasta su escritorio, donde guardaba los papeles de liar y el tabaco. Lió un cigarro apresuradamente: necesitaba tener algo en la boca. O se tapaba la boca o seguiría jurando.

—Debes hacerte un chequeo, V.

—¿Quién me lo va a hacer? ¿Havers? Ningún escáner ni ningún trabajo de laboratorio van a decirme lo que me pasa, porque no es nada físico. Lo lograremos juntos. —Miró por encima de su hombro y suspiró—. Yo soy el más listo, ¿te acuerdas? Resolveré esto.

Wrath se quitó las gafas, sus ojos verdes brillaron como linternas de neón.

—Tienes una semana para arreglar esto; si no, acudiré a la Virgen Escribana y le expondré tu caso. Ahora, vístete. Necesito hablar contigo sobre algo concerniente al poli.

El Rey salió a la sala de espera. V fumó un rato, y después buscó su cenicero. Maldita sea, lo tenía enfrente.

Estaba a punto de ir a la sala cuando se miró la mano. Acercó esa pesadilla enguantada a su boca y se quitó el cuero con los dientes. Observó en silencio su resplandeciente maldición.

Mierda. Cada vez brillaba más y más.

Aguantó la respiración y apagó el cigarrillo encendido en la palma de su mano. Cuando la pequeña llama del tabaco por fin encontró su piel, la fosforescencia blanca relumbró aún con más fuerza, iluminando el fondo de los tatuajes hasta hacerlos parecer de tres dimensiones.

El cigarrillo se consumió en un resplandor de luz, la intensidad hormigueando en la punta de los nervios. Sopló lejos en el aire los remanentes de ceniza y vio cómo la nubecilla se esfumaba y desintegraba en nada.

* * *

Marissa recorrió la casa vacía y volvió hasta la sala de espera, por donde había comenzado. Era mucho más grande de lo que se había imaginado, especialmente por las seis habitaciones subterráneas. Dios, la había alquilado porque creyó que era mucho más pequeña que la mansión de su hermano —la de Havers—, pero el tamaño era relativo. Esa casa colonial parecía enorme. Y muy vacía.

Trató de imaginarse a sí misma caminando por sus pasillos y habitaciones y se dio cuenta de que nunca había vivido sola en una casa. Al volver, siempre la esperaban los sirvientes, Havers, los pacientes y el equipo médico. El complejo de la Hermandad igualmente estaba siempre lleno de gente.

—¿Marissa? —Oyó las pisadas de Rhage, que se acercaban por detrás—. Hora de irnos.

—Todavía no he revisado los cuartos.

—Fritz volverá y lo hará.

Ella meneó la cabeza.

—Ésta es mi casa. Quiero hacerlo yo.

—Entonces será mañana por la noche. Tenemos que irnos ya.

Echó una última ojeada y después se dirigió a la puerta.

—De acuerdo. Mañana.

Se desmaterializaron detrás de la mansión. Cuando entraron al vestíbulo, pudieron oler el rosbif y oír la conversación en el comedor. Rhage le sonrió y empezó a desarmarse, quitándose por los hombros la funda de la daga, mientras llamaba a Mary.

—Oye.

Marissa se volvió. Butch estaba en las sombras del cuarto de billar, inclinado sobre la mesa, con un vaso de cristal en la mano. Vestía un elegante traje y una corbata azul claro... pero al mirarlo, se lo imaginó desnudo, con los brazos estirados para poder sostenerse encima de ella.

El calor se le arremolinó en el pecho. Él apartó la mirada.

—Te veo distinta, con esos pantalones.

—¿Qué...? ¡Oh! Son de Beth.

Él bebió un sorbo de su vaso.

—Me han dicho que has alquilado una casa.

—Sí, vengo de allí.

—Beth me lo contó. ¿Cuánto tiempo te vas a quedar aquí? ¿Una semana? ¿Menos? Probablemente menos, ¿cierto?

—Probablemente. Iba a contártelo pero simplemente me dejé llevar por el impulso y lo alquilé. Lo siento, no tuve tiempo de decírtelo. No estaba ocultándotelo. —Cuando Butch no contestó, ella dijo—: ¿Butch? ¿Estás... estás... bien?

—Sí. —Miró su whisky—. O por lo menos voy a estarlo.

—Butch... Mira, sobre lo que pasó...

—Tú sabes que no me importó lo del incendio.

—No, quiero decir... en tu dormitorio.

—¿El sexo?

Marissa se ruborizó y bajó los ojos.

—Quiero que lo intentemos otra vez.

Él no dijo nada. Ella lo miró. La mirada color avellana era intensa.

—¿Sabes lo que quiero? Al menos una vez, quiero ser suficiente para ti. Al menos una vez.

—Tu eres...

Butch abrió los brazos y se miró el cuerpo.

—No voy a ser siempre lo que soy ahora. Voy a encargarme de ese problema.

—¿De qué estás hablando?

—¿Me dejas que te acompañe en la cena? —Para distraerla, se adelantó y le ofreció el brazo. Marissa declinó su galantería y él agregó—: Confía en mí, Marissa.

Después de un largo momento, ella aceptó su cortesía, pensando que por lo menos no la había evitado, lo que habría jurado que Butch haría después del incendio.

—Oye, Butch. Espera, mi hombre.

Se volvieron para ver de quién se trataba. Wrath salía por la puerta secreta debajo de las escaleras y Vishous iba con él.

—Buenas noches, Marissa —dijo el Rey—. Poli, te necesito un segundo.

Butch asintió.

—¿Qué hay?

—¿Nos excusas, Marissa?

La expresión en los rostros de los hermanos era suave, los cuerpos relajados. Y ella no pudo constatar nada especial por el momento. ¿Dónde se iba a quedar mientras los aguardaba?

—Te esperaré en la mesa —le dijo a Butch.

Se encaminó al comedor, se detuvo y miró hacia atrás. Los tres machos seguían juntos, Vishous y Wrath dominaban a Butch desde su altura mientras le hablaban. Una mueca de sorpresa surgió en la cara del poli. Luego asintió y cruzó los brazos, como si esperara instrucciones para salir.

El terror la sacudió. Negocios de la Hermandad. Lo sabía.

Butch llegó a la mesa diez minutos más tarde y ella dijo:

—¿De qué hablaban Wrath y V contigo?

Butch desplegó la servilleta.

—Quieren que vaya a la casa de Thor a investigar la escena del crimen. Ver si el fulano volvió o dejó alguna pista.

—Oh. Eso es... bueno.

—Era mi trabajo. Cuando era policía...

—¿Y es todo lo que harás?

Les sirvieron un plato de comida y él apuró su whisky.

—Sí, bueno... los hermanos van a empezar a patrullar áreas rurales, así que me han pedido que trabaje una ruta con ellos. Voy a ir con V a patrullar esta noche, después de la puesta de sol.

Marissa asintió, diciéndose a sí misma que todo iba salir bien. Mientras no combatiera. Mientras no...

—Marissa, ¿qué pasa?

—Yo, eh, no quiero que vuelvan a herirte. Es decir, tú eres humano y todo y...

—Para estar bien, hoy necesito volver a ser un investigador.

Bueno... Debía resignarse, se dijo Marissa. Si lo presionaba, sólo conseguiría ofender a Butch.

—¿Qué vais a investigar?

Levantó su tenedor.

—Quiero averiguar qué me pasó. V ha estado indagando en las *Crónicas*, pero dice que yo podría ayudarlo.

Al asentir, ella se dio cuenta de que no pasarían el día acostados juntos, el uno al lado del otro, en la cama de Butch. O en la suya.

Marissa bebió un sorbo de su vaso de agua y se maravilló de cómo podía sentarse tan cerca de alguien y sentirlo tan lejos.

30

A la tarde siguiente, John se sentó en el salón de clase, impaciente por ver cómo se desarrollaban los acontecimientos. Eran tres días de clase y un día de rotación. Estaba preparado para regresar al trabajo.

Mientras repasaba sus notas sobre explosivos plásticos, los otros practicantes charlaban despreocupadamente, al tiempo que se situaban en sus puestos. De repente, todos se quedaron callados.

John alzó la mirada. En la entrada había un hombre, un individuo que parecía algo inestable o tal vez borracho. Qué demonios...

La boca de John se aflojó al reconocer la cara y el pelo rojo. *Blaylock*. Era... Blaylock, sólo que mejor.

El sujeto miró hacia abajo y con torpeza caminó hacia la parte de atrás del salón. En realidad, se columpiaba al andar, como si de verdad no pudiera controlar sus brazos y sus piernas. Después de sentarse, movió las rodillas debajo de la mesa hasta que logró acomodarlas. Entonces se encorvó como si quisiera volverse más pequeño.

Sí, buena suerte. Jesús, era... enorme.

Blaylock había pasado la transición.

Zsadist entró al salón, cerró la puerta y miró a Blaylock. Después de un breve gesto de aprobación, Z comenzó su clase.

—Hoy vamos a hacer una introducción al tema de la guerra química. Hablaremos de gases lacrimógenos, gas mostaza... —El hermano hizo una pausa y soltó un taco cuando comprendió que nadie le estaba prestando atención: todos miraban a Blay—. Bueno, mierda. Blaylock, ¿quieres contarles qué se siente? No vamos a ir a ninguna parte hasta que lo hagas.

Blaylock se volvió rojo remolacha, meneó la cabeza y cruzó los brazos sobre el pecho.

—De acuerdo, practicantes, miradme atentamente. —Todos lo hicieron—. Si queréis saber qué se siente, yo os lo contaré.

John se sintió bien y se concentró. Z habló de generalidades, sin revelar nada de sí mismo, pero todo con muy buena información. Cuanto más hablaba, más vibraba el cuerpo de John.

«Eso está bien», le dijo a su sangre y a sus huesos. «Tomad nota porque nos tocará hacerlo muy pronto».

Estaba listo para volverse un hombre.

* * *

Van salió de la Town & Country, cerró silenciosamente la puerta del lado del pasajero y se quedó en la penumbra. Lo que veía a unos cien metros le trajo a la memoria el barrio donde había crecido: caravanas con techos de alquitrán y un coche desvencijado en el patio. La única diferencia es que esto era en medio de ninguna parte y su antiguo vecindario quedaba más cerca de la ciudad. Pero ambos estaban a dos pasos de la pobreza.

Al inspeccionar el área, la primera cosa que notó fue un extraño sonido que se expandía a través de la noche. Un golpeteo rítmico... ¿como si alguien estuviera dando golpecitos con un lápiz? No... se parecía más a una trituradora. Y provenía de la puerta trasera de la casa que había enfrente.

—Éste es el blanco de esta noche —dijo el Señor X cuando los otros dos restrictores salieron de la camioneta—. Los vigilantes diurnos han espiado este lugar durante toda la semana. Sólo hay actividad después de que oscurece. Rejas de hierro en las ventanas. Las cortinas siempre están echadas. El objetivo es capturar a los ocupantes de la casa pero podéis matarlos si creéis que se van a escapar...

El Señor X frunció el ceño. Miró alrededor.

Van hizo lo mismo y no vio nada fuera de lo normal.

Un Cadillac Escalade negro apareció de pronto por la avenida. Era un coche mucho más caro que cualquiera de las casas del barrio. ¿Qué diablos hacía por estos suburbios?

—Preparaos —ordenó el Señor X.

Van extrajo su nueva y fantástica Smith & Wesson 40 y sintió que su peso le llenaba la mano. Se aprestó para el combate, listo para enfrentarse a cualquier oponente.

El Señor X lo detuvo con una mirada seca.

—Quédate atrás. No quiero que te comprometas. Simplemente observa.

«Gilipollas», pensó Van, pasándose una mano por su pelo oscuro. «Miserable gilipollas».

—¿Está claro? —El rostro del Señor X estaba mortalmente frío—. No vas a ir.

Van agachó la cabeza y miró a otro lado para no maldecir en voz alta. Dirigió sus ojos a la camioneta: vio cómo iba hasta el estrecho y andrajoso final de la calle y se detenía allí.

Era algún tipo de patrulla. No parecían polis, pensó. Por lo menos, no humanos.

Se apagó el motor del Escalade y dos hombres descendieron del interior. Uno era de estatura relativamente normal, suponiendo que se pueda hablar de futbolistas normales. El otro tío era gigantesco.

Jesucristo... un hermano. Tenía que ser. Xavier tenía razón. Ese vampiro era más grande que cualquier monstruo que Van hubiera visto antes, y en su época había estado en el cuadrilátero con un montón de ellos.

De repente el hermano había desaparecido. *¡Puf en el aire!* Antes de que Van pudiera preguntarse qué diablos había sido eso, el acompañante del vampiro volvió su cabeza y miró directo al Señor X. Aunque estaban en las sombras.

—Oh, Dios... —Xavier suspiró—. *Él está vivo*. Y el Amo... está con...

El Capataz avanzó sin amedrentarse. De frente, a la luz de la luna. Directo al centro de la carretera.

¿Qué diablos estaba pensando?

* * *

Butch tembló cuando miró al restrictor que surgió de la oscuridad. Sin duda, era el bastardo que le había pegado la paliza: aunque no tenía recuerdos conscientes de la tortura, su cuerpo parecía reconocer quién le había hecho el daño, su cosecha de maltratos empotrada en la carne rota y magullada. Estaba preparado para enfrentarse al Capataz.

De alguna parte de detrás de la casa, una motosierra arrancó con un rugido y a continuación el ruido se redujo a un alto y alarmante chillido. Y en ese preciso momento, un segundo restrictor salió de los arbustos apuntando a Butch con el arma.

Mientras la semiautomática se vaciaba y las balas zumbaban por encima de su cabeza, Butch esgrimió su Glock y se agachó para cubrirse detrás del Escalade. Una vez que tuvo alguna protección, se volvió y disparó. Cuando hubo un respiro en el tiroteo, trató de mirar a través de los cristales blindados. El tirador se ocultaba detrás de una oxidada carcasa de coche, y sin duda recargaba su arma. Como Butch.

Y todavía el primer verdugo, el torturador, no se había armado. Simplemente permanecía de pie en medio de la carretera, mirando a Butch. Como si él fuera el plato principal del día.

Bien entrenado para el combate, Butch se agachó, rodeó la camioneta, apretó el gatillo y le pegó un tiro al fulano justo en el pecho. Con un gruñido, el Capataz se tambaleó, pero no cayó. Pareció sólo enfadado, recibiendo el impacto de las balas como si no fueran más que picaduras de abejas.

Butch no supo qué hacer, pero no era hora de preguntarse por qué sus fantásticas balas no tumbaban al verdugo. Apoyó el brazo en el parabrisas y volvió a dispararle, en rápida sucesión. Finalmente, el restrictor mordió el polvo, cayó de espaldas y se desparramó en un montón...

En ese momento un ruido terrible le llegó desde la parte de atrás, tan fuerte que pensó que le disparaban con otra arma.

Se columpió alrededor y empuñó la Glock con ambas manos para mantenerse al frente y estable.

Una hembra con una niña en brazos salió de la casa, enceguecida por el pánico. Y tenía una buena razón para correr. Pegada a sus talones iba un enorme macho, con intenciones de castigarla y con una motosierra al hombro. El lunático iba a atacarlas con esa maldita cuchilla giratoria, decidido a matar.

Butch desvió el cañón de su pistola unos cinco centímetros, apuntó a la cabeza del hombre y apretó el gatillo...

En el mismo instante Vishous se materializó detrás del fulano y le quitó la motosierra.

—¡Joder! —Butch trató de detener el apretón de su dedo índice pero la pistola corcoveó y la bala voló...

Alguien lo agarró por la garganta: el segundo restrictor se había movido con rapidez. Lo tiraron por el aire y lo golpearon contra el capó del Escalade. Con el impacto, perdió la Glock, el arma golpeó a un lado, metal sobre metal.

«Me cago en tu madre», pensó. Metió la mano al bolsillo del abrigo y buscó la navaja de muelle que siempre llevaba consigo. Bendito fuera su maldito corazón. La encontró y la sacó con el brazo libre. Cuando la hoja saltó, se deslizó hacia la izquierda y apuñaló al verdugo en un costado.

Casi sintió el dolor ajeno. Y la sorpresa del otro.

Butch hundió la navaja en el pecho del que estaba encima de él y luego empujó al restrictor. Como el bastardo pareció colgarse en el aire durante unos segundos, Butch balanceó el cuchillo. La navaja tajó como un rayo la garganta del restrictor y abrió una fuente de sangre negra.

Butch tiró al verdugo al suelo y se volvió hacia la casa.

Vishous aferraba al tipo con la motosierra, tratando de que los mandobles de la rugiente cuchilla no le golpearan el cuerpo. Mientras tanto, la hembra con la niña corría como el diablo por el patio. Otro restrictor les cerró el camino.

—Llama a Rhage —dijo V.

—Voy a ello —gritó Butch mientras se quitaba de encima al otro. Luego corrió, rezando por llegar a tiempo, por ser lo suficientemente rápido... *Por favor, sólo esta vez...*

Interceptó al restrictor con una espectacular maniobra voladora. Mientras caían, le gritó a la mujer que siguiera corriendo.

Los balazos salieron de alguna parte, pero estaba muy ocupado como para preocuparse por ellos. El restrictor y él rodaron sobre la nieve desigual, dándose puñetazos y estrangulándose el uno al otro. Si seguían así, perdería. Con un juramento de desesperación y guiado por algún instinto de salvación, detuvo la turbia lucha, dejó que el verdugo lo dominara... y luego encontró la mirada del inmortal.

Ese vínculo, esa horrible comunión, ese lazo de hierro entre ellos, germinó en instantes y los dejó inmóviles. Y con el vínculo, a Butch le llegó la urgencia de consumir.

Abrió la boca y comenzó a inhalar.

CAPÍTULO
31

Tirado en mitad de la carretera, sangrando como un cerdo, el Señor X mantuvo su mirada en el humano contaminado que se suponía había muerto. El fulano sabía cuidarse por sí mismo. Había tumbado a un restrictor. Pero lo iban a abatir. Con seguridad. Cuando el verdugo se arrojara sobre él, lo iba a despedazar...

De repente los dos oponentes se congelaron. La dinámica se modificó. Las reglas de fuerza y debilidad cambiaron. El verdugo estaba encima pero el humano controlaba la situación.

El Señor X se quedó sin aliento. Algo muy extraño estaba ocurriendo ante sus ojos... algo...

Un hermano de pelo rubio se materializó al lado de los dos. El guerrero saltó y empujó al restrictor, se lo quitó de encima al humano, rompiendo el vínculo que se había formado entre ellos...

Desde las sombras, Van apareció y bloqueó la visión del Señor X.

—¿Quiere que salgamos de aquí?

Sí, y preferiblemente por la vía más segura. Estaba a punto de morir... otra vez.

—Muévete.

El Señor X se levantó y cojeó hasta la camioneta. La cabeza se le bamboleaba arriba y abajo como una muñeca partida por la mitad. Alcanzó a ver cómo el hermano rubio desintegraba al otro restrictor, después de arrodillarse a examinar al humano.

¡Jodidos vampiros!

X se relajó. Y agradeció que Van Dean fuera novato: no tenía por qué saber que los restrictores jamás se llevaban consigo a los heridos. Por lo general, un verdugo lesionado era abandonado donde caía, bien para que los hermanos lo apuñalaran o bien para que se pudriera gradualmente.

Sintió que lo metían a la camioneta, encendían el motor y salían de ahí a todo gas. Se recostó en el asiento y se palpó el pecho, evaluando las lesiones. Se iba a recobrar. Llevaría tiempo pero su cuerpo no estaba tan dañado como para no regenerarse.

Van giró bruscamente a la derecha y X se fue contra la puerta.

A su gruñido de dolor, Van lo miró.

—Lo siento.

—Que le den. Salgamos de aquí.

El motor aceleró y el Señor X cerró los ojos. Hombre, ¿conque ese humano estaba vivito y coleando? Tremendo problema. *Tremendo* problema. ¿Qué había pasado? ¿Por qué el Omega no sabía que aún seguía vivo? ¿Sería porque el fulano detectaba la presencia del Amo?

Mierda, quién sabía los porqués. Lo importante, ahora que X estaba seguro de que el hombre aún vivía, era saber si se lo contaría al Omega. ¿O esta novedad dispararía un nuevo cambio en el liderazgo y condenaría a X para siempre? Le había jurado al Amo que los hermanos habían rescatado el cadáver del fulano. Quedaría como un idiota cuando resultara que no había sido verdad.

Estaba vivo. Tenía que aguantar hasta que Van Dean tuviera todo su poder. Así, no... no daría ningún informe sobre el humano.

Pero ese sujeto era un peligro. Una deuda que tenía que saldarse lo más pronto posible.

* * *

Butch yacía rígido en el terreno nevado, tratando de recuperar el aliento, aún pensando en lo que había sucedido cuando él y uno de los restrictores se abrazaron en mitad de la lucha.

Se le revolvió el estómago. ¿Dónde estaba Rhage? Después de que Hollywood le rompiera el vínculo con el restrictor y matara al bastardo, corrió hacia el bosque para cerciorarse de que no hubiera otros por ahí.

Debía ponerse de pie y rearmarse por si llegaban más.

Butch se apoyó en los brazos y se levantó con esfuerzo. Vio a la madre y a la niña, pegadas a la pared, estrechamente abrazadas. Mierda... las reconoció: las había visto en la clínica de Havers. Eras los dos con las que Marissa estaba sentada el día en que salieron de la cuarentena.

Sí, definitivamente eran ellas. La joven tenía una escayola en la parte baja de una pierna.

Pobres criaturas, pensó. Apretujadas como estaban, se parecían a cualquier víctima humana de las que había visto en su trabajo; las características del drama trascendían las fronteras entre las especies: la madre de ojos grandes, piel pálida y quebrantadas ilusiones. La niña, desamparada pese al abrazo de su madre. Avanzó hacia ellas lentamente.

—Yo soy... —Por poco dice *detective de la policía*—. Soy un amigo. Sé quiénes son y voy a encargarme de ustedes.

Los dilatados ojos de la madre se apartaron del alborotado pelo de su hija.

Sin alzar la voz y sin arrimárseles mucho, señaló el Escalade.

—Me gustaría que se metieran en ese coche. Voy a darles las llaves así que tendrán el control y podrán poner los seguros por dentro. Iré a hacer un rápido chequeo con mi compañero, ¿de acuerdo? Después, las llevaré a la clínica de Havers.

Esperó mientras la hembra lo revisaba de arriba abajo, calculando qué les podría pasar y preguntándose si le pegarían a ella o a la niña. ¿Cómo confiar en alguien del sexo opuesto? ¿Cuáles eran sus opciones?

Estrechó a su hija, se levantó y enseguida extendió la mano. Butch puso las llaves en su palma, sabiendo que V tenía otro juego, de modo que podrían meterse al Escalade si tenían que hacerlo.

En un relámpago, la hembra se volvió y arrancó a correr, la niña como una carga tintineante y pesada.

Al verlas alejarse, supo que la carita de la niña se le quedaría grabada en la memoria. A diferencia de su madre, parecía totalmente calmada. Como si ese tipo de violencia fuera un asunto común y corriente.

Con una maldición, Butch trotó hacia la casa y gritó:

—V, ya voy.

La voz de Vishous llegó desde la segunda planta.

—No hay nadie. Y tampoco hay nada en la camioneta.

Butch miró el cuerpo tirado a la entrada. Macho vampiro, de unos treinta y cuatro años o así. Todos tenían el mismo aspecto hasta que empezaban a envejecer.

Le dio un puntapié a la cabeza del fulano.

Los zapatones de V resonaron por las escaleras.

—¿También está muerto?

—Sí. Lo agarraste bien... mierda, tu cuello está sangrando. ¿Fue mi disparo?

V se llevó la mano a la garganta y se miró la sangre en la palma.

—No sé. Él y yo estábamos en la parte de atrás de la casa y él intentó cortarme con la sierra. ¿Dónde está Rhage?

—Aquí. —Hollywood entró—. Fui a mirar entre los árboles. Todo limpio. ¿Qué pasó con la madre y la niña?

Butch señaló hacia fuera.

—En el Escalade. Tienen que ir a la clínica. La madre tiene muchas contusiones.

—Las llevaremos tú y yo —dijo V—. Rhage, ¿por qué no vas tras los mellizos?

—Hecho. Se fueron de cacería al centro. Cuidaos.

Rhage se desmaterializó y Butch dijo:

—¿Qué quieres hacer con el cuerpo?

—Pongámoslo atrás. El sol saldrá en un par de horas y se encargará de él.

Entre ambos cogieron al macho, atravesaron la roñosa casa y lo tiraron junto a la estructura podrida de una mecedora Barcalounger.

Butch hizo una pausa y miró a la astillada puerta trasera.

—Este tío quería portarse como Jack Nicholson con su esposa y su hijo en *El resplandor*, ¿te acuerdas? Y mientras, los restrictores espiaron el lugar y escogieron esta noche para atacar.

—Bingo.

—¿Hay muchos problemas domésticos como éste?

—En el Viejo País, seguro, pero aquí no creo que haya muchos.

—Tal vez no se sepa porque nadie lo denuncia.

V se frotó el ojo derecho.

—Quizá. Sí... quizá tengas razón.

Entraron por lo que quedaba de puerta trasera y miraron lo mejor que pudieron. De camino a la salida, Butch vio un animalito de felpa descosido tirado en un rincón de la sala de estar, como si se hubiera caído ahí. Cogió el tigre y frunció el ceño. Pesaba una tonelada.

Se lo metió bajo el brazo, sacó el móvil e hizo dos llamadas rápidas mientras V trataba de cerrar la puerta. Después se dirigieron hacia el Escalade.

Con cautela, Butch se aproximó a la puerta del conductor, con los brazos en alto, balanceando el tigre con una mano. Vishous rodeó el capó con esta misma simpática rutina, hasta detenerse a un metro de la puerta del pasajero. Ninguno de ellos se movió.

El viento soplaba desde el norte, una corriente fría y húmeda que hizo que Butch sintiera los dolores de la lucha.

Después de un momento, los seguros del coche fueron liberados con un golpe seco.

* * *

John no paraba de mirar a Blaylock. Especialmente en la ducha. El cuerpo del muchacho ahora era enorme: los músculos le brotaban de todos lados, ordenando en abanico su columna vertebral, llenando sus piernas y sus hombros, engrosando sus brazos. Era quince centímetros más alto, por lo menos. Jesucristo, ahora mediría un metro y noventa centímetros.

Pero no parecía contento. Se movía desmañadamente, todo el tiempo de cara a la pared mientras se duchaba. Y a juzgar por sus estremecimientos, el jabón parecía irritarlo, o tal vez su piel era el problema. Estuvo un momento bajo el chorro y enseguida retrocedió un paso para ajustar la temperatura.

—¿Te vas a enamorar de él? Los hermanos se pondrán celosos.

John miró a Lash. El tipo sonreía mientras se lavaba el pequeño pecho, una gruesa cadena de diamantes sobresalía entre la espuma.

—Tú, Blay, mejor no dejes caer el jabón. El muchacho John está ojeando tu carne como ya te imaginarás.

Blaylock ignoró el comentario.

—Blay. ¿Me has oído? ¿O sueñas despierto con el muchacho John arrodillado delante de ti?

John dio un paso delante de Lash y le bloqueó la vista.

—Oh, por favor, ¿no me digas que tú lo vas a proteger? ¿Es un chiste o qué? —Lash le echó una ojeada a Blaylock—. Blay no necesita que nadie lo cuide, ¿no es así? Ahora es un hombre hecho y derecho, ¿no es cierto, Blay? Dime una cosa, ¿si John quisiera propasarse contigo, se lo permitirás? Apuesto a que sí. Apuesto a que no podrás resistirte a sus encantos. Vosotros dos haréis como...

John arremetió con rabia, tiró a Lash contra los azulejos y... lo golpeó sin darse cuenta de lo que hacía.

Era como si llevara puesto un piloto automático. Golpeó al fulano en la cara una y otra vez, los puños cargados con oleadas de cólera, hasta que el suelo de la ducha se puso rojo. Y no importó cuántas manos lo agarraran por los hombros, los desechó y siguió triturando a Lash.

Hasta que de repente algo lo transportó lejos de Lash.

Luchó contra lo que le sostenía, a manotazos, a puñetazos, y siguió peleando incluso cuando tuvo conciencia de que los demás compañeros se habían apartado de él, muertos de miedo.

John siguió luchando y gritando sin un sonido mientras lo sacaban de la ducha. Y fuera, en el vestuario. Y abajo, en el vestíbulo. Arañó y golpeó hasta que lo tiraron a las esterillas azules del gimnasio, y se quedó sin aliento.

Por un momento, lo único que hizo fue mirar las luces del techo. Cuando comprendió que lo sujetaban por detrás, reanudó la lucha. Enseñando los dientes, mordió la ancha muñeca que estaba cerca de su boca.

Súbitamente, lo tiraron boca abajo y un peso enorme se acopló a su espalda.

—¡Wrath! ¡No!

Registró el nombre, sin entender. Oyó la voz de la Reina, sin escuchar. Estaba más allá de la ira, quemándose incontrolablemente, desgranándose a su alrededor.

—¡Lo vas a matar!

—¡No te metas en esto, Beth! —La voz del Rey resonó en el oído de John—. ¿Ya has terminado, hijo? ¿O necesitas más?

John luchó, ya sin fuerzas.

—Wrath, por favor, suéltalo...

—Esto es entre él y yo, leelan. Quiero que vayas a los vestuarios y te encargues de la otra mitad de este embrollo. Hay que llevar a ese chico de la ducha a la clínica de Havers.

Se oyó una maldición y después un portazo.

La voz de Wrath le llegó a John con más claridad.

—¿Piensas que machacar a unos de estos chicos te hará un hombre?

John se removió contra el peso en su espalda, sin importarle que fuera el Rey. Lo único que le importaba, lo único que sentía, era la furia que fluía por el torrente de sus venas.

—¿Crees que con partirle la boca a ese idiota te vas a ganar el billete de entrada a la Hermandad?

John pujó con más fuerza. Por lo menos hasta que una pesada mano le aferró la nuca. Su rostro se aplastó contra las alfombras, en una ruda e indeseada comunión.

—No necesito matones. Necesito soldados. ¿Quieres saber la diferencia? Los soldados piensan. —Más presión en la nuca hasta que John no pudo ni parpadear—. Los soldados *piensan*.

De pronto el peso se desvaneció y John aprovechó la tregua. Se atragantó con la respiración, el aire traspasando entre sus dientes y martillando hacia abajo por su garganta.

Otra respiración, más respiración.

—Levántate.

John se apoyó en la alfombra. Por desgracia, su estúpido cuerpo de cretino se sintió encadenado al suelo. Literalmente no podía moverse.

—Que te levantes.

—Que te jodan.

—¿Qué has dicho? —El Rey, furioso, cogió a John por debajo de los brazos y le dio la vuelta para ponerlo cara a cara con él.

El temor sacudió a John. Wrath enseñó los colmillos que parecían tan largos como las piernas del muchacho.

—¿Crees que no puedo oírte sólo porque tú no puedes hablar?

John trató de columpiarse para librarse del Rey, pero luego se dejó caer. Las rodillas le fallaron e intentó ponerse nuevamente de pie, tembloroso.

Wrath lo miró con desprecio.

—Es una pena que no esté Tohr aquí en estos momentos.

«No es justo», quiso gritar John. «No es justo».

—¿Piensas que Tohr se habría dejado impresionar por esto?

John se tambaleó en busca de apoyo, mirando a Wrath.

«No menciones su nombre», moduló con los labios, sin ningún sonido. «No lo menciones».

El dolor lo desgarró como un bisturí en las sienes. Entonces, en su mente, oyó la voz de Wrath que repetía la palabra *Tohrment* una y otra vez. Tapándose los oídos con las manos, John comenzó a retirarse torpemente, tropezando al andar.

Wrath no se detuvo, haciendo resonar el nombre cada vez con más intensidad, un alarido, un canto implacable y demoledor. Entonces John vio la cara, el rostro de Tohr, nítido como si estuviera allí frente a él. Los ojos azul marino. El oscuro y corto cabello militar. Los rasgos rudos.

John abrió la boca y empezó a chillar. No se oyó nada, por supuesto, pero siguió así hasta que los alaridos se acabaron. Inundado por la pena, extrañando al único padre que había conocido, se cubrió los ojos y encorvó los hombros, hundiéndose mientras lloraba. El derrumbamiento había pasado del todo: la mente silenciada, la visión de Tohr esfumada. Unos poderosos brazos lo recogieron.

John empezó a vociferar de nuevo, pero ahora en agonía, sin rabia. Se aferró a los formidables hombros de Wrath. Sólo quería que el dolor se acabara... Quería enterrar el dolor lo más profundamente que pudiera. Sentía en carne viva las pérdidas de su vida y las tragedias. Sólo dolor.

—Mierda... —Wrath lo meció con cariño—. Todo está bien, hijo. Dios... maldita sea.

M arissa salió del Mercedes y enseguida volvió a subir.

—¿Me esperas Fritz, por favor? Quiero ir a la casa de alquiler después.

—Desde luego, Ama.

Miró la entrada posterior de la clínica de Havers, preguntándose si su hermano la dejaría entrar.

—Marissa.

Se volvió al oír que la llamaban:

—Oh, Dios... Butch. —Corrió hacia el Escalade—. Me alegra que me hayas llamado. ¿Estás bien? ¿Y ellas?

—Sí. Las están reconociendo.

—¿Y tú?

—Bien. Muy bien. Me imagino que esperaré fuera, creo...

Sí, Havers no se pondría muy contento si lo veía. Tampoco iba a salir corriendo a recibirla a ella, supuso.

Marissa miró hacia la entrada trasera de la clínica.

—La madre y la niña... no pueden regresar a su casa después de esto, ¿verdad?

—De ninguna manera. Los restrictores conocen el sitio, no es seguro.

—¿Y qué fue del hellren de la madre?

—Me... encargué de él.

Dios santo, no podía sentir alivio por la muerte de alguien pero lo sentía. Hasta que pensó en Butch en pleno campo de batalla.

—Yo te amo —se le escapó—. Por eso no quiero que entres en lucha. Si te pierdo por alguna razón, mi vida estará acabada.

Los ojos de Butch se ensancharon, y ella notó que no habían hablado de amor nunca. Regla número uno. Odiaba pasar las horas del día lejos de él, odiaba la distancia entre ellos y no iba a permitirle que se marchara de su lado. Nunca.

Butch se le acercó, con las manos extendidas hacia su cara.

—Marissa... no sabes lo que significa para mí oírte decir eso. Necesito saberlo. Necesito sentirlo.

La besó suavemente, murmurando palabras de amor sobre su boca. Marissa tembló y él la sostuvo con cuidado. Aún había cosas que fluían con dificultad entre ellos, pero ninguna importaba en este momento.

Cuando Butch la empujó un poco hacia atrás, ella dijo:

—Voy a entrar. ¿Me esperarás? Me gustaría enseñarte mi nueva casa.

La acarició ligeramente en la mejilla. Aunque sus ojos se veían tristes, él dijo:

—Sí, te esperaré. Estoy deseando conocer tu nueva casa.

—Enseguida vuelvo.

Marissa lo besó otra vez y luego se dirigió a la entrada de la clínica. Se sentía como una intrusa, pero a nadie pareció sorprenderle su presencia allí, lo que en cierto modo la tranquilizó, aunque sabía que eso no significaba que las cosas fueran a funcionar normalmente. Mientras bajaba en el ascensor, jugueteó con su pelo. Estaba nerviosa. ¿Le montaría su hermano una escena?

Cuando llegó a su planta, se acercó a recepción y una enfermera la condujo a la habitación de la niña. Llamó a la puerta y se puso rígida.

Havers la miró mientras hablaba con la niña. Estaba pálido. Se subió las gafas y luego aclaró su garganta con un carraspeo.

—¡Has venido! —exclamó la joven al ver a Marissa.

—Hola —dijo ella, moviendo la mano.

—Si me disculpa —le dijo Havers a la madre— tengo que poner sus papeles en orden. Como le dije, no hay prisa de que usted se marche.

Marissa miró fijamente a su hermano, preguntándose si aceptaría su presencia. Lo hizo en su manera de hablar. Su mirada revoloteó sobre los pantalones que ella llevaba e hizo una mueca.

—Marissa.

—Havers.

—Te ves... bien.

Bonitas palabras. En realidad, lo que significaban era que la veía diferente y que él no aprobaba el cambio.

—Estoy bien.

—Si me excusas.

Cuando Havers salió sin aguardar respuesta, la rabia se le acumuló en la garganta. Sin embargo, no dejó salir los insultos que tenía en la punta de la lengua. En lugar de eso, fue hasta un lado de la cama y se sentó. Cogió la mano de la pequeña y trató de adivinar qué le diría. La voz monótona de la joven se le adelantó.

—Mi padre está muerto —informó la niña—. Mi mahmen está aterrorizada. Y no tenemos adónde ir cuando salgamos de aquí.

Marissa entrecerró los ojos brevemente, agradeciéndole a la querida Virgen Escribana que por lo menos ella tuviera una solución para uno de esos problemas.

Miró a la madre.

—Yo tengo un sitio para ustedes. Y voy a llevarlas pronto.

La madre empezó a menear la cabeza.

—No tenemos dinero...

—Pero yo puedo pagar el alquiler —dijo la niña, levantando su tigre de felpa. Soltó el pespunte en la espalda del animalito, metió la mano y sacó el plato de los deseos.

—Esto es oro puro, ¿cierto? Entonces es dinero... ¿cierto?

Marissa suspiró profundamente y se dijo a sí misma que no iba a llorar.

—No, eso es un regalo mío. Y no hay que pagar alquiler. Tengo una casa vacía y necesito gente para ocuparla. —Miró otra vez a la madre—. Me encantaría que se quedaran conmigo tan pronto como mi casa nueva esté lista.

* * *

Cuando John volvió al vestuario, ya no había nadie allí. En el resonante silencio, tomó la ducha más larga de su vida, parado bajo el chorro caliente, dejando que el agua le corriera por el cuerpo. Se sintió dolorido. Enfermo.

No podía creerlo. ¿De verdad había golpeado al Rey? ¿Y a un compañero de clase?

Se recostó contra los azulejos. A pesar del potente chorro y del jabón, nada lo limpiaba. Curiosamente se sentía... sucio.

Maldiciendo, se miró los escasos músculos del pecho y el hundido hueco del estómago y los huesos salientes de las caderas, y también se miró desde el inexpresivo sexo hasta los pies. Luego ojeó los azulejos y el desagüe por donde la sangre de Lash había drenado.

Se dio cuenta de que podía haberlo matado. Había perdido el control.

—¿John?

Zsadist estaba parado a la entrada de la ducha, el rostro completamente impasible.

—Cuando acabes, sube a la mansión principal. Estaremos en el estudio de Wrath.

John asintió y cerró el agua. Había muchas probabilidades de que le dieran una patada y lo echaran del programa de entrenamiento. Tal vez hasta lo echaran de la casa. Y no podría culparlos. Por Dios santo, ¿adónde iría?

Después de que Z saliera, John se secó con una toalla, se vistió y atravesó el vestíbulo hacia la oficina de Tohr. Mantuvo los ojos bajos mientras pasaba por el túnel. Sería incapaz de soportar cualquier recuerdo de Tohrment en este momento. Cualquiera.

Un par de minutos más tarde, estaba en el vestíbulo de la mansión, mirando hacia las imponentes escaleras. Subió muy despacio, sintiéndose muy cansado. La extenuación empeoró al llegar arriba: la doble puerta del estudio de Wrath estaba abierta y se oían las voces de los que allí estaban, las del Rey y las de los otros. Cómo les había fallado a todos, pensó.

Lo primero que vio cuando entró al cuarto fue la silla de Tohr. El feo monstruo verde había sido movido y ahora estaba detrás y a la izquierda del trono. Extraño.

John avanzó.

Wrath estaba agachado sobre un suntuoso escritorio repleto de papeles, con un magnífico vaso en la mano, aparentemente leyendo. Z y Phury flanqueaban al Rey, uno a cada lado, ambos inclinados sobre el mapa que Wrath examinaba.

—Aquí es donde encontramos el primer campo de tortura —dijo Phury y señaló una gran mancha verde—. Aquí estaba Butch. Y aquí fue donde me cogieron a mí.

—Hay una gran distancia entre esos puntos —murmuró Wrath—. Un montón de kilómetros.

—Lo que necesitamos es un avión —dijo Z—. Un reconocimiento aéreo sería mucho más eficiente.

—Eso es verdad. —Wrath meneó la cabeza—. Tenemos que planearlo bien. Si cometemos algún fallo podríamos estropearlo todo.

John avanzó un palmo hacia el escritorio. Estiró el cuello.

Con un ligero movimiento, Wrath empujó la gran hoja de papel hacia delante y concluyó la revisión. O a lo mejor... estaba alentando a John a echar una ojeada. Sólo que en vez de espiar el mapa topográfico, John miró al antebrazo del Rey. La marca del mordisco en la muñeca lo mortificó. Dio un paso atrás.

En ese momento, Beth entró con una caja de cuero y pergaminos atados con cintas rojas.

—Wrath, creo que deberíamos revisar estos documentos. Les he dado prioridad porque me parecen importantes.

El Rey se echó hacia atrás cuando Beth depositó la caja sobre el escritorio. Cogió la cara de la Reina, la besó en los labios y a ambos lados de la garganta.

—Gracias, leelan. Ahora es perfecto, aunque V y Butch ya vienen con Marissa. Oh, mierda, ¿te conté que el Concilio de Princeps tuvo una gran idea? Sehclusion obligatoria para todas las mujeres no emparejadas.

—¿Estás bromeando?

—Ojalá. Esa idiotez no ha sido aprobada todavía, pero según Rehvenge la votación será pronto. —El Rey miró a Z y a Phury—. Estudiad lo del avión. ¿Tenemos a alguien que sepa pilotar?

Phury se encogió de hombros.

—Yo lo hacía antes. Y podemos poner a V...

—¿Ponerme en qué? —dijo V mientras entraba al estudio.

Wrath miró a los mellizos.

—¿Puedes decir Cessna, mi hermano?

—Perfecto. ¿Vamos a aerotransportarnos?

Butch y Marissa entraron detrás de V, cogidos de la mano.

John se hizo a un lado y los miró a todos: Wrath charlaba con Beth mientras V y Butch y Marissa conversaban entre ellos y Phury y Z salían.

Caos. Gestión. Propósitos. Eso era la monarquía, la Hermandad en acción. Y John se sintió un privilegiado por estar en aquella habitación... aunque fuera sólo por un breve tiempo antes de que le patearan su angustiado culo y lo mandaran al infierno.

Confiando en que se hubieran olvidado de él, buscó un sitio donde sentarse y vio la silla de Tohr. Se movió, casi desvanecido, hasta llegar al cuero roto. Desde ahí podía observarlo todo: lo que había encima del escritorio de Wrath, la puerta por donde la gente entraba y salía, cada rincón del estudio del Rey.

John se sentó y se inclinó hacia delante. Oyó a Beth y a Wrath que hablaban del Concilio de Princeps. ¡Ah! Trabajaban en equipo. Ella le daba excelentes consejos y el Rey los escuchaba con atención y sinceridad.

Wrath asintió a algo que ella había dicho. Su larga cabellera negra se deslizó sobre el hombro y cayó hasta el escritorio. Se la recogió y la echó para atrás, se apoyó en un pie, abrió un cajón y sacó un cuaderno y una pluma. Sin mirar, los mantuvo detrás de él, justo enfrente de John.

John tomó el obsequio con manos temblorosas.

—Bien, leelan, eso es lo que se consigue cuando se negocia con la glymera. Un montón de porquería. —Wrath meneó la cabeza y luego miró a V, Butch y Marissa—. ¿Y vosotros tres qué planes tenéis?

John oyó el intercambio de palabras, demasiado humillado para concentrarse. Dios santo, tal vez los hermanos no lo iban a echar... tal vez.

Se concentró para oír lo que Marissa decía:

—No tienen ninguna parte adónde ir, así que se quedarán en la casa que acabo de alquilar. Pero, Wrath, necesitan asistencia a largo plazo y me temo que hay más casos como el de ellas, hembras sin nadie que las ayude, bien porque sus machos han sido capturados por los restrictores o han muerto por causas naturales o bien, Dios no lo quiera, porque sus machos son maltratadores. Ojalá hubiera algún tipo de programa...

—Sí, definitivamente necesitamos uno. Así como otras ocho mil cosas. —Wrath se frotó los ojos bajo las gafas de sol y después miró a Marissa—. Voy a encargarte este asunto. Averigua lo que los humanos hacen por sus niños. Piensa en lo que necesitamos para la raza y calcula cuánto dinero se necesita, personal, instalaciones... Ve y hazlo.

Marissa se quedó boquiabierta.

—¿Mi *lord*?

Beth asintió.

—Es una idea fabulosa. Y como sabes Mary trabajaba con servicios sociales cuando fue voluntaria en la línea telefónica de prevención de suicidios. Podrías empezar con ella. Pienso que está familiarizada con el Departamento de Servicios Sociales del gobierno federal.

—Yo... sí... lo haré. —Marissa miró a Butch y, en respuesta, él le sonrió, una lenta y muy masculina expresión de respeto—. Sí, yo... yo lo haré. Yo... —La hembra cruzó la habitación, aturdida, y se detuvo en la puerta—. Espera, mi *lord*. Nunca he hecho nada como esto antes. Quiero decir, he trabajado en una clínica pero...

—Vas a llevar esto muy bien, Marissa. Y, como un amigo mío me dijo alguna vez, en caso de necesidad buscarás ayuda. ¿Cierto?

—Uh... sí, gracias.

—Tienes un montón de trabajo por delante.

—Sí... —Hizo una reverencia, aunque al instante se dio cuenta de que llevaba pantalones.

Wrath sonrió y luego miró a Butch, que iba detrás de su hembra.

—Oye, poli, tú, V y yo nos vemos esta noche. Vuelve dentro de una hora.

Butch palideció. Luego asintió y salió con Vishous.

Cuando Wrath se concentró en su shellan, John garabateó velozmente algo en el cuaderno y se lo mostró a Beth. Después de que ella lo leyera en voz alta para el Rey, Wrath inclinó la cabeza.

—Vas a salir adelante, hijo. Y sí, sé que te avergüenza lo que pasó. Disculpas aceptadas. Pero de ahora en adelante dormirás aquí. No importa si es en esa silla o en una cama abajo en el vestíbulo, dormirás aquí. —John asintió y el Rey añadió—: Y una cosa más. Cada madrugada, a las cuatro en punto, saldrás a correr con Zsadist.

John soltó un silbido ascendente.

—¿Por qué? Porque yo lo digo. Cada madrugada. De lo contrario, saldrás del programa de entrenamiento y también saldrás de aquí. ¿Está claro? Silba dos veces si me has entendido y estás de acuerdo.

John hizo lo que el Rey le pidió.

Después, torpemente, escribió *gracias*. Y salió.

CAPÍTULO

33

C uarenta y cinco minutos más tarde, Butch se paró a la
entrada de la cocina y miró a Marissa que hablaba con
Mary y John. Los tres se inclinaban sobre un diagrama explica-
tivo de las agencias de servicios de los humanos del estado de
Nueva York. Mary las había tomado como ejemplo para explicarle a Marissa cómo funcionaban las cosas entre los humanos,
y John se había unido como voluntario.

Pobre muchacho, pensó Butch. El chaval había pasado por
las peores situaciones. Nacido en el cuarto de baño de una esta-
ción de autobuses. Recogido por un portero y entregado a un or-
fanato católico. Más tarde, en una casa con unos padres adopti-
vos que no hicieron ni una mierda por él después de que Nuestra
Señora redujera su programa asistencial. Y lo peor: expulsado del
colegio a los dieciséis años. Sacado del sistema. En la miseria mientras se ganaba la vida como ayudante de camarero en el centro de
la ciudad. Tenía suerte de estar vivo.

Y Marissa estaba decidida a ayudar a otros chavales como él.

Se puso a escucharla con atención mientras exponía a los
otros sus ideas. Su voz había cambiado. Ahora era más profunda. Más directa. Más segura. Sus ojos brillaban y sus preguntas
eran cada vez más agudas e interesantes. Era, lo notó, increíble-
mente lista y le iba a ir muy bien con ese asunto.

Dios, él la amaba. Y quería ser lo que ella necesitaba. Lo que ella se merecía.

Y como si fuera un eco, Butch oyó pasos y olió el tabaco turco de V.

—Wrath está esperando, poli.

Miró a su mujer por un largo momento.

—Vamos.

Marissa lo llamó.

—¿Butch? Me gustaría conocer tu opinión sobre la organización de una fuerza de policía. —Señaló el diagrama—. Puedo prever un montón de escenarios en los que vamos a necesitar intervenciones de las fuerzas de la Ley. Wrath va a tener que empezar a considerar la formación de alguna clase de guardia armada.

—Lo que quieras, nena. —Memorizó su rostro—. Dame algo de tiempo para pensarlo, ¿de acuerdo?

Ella asintió, sonrió de una manera distraída y volvió al trabajo.

Incapaz de resistirse, Butch se volvió y la tocó en el hombro. Cuando Marissa lo miró, la besó en la boca y le susurró:

—Te amo.

Los ojos de ella flamearon, la besó otra vez y luego se fue. Esperaba que su regresión ancestral saliera bien. Lo esperaba de todo corazón.

Él y Vishous subieron al estudio y encontraron vacío el aristocrático salón francés. Wrath estaba de pie frente al fuego, un brazo apoyado en la repisa de la chimenea. Parecía muy concentrado en sus pensamientos.

—¿Mi *lord*? —dijo V—. ¿Es un buen momento?

—Sí. —El Rey les hizo señas de que entraran, el diamante negro de su anillo brillando en el dedo del medio—. Cerrad las puertas.

—¿Te importa si consigo un poco más de refuerzos? —V señaló hacia el vestíbulo—. Quiero que esté Rhage aquí para contener al poli.

—Bien. —Al salir Vishous, Wrath miró a Butch con tal intensidad que los ojos eran como antorchas llameantes detrás de sus gafas de sol—. No esperaba que la Virgen Escribana nos dejara hacer esto.

—Me alegra que así sea.

—¿Entiendes lo que esto significa? Va a dolerte mucho y podrías acabar como un vegetal.

—V me hizo la revelación completa. Estoy bien.

—Lo que vas a saber, lo sabrás por ti mismo —murmuró Wrath con aprobación—. Eres muy valiente.

—¿Qué otras opciones tengo? Ninguna.

Se oyó el chasquido de las puertas al cerrarse y Butch miró a través del estudio. Rhage tenía el pelo húmedo y estaba vestido con unos vaqueros desteñidos, una chaqueta negra, y zapatos. No llevaba calcetines e, irracionalmente, Butch se dio cuenta de que incluso los pies del fulano eran magníficos. Sí, cero nudillos peludos, cero asquerosa calvicie. El bastardo era perfecto de arriba abajo.

—Hombre, poli —dijo el hermano—. ¿Realmente vas a hacer esto?

Cuando Butch asintió, Vishous se le adelantó y empezó a quitarse el guante.

—Quítate la camisa, compañero.

Butch se desnudó hasta la cintura y tiró su Turnbull & Asser al sofá.

—¿Puedo dejarme la cruz?

—Sí, no se derretirá. Bueno, no mucho, al menos. —V metió el guante en el bolsillo trasero de su pantalón, después se desató el cinturón negro y se lo pasó a Rhage—. Quiero que le pongas esta cosa en la boca y la mantengas ahí para que no se rompa los dientes. No hagas ningún contacto con él. De todas maneras te vas a quemar estando tan cerca.

Rhage retrocedió hasta ponerse detrás de Butch. Un golpecito en la puerta lo interrumpió todo.

La voz de Marissa se coló a través de las puertas de madera.

—¿Butch? ¿Wrath? —Volvió a golpear. Más fuerte—. ¿Mi lord? ¿Hay alguien ahí?

Wrath alzó una ceja a Butch.

—Déjame hablar con ella —replicó.

Cuando Wrath dejó que se abrieran las puertas, Marissa irrumpió en la habitación. Le echó un vistazo a la mano sin guante de V y al pecho desnudo de Butch, y se puso blanca como la nieve.

—¿Qué le estáis haciendo?

Butch caminó hacia ella.

—Vamos a averiguar si tengo algo de tu especie dentro de mí.

Marissa se quedó con la boca abierta. Luego se giró hacia Wrath.

—Diles que no. Diles que no pueden hacer esto. Diles...

—Es su decisión, Marissa.

—¡Lo matará!

—Marissa —dijo Butch—, vale la pena correr el riesgo.

Ella se enfrentó a él, la mirada vidriosa por la furia, tan brillante como la luz. Hubo una pausa. Después le cruzó la cara con una bofetada.

—Esto es por no preocuparte por ti. —Sin tomarse un respiro, lo abofeteó otra vez, otro estampido resonante—. Y esto es por no decirme lo que estás haciendo.

El dolor ardió en su pecho y latió al ritmo de su corazón.

—Muchachos, ¿podéis darnos un minuto? —dijo suavemente, sin apartar los ojos de su pálido rostro.

Cuando los hermanos desaparecieron, Butch trató de cogerle las manos, pero ella se echó atrás y cruzó los brazos.

—Marissa... ésta es la única salida que puedo ver.

—¿Salida de qué?

—Hay una oportunidad de que yo pueda ser el que tú necesitas, que sea...

—¿Quién necesito yo que seas tú? ¡Te necesito a ti mismo! ¡Y te necesito vivo!

—Esto no va a matarme.

—Oh, ¿ya lo has hecho antes, para estar tan seguro? Eso me tranquiliza mucho.

—Tengo que hacerlo.

—No lo hagas...

—Marissa —chasqueó la lengua—. ¿Quieres ponerte en mi lugar? Suponte que me amas pero que yo tengo que estar con otra persona, alimentarme de otra persona, mientras tú no puedes hacer nada, mes tras mes, año tras año. ¿Quieres pensar en eso? Es como saber que vas a morir primero y dejarme solo. ¿Quieres ser una ciudadana de segunda en el mundo en que yo vivo?

—¿Estás diciendo que para ti sería mejor estar muerto que conmigo?

—Ya te lo he dicho, esto no va a matarme...

—¿Y qué vendrá después? ¿Crees que no soy capaz de seguir tu lógica? Si descubres que desciendes de vampiros, ¿me dirás que no vas a intentar algo verdaderamente estúpido?

—Yo te amo mucho...

—¡Maldita sea! Si me amaras, no te harías esto a ti mismo. Si me amaras... —La voz de Marissa se quebró—. Si me amaras...

Las lágrimas manaron de sus ojos. De un tirón, ella le apretó las manos sobre su cara y tembló. Entera.

—Nena... todo va a salir bien. —Gracias a Dios, dejó que la rodeara con sus brazos—. Nena...

—Estoy furiosa contigo —dijo contra su pecho—. Eres un tonto arrogante y orgulloso que me rompe el corazón.

—Sólo soy un hombre que quiere cuidar a su mujer.

—Como te he dicho... un maldito tonto. Y prometiste que me protegerías y que no me dejarías nunca.

—Lo siento de verdad, quería contártelo todo cuando ya hubiera pasado. —Le alzó el rostro y le secó las lágrimas—. Simplemente piensa en el futuro. Tengo treinta y siete años y he llevado una vida de bebedor y fumador. Podría morir en diez años, ¿quién sabe?

—Y si mueres ahora, me habré perdido una década. Quiero esos años contigo.

—Pero yo quiero siglos. Eones. Y quiero que dejes de alimentarte de... Rehvenge.

Marissa cerró los ojos y meneó la cabeza.

—Ya te he dicho que no hay nada romántico...

—Por tu parte. ¿Pero puedes asegurarme honestamente que él no te desea?

Cuando ella no contestó, él se ratificó en lo dicho.

—Es lo que creía. Y no lo culpo, pero no me gusta eso. Incluso aunque... mierda, probablemente deberías estar con alguien como él, alguien de tu especie.

—Butch, ya no me importa la glymera. Me he apartado de esa vida, ¿y sabes qué? Ha sido mejor. De hecho, debería agradecerle a Havers que me haya obligado a ser independiente. Me ha hecho un gran favor.

—Sí, bueno, no quiero ofenderte, pero a mí aún me apetece darle una patada en el culo.

Lo estrechó con más fuerza.

—¿Qué van a hacer ellos si tienes algo de nuestra raza dentro de ti?

—Hablaremos de eso más tarde.

—No. No me dejarás fuera de esto. ¿Quieres hacerlo por nosotros? Entonces yo tengo un voto, maldita sea. Hablemos de ello. Ahora.

Butch agitó una mano en el aire para alentarse a sí mismo.

—Intentarán hacerme la transición, si quiero.

La boca de Marissa se abrió lentamente.

—¿Cómo?

—V dice que puede hacerlo.

—¿Cómo?

—No sé. Aún no hemos hablado de eso.

Ella lo miró durante un largo rato. Después de un momento en silencio, Marissa añadió:

—Has roto tu promesa al mantenerme al margen de todo esto.

—Yo... Lo he hecho sin querer. —Se puso la mano sobre el corazón—. Pero te juro, Marissa, que voy a seguir contigo cualquiera que sea el resultado de esto. Jamás tuve la intención de hacer la transición sin contártelo primero. Te lo juro.

—Yo no quiero perderte.

—No quiero que me pierdas.

Ella miró a la puerta y el silencio se expandió por la habitación hasta, podría jurarlo, volverse tangible contra su piel como niebla fría.

Por fin, Marissa dijo:

—Si vas a hacer la regresión, quiero quedarme.

Butch soltó el aliento.

—Vamos allí, necesito abrazarte.

La atrajo hacia sí y envolvió su cuerpo con los brazos de ella. Los hombros de Marissa estaban rígidos pero sus brazos se le aferraron a la cintura. Con fuerza.

—¿Butch?

—¿Sí?

—Siento haberte abofeteado.

Él dejó caer la cabeza sobre su cuello.

—Me lo merecía.

Presionó sus labios sobre la piel de ella y respiró en profundidad, tratando de conservar su perfume no sólo dentro de sus pulmones sino también en su sangre. Cuando se echó para atrás, miró la vena que corría por el cuello de Marissa y pensó: «Oh, Dios... por favor, déjame ser algo más de lo que soy».

—Bueno, adelante —dijo ella.

La besó y Wrath, V y Rhage regresaron.

—¿Vamos a hacerlo? —preguntó Vishous.

—Sí, vamos.

Butch cerró las puertas y luego él y V fueron hasta la chimenea.

Cuando Rhage se movió detrás de él y fue a meterle el cinturón en la boca, Butch miró a Marissa.

—Está bien, nena. Te amo.

Marissa miró a Wrath. Como el Rey leía la mente, se acercó a ella, preparado para sostenerla si flaqueaba.

V se acercó tanto que sus pechos casi se tocaban. Con cuidado, colocó la cruz para que colgara por la espalda de Butch.

—¿Estás listo para empezar, poli?

Butch asintió, sintiéndose más seguro con el cinturón entre los dientes. Se preparó y V alzó un brazo.

Cuando la palma de la mano de su compañero aterrizó en su pecho desnudo, sintió un peso caliente. Butch frunció el ceño. ¿Esto era todo? Aterrorizar a Marissa por nada...

Miró hacia abajo y entonces se puso muy nervioso. La mano de V refulgía en su pecho.

—Relájate, por favor, mi hombre —dijo V y lentamente movió su palma en un círculo, justo encima del corazón de Butch—. Simplemente respira hondo. Cuanto más calmado estés, mejor para ti.

Divertida elección de palabras. Exactamente lo que Butch le había dicho a Marissa cuando él...

Desechó ese pensamiento y trató de relajarse. Sin lograrlo.

—Vamos a respirar juntos durante un minuto, poli. Eso es. Dentro y fuera. Respira conmigo. Sí, bien. Tenemos todo el tiempo del mundo.

Butch cerró los ojos y se concentró en la apaciguadora sensación que inundaba su pecho. El calor. El movimiento rotatorio.

—Allá vamos, poli. Estás haciéndolo muy bien. Te sientes mejor, ¿verdad? Más relajado.

La rotación se hizo cada vez más lenta y más lenta. Y la respiración de Butch fue más profunda y tranquila. El corazón empezó a latirle muy despacio, intervalos cada vez más y más largos entre latido y latido. Y todo el tiempo con la voz de V... sus perezosas palabras seduciéndolo, entrando a su cerebro, extasiándolo.

—Bueno, Butch. Mírame. Muéstrame esos ojos tuyos.

Butch alzó fatigosamente los párpados y vaciló cuando vio la cara de V.

Luego se puso tenso. La pupila del ojo derecho de V se dilató hasta que no había más que oscuridad. Nada blanco. Sin iris. Qué diablos...

—No pasa nada, todo está bien, Butch. No te preocupes por lo que estás viendo. Simplemente mira dentro de mí. Vamos, ya. Mira dentro de mí, Butch. Siente mi mano en tu pecho. Bien... ahora quiero que caigas dentro de mí. Déjate ir. Cae... dentro... de... mí.

Butch se concentró en la oscuridad y miró la palma que se movía sobre su corazón. Por el rabillo del ojo, vio que la mano brillante estaba sobre él, pero le importó un carajo. Estaba dando traspiés en el más maravilloso y apacible camino, en medio de un amable viaje a través del tenue aire, cayendo dentro de Vishous...

Hundiéndose en un vacío...

De oscuridad...

* * *

El Señor X se despertó y se pasó la mano por el pecho, alrededor de sus heridas. Se sintió satisfecho con lo rápido que se estaba curando, aunque aún no había recuperado su fuerza habitual.

Alzó la cabeza con cuidado y miró a lo que alguna vez había sido un cómodo refugio nuclear. Ahora que la Sociedad Restrictiva ocupaba la casa, la habitación no tenía más que las cuatro paredes con unas cuantas alfombras desteñidas y cortinajes marchitos.

Van pasó frente a la cocina vacía y frenó en seco.

—Estás despierto. Jesús, pensé que iba a tener que cavar una tumba en el patio.

El Señor X tosió un poco.

—Tráeme mi portátil.

Cuando Van le llevó el aparato, el Señor X se levantó por sí mismo aunque tuvo que recostarse contra la pared. Del menú de arranque del Windows XP, entró a *Mis Documentos* y abrió un archivo de texto titulado «Notas estratégicas». Se desplazó hacia abajo hasta el encabezado marcado «Julio» y revisó varias entradas hechas hacía nueve meses. Una por cada día, desde que había sido Capataz por primera vez. Desde que valía una mierda.

A medida que buscaba, se dio cuenta de que Van revoloteaba a su alrededor.

—Tenemos un nuevo objetivo, tú y yo —dijo el Señor X ausentemente.

—¿Ah, sí?

—Ese humano que vimos anoche. Tenemos que encontrarlo. —X se interesó por las notas del día 17 del mes, pero no tenían lo que quería—. Vamos a buscar y a encontrar a ese humano, y vamos a eliminarlo. Encontrarlo... y eliminarlo.

El tipo tenía que morir, de modo que la mala interpretación de la situación del Señor X se convirtiera en realidad y el Omega nunca se enterara de que su troyano humano no había sido asesinado por los hermanos.

De modo que el asesinato del hombre tendría que ser ejecutado por otro restrictor. Después de la contienda de esta tarde, el Señor X no podía arriesgarse otra vez. No pasaría por el apuro de sufrir otra herida grave.

Julio... julio... quizá se había equivocado de mes, pero podría jurar que había sido por esa época cuando un poli parecido al humano se había presentado en la Academia de Artes Marciales de Caldwell, los antiguos cuarteles generales de la Sociedad... ah... sí. Útil que hubiera conservado ese archivo. Y también el hecho de que tuviera los datos del fulano.

El Señor X habló en voz alta.

—Su nombre es Brian O'Neal. Placa del Departamento de Policía de Caldwell número ocho cinco dos. Vivía en los apartamentos Cornwell pero estoy seguro de que se mudó. Nacido en el hospital de Boston, Massachusetts, hijo del señor Edward y la señora Odell O'Neal.

El Señor X miró a Van y sonrió levemente.

—¿Cuánto te apuestas a que sus padres todavía viven en Boston?

34

La lluvia caía sobre la cara de Butch. ¿Había salido? Tenía que ser eso.

Hombre... había estado en alguna clase de juerga. Porque estaba tendido boca arriba, muy mareado. Y la idea de abrir los ojos le parecía un trabajo descomunal.

Debía llevar mucho tiempo allí tirado. Sí... debía haberse quedado dormido. Sólo que, sagrado infierno, la lluvia era muy molesta. El agua cosquilleaba por sus mejillas hasta deslizarse por detrás del cuello. Levantó un brazo para taparse la cara.

—Está volviendo en sí.

¿De quién era esa voz profunda? De V... sí, y V era... ¿su compañero de cuarto? O algo por el estilo. Sí... compañero de cuarto. V le caía muy bien.

—¿Butch? —Ahora era una mujer. Una mujer muy aterrorizada—. Butch, ¿puedes oírme?

Ah, claro que sabía quién era. Ella era... el amor de su vida... Marissa.

Los ojos de Butch se abrieron con pereza pero no estaba muy seguro de qué era real y qué era un sinsentido por las drogas. Hasta que vio la cara de su mujer.

Marissa estaba inclinada sobre él y su cabeza estaba en el regazo de ella. Sus lágrimas eran lo que caía sobre su rostro.

Y V... V estaba justo al lado de ella en cuclillas, con su torcida y fina boca en medio de su barba de chivo.

Butch luchó por hablar pero había algo en su boca. Trató de escupirlo para sacárselo. Marissa acudió en su ayuda.

—No, no todavía —dijo V—. Creo que aún hay un par más dentro de él.

¿Más qué?

Sin saber de dónde provenía, Butch oyó el ruido de unos zapatos al golpear en el suelo.

Alzó la cabeza un poco y se sorprendió al darse cuenta de que él era el que hacía el ruido. Sus zapatos subían y bajaban pesadamente, y veía cómo los espasmos trepaban por sus piernas, viajaban por entre las caderas y el tronco y hacían que le temblaran los brazos y la espalda.

Trató de recobrar la conciencia pero le resultó imposible.

Cuando volvió en sí, estaba mareado.

Marissa le acariciaba el pelo.

—¿Butch, puedes oírme?

Asintió e intentó llevar una mano hasta ella. Enseguida sus pies comenzaron otra vez con esa loca rutina de Fred Astaire.

Tres viajes más y, por fin, le retiraron la correa de la boca. Trató de hablar: ¡cuán borracho estaba! Su cerebro patinaba, devastado. Sólo que... ¡alto ahí!... no se acordaba de haberle dado al whisky.

—Marissa —dijo entre dientes y le cogió la mano—. No quiero verte beber tanto. —Espera, no realmente el que se había sobrepasado era él—. Eh... no *me veas* beber tanto... ¿quieres?

Lo que fuera, Dios santo... estaba tan confundido.

Vishous le sonrió con esa clase de numerito hipócrita que los doctores brindan a los pacientes antes de rajarlos en el quirófano.

—Va a necesitar algo con azúcar. Rhage, ¿tienes una piruleta?

Butch vio cómo un rubio malvado y apuesto se arrodillaba a su lado.

—Yo te conozco —dijo Butch—. Yo sé quién eres... compañero.

—Claro, mi hombre.

Rhage buscó dentro del bolsillo de su cazadora y sacó una piruleta. Se la metió en la boca a Butch.

Butch gruñó satisfecho. Maldita sea, era la cosa más deliciosa que había probado en toda su vida. Uva. Qué dulce. Mmmm...

—¿Otro ataque? —preguntó Marissa.

—Creo que le gusta —murmuró Rhage—. ¿Verdad, poli?

Butch asintió. Cuando se le cayó la piruleta, Rhage cogió el palo y se la mantuvo en la boca.

Hombre, lo trataban tan bien. Marissa le acariciaba el pelo y le cogía la mano. La palma de V le calentaba la pierna. Rhage le sostenía la sabrosa piruleta...

De repente, todo, los razonamientos más elevados así como los recuerdos más cercanos, le volvieron en una avalancha, como si su cerebro estuviera siendo vertido de nuevo dentro del cráneo. No estaba borracho. Era la regresión. La regresión ancestral. La mano de V en el pecho. La oscuridad.

—¿Cuál ha sido el resultado? —preguntó—. V... ¿qué habéis descubierto? ¿Qué era...?

Todos a su alrededor respiraron con alivio y alguien murmuró: «Gracias a Dios ha vuelto en sí».

En ese momento, dos zapatones, con cordones de acero, se aproximaron por la derecha. Los ojos de Butch se fijaron en ellos. Después, al ascender, captó un par de piernas embutidas en cuero y un cuerpo enorme.

Wrath los dominaba a todos.

El Rey se arrimó, se quitó sus costosísimas gafas de sol y reveló sus relucientes ojos verdes claros. Parecían no tener pupilas, un par de reflectores.

Wrath sonrió ampliamente, los dientes muy blancos.

—¿Qué pasa... *primo*?

Butch arrugó la frente.

—¿Qué...?

—Así es. Hay algo mío dentro de ti, poli. —La sonrisa de Wrath se prolongó mientras se ponía las gafas—. Desde luego, siempre supe que eras de la realeza. Sólo que no pensé que fueras a ser nuestro dolor en el culo, eso es todo.

—¿Es en... serio?

Wrath asintió.

—Eres uno de los míos.

El pecho de Butch se endureció de nuevo. Se preparó para otro ataque. Y todos hicieron lo mismo: Rhage le sacó la piruleta y buscó la correa de cuero. Marissa y V se pusieron tensos.

Pero lo que hubo esta vez fue un alud de risas. Una ridícula, arrolladora, lacrimosa y estúpida oleada de histeria feliz.

Butch se reía y se reía y besó la mano de Marissa. Después siguió riéndose.

* * *

Marissa sintió el tarareo de satisfacción y excitación a través del cuerpo de Butch a medida que se relajaba. Cuando terminó, sin embargo, no compartía su alegría.

A él se le esfumó la sonrisa.

—Nena, todo va a estar bien ahora.

Vishous se puso en pie.

—¿Por qué no los dejamos solos un minuto?

—Gracias —dijo ella.

Después de que los hermanos salieron, Butch se sentó.

—Ésta es nuestra oportunidad...

—Si te lo pido, ¿no harás la transición?

Él se quedó atónito. Como si lo hubiera abofeteado otra vez.

—Marissa...

—¿Me darías ese gusto?

—¿Por qué no me quieres contigo?

—Yo sí te quiero. Y escogería el futuro que tenemos ahora sobre un hipotético cúmulo de siglos. ¿No puedes entender eso?

Butch dejó escapar un largo suspiro.

—Yo te amo.

No le veía lógica a su petición.

—Butch, si te lo pido, ¿no harás la transición?

Cuando no contestó, Marissa se cubrió los ojos, aunque se dio cuenta de que no tenía lágrimas.

—Te amo —repitió él—. Así que, sí... si me pides que no la haga, no la haré.

Ella bajó la mano y recuperó el aliento.

—Júramelo. Aquí y ahora.

—Por mi madre.

—Gracias... —Lo abrazó—. Oh, Dios santo... gracias. Y podemos solucionar lo de la... alimentación. Mary y Rhage lo han hecho muy bien. Yo sólo... Butch, podemos tener un buen futuro.

Se quedaron en silencio un rato, sentados en el suelo. Al salir del ensimismamiento, él dijo bruscamente:

—Yo tengo tres hermanos y una hermana.

—¿Perdón?

—Nunca te he hablado de mi familia. Tengo tres hermanos y una hermana. Bueno, eran dos chicas, pero perdimos una.

—Oh. —Ella se volvió a sentar, pues pensó que su tono era muy extraño.

Con voz ronca, Butch empezó a hablar:

—Mi recuerdo más antiguo es de mi hermana Joyce cuando era bebé y la traían del hospital a casa. Quería verla y corrí a la cuna, pero mi padre me apartó para que mi hermano mayor y mi otra hermana la vieran primero. Mientras yo iba a dar contra la pared, mi padre cargó a mi hermano y lo alzó en sus brazos para que pudiera tocarla. Nunca olvidaré la voz de mi padre... —El acento de Butch cambió y alargó ciertas vocales—. «Ésta es tu hermana, Teddy. Vas a amarla y a cuidarla». Pensé, ¿y yo qué? Yo también quería amarla y cuidarla. Dije «yo también quiero», pero ni siquiera me miró.

Marissa notó que apretaba tan fuerte la mano de Butch que, seguro, le estaría magullando los huesos, aunque él no parecía darse cuenta. No podía soltarlo aunque quisiera.

—Después de eso —prosiguió Butch—, empecé a fijarme en mi padre y en mi madre, y fui consciente de que a mis hermanos los trataban mucho mejor que a mí. Lo principal pasaba las noches de los viernes y el sábado. A mi padre le gustaba beber, y yo era el que tenía más a mano cuando necesitaba pegarle a alguien.

Ella suspiró y Butch meneó la cabeza.

—No, tranquila. A la larga fue bueno para mí. Ahora puedo absorber golpes como si leyera, gracias a él, y créeme, me ha venido bien. Bueno, de cualquier modo, un 4 de julio... Demonios, yo tenía casi doce años entonces... Sí, el 4 de julio llegó y fuimos a pasarlo con la familia, a casa de mi tío en Cape. Mi hermano sacó algunas cervezas del refrigerador y él y sus amiguitos se fueron detrás del garaje y las abrieron. Me escondí entre los arbustos porque quería que me invitaran. Ya sabes... esperaba que mi hermano... —carraspeó y se aclaró la garganta—. Cuando mi padre los encontró, los amigos salieron corriendo y mi hermano se orinó en los pantalones. Mi padre sólo se rió. Le dijo a Teddy que se asegurara de que mi madre no se enterara. Papá me vio agachado entre las plantas. Vino hacia mí, me agarró por el cuello y me pegó con el dorso de la mano tan fuerte que me hizo sangre.

Rió estrepitosamente y Marissa alcanzó a ver el desigual borde de sus dientes frontales.

—Me dijo que me merecía eso por ser un espía y un alcahuete. Le juré que sólo estaba mirando y que no se lo iba a contar a nadie. Me abofeteó otra vez y me llamó pervertido. Mi hermano... sí, mi hermano simplemente miraba mientras todo pasaba. No dijo una palabra. Y cuando fui donde mi madre con el labio roto y el diente partido, ella se limitó a apretar a mi hermanita Joyce y a mirar para otro lado. —Butch meneó la cabeza lentamente—. Entré a la casa, fui al cuarto de baño y me limpié. Después me encerré en mi dormitorio y estuve allí un buen rato. Yo no daba una mierda por Dios pero me arrodillé, junté mis manitas y recé como todo un católico. Le rogué a Dios que ésa no fuera mi familia. *Por favor*, que ésta no sea mi familia. *Por favor*, consígueme algún lugar adonde ir...

Marissa tuvo la sensación de que él no era consciente de que estaban en el tiempo presente. Ni que había cogido y aferrado la sólida cruz de oro como si su vida dependiera de ella.

Sus labios se abrieron en una media sonrisa.

—Pero Dios debía saber que no confiaba mucho en Él porque nada pasó. Más tarde, ese otoño, mi hermana Janie fue asesinada. —Cuando Marissa ahogó un sollozo, Butch señaló su espalda—. Ése es el tatuaje en mi espalda. Cuento los años desde que mi herma desapareció. Fui el último en verla viva, antes de que subiera al coche con esos muchachos que la... violaron... detrás de nuestra escuela.

Ella lo buscó.

—Butch, yo...

—No, déjame seguir, ¿vale? Esta mierda es como un tren: ahora que se está moviendo, no puedo detenerla.

Soltó el crucifijo dorado y agitó la mano en el aire.

—Después de que Janie desapareciera y encontraran su cuerpo, mi padre no volvió a tocarme nunca más. Ni a acercárseme. Ni a mirarme. Tampoco me volvió a hablar. Mi madre enloqueció a los pocos meses y tuvieron que internarla en un sanatorio psiquiátrico. Fue en este momento cuando empecé a beber. Y a recorrer la calle. Tomé drogas. Me metí en peleas... Pero lo más extraño fue el cambio de mi padre. Llevaba años pegándome, y de repente... nada.

—Me alegra que dejara de hacerlo.

—Yo no noté la diferencia. La esperanza de ser abrazado por él era tan dañina como sus palizas. Y, además, sin saber por qué. Pero un día lo supe... En la despedida de soltero de mi hermano mayor. Yo tenía como veinte años y me había mudado desde Southie... es decir... South Boston hasta aquí y ya estaba trabajando en el Departamento de Policía de Caldwell. De cualquier modo, volví para la fiesta. Estábamos en la casa de algún tío con un montón de *strippers*. Mi padre le daba duro a la cerveza. Yo esnifaba cocaína y tragaba whisky. Cuando la fiesta se aproximaba a su final, yo zumbaba fuera de control. Me había metido una cantidad enorme de coca... y estaba descontrolado. Papá salió... iba a la casa de alguien... y repentinamente sentí la necesidad de hablar con ese hijo de puta.

Hizo una pausa. Al fin, prosiguió:

—Terminé persiguiéndolo por la calle pero aun así me ignoraba; así que, delante de todos, lo agarré. Yo estaba muy cabreado. Empecé a hacerle reproches, a decirle lo que pensaba sobre que había sido un auténtico padre de mierda, cómo me había sorprendido que dejara de pegarme pues a él le encantaba hacerlo. Lo acosé una y otra vez, hasta que el viejo finalmente me miró a la cara. Me quedé paralizado. Había... espanto en sus ojos. Estaba totalmente horrorizado. Después dijo: «Te dejé solo porque no podía dejar que mataras a otro más de mis hijos». Yo no entendía... ¿De qué diablos estaba hablando este tío? Se echó a llorar y a farfullar, decía: «Tú sabías que ella era mi favorita... lo sabías y por eso la pusiste en ese coche con esos muchachos. Lo hiciste a propósito, tú sabías lo que pasaría».

Butch meneó la cabeza.

—Todos lo oyeron. Todos los que estaban en esa puta fiesta. Mi hermano mayor también... Mi padre creía que yo había asesinado a mi hermana para vengarme de él.

Marissa intentó abrazarlo pero otra vez él no le hizo caso. Respiró profundamente.

—No volví. Nunca. Según lo último que oí, mi madre y mi padre pasan algún tiempo en Florida cada año, pero el resto del tiempo todavía viven en la casa donde me crié. Y donde mi hermana Joyce bautizará a su bebé. Me enteré porque su marido me llamó... para no sentirse culpable. Ya lo ves, Marissa. Un pedazo de mi vida ha estado perdido, nena. Siempre he sido diferente a los demás, no sólo en mi familia, sino también cuando estaba en el Departamento de Policía. Nunca encajé... hasta que conocí a la Hermandad. Conocí a tu especie... y, mierda, ahora sé por qué. Yo era un extraño entre los humanos —maldijo suavemente—. Quería hacer la transición no sólo por ti sino por mí. Para sentirme como ellos... para ser quien se supone que debo ser. Es decir, demonios, toda mi vida he vivido al margen. Me muero de ganas de saber qué hay en el centro.

Con un poderoso movimiento, Butch se levantó.

—Por eso quiero... *quería* hacer la transición. No sólo por ti.

Fue hasta una ventana y descorrió las cortinas de terciopelo azul claro. Al mirar hacia fuera, a la noche, el resplandor de una lámpara iluminó los rasgos de su cara, los hombros, los macizos músculos del pecho. Y la cruz de oro que descansaba sobre su corazón.

Dios, qué anhelante se sentía mientras miraba por la ventana. Un anhelo tan feroz que sus ojos resplandecían como el fuego.

Se acordó de él la noche en que ella se había alimentado de Rehvenge. Entristecido, herido, paralizado por culpa de la biología.

Él se encogió de hombros.

—Butch... ¿sabes?, algunas veces no puedes tener lo que deseas. Así que acéptalo y sigamos adelante.

Butch miró hacia atrás.

—Como te he dicho, si no quieres que haga la transición, no la haré.

B utch apartó la mirada de Marissa y volvió a concentrarse en la oscuridad. Sobre la densa pantalla negra de la noche, vislumbró imágenes de su familia, fragmentos que hicieron
arder sus ojos. Joder, nunca había puesto en palabras la historia
entera, no un boceto aislado sino todo el lote completo. Jamás lo
había necesitado.

Una razón más para la transición. Sería como desandar los
caminos de la vida, y el cambio sería como un renacer: un nuevo nacimiento, en el que sería algo, algo... mejorado. Y purifica-
do, además. Una especie de bautismo de sangre.

Y tenía muchas ganas de borrar su pasado: a la mierda su
familia y sus cosas de adulto, a la porra con el Omega y los restrictores.

Dio un respingo y pensó que había estado cerca.

—Sí... ah, voy a contarles que no habrá...

—Butch, yo...

No la dejó seguir: fue hasta la puerta y la abrió. Al ver al
Rey y a V, el pecho le ardió.

—Lo siento, amigos. Cambio de planes...

—¿Qué le vais a hacer? —La voz de Marissa irrumpió fuerte y cortante.

Butch la observó por encima del hombro.

—¡Contestadme! —exigió—. ¿Qué le vais a hacer?

Wrath señaló a su izquierda.

—Vishous, tú bateas mejor que yo.

La respuesta de V fue objetiva, directa al grano. Aterradora.

Demonios, cualquier plan que termine con la frase «y después tendremos que rezar» no era un viaje a Disneylandia.

—¿Dónde lo haréis? —preguntó ella.

—Abajo, en el centro de entrenamiento —contestó Vishous—. La Sala de Equipos tiene un área aparte para primeros auxilios y tratamientos por traumas de entrenamiento físico.

Se hizo un largo silencio, durante el cual Butch miró fijamente a Marissa. Seguramente, no podría...

—Está bien —aceptó ella, por fin. —Está bien... ¿cuándo lo hacemos?

Los ojos de él saltaron. Pero Marissa sólo miraba a V.

—¿Nena...?

—¿Cuándo? —insistió.

—Mañana por la noche. Le irá mejor si se toma un tiempo para recobrarse de la regresión.

—Mañana por la noche, entonces —dijo Marissa y cruzó los brazos sobre el pecho.

Vishous asintió y después miró a Butch.

—Supongo que querréis algo de intimidad. Voy a bloquear la entrada aquí y en la mansión principal. Tendréis todo el Hueco para vosotros solos.

Butch estaba tan impresionado que no entendía nada.

—Marissa, ¿estás...?

—Sí, estoy segura. Y también aterrorizada. —Pasó a su lado, rumbo a la puerta—. Ahora, quisiera marcharme, si no te molesta.

Él agarró su camisa y se fue con ella.

Al salir, la tomó del codo: tuvo la sensación de que Marissa lo dirigía.

* * *

Cuando llegaron al Hueco, Butch fue incapaz de interpretar el estado de ánimo de Marissa. Estaba callada y anduvo por el patio como un soldado, toda fuerza y concentración.

—Me gustaría beber algo —dijo cuando él cerró la puerta.

—Está bien.

Por lo menos, esto sí lo podía manejar. Suponiendo que hubiera algo de licor en la casa. Fue a la cocina y exploró la nevera. Hombre, por Dios... paquetes viejos de Taco Hell y Arby's. Frascos de mostaza. Dos dedos de leche que ya debía de estar cortada...

—No estoy muy seguro de lo que tenemos aquí. Humm... agua...

—No, quiero alcohol.

Miró por encima de la puerta de la nevera.

—Vaaale. Hay whisky y vodka.

—Probaré el vodka.

Mientras le servía algo de Grey Goose con hielo, la vio dar vueltas. Revisó los ordenadores de V. El futbolín. El televisor de plasma.

Fue hacia ella. La quería en sus brazos. Le entregó el vaso.

Marissa lo llevó a su boca, echó la cabeza hacia atrás, se tomó un trago largo... y tosió hasta que los ojos se le aguaron. Mientras tosía, la condujo al sofá y se sentó a su lado.

—Marissa...

—Cállate.

Está bien. Cruzó los brazos mientras ella batallaba con el Goose. Apuró más de medio vaso. Al fin, con una mueca de fastidio, dejó el resto encima de la mesa de café.

Tumbó tan rápido a Butch, que él no supo qué había pasado. En un instante se miraba los dedos fuertemente entrelazados y al siguiente estaba tirado contra el sofá y ella le había pasado una pierna por encima y... oh, por Dios, le había metido la lengua en la boca.

Maravilloso, sólo que las vibraciones no prometían nada bueno. La desesperación, la rabia y el miedo no eran una música de fondo apropiada. Si seguían así iban a terminar aún más separados.

La apartó con elegancia, aunque su pene protestó agriamente.

—Marissa...

—Silencio. Sólo quiero sexo.

Cerró los ojos. Jesucristo, lo que él más deseaba. Toda la noche. Pero no así. Respiró varias veces y trató de hallar las palabras correctas... Cuando abrió los párpados, ella se había quitado la blusa de cuello de tortuga y bregaba por soltarse un sostén negro que lo dejó totalmente noqueado.

Cuando las copas de seda del sostén cayeron y sus pezones se endurecieron por el frío, Butch la aferró por la cintura. Se inclinó hacia delante, dispuesto a poner sus labios en la primera parte de ella que se le atravesara... pero se contuvo. No iba a hacérselo así, con el humor en que estaba. Sería fatal. La tensión se podía cortar con un cuchillo.

Le retuvo las manos, que iban hacia sus pantalones.

—Marissa... no, espera.

—Por favor, no digas eso.

Butch se enderezó y la apartó de su cuerpo, con gentileza.

—Yo te amo.

—Entonces no me detengas.

Él meneó la cabeza.

—No quiero que lo hagamos así.

Lo miró fijamente, incrédula.

—Marissa...

Se apartó de él.

—Increíble. Nuestra única noche solos y dices que no.

—Déjame... te lo explicaré. Marissa, por el amor de Dios.

Ella se frotó los ojos y se rió con falsa ironía.

—Parezco destinada a ir virgen a la tumba, ¿verdad? Técnicamente ya no lo soy, pero...

—No he dicho que no quiera estar contigo. —Marissa lo contempló, las lágrimas le brillaban en las pestañas—. Yo sólo quiero que lo hagamos sin rabia. La ira lo contamina todo. Quiero que sea... especial.

Parecía una frase entresacada de un manual de bachillerato. Pero era la pura verdad.

—Nena, ¿por qué no vamos a mi dormitorio y nos tendemos un rato en la oscuridad? —Le pasó la blusa y ella se cubrió los senos—. Si terminamos no haciendo nada y mirando el techo la noche entera, bueno, al menos habremos estado juntos. Y si pasa algo no será frustrante. ¿De acuerdo?

Ella se secó el par de lágrimas que le habían asomado. Se puso la blusa y reparó con desconfianza en el vodka que había tratado de beber.

Butch se levantó y le ofreció la mano.

—Ven conmigo.

Después de un largo momento, sus manos se encontraron y él la llevo a su alcoba. Cuando cerró la puerta, todo quedó a oscuras. Encendió la pequeña lámpara del escritorio. La bombilla, de escaso voltaje, brilló como los rescoldos de una chimenea.

—Ven aquí.

La atrajo hasta la cama, la acostó y se recostó a su lado, de modo que él quedó de lado y ella tendida sobre su espalda.

Le acomodó algunos cabellos sobre la almohada. Marissa entornó los ojos, con la respiración intranquila. Gradualmente, sin embargo, la tensión se fue esfumando de su cuerpo.

—Tenías razón. No habría salido bien.

—No es porque no te desee. —La besó en el hombro. Ella volvió su cara hacia la mano de él y posó suavemente sus labios.

—¿Estás asustado? —le preguntó—. ¿Por lo que va a pasar mañana?

—No.

Su única preocupación era ella. No quería que lo viera morir y rezaba para que eso no fuera a suceder.

—Butch... sobre tu familia humana. ¿Quieres que les cuente algo si...?

—No, no hay necesidad. Y no hablemos de eso. Todo saldrá bien.

«Por favor, Dios, te ruego que ella no me vea morir».

—¿Pero no les importará?

Cuando él negó con la cabeza, Marissa se entristeció.

—Uno debe ser llorado por los de su sangre —dijo.

—Yo lo seré. Por la Hermandad. —Como los ojos de ella se encharcaron, Butch la besó—. Y no hablemos más de lutos y quebrantos. Eso no es parte del plan. Olvidémonos de eso.

—Yo...

—Shh. Que no pensemos en eso. Vamos a estar bien.

Puso su cabeza cerca de ella y le siguió acariciando el hermoso cabello rubio. La respiración de Marissa se volvió más profunda. Él se metió contra su pecho desnudo y cerró los ojos.

Al rato se despertó. Y del mejor modo posible.

Le estaba besando la garganta y sus manos trepaban hasta sus senos. Montó una pierna sobre las de ella y le empujó el miembro contra las caderas. Con una maldición, retrocedió, pero Marissa siguió, apretándosele hasta que estuvo medio encima de él.

Los ojos de ella se abrieron del todo.

—Oh...

Con sus dedos Butch le recorría la cara y le apartaba el pelo. Sus miradas se encontraron.

Alzó la cabeza de la almohada y la besó suavemente en la boca. Una vez. Dos. Y... otra.

—¿Esto está pasando de verdad? —susurró Marissa.

—Sí. Creo que sí.

Volvió a besarla, con la lengua bien adentro. Siguieron así: los cuerpos entrelazados comenzaron a moverse acompasadamente, imitando el coito, las caderas avanzando y retrocediendo, ella absorbiéndolo a él, frotándose contra él.

No tenían prisa. Butch la desvistió con cuidado. Cuando ella estuvo desnuda por completo, se recostó y contempló su cuerpo.

Oh... Dios santo. Esa suave piel femenina. Esos senos perfectos con los pezones endurecidos. Sus secretos. Y la cara era lo mejor de todo: no mostraba miedo sino una erótica anticipación de lo que iba a pasar entre ellos. Si hubiera habido una brizna de duda en sus ojos, habría dejado las cosas como estaban para complacerla. Pero Marissa deseaba lo mismo que él. Esta vez no habría ni dolor, ni frustración, ni rabia.

Se levantó y se quitó los mocasines, que hicieron un ruido ahuecado al caer de uno en uno. Ella le prestaba atención con los ojos muy abiertos. Sus manos fueron hasta la pretina del pantalón de Butch, soltaron el botón y descorrieron la cremallera. Los calzoncillos quedaron en el suelo, junto a los pantalones. Su erección sobresalió con consistencia. Se cubrió con las manos para no desconcertarla.

—Oh, por Dios —suspiró Butch cuando sus pieles se rozaron.

—Estás muy desnudo —susurró Marissa contra su hombro.

Él sonrió entre sus cabellos.

—Tú también.

Ella subió y bajó sus manos por los costados de él. El calor llegó a ser casi nuclear, especialmente cuando Marissa deslizó un brazo entre sus cuerpos y dirigió una mano hacia el sur, hacia la masculinidad de Butch. Cuando alcanzó la parte baja de su vientre, el miembro latió con desesperada necesidad de ser tocado, acariciado, apretado hasta estallar.

—Marissa, quiero que hagas algo por mí —dijo él.

—¿Qué?

—Déjame que me encargue de todo. Permíteme tenerte toda esta vez...

Antes de que pudiera protestar, le cubrió la boca con sus labios.

* * *

Butch la trataba con exquisita delicadeza, pensó Marissa. Y con total desenfreno. Cada caricia era suave y amable, cada beso sereno y lento. Incluso cuando su lengua se metía en su boca o cuando su mano le reptaba entre las piernas y ella se volvía salvaje por saber hacia dónde quería arrastrarla, él siempre estuvo bajo control.

Cuando Butch rodó sobre ella y su muslo le apartó los suyos, no se estremeció ni dudó. Su cuerpo estaba preparado para recibirlo. Lo supo por la resbaladiza sensación de sus dedos cuando la tocaban. Lo supo también por las ganas de tener su sexo.

Él acomodó el peso para hacérselo confortable y soportable. Su gloriosa dureza le quemó. Con un cambio de posición, sus hombros se apretaron y Butch metió la mano entre los cuerpos. La cabeza de su miembro encontró la entrada de Marissa.

Él miró fijamente hacia abajo, dentro de los ojos de ella, en el momento de empezar a mecerse. Deliberadamente, Marissa se relajó, intentando aflojarse tanto como le fuera posible aunque se sentía un tanto nerviosa.

—Eres tan hermosa —gruñó él—. ¿Estás bien?

Marissa le acarició las costillas, sintiendo la dureza de los huesos bajo la piel.

—Sí.

Presión y alivio, presión y alivio, cada vez más dentro. Cerró los ojos y sintió el cuerpo de Butch moviéndose encima y dentro de ella. Esta vez, la forma cómo su interior se rindió a Butch, la duración del acto, la plenitud, la sacudieron deliciosamente, sin aterrorizarla. Por instinto, se arqueó. Cuando las caderas volvieron a su nivel, comprendió que se meneaban al unísono y vibraban muy juntas.

Levantó la cabeza y lo miró: estaba todo dentro de ella.

—¿Cómo te sientes? ¿Todo bien? —La voz de él sonó ronca y sus músculos relampaguearon bajo la piel empapada en sudor. Y entonces su miembro tuvo un tirón.

Un ardiente placer se encendió en lo más profundo de ella. Gimió.

—Querida Virgen en el Ocaso... vuelve a hacer eso otra vez. Te siento todo cuando haces eso.

—Tengo una idea mejor.

Butch movió su cadera hacia atrás y Marissa se aferró a sus hombros para impedirle retirarse.

—No, no pares...

Él entró, volviendo otra vez a su carne, llenándola de nuevo. Los ojos de ella saltaron y se estremecieron, sobre todo cuando Butch volvió a salir y a entrar.

—Sí... —dijo Marissa—. Mejor. Mucho mejor.

Lo contempló mientras la cabalgaba tan fervorosamente, sus pectorales y sus brazos estirados y tensos, los músculos del vientre tensionándose y desenroscándose al penetrarla.

—Oh... Butch. —Qué encanto verlo, sentirlo, tenerlo. Cerró los ojos para concentrarse en cada sutileza.

Dios, ella nunca se había imaginado que el sexo pudiera ser tan erótico. Con los párpados cerrados, oyó cada bocanada de su aliento, el blando crujido de la cama, el susurro de las sábanas mientras él se reubicaba en sus brazos.

Con cada acometida, Marissa se fue calentando cada vez más. Igual que Butch. En un momento, sus pieles resbaladizas hirvieron y empezaron a jadear, extasiados.

—¿Marissa?

—Sí... —suspiró ella.

—Córrete conmigo, nena. Quiero sentir tu orgasmo.

La lamió por todas partes mientras persistía en su lento bombeo. En pocos instantes, un chispazo reventó en su interior, sacudiéndola por completo, el orgasmo agitándola en una serie de contracciones.

—Oh... sí —rugió él roncamente—. Agárrate a mí. Así me gusta...

Cuando Marissa finalmente se quedó sin fuerzas, abrió los ojos aún aturdida y vio a Butch admirándola con total veneración... y sin ningún rastro de angustia.

—¿Qué tal estuvo? —preguntó él.

—Asombroso. —El alivio que se reflejaba en su cara hizo que le doliera el pecho. Y enseguida se dio cuenta de algo—. Espera... ¿y tú qué?

Butch tragó saliva.

—Me encantaría terminar dentro de ti.

—Entonces hazlo.

—No voy a tardar mucho —dijo él, sin aliento.

Cuando empezó a menearse otra vez, Marissa se quedó inmóvil y cautivada por su sentimiento.

—¿Nena? —exclamó Butch ásperamente—. ¿Bien? Aún estás...

—Quiero ver y sentir cómo es lo tuyo.

—Cielo —dijo él en su oído—. Contigo es el cielo.

Se dejó caer sobre ella, el cuerpo pesado y duro a medida que se revolcaba dentro de su ser. Marissa abrió las piernas lo más que pudo, la cabeza moviéndose arriba y abajo sobre la almohada en tanto que Butch se movía a su vez. Por Dios, era tan fuerte...

Marissa deslizó las manos sobre sus hombros y luego descendió por su crispada columna. Supo exactamente cuándo le llegaría el momento. El ritmo de Butch se volvió urgente, la velocidad cada vez más rápida. Todo el cuerpo se endureció, rígido, con exasperados movimientos hacia atrás y hacia delante, no había opción de detenerse ahora.

El aliento de Butch le rozaba el hombro y su sudor se le pegaba a la piel. Cuando le cogió el pelo y se lo apretó con un puño, Marissa sintió una pizca de dolor pero no le importó. Él alzó su cara y sus ojos se estremecieron hasta cerrarse en una exquisita agonía.

De pronto paró de respirar enteramente. Las venas latieron en su cuello, echó la cabeza para atrás y gruñó. Muy dentro, notó su erección golpeándola y sintió que un líquido caliente se derramaba al tiempo que los espasmos sacudían todo el cuerpo de Butch.

Se quedó dentro de Marissa, mojado, recalentado, jadeante. Ella lo envolvió con brazos y piernas, y lo apretó contra sí, acunándolo.

¡Qué hermoso estaba!, pensó. ¡Qué hermoso era todo!

Marissa se despertó con los sonidos de las persianas subiendo al llegar la noche. Sintió unas manos que la acariciaban en el vientre, en los senos, en el cuello. Estaba de lado, con Butch fuertemente apretado contra ella por detrás... y las recias fibras de sus músculos se mecían con un ritmo muy erótico.

Su miembro estaba caliente y la buscaba, probando la raja de sus nalgas, esperándola. Marissa lo agarró, hundió los dedos en su piel y le indicó el camino. Sin palabras, él se montó encima de la espalda de ella, empujándole la cara sobre las almohadas. Ella trató de sacárselo de encima para poder respirar mientras Butch le abrió las piernas con sus rodillas.

Marissa gimió y Butch... despertó.

Él se echó para atrás como si le hubieran pegado un puñetazo.

—Marissa... yo... eh, yo no quería...

Pero ella subió las rodillas y trató de mantener su contacto.

—No pares.

Hubo una pausa.

—Debes de estar dolorida.

—Para nada. Sigue. Por favor.

La voz de Butch sonó grave y ronca.

—Jesús... esperaba que quisieras hacerlo otra vez. Será fácil, te lo juro.

Le acarició la columna y su boca rozó lo alto de su cadera, después el final de su espalda y acto seguido más abajo, sus nalgas.

—Estás tan hermosa así. Quiero poseerte de esta manera.

La mirada de Marissa flameó.

—¿Puedes hacerlo?

—Oh, sí. Iré hasta lo más profundo. ¿Quieres que lo intente?

—Sí.

Él le apartó las caderas un poco más e hizo que se apoyara en sus cuatro miembros. La cama crujió mientras los cuerpos se ubicaban. Cuando Butch estuvo detrás, ella lo miró por entre las piernas. Vio sus fuertes muslos y la pesada y colgante bolsa de sus testículos así como el excitado falo. Su cavidad estaba completamente mojada, al presentir lo que se avecinaba.

El pecho de él dormitó sobre su espalda y una de sus manos se plantó en el colchón, delante de la cara de ella. Su antebrazo se flexionó y las venas se le cuajaron al inclinarse para cogerse la punta del miembro y dirigirla a la delicada piel entre sus piernas. Con breves y bruscos roces, Butch se trabajó a sí mismo, adelante y atrás, junto a los alrededores de su entrada, que contemplaba con lujuria, sin parar de acariciarse su propio sexo.

Por la manera cómo se lo sacudía, estaba claro que le gustaba lo que estaba viendo.

—Marissa... yo quisiera... —Se interrumpió con una maldición, que ella no entendió.

—¿Qué? —Marissa se giró un poco para poder verlo por encima del hombro.

Su mirada tenía ese brillo intenso y duro que parecía adueñarse de él cuando estaba seriamente concentrado en el sexo: una resplandeciente necesidad que no tenía nada que ver con lo corporal ni con lo físico. En vez de explicarle lo que había dicho, plantó la otra mano en la cama, se apretó contra su espalda y le empujó las caderas fuertemente sin penetrarla. Con un gemido, Marissa dejó caer la cabeza y vio cómo Butch se abría paso entre sus nalgas. Le encantó comprobar su excitación.

—¿Qué ibas a decir? —gruñó ella.

—Nena... —Su aliento rebotó caliente en la nuca de Marissa y la voz sonó dura y demandante en el oído—. Ah, mierda, no puedo pedirte eso.

La mordió en los hombros. Ella gritó y los codos se le relajaron. Él la cogió antes de que cayera sobre el colchón, sosteniéndola con un brazo pegado a sus senos.

—Pídeme lo que sea... —jadeó Marissa.

—Si pudiera parar... pero oh, Dios...

Butch se echó para atrás y luego la penetró, hundiéndoselo tan profundo como había prometido que lo haría: un poderoso oleaje hizo que Marissa se arqueara y que gritara el nombre de él. Se meneó con un ritmo salvaje, aunque todavía amable, con menos poder del que tenía. Le encantaban sus sentimientos, la plenitud de su penetración, la espalda ancha y resbaladiza. De pronto, se acordó de que iban a hacerle la transición dentro de una hora, o menos.

¿Y si ésa fuera su última hora?

Las lágrimas humedecieron sus pestañas y la enceguecieron. Cuando Butch le volvió la cara para poder besarla, le susurró, casi dentro de la boca:

—No pienses en eso. Quédate aquí conmigo. Recuerda este momento. Recuérdanos aquí...

Le dio la vuelta. Se unieron cara a cara, rozándose las mejillas y besándose sin parar. Alcanzaron juntos el clímax, un placer enorme e imborrable. La cabeza de él pareció desprendérsele del cuello, como si ya no tuviera fuerzas para sostenerla.

Después, Butch rodó a un lado y la apretó contra su pecho. Al escuchar los latidos de su corazón, Marissa rezó para que fuera tan fuerte como sonaba.

—¿Qué ibas a decir? —murmuró en la penumbra.

—¿Quieres ser mi esposa?

Ella alzó la cabeza. Los ojos color avellana de Butch estaban tremendamente serios y tuvo la impresión de que ambos pensaban lo mismo: ¿por qué no se habían apareado antes?

La única palabra posible brotó de los labios de Marissa en un suspiro:

—Sí.

La beso tiernamente.

—Quiero hacerlo de dos maneras. La tuya y en un templo católico. ¿Te parece bien?

Ella tocó su cruz dorada.

—Absolutamente.

—Me encantaría que tuviéramos más tiempo para...

La alarma del reloj empezó a sonar. Con pereza, él la apagó.

—Supongo que tendremos que levantarnos —dijo Marissa, y se apartó un poco.

No fue muy lejos. Butch la atrajo de vuelta a la cama, la sujetó con su cuerpo y le deslizó la mano entre las piernas.

—Butch...

La besó a fondo y después le susurró, pegado a su boca:

—Otra vez para ti. Una vez más, Marissa.

Sus escurridizos dedos se mezclaron con los líquidos, la piel y los huesos de Marissa mientras le besaba los magníficos senos y le chupaba sus pezones irresistibles. Rápidamente la hizo perder el control: ella se calentó, jadeó y se acoplaron embelesados.

Una presión urgente y eléctrica los envolvió y entonces chisporrotearon libres en una llamarada de pasión. Con amorosa atención, él la ayudó a conseguir el orgasmo: fue como un canto rodado sobre el agua, rebotando en la superficie del placer y saltando de nuevo para aterrizar y rebotar una vez más.

Todo el tiempo que estuvo dentro de ella, la miró con sus ojos avellana, una mirada que la cautivaría por el resto de sus días.

Butch iba a morir esa noche. Ella lo sabía con total certeza.

* * *

John se sentó en el rincón más retirado de la parte de atrás del aula vacía, a buena distancia de su sitio regular y en su triste y solitaria mesa. Por lo general el entrenamiento comenzaba a las cuatro, pero Zsadist había enviado un correo electrónico advirtiendo que las clases empezarían esa noche tres horas más tarde de lo normal. Lo cual estuvo bien, pues así John había tenido más tiempo de apreciar a Wrath en plena acción.

Al acercarse el reloj a las siete, los otros practicantes fueron entrando. Blaylock fue el último. Aún andaba lentamente pero hablaba más con los muchachos, mucho más de lo que acostumbraba. Se sentó delante, en primera fila, y estiró sus largas piernas para estar más cómodo.

De repente, John notó que faltaba alguien. ¿Dónde estaba Lash? Oh, Dios... ¿habría muerto? Imposible... nadie dejaría pasar semejante noticia.

Blaylock se rió con un compañero y después se agachó para poner su mochila en el suelo. Al levantarse, sus ojos se cruzaron con los de John a través del salón.

John se ruborizó y desvió la mirada.

—Oye, John —le dijo Blaylock—, ¿quieres venir y sentarte a mi lado?

Toda la clase se quedó en silencio. John miró al techo.

—La vista es mejor desde aquí. —Blaylock señaló la pizarra.

El silencio se prolongó.

Sin saber por qué lo hacía, John cogió sus libros, caminó por el pasillo y se deslizó en el asiento vacío. Cuando se acomodó, las conversaciones se reanudaron. Libros y cuadernos cayeron sobre las mesas.

El reloj sonó y las manecillas señalaron las siete en punto. Como Zsadist no apareció, el volumen de las charlas se elevó y los muchachos se pusieron a alborotar en serio.

John trazaba círculos con su bolígrafo sobre una página en blanco, sintiéndose torpe y preguntándose qué diablos estaba haciendo sentado en primera fila. ¿Sería una broma? Mierda, debería haberse quedado...

—Gracias —dijo Blaylock quedamente—. Por sacar la cara por mí ayer.

Quién sabe... a lo mejor no era una broma.

Subrepticiamente, John deslizó su cuaderno de notas hasta donde Blaylock lo pudiera ver. Luego escribió:

—No quería ir tan lejos.

—Lo sé. Y no tendrás que hacerlo de nuevo. Quiero decir, yo puedo encargarme.

John ojeó a su compañero.

—Sin duda.

De alguna parte a su izquierda, uno de los muchachos empezó a tararear el tema de *La guerra de las galaxias,* sólo Dios sabrá por qué razón. Otros se pusieron a tocarlo con las manos sobre las mesas. Alguno se lució con una imitación de William Shatner en el papel del Capitán Kirk: «No sé... por qué tengo que... hablar así, Spock...».

En medio del caos, el retumbar de unas pesadas botas bajando por el corredor llegó hasta el salón. Dios, era como si hubiera un ejército en el pasillo. Frunciendo el ceño, John subió la cabeza para ver a Wrath pasar por la puerta del salón. Detrás iban Butch y Marissa, cogidos de la mano. Por último, Vishous.

¿Por qué tendrían todos esas caras tan tristes?, se preguntó John.

Blaylock se aclaró la garganta.

—John, ¿quieres venir conmigo y Qhuinn esta noche? Vamos a ir a relajarnos a mi casa. Tomar algunas cervezas. Nada especial.

John giró la cabeza y trató de disimular su sorpresa. Era la primera vez que alguien quería quedar con él después de clase.

—Fantástico —escribió John, en el momento en que Zsadist entró y cerró la puerta.

* * *

En la comisaría de policía de Caldwell, en pleno centro de la ciudad, Van Dean sonrió al oficial que tenía frente a él, cerciorándose de que su rostro reflejara claramente que su asunto no era gran cosa.

—Soy un viejo amigo de Brian O'Neal, ese soy yo.

El detective de homicidios José de la Cruz lo calibró con sus inteligentes ojos color café.

—¿Cómo dice que se llama?

—Bob. Bobby O'Connor. Crecí en Southie con Brian. Él se mudó. Yo también. Volví al este hace poco y alguien me dijo que él trabajaba como poli en Caldwell así que me imaginé que lo podría localizar. Pero cuando logré contactar con la línea principal del Departamento de Policía de Caldwell, me dijeron que no había ningún Brian O'Neal. Y lo único que pude saber es que ya no trabaja por aquí.

—¿Y qué le hace pensar que esa respuesta cambiará por haber venido en persona a preguntar por él?

—Esperaba que alguien pudiera decirme qué pasó con él. Llamé a sus padres en Southie. El padre me dijo que no habla con Brian desde hace mucho tiempo y que lo último que supo fue que todavía trabajaba como poli. Mire, hombre, no tengo otro motivo para estar aquí. Simplemente quiero alguna respuesta.

De la Cruz bebió un largo trago de su café negro.

—O'Neal fue relegado a trabajos administrativos en julio pasado y desde entonces no retornó a la fuerza.

—¿Eso es todo?

—¿Por qué no me da un número de teléfono? Si me acuerdo de algo más, lo llamaré.

—Claro. —Van dictó algunos números al azar, que De la Cruz anotó—. Gracias y le agradecería que me llamara. Oiga, ¿era usted su compañero?

El otro hombre meneó la cabeza.

—No.

—Ah, eso fue lo que me dijeron cuando llamé la primera vez.

De la Cruz cogió una carpeta de su escritorio repleto de papeles y la abrió.

—Así somos aquí, decimos cualquier cosa.

Van sonrió un poco.

—Gracias de nuevo, detective.

Estaba a punto de salir cuando De la Cruz dijo:

—A propósito, me parece que estás repleto de mierda, compañerito.

—¿Perdón?

—Si fueras su amigo, habrías preguntado por Butch, no por Brian. Saca tu maloliente culo de mi oficina y agradece que estoy muy ocupado para seguirte.

Mierda.

—A veces los nombres cambian, detective.

—No el de Butch. Adiós, Bobby O'Connor. O como quiera que te llames.

Van salió de la oficina, sabiendo que tenía suerte. A nadie lo arrestan por preguntar; pero estaba seguro de que De la Cruz lo habría esposado si hubiera podido.

Tonterías, esos dos habían sido compañeros. Van había leído sobre ellos en un artículo de *The Caldwell Courier Journal*. Era obvio que si De la Cruz sabía qué había pasado con Brian... Butch... lo que fuera O'Neal, el detective era una vía muerta en su búsqueda de información. Y entonces algunos datos...

Al salir de la comisaría, bajo la llovizna del asqueroso mes de marzo, trotó derecho hasta su camioneta. Gracias al trabajo de campo, se había formado una buena idea sobre lo que le había sucedido a O'Neal en los últimos nueve meses. La última dirección conocida del tío era en un edificio de apartamentos de alquiler, un par de manzanas más adelante. El administrador dijo que cuando el montón del correo había crecido y el alquiler no había vuelto a ser pagado, entró al apartamento. En el lugar había muebles y cosas, pero estaba claro que nadie había vivido allí durante mucho tiempo. La poca comida que había estaba podrida y la televisión por cable y el teléfono habían sido desconectados por falta de pago. Era como si O'Neal hubiera salido una mañana a sus asuntos cotidianos... y no hubiera vuelto jamás.

Había caído en el mundo de los vampiros.

Debería ser algo parecido a unirse a la Sociedad Restrictiva, pensó mientras ponía en marcha la Town & Country. Una vez que estás dentro, cortas todos los otros lazos. Y nunca regresas.

Sólo que el tipo aún estaba en Caldwell.

Y eso significaba que, tarde o temprano, O'Neal iba a ser descubierto, y Van quería ser el que lo hiciera, y el que lo pinchara, además. Ya era hora de un asesinato inaugural y ese poli tenía todas las papeletas.

Tenía que ser como el Señor X había dicho. Encontrar al sujeto y eliminarlo.

Al llegar a un semáforo, arrugó la frente y pensó que esa tendencia al asesinato debería mortificarlo. Desde que había sido inducido en la Sociedad Restrictiva, le parecía que había perdido un poco de su... humanidad. Y cada vez más. Ya ni siquiera echaba de menos a su hermano.

¿Debería preocuparse por eso? ¿Para qué?

Sentía que una especie de nuevo poder estaba creciendo dentro de él, ocupando el espacio que había dejado su alma. Cada día se volvía más y más y más... poderoso.

B utch avanzó sobre las alfombras azules del gimnasio hacia su destino: una puerta de acero en el extremo más lejano, con un rótulo que decía «Sala de Equipos». A lo largo del camino, mientras seguía a Wrath y a V, sostuvo la fría mano de Marissa. Habría querido darle algún tipo de charla de estimulación pero ella era demasiado lista para tragarse eso de *todo-va-a-ir-muy-bien*. Aparte de eso, nadie sabía qué iba a pasar, y tratar de consolarla era como pretender entrenarla para la caída libre que él estaba a punto de iniciar.

Al final de las alfombras, V abrió una puerta blindada y entraron a una jungla de aparatos de ejercicio y cajas con armamento. Fueron hasta la habitación para primeros auxilios y terapia física. V se adelantó y encendió las luces, un conjunto de tubos fluorescentes que pestañearon en un coro de zumbidos.

El lugar parecía sacado de un episodio de *Urgencias*, todo en mosaicos blancos y armarios de acero inoxidable con puertas de vidrio repletos de frascos e instrumentos médicos. En un rincón había un jacuzzi, una mesa de masajes e instrumental cardiaco, pero no le interesó nada de eso. Butch estaba básicamente concentrado en el centro de la habitación, donde el espectáculo iba a llevarse a cabo: ubicada como en un escenario para Shakespeare, había una camilla con una especie de araña de luces de alta tecnología pendiendo sobre ella. Y debajo, en el suelo... un sumidero.

Trató de imaginarse a sí mismo sobre esa mesa y bajo esas luces. Y se sintió como si se fuera a ahogar.

Wrath cerró la puerta. Marissa dijo con voz neutra:

—Deberíamos hacer esto en la clínica de Havers.

V meneó la cabeza.

—Sin ofender, pero no dejaría a Butch en manos de tu hermano ni para que le cortara el pelo. Y cuanta menos gente sepa esto, mejor. —Fue hasta la camilla y comprobó que el freno estuviera puesto—. Además, yo soy un maldito médico. Butch, quítate la ropa.

Butch se desnudó. Sintió frío.

—¿Se puede subir un poco la temperatura de este frigorífico?

—Sí. —V fue hasta la pared—. La subiremos algo durante la primera parte, pero luego tendré que poner el aire acondicionado a tope, aunque para entonces no creo que te moleste mucho el frío.

Butch fue hasta la camilla y se tumbó. Un silbido y una ráfaga de aire calentito salieron de un ventilador que había encima de su cabeza. Extendió los brazos hacia Marissa. Después de cerrar los ojos brevemente, ella se le acercó y él se refugió en el amor de su cuerpo, abrazándola con fuerza. Las lágrimas de ella rodaron silenciosas y lentas y cuando trató de hablarle, simplemente meneó la cabeza.

—¿Te gustaría estar ya apareada legalmente con él?

Todos en la sala pegaron un brinco.

Una diminuta figura en vestiduras negras había aparecido de repente en un rincón. *La Virgen Escribana.*

El corazón de Butch latió como un martillo neumático. Sólo la había visto una vez, en la ceremonia de apareamiento de Wrath y Beth, y era ahora lo que había sido siempre: una presencia de respeto y miedo, auténtico poder encarnado, una fuerza de la naturaleza.

Luego entendió lo que ella había pedido y contestó por Marissa, que estaba bloqueada.

—A mí... sí... ¿Marissa?

La joven dejó caer sus brazos torpemente, con graciosa reverencia. Mientras mantenía la pose, dijo:

—Si no se ofende, nos sentiríamos sumamente honrados de ser unidos por Su Santidad.

La Virgen Escribana se adelantó, su profunda risita llenando la sala. Al extender una mano resplandeciente sobre la cabeza inclinada de Marissa, dijo:

—Qué modales, niña. Tu linaje siempre ha tenido esos modales perfectos y elegantes. Ahora ponte a tu altura y alza esos ojos tuyos hacia mí. —Marissa se irguió y miró hacia arriba. Cuando lo hizo, Butch vio cómo la Virgen Escribana suspiraba quedamente.

—Hermosa. Simplemente hermosa. Estás tan exquisitamente formada.

Luego, la Virgen Escribana observó a Butch. Aunque tenía un opaco velo negro sobre su rostro, el impacto de su mirada hizo que su piel se irritara, como si se hubiera interpuesto en el camino de una caravana de relámpagos.

—¿Cuál es el nombre de tu padre, humano?

—Eddie. Edward. O'Neal. Pero si no le importa, me gustaría no entrometerlo en este asunto, ¿de acuerdo?

Todos en la sala se pusieron rígidos y V murmuró:

—Tómate el interrogatorio con mucha tranquilidad, poli. Con mucha tranquilidad.

—¿Y por qué es eso, humano? —preguntó la Virgen Escribana. La palabra «humano» fue pronunciada como la frase «pedazo de mierda».

Butch se encogió de hombros.

—Él no es nada mío.

—¿Sois los humanos siempre tan desdeñosos con vuestros linajes?

—Mi padre y yo no tenemos nada que ver el uno con el otro. Eso es todo.

—Por lo tanto los linajes de sangre significan poco para ti, ¿verdad?

No, pensó Butch, y le echó una ojeada a Wrath. Los lazos de sangre lo eran *todo*.

Butch se volvió a la Virgen Escribana.

—¿Tiene alguna idea de lo aliviado...?

Marissa jadeó. V se adelantó y abofeteó a Butch con su mano enguantada, lo inmovilizó y le silbó al oído:

—¿Quieres que te frían como a un huevo, compañero? No hagas preguntas...

—No te preocupes por él, guerrero —intervino la Virgen Escribana—. Era lo que deseaba oír.

V soltó a Butch.

—Ten cuidado.

—Lo siento —le dijo Butch a las vestiduras negras—. Pero yo sólo... yo me alegro de saber lo que hay en mis venas. Y honestamente, si muero hoy, moriré agradecido por haber sabido finalmente quién soy. —Le cogió la mano a Marissa—. Y también por saber a quién amo. Y si es en este lugar donde mi vida acabará al cabo de tantos años perdidos, diría que mi tiempo no ha sido malgastado.

Hubo un larguísimo silencio. Luego la Virgen Escribana dijo:

—¿Te entristece haber dejado a tu familia humana?

—No. Ésta es mi verdadera familia. Los que están aquí y ahora conmigo y los que viven conmigo en el complejo. ¿Para qué necesitaría a alguien más? —El ruidoso coro de maldiciones que se produjo en la sala, le indicó que se había atrevido a hacer otra pregunta—. Ah, lo siento...

Una suave risita femenina emergió de las vestiduras negras.

—Eres muy valiente, humano.

—Más bien estúpido —exclamó Wrath.

Butch se frotó la cara.

—Tú sabes que lo estoy intentando. Realmente estoy intentando con todas mis fuerzas ser respetuoso.

—Tu mano, humano —exclamó la Virgen Escribana.

Él ofreció la izquierda, la única que tenía libre.

—La palma hacia arriba —ladró Wrath.

El volvió la mano.

—Dime, humano —dijo la Virgen Escribana—: Si te preguntara por el macho de esta hembra, ¿me lo presentarías?

—Por supuesto. Precisamente acabo de encontrarla con él. —La Virgen Escribana volvió a reírse, a lo que Butch dijo—: Sabe, parece un pájaro cuando se ríe así. Es muy agradable.

A su izquierda, Vishous se llevó las manos a la cabeza.

Otro largo silencio.

Butch respiró profundamente.

—Supongo que no me estaba permitido decir eso.

La Virgen Escribana se irguió y, lentamente, apartó el velo de su rostro.

Butch apretó la mano de Marissa ante aquella revelación.

—Eres un ángel —susurró, sin poderse contener.

Unos labios perfectos se movieron en una pequeña sonrisa.

—No. Soy la que Soy.

—Eres hermosa.

—Lo sé. —La voz volvió a ser autoritaria otra vez—. Tu palma derecha, Butch O'Neal, descendiente de Wrath, hijo de Wrath.

Butch soltó a Marissa, la agarró con la mano izquierda y avanzó. Cuando la Virgen Escribana lo tocó, se estremeció. La extraordinaria fuerza de ella lo dejó prácticamente sin respiración. Y aunque no llegó a romperle los huesos, sintió que ella podría hacerlo sin darse cuenta siquiera.

La Virgen Escribana se volvió hacia Marissa.

—Niña, dame tu mano.

En el instante en que se hizo la conexión, una cálida corriente fluyó por el cuerpo de Butch. Al principio se imaginó que el sistema de calefacción de la sala era un horno pero luego comprendió que el bochorno estaba bajo su piel.

—Ah, sí. Éste es un apareamiento muy bueno —pronunció la Virgen Escribana—. Tenéis mi permiso para continuar unidos por el tiempo que deseéis estar juntos —dijo, y miró a Wrath—. La presentación ha sido satisfactoria para mí. Si el humano sobrevive, deberás concluir la ceremonia tan pronto como se reponga.

El Rey inclinó la cabeza.

—Así sea.

—Un momento —los interrumpió Butch, pensando en la glymera—. Marissa está apareada ya, ¿verdad? Quiero decir, aunque yo muera ella ya podrá ser independiente, mi viuda, sin depender de ningún otro macho, ¿es así?

La Virgen Escribana pareció realmente asombrada.

—Has vuelto a hacerme una pregunta, y con exigencias implícitas. Debería matarte ahora mismo.

—Lo siento, pero esto es muy importante. No quiero que ella caiga bajo la sehclusion. Quiero que sea mi viuda para que no tenga que soportar que alguien pretenda gobernar su vida.

—Humano, eres asombrosamente arrogante —dijo la Virgen Escribana. Pero luego sonrió—. Y totalmente impertinente, además.

—No quiero ser rudo, lo juro. Sólo necesito saber que Marissa estará bien.

—¿Has usado su cuerpo? ¿La has poseído como hacen los machos?

—Sí.

Marissa se puso roja como un tomate. Butch la arropó entre sus brazos.

—Y fue... con amor.

Le murmuró algo tranquilizante a Marissa. La Virgen Escribanana pareció conmovida y su voz se tornó casi amable.

—Entonces ella será como tú dices, tu viuda, y no quedará bajo ninguna provisión o medida que afecte a las hembras no apareadas.

Butch suspiró con alivio y acarició la espalda de Marissa.

—Gracias a Dios.

—Te voy a decir una cosa, humano: si aprendes algunos modales llegarás lejos conmigo.

—Si le prometo intentarlo con todas mis fuerzas, ¿me ayudará a sobrevivir a lo que viene?

La Virgen Escribanana echó la cabeza hacia atrás y soltó una sonora carcajada.

—No, no te ayudaré. Pero me veo a mí misma deseándote lo mejor, humano. Que te vaya muy bien, de verdad. —Súbitamente, miró a Wrath, que sonreía y meneaba la cabeza—. No permitas que otros usen conmigo estos códigos de etiqueta.

Wrath se deshizo de la mueca de buen humor.

—Tengo muy claro qué es lo apropiado, al igual que mis hermanos.

—Bien. —Las vestiduras volvieron a su lugar, desplazándose sobre su cabeza sin la ayuda de las manos. Antes de cubrirse el rostro, ella dijo—: La Reina debería estar aquí, llamadla antes de empezar.

Y entonces la Virgen Escribana desapareció.

Vishous silbó entre dientes y se enjugó el sudor de las cejas con el antebrazo.

—Butch, hombre, tienes tanta suerte que hasta le has caído bien.

Wrath sacó su móvil y se puso a marcar:

—Mierda, pensé que te íbamos a perder antes de empezar... ¿Beth? Oye, mi leelan, ¿podrías venir al gimnasio?

Vishous cogió una bandeja de acero inoxidable y se puso a trabajar. A medida que ponía varios objetos en envoltorios estériles, Butch encogió las piernas y se acomodó en la camilla.

Le echó un vistazo a Marissa.

—Si las cosas no funcionan, te esperaré en el Ocaso —dijo, no porque creyera en el más allá sino porque quería reconfortarla.

Marissa se agachó y lo besó. Sus mejillas se juntaron hasta que V, con prudencia, se aclaró la garganta. Marissa dio un paso atrás y comenzó a hablar en el Lenguaje Antiguo, una suave avalancha de palabras desesperadas, una oración que más parecía un murmullo que una voz.

V acercó el instrumental a la camilla y después fue hasta los pies de Butch. El hermano llevaba algo en la mano pero no mostraba qué era, manteniendo el brazo siempre fuera de vista del paciente. Hubo un tintineo metálico y la cabecera de la cama se elevó. En el calor de la sala, Butch sintió que la sangre se le subía a la cabeza.

—¿Estás listo? —preguntó V.

Butch miró a Marissa.

—Me parece que esto va muy rápido, todo de repente.

La puerta se abrió y Beth entró. Saludó con gentileza y fue hasta donde Wrath, que la rodeó con sus brazos.

Butch volvió a mirar a Marissa, cuyas oraciones habían adquirido velocidad hasta convertirse en un aluvión de palabras.

—Te amo —le dijo. Y después miró a V—: Hazlo ya.

Vishous alzó la mano. Tenía un escalpelo y, antes de que Butch pudiera darse cuenta, le hizo un corte profundo en la muñeca. Dos veces. La sangre brotó, roja intensa y lustrosa, y las náuseas lo acometieron a medida que la vio deslizarse por su antebrazo.

Hizo lo mismo en la otra muñeca.

—Oh... Jesús.

Butch sintió que el corazón salía de su pecho y la sangre corrió más rápido.

El miedo lo golpeó con fuerza. Tuvo que abrir la boca para poder respirar.

Oyó voces en la distancia sin distinguirlas bien. La sala se llenó de brumas, en una realidad curva y retorcida. Se fijó en la cara de Marissa, en sus ojos color azul claro, en su pelo rubio.

Hizo lo que pudo por tragarse el pánico, para no asustarla.

—Está bien —dijo él—. Está bien... está bien, yo estoy bien...

Alguien lo agarró por los tobillos y él saltó por la sorpresa... Era Wrath. El Rey lo sostuvo mientras V enderezaba la mesa un poco más: la sangre se aceleró. Enseguida, Vishous dio la vuelta y sacó los brazos de Butch fuera de la mesa para que colgaran más cerca del sumidero.

—¿V? —exclamó Butch—. No me dejes, ¿de acuerdo?

—Nunca.

V le rozó el pelo con un gesto tan tierno que no parecía propio de un macho.

La sala se congeló. Con un reflejo de supervivencia, Butch empezó a luchar pero V lo sujetó por los hombros y lo mantuvo en su lugar.

—Tranquilo, poli. Todos estamos aquí contigo. Sólo relájate, si puedes...

El tiempo se alargó. Tiempo... Dios, el tiempo iba pasando, ¿o no? La gente le hablaba: la desigual voz de Marissa era lo único que él distinguía... aunque rezaba, no podía saber lo que decía.

Levantó la cabeza y miró hacia abajo: no pudo ver sus muñecas...

Comenzó a tiritar incontrolablemente.

—Tengo ffffrío.

V asintió.

—Lo sé. Por favor, Beth, sube el calor un poco más.

Butch miró a Marissa, sintiéndose desprotegido.

—Me voy a conggggelar.

Ella dejó de rezar.

—¿Puedes sentir mi mano en tu brazo?

Dijo que sí con la cabeza.

—¿Sientes mi calor? Bien... imagínate que estoy sobre todo tu cuerpo. Yo te estoy sosteniendo... te estoy abrazando.

Sonrió: eso le gustaba.

Pero enseguida sus ojos revolotearon, la figura de Marissa empezó a desdibujarse como si se moviera en una pantalla y el proyector estuviera roto.

—Frío... más calor, por favor. —Su piel se erizó. Sintió su estómago repleto de gases, como un dirigible. El corazón centelleó en el pecho, casi sin latidos.

—Frío... —Los dientes le castañeteaban, un fuerte retumbar en sus oídos, y a continuación... nada—. Te... amo...

* * *

Marissa vio cómo la sangre de Butch se acumulaba en una piscina debajo de la camilla, un charco cada vez más grande alrededor del sumidero, que llegaba casi hasta sus pies. Oh, Dios... él había perdido el color y su piel se había vuelto como papel blanco. Parecía que ya no respiraba.

V aplicó un estetoscopio sobre el pecho de Butch.

—Ya casi estamos. Beth, ven aquí, por favor. Te necesito. —Le pasó el estetoscopio a la Reina—. Vas a escuchar su corazón. Quiero que me avises cuando dejes de oírlo durante más de diez segundos. —Señaló el reloj de la pared—. Síguele la pista a la tercera manecilla. Marissa, cógele los tobillos a tu muchacho. Wrath va a estar ocupado.

Cuando ella dudó, V meneó la cabeza.

—Necesitamos a alguien que lo sostenga en la mesa mientras Wrath y yo trabajamos. Vas a estar con él de todos modos y desde allí puedes seguir hablándole.

Marissa se inclinó sobre Butch, lo besó en los labios y le dijo que lo amaba. Luego reemplazó a Wrath en la tarea de impedir que el sólido cuerpo de Butch se cayera de la camilla al suelo.

—¿Butch? —dijo ella—. Aquí estoy, nallum. ¿Puedes sentirme? —Le apretó la fría piel de los tobillos—. Aquí estoy.

Siguió hablándole calmadamente aunque por dentro se sentía aterrorizada por lo que veía venir. Sobre todo, cuando Vishous acercó a la camilla el desfibrilador.

—¿Estás listo, Wrath? —preguntó el hermano.

—¿Dónde lo quieres?

—Cerca de su pecho —Vishous cogió un paquete largo, delgado y estéril. Lo abrió. La aguja tenía unos quince centímetros y parecía tan gruesa como un lápiz—. ¿Cómo va ese ritmo cardiaco, Beth?

—Cada vez más despacio. Es casi imperceptible.

—¿Marissa? Voy a pedirte que no hables para que ella pueda oír mejor, ¿vale?

Marissa cerró la boca y siguió rezando mentalmente.

En los siguientes minutos, se quedaron quietos, como en un cuadro, alrededor de Butch. Lo único que tenía movimiento en la sala era la sangre, que goteaba de las heridas de las muñecas y fluía sin parar hacia el sumidero. El suave glug, glug, glug en el suelo hizo que Marissa tuviera ganas de gritar.

—Todavía está latiendo —susurró Beth.

—Esto es lo que vamos a hacer —dijo Vishous, mirándolos por encima del cuerpo de Butch—. Cuando Beth dé la señal, voy a enderezar la mesa. Mientras yo trabajo en Wrath, quiero que vosotros dos vendéis las muñecas de Butch. En este caso, los segundos son muy importantes y cuentan mucho. Tenéis que cerrar esas heridas rápido, ¿está claro?

Todos cabecearon en silencio.

—Más despacio —dijo Beth. Sus ojos azul oscuro permanecían enfocados en el reloj. Subió una mano para ajustarse uno de los auriculares del estetoscopio—. Más despacio...

Repentinamente los segundos comenzaron a estirarse hasta el infinito. Marissa estaba extrañamente lúcida: una desconocida y poderosa fuerza sepultó su miedo.

Beth arrugó la frente. Se agachó sobre Butch, como si eso le sirviera para algo.

—¡Ya! —gritó.

V enderezó la mesa a su máximo nivel. Marissa corrió hasta una de las muñecas de Butch y Beth a la otra. Mientras ellas restañaban las heridas, V insertó la aguja en el ángulo interno del codo de Wrath.

—Todos, ¡atrás! —aulló V cuando sacó la aguja de la vena del Rey.

Cambió de mano la jeringa y se inclinó sobre Butch. Precipitadamente, buscó el esternón con la punta de los dedos y clavó la aguja en el corazón de Butch.

Marissa sintió un mareo cuando el émbolo quedó vacío. Alguien la cogió. Wrath.

V extrajo la jeringa y la dejó sobre la mesa. Después agarró las palas metálicas del desfibrilador.

—¡Despejado! —gritó V y aplicó las palas en el pecho de Butch.

El torso de éste saltó y V presionó sus dedos en la yugular del macho.

—¡Despejado! —Volvió a reanimar a Butch.

Marissa seguía en brazos de Wrath mientras V apartaba el desfibrilador, le tapaba las fosas nasales a Butch y soplaba dos veces dentro de su boca. Después, el hermano comenzó a darle una serie de masajes en el pecho. Gruñó mientras manipulaba el desfibrilador, los colmillos sacados como si estuviera enfurecido con Butch, cuya piel se había vuelto gris.

—... tres... cuatro... cinco...

Como V no detuvo la cuenta, Marissa se sintió libre para sollozar.

—¿Butch? Butch... no dejes... de estar con nosotros. Quédate conmigo.

—... nueve... diez...

V se echó para atrás, insufló aire otras dos veces en la boca de Butch y luego posó el dedo en la garganta del macho, en busca de su pulso.

—Por favor, Butch —suplicó Marissa.

V cogió el estetoscopio. Recorrió el tórax de Butch en todas direcciones.

—Nada. ¡Joder!

Un par de minutos más tarde, Marissa se aferró al hombro de V cuando el hermano apagó el desfibrilador.

—¡No puedes dejarlo!

—No voy a hacerlo. Dame tu brazo. —Cuando ella lo hizo, Vishous le hizo un corte en la muñeca—. Ponla en su boca. ¡Ya!

Marissa separó los labios y los dientes de Butch y puso la muñeca justo donde debía, al tiempo que Vishous reanudaba las compresiones pectorales. Contuvo la respiración y rezó para que Butch empezara a beber, esperando que algo de ella se metiera dentro de él para ayudarlo a vivir.

Pero no... estaba muerto... Butch estaba muerto... *Butch estaba muerto...*

De pronto, alguien gimió. Ella. Sí, ella hacía ese ruido.

Vishous hizo una pausa y palpó el cuello de Butch. Cogió el estetoscopio. Iba a auscultarle cuando Marissa pensó que había visto moverse el pecho de Butch. O tal vez no.

—¿Butch? —dijo ella.

—Siento algo —dijo V—. Sí... siento algo...

Las costillas de Butch se expandieron momentáneamente. Después su boca se apretó contra la muñeca de Marissa.

Ella colocó el brazo para que la herida encajara mejor entre sus labios.

—¿Butch?

El pecho de él se hinchó más y su boca retrocedió a la caza de la vena mientras llenaba de aire los pulmones. Hubo otra pausa y enseguida una nueva bocanada. Más intensa aún...

—¿Butch? ¿Puedes...?

Los ojos de Butch se abrieron. Y el frío inundó el corazón de Marissa.

El macho que amaba no estaba en esa mirada. Ahí no había nadie, ni nada. Sólo hambre.

Con un gruñido, él le sujetó el brazo, con un puño tan poderoso que ella jadeó. No tenía escapatoria. Butch se pegó el brazo a su boca y empezó a beber con furia. Revolcándose en la mesa, con los ojos duros fijos en la herida de la que se alimentaba. Respiraba por la nariz y tragaba a grandes bocanadas.

A través de la pena y el dolor, Marissa sintió un miedo letal.

«Dime que todavía estás ahí», pensó. «Dime que todavía estás con nosotros...».

Entonces sintió el primer mareo.

—Está bebiendo demasiado —dijo Vishous con urgencia.

Antes de que ella le pudiera contestar, Marissa fue consciente de un olor en la sala, un oscuro perfume... un aroma animal. El de Wrath. ¿Por qué sentiría él la necesidad de marcar su territorio de apareamiento aquí y ahora?

Marissa vaciló pero los rudos dedos de Vishous la engancharon por el brazo.

—Marissa, lo has logrado.

Pero Butch se estaba muriendo de hambre, con un apetito loco.

—¡No! ¡No!

—Deja, yo me encargo.

Marissa se volvió y su mirada se clavó en Beth... y luego en Wrath. De pie al lado de su shellan, el rostro del Rey era una máscara, el cuerpo tenso y presto para el combate.

—¿Marissa? ¿Me dejarías alimentarlo? —preguntó Beth con delicadeza.

Marissa contempló a la Reina. Dios, esas palabras, esas mismas palabras, habían sido pronunciadas en el mes de julio cuando el cuerpo de Wrath se debatía entre la vida y la muerte y la vena de Marissa era lo que él necesitaba, lo único que le servía.

—¿Me dejarás, Marissa?

Ella consintió, aturdida. Wrath empezó a gruñir: sacó los colmillos, que se prolongaron como cuchillos blancos.

Oh, Señor, ¡qué situación tan peligrosa! Los machos cuando están vinculados, es decir, cuando emiten su aroma, no comparten nada. Nunca. De hecho, primero lucharán a muerte antes que permitir que otro macho cualquiera alimente a sus hembras.

Beth miró a su hellren. Wrath espetó:

—V, mueve tu culo y agárrame por detrás.

* * *

Mientras Vishous se aproximaba a su Rey, deseó que Rhage estuviera presente.

Mierda... pésima idea. ¿Un vampiro pura sangre, aromado, viendo a su shellan alimentar a otro? Sagrado infierno. Cuando la Virgen Escribana había sugerido que Beth bajara a la Sala de Equipos, V había supuesto que lo proponía por simples consideraciones ceremoniales y protocolarias, no para que fuera una vena. ¿Pero qué otra opción quedaba? Butch iba a chupar a Marissa hasta marchitarla y ni aún así satisfaría su hambre inagotable. No había otra hembra en la casa que pudiera hacer el trabajo: Mary aún era humana y Bella estaba embarazada.

Por lo demás, ¿no sería más fácil que lo hicieran Rhage o Z? No. Para controlar a Rhage se necesitaría un rifle tranquilizador del tamaño de un cañón y para Z... bueno, no.

Beth extendió el brazo y acarició la cara de su hellren.

—Quizá no deberías mirar esto.

Wrath la cogió por el cuello y la besó furiosamente. Luego le cogió la muñeca, le rajó la carne y le abrió la vena.

—Ve. Ya.

La empujó y enseguida se pegó contra la pared.

—Vishous, agárrame fuerte. Pronto. O esto se va a poner feo.

El impresionante cuerpo de Wrath temblaba, los músculos tensos, la piel empapada en sudor. Detrás de sus gafas de sol, sus ojos relucieron con una luz tan feroz que traspasaba las lentes ahumadas.

V se abalanzó sobre el Rey, que se resistió de inmediato y con saña. Iba a ser como tratar de contener a un toro.

—¿Por qué no... os vais? —gruñó V mientras luchaba por controlar a Wrath.

—Tendríamos que... pasar... por la puerta. De ningún... modo.

V giró la cabeza y miró a la mesa.

Marissa iba a desplomarse si no se liberaba de Butch. Y el poli lucharía como un demonio si alguien intentaba arrebatarle esa fuente de sangre.

—¡Beth! —gritó Vishous mientras él y Wrath luchaban—. Tápale las fosas nasales al poli. Tápaselas bien fuerte y mantenle la frente baja. Sólo así podrás lograr que suelte a Marissa.

Cuando Beth cogió la nariz de Butch, el poli hizo un ruido inhumano, como si supiera lo que venía, con el cuerpo doblado encima de la mesa como si estuviera dispuesto a luchar con cualquiera que quisiera quitarle su comida.

«Oh, Jesucristo, por favor no dejes que ataque a Beth», pensó V. Wrath estaba tan encolerizado que sería capaz de escaparse y matarlo si le hiciera algo a ella.

Las hembras manejaron el asunto formidablemente. Marissa retiró su muñeca y aprisionó a Butch por los hombros, incluso le dio un puñetazo, y lo sostuvo contra la mesa, mientras Beth le aproximaba su muñeca hasta la boca. Cuando sintió la vena fresca, Butch bebió sangre como un bebé vampiro y gruñó de satisfacción.

Lo que naturalmente enloqueció a Wrath.

El cuerpo del Rey se lanzó a la mesa, con Vishous a la zaga, arrastrado por la fuerza descomunal de Wrath.

—¡Marissa! —V rodeaba a Wrath por la cintura, pero el Rey estaba ya a punto de soltarse—. ¡Ayúdame!

Ella miró a Wrath, pero no se movió.

Indudablemente Marissa quería quedarse al lado de Butch, pensó V. Por eso se sorprendió tanto cuando ella saltó y aplastó su cuerpo contra el de Wrath, que estaba a punto de deshacerse de Vishous. La fuerza del impacto hizo tambalearse al Rey. V aprovechó para sujetarlo mejor: los brazos donde debían estar, uno arriba en la espalda de Wrath y el otro en su cintura. Entre patadas y resuellos, Vishous cruzó una pierna sobre los muslos de

Wrath, de modo que si arremetía otra vez contra él, tropezaría al intentarlo.

Marissa hizo lo mismo, enlazó una de sus piernas sobre Wrath y le pasó un brazo sobre el pecho.

Oh... mierda. Sangraba intensamente.

—Marissa... tu brazo... —V se quedó atónito al darse cuenta de cómo sangraba—. Marissa...

No lo oyó, atenta a lo que pasaba en la camilla.

—Marissa... te estás desangrando. Baja la maldita muñeca.

Sin soltar a Wrath, obedeció, aunque no parecía preocupada por sí misma.

Vishous llevó sus labios a la herida. Marissa resopló y lo miró con los ojos muy abiertos.

—Es para taponarte la herida —dijo él, los labios pegados a la muñeca.

Butch hizo un ruido y ella se volvió para verlo.

Repentinamente, el tiempo se detuvo para V. Contempló el perfil perfecto de Marissa mientras le lamía la muñeca, le taponaba la herida y le aliviaba el dolor, con su potente capacidad de sanación. Obligado por algo que no quería nombrar, recorrió con su lengua la suave piel de la hembra una y otra vez, degustando tanto el sabor de su sangre como el de la boca del poli.

Repitió los lametazos más veces de la cuenta. Y en el último momento, cuando sabía que tenía que detenerse pues estaba a punto de sobrepasar la línea... cuando sabía que iba a perder el control sobre Wrath a menos que le prestara atención... en ese último lengüetazo, miró a Butch. Y oprimió sus labios sobre la piel de Marissa en un... beso.

Una extraña despedida a su compañero de cuarto.

* * *

Butch despertó en un remolino. Un torbellino. Una... licuadora.

Cada poro de su cuerpo rugía con brutalidad, cada músculo contraído y agarrotado. Se dio cuenta de que bebía... algo. Algo tan bueno y dulce que se le saltaron las lágrimas... algo impetuoso y lleno de amor que resbalaba por su garganta, un oscuro vino de vida. Mientras tragaba y tragaba, pensó que antes, en algún momento indeterminado de su vida, había probado algo parecido. No de la misma cosecha sin embargo...

Abrió los ojos y casi se desmaya.

Estaba muerto y había cruzado al más allá... ¿O estaba delirando?

Ésa no era Marissa. Una cabellera negra le caía sobre el rostro.

Ella apartó su boca un momento.

—¿Marissa?

Cuando oyó que le contestaban, trató de comprobar si era el sonido de su voz. Flaqueó.

Ésa no era la bienvenida que ansiaba en su nueva vida. Ni mucho menos.

Wrath parecía sacado de una película de sábado por la noche, un monstruoso vampiro, gigantesco y congestionado, los colmillos fuera, los ojos brillantes. Y quería saltar sobre Butch.

Las buenas noticias eran que Vishous y Marissa lo tenían bien agarrado. Las malas, que parecían a punto de perder el control.

Butch descubrió que era Beth quien lo estaba alimentando.

Oh... mierda. Había tragado considerables cantidades de ella... *mierda.*

Recostó la cabeza. Wrath iba a matarlo. Absolutamente. Si lo soltaban, el Rey iba a tirarlo al suelo y a machacarlo.

Maldijo entre dientes y calculó la distancia hasta la puerta. Beth se dirigió al trío.

—¿Wrath?

Butch volvió la cabeza y se encontró con la mirada de Wrath. Marissa lo miraba con aturdimiento y él estaba impaciente por abrazar a su hembra. Sin embargo, la situación era muy delicada, y había que resolverla con mucho cuidado.

—¿Wrath? —repitió Beth.

El Rey estaba tan perturbado que Beth tuvo que llamarlo varias veces hasta que logró que apartara su atención de Butch.

—Todo está bien, ¿de acuerdo? —Le acarició la cara—. Está hecho, ya pasó todo.

Con un gruñido de desesperación, Wrath comprimió los labios sobre la palma de la mano de Beth y entornó los ojos con agonía.

—Diles... diles que me suelten lentamente. Y Beth... Beth, prepárate porque voy a saltar sobre ti. No puedo... evitarlo. Pero eso será mejor que matarlo a él...

—Por supuesto... mucho mejor —agregó Butch con ironía.

Beth retrocedió un paso.

—Soltadlo.

Fue como soltar a un tigre. Marissa se agazapó a un lado. Wrath se quitó de encima a Vishous con tanta fuerza que lo arrojó contra la pared.

Con el mismo movimiento, el Rey se abalanzó sobre Beth y la mordió en la garganta. Ella jadeó y entró en éxtasis. Wrath le echó una mirada asesina a Butch y empezó a beber. Era obvio que lo hacía no para su propio sustento sino para marcar el territorio: su aroma llenó la sala como un severo alarido de prevención. Enseguida cogió a su shellan y salió con ella en busca de la cama más cercana.

Marissa se acercó a Butch con esperanza y con una calidez que lo iluminaba todo, la promesa de una futura vida en común, una bendición de amor. Se besaron suavemente y se dijeron una cantidad de cariñosos sinsentidos: las palabras acudían en una catarata incontrolada e impensada.

Se separaron un poco para poder respirar y él miró a Vishous. El hermano estaba parado torpemente junto a la puerta abierta y miraba al suelo, su gran cuerpo tembloroso.

—¿V?

Los ojos de diamante lo miraron y pestañearon con rapidez.

Butch le extendió la mano mientras el hermano meneaba la cabeza.

—Me alegra que hayas vuelto del infierno, poli.

—Jódete. Ven aquí. V... mueve ese culo hacia acá.

Vishous metió las manos en los bolsillos y anduvo mansamente hasta la camilla. Marissa los enlazó, atrayendo el brazo de V para que Butch pudiera alcanzar la palma del hermano.

—¿Estás bien? —preguntó Butch, sobrecogido.

Compartieron el apretón de manos por un segundo. Después Vishous se apartó y rompió el contacto.

—Sí, estoy bien.

—Gracias.

—Sí.

V parecía tan afectado que Butch se apiadó de él y cambió el tema.

—¿Esto era todo? ¿Ya se acabó?

Vishous se acarició la perilla y le echó un vistazo al reloj. Después miró el cuerpo de Butch.

—Hay que esperar otros diez minutos.

Butch acarició los brazos de Marissa, arriba y abajo, mientras pasaba el tiempo. Y los hombros, la cara, el cabello.

Finalmente, V murmuró:

—Creo que ya está.

Aunque había un curioso desencanto en la voz del hermano, Butch le sonrió:

—Bueno, no estuvo tan mal. Aparte de la agonía, desde luego. Eso no fue... —Dejó coja la frase y arrugó la frente.

—¿Qué pasa? —dijo Marissa.

—No sé. Yo... —Algo ocurría... en sus entrañas...

Vishous se arrimó a la mesa.

—¿Qué pasa, poli?

—Yo... —Una vasta oleada de dolor lo acometió como una andanada de clavos. Se le nubló la vista, y el dolor era insoportable—. Oh, mierda. Me estoy muriendo...

La cara de V surgió delante de él. Y el bastardo sonreía... una enorme y sarcástica sonrisa.

—Es la transición, amigo. En este momento... estás evolucionando.

—¿Qué diablos...?

No encontró la palabra correcta. Era una angustia roja y caliente como jamás había sentido antes: se perdió en el laberinto de esa inquietante tortura. Creía que se iba a desmayar. Sin embargo, no tuvo tanta suerte.

Después de ciento cincuenta años luz de sufrimiento, el estallido comenzó: los fémures fueron los primeros huesos en estirarse y él rugió, sin mucho tiempo para lamentos, pues siguieron los antebrazos. Los hombros. La columna vertebral... las pantorrillas... las manos... los pies... el cráneo tronaba, los maxilares le dolían. Y evolucionó: le crecieron los colmillos.

Durante el huracán de la transición Marissa estuvo junto a él, hablándole. Mantuvo en la mente su voz y su imagen, la única cosa estable en este mundo de padecimientos.

A l otro lado de la ciudad, en una casa agradable y muy protegida, John terminó de beber su primera cerveza. Y luego la segunda. Y la tercera. Se sorprendía de que su estómago pudiera con ellas, pero le sentaban bien.

Blaylock y Qhuinn estaban sentados en el suelo delante de la cama, concentrados en un televisor de plasma jugando a *sKillerz,* un estúpido juego de moda en todas partes. Por alguna anormalidad de la naturaleza, John los había ganado a ambos, así que se estaban disputando el segundo y tercer puesto.

John se apoltronó en el edredón de Blaylock. Se llevó la botella de cerveza a la boca y se dio cuenta de que estaba vacía. Miró el reloj: Fritz lo recogería en unos veinte minutos y eso podría ser un problema, pues estaba aturdido. Bastante.

Algo delicioso.

Blaylock rió y se desplomó sobre el suelo.

—No puedo creer que me hayas ganado tú, bastardo.

Qhuinn cogió su cerveza y le dio a Blay un golpecito en la pierna con la botella.

—Lo siento, muchachote.

John apoyó la cabeza en una mano, saboreando esta sensación de placer y madurez. Había estado solo durante tanto tiempo que era incapaz de recordar la última vez que se había sentido tan bien con amigos de su edad.

Blay le echó un vistazo con una mueca.

—Por supuesto, ese tipo fuerte y silencioso es el verdadero vencedor de este juego. Te odio, ¿lo sabías?

John sonrió y le dio un golpecito en el hombro. Mientras reían, sonó una BlackBerry.

Qhuinn contestó. Hubo un montón de *ajá-ajá*. Colgaron.

—Mierda... Lash deja la escuela durante una temporada. Dicen que tú... Bueno, que está aterrorizado, que te tiene pánico.

—Ese chico siempre fue un estúpido —dijo Blay.

—Muy cierto.

Se quedaron callados un rato, oyendo *Nasty* de Too Short. Luego la mirada de Qhuinn se volvió intensa.

Sus ojos, uno azul y otro verde, se entrecerraron.

—Blay... ¿qué se siente?

Blay miró brevemente al techo.

—¿Al perder en el *sKillerz* contigo? Dan ganas de matar, muchas gracias.

—Sabes que estoy hablando de otra cosa.

Blay refunfuñó y fue hasta un pequeño refrigerador, sacó otra cerveza y la abrió. Se había bebido siete y seguía sobrio. Por supuesto, también se había comido cuatro Big Macs del McDonald's, dos raciones grandes de patatas fritas, un batido de chocolate y dos pasteles de cereza. Más un paquete de Ruffles.

—¿Blay? Vamos... ¿cómo es?

Blaylock bebió un sorbo de la botella y tragó ruidosamente.

—Nada del otro mundo.

—Jódete.

—De acuerdo. —Blay dio otro trago—. Yo... eh, yo quería morirme. Estaba convencido de que así sería. Entonces yo... bueno... —Se aclaró la garganta—. Yo... le cogí la vena. Y fue peor después de eso. Tremendamente peor.

—¿La vena de quién?

—De Jasim.

—¡Vaya! Está muy buena.

—Lo que tú digas. —Blay se inclinó a un lado, cogió la chaqueta del chándal y se la puso.

Qhuinn se dio cuenta del movimiento. Lo mismo John.

—¿Lo hiciste con ella, Blay?

—¡No! Creedme, cuando llega la transición, el sexo importa un bledo.

—Pero he oído que después...

—No, no lo hice con ella.

—Está bien. Tranquilo. Bueno, entonces cuéntanos cómo es eso de la transición, ¿qué se siente?

—Uno... uno se parte en dos y vuelve a juntarse. —Blay echó un largo trago de cerveza—. Eso es.

Qhuinn dobló las pequeñas manos y luego las crispó en puños.

—¿Te sientes distinto?

—Sí.

—¿Cómo?

—Por favor, Qhuinn...

—¿Qué tienes que esconder? Todos vamos a pasar por eso. Quiero decir... mierda, John, ¿tú también quieres saberlo, verdad?

John miró a Blay y asintió, esperando que siguieran hablando.

En el silencio que hubo, Blaylock estiró las piernas. A través de los nuevos vaqueros, los densos músculos de sus muslos se contrajeron y relajaron.

—¿Cómo te sientes ahora? —lo incitó Qhuinn.

—Soy el mismo. Sólo que... no sé, mucho más fuerte.

—Qué gozada, tío —se rió Qhuinn—. Estoy deseando que me pase, deseando...

Blaylock dijo, muy serio:

—No debe pasar hacer antes de tiempo. Tiene que ser en el momento adecuado. Confía en mí.

Qhuinn meneó la cabeza.

—En eso estás equivocado. —Una nueva pausa—. Oye, ¿estás empalmado en este momento?

Blay se puso del color de un tomate.

—¿Qué?

—Vamos, ¿ya se te empalma? —El silencio se prolongó—. ¿Hola? ¿Blay? Contesta la pregunta. ¿Se te empalma?

Blay se sobó la cara.

—Humm... sí.

—¿A menudo?

—Sí.

—Y te la cascas, ¿no? Quiero decir... debes. ¿Cómo es?

—¿Estás loco o qué? Yo no...

—Simplemente cuéntanoslo. No te lo volveremos a preguntar otra vez. Te lo juramos. ¿Cierto, John?

John asintió lentamente, consciente de que aguantaba la respiración. Había tenido sueños, sueños eróticos, pero, según sospechaba, eso no debía ser ni remotamente parecido a la realidad.

Blaylock permaneció en silencio.

—Cristo, Blay... ¿cómo es? Por favor. Toda mi vida he estado esperando por lo que tú tienes. No puedo preguntarle a cualquiera... Quiero decir, no puedo preguntárselo a mi padre, ni a los profesores... Venga, cuéntanoslo, ¿qué se siente cuando te la cascas?

Blay arrancó la etiqueta de su cerveza.

—Es muy fuerte. Es una avalancha que crece y crece y... explotas y luego flotas en el vacío.

Qhuinn lo contempló con admiración.

—Eso es lo que quiero. Ser macho.

John también sentía esas ganas.

Blay vació su cerveza y después se limpió la boca.

—Por supuesto, ahora... ahora quiero hacerlo con alguien.

Qhuinn compuso una de sus medias sonrisas.

—¿Qué tal con Jasim?

—No. No es mi tipo. Y no hablemos más de esto. Se acabó la conversación.

John le echó un vistazo al reloj y después se recostó al borde de la cama. Escribió en su cuaderno con veloces garabatos. Luego, les mostró a sus amigos lo que había escrito. Blay y Qhuinn asintieron.

—Trato hecho —dijo Blay.

—¿Nos vemos mañana por la noche? —preguntó Qhuinn.

John asintió. Se puso en pie y se tambaleó. Tuvo que agarrarse al colchón.

Qhuinn se rió.

—Mírate, pobre hombre. Estás borracho.

John se encogió de hombros y se concentró en ir hasta la puerta por sí mismo. Cuando la abrió, Blay dijo:

—Oye, J.

Los miró por encima del hombro y enarcó una ceja.

—¿Dónde podemos aprender la cosa esa del lenguaje por signos?

Qhuinn cabeceó y destapó otra cerveza.

—Sí, ¿dónde?

John parpadeó. Luego escribió en su cuaderno:

—En Internet. Buscad «Lenguaje Americano de Signos».

—Trato hecho. Y nos puedes ayudar, ¿no?

John asintió.

Los dos volvieron al televisor y buscaron otro juego. Cuando John cerró la puerta, oyó que reían y él también empezó a sonreír. Pero a continuación sintió el aguijón de la tristeza.

Tohr y Wellsie estaban muertos, pensó. No debería... estar pasándoselo tan bien. Un hombre auténtico no se distrae jamás de sus objetivos, ni se olvida de sus enemigos... sólo por estar con los amigos.

John descendió hacia el vestíbulo, moviendo un brazo para equilibrarse.

El problema era que... se sentía tan bien con esos chicos. Siempre había querido tener amigos. No un grupo grande. Sólo unos cuantos amigos fuertes y leales.

De esos en los que se puede confiar hasta la muerte. Como hermanos.

* * *

Marissa no entendía cómo había podido sobrevivir Butch a semejante trance. Le parecía imposible. Sólo que, y eso era evidente, los machos siempre salían adelante, particularmente los guerreros. Y como pertenecía al linaje de Wrath, tenía su resistente sangre.

Cuando todo acabó, horas después, Butch yacía en la mesa, en el centro de la sala, ahora helada, simplemente respirando. Su piel estaba brillante y cubierta de sudor como si hubiera corrido doce maratones. Los pies le salían por el borde de la camilla. Los hombros eran el doble de gruesos que los de antes y los clazoncillos le apretaban con fuerza en los muslos.

Su semblante la confortaba. A pesar de su nuevo cuerpo, seguía siendo el mismo. Sus ojos seguían siendo color avellana, con el mismo brillo, y sus facciones eran también las mismas.

Estaba demasiado aturdido para hablar; tiritaba mucho y Marissa lo tapó con una manta. Cuando ese suave peso le cayó encima, se estremeció como si su piel fuera demasiado delicada. Enseguida articuló con los labios las palabras «te amo» y se sumergió en un reparador sueño.

Inesperadamente, se sintió muy cansada, más que en cualquier otra ocasión de su vida.

Vishous terminó de limpiar la sangre del suelo con un chorro de manguera y dijo:

—Vamos a comer.

—No quiero dejarlo solo.

—Entonces le pediré a Fritz que nos traiga algo y lo deje fuera.

Marissa siguió al hermano dentro de la Sala de Equipos y se sentaron en unos bancos que había pegados a la pared. Los bocadillos que les preparó Fritz eran excelentes, lo mismo que el zumo de manzana y las galletas de avena.

Al cabo de un rato, Vishous encendió un cigarro y se recostó.

—Se pondrá bien, ya lo verás.

—No sé cómo ha podido resistirlo.

—Lo mío fue parecido.

Se quedó con el bocadillo de jamón en la boca.

—¿Sí?

—Peor, en realidad. Yo era más joven que él.

—Él sigue siendo el mismo por dentro, ¿verdad?

—Sí, todavía es tu muchacho.

Cuando acabaron los bocadillos, ella subió las piernas al banco y se recostó contra la pared.

—Gracias.

—¿Por qué?

—Por hacer que cicatrizara mi herida. —Le mostró la muñeca.

Vishous desvió sus ojos de diamante.

—No es nada, tenía que hacerlo.

En el silencio que siguió, Marissa se vio invadida por una invencible modorra. Sintió que los ojos se le cerraban y tuvo que sacudir la cabeza para espabilarse.

—No, duérmete —musitó Vishous—. Me quedaré con él; te llamaré cuando se despierte. Vamos... ponte cómoda y echa una cabezada.

Ella se acomodó lo mejor que pudo. No esperaba dormirse pero cerró los ojos de todos modos.

—Levanta la cabeza —dijo V. Cuando ella lo hizo, deslizó una toalla enrollada debajo de la oreja—. Mejor para tu cuello.

—Eres muy amable.

—¿Estás de broma? Poli me daría una patada en el culo si se llega a enterar de que no te cuido como te mereces.

Marissa habría jurado que Vishous le había rozado el cabello con la mano, pero al instante se corrigió y pensó que se lo había imaginado.

—¿Y tú qué? —dijo suavemente cuando Vishous se sentó en el otro banco. Dios, tenía que estar tan cansado como ella.

Él sonrió remotamente.

—No te preocupes por mí, hembra. Duérmete.

Sorpresivamente, ella lo hizo.

* * *

V vio cómo Marissa se dormía a causa de la extenuación. Alzó la cabeza y miró al cuarto de primeros auxilios. Desde allí podía ver al poli tumbado. Ahora Butch realmente era uno de ellos. Un guerrero, con carné de afiliación y su buen par de colmillos, un macho que parecía que iba a terminar midiendo entre un metro noventa y cinco y uno noventa y ocho. O quizá más. El linaje de Wrath circulaba por dentro de ese muchacho. Vishous se preguntó si algún día descubrirían cómo había llegado a suceder.

La puerta de la sala se columpió intempestivamente y entró Z, seguido por Phury.

—¿Cómo va todo? —preguntaron al unísono.

—Shhh. —V señaló a Marissa. En voz baja les dijo—: Juzgadlo por vosotros mismos. Está ahí.

Se acercaron a la camilla.

—¡Qué barbaridad! —Phury resopló escandalosamente.

—Es muy grande —exclamó Z. Olfateó el aire—. ¿Por qué el aroma de Wrath está por todas partes? ¿O es impresión mía?

Vishous se levantó.

—Salgamos, no quiero despertarlos.

Los tres caminaron sobre las alfombras azules y V cerró la puerta al salir.

—Entonces... ¿dónde está Wrath? —preguntó Phury mientras se sentaban—. Pensé que había venido a supervisar la transformación.

—Ahora está ocupado.

Z miró a la puerta.

—Ese poli es grande, V. Ese poli es realmente grande.

—Lo sé. —V cerró los ojos. No quería mirar a sus hermanos.

—V, es enorme.

—No sigas por ahí. Aún es pronto para saber qué va a ser de él.

Z se frotó la coronilla.

—Sólo estoy diciendo, que es...

—Ya sé... enorme.

—Y tiene sangre de Wrath en sus venas.

—También lo sé. Pero, mira, es muy pronto, Z. Es muy pronto. Además, su madre no es una Elegida.

Los ojos amarillos de Z se achicaron con enojo.

—Esa regla siempre me ha parecido una estupidez.

Butch se despertó en la camilla en mitad de una profunda bocanada de aire. Olió... algo. Algo que le complacía gratamente. Algo que le hizo canturrear con poder. *Mía*, una voz resonó en su cabeza.

Trató de sacudirse la palabra pero sólo consiguió que sonara más fuerte. Con cada respiración, una sola sílaba se repetía en su cerebro hasta que fue como el latido de su corazón: involuntario. La fuente de su vida. El trono de su alma. *Mía*.

Con un gruñido se sentó en la camilla. Perdió el equilibrio y casi cayó al suelo. Al recuperarse, se miró los brazos. ¿Qué diablos? No. Había un problema: era una equivocación. Éstos no eran sus brazos ni... mierda... tampoco sus piernas. Sus muslos eran inmensos.

«Éste no soy yo», pensó con ansiedad.

Mía, volvió la voz.

Miró en derredor. Dios, veía el cuarto con una claridad cristalina, como si sus ojos fueran ventanas recién limpiadas. Y sus oídos... miró las luces fluorescentes. Podía escuchar a la electricidad que pasaba a través de los tubos.

Mía.

Aspiró de nuevo. Marissa. Ese olor era Marissa. Estaba cerca...

Su boca se abrió por sí misma y dejó escapar un rítmico ronroneo que concluyó con una rugiente palabra: *Mía*.

El corazón se le aceleró al darse cuenta de que su cerebro había sido poseído por una fuerza superior. Sin ninguna lógica, un instinto posesivo gobernaba ahora su vida. Pensó que lo que había sentido antes por Marissa no era más que un capricho pasajero.

¡Mía!

Le echó una ojeada a sus caderas y sintió la masa que ahora sobrecargaba sus calzoncillos. El pene le había crecido proporcionalmente al resto del cuerpo, y pujaba por romper el delgado tejido de algodón de los calzoncillos. Parecía un garrote, que se retorcía en busca de la libertad.

Oh... Dios. Quería copular. Con Marissa. Ya.

Como si la hubiera llamado en voz alta, ella apareció en la entrada.

—¿Butch?

Sin ninguna advertencia, él se volvió como un torpedo y se lanzó sobre ella a través del cuarto. La tumbó en el suelo y la besó con intensidad. Se le montó mientras le bajaba la cremallera. Gruñendo y esforzándose, le arrancó los pantalones y desnudó sus suaves piernas. Luego, sin demora, le abrió los muslos rudamente y sepultó su cara en sus labios inferiores.

Como si tuviera una doble personalidad, se vio a sí mismo en la distancia: le quitó la blusa, le cogió los senos y le lamió los pezones. Sacó unos colmillos que de algún modo sabía usar y la mordió por delante del sostén. Pensó que debía detenerse pero una especie de fuerza centrífuga lo dominaba y lo zarandeaba. Marissa... ella era el eje alrededor del cual giraba.

En pleno remolino, gruñó:

—Lo siento... Dios mío... No puedo parar...

Ella le agarró la cara... y lo apaciguó por completo. Lo que le hizo comprender que Marissa tenía el más extraño control sobre él. Si le hubiera dicho no, se habría detenido. Punto.

Pero no había freno. Los ojos de ella resplandecieron con una hermosa luz erótica.

—Tómame. Hazme tu hembra.

Le ofreció las caderas y todo su cuerpo se sacudió en un lujurioso frenesí. Él desgarró la abertura de los calzoncillos y se clavó dentro de ella. La penetró tan hondo, se ajustó tanto a ella, que sintió como si formara parte de su ser.

Marissa gritó y le hundió las uñas en las nalgas, exigiéndole más fuerza y más rapidez. Mientras los sexos rabiaban, sintió que sus dos mitades se habían unido para tejer juntas. La bombeó salvajemente. Las dos voces, la que siempre había reconocido como propia y la nueva, llegaron a ser una sola.

La miraba a los ojos cuando comenzó el orgasmo: la eyaculación fue distinta a cuantas había tenido antes. Más intensa, más poderosa, y para siempre, como si tuviera suministros infinitos para derramarse dentro de ella la vida entera. Ella echó la cabeza hacia atrás en el clímax del placer, las piernas apretadas alrededor de sus caderas, su abertura comiéndose todo lo que él le daba.

Cuando acabó, Butch quedó jadeante, sudoroso, mareado. Notó las diferencias entre los cuerpos. Su cabeza era más grande que la de ella, sus caderas casi no cabían entre las piernas de Marissa, sus manos se veían más grandes junto a su cara.

Ella lo besó en los hombros y lamió su piel.

—Mmmm... y también hueles bien.

Sí, olía muy bien. El oscuro perfume que antes había brotado de él era ahora un aroma vibrante en la habitación. Y la marcaba toda, en la piel y en el pelo... y también dentro de ella.

Ella era *él*.

Rodó a su lado.

—Nena... no sé bien por qué he hecho esto. —Bueno, una mitad de él no lo sabía. La otra simplemente quería hacerlo... de nuevo.

—Me alegra que lo hayas hecho. —La sonrisa que le brindó fue radiante. Tanto como un sol de mediodía.

Con satisfacción pensó que él era su hombre: una vía de doble circulación. Se pertenecían el uno al otro.

—Te amo, nena.

Marissa repitió las palabras pero, inesperadamente, su sonrisa desapareció.

—Tenía miedo de que murieras.

—Pero no me he muerto, nena. Ya ha pasado todo, ya está hecho y estoy del otro lado. Contigo.

—Sería incapaz de volver a pasar por una cosa parecida.

—No tendrás que hacerlo.

Marissa se relajó algo y acarició su cara. Después arrugó la frente.

—Hace frío aquí, ¿no te parece?

—Vístete y volvamos a la mansión principal. —Le alcanzó su blusa... y sus ojos se fijaron en sus senos con sus perfectos pezones rosados.

Se volvió a excitar. Dispuesto a estallar. Desesperado por un nuevo alivio.

La sonrisa de ella reapareció.

—Vuelve conmigo, nallum. Deja que mi cuerpo te alivie.

Él no se hizo de rogar dos veces.

* * *

Fuera, al otro lado de la puerta, V, Phury y Zsadist dejaron de hablar y escucharon. Entre sordos sonidos pudieron oír que Butch se había despertado y estaba... ocupado. Los hermanos rieron y V cerró la puerta del todo, pensando que se sentía feliz por ese par. Muy... feliz.

Él y los mellizos siguieron hablando allí sentados. Al cabo de una hora, la puerta se abrió y Marissa y Butch aparecieron. Marissa iba vestida con un quimono de artes marciales y Butch llevaba una toalla alrededor de las caderas. Su aroma flotaba por encima de ellos. Parecían agotados y satisfechos.

—Humm... hola, muchachos —saludó el poli, ruborizándose. Estaba bien aunque no se movía con comodidad. De hecho, se apoyaba en su hembra como si fuera una muleta.

V sonrió.

—Tío, has crecido.

—Sí, yo... eh, no acabo de sentirme bien. ¿Es eso normal?

Phury asintió.

—Definitivamente. Yo tardé mucho tiempo en acostumbrarme a mi nuevo cuerpo. Lo controlarás más o menos en un par de días pero te sentirás raro durante una temporada.

Marissa soportaba a duras penas el peso de su macho y, por su parte, Butch se tambaleaba a cada paso, tratando de no apoyarse en ella por mucho que lo necesitara.

V se levantó.

—¿Quieres que te ayude para ir al Hueco?

Butch cabeceó.

—Sería excelente. No quiero caerme encima de ella.

Vishous cogió a Butch por un costado y lo sostuvo.

—¿A casa, Jarvis?

—Dios, sí. Me muero por darme una ducha.

Butch cogió la mano de Marissa y los tres se encaminaron paso a paso hacia el Hueco.

Anduvieron en silencio por el túnel. El único ruido eran los fatigosos pies de Butch. Y a medida que avanzaban, Vishous se acordó de su transición: se había despertado tatuado con advertencias en el rostro, en las manos y en las partes íntimas. Por lo menos, Butch estaba seguro y tenía gente para protegerlo mientras recobraba su fuerza.

Había sido rescatado y salvado de la muerte entre los árboles detrás de un campo de batalla.

Butch también tenía otra cosa a su favor. Una hembra de valor lo amaba. Marissa estaba radiante y V trató de no mirarla demasiado, pero no pudo evitarlo. Trataba a Butch de una forma tan tierna... Tan tierna.

V se preguntó qué se sentiría cuando alguien te ama tanto como ella amaba al poli.

Cuando entraron al Hueco, Butch soltó un cansado suspiro. Visiblemente su energía se había agotado, el sudor le resbalaba por el antebrazo y se esforzaba por mantenerse erguido a toda costa.

—¿Qué tal si te acuestas? —dijo V.

—No... primero quiero darme una ducha. Necesito una ducha.

—¿Tienes hambre? —preguntó Marissa.

—Sí... oh, Dios, sí. Quiero... jamón. Jamón y...

—Chocolate —dijo Vishous.

—Oh... chocolate. Joder. Mataría por eso. —Butch frunció el ceño—. ¡Pero si a mí no me gusta el chocolate!

—Te gustará. —V empujó la puerta del baño con un pie y Marissa le abrió la ducha.

—¿Algo más? —preguntó ella.

—Tortitas. Y barquillos con caramelo y mantequilla. Y huevos...

V le echó una mirada a la hembra.

—Sólo tráele algo comestible. En este momento se tragaría hasta sus propios zapatos.

—... y helado y pavo relleno...

Marissa besó a Butch en los labios.

—Volveré en un...

Él la agarró por la nuca y se apretó contra su boca con un gruñido. Cuando la corriente de su aroma fluyó de él, la llevó contra la pared y la sujetó con su cuerpo, las manos recorriéndola por todas partes, sus caderas pujando por meterse entre las de ella.

«Ah, sí», pensó V. «Un macho que acaba de realizar la transición». Butch iba a querer tener sexo cada quince minutos durante algún tiempo.

Marissa rió, completamente encantada con su compañero.

—Más tarde. Primero la comida.

Butch se tranquilizó de inmediato, como si ella controlara su lujuria con un dedo y él quisiera comportarse como un buen muchacho. Cuando salió, los ojos del poli la siguieron con hambre y adoración.

V meneó la cabeza.

—Estás chiflado.

—Hombre, si antes creía que la amaba, ahora...

—El aroma del macho es muy poderoso. —V le quitó la toalla a Butch y lo metió bajo el agua—. O eso he oído.

—¡Ay! —Butch le echó una mirada enojada y penetrante a la ducha—. No me gusta esto.

—Vas a tener la piel muy sensible durante una semana, quizá diez días. Grita si me necesitas.

V había medio salido al vestíbulo cuando oyó un alarido. Retrocedió a toda prisa y se asomó a través de la puerta.

—¿Qué? ¿Qué pasa ahora?

—¡Estoy calvo!

V descorrió la cortina y arrugó la frente.

—¿De qué estás hablando, hombre? Todavía tienes tu pelo...

—¡Pero no en mi cabeza! ¡Mi cuerpo, idiota! ¡Estoy calvo!

Vishous bajó su mirada. El torso y las piernas de Butch soltaban un alud de pelusa café oscura, que flotaba alrededor del sumidero.

V empezó a reírse.

—¡Vamos, no es tan grave! Por lo menos, ya no tendrás que preocuparte por afeitarte la espalda cuando seas viejo...

Vishous no se sorprendió cuando Butch le arrojó la pastilla de jabón.

41

Fue una semana más tarde cuando Van aprendió algo importante sobre sí mismo.

Su humanidad se había extinguido.

Cuando un quejido resonó en el sótano vacío, le echó un vistazo al vampiro civil que tenían atado a una mesa de torturas. El Señor X le estaba pegando a conciencia. Van se limitaba a mirar. Como si estuviera en la sala de espera de una peluquería.

Aquello debería parecerle inmoral. En todos sus años como luchador, había infligido un montón de dolor y de lesiones a sus contrincantes pero jamás había maltratado a un inocente y despreciaba a quienes perseguían a los débiles. ¿Y ahora? Su reacción a esa crueldad era mínima, tan sólo algo de fastidio... porque no estaba funcionando.

Lo único que había sacado en claro sobre O'Neal era que un humano que se ajustaba a la descripción del hombre había sido visto junto con otros machos, sospechosos de ser hermanos, en algunos clubes del centro, Screamer's y ZeroSum, en particular. Y nada más.

Empezaba a sospechar que el Capataz aprovechaba estos ejercicios de tortura para dar rienda suelta a su frustración. Una auténtica pérdida de tiempo. Van quería perseguir vampiros, no jugar a ser un mariscal de campo sentado en su trono viendo escenas como ésa.

Sólo que, mierda, aún no había hecho ni un solo disparo en toda esta matanza. Gracias a la decisión del Señor X de mantenerlo fuera del campo de batalla, desde que se había unido a la Sociedad Restrictiva sólo había eliminado a otros restrictores. Cada día, el Señor X lo enfrentaba a uno de ellos. Y cada día, Van golpeaba a su oponente hasta la sumisión y después lo apuñalaba.

Se oyeron ruidos de borboteo procedentes del sótano. El aire olía a sangre. Van maldijo en voz baja.

—¿Te aburres aquí? —El Señor X parecía molesto.

—Para nada. Realmente éste es un espectáculo digno de ver.

Hubo un breve silencio. Luego un silbido de disgusto.

—Pero no es tan divertido como pelear, ¿verdad?

—Entiéndalo. Soy un luchador. No me siento bien en esta mierda de golpear cautivos, sobre todo cuando no conduce a ninguna parte.

Los ojos planos y claros del Capataz ardieron.

—Ve a patrullar con alguno de los otros, entonces. Porque si tengo que seguir viéndote más tiempo, vas a terminar en esta mesa.

—Encantado.

Van se encaminó a las escaleras. Cuando su bota de combate pisó el primer escalón, el Señor X le gritó:

—Es una pena que tengas un estómago tan débil.

—Mis tripas no son el problema aquí, puede estar seguro de eso.

Y Van se fue.

* * *

Butch se apartó de la cinta andadora y se secó el sudor de la cara con su camisa. Había corrido casi veinte kilómetros. En quince minutos. Un ritmo sostenido de más de un kilómetro y medio por minuto. Sagrada... mierda.

—¿Cómo te sientes? —preguntó V desde el banco de levantar pesas.

—Como el jodido Lee Majors.

Sonó una campana de casi trescientos kilos, cerca de donde estaban.

—La referencia a *El hombre de los seis millones de dólares** revela tu edad, poli.

—Crecí en los setenta. Demándame.

Butch bebió agua y después miró hacia la entrada. Su olfato había captado algo y un segundo después entró Marissa.

Dios, estaba magnífica con pantalones negros y chaqueta de color crema, una mujer de negocios con un atuendo perfectamente femenino. Y sus ojos claros chispearon al posarse en él.

—Vengo a darte un beso antes de marcharme, tengo que salir esta noche —dijo ella.

—Me alegra mucho que lo hayas hecho, nena. —Trató de secarse con la camisa pero a ella no parecía importarle que estuviera acalorado y sudado. Para nada. Su mano encerró el mentón mientras se agachaba y le dijo un «hola» sobre la boca.

—Tienes muy buen aspecto —murmuró ella, pasándole la mano por el cuello y los pectorales desnudos. Le colocó bien la cruz sobre el pecho con sus encantadores dedos—. Excelente aspecto.

—Me encuentro muy bien. —Sonrió y volvió a sentirse excitado. Hacía tan sólo una hora la había tenido que despertar porque la excitación era insoportable, y parecía que iba a volver a pasarle—. Aunque no tan bien como tú.

—Podríamos discutir eso. —Butch sonrió y silbó cuando ella se alejó.

Con un gruñido, recorrió mentalmente el centro de entrenamiento pensando dónde se podrían esconder unos diez minutos. Humm... sí, muy cerca había un aula con un buen picaporte. Perfecto.

Le echó una ojeada a V, para decirle «vuelvo en un rato». Se sorprendió al ver cómo los miraba, los párpados entrecerrados, con una expresión indescifrable. Vishous desvió la vista apresuradamente.

—Me tengo que ir —dijo Marissa, marchándose—. Que pases buena noche.

—¿No puedes quedarte un momento más? Cinco minutos, ¿tal vez?

---

* Título de una serie de televisión de los años setenta, cuyo protagonista era el actor Lee Majors.

—Me encantaría pero... no.

«Sólo un momento, por favor», pensó él. Había algo distinto en la mirada de ella. De hecho, lo miraba con fijeza a un lado del cuello y tenía la boca ligeramente abierta. Se pasó la lengua por el labio inferior, como si saboreara algo delicioso. O simplemente, como si estuviera deseando probar algo.

Un relámpago de loca lujuria reventó dentro de él.

—¿Nena? —dijo bruscamente—. ¿Necesitas algo de mí?

—Sí. —Ella se puso de puntillas y le habló al oído—. Te di tanto durante tu transición que estoy un poco débil. Me hace falta tu vena.

Sagrada y divina mierda... lo que había estado esperando durante tanto tiempo. La oportunidad de alimentarla.

Butch la agarró por la cintura, la levantó y la llevó en brazos hacia la puerta, como si hubiera un incendio en la sala.

—Todavía no, Butch. —Ella rió, dichosa—. Bájame. Apenas llevas una semana.

—No.

—Butch, bájame.

Su cuerpo obedeció la orden aunque la mente quería discutirla.

—¿Cuánto tiempo más tendré que esperar?

—Poco, te lo prometo.

—Hoy estoy fuerte.

—Puedo esperar un par de días. Y será mejor para los dos.

Ella lo besó y miró su reloj. Tenía el favorito de la colección de Butch, el Patek Philippe con su correa de caimán negro. Le encantaba que lo usara cuando salía.

—Estaré en Lugar Seguro toda la noche —dijo Marissa—. Hoy llegan una nueva hembra y dos jóvenes, y quiero estar allí cuando se registren. También tendré la primera reunión con mi personal. Mary viene conmigo y la haremos juntas. Así que probablemente no vuelva hasta el alba.

—Aquí estaré. —La cogió al partir y la hizo girar hacia sus brazos—. Cuídate.

—Eso haré.

La besó a fondo y arropó su cuerpo esbelto. No sabía cómo iba a aguantar hasta que volviera. Aún no se había marchado y ya la estaba echando de menos.

—Estás loco. —V se levantó del banco de pesas—. Los hombres en celo son un caso.

Butch meneó la cabeza y trató de concentrarse en lo que quería lograr esa noche en el gimnasio. Durante los últimos siete días, mientras Marissa salía a su nuevo trabajo, él se quedaba en el complejo y aprendía a manejar su cuerpo. La curva de aprendizaje iba en ascenso. Al principio, se había centrado en las funciones más elementales, como comer y escribir. Ahora, trataba de averiguar sus límites físicos para ver... si... podía romperlos. La buena noticia era que todo le funcionaba. Bueno, casi todo. Una de sus manos tenía un pequeño problemilla, nada serio en verdad.

Los colmillos eran fabulosos.

Como la fortaleza y la resistencia que había desarrollado. Sin importar cuánto se esforzara en el gimnasio, su cuerpo aceptaba el castigo y respondía con gratitud. Durante las comidas, tragaba como Rhage y Z, alrededor de cinco mil calorías cada veinticuatro horas... e incluso así, siempre tenía hambre. Sus músculos se fortalecían como si estuviera tomando esteroides.

Dos preguntas seguían aún sin respuesta. ¿Podría desmaterializarse? ¿Y podría convivir con la luz del sol? Vishous le había sugerido que no pensara en eso todavía, que durante un mes se dedicara sólo a ir cultivando las habilidades que ya había descubierto que tenía, lo cual sonaba bien, pues tenía mucho que aprender sobre sí mismo.

—¿Ya te marchas? —le preguntó V mientras hacía ejercicios para los bíceps, con una pesa de unos ciento treinta y cinco kilos en cada mano.

Butch también podía levantar ese peso.

—No, aún tengo cosas que hacer. —Fue hasta la cinta andadora y se puso a trabajar las piernas.

Estaba total y completamente obsesionado por el sexo. Todo el tiempo. Marissa se había mudado a su dormitorio en el Hueco y él no le quitaba las manos de encima. Se sentía mal por esto y procuraba disimular su necesidad, pero ella sabía por instinto cuándo la necesitaba; y no lo rechazaba.

Marissa parecía deleitarse con el control sexual que ejercía sobre él. Y así era.

Dios, se había empalmado otra vez. Lo único que tenía que hacer era pensar en ella y al instante estaba listo, aunque ya lo hubieran hecho cuatro o cinco veces ese día. Y ahora el sexo era un placer, no sólo cuestión de buscar y conseguir un simple desahogo. Todo tenía que ver con Marissa. Quería estar con ella, dentro de ella, alrededor de ella: no sexo por sexo, no... más bien... hacer el amor. A ella. Sólo a ella.

Estaba absolutamente loco por ella.

Sonrió. Ésa había sido la mejor semana de toda su miserable vida. Marissa y él se sentían muy bien juntos, y no sólo en la cama. Aparte de entrenarse en el gimnasio, Butch había pasado parte del tiempo ayudándola con el proyecto de servicios sociales y ese programa común los había unido aún más.

El Lugar Seguro, como ella llamaba a su casa, estaba listo para funcionar. V había dispuesto con todo tipo de mejoras la residencia Colonial, y aunque todavía faltaban un montón de cosas, por lo menos ya podían aceptar personas en serio. En este momento, por ejemplo, estaban sólo la madre y la niña. Pero se esperaban más residentes en muy poco tiempo.

Marissa era asombrosa. Inteligente. Competente. Sensible. Él se había decidido por su naturaleza de vampiro y había escogido a su hembra muy sabiamente.

Sin embargo, aún sentía alguna culpa por haberse apareado con ella. Pensaba en lo que Marissa había abandonado: su hermano, su antigua vida, la refinada mierda de la glymera. Siempre se había sentido como un huérfano después de renunciar a su familia y al lugar donde había crecido. No quería lo mismo para ella. Ni iba a dejarla marchar.

En cuanto a sus actividades, también había comenzado a ir con toda regularidad a la misa semanal de medianoche. Con su gorra de los Red Sox y agachando la cabeza, se sentaba en la parte de atrás de Nuestra Señora y se sentía conectado con Dios y con la iglesia. La misa lo calmaba, en realidad era lo único que, en ciertos momentos, lograba calmarlo.

Porque la oscuridad aún reinaba en él. No estaba solo bajo su piel.

En su interior había una sombra, algo que acechaba el espacio entre las costillas y la columna vertebral. Lo sentía allí, siempre, agitándose, calculando, observando. Algunas veces sentía que ese algo que tenía en su interior osaba mirar a través de sus ojos y ésos eran los momentos de mayor recelo.

Pero ir a la iglesia le ayudaba. Le gustaba pensar que toda esa bondad rezumaba en su alma. Le gustaba creer que Dios lo escuchaba. Necesitaba saber que había un ser extraño y superior, dispuesto a socorrerlo en la búsqueda de su humanidad. De faltarle eso, moriría, aunque su corazón siguiera latiendo.

—Oye, ¿poli?

Sin perder la cadencia del ejercicio, Butch miró a la puerta del gimnasio. Phury estaba ahí, con su asombroso y brillante pelo rojo, amarillo y café, bajo las luces fluorescentes.

—¿Qué hay, Phury?

El hermano se le arrimó, con su cojera evidente.

—Wrath quiere que vengas a nuestra reunión, esta noche, antes de que salgamos a patrullar.

Butch miró a V, que, con disimulo, desvió la mirada hacia las esterillas.

—¿Para qué?

—Simplemente quiere que vayas.

—Está bien.

Después de que Phury saliera, él dijo:

—V, ¿sabes de qué se trata?

Su compañero de cuarto encogió los hombros.

—Pues quiere que vengas a las reuniones.

—¿Reuniones? ¿Cada noche?

Vishous siguió a lo suyo, las venas de sus bíceps a la vista.

—Sí. Cada noche.

* * *

Tres horas más tarde, Butch y Rhage salían en el Escalade... y él aún se maravillaba de lo que había sucedido. Vestía chaqueta de cuero negro. Tenía una Glock debajo de cada brazo y un cuchillo de caza de veinte centímetros en la cadera.

Esa noche era un guerrero.

Era sólo un ensayo y tenía que hablar con Marissa, pero quería ese trabajo. Lo quería... sí, quería luchar. Y los hermanos querían lo mismo. Habían charlado, en esencia, sobre la mierda de su lado oscuro: ¿quería y era capaz de matar restrictores? La Hermanad necesitaba más cuerpos a su lado en esta guerra. Así que iban a darle una oportunidad.

Mientras Rhage conducía hacia el centro, Butch miraba por la ventanilla y deseaba que Vishous hubiera ido con ellos. Le habría gustado tener a su compañero junto a él en esa especie de viaje inaugural. Era su turno de descanso según el plan de la rotación. Demonios, parecía que V estaba mejor, y que tenía bajo control el problema de sus sueños: no había vuelto a oírle gritar, y eso era una buena señal.

—¿Estás listo para el campo de batalla? —preguntó Rhage.

—Sí. —De hecho, su cuerpo rugía de ganas de ser usado, y usado específicamente para eso, para la lucha.

Unos quince minutos después, Rhage aparcó detrás de Screamer's. Al bajarse del coche y andar hacia la calle Décima, Butch se detuvo a mitad del callejón y se volvió hacia el edificio.

—¿Butch?

Se sintió golpeado por un recuerdo de su propia historia. Se arrimó a la pared. Buscó y tocó el ennegrecido punto donde había explotado la bomba que destrozó el coche de Darius. Sí... el último verano todo había comenzado aquí... en este lugar. Al palpar los húmedos y rugosos ladrillos, supo que la verdadera iniciación sería hoy. Su verdadera naturaleza se revelaría hoy. Por fin sería el que había necesitado ser... esta noche.

—¿Estas bien?

—Círculo total, Hollywood. —Se volvió hacia su compañero—. Círculo total.

El hermano le respondió con un «Huh, ¿qué?». Butch sonrió y siguió andando.

—¿Esto es lo que hacéis siempre? —preguntó, cuando se dio cuenta de que habían regresado a la calle Décima.

—En una noche normal cubrimos un radio de veinticinco manzanas dos veces. Esto es una aventura, realmente. Los restrictores nos buscan, nosotros los buscamos a ellos. Luchamos tan pronto como...

Butch se detuvo y miró a su alrededor. Su labio inferior se curvó cuando aparecieron sus primorosos colmillos nuevos.

—Rhage —dijo muy suavemente.

El hermano soltó una sonrisita de satisfacción.

—¿Dónde están, poli?

Butch comenzó a seguir el rastro de la señal que había captado y, a medida que avanzaba, sintió la fuerza de su cuerpo. Era como un coche con un motor de alta potencia, un Ferrari por lo menos. Y se relajó al oír sus pasos por la oscura calle, con Rhage a sus espaldas, ambos en plena sintonía. Ambos caminando como asesinos.

Unos metros más adelante se toparon con tres restrictores que se encontraban a la entrada de un callejón. Al unísono, los verdugos volvieron las cabezas. Al instante de haber fijado sus ojos en ellos, Butch sintió ese horrible estallido de reconocimiento. La conexión era innegable, reconocida con espanto por él y con confusión por ellos: parecía que los restrictores lo reconocían como uno de los suyos y, al mismo tiempo, como vampiro.

En el oscuro y sucio callejón, la batalla se desarrolló como una tormenta de verano: la violencia se coaguló y después explotó en golpes y puntapiés. Butch encajó patadas en la cabeza y patadas en el cuerpo, que ignoró por completo. Nada le dolía lo suficiente como para preocuparse, como si su piel estuviera blindada y sus músculos fueran de acero.

Finalmente, tiró a uno de los verdugos al suelo, lo inmovilizó y buscó su cuchillo en la cadera. Pero se detuvo, abrumado por una necesidad contra la cual no podía luchar. Dejó el cuchillo donde estaba, se agachó, cara a cara, y controló al restrictor con la mirada. Después abrió la boca.

La voz de Rhage llegó hasta él desde una inmensa distancia.

—¿Butch? ¿Qué haces? Yo tengo a los otros dos. Sólo tienes que apuñalar a esa maldita cosa. ¿Butch? Apuñálalo.

Butch se cernió sobre los labios del restrictor y sintió una avalancha de poder que no tenía nada que ver con su cuerpo sino con su lado oscuro. Empezó a inhalarlo tan lentamente que parecía un juego amable. La inhalación se fue incrementando a medida que se formaba una corriente estable en fuerza y consistencia. Toda la oscuridad pasó del restrictor a él, la transferencia de la verdadera esencia del demonio, la auténtica naturaleza del Omega. Cuando Butch terminó de tragar la vil materia negra y sintió que se asentaba dentro de su sangre y sus huesos, el restrictor se disolvió en una niebla gris.

—¿Qué diablos? —Rhage no podía creerse lo que acababa de ver.

Van paró de correr a la entrada del callejón y le hizo caso a un instinto que le decía que se escondiera en las sombras. Había ido preparado para luchar, llamado por un verdugo que le había dicho algo sobre un mano a mano con dos hermanos. Pero al llegar, vio algo que instantáneamente supo que no estaba bien.

Un enorme vampiro estaba encima de un restrictor, las miradas fijas el uno en el otro, cuando... mierda, succionó al verdugo dentro de la nada. Tal cual: lo succionó hasta hacerlo desaparecer.

Una cascada de ceniza flotó sobre el sucio pavimento. El otro hermano dijo:

—¿Qué diablos?

En ese momento, el vampiro que había consumido al restrictor, movió su cabeza y miró dentro del callejón directamente a Van, aunque la oscuridad ocultaba su presencia.

Pero Van pudo verle la cara... Era el que estaban buscando. El poli. Había visto fotos del tipo en Internet, en unos artículos de *The Caldwell Courier Journal*. Sólo que entonces era humano y ahora, con toda seguridad, no lo era.

—Hay otro —dijo el vampiro con voz ronca y desgarrada. Alzó el brazo débilmente y apuntó hacia Van—. Allí.

Van echó a correr: no quería que lo convirtieran en humo.

Era hora de hablar con el Señor X.

A medio kilómetro de distancia, en su apartamento con vistas al río, Vishous cogió una botella nueva de Grey Goose y la destapó. Al servirse otro vaso de vodka, observó el par de botellas de un litro ya vacías en el bar.

Necesitaba conseguirse otro amigo. Y muy pronto.

La música rap retumbaba. Cogió el vaso y la botella de Goose y se encaminó hacia la puerta corredera. La abrió con la fuerza de su mente.

Una explosión de frío lo sacudió. Sintió escozor en toda la piel. Se rió mientras exploraba el cielo de la noche y bebía sin cesar.

Qué buen mentiroso era. De los mejores.

Pensaban que él estaba bien porque había arreglado sus pequeños problemas. Usaba un sombrero de los Red Sox para ocultar que le temblaba el ojo. Tenía conectada la alarma de su reloj para que sonara cada media hora, pues de ese modo se libraba de las pesadillas que lo angustiaban. Comía aunque no tenía hambre. Bebía aunque no tenía sed. Se reía aunque no hubiera nada gracioso de que reírse.

Y fumaba como una chimenea.

Había llegado tan lejos que incluso había mentido a Wrath a la cara. Cuando el Rey le preguntó cómo iban las cosas, V miró al hermano a la cara y le dijo, con voz reflexiva y pensativa, que aunque continuaba «bregando» por quedarse dormido, la pesadilla se había «ido» y ahora se sentía mucho más «estable».

Puras tonterías. Era como un ventanal de vidrio con un millón de grietas. Creía que lo único que necesitaba era una palmadita en el hombro. No se iba a dejar amedrentar ni quebrantar por nada.

Por supuesto, sus visiones y la falta de sueño empeoraban la situación. Pero él sabía cuál era la causa real de su malestar. Ver a Butch con Marissa lo estaba matando.

Demonios, V no se sentía mal porque fueran felices, ésa no era la causa de su malestar. Al contrario, se alegraba de haber ayudado a ese par, e incluso le estaba empezando a gustar un poco Marissa. Pero le dolía tenerlos cerca.

Aunque era totalmente inapropiado e innecesario, aún pensaba en Butch como si fuera *él*. Lo había traído al mundo. Habían vivido juntos durante cuatro meses. Lo había rescatado de la muerte después de las torturas de los restrictores. Y lo había sanado. *Él*.

Con una maldición, Vishous se dirigió a la baranda de un metro con veinte centímetros que rodeaba la terraza del ático. La botella de Goose hizo un pequeño ruido raspante cuando la dejó en el suelo. Se llevó el vaso a la boca y tragó todo su contenido. Oh... alto ahí, necesitaba más. Escanció más vodka y tiró un poco al suelo al servirlo. La botella de Goose sonó otra vez cuando la volvió a dejar.

Bebió hasta el fondo. Se apoyó en la baranda y miró a la calle, treinta pisos. Sintió vértigo y se mareó. Del revoltijo de sensaciones y temores, sacó el nombre para su marca particular de sufrimiento. *Corazón roto*.

Mierda... ¡vaya lío!

Sin alegría, se rió de sí mismo. El sordo sonido de la carcajada fue absorbido por las rachas del viento amargo de marzo.

Puso un pie desnudo en la piedra fría. Cuando consiguió equilibrarse, se miró la mano sin guante. Y se congeló de terror.

—Oh... *no*...

* * *

El Señor X miró a Van y meneó la cabeza lentamente.

—¿Qué estás diciendo?

Estaban en un resquicio de sombra, en la esquina de las calles Comercio y Cuarta, y al Señor X le alegraba que nadie los viera. Porque no podía creer lo que estaba oyendo y no quería parecer nervioso delante de los otros.

Van se encogió de hombros.

—Es un vampiro. Parece uno. Actúa como uno. Y me reconoció inmediatamente, aunque no tengo ni idea de cómo me vio. El restrictor simplemente se... vaporizó. El otro hermano, el rubio, también se quedó totalmente asombrado... ¿Son frecuentes estas cosas?

Nada de eso pasaba con frecuencia. Sobre todo que un tío que ha sido un humano se convierta de repente en vampiro, con colmillos y todo. Esa mierda era contra natura, lo mismo que desintegrar a un restrictor de esa manera...

—¿Y después se fueron? —preguntó el Señor X.

—El hermano rubio parecía muy preocupado por su compañero.

Lealtad. Jesucristo. La lealtad, siempre con esos hermanos.

—¿Notaste algo particular en O'Neal? ¿Algo nuevo? ¿Algo distinto? ¿Algo que le hubiera sucedido durante el cambio?

A lo mejor Van había malinterpretado...

—Hmm... tiene una mano jodida. Algo raro.

El Señor X sintió un hormigueo: una campana que tañía dentro de su cuerpo. La voz le salió deliberadamente calmada.

—¿Qué tenía de raro?

Van le mostró su mano y curvó el meñique en lo alto.

—La tenía doblada como así. El dedo rígido y torcido, como si no lo pudiera mover.

—¿Qué mano?

—Eh... la derecha. Sí, la derecha.

Aturdido, el Señor X se recostó contra la pared. La profecía le vino a la mente:

Vendrá uno que traerá el fin antes del Amo,
un luchador del tiempo moderno hallado en el
                                séptimo del veintiuno,
y será conocido por los números que lleva:
uno más que la brújula percibe,

aunque sólo cuatro puntos por hacer con su

> *derecha,*

tres existencias tiene,
dos marcas por delante
y con un ojo amoratado, en un pozo nacerá y

> *morirá.*

La piel del Señor X se curtió toda. Mierda. *Mierda.*

Si O'Neal podía sentir a los restrictores, tal vez fuera porque veía *uno más que la brújula.* Y lo de la mano encajaría si no fuera capaz de apuntar o señalar con su meñique. ¿Y de la cicatriz extra... un momento... el hueco por donde el Omega le había insertado una parte de él a O'Neal... incluyendo su ombligo, serían *dos marcas por delante.* Tal vez el *ojo amoratado* fuera el ojo que mencionaban *Los Pergaminos.* Y en cuanto al *pozo donde nacerá y morirá,* O'Neal había nacido en la ciudad de Caldwell, también conocida como «the Well», el pozo, y como vampiro probablemente moriría aquí en algún momento.

La ecuación cuadraba aunque lo verdaderamente sorprendente no eran las matemáticas. Nadie, pero lo que se dice nadie, había oído que un restrictor fuera inhalado por otro.

El Señor X contempló a Van, desilusionado, cuando comprendió el alcance de todo aquello.

—Tú no eres el único.

* * *

—Deberías haberme abandonado —exclamó Butch cuando él y Rhage se dirigían a las afueras del edificio de V—. Deberías haber perseguido al otro restrictor.

—Correcto. Parecías un animal atropellado por un coche en la carretera, y había más verdugos de camino, te lo garantizo. —Rhage meneó la cabeza, con su aspecto especial de ardilla muerta. Se bajaron del Escalade—. ¿Quieres que suba contigo?

—Como quieras. Por mí, deberías regresar y luchar contra esos malnacidos.

—Déjate de chorradas. —Rhage sonrió un poco y después se puso serio—. Escucha, sobre lo que pasó...

—Para eso voy a ir a hablar con V.

—Bien. V lo sabe todo. —Rhage puso las llaves del Escalade en la mano de Butch y le dio un apretón en los hombros—. Llámame si me necesitas.

El hermano desapareció en el tenue aire de la noche y Butch entró al vestíbulo, saludó al guarda de seguridad y cogió un ascensor. Tardó una eternidad en subir. El mal corría por sus venas. Su sangre sería negra otra vez. Lo intuía. Y, por si fuera poco, hedía a talco de bebé. Se sentía como un leproso.

Al llegar oyó el estruendo de la música. *Chicken N Beer*, de Ludacris, por todo el lugar.

Llamó a la puerta.

—¿V?

No hubo respuesta. Iba a llamar otra vez cuando, de repente, la puerta hizo clic y se medio abrió unos centímetros. Butch la empujó, todos sus instintos alerta, aullando en su interior, mientras el rap sonaba más fuerte.

—¿Vishous?

Una brisa fría atravesaba el apartamento. La puerta corredera de la terraza estaba abierta de par en par.

—Oye... ¿V?

Butch le echó una ojeada al bar. Vio dos botellas vacías de Goose y tres corchos sobre el mostrador de mármol. ¡Vaya juerga que se estaba corriendo el hermano!

Fue a la terraza. Confiaba en encontrar a V inconsciente, durmiendo la mona. Pero en vez de eso, Butch se quedó helado con lo que vio: Vishous se había subido a la baranda de la terraza, desnudo, y oscilaba en el viento, brillante por todas partes y... borracho.

—Jesucristo... V.

El hermano giró en redondo y abrió sus brazos resplandecientes. Con una sonrisa demente, se movió en un círculo.

—Hermoso, ¿verdad? Está en todas y cada una de mis partes. —Se llevó una botella de Goose a los labios y tragó bastante—. Oye, ¿crees que hoy en día a ellos les gustaría atarme y tatuarme cada centímetro de mi piel?

Butch cruzó la terraza con mucha lentitud.

—V, hombre... ¿por qué no te bajas de ahí?

—¿Por qué iba a hacerlo? Creo que soy capaz de volar. —V miró al vacío de treinta pisos. Se columpiaba hacia atrás y adelante en el viento y su cuerpo radiante se veía muy hermoso, perfecto—. Sí, soy tan astuto que seguro que puedo vencer a la gravedad. ¡Joder! ¿Quieres verlo?

—V... V, compañero, bájate de ahí.

Vishous lo miró e inesperadamente pareció recobrar la sobriedad, las cejas juntas en mitad del entrecejo.

—Hueles como un restrictor, compañero.

—Lo sé.

—¿Y eso por qué?

—Te lo contaré si te bajas.

—Sobornos, sobornos... —V bebió otro trago de whisky—. No quiero bajarme, Butch. Quiero volar... volar lejos. —Elevó la cabeza al cielo y dio un traspiés... entonces volvió a columpiarse, balanceándose hacia delante, hacia atrás—. Uups. Que me caigo.

—Vishous... Por favor... baja de ahí.

—Entonces, poli... conque el Omega está otra vez dentro de ti. Tu sangre debe ser negra. —V se apartó el pelo de los ojos y se le vieron los tatuajes en las sienes, alumbrados por el resplandor de debajo de la piel—. Pese a eso, no eres intrínsecamente malvado. ¿Cómo dijo ella? Ah... sí... el trono de la maldad está en el alma. Y tú... tú, Butch O'Neal, tienes un alma buena. Incluso, mejor que la mía.

—Vishous, bájate. Ahora mismo...

—Me gustas, poli. Desde el momento en que te conocí. No... no fue amor a primera vista. Quería matarte cuando te conocí. Pero después me caíste bien. Mucho. —Dios, jamás había visto una expresión semejante en el rostro de V. Triste... cariñosa... pero sobre todo... anhelante—. Yo te vi con ella, Butch, te vi... haciéndole el amor.

—¿Qué?

—Con Marissa. Te vi a ti, encima de ella, en la clínica. —V movió su mano incandescente atrás y adelante—. Fue un error, ya lo sé, y lo siento mucho... pero no pude dejar de mirar. Vosotros dos sois tan hermosos cuando estáis juntos y yo quería que... mierda, lo que sea. Quería sentir eso. Sí, al menos una vez... quería saber qué es tener sexo normalmente, preocuparse porque la otra persona se corra al mismo tiempo que tú. —Rió con un horrible estallido—. Bueno, lo que a mí me excita no es precisamente normal, ¿verdad? ¿Me perdonarás mi perversión? ¿Algún día me perdonarás mi embarazosa y vergonzosa depravación? Joder... qué degradación.

Butch estaba dispuesto a escuchar o a decir cualquier cosa con tal de que su amigo se bajara de esa cornisa. Tuvo la sensación, sin embargo, de que Vishous se sentía horrorizado consigo mismo.

—V, compañero, estamos bien. Tú y yo... estamos bien.

Vishous cambió de expresión: su cara se tornó una máscara fría, perfectamente escalofriante, dada la situación.

—Eres el único amigo que tengo. —Y siguió con esa risa horrible—. Aunque tengo a mis hermanos, eres el único al que siento cerca de verdad. No soy bueno para hacer relaciones, tú me entiendes, ¿verdad? Eres diferente a los demás.

—Significas lo mismo para mí, V. Nosotros podemos...

—No eres como esos otros, nunca te ha importado que yo sea distinto. Los otros... me odian porque soy distinto. No es que eso me importe. Ahora todos están muertos. Muertos, muertos...

Butch no tenía idea de qué diablos estaba hablando V pero el contenido era lo de menos. El problema estaba en el tiempo que usaba para hablar, pretérito.

—Todavía soy tu amigo. Siempre seré tu amigo.

—Siempre... qué palabra tan entretenida, *siempre*.

V empezó a doblar las rodillas, conservando precariamente el equilibrio al agacharse.

Butch se movió hacia delante.

—No, poli, no hagas eso. Detente ahí mismo. —V bajó el Goose y pasó sus dedos por el cuello de la botella—. Esta mierda me cuida.

—¿Por qué no lo compartimos?

—No. Pero puedes quedarte con lo que sobre. —Los ojos de diamante de Vishous se movieron hacia arriba y el izquierdo comenzó a dilatarse hasta que devoró toda su parte blanca. Hizo una pausa muy larga y luego se rió a carcajadas—. ¿Sabes? No puedo ver nada... incluso cuando me abro a mí mismo, cuando me lo propongo, estoy ciego. Tengo un futuro dañado. Soy como una de esas lámparas de cuello flexible, de esas que enchufas a la pared y lucen.

—Vishous...

—Eres un buen irlandés, ¿verdad? —Butch asintió y V dijo:

—Irlandés, irlandés... déjame pensar. Sí... —La mirada de Vishous se calmó. Con voz quebrada, dijo—: La carretera puede alcanzarte. El viento siempre puede estar a tu espalda. El sol puede brillar y calentar tu cara y la lluvia caerá suavemente sobre tus campos. Y... mi querido amigo... hasta que nos volvamos a encontrar puede el buen Dios tenerte en la palma de Su mano.

Con una poderosa e inesperada maniobra, V brincó hacia atrás desde la cornisa y se arrojó al sutil aire de la noche.

J ohn, necesito hablar contigo.

John, desde la silla de Tohr, vio a Wrath, que entraba al estudio y cerraba la puerta. Por la mueca del Rey, supo que se trataba de algo muy serio, fuera lo que fuera.

Dejó a un lado su lección de Lenguaje Antiguo y se preparó. Oh, Dios, ¿y si fuera sobre ese terrible rumor que hacía por lo menos tres meses que circulaba de boca en boca?

Wrath rodeó el escritorio y acomodó el trono para quedar de cara a John. Después se sentó y respiró profundamente.

Sí, eso era. Tohr estaba muerto y ellos habían encontrado el cuerpo.

Wrath arrugó el ceño.

—Huelo tu miedo y tu tristeza, hijo. Y puedo entender ambos, dada la situación. El funeral va ser dentro de tres días.

John tragó saliva, cruzó las manos sobre el pecho y las dejó en sus hombros. Sintió un intenso torbellino negro alrededor de él y quiso aislarse del mundo.

—La familia de tu compañero ha pedido a todos los practicantes que estén presentes.

John echó la cabeza para arriba.

—¿Qué? —articuló con los labios.

—Tu compañero de clase, Hhurt. No superó el cambio. Murió anoche.

Entonces, ¿Tohr no había muerto?

John se puso en pie de un salto. ¿Uno de los practicantes había muerto durante el cambio?

—Creí que ya lo sabías.

John negó con la cabeza y pensó en Hhurt. No había conocido al tipo muy bien, pero mierda, qué mala suerte.

—A veces pasa, John. Pero no quiero que te preocupes por eso. Vamos a cuidarte muy bien.

¿Alguien había muerto durante la transición? Mierda...

Hubo un largo silencio. Luego Wrath apoyó los codos sobre las rodillas y se inclinó hacia delante. Su brillante cabello negro, al deslizarse sobre sus hombros, rozaba los muslos cubiertos por los pantalones de cuero.

—Escucha, John, necesitamos empezar a pensar a quién tendrás para ti cuando hayas superado el cambio. Es decir, de quién te va a alimentar.

John se acordó de Sarelle, a quien los restrictores habían secuestrado junto con Wellsie. Su corazón se encogió. Se suponía que ella iba a alimentarlo.

—Podemos hacer esto de dos maneras, hijo. Podemos buscar a alguien de fuera. Bella conoce algunas familias que tienen hijas y alguna de ellas... demonios, alguna de ellas podría incluso ser una buena compañera para ti. —John se puso rígido y Wrath dijo—: Tengo que ser honesto, sin embargo... No estoy totalmente de acuerdo con esta solución. Puede ser muy difícil encontrar a alguien de fuera en estos tiempos. Fritz tendría que conseguirla, y los minutos cuentan cuando el cambio llega. Pero si tú quieres...

John puso la mano en el antebrazo tatuado de Wrath y meneó la cabeza. No sabía cuál era la otra opción pero, maldita sea, no quería tener cerca a una hembra disponible. Sin pensarlo, dijo por señas:

—No quiero compañera. ¿Cuál es mi otra opción?

—Tendríamos que usar a una de Las Elegidas.

John echó la cabeza a un lado.

—La Virgen Escribana tiene un círculo íntimo de hembras, que viven al otro lado. Rhage usa a una de ellas, Layla, para alimentarse porque no puede dejar a Mary sin sangre. Layla es segura y podemos tenerla aquí en un abrir y cerrar de ojos.

John rozó el antebrazo de Wrath y asintió con la cabeza.

—¿Quieres usarla?

Sí, quienquiera que fuera.

—De acuerdo. Está bien. Buen trato, hijo. Su sangre es muy pura y eso te ayudará.

John se recostó en la silla de Tohr y oyó débilmente el antiguo crujido del cuero. Pensó en Blaylock y en Butch, que habían sobrevivido al cambio... primordialmente pensó en Butch. El poli se veía tan feliz. Tan grande. Tan fuerte.

Valía la pena correr el riesgo de la transición, se dijo John. Por lo demás... como si le quedara otra opción.

Wrath se anticipó.

—Voy a pedírselo a la directriz de Las Elegidas, aunque sólo sea una formalidad. Es gracioso, así se acostumbraba a hacer antes: los guerreros eran introducidos a su poder por esas hembras. Mierda, van a morirse de la dicha. —Wrath se pasó una mano por el pelo—. Querrás conocerla, por supuesto.

John asintió y al instante se puso nervioso.

—Oh, no te preocupes. Layla te gustará. Demonios, después de todo, dejará que la uses aunque no quiera. Las Elegidas pueden ser muy buenas en la iniciación de machos. Algunas de ellas, como Layla, han sido entrenadas para eso.

John sintió como una bofetada: su estúpida expresión lo traicionaba. Wrath no hablaba de sexo, ¿o sí?

—Sexo. Dependiendo de cómo sea el cambio para ti, puedes querer sexo inmediatamente. —Wrath soltó una retorcida risita—. Pregúntale a Butch.

John miró al Rey y parpadeó como un faro.

—Entonces, está hecho.

Wrath se levantó y empujó hacia atrás el pesado trono, sin ningún esfuerzo. De improviso arrugó el ceño.

—Por cierto, ¿qué creías que te iba a decir cuando he entrado aquí? He visto cómo me has mirado, con verdadero pánico.

John dejó caer la cabeza y distraídamente acarició el brazo de la silla de Tohr.

—¿Creíste que era algo sobre Tohrment?

La sola mención del nombre hizo que los ojos de John ardieran y se negó a mirar a Wrath, que suspiraba.

—¿Pensaste que había venido a decirte que estaba muerto?

John se encogió de hombros.

—Bueno... no creo que lo esté, gracias al Ocaso.

La mirada de John se fijó en las gafas oscuras del Rey.

—Todavía puedo sentir su eco en mi sangre... es él. Cuando perdimos a Darius no pude sentirlo más en mis venas. Por eso creo que Tohr está vivo.

Sintió algo de alivio y volvió a acariciar el brazo del sillón.

—¿Crees que se olvidó de ti porque no ha llamado o no ha vuelto?

John asintió.

—Mira, hijo, cuando un macho vinculado pierde a su compañera... se pierde a sí mismo. Es la separación más dura que te puedas imaginar... más dura, según he oído decir, que perder un hijo... Tu compañera es tu vida. Beth es la mía. Si algo le llegara a pasar a ella... sí, como le dije a Tohr una vez, ni siquiera soy capaz de pensar eso hipotéticamente. —Wrath apoyó la mano en el hombro de John—. Te diré algo. Si Tohr regresa, será por ti. Te quiere como si fueras su hijo. Quizá deje la Hermandad, pero será incapaz de abandonarte a ti. Tienes mi palabra.

Conmovido, John parpadeó. No iba a llorar delante del Rey. Apretó los dientes y las lágrimas se secaron en su lugar. Wrath asintió como si aprobara ese esfuerzo.

—Eres un macho de valor, John. Tohr debe sentirse orgulloso. Ahora voy a resolver lo de Layla.

El Rey caminó hacia la puerta pero luego volvió la cabeza.

—Z me ha dicho que sales a andar con él todas las noches. Bien. Quiero que sigas esa rutina.

Cuando Wrath salió, John se recostó en la silla. Dios santo, esos paseos con Z eran muy extraños. No hablaban, solos, vestidos con anoraks, andando en silencio entre los pinos, antes de la llegada del alba. Esperaba que el hermano le hiciera preguntas, algo así como pinchazo y aguijón, para averiguar lo que tenía en la cabeza. Nada... todavía.

Era entretenido y con el paso del tiempo había llegado a confiar en esas pequeñas incursiones. Y después de su charla sobre Tohr, iba a necesitar una esa noche.

* * *

Butch corrió por la terraza hasta la cornisa. Se asomó al borde y miró abajo pero no pudo ver nada: estaba muy lejos y no había luces en ese lado del edificio. ¿El ruido de un cuerpo al caer? No había oído nada.

—¡Vishous!

Oh, Dios... tal vez si bajara rápido, podría... mierda, ir por Havers... o por alguien... Se volvió, listo para correr hacia el ascensor...

Vishous apareció delante de él como un resplandeciente fantasma, un cabal reflejo de lo que el hermano había sido, una visión etérea de su único amigo verdadero.

Butch dio un traspiés, con un patético gemido en la boca.

—V...

—No he podido hacerlo —dijo el fantasma.

Butch arrugó la frente.

—¿V?

—Por más que me odie a mí mismo... no quiero morir.

Butch se congeló y corrió como un metal al rojo vivo hacia su compañero.

—¡Bastardo! —Sin pensarlo, Butch rodeó con sus manos la garganta de Vishous—. *¡Joder! ¡Hijo de puta!* ¡Me has asustado, a punto he estado de morir de un infarto!

Le lanzó un directo a la cara de V y el puño se estrelló contra el maxilar. Se preparó para repetir el golpe, absolutamente lívido. En vez de luchar contra él, V echó sus brazos alrededor del cuello de Butch, agachó la cabeza y simplemente... lo abrazó. Se estremeció y tembló con fragilidad.

Maldiciendo al hermano hasta el infierno y un poco más allá, Butch absorbió todo el peso de Vishous y sostuvo en alto su brillante y desnudo cuerpo mientras el viento frío revoloteaba alrededor de ambos.

Cuando se libró de todos sus juramentos, susurró en el oído de V:

—Si vuelves a tirarte así, yo mismo te mato, hijo de puta. ¿Está claro?

—Creo que estoy perdiendo la claridad mental —dijo V contra el cuello de Butch—. Lo único que siempre me ha salvado, y lo estoy perdiendo... Ya no tengo nada, nada...

Butch lo estrechó entre sus brazos, con una sensación de alivio. No tuvo tiempo de pensar mucho más en eso porque algo caliente y húmedo se le escurrió por el cuello de la camisa. Le pareció que eran lágrimas pero no prestó atención, totalmente aterrorizado por la muestra de debilidad de V. Asumió que su amigo lloraba y punto.

Butch puso la mano en la nuca de su compañero y murmuró:

—Te salvaré para que recuperes tu inteligencia, ¿qué te parece? Te mantendré seguro.

Cuando Vishous finalmente asintió, Butch experimentó una extraña sensación. Mierda... un brillante rayo de luz se abatió sobre él, y Butch sintió que lo bañaba entero. Ni quemaba ni dolía. De hecho... se filtraba a través de la piel...

¿Por qué no se quemaba?

Entonces resonó una voz de hembra:

—Esto es lo que debe ser, la luz y la oscuridad juntas, dos mitades formando una unidad.

Butch y V miraron alrededor. La Virgen Escribana flotaba sobre la terraza, sus vestiduras negras no se movían a pesar de las ráfagas que soplaban por todas partes.

—Por eso no os consumís con los potentes rayos —siguió ella—. Él te vio desde la estrella. —La Virgen Escribana sonrió un poco—. Y ése es el mensaje que el destino nos trae, Butch, descendiente de Wrath hijo de Wrath. El Destructor ha llegado y ése eres tú. Ahora comienza una nueva era en esta guerra.

CAPÍTULO

44

M arissa asintió mientras se cambiaba de oreja el móvil y revisaba la lista que tenía encima de su escritorio.

—Correcto. Necesitamos una cocina industrial, seis quemadores mínimo.

Sintió que había alguien en la puerta y echó un vistazo. La mente se le puso en blanco.

—¿Puedo... eh, puedo llamarte después? —No esperó contestación: simplemente colgó—. Havers. ¿Cómo me has encontrado?

Su hermano inclinó la cabeza. Vestía lo usual: gabardina Burberry, pantalones grises y pajarita. Las gafas de marco metálico eran distintas a las que estaba acostumbrada a verle. El resto, igual.

—Una enfermera me dijo dónde estabas.

Se sentó en su silla y cruzó los brazos sobre el pecho.

—¿A qué has venido? —le preguntó, intrigada.

En vez de contestar, él observó a su alrededor. Ella se imaginó que no estaba impresionado. La oficina no era más que un escritorio, una silla y un ordenador portátil. Bueno... y miles de hojas, con listas y tareas específicas. El estudio de Havers, por su parte, era un cubil de conocimientos y distinción, estilo Mundo Antiguo, los pisos cubiertos de alfombras Aubusson, las paredes

431

repletas de diplomas de la Facultad de Medicina de Harvard así como de paisajes de la Escuela del río Hudson.

—¿Havers?

—Has hecho grandes cosas en esta instalación.

—Apenas acabamos de empezar, y es una casa, no una instalación. ¿A qué has venido?

Él se aclaró la garganta.

—Vengo con una solicitud del Concilio de Princeps. Vamos a votar la moción de sehclusion en la próxima reunión y el leahdyre dice que ha estado tratando de comunicarse contigo durante la última semana. No le has devuelto las llamadas.

—Estoy ocupada, como puedes ver.

—Pero no podemos votar a menos que todos los miembros estén presentes.

—Entonces deberíais expulsarme del Concilio. De hecho, me sorprende que aún no lo hayáis hecho.

—Tú perteneces a uno de los seis linajes fundadores. No podemos expulsarte.

—Ah, bueno, peor para vosotros. Comprenderás, sin embargo, que no estoy disponible esta tarde.

—No te he dado una fecha.

—Como te he dicho, no estoy disponible.

—Marissa, si estás en desacuerdo con la moción puedes manifestarlo claramente durante la fase de testimonios de la reunión. Serás escuchada.

—¿Entonces todos vais a votar a favor?

—Es importante mantener seguras a las hembras.

Marissa hirvió de indignación.

—Tú me echaste de la única casa que yo tenía tan sólo treinta minutos antes del alba. ¿Significa eso que has cambiado tus responsabilidades hacia mi sexo? ¿O acaso no me ves como una hembra?

Él tuvo la ocurrencia de ruborizarse.

—Fue un momento de alta carga emocional, Marissa.

—A mí me pareciste muy calmado.

—Marissa, lo siento...

Ella lo interrumpió con un gesto de la mano.

—Alto. No quiero oírte. No me interesan tus disculpas.

—Así será. Pero no deberías estorbar la labor del Concilio sólo por estar en mi contra.

Él se tocó la pajarita. Ella alcanzó a vislumbrar la sortija de la familia en su dedo meñique. Dios santo... ¿cómo habían llegado a esa situación? Recordaba perfectamente el día que nació Havers y ella lo vio en brazos de su madre. Un bebé tan dulce. Tan...

Marissa parpadeó para ocultar la emoción que seguramente se había reflejado en su rostro.

—Está bien. Iré a la reunión.

Havers se relajó, y le dijo el lugar y el día en que se celebraría el próximo Concilio.

—Gracias. Te lo agradezco sinceramente.

Ella sonrió con frialdad.

—A la orden.

Se produjo un largo silencio durante el cual Havers reparó en sus pantalones y en el jersey y en los papeles que había encima del escritorio.

—Pareces diferente.

—Lo soy.

Y ella sintió, por la recia y dolida expresión de su cara, que él seguía siendo el mismo. La habría preferido en el molde de la glymera: una hembra de gracia presidiendo un hogar distinguido. Bueno, mala suerte. Ahora todo se ceñía a la regla número uno: correctas o equivocadas, en su vida las decisiones las tomaba ella. Nadie más.

Cogió el teléfono.

—Ahora, si me excusas...

—Te ofrezco mis servicios. Los de la clínica, quiero decir. Libres de cargo.

Se subió las gafas hasta lo más alto de su recta nariz.

—Las hembras y jóvenes que se alojan aquí necesitarán asistencia médica.

—Gracias. Gracias...

—También le diré a mi personal de enfermería que esté alerta a cualquier signo de abuso. Os referiremos cualquier caso que descubramos.

—Eso sería de gran ayuda.

Su hermano inclinó la cabeza.

—Nos complacerá servirte.

El teléfono móvil de Marissa sonó. Ella se despidió:

—Hasta luego, Havers.

Su hermano abrió los ojos con asombro y ella comprendió que era la primera vez que lo despedía.

Cambiar era bueno... que se fuera acostumbrando al nuevo orden mundial.

El teléfono volvió a sonar.

—Cierra la puerta al salir, si no te importa.

Después de que Havers saliera, Marissa miró el identificador de llamadas del móvil y suspiró con satisfacción: Butch, gracias a Dios. Necesitaba oír su voz.

—Hola —dijo ella—. ¿A qué no adivinas quién acaba de salir...?

—¿Puedes venir a casa? ¿Ya mismo?

Apretó con fuerza el teléfono.

—¿Qué pasa? ¿Estás herido...?

—Estoy bien. —Butch hablaba en voz muy baja—. Pero necesito que vengas a casa ahora mismo.

—Salgo en este momento.

Cogió el abrigo, metió su teléfono en el bolsillo y salió en busca de algún miembro de su equipo.

Cuando encontró a la vieja doggen, le dijo:

—Tengo que irme.

—Señora, parece trastornada. ¿Puedo hacer algo por usted?

—No, gracias. Volveré en cuanto pueda.

—Me encargaré de todo en su ausencia.

Le estrechó la mano a la sirviente y corrió afuera. De pie en el césped delantero, en la cruda noche primaveral, trató de calmarse lo suficiente como para poder desmaterializarse. Cuando no lo pudo hacer, pensó que iba a tener que llamar a Fritz para que la recogiera: no sólo estaba preocupada sino que necesitaba alimentarse, por lo cual era muy posible que no fuera capaz de serenarse.

Sin embargo, unos instantes después, se marchó por su cuenta. Tan pronto se materializó delante del Hueco, se abrió paso hacia el vestíbulo. El seguro interior se descorrió, aun antes de que ella plantara su cara enfrente de la cámara. Wrath estaba al otro lado de los pesados paneles de madera y acero.

—¿Dónde está Butch? —preguntó ella.

—Aquí estoy. —Él apareció en su línea de visión pero no salió a su encuentro.

En el escueto silencio que siguió, Marissa anduvo con lentitud. El aire parecía nieve derretida, contra la que tenía que luchar a medida que avanzaba. Atontada, oyó que Wrath cerraba la puerta. Por el rabillo del ojo vio a Vishous que se ponía en pie entre sus ordenadores. V rodeó el escritorio.

Butch le extendió la mano.

—Ven aquí, Marissa.

La guió a los ordenadores y le señaló uno de los monitores. Arriba en la pantalla sólo había... texto. Muy denso. En realidad, eran dos secciones de documentos, la pantalla partida a la mitad.

—¿Qué es esto? —preguntó.

Butch con amabilidad la sentó en la silla y se paró detrás, con sus manos en los hombros de ella.

—Lee el pasaje en cursiva.

—¿De qué lado?

—Cualquiera. Son idénticos.

Ella frunció el ceño y pasó su mirada por lo que parecía casi un poema:

> *Vendrá uno que traerá el fin antes del Amo,*
> *un luchador del tiempo moderno hallado en el*
> *séptimo del veintiuno,*
> *y será conocido por los números que lleva:*
> *uno más que la brújula percibe,*
> *aunque sólo cuatro puntos por hacer con su derecha,*
> *tres existencias tiene,*
> *dos marcas por delante*
> *y con un ojo amoratado, en un pozo nacerá y*
> *morirá.*

Confundida, leyó más. Frases horribles saltaron a sus ojos: «Sociedad Restrictiva», «Inducción», «Amo». Se estremeció al leer el título en la parte alta de la página.

—Pero... es sobre... restrictores.

* * *

Cuando Butch sintió el pánico glacial en la voz de Marissa, se hincó de rodillas ante ella.

—Marissa...

—¿De qué diablos se trata todo esto?

¿Cómo explicárselo? Cubrió la delicada pantalla y luego se miró su meñique deformado... el único que no podía estirar... el único con el que no podía señalar o apuntar.

Marissa se apartó de él cautelosamente.

—¿Qué es?

Gracias a Dios, V se le adelantó.

—Lo que estás viendo son dos diferentes transcripciones de *Los Pergaminos* de la Sociedad Restrictiva. Uno lo teníamos nosotros. El otro es de un portátil que les arrebaté a los verdugos hace unos diez días. *Los Pergaminos* son el manual de la Sociedad y la sección que estás viendo es lo que llamamos la Profecía del Destructor. Hace mucho tiempo que la conocemos, desde cuando la primera copia de *Los Pergaminos* cayó en nuestro poder, hace varias generaciones.

Marissa se llevó la mano a la garganta. Empezó a captar la idea general. Movió la cabeza.

—Pero es una adivinanza. Seguramente...

—Butch tiene todas las marcas. —Vishous encendió un cigarro y exhaló—. Puede sentir restrictores, así que percibe uno más que norte, sur, oriente u occidente. Su meñique se atrofió desde la transición, por lo que ahora solamente dispone de cuatro dedos para señalar o apuntar. Ha tenido tres vidas, infancia, madurez y, la última, como vampiro, y, si quieres, puedes indicar que nació aquí en Caldwell, al superar el cambio. No obstante, lo más revelador es esa cicatriz en el ombligo. Parece un *ojo amoratado* y es una de *dos marcas por delante,* presumiendo que el ombligo sea la primera.

Marissa miró a Wrath.

—Entonces, ¿esto qué significa?

El Rey respiró hondo.

—Significa que Butch es nuestro mejor armamento en esta guerra.

—¿Cómo...? —La voz de ella se quebró.

—Él puede atajar el retorno de los restrictores al Omega. Mira, durante el proceso de inducción, el Omega comparte una parte suya con cada verdugo. Esa porción vuelve a él cuando el restrictor muere. Como el Omega es un ser finito, la conservación de este retorno es crítico. Necesita recuperar lo que puso dentro de ellos si quiere multiplicar a sus combatientes. —Wrath señaló a Butch—. El poli rompe esa parte del ciclo. Así, cuantos más restrictores consuma Butch, la debilidad del Omega se incrementará hasta que, literalmente, no quedará nada de él. Es como una gota de agua que erosiona poco a poco la roca.

Los ojos de Marissa se deslizaron hasta Butch.

—¿Consumirlos, cómo?

Vaya, no le iba a gustar esta parte.

—Yo simplemente... los inhalo. Los tomo dentro de mí.

El terror le oscureció la mirada.

—Pero con el tiempo, ¿no te irás a convertir en uno de ellos? ¿Qué te impedirá excederte?

—No lo sé. Vishous me ayuda. Me sana con su mano.

—¿Cuántas veces has hecho... esto... lo que sea... a los restrictores?

—Tres. Incluyendo al de esta noche.

—¿Y cuándo lo hiciste por primera vez?

—Hace unas dos semanas.

—Entonces nadie conoce los efectos a largo plazo, ¿no es así?

—Pero yo estoy bien...

Marissa saltó de sopetón y rodeó el escritorio, la mirada en el suelo, los brazos cruzados. Se plantó frente a Wrath y lo miró.

—¿Y tú quieres utilizarlo?

—Esto tiene que ver con la supervivencia de la raza.

—¿Y la supervivencia de él?

Butch se puso en pie.

—Yo quiero hacerlo, Marissa.

Lo contempló con severidad.

—¿Puedo recordarte que casi mueres por culpa de la contaminación del Omega?

—Esto es distinto.

—¿Qué tiene de distinto? Si estás hablando de meterle más y más mal a tu sistema, ¿cuál es la diferencia?

—Ya te lo he dicho, V me ayuda a procesarlo. No se queda dentro de mí. —No hubo respuesta. Ella se quedó estática en medio de la sala, sin saber cómo reaccionar ni qué decir—. Marissa... hablamos de la tarea de mi vida. En todo hay un propósito, quizá éste sea el propósito de mi vida...

—Qué bien. Esta mañana me dijiste en la cama que yo era tu vida.

—Y lo eres. Esto es diferente.

—Ay, sí, claro. Todo es diferente cuando te conviene que lo sea. —Meneó la cabeza—. No pudiste salvar a tu hermana, y ahora... tienes la inspiración de salvar a miles de vampiros. Tu complejo de héroe debe estar satisfecho.

Butch apretó los dientes para contenerse.

—Eso ha sido un golpe bajo.

—Pero es verdad. —Bruscamente, ella se volvió fatigada—. ¿Sabes?, estoy enferma y cansada de tanta violencia. Y de tanta lucha. Y de que la gente resulte herida. Y, además, me dijiste que no ibas a involucrarte en esta guerra...

—En ese momento yo era humano...

—Oh, por favor...

—Marissa, tú has visto lo que los restrictores pueden hacer. Lo has visto en la clínica de tu hermano cuando llegan los cuerpos. Dime, ¿cómo puedo quedarme de brazos cruzados? ¡Tengo que pelear!

—No se trata sólo de combates mano a mano. Ahora estás en otro nivel. *Consumes* verdugos, ¡por Dios! ¿Cómo sabes que no te vas a convertir en uno de ellos?

De pronto, el miedo se adueñó de Butch. Y como los ojos de ella se achicaron, supo que no había ocultado la ansiedad con suficiente prontitud.

Marissa meneó la cabeza.

—A ti también te preocupa eso, ¿cierto? No tienes la certeza de que no te volverás uno de ellos.

—Eso es falso. No me perderé. Lo sé.

—¿En serio? Entonces, ¿por qué llevas una cruz de oro, Butch?

Él agachó la cabeza y miró al suelo. Mierda, sin darse cuenta su mano sujetaba el crucifijo tan fuerte que los nudillos estaban blancos y la camisa toda desarreglada. Bajó el brazo.

La voz de Wrath los interrumpió.

—Lo necesitamos, Marissa. La raza lo necesita por seguridad.

—¿Y qué hay con su seguridad? —dejó escapar un sollozo, que sofocó rápidamente—. Lo siento, pero... no puedo sonreír ni deciros «Vamos por ellos». Pasé días y noches en cuarentena cuidándolo... —miró a Butch—. Cuidándote al borde de la muerte. Eso casi me mata. Yo también tengo algo que opinar en este asunto... sí, Butch, tengo derecho.

Butch bajó la cabeza. Ya no podía cambiar. Era lo que era, y tenía que creer en su fuerza interior para no derrumbarse en la oscuridad.

—No quiero ser una mascota, Marissa. Quiero un propósito...

—Ya tienes un prop...

—... y ese propósito *no* es quedarme sentado en casa esperando a que regreses. Soy un hombre, no un mueble. No quiero cruzarme de brazos cuando sé que debo ayudar a la raza... *mi* raza. —Se le acercó—. Marissa...

—No puedo... no puedo hacer esto. —Retrocedió hasta ponerse fuera del alcance de los brazos de Butch—. Te he visto casi muerto muchas veces. No podré... yo no puedo hacer esto, Butch. No puedo vivir así. Lo siento. No cuentes conmigo: no me sentaré a ver cómo te destruyes...

Les dio la espalda y salió del Hueco.

A la tarde siguiente, Marissa salía del sótano del Lugar Seguro, tratando de convencerse que su mundo no se había derrumbado.

—Mastimon quiere hablar contigo —dijo una vocecita.

Marissa vio a la joven con la pierna enyesada. Forzó una sonrisa y se agachó hasta quedar a la altura del tigre de felpa.

—¿El tigre?

—Sí. Dice que no estés tan triste. Él está aquí para protegernos. Y quiere abrazarte.

Marissa cogió el andrajoso juguete y lo acunó contra su cuello.

—Es feroz y afectuoso, las dos cosas a la vez.

—Cierto. Debes quedarte con él por ahora. —La expresión de la niña era muy formal—. Tengo que ayudar a mahmen a preparar la Primera Comida.

—Está bien, me encargaré de él.

Con solemne aprobación la niña se fue, arrastrando las muletas.

Marissa se fijó en el tigre y pensó en lo que había hecho la noche anterior: meter sus escasas pertenencias en una maleta y salir del Hueco. Butch había intentado disuadirla pero la radical decisión que él había tomado se reflejaba en su mirada, de modo que sus palabras habían significado poca cosa.

El amor de Marissa no le había curado su deseo de muerte ni lo había liberado de su personalidad arriesgada. Y por más dolorosa que fuera la separación, si ella se quedaba, su vida sería insostenible: noche tras noche esperando la llamada en que le dijeran que él estaba muerto. O aún más trágico, que se había pasado al lado maligno.

Mientras más pensaba en eso, más desconfiaba de que estuviera a salvo. Tal vez, los resultados habían sido positivos, pero a la larga eso no podía ser bueno: por delante ella sólo alcanzaba a vislumbrar un consistente patrón de violencia que tarde o temprano afectaría muy seriamente a Butch.

Lo amaba demasiado para verlo inmolarse. Las lágrimas brotaron en sus ojos. Se las secó y miró al vacío. Al cabo de un rato, algún tipo de intuición, como un eco, relampagueó en el fondo de su mente. Pero lo que hubiera sido desapareció con la misma rapidez que había aparecido.

Se sintió perdida. Literalmente no podía recordar por qué estaba en el vestíbulo. Por fin, se encaminó a su oficina: allí siempre tenía algo que hacer.

* * *

Los ex policías jamás pierden ese sexto sentido que los guía como un radar.

Butch se detuvo en el callejón del ZeroSum. A mitad de camino, holgazaneando junto a la salida de emergencia del club, con un compinche a su lado, se encontraba el chico rubio que había estado acosando y mortificando a la camarera la última semana. Estaban fumando.

Butch se puso a observarlos. Tuvo tiempo para pensar. Hombre, las cosas jamás se calmaban: vio a Marissa subiéndose al Mercedes de Fritz y desapareciendo por las salidas del complejo.

Con una blasfemia, se sobó el centro del pecho y rogó que apareciera un restrictor. Necesitaba pelear con alguien para arrancarse la angustia que lo atormentaba.

Desde la calle Comercio, un coche entró al callejón y avanzó con rapidez. Pasó volando delante del Escalade de Butch y frenó en seco al lado de la puerta lateral del club. Era un Infiniti negro, reluciente de cromo, una jodida esfera luminosa de discoteca. Y el rubio se preparó para lo que, con casi toda seguridad, era una entrega de drogas.

El chico y el conductor se saludaron con toqueteos de las palmas de las manos. Aunque Butch no pudiera decir de qué se trataba la cosa, sí podía asegurar que los fulanos no estaban intercambiando recetas de cocina.

Cuando el Infiniti se marchó, Butch salió de las sombras: quería comprobar si su corazonada era correcta.

—Decidme que no vais a meter esa mierda al club. El Reverendo odia a los camellos independientes.

El rubio se volvió, enojado.

—¿Quién diablos eres tú...? —Sus palabras se perdieron en el aire—. Espera, yo te conozco... sólo que...

—Sí, claro, sólo que he reparado mi chasis, chaval. Ahora funciono mejor. Muchísimo mejor. A lo que estábamos, ¿qué pensáis hacer...?

De repente, los instintos de Butch se dispararon. Restrictores. Muy cerca. Mierda.

—Muchachos —dijo con calma—. Tenéis que marcharos de aquí ahora mismo. Y no se os ocurra subiros a ese coche.

El rubio pelmazo mantuvo su actitud camorrista.

—¿Pero tú quién te crees que eres?

—Confía en mí y mueve el culo. ¡Ya!

—Púdrete, nosotros podemos quedarnos aquí la noche entera si nos da la gana... —El punk se quedó mudo de repente y Butch sintió un olor empalagoso que cabalgaba hacia ellos en la brisa—. Oh, Dios mío...

Hmm, este rubito no era humano: el pobre diablo era un vampiro que aún no había superado la transición.

—Huid, chavales. ¡Deprisa!

Los dos corrieron aunque no lo hicieron con suficiente rapidez: un trío de restrictores se interpuso en su camino, a la entrada y a la salida del callejón.

Grandioso. Excelente. Lo que había soñado.

Butch activó su nuevo reloj de pulsera y envió un mensaje con sus coordenadas. En instantes, V y Rhage se materializaron a su lado.

—Usemos la estrategia que acordamos —murmuró Butch—. Yo los arraso.

Los dos hermanos asintieron con la cabeza mientras los restrictores se acercaban.

* * *

Rehvenge se paró delante de su escritorio y se puso el abrigo de marta cibelina.

—Tengo que ir, Xhex. Reunión del Concilio de Princeps. Voy a desmaterializarme, no necesitaré el coche. Espero regresar dentro de una hora. Antes de que me vaya, cuéntame, ¿qué ha pasado con el último caso de sobredosis?

—Ya salió de la UVI del Saint Francis. Probablemente se salvará.

—¿Y el granuja del camello?

Xhex le abrió la puerta, como si lo estuviera animando a marcharse.

—Todavía no he descubierto quién es.

Rehv maldijo, cogió su bastón y se dirigió hacia ella:

—No me gusta nada todo esto.

—No bromees —farfulló ella, a la defensiva—. Yo creía que tú ya te habías encargado de él.

Rehv le dedicó una fría mirada de desprecio.

—No juegues conmigo.

—Para nada, jefe. Hacemos lo que podemos. ¿Crees que a mí me gusta llamar al 911 para que vengar a recoger a esos locos?

Él respiró hondo y trató de calmarse. Hombre, había sido una mala semana para el club. Demasiada tensión.

—Lo siento —dijo Rehv.

Ella pasó su mano por el pelo del hombre.

—Sí... yo también. Todos estamos muy nerviosos últimamente.

—¿Qué vas a hacer cuando acabes el trabajo?

No esperaba ninguna respuesta pero Xhex dijo:

—¿Has oído lo que se cuenta del humano? ¿O'Neal?

—Sí. Resultó ser uno de nosotros. Quién lo hubiera creído. —Rehvenge no había vuelto a ver a Butch, pero Vishous lo había llamado para contarle el milagro.

Rehv le deseaba lo mejor al poli. Le caía bien ese hombre bocazas... ese vampiro bocazas. Pero también era muy consciente de que sus días de alimentar a Marissa habían llegado a su fin, así como sus esperanzas de aparearse con ella.

—¿Es verdad? —preguntó Xhex—. Lo de él y Marissa.

—Sí, ahora él no es un agente libre.

Una extraña expresión se reflejó en las facciones de ella... ¿acaso tristeza? Sí, parecía eso.

Él arrugó el ceño.

—No sabía que te habías liado con él.

Instantáneamente, Xhex volvió a ser Xhex, los ojos agudos y fríos, su hermosa cara de duras y masculinas facciones.

—El que me gustara follar con él no significa que lo quisiera como compañero.

—Claro. Lo que tú digas.

El labio superior de ella dejó ver sus colmillos.

—¿Te parezco del tipo de hembra que necesita un macho?

—No, y gracias a Dios. La idea de que te ablandes y enternezcas viola el orden natural del mundo. Por lo demás, eres la única de la que me puedo alimentar, así que necesito que no te aparees con nadie. —Pasó junto a ella—. Te veré en un par de horas, como mucho.

—Rehvenge. —Cuando él se volvió a mirarla, ella dijo—: La verdad es que a mí me viene bien que no tengas compañera.

Se miraron fijamente. Dios, qué par. Dos mentirosos viviendo entre Normales... dos serpientes en la hierba.

—No te preocupes —farfulló él—. Nunca tomaré una shellan. Marissa era... un sabor que quería probar. Jamás habríamos funcionado como pareja.

Después de que Xhex asintiera, como si hubieran ratificado su pacto, Rehv salió.

Al atravesar la sección vip, se pegó a las sombras. No le gustaba que lo vieran con el bastón, y si tenía que usarlo quería que la gente supusiera que era un asunto de vanidad, para lo cual trataba de tropezarse lo menos posible, algo difícil, dado su precario equilibrio.

Fue hasta la puerta lateral del club, manipuló mentalmente el sistema de alarma y quitó los cerrojos de seguridad. Dio unos pasos afuera, pensando que él...

Se quedó clavado en el sitio. Había un tremendo jaleo en el callejón. Restrictores. Hermanos. Dos civiles agachados y temblorosos en el medio. Y el rudo de Butch O'Neal.

Cuando la puerta se cerró a sus espaldas, Rehv se afianzó en el bastón y se preguntó por qué diablos las cámaras de seguridad no habían... oh, claro, mhis. Estaban rodeados por mhis. Buen toque.

Vio la lucha: los golpes sordos de cuerpos contra cuerpos; los gruñidos y la percusión del metal; el sudor y la sangre de su raza mezclados con el dulzarrón olor a talco para bebés de los verdugos.

Maldita sea, tuvo ganas de intervenir y de jugar el juego de la guerra. ¿Por qué tenía que aguantarse?

Cuando un restrictor se tropezó en su camino, cogió al bastardo por el cuello, lo clavó contra los ladrillos y le sonrió mientras miraba dentro de sus ojos claros. Había pasado mucho tiempo desde la última vez que Rehv había matado a alguien y su lado oscuro añoraba la experiencia. Ya era hora de alimentar a su bestia. Y él lo iba a hacer aquí y ahora.

A despecho de la dopamina, las habilidades de symphath de Rehv reaparecieron a su señal, volando en la cresta de su agresividad y empañando su visión con el color rojo. Sacó los colmillos con una sonrisa maléfica y le brindó a su siniestra mitad el éxtasis y el placer de un adicto largamente privado de droga.

Con manos invisibles, penetró en el cerebro del restrictor y arraigó en su interior para estimularle toda clase de alegres recuerdos. Era como destapar botellas de refresco: al burbujear debilitaban la capacidad de ataque del bastardo y lo confundían tan perniciosamente que lo tornaban indefenso. Dios santo, ¡y qué cantidad de cochinadas en la cabeza de este verdugo! Había tenido una impresionante racha sádica, y como cada uno de sus asquerosos actos y sucios abusos nublaban el ojo de su mente, comenzó a dar alaridos, se tapó los oídos con las manos y cayó al suelo.

Rehv le quitó la cubierta externa a su bastón, revelando la letal longitud del acero de su roja espada. Estaba listo para apuñalarlo, cuando Butch le agarró el brazo.

—Un momento, aquí entro yo.

Rehv protestó.

—Jódete, éste es mi asesinato...

—No, lo siento.

Butch se hincó de rodillas delante del restrictor y... Rehv se tapó la boca y vio con fascinación cómo Butch se agachaba y empezaba a succionarle algo al verdugo. Otro verdugo se abalanzó sobre Butch. Rehv tuvo que echarse hacia atrás cuando Rhage tiró al inmortal al suelo con una extraordinaria maniobra. Rehv oyó más pasos y se encaró con un nuevo restrictor. Bien. A éste lo podía manejar sin colaboración externa, pensó mientras la cara se le retorcía con una ruda mueca.

Hombre, a los symphaths les encantaba pelear, ésa era la verdad. Y él no era la excepción.

* * *

El Señor X bajó por el callejón, rumbo a la pelea. No podía ver ni oír nada, debido a la amortiguación de la mhis alrededor de la escena.

Van maldijo detrás de él.

—¿Qué diablos es esto? Puedo sentir la lucha pero no veo nada...

—Vamos a penetrar la mhis. Prepárate.

Siguieron corriendo y atravesaron lo que les pareció una muralla de agua fría. Al irrumpir a través de la barrera, la pelea se les reveló en su verdadera y sangrienta dimensión. Seis verdugos. Una pareja de civiles, encogidos en el suelo. Dos hermanos. Un macho muy grande con un largo abrigo de piel... y Butch O'Neal.

En ese momento, el ex policía se levantaba del suelo, con la mirada enferma de un perro y con toda la impronta del Amo. El Señor X se encontró con los ojos de O'Neal y patinó, abrumado por una extraña sensación de mutuo reconocimiento.

Ironía de ironías, en el instante en que se estableció la conexión, en el preciso instante en que hubo este cruce de identificaciones, el Omega lo llamó desde el otro lado.

¿Coincidencia? A quién le importa. El Capataz desechó la orden, ignorando incluso la comezón en la piel.

—Van —dijo suavemente—, es hora de que muestres lo que sabes. Ve por O'Neal.

—Ya iba siendo hora de entrar en acción.

Van se plantó frente al vampiro recién nacido. Ambos se cuadraron, comenzaron a dar vueltas, a la manera de pugilistas y luchadores. De pronto, Van paró de moverse y se quedó inmóvil, como una estatua.

Porque el Señor X lo había deseado así.

Hombre, el Capataz tuvo que sonreír al captar el pánico en la cara de Van. Sí, perder el control de su gran conjunto de músculos aterroriza a cualquiera.

Y O'Neal también se sorprendió. Se aproximó con cuidado, muy cauteloso, obviamente listo para sacar provecho de la situación que el Señor X había impuesto a su subordinado. Butch lo sometió con rapidez. Hizo una llave de lucha libre alrededor del cuello de Van, lo tiró por los aires y lo inmovilizó sobre el suelo.

Al Capataz no le importaba sacrificar un activo como Van. Necesitaba saber qué pasaba cuando... *¡sagrada mierda!*

O'Neal... había abierto la boca e inhalaba y... Van Dean fue succionado a la nada, absorbido, tragado. Hasta quedar reducido a polvo.

El Señor X descansó. Sí... *sí*, la profecía se había cumplido. La profecía se había encarnado bajo la piel de un irlandés convertido en vampiro.

Gracias a Dios.

Dio un vacilante y desesperado paso hacia delante. Ahora... ahora vendría la paz que soñaba, su inteligencia legal sería recompensada, aseguraría su libertad. *O'Neal era el único.*

De improviso, el Capataz fue interceptado por un hermano con perilla y tatuajes en la cara. El gran bastardo surgió de la nada y le pegó tan fuerte como una roca. Las piernas de X se doblaron. Empezaron a luchar y el Señor X se acobardó ante la idea de ser apuñalado en vez de ser consumido por O'Neal. Así que cuando otro verdugo se metió en el barullo y atacó al hermano, X se desentendió del asunto y desapareció en la periferia.

La llamada del Omega era ahora un alarido, un atroz rugido que cosquilleaba a través de la carne del Capataz. No la respondió. Quería matarse a sí mismo esa noche. Pero del modo correcto.

* * *

Butch alzó la cabeza del montón de cenizas de su última víctima y comenzó a vomitar con espantosas arcadas. Se acordó de cuando había despertado en la clínica. Y se sintió contaminado. Manchado. Sucio.

Dios... ¿habría tomado demasiados restrictores? ¿Y si había alcanzado su punto de no retorno?

Vomitó un poco más. V llegó. Obligándose a alzar la cabeza, Butch le gruñó:

—Ayúdame...

—Ya voy, trahyner. Dame la mano.

Butch extendió la mano con desesperación. Vishous se quitó el guante y agarró al poli, bien y fuerte. La energía de V, esa hermosa luz blanca, se infiltró por el brazo de Butch, con una descarga de purificación y renacimiento. Enlazaron las manos y volvieron a ser dos mitades, luz y oscuridad. El Destructor y el Salvador. Un todo.

Butch recibió lo que Vishous tenía para darle. Cuando acabó no quería separarse de él, temeroso de que si la conexión se rompía el mal regresaría.

—¿Estás bien? —dijo V suavemente.

—En este momento, sí. —Dios santo, de tanto inhalar la voz se le había puesto ronca como el infierno. O quizá por la gratitud.

V le dio un tirón y Butch se puso en pie de un salto. Se recostó contra los ladrillos del callejón y descubrió que la lucha había concluido.

—Bonito trabajo para un civil —dijo Rhage.

Butch miró a su izquierda, pensando que el hermano le había hablado a él, pero entonces vio a Rehvenge. El macho se agachó con dificultad y recogió un estuche del suelo. Tomó en su mano la espada de rojo acero y la deslizó en la vaina hasta el tope. Ah... el bastón era un arma poderosa.

—Gracias —replicó Rehv. Sus ojos amatistas giraron hacia Butch.

Se miraron y Butch se dio cuenta de que no se veían desde la noche en que Marissa había sido alimentada.

—¿Qué tal, tío? —dijo Butch y le alargó la mano.

Rehvenge caminó hacia él, afirmándose en el bastón. Al estrecharse las manos, respiraron a fondo.

—Oye, poli —dijo Rehv—, ¿te molesta si te pregunto qué les has hecho a esos verdugos?

Un quejumbroso sonido los interrumpió. Miraron el coche aparcado al otro lado de la calle.

—Ya podéis salir, muchachos —dijo Rhage—. El lugar está despejado.

El rubito y su acompañante parecían recién salidos de una lavadora después del centrifugado: estaban empapados en sudor a pesar del frío, y tenían el pelo y las ropas completamente revueltos.

La cara de Rehvenge reflejó sorpresa.

—Lash, ¿por qué no estás en el entrenamiento? Tu padre te matará si se entera de que andas por aquí en vez de...

—Está aprovechando un receso en las clases —farfulló Rhage secamente.

—Para vender drogas —añadió Butch—. Revísale los bolsillos.

Rhage quiso abofetearlo mientras lo cacheaba. Encontró un fajo de dinero en efectivo tan grande como la cabeza del chaval y un puñado de pequeños paquetes de celofán.

Los ojos de Rehv chispearon con una rabiosa luz púrpura.

—Dame esa mierda, Hollywood, el polvo, no los verdes. —Cuando Rhage le entregó lo que pedía, Rehv abrió uno de los paquetes y hundió el meñique en la sustancia que había dentro. Se metió el dedo en la boca: hizo una mueca de asco y escupió. Después señaló al chaval con su bastón—. Ya no eres bienvenido por aquí.

Lash despertó de su estupor.

—¿Por qué no? Éste es un país libre.

—Primero, porque ésta es mi casa. Segundo, aunque no hacen falta más razones, la mierda de esas bolsas está contaminada y apostaría a que eres el responsable de la racha de sobredosis que ha habido recientemente. Así que, como te he dicho, ya no eres bienvenido por aquí. No voy a permitir que vagos como tú estropeen mi fuente de ingresos. —Rehv se guardó las bolsitas en el bolsillo del abrigo y miró a Rhage—. ¿Qué vais a hacer con él?

—Llevarlo a casa.

Rehv sonrió.

—Muy conveniente para todos.

Lash se puso a sollozar.

—No iréis a contarle a mi padre...

—Todo —zumbó Rehvenge—. Confía en mí, tu padre se va a enterar de toda tu jodida mierda.

Las rodillas de Lash temblaron. Y entonces se desmayó.

* * *

Marissa entró a la reunión del Concilio de Princeps sin importarle que, por primera vez, todos la miraran.

Nunca la habían visto en pantalones o con el pelo recogido en una coleta. Sorpresa, sorpresa.

Se sentó, abrió su nuevo portafolios de marca y empezó a analizar solicitudes para la residencia. Aunque... realmente no revisaba nada. Estaba exhausta, no sólo por el trabajo o por el estrés, sino porque necesitaba alimentarse. Y pronto.

Oh, Dios santo. La idea de hacerlo la enfermaba de tristeza y la inducía a pensar en Butch. Cuando lo hacía, un eco persistente y brumoso se adueñaba de su cabeza, como el repicar de una campana que le recordaba... ¿qué?

Una mano se posó en su hombro. Ella saltó. Rehv estaba a su lado.

—Soy yo. —Los ojos amatistas del Reverendo recorrieron su rostro y su cabello—. Me alegra verte.

—A mí también me alegra verte a ti.

Él sonrió, se sentó y después desvió la mirada. Ella debería volver a usar su vena, pensó. Claro que sí.

—¿Y qué tal, tahlly? ¿Estás bien? —dijo él afablemente. La pregunta fue tan casual que ella tuvo la rara sensación de que Rehv, de algún modo, conocía exactamente lo trastornada que estaba, así como la causa. Siempre la había sabido interpretar muy bien.

Cuando iba a responderle, el leahdyre del Concilio descargó su mazo sobre la reluciente mesa.

—Me gustaría llamar al orden.

Las voces en la biblioteca se apagaron velozmente. Rehv se recostó en la silla, con una aburrida expresión en su recio rostro. Con manos elegantes y vigorosas, se acomodó el abrigo de marta cibelina sobre las piernas, superponiéndoselo como si la sala estuviera bajo cero y no a una temperatura muy agradable.

Marissa cerró el maletín y lo dejó a un lado, con una pose similar a la de Rehv, sólo que sin la pompa del abrigo de piel. «¡Santo cielo!», pensó. «Cómo cambian los tiempos». Esos vampiros siempre la habían aterrorizado. La habían intimidado por completo. Ahora, al ver a las hembras exquisitamente vestidas y a los machos con sus trajes formales, sólo sintió... aburrimiento. Esta noche, la glymera y el Concilio de Princeps le parecían una anticuada pesadilla social sin ninguna relevancia. Gracias a Dios.

El leahdyre sonrió y asintió a un doggen que avanzó hacia él. En las manos del sirviente había un pliego de pergamino extendido sobre una bandeja de ébano. Largos banderines con rebordes de seda colgaban del documento, con colores que representaban a cada una de las seis familias originales. El linaje de Marissa era azul pálido.

Los ojos del leahdyre miraron en torno a la mesa y con estudiada actitud evitaron a Marissa.

—Ahora que tenemos a todo el Concilio, me gustaría que considerásemos el principal punto del orden del día, es decir, el concerniente a la solicitud de recomendación al Rey sobre la sehclusion obligatoria para todas las hembras no apareadas. Primero, por reglas de procedimiento, permitiremos comentarios de los herederos sin voto presentes en esta reunión.

Hubo un rápido consentimiento de todos, menos de Rehvenge, lo cual revelaba muy claramente sus sentimientos.

En la pausa que siguió, Marissa sintió la mirada de Havers sobre ella. No hizo ni dijo nada.

—Bien hecho, Concilio —dijo el leahdyre—. Ahora nombraré a los seis Princeps votantes.

A medida que cada nombre era leído, el correspondiente Princep se levantaba, daba el consentimiento de su linaje y aplicaba el sello del anillo de la familia sobre el pergamino. Esto se hizo cinco veces sin ningún fallo técnico. Y entonces el último nombre fue pronunciado.

—Havers, hijo consanguíneo de Wallen, nieto consanguíneo de...

Cuando su hermano se levantó de la silla, Marissa golpeó la mesa con los nudillos. Todos se volvieron hacia ella.

—Nombre equivocado —dijo Marissa.

Los ojos del leahdyre se abrieron desmesuradamente, tan espantado por la interrupción de ella, que, además, se quedó sin palabras mientras reía un poco y miraba a Havers.

—Puede sentarse, médico —continuó Marissa mientras se ponía en pie—. Ha pasado mucho tiempo desde la última vez que hicimos una votación como ésta... desde la muerte del padre de Wrath. —Se apoyó en las manos y atormentó al leahdyre con una breve mirada—. Y entonces, hace siglos, mi padre vivía y decidía el voto de nuestra familia. Por eso, obviamente, ustedes están confundidos.

El leahdyre miró a Havers con pánico.

—Quizá debería informar a su hermana que no tiene la palabra...

Marissa lo interrumpió.

—Ya no soy su hermana, o al menos eso me dijo él a mí. Todos estamos de acuerdo en que un linaje de sangre es inmutable. Igual que el orden de nacimiento de los herederos. —Sonrió fríamente—. Sucede que yo nací once años antes que Havers. Lo que me hace a mí más vieja que él. Lo que, a su vez, significa que él puede sentarse, pues como miembro sobreviviente más viejo de mi familia, el voto de nuestro linaje lo decido yo. Y en este caso, sin ninguna duda, el voto es... *no*.

Se produjo el caos, un absoluto pandemonio.

Rehv rió y juntó sus palmas con simpatía.

—Maldita sea, muchacha. ¿Siempre eres así?

Marissa se divirtió un poco con este juego de poder y se sintió más relajada que nunca. El voto tenía que ser unánime o la estúpida moción de sehclusion no iría a ninguna parte. Y gracias a ella, la moción no llegaría a ninguna parte.

—Oh... Dios mío —exclamó alguien.

Y como si un sumidero se hubiera abierto en el suelo, todos los ruidos se escurrieron del salón. Marissa se volvió.

A la entrada de la biblioteca, Rhage tenía cogido por el cogote a un macho en pretransición. Detrás de él estaban Vishous... y Butch.

De pie a la entrada de la biblioteca, Butch procuraba no mirar a Marissa, algo muy difícil de conseguir, sobre todo porque ella estaba sentada al lado de Rehvenge.

Trató de distraerse mirando a otra parte. La reunión estaba llena de peces gordos. Parecía una cumbre internacional, excepto por el hecho de que estaban vestidos a la antigua usanza, especialmente las hembras. El cofre de joyas de Elizabeth Arden no hubiera podido competir con los adornos de esas individuas.

Y entonces la bomba estalló.

El fulano que estaba presidiendo la mesa miró a la entrada, vio a Lash y se puso pálido como un cadáver. Se levantó lentamente; parecía que había perdido la voz. Como todos en la sala.

—Necesitamos hablar, señor —dijo Rhage mientras le daba una sacudida a Lash—. Acerca de las actividades extracurriculares de su hijo.

Rehvenge se puso de pie.

—Claro que lo haremos.

Esto rompió la reunión como un eje que atraviesa un bloque de hielo. El padre de Lash sacó rápidamente a Rhage, Rehvenge y al chaval y los llevó a una sala de espera, muy mortificado. Mientras tanto, los otros asistentes se levantaron de la mesa y comenzaron a arremolinarse confundidos. Ninguno de ellos entendía nada, y la mayoría lanzaba miradas asesinas en dirección a Marissa.

Butch quiso enseñarles un poco de respeto.

Sus puños se crisparon. Las fosas nasales se le dilataron y olfateó el aire, captando el perfume de Marissa y absorbiéndolo por cada uno de sus poros. Naturalmente, se sintió débil al estar tan cerca de ella y, cómo no, se empalmó. Para disimularlo, sólo se le ocurrió quedarse quieto, sin mover brazos ni piernas, especialmente cuando notó que ella lo miraba.

Una brisa fría se coló en la casa. Butch notó que la enorme puerta principal se había quedado abierta después de su llegada con el chaval. Al contemplar la noche, allá afuera, sintió que era mejor salir. Mejor y más limpio. Más ordenado. Menos peligroso, además, dada la rabia con la que quería moler a esos esnobs por tratar a Marissa con frialdad.

Salió de la casa y paseó un rato por el césped delantero, sobre el terreno enfangado. Luego dio la vuelta y regresó a la casa. Se detuvo al llegar al Escalade porque sintió que no estaba solo.

Marissa estaba junto a él.

—Hola, Butch.

Jesucristo, estaba hermosísima.

—Marissa. —Metió las manos en el bolsillo del abrigo de cuero. Y pensó en cuánto la extrañaba. Deseaba. Anhelaba. No sólo para sexo.

—Butch... Yo...

Súbitamente, él se tensó y sus ojos se fijaron en alguien que caminaba por el césped. Un hombre... un hombre con el pelo desteñido... un restrictor.

—Mierda —silbó Butch. Agarró a Marissa y empezó a arrastrarla hacia la casa.

—¿Qué estás haciendo...? —Entonces vio al restrictor y dejó de luchar.

—Corre —le ordenó él—. Corre y diles a Rhage y a V que vengan. Y cierra la maldita puerta.

Le dio un empujón y giró en redondo, sin respirar hasta que oyó un sonoro portazo y el ruido de los cerrojos al cerrarse por dentro.

El Capataz venía por el césped.

Hombre, qué suerte no tener público. Porque antes de matar al fulano, quería despedazarlo como retribución a las torturas que le había hecho. Ojo por ojo, como se suele decir.

Cuando el bastardo estuvo más cerca, alzó las manos en señal de rendición, pero Butch no le hizo caso. Estaba alerta, a la espera de descubrir una legión entera de verdugos en los terrenos de la casa. Para su sorpresa, no había ninguno.

Sin embargo, se sintió más seguro cuando V y Rhage se materializaron detrás de él, sus cuerpos desplazando el fresco aire de la noche primaveral.

—Creo que es sólo él —farfulló Butch, el cuerpo preparado para la lucha—. Y no necesito decírselo pero éste es... mío.

Cuando el verdugo estuvo más cerca, Butch se preparó para saltar sobre él. Qué cosa tan rara, se dijo. Lo que hay que ver. Al restrictor le rodaban lágrimas por las mejillas.

Con angustiada voz, dijo:

—Tú, poli. Tómame. Elimíname. Por favor...

—No me gusta esto —dijo Rhage desde la izquierda.

Los ojos del restrictor se movieron hacia el hermano y después volvieron a Butch.

—Yo sólo quiero que esto se acabe. Estoy atrapado... Por favor, mátame. Y tienes que ser tú. No ellos.

—Será un jodido placer —murmuró Butch.

Se lanzó contra el fulano, esperando que opusiera resistencia, pero el bastardo no hizo nada. Simplemente se tendió de espaldas, como una bolsa de arena.

—Gracias... gracias... —La extravagante gratitud brotó de la boca del restrictor, una corriente sin fin, marcada con doloroso alivio.

En cuanto Butch sintió la urgencia de inhalar, cayó sobre el Capataz, le cogió la garganta y abrió la boca, consciente de que los ojos de la glymera lo contemplaban desde el interior de la mansión tudor. Justo cuando empezaba a inhalar, pensó en Marissa. No quería que ella viera lo que iba a suceder.

Sin embargo no pasó nada. No hubo intercambio, ni conexión, ni más inhalación. Alguna clase de bloqueo impedía que la maldad le fuera transferida.

Los ojos del Capataz reventaron de pánico.

—Pero funciona... con otros. ¡Funciona! Yo lo he visto...

Butch trató de inhalar otra vez hasta que entendió que, por alguna razón, ese inmortal no podía ser consumido. ¿Por ser el Capataz? A quién diablos le importaba.

—Con los otros... —El restrictor deliraba—. Con los otros, funcionó...

—Contigo no. —Butch desenvainó el cuchillo que tenía en la cadera—. Pero, tranquilo, hay otros métodos. —Se echó hacia atrás y alzó la espada sobre su cabeza.

El restrictor gritó y empezó a gesticular.

—¡No! ¡Él me torturará! Nooooooooo...

Su alarido se desvaneció al tiempo que su cuerpo se quebrantaba con un silbido.

Butch suspiró aliviado. No obstante, de pronto sintió una ola de maldad que se le disparaba en su interior y lo quemaba con extremos de calor y frío combinados. Respiró entrecortadamente. Una asquerosa carcajada burbujeó desde alguna parte y zigzagueó a través de la noche, la clase de sonido incorpóreo que hace que cualquiera piense en su propio ataúd.

El Omega.

Butch se aferró a la cruz de oro, por encima de la camisa, y se puso en pie de un salto. La escalofriante presencia del Mal apareció delante de él. Quiso escapar. Sin embargo, con un gran esfuerzo de voluntad y coraje, no retrocedió. Entre brumas, sintió que Rhage y V se pegaban a él, lo flanqueaban y protegían.

—¿Qué pasa, poli? —masculló V—. ¿Qué estás mirando?

¡Ellos no podían ver al Omega!

Antes de que pudiera explicarse, la resonante y característica voz del Mal se entrelazó con las ráfagas de viento.

—Así que eres el único, ¿no es así? Mi... hijo.

—Nunca.

—¿Butch? ¿Con quién estás hablando? —dijo V.

—¿Acaso no te engendré yo? —El Omega se rió—. ¿Acaso no te di una parte mía? Sí, lo hice. ¿Y sabes qué dijeron de mí?

—No quiero saberlo.

La mano fantasmal del Omega lo señaló. Butch se estremeció.

—Siempre te proclamé como *mío*. Hijo.

—Lo siento. El puesto de mi padre ya está ocupado.

Butch se sacó la cruz, que se balanceó colgada de la cadena. Débilmente, pensó que oía blasfemar a V, como si el hermano se imaginara lo que iba a pasar.

El Omega observó la pesada joya de oro. Paseó la mirada sobre Rhage y V, y la mansión.

—Esas chucherías no me impresionan. Ni nada de lo que hacen los hermanos. Ni los cerrojos ni las puertas más firmes.

—Pero yo sí.

El Omega movió la cabeza, de un lado a otro, con inquietud.

En ese momento, la Virgen Escribana se materializó a sus espaldas, desvestida y brillante como una supernova.

Instantáneamente el Omega se convirtió en un agujero en el suelo, no tan grande como su anterior aparición, pero sí un humeante hoyo negro en la tierra.

—Oh, mierda —ladró V confundido. Rhage y él no veían nada.

La voz del Omega emergió de la oscura profundidad en que se había transformado.

—Hermana, ¿cómo te va esta noche?

—Te ordeno que regreses a Dhunhd. Vete, ¡ya!

Su resplandor se incrementó y extendió; los rayos de luz empezaron a encajar en el agujero del Omega.

Un desagradable gruñido salió del boquete.

—¿Crees tú que el destierro me afligirá y me impedirá presentarme? Qué simple eres.

—Vete ya. —Una interminable corriente de palabras brotó de los labios de la Virgen Escribana, ninguna en el Lenguaje Antiguo ni en otra lengua que Butch hubiera oído.

Justo antes de que el Omega desapareciera, Butch sintió que los ojos del Mal se abatían sobre él mientras su horrible voz resonaba con fuerza:

—Cómo me inspiras, mi hijo... Y por nuestro amor te pido que seas más sabio en la búsqueda de tu sangre. Las familias deben estar unidas.

Y el Omega desapareció en un destello blanco. Igual la Virgen Escribana.

Un amargo viento frío barrió las nubes del cielo, como cortinas descorridas abruptamente por una mano salvaje.

Rhage carraspeó.

—Esto, bien... creo que no voy a dormir durante una semana y media. ¿Y vosotros?

—¿Está todo bien? —le preguntó V a Butch.

—Sí.

Pero, en realidad, no, nada estaba bien. Jesucristo... él no era hijo del Omega. ¡No podía ser!

—No —dijo V—. Tú no eres su hijo. Él quiere que creas que lo eres. Y quiere que te obsesiones. Pero no es verdad.

Hubo un largo silencio. Luego la mano de Rhage se posó sobre el hombro de Butch.

—Además, no te pareces a él. Quiero decir... tú eres un buen muchacho irlandés, blanco, fornido, apuesto. Él es como... un decrépito autobús de pasajeros o alguna mierda por el estilo.

Butch le echó una ojeada a Hollywood.

—Estás loco.

—Sí, pero tú me quieres. Vamos, poli, no lo disimules. Yo sé lo que sientes por mí.

Butch fue el primero en empezar a reírse. Luego los otros dos se le unieron en una catarata de risotadas y bromas. La tensión, brutal e intensa, se suavizó un poco.

Cuando las risas se esfumaron, Butch se llevó la mano al estómago. Giró en redondo y miró a la mansión, en busca de las caras pálidas y aterrorizadas de detrás de las ventanas blindadas. Marissa estaba justo al frente, su deslumbrante cabellera rubia reflejaba la luz de la luna.

Cerró los ojos.

—Quiero volver al Escalade. Por mi cuenta. —Si no estaba un tiempo a solas consigo mismo, iba a empezar a gritar—. Pero antes de irme quisiera saber qué vamos a hacer con la glymera... Han visto demasiado.

—Sí, seguramente le irán con el cuento a Wrath —farfulló V—. Por mí, que hagan lo que les venga en gana, tienen dinero para pagarse un buen psicólogo. Tranquilizarlos no es asunto nuestro.

Rhage y V se desmaterializaron de vuelta al complejo y Butch empezó a andar hacia el Escalade. Al desactivar la alarma de la camioneta, oyó que alguien venía por el jardín.

—¡Butch! ¡Espera!

Miró por encima del hombro. Marissa trotaba hacia él. Cuando se detuvo a su lado, se le arrimó tanto que él pudo escuchar los latidos de la sangre en las cavidades de su corazón.

—¿Estás herido? —preguntó ella, recorriéndolo con la mirada.

—No.

—¿Estás seguro?

—Sí.

—¿Era el Omega?

—Sí.

Marissa respiró hondo. Quería sondearlo pero comprendió que Butch no iba a hablar de lo que había sucedido con el Mal. No como estaban las cosas entre ellos, se quedaría callado.

—Ah. Y antes de que apareciera, te vi matar a ese verdugo. Es eso... esa combustión de luz, es eso lo que tú...

—No.

—Oh. —Bajó la mirada hasta las manos de él y luego contempló la daga, que colgaba del cinto en su cadera—. Antes de venir aquí, estabas luchando en las calles, ¿verdad?

—Sí.

—Y salvaste a ese muchacho... Lash, ¿no?

Butch le echó un vistazo a la camioneta. Sabía que estaba a un centímetro de arrojarse en los brazos de ella, abrazándola fuerte y suplicándole que volvieran juntos a casa. Como un total gilipollas.

—Mira, tengo que irme, Marissa. Cuídate.

Anduvo hasta el lado del conductor y subió. Cuando Marissa lo siguió, él le cerró la puerta pero no puso en marcha el motor.

Mierda, a través del vidrio y el acero del Escalade, pudo sentirla tan vívidamente como si la tuviera recostada contra su pecho.

—Butch... Quiero disculparme por algo que te dije.

Se agarró al volante y fijó la mirada en la luna delantera. Después, como el tonto que era, abrió la puerta.

—¿Qué?

—Siento haber mencionado el asesinato de tu hermana. Ya sabes, antes en el Hueco. Fue una crueldad.

—Yo... Mierda, déjalo, ¿vale? Llevo toda la vida tratando de salvar gente debido a lo que pasó con Janie. Supongo que me siento culpable.

Hubo una larga pausa, y Butch percibió algo muy fuerte que emanaba de ella, algo especial... ah, sí, la necesidad de alimentarse. Se moría de hambre por una vena.

Y naturalmente, él quería darle todo lo que tenía. Pero no.

Para no salir del maldito Escalade, se abrochó el cinturón de seguridad y le echó una última mirada a Marissa. Estaba rígida por el esfuerzo... y por el hambre. Se resistía a su necesidad y la ocultaba, tal vez para que pudieran hablar sin más complicaciones.

—Tengo que irme —dijo él.

—Sí... yo también. —Ella se ruborizó y retrocedió, sus miradas se cruzaron brevemente y se desviaron de inmediato—. Bueno, de todos modos, te veré. Por ahí.

Marissa se volvió y regresó a la casa. ¿Y quién la esperaba en la puerta? Rehvenge.

Rehv... tan sólido... tan potente... tan completamente capaz de alimentarla.

Ella no anduvo un centímetro más.

Butch salió a toda prisa de la camioneta, la agarró por la cintura y la arrastró al coche.

Cerró de golpe la puerta trasera del Escalade, con ella dentro. Antes de marcharse, le echó un vistazo a Rehvenge. Los ojos violeta del tipo brillaban, como si se estuviera divirtiendo. Butch lo petrificó con la mirada y le apuntó al pecho con la señal universal de *no-te-metas-compañero-y-nada-le-pasará-a-tus-dientes.* Los labios de Rehv se movieron en una maldición. Luego, agachó la cabeza y se desmaterializó.

Butch trepó a la parte de atrás de la camioneta, cerró la ventanilla y estuvo encima de Marissa antes de que la luz del techo se apagara. Estaban muy pegados, las piernas enredadas en extraños ángulos, los hombros apretados contra algo, probablemente el respaldo del asiento, lo que fuera. No se preocupaba por la estrechez. Marissa rodeó la cadera de Butch con sus piernas y abrió la boca cuando él la besó brutalmente.

Cambiaron de posición. Ella se puso encima. Él la agarró del pelo y la atrajo hacia su garganta.

—¡Muerde! —exclamó con un gruñido brutal.

Y Marissa obedeció.

Butch sintió un dolor quemante cuando los colmillos de ella se le clavaron en el cuello. Su cuerpo fue penetrado y tironeado salvajemente, y la carne se le rasgó aún más. Pero, qué demonios, era una delicia. Sí, era delicioso. Ella le chupó la vena con voracidad, con un placer demoledor.

Él metió una mano entre sus cuerpos y le frotó la entrepierna. Marissa lanzó un gemido y Butch le quitó la blusa con la otra mano. Dios bendiga a las hembras, ella se separó un instante del cuello de él, lo suficiente para dejar pasar la blusa y deshacerse del sostén.

—Los pantalones —dijo Butch con voz ronca—. Fuera esos pantalones.

Mientras Marissa se los quitaba torpemente en el estrecho espacio, él descorrió su cremallera y su pene saltó libre. No se atrevió a tocársela pues estaba al borde del orgasmo.

Ella se abrazó a él completamente desnuda, los ojos chispeando en la oscuridad. Rojos residuos de la sangre de Butch estaban en los labios de Marissa y él se irguió para besarle la boca. Ella se acomodó para que Butch pudiera penetrarla. Él echó su cabeza para atrás mientras se acoplaban y Marissa le perforó el otro lado del cuello. Empezaron a moverse frenéticamente, y ella se asentó bien en sus rodillas para no perder estabilidad mientras bebía y bebía.

El orgasmo fue devastador.

Y en cuanto acabó, Butch sintió deseos de volver a empezar.

Y lo hizo.

uando se sació, Marissa se apartó de Butch y se recostó a su lado. Él estaba echado sobre su espalda, mirando al techo del Escalade, con una mano sobre el pecho. Respiraba de forma desordenada, las ropas arrugadas, la camisa arremangada sobre sus pectorales. Su miembro yacía brillante y agotado sobre su firme estómago, y las heridas del cuello estaban frescas, pese a que ella las había lamido con fervor.

Lo había utilizado con un salvajismo que Marissa jamás se había imaginado que tuviera, sus instintos guiándolos en un delirio absoluto y primitivo. Magnífico. Había sido magnífico.

—¿Me usarás otra vez?

Ella cerró los ojos, tan emocionada que tenía problemas para respirar.

—Porque quiero que me uses a mí en vez de a él —dijo Butch.

Ah... conque eso sólo había sido una revancha, un acto de agresión contra Rehvenge, y no estaba relacionado con su alimentación. Marissa debería haberlo sabido. Había visto la mirada que Butch le había dirigido a Rehv justo antes de meterla al coche. Obviamente, todavía le tenía envidia.

—No importa —dijo Butch, poniéndose los pantalones y cerrando la cremallera—. No es asunto mío.

Ella no respondió. Butch se arregló las ropas, sin mirar a Marissa mientras vestía su exquisita desnudez. Unos segundos después, abrió la puerta.

El aire frío los acometió... y en ese momento ella se dio cuenta de algo. El interior del coche olía a pasión y a alimentación. Una fragancia cautivadora. Pero no era un aroma. Ni de lejos.

Marissa no pudo resistirse a volver la vista atrás cuando Butch se marchó.

* * *

Era cerca del alba cuando Butch finalmente llegó al jardín del complejo. Aparcó el Escalade entre el GTO púrpura oscuro de Rhage y la ranchera Audi de Beth, y anduvo hasta el Hueco.

Después de que él y Marissa se habían separado, condujo por la ciudad durante horas: siguió rutas de calles desconocidas, cruzó frente a casas inexistentes, frenó en los semáforos cuando se acordó de hacerlo. Había regresado a casa sólo porque la luz del día asomaba ya sobre la tierra y porque, al parecer, era lo que tenía que hacer.

Miró al oriente, donde se insinuaban los primeros resplandores.

Caminó hacia el centro del jardín, se sentó en el borde de la fuente de mármol y vio cómo las persianas metálicas bajaban sobre las ventanas de la mansión principal y del Hueco. Parpadeó un poco por el resplandor de la luz en el cielo. Y, al cabo de unos momentos, parpadeó mucho más. Cuando los ojos le empezaron a arder, pensó en Marissa y recordó con gusto cada detalle de ella, la forma de su rostro, la caída de su cabellera, el sonido de su voz, el perfume de su piel. Aquí, en soledad, dejó salir sus emociones, entregándose al amor doliente y al odioso resentimiento que se negaban a abandonarlo.

Y quién sabe por qué, el aroma volvió otra vez. De algún modo lo había retenido mientras estaba con ella, pues sentía que marcarla no era justo. ¿Pero aquí? ¿Solo? Allí no tenía ninguna razón para esconderlo.

Sus mejillas flamearon con dolor, como si sufriera una insolación, y su cuerpo se retorció. Se forzó a sí mismo a quedarse fuera pues necesitaba ver el sol. No obstante los muslos le temblaban, urgidos de correr, y fue incapaz de aguantar más tiempo.

Mierda... jamás volvería a recibir la luz del día. Y con Marissa fuera de su vida, no habría nuevos amaneceres. Jamás.

Ahora pertenecía a las tinieblas.

Corrió a través del jardín, entró al vestíbulo del Hueco y dio un portazo, mientras respiraba ásperamente.

No se oía ninguna música rap pero la cazadora de cuero de V estaba tirada sobre la silla de los ordenadores, lo cual quería decir que andaba por ahí. Estaría en la mansión, con Wrath, sacando conclusiones de lo que había ocurrido en el jardín con el Omega y la Virgen Escribana.

Butch se encaminó a la sala de estar. La urgencia de beber lo acometió con rudeza y no vio ninguna razón para no satisfacerla. Se despojó del abrigo y del armamento, fue a por el whisky, se sirvió en un vaso alto y se llevó la botella consigo al salir de la cocina. En su sofá favorito, arrimó la bebida a los labios y, mientras tragaba, ojeó el último número del periódico deportivo *Sports Illustrated.* En la primera página había una fotografía de un jugador de béisbol y cerca de la cabeza del fulano, impresa en amarillo, una sola palabra: *héroe.*

Marissa tenía razón. Tenía complejo de héroe. Aunque no se trataba de ninguna clase de egocentrismo. Sentía que si salvaba suficiente gente tal vez podría ser... perdonado.

Eso era lo que realmente buscaba: la absolución.

Escenas retrospectivas de sus años juveniles comenzaron a sucederse como en una película. En mitad del espectáculo, sus ojos se deslizaron al teléfono. Sólo había una persona capaz de liberarlo de la angustia de toda esa porquería, aunque dudaba si ella aún podría. Maldición... si pudiera encontrar a su madre y oírla decir, al menos una vez, que lo perdonaba por haber dejado subir a Janie a ese coche...

Butch se incorporó en el sofá de cuero y dejó el whisky a un lado.

Esperó varias horas, hasta que el reloj dio las nueve. Y entonces cogió el teléfono y marcó un número. Contestó su padre.

La conversación fue tan torpe como había pensado que sería. Y aún peor. Las noticias de casa no eran buenas.

Cuando concluyó, vio en el inalámbrico que el tiempo total de la llamada, incluyendo los seis timbrazos del principio, había sido un minuto y treinta y cuatro segundos. Y esa fue, lo supo con toda claridad, la última vez que hablaría con Eddie O'Neal.

—¿Qué estás haciendo, poli?

Dio un respingo y miró a Vishous. No vio ninguna razón para mentir.

—Mi madre está enferma. Desde hace dos años. Tiene mal de Alzheimer. Pésima cosa. Por supuesto, nadie pensó en contármelo. Y no lo habría sabido nunca si no hubiera llamado.

—Mierda... —V se sentó a su lado—. ¿Quieres ir a verla?

—Para nada. —Butch meneó la cabeza y cogió su whisky—. Esa gente ya no es problema mío.

A la tarde siguiente, Marissa le estrechó la mano a la nueva directora de su residencia. La hembra era perfecta para el cargo. Inteligente. Amable. Una voz muy dulce. Tenía el título de Enfermería, por supuesto.

—¿Cuándo le gustaría que empezara? —preguntó la hembra.

—¿Le parece bien esta noche? —replicó Marissa. La hembra asintió con entusiasmo—. Perfecto... Le enseñaré su habitación.

Cuando Marissa bajó del dormitorio que le había asignado a la directora, fue a su despacho y se puso a trabajar.

Pero no podía concentrarse en lo que hacía. El recuerdo de Butch era una presión constante sobre su pecho, un peso invisible que incluso le dificultaba respirar. Y si no estaba ocupada, las evocaciones la consumían.

—¿Ama?

Levantó la cabeza para ver a la doggen de Lugar Seguro.

—¿Sí, Phillipa?

—Havers nos ha referido un caso. La hembra y su hijo van a llegar mañana después de que el joven se estabilice, pero el historial del caso, recogido por la enfermera de la clínica, le va a llegar a usted por correo electrónico dentro de una hora.

—Gracias. ¿Podrías prepararles una habitación?

—Sí, Ama. —La doggen se inclinó y salió.

Havers cumplía su palabra.

Marissa arrugó la frente. Tuvo la sensación, cada vez más frecuente, de que olvidaba hacer algo que tenía que hacer. Por alguna razón, acudió a su mente una imagen de Havers... Y volvió a oír su propia voz cuando le decía a Butch: «No voy a cruzarme de brazos mientras te destruyes a ti mismo».

Eran las mismas palabras que su hermano le había dicho cuando la echó a patadas de la casa. Oh, dulce Virgen Escribana, le estaba haciendo a Butch precisamente lo que Havers le había hecho a ella: desterrarlo con reproches sensatos.

Se acordó de la pelea con el restrictor en el jardín del leahdyre: Butch había actuado con cautela. Sumamente cuidadoso. Sin ningún tipo de imprudencia. Y se había movido con destreza, no con el desorden de una pandilla callejera.

¿Y si estaba equivocada? ¿Y si Butch podía luchar? ¿Y si *debía* luchar?

¿Y el Mal? ¿El Omega?

Bien, la Virgen Escribana había intervenido para protegerlo. Y él aún seguía siendo... Butch, incluso después de que el Omega se hubiera esfumado.

Llamaron a la puerta y ella dio un respingo cuando vio quién era.

—¡Mi Reina!

Beth sonrió desde la entrada y la saludó con la mano.

—Hola.

Con la cabeza hecha un lío, Marissa se inclinó en una venia de cortesía, que hizo que Beth meneara la cabeza con una risita.

—¿Hasta cuándo voy a tener que pedirte que no hagas eso?

—Es mi remilgada educación. —Marissa trató de concentrarse—. Has... eh, has venido a ver lo que hemos hecho aquí en los últimos...

Bella y Mary aparecieron detrás de la Reina.

—Queremos hablar contigo —dijo Beth—. Sobre Butch.

* * *

Butch se revolvió en la cama. Dolorido, abrió un ojo. Blasfemó al ver el reloj. Había dormido más de la cuenta, seguramente a causa de la agotadora noche anterior. ¿Tres restrictores en una jornada no era demasiado? O tal vez estaba débil por haber alimentado...

Demonios, no. No quería pensar tanto en eso. No quería acordarse de eso.

Se puso de espaldas...

Y saltó del colchón. ¡Joder!

Cinco figuras con capuchas negras rodeaban su cama.

Wrath habló, primero en el Lenguaje Antiguo y después en inglés.

—No hay manera de escapar a la pregunta que se te hará esta noche. Se te hará una sola vez y la respuesta te acompañará por el resto de tu vida. ¿Estás preparado para responder?

La Hermandad. Santa María, madre de Dios.

—Sí —jadeó Butch y se aferró a la cruz de oro.

—Entonces te lo preguntaré ya, Butch O'Neal, descendiente de mi propia sangre y de la sangre de mi padre, ¿te unirás a nosotros?

Oh... mierda. ¿Eso era real? ¿O era un sueño?

Se fijó en cada una de las cinco figuras encapuchadas.

—Sí. Sí, me uniré a vosotros.

Le arrojaron una bata negra.

—Ponte esto sobre tu piel y la capucha en la cabeza. No dirás nada a menos que se te pida que lo hagas. Deberás mantener la mirada en el suelo. Tus manos deberán estar juntas, en la espalda. Tu coraje y el honor del linaje que compartiremos contigo serán ponderados en cada acción que emprendas.

Butch se levantó y se puso la bata. Entonces se dio cuenta de que necesitaba ir al baño...

—Ve —le dijo Wrath. Lo sabía sin necesidad de que él hubiera dicho nada.

Cuando volvió del baño, se aseguró de agachar la cabeza y de tener las manos atrás.

Una mole maciza se posó sobre su hombro. Era la mano de Rhage. Ninguna pesaba tanto.

—Ahora ven con nosotros —dijo Wrath.

Lo sacaron del Hueco y lo metieron al Escalade, aparcado prácticamente en el vestíbulo, como si no quisieran que nadie se enterara de lo que estaba sucediendo.

Después de que Butch se acomodara en la parte trasera de la camioneta, el motor del Escalade se puso en marcha y se oyeron muchas puertas que se cerraban una tras otra. Avanzaron lentamente por lo que él presumió que era el jardín hasta que el coche empezó a brincar como si anduviera por el jardín trasero hacia los bosques. Nadie dijo nada, y en ese silencio no alcanzó a imaginarse qué diablos le harían. Con seguridad, no iba a ser pan comido.

Finalmente la camioneta se detuvo y todos se bajaron. Tratando de seguir las normas, Butch se hizo a un lado, con la cabeza gacha, y esperó a que lo guiaran. Alguien lo hizo mientras el Escalade se retiraba.

A medida que arrastraba los pies percibió los rayos de la luna sobre el campo. De repente la fuente de luz desapareció abruptamente y todo quedó a oscuras. ¿Estaban en una cueva? Sí... El olor a tierra húmeda llenó su nariz y bajo sus pies desnudos sintió los mordiscos de pequeñas piedras en las plantas.

Unos cuarenta pasos más adelante, lo hicieron frenar de un golpe. Se escucharon susurros y ruidos apagados. Anduvieron otro poco, ahora cuesta abajo. Una nueva parada. Más ruidos sordos mientras abrían una puerta.

Calor y luz. Un pulido suelo de... mármol. Reluciente mármol negro. Reanudaron la marcha, y tuvo la sensación de que avanzaban por un lugar de techo alto: los ruidos que hacían reverberaban muy arriba y luego resonaban por todas partes. Hubo otra pausa, seguida por un rumor de telas... los hermanos se despojaban de sus vestiduras, pensó.

Una mano lo sujetó por la nuca y los graves gruñidos de la voz de Wrath sonaron muy cerca de su oído.

—Tú eres indigno de entrar aquí. Asiente con la cabeza.

Butch asintió.

—Di que eres indigno.

—Soy indigno.

De pronto, las voces de la Hermandad se alzaron en ásperos clamores en Lenguaje Antiguo, como una protesta.

Wrath continuó:

—Dado que no eres digno, tú deseas llegar a serlo esta noche. Asiente con la cabeza.

Él asintió.

—Di que deseas llegar a ser digno.

—Deseo llegar a ser digno.

Otra tanda de clamores en el Lenguaje Antiguo, esta vez como voces de apoyo.

Wrath prosiguió:

—Sólo hay un camino para llegar a ser digno y es un camino correcto y apropiado. Carne de nuestra carne. Asiente con la cabeza.

Butch asintió.

—Di que tú deseas llegar a ser carne de nuestra carne.

—Deseo llegar a ser carne de vuestra carne.

Comenzó un canto bajo, y Butch tuvo la impresión de que una fila se había formado al frente y otra detrás. Sin previa advertencia, comenzaron a moverse, atrás y adelante, con la cadencia de vigorosas voces masculinas. Butch intentó hacer lo mismo: saltaba hacia delante, hacia un sutil perfume a humo rojo que sospechó era de Phury, y luego se tropezaba contra Vishous, y supo que era él porque simplemente lo supo. Mierda, se estaba haciendo un lío con toda esta insólita danza.

Y entonces lo logró. Su cuerpo cogió el ritmo y bailoteó con ellos... sí, todos en un solo cántico... siempre atrás y adelante... a la izquierda... a la derecha... las voces, no los músculos, impulsando sus pies.

De pronto, el sonido cambió: habían entrado en otro lugar, en un espacio amplio, a juzgar por cómo resonaban sus voces.

Una mano en su hombro le indicó que hiciera un alto.

Las voces se apagaron. Los sonidos rebotaron por unos segundos y después se atenuaron hasta morir del todo.

Lo cogieron por un brazo y lo llevaron adelante.

A su lado, Vishous le advirtió en voz baja:

—Escaleras.

Butch dio unos cuantos traspiés y luego retomó el paso. Llegó a una parte plana y V lo acomodó en algún lugar. Tuvo la sensación de estar delante de algo grande, los dedos de sus pies pegados a lo que parecía ser una pared.

En el silencio que siguió, una gota de sudor resbaló desde su nariz y aterrizó justo entre sus pies sobre el suelo reluciente.

V le apretó los hombros para tranquilizarlo y después se alejó.

—¿Quién propone a este macho? —preguntó la Virgen Escribana.

—Yo, Vishous, hijo del guerrero de la Daga Negra conocido como el Sangriento, lo presento.

—¿Quién rechaza a este macho?

Silencio. Gracias a Dios.

Ahora la voz de la Virgen Escribana adquirió proporciones épicas y llenó el espacio entre ellos y cada centímetro de las orejas de Butch.

—Sobre la base del testimonio de Wrath, hijo de Wrath, y bajo la propuesta de Vishous, hijo del guerrero de la Daga Negra conocido como el Sangriento, hallo a este macho delante de mí, Butch O'Neal, descendiente de Wrath, hijo de Wrath, como candidato apropiado para pertenecer la Hermandad de la Daga Negra. Y como dentro de mi poder y mi discreción está hacerlo, y como es conveniente para la protección de la raza, en este caso yo renuncio al requisito de la línea materna. Pueden empezar.

Wrath habló.

—Vuélvete. Descúbrete.

Butch obedeció y Vishous le quitó la bata negra. Luego el hermano le deslizó la cruz de oro hacia atrás. Volvió a alejarse.

—Levanta los ojos —ordenó Wrath.

Por poco se atraganta mientras alzaba la mirada con respeto y curiosidad.

Estaba de pie sobre una plataforma de mármol negro, mirando fijamente hacia el interior de una caverna iluminada por cientos de velas negras. Enfrente de él había un altar, una inmensa piedra sobre dos postes bajos. Encima del altar había una calavera. Más allá, alineada delante de él, estaba la Hermandad en toda su gloria, cinco machos de rostros solemnes.

Wrath rompió filas y avanzó hacia el altar.

—Retrocede y pégate contra la pared.

Butch hizo lo que se le decía, sintiendo el roce de la suave y fresca piedra contra los hombros y las nalgas. Dos puños firmes lo aprisionaron.

Wrath alzó su mano y se puso un antiguo guante de plata claveteado. Luego, cogió una daga negra.

El Rey extendió su brazo y se cortó en la muñeca. Puso la herida sobre la calavera, sobre la cual había una copa de plata. La sangre que manó de la vena de Wrath cayó al cáliz, una brillante piscina roja que absorbía la luz de las velas.

—Mi carne —dijo Wrath. Luego lamió la herida para cerrarla, bajó la espada y se aproximó a Butch.

Butch tragó saliva.

Wrath sujetó la mandíbula de Butch, le empujó la cabeza hacia atrás y lo mordió en el cuello. Todo el cuerpo de Butch se sacudió con espasmos y él rechinó los dientes para impedir que se le escapara algún quejido. Cuando terminó, Wrath retrocedió y se secó la boca.

Sonrió fieramente.

—Tu carne.

El Rey crispó el puño dentro del guante plateado, echó su brazo hacia atrás y golpeó a Butch en el pecho. Los clavos se hundieron en su piel mientras el aire se escapaba de sus pulmones. Los sonidos reverberaron por toda la cueva.

Luego, fue Rhage quien cogió el guante. El hermano realizó el ritual tal y como Wrath lo había hecho: se rajó la muñeca, la sostuvo encima de la calavera, dijo las mismas palabras. Después selló su herida y se aproximó a Butch. Las dos siguientes palabras fueron pronunciadas y los exagerados colmillos perforaron la garganta de Butch, el nuevo mordisco debajo del de Wrath. El puñetazo de Rhage fue rápido y sólido, justo donde Wrath había pegado el suyo, en el pectoral izquierdo.

El siguiente fue Phury y después Zsadist.

En este momento, Butch sentía tan flojo el cuello que se había convencido de que su cabeza rodaría desde los hombros y rebotaría sobre las escalinatas de la plataforma. Y estaba mareado por los puñetazos del pecho, la sangre manando de la herida, desde el estómago hasta los muslos.

Después le llegó el turno a V.

Vishous fue hasta el pedestal. Aceptó el guante plateado de manos de Z y lo deslizó sobre el de cuero negro que siempre usaba en su mano. Luego se cortó con un rápido movimiento de la daga negra y miró cómo su sangre caía dentro del cáliz, juntándose con la de los otros.

—Tu carne —murmuró.

Pareció dudar antes de volverse hacia Butch. Luego giró y sus miradas se encontraron. Mientras la luz de una vela chispeaba sobre el duro rostro de V y se reflejaba en su iris en forma de diamante, Butch sintió que se quedaba sin respiración: en ese momento, su compañero le pareció tan poderoso como un dios... y también igual de hermoso.

Vishous se acercó unos pasos y deslizó su mano desde el hombro de Butch hasta su nuca.

—Tu carne —exhaló V. A continuación hizo una pausa, como si esperara algo.

Sin pensarlo, Butch alzó el mentón, consciente de que se estaba ofreciendo él mismo, consciente de que él... oh, joder. Frenó sus pensamientos, completamente extrañado por la vibración que surgió entre ellos, sólo Dios sabe de dónde.

Como a cámara lenta, la oscura cabeza de Vishous se deslizó hacia abajo. Butch sintió el sedoso roce de la perilla de V en la garganta. Con exquisita precisión, los colmillos de Vishous presionaron la vena que subía desde el corazón de Butch, y luego lenta e inexorablemente perforaron su piel. Sus pechos se juntaron.

Butch cerró los ojos y absorbió la emoción de todo, la calidez de sus cuerpos tan cerca, la forma cómo el pelo de V se sentía tan suave en su quijada, el tacto del poderoso brazo del macho mientras resbalaba alrededor de su muñeca. Por su propia voluntad, las manos de Butch se posaron sobre las caderas de Vishous, apretando la carne firme. Se fundieron por completo. Y un temblor los recorrió... Ambos se estremecieron a la vez...

Y entonces... lo que tenía que pasar, pasó. Y jamás volvería a pasar.

No se miraron cuando V se apartó en una separación completa e irrevocable. Un camino que no volvería a ser transitado. Jamás.

La mano de Vishous se cerró y luego clavó las lengüetas en el pecho de Butch, con un impacto más fuerte que el de los otros, incluido el de Rhage. Mientras Butch se reponía del golpe, V se volvió y se reunió con la Hermandad.

Pasados unos momentos, Wrath fue hasta el altar y cogió la calavera, manteniéndola en alto y presentándola a los hermanos.

—Éste es el primero de nosotros. Loor y gloria para él, el guerrero que nació de la Hermandad.

Mientras los hermanos soltaban un grito de guerra que resonó en la cueva, Wrath se volvió hacia Butch.

—Bebe y únete a nosotros.

Butch obedeció con gusto. Agarró la calavera, echó la cabeza hacia atrás y vertió la sangre garganta abajo. Los hermanos cantaron mientras él bebía, sus voces cada vez más altas. Él reconoció el gusto de cada cual. El poder neto y la majestad de Wrath. La vasta fortaleza de Rhage. La lealtad protectora de Phury. El frío salvajismo de Zsadist. La aguda astucia de Vishous.

Le arrebataron la calavera y lo empujaron de nuevo contra la pared.

Los labios de Wrath se movieron oscuramente.

—Quédate pegado a la pared y agárrate a esas clavijas. No te sueltes.

Butch se agarró justo en el momento en que una ola de agitada energía se abatió sobre él. Se mordió los labios para no gritar y tuvo la débil conciencia de que los hermanos gruñían en señal de aprobación. Cuando el rugido se incrementó, su cuerpo rebotó contra las paredes una y otra vez. Luego todos quedaron exhaustos, cada neurona ardiendo en su cerebro. Con el corazón golpeándoles en el pecho...

* * *

Butch se levantó del altar y se inclinó a un lado. Estaba desnudo. Se miró el cuerpo; el pecho le quemaba y se lo tocó. Sintió algo, como unos finos granitos. ¿Sal?

Parpadeó y miró alrededor. Se dio cuenta de que estaba frente a una pared de mármol negro, grabada al aguafuerte con lo que parecían nombres en Lenguaje Antiguo. Dios santo, había cientos de ellos. Aturdido por esa visión, se incorporó. Cuando se tambaleó hacia delante, de algún modo recuperó el equilibrio, y se acercó a palpar aquello que sabía que era sagrado.

Miró los nombres y tuvo la certeza de que habían sido tallados por la misma mano, cada uno de ellos, pues todos los símbolos eran de idéntica y amorosa calidad.

Vishous los había hecho. Butch no entendía cómo lo sabía... pero lo sabía. Ahora tenía este tipo de ecos e intuiciones en su cabeza. ¿Ecos de las vidas de sus... hermanos? Sí... todos esos machos, cuyos nombres leía ahora, fueron sus... hermanos. De algún modo, conocía a cada uno de ellos.

Con los ojos muy abiertos, recorrió las columnas de escritura hasta... abajo a la derecha. El que estaba al final, el último. ¿Era el suyo?

Su corazón latió con fuerza y miró sobre su hombro. Los hermanos estaban detrás con las batas puestas pero sin las capuchas. Y estaban radiantes, incluso Z.

—Ése es el tuyo —dijo Wrath. —Serás *Dhestroyer,* guerrero de la Daga Negra, descendiente de Wrath, hijo de Wrath.

—Pero para nosotros siempre serás Butch —lo interrumpió Rhage—. Y también *Pijocagado.* Y *Pijolisto. Pijojodido.* Ya sabes, dependerá de las situaciones. Pienso que mientras tu nombre incluya la palabra *pijo,* será certero.

—¿Qué tal *Pijo de puta?* —sugirió Z.

—*¿Hijo de puta?*

—No, *Pijo de puta.*

—Ah, suena muy bien.

Rieron a carcajadas y la bata de Butch apareció delante de él, sostenida por la mano enguantada de Vishous.

V no lo miró a los ojos mientras él decía:

—Aquí.

Butch cogió la bata, pero no quiso que su compañero se fuera. Le dijo con calmada urgencia:

—¿V? —Las cejas de Vishous se arquearon y desvió la mirada—. ¿Vishous? Ven acá, hombre. Vas a tener que mirarme alguna vez. ¿V...?

El pecho de Vishous se expandió... y su mirada de diamantes lentamente abarcó a Butch. Latía con intensidad. Luego V le cogió la cruz y la arregló para que colgara otra vez sobre el corazón de su compañero.

—Lo has hecho muy bien, poli. Felicidades.

—Gracias por prepararme para esto... *trahyner.* —Los ojos de V flamearon y Butch dijo—: Sí, he buscado lo que significa esa palabra. «Amigo del alma»; define muy bien lo que siento por ti.

Vishous se ruborizó y carraspeó para aclararse la garganta.

—De acuerdo, poli. De acuerdo...

Cuando Vishous se fue, Butch arrastró la bata y se miró el pecho. La cicatriz circular sobre su pectoral izquierdo quemaba la piel, una marca permanente, igual a la que tenía cada uno de los hermanos. Un símbolo del vínculo que compartían.

Pasó sus dedos sobre la cicatriz y unos cuantos granos de sal cayeron al suelo. Luego miró a la pared y fue hacia ella. Se agachó y palpó el aire sobre su nombre. Su nuevo nombre.

«Ahora he nacido de verdad», pensó.

Dhestroyer, descendiente de Wrath, hijo de Wrath.

Su visión se volvió borrosa y parpadeó. Cuando las lágrimas rodaron por sus mejillas, rápidamente se las limpió con la manga de la bata. Y en eso percibió el roce de varias manos en sus hombros. Los hermanos —*sus* hermanos— lo rodeaban y él podía sentirlos, podía sentirlos... sentirlos.

Carne de su carne. Como él era carne de ellos.

Wrath se aclaró la garganta, pero aún así, la voz del Rey sonó ligeramente ronca.

—Eres el primer recluta en setenta y cinco años. Y... eres digno de la sangre que tú y yo compartimos, Butch, de mi linaje.

Butch dejó caer la cabeza sobre los hombros y lloró sin disimulo... pero no de felicidad, como ellos suponían.

Lloró por el vacío que sentía.

Porque a pesar de lo maravilloso que era todo, se sentía vacío por dentro.

Sin Marissa, su compañera, no era nada.

Vivía, aunque no estaba verdaderamente vivo.

De regreso a la mansión, en el Escalade todos iban eufóricos y llenos de energía. Rhage hablaba por los codos, como era usual. Wrath se reía con él. V intervenía de vez en cuando en la conversación. Y entre todos se intercambiaban bromas y pullas. Como hacen los hermanos.

Butch sabía que esa vuelta a casa, así como la ceremonia previa, eran de especial significación para la Hermandad. Y, aunque en ese momento no pudiera compartir su alegría, estaba contento por ellos.

Aparcaron delante de la mansión. Las puertas estaban abiertas de par en par. La Hermandad marchó en semicírculo detrás de Butch. Los cánticos comenzaron de nuevo, y los hermanos avanzaron en medio de grandes aplausos a través del vestíbulo, pintado con los colores del arco iris. Los doggen los aguardaban, y delante de los sirvientes estaban las tres hembras del complejo, vestidas con trajes que cortaban el aliento. Beth llevaba el vestido color sangre con el que se había casado, Mary iba de azul y Bella llevaba un resplandeciente vestido plateado.

Eran tantas las ansias con las que Butch esperaba que Marissa estuviera allí que fue incapaz de mirar a las shellan y sintió un terrible dolor en el pecho. Iba a ser un desesperado y pensativo tránsito hasta el Hueco. De repente, el mar de cuerpos se abrió y...

Marissa apareció con un traje color crema; resplandecía, y Butch se preguntó si los rayos de sol no se habrían condensado en él. Y el cántico se detuvo mientras ella avanzaba. Confuso e incapaz de comprender su presencia, sin embargo, Butch quería abrazarla.

Ella se hincó de rodillas delante de él, el vestido flotando a su alrededor, en grandes olas de satén.

La voz de Marissa sonó fuerte por la emoción mientras agachaba la cabeza.

—Te ofrezco, guerrero, esta prenda de buena suerte para cuando estés en la batalla. —Alzó las manos y en sus palmas había una trenza de su cabello, atada en cada punta con cintas azules—. Me enorgullecería que la llevaras contigo siempre. Es un orgullo para mí que mi... hellren trabaje al servicio de mi raza. Si tú todavía... quisieras tenerme.

Completamente desarmado por el gesto, Butch se arrodilló a su vez y le levantó con delicadeza el tembloroso mentón. Mientras ella se secaba las lágrimas, él cogió la trenza y la pegó contra su corazón.

—Claro que quiero tenerte —exclamó él—. Pero ¿por qué has cambiado de opinión?

Ella miró a las tres hembras de la casa. Luego con voz igualmente calmada, dijo:

—Hablé con algunas amigas. O mejor dicho, ellas hablaron conmigo.

—Marissa... —Fue todo lo que él pudo decir.

Como su voz parecía que se había secado, él la besó, y mientras se abrazaban, se escuchó un gran aplauso.

—Me apena haber sido débil —le murmuró ella al oído—. Beth, Mary y Bella fueron a verme. No me complace mucho que seas un guerrero, egoístamente, claro. Nunca dejaré de preocuparme por ti. Pero ellas confían en sus machos, aunque también temen por ellos. Además... yo creo que tú me amas. Y creo que no me dejarás si puedes ayudarme. Yo... yo creo que te cuidarás y te frenarás si el mal amenaza con abrumarte. Si ellas pueden controlar su miedo, yo también puedo.

Él la estrechó aún con más fuerza.

—Me cuidaré, lo juro. Lo juro.

Permanecieron abrazados durante un rato largo. Después Butch alzó la cabeza y miró a Wrath, que tenía a Beth en sus brazos.

—Entonces, hermano —dijo Butch—. ¿Tienes un cuchillo y un poco de sal? Es hora de concluir cierto apareamiento, ¿no te parece?

Fritz se adelantó con el mismo cántaro y el mismo tazón que habían usado en la ceremonia de Wrath y Beth. Y en la de Rhage y Mary. Y en la de Zsadist y Bella.

Butch miró a los ojos azul claro de su shellan, y musitó:

—La oscuridad jamás se adueñará de mí... porque yo te tengo a ti. Luz de mi vida, Marissa. Eso es lo que tú eres, la luz de mi vida.

A la tarde siguiente, Marissa se alegró al mirar desde su escritorio. Butch bloqueaba la entrada a su despacho con su enorme corpachón.

Dios santo, aunque las heridas de la inducción aún se veían frescas en su cuello, era un magnífico guerrero. Fuerte. Poderoso. Su compañero.

—Hola —dijo él, haciendo relumbrar uno de sus dientes astillados. Lo mismo que sus colmillos.

Ella sonrió.

—Llegas temprano.

—No podía esperar un momento más. —Entró y cerró la puerta... y echó el cerrojo.

Le dio vuelta al escritorio y giró la silla hasta ponerla frente a él. Después se arrodilló delante de ella y le abrió los muslos. Se acercó, su aroma llenando el aire, y se soltó el cuello de la camisa. Con un suspiro, Marissa rodeó los sólidos hombros de Butch con los brazos y lo besó en la suave piel de detrás de la oreja.

—¿Cómo estás, hellren?

—Cada vez mejor, esposa.

Mientras lo sostenía, ella movió los ojos hacia el escritorio. Allí, entre papeles y lápices, había una pequeña figurilla blanca. La pieza, exquisitamente tallada, era una escultura en mármol de una hembra sentada con las piernas cruzadas, con una daga de doble filo en una mano y un búho en la otra.

Beth las había mandado hacer. Una para Mary. Una para Bella. Una para Marissa. Y una para ella misma. El significado de las dagas era obvio. El búho blanco era un vínculo con la Virgen Escribana, un símbolo de las plegarias elevadas por la guardiana de sus compañeros guerreros.

La Hermandad era una fuerza poderosa, unida y fuerte, para el bienestar de su mundo. Y así eran sus hembras. Fuertes. Unidas. Una poderosa fuerza para el bienestar de su mundo.

Fuertemente unidas como sus guerreros.

Butch alzó la cabeza y la miró con total adoración. Con la ceremonia de apareamiento finalizada, y el nombre de ella grabado en la espalda de él, Marissa dominaba su cuerpo, por ley y por instinto, un control al que él se rendía gustosa y amorosamente. Butch marchaba a sus órdenes y, como la glymera siempre había dicho, el apareamiento era algo verdaderamente muy hermoso.

Lo único en que esos tontos tenían razón.

—Marissa, quiero que conozcas a alguien.

—Por supuesto. ¿Ya?

—No, mañana al anochecer.

—Bien. ¿A quién?

Él la besó.

—Ya verás.

Lo miró a los ojos avellana y le acarició la gruesa y oscura cabellera. Luego le pasó los dedos por las cejas. Bajó un dedo hasta su nariz, maltratada por los golpes, rota y dolorida. Rozó suavemente sus dientes astillados.

—Parezco una colección de escombros, ¿no? —dijo él—. Pero no hay problema, con algo de cirugía plástica y un par de arreglos en los dientes estaré tan guapo como Rhage.

Marissa miró atrás, a la figurilla, y pensó en su vida. Y en la de Butch.

Meneó la cabeza lentamente y se inclinó para besarlo otra vez.

—No quiero que te cambies nada. Ni una sola cosa.

EPÍLOGO

Joyce O'Neal Rafferty sintió todo su cansancio acumulado mientras se encaminaba a la residencia. Sean, su bebé, se había pasado toda la noche despierto; luego habían tenido que esperar tres horas en la antesala del pediatra hasta que por fin los atendieron. Después Mike había dejado un mensaje diciendo que tenía que trabajar por la noche, así que no podría ir al supermercado de camino a casa.

Así que, después de la visita a su madre, tendría que ir a la compra. ¡Bravo!

Joyce avanzaba por el pasillo de la residencia, con su hijo en brazos, esquivando gráficos de alimentación y un montón de sillas de ruedas. Por lo menos el bebé estaba despierto, y seguiría así por muchas horas. Manejar a un bebé enfermo y a una madre loca era mucho más de lo que ella podía hacer. Especialmente después de un día como el que había tenido.

Llamó a la puerta del cuarto de su madre y luego entró. Odell estaba sentada en la cama, hojeando una revista.

—Hola, mamá, ¿cómo te sientes? —Joyce fue hasta una silla que había junto a la ventana y se sentó.

—Estoy bien. —La sonrisa de Odell fue plácida. Sus ojos perdidos parecían de mármol oscuro.

Joyce miró su reloj. Estaría diez minutos y luego iría al supermercado a comprar algo para la cena.

—Anoche tuve una visita.

—¿Sí, mamá? —No, haría una compra grande, para toda la semana—. ¿Quién?

—Tu hermano.

—¿Teddy?

—Butch.

Joyce se puso pálida. Después decidió que su madre estaba alucinando.

—Qué bien.

—Vino cuando no había nadie. Muy de noche. Con su esposa. Ella es muy hermosa. Dijo que se iban a casar por la Iglesia. Quiero decir, ya son marido y mujer, pero en la religión de ella. Qué simpático... no sé qué será ella. ¿Tal vez luterana?

Alucinaba, definitivamente.

—Ah... ¡Qué bien! —repitió.

—Ahora él se parece a su padre.

—¿Sí? Yo pensé que era el único que no había sacado ningún rasgo de papá.

—Su padre. No el vuestro.

Joyce frunció el ceño.

—¿Perdón?

El semblante de su madre se tornó soñador. Miró a través de la ventana.

—¿Alguna vez te he hablado de la ventisca de 1969?

—Mamá, estábamos hablando de Butch...

—Nos quedamos atrapados en el hospital, todos, nosotras las enfermeras junto con los doctores. Nadie podía entrar o salir. Estuve allí durante dos días. Dios, tu padre estaba furioso por tener que atender a los niños sin mí. —Súbitamente, Odell parecía muchos años más joven, los ojos chispeantes—. Había un cirujano. Muy diferente a los demás. Era el jefe de cirugía. Era muy importante. Era... muy apuesto y diferente y muy importante. Daba miedo, también. Todavía veo sus ojos en mis sueños. —De repente, el entusiasmo se evaporó y su madre se desinfló—. Yo fui mala. Fui una mala esposa.

—Mamá... —Joyce meneó la cabeza—. ¿Qué estás diciendo?

Las lágrimas empezaron a correr por la arrugada cara de Odell.

—Yo me confesé cuando volví a casa. Y recé. Y recé mucho. Pero Dios me castigó por mis pecados. Incluso el parto... fue terrible con Butch. Casi me muero, sangré mucho. Mis otros partos fueron normales, pero el de Butch...

Joyce abrazó a Sean con fuerza. El bebé empezó a menearse en protesta. Ella aflojó su apretón y trató de apaciguarlo. Luego murmuró:

—Vamos, mamá... sigue hablando.

—La muerte de Janie fue mi castigo por ser infiel y tener un hijo con otro hombre.

Sean dejó salir un gemido. Dentro de la cabeza de Joyce empezó a crecer la horrible y terrible sospecha de que todo eso fuera cierto...

Oh, vamos, ¿qué diablos estaba pensando? Su madre estaba loca. Estaba mal de la cabeza.

Odell empezó a asentir como si respondiera a una pregunta que alguien le había hecho.

—Oh, sí, yo amo a Butch. En serio, yo lo amo más que al resto de mis hijos porque él es especial. Sin embargo, nunca se lo dije. Al fin y al cabo, yo había sido infiel a mi marido, y demostrar mi amor por Butch habría sido un insulto para él. No quise avergonzar a mi esposo... Después de todo, él no me abandonó y se quedó conmigo...

—¿Papá sabe...? —En el silencio que siguió, las cosas empezaron a ponerse en su sitio, el feo rompecabezas se armó pieza a pieza. Mierda... era verdad. Por supuesto, papá lo sabía. Por eso odiaba a Butch.

Su madre se volvió nostálgica.

—Butch está feliz con su esposa. Y es hermosa. Son el uno para el otro. Perfectos. Ella es especial, como su padre lo era. Como Butch es. Ellos son muy especiales. Fue una pena, pero no pudieron quedarse mucho tiempo. Él dijo... él dijo que había venido a decir adiós.

Odell se echó a llorar. Joyce le cogió el brazo.

—Mamá, ¿adónde se va Butch?

Su madre miró a la mano que la tocaba. Luego se encogió un poco.

—Quiero una galleta. ¿Me das una galleta?

—Mamá, mírame. ¿Adónde se va Butch? —Aunque no estaba segura de por qué, de repente eso le parecía muy importante.

Los ojos perdidos de Odell miraron a su alrededor.

—Con queso. Me gustaría una galleta. Con queso.

—Estamos hablando de Butch... Mamá, concéntrate.

El asunto era y no era sorprendente. Butch siempre había sido distinto.

—Mamá, ¿dónde está Butch?

—¿Butch? Oh, gracias por preguntar. Está muy bien... se le ve tan feliz. Estoy muy contenta de que se haya casado. —Su madre pestañeó—. A propósito, ¿quién eres tú? ¿Eres una enfermera? Yo tenía una enfermera...

Por un momento, Joyce quiso presionar sobre Butch.

Pero en vez de eso, como su madre siguió delirando, miró por la ventana y respiró a fondo. Repentinamente, el parloteo sin lógica de Odell le pareció confortable. Sí... la cosa no tenía sentido. Ningún sentido.

«Olvídate», Joyce se dijo a sí misma. «Simplemente olvídate de eso».

Sean paró de llorar y se apretujó contra ella. Joyce abrazó el cálido cuerpo del bebé. Dejó de oír los disparates provenientes de la cama y pensó en lo mucho que amaba a este niño. Y así sería siempre.

Le besó la cabeza suavemente. La familia, después de todo, era el bastón de la vida.

El verdadero bastón de la vida.